KB003275

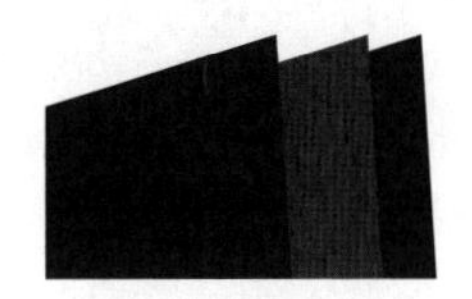

오월문학총서3

희곡

오월문학총서 2024

3

희곡

오월문학총서간행위원회 엮음

오월문학이 추구한 간절한 소망

5월, 그날이 다시 우리에게 찾아왔습니다. 한국 현대사에서 1980년 5월, 이른바 '5·18민주화운동'은 특별한 의미를 지니고 있습니다. '5·18'은 광주시민들이 겪어야 했던 참담한 고통을 연상시키며, 이 땅의 민주주의를 위해 투쟁을 멈추지 않았던 한국인들의 역사가 오롯이 담겨 있기 때문입니다.

돌이켜 보면 그해 5월이 '광주사태'에서 '광주민중항쟁'으로 그리고 '5·18민주화운동'으로 규정되어 오늘에 이르고 있지만, 5·18은 여전히 '미완의 항쟁'입니다. 5월 18일이 '국가기념일'로 지정되고, 오월 영령들이 잠들어 있는 곳이 '국립5·18민주묘지'로 명명되고 있지만, 우리는 '광주학살'의 최고 책임자, 발포 명령자를 사법적 심판대에서 단죄하지 못했고, 암매장 행방불명자 등에 대한 진상규명이 여전히 미완의 숙제로 남아 있기 때문입니다.

더구나 2021년에는 '광주학살의 전리품'으로 '대통령'이란 자리에 오른 전두환-노태우가 사망하고 말았습니다. 두 전직 대통령은 자신의 죄과에 대해 단 한 번도 참회하지 않은 채, 진정한 사과 한 마디 없이 이승을 떠남으로써 우리들에게 통한의 마음을 안겨준 바 있습니다.

혹자는 '오월광주'에 대해 40년도 더 지난 과거의 일이니, 이제 그만 잊어버리자고 말하기도 합니다. 하지만 우리가 역사를 배우는 까닭은 현재를 이해하고 미래를 전망하기 위해서입니다. 산 자들이 국가폭력에 의해 억울하게 죽어간 사람들을 기억할 때 그들이 살아 있는 역사로 온전하게 존재하게 됩니다. 역사가 산 자에게 부여한 임무는 덕행의 망각을 방지하고, 악행에 가담한 자들에게 불명예를 안겨주는 것이라고 생각합니다.

그동안 〈5·18기념재단〉은 '절대공동체', '불멸의 공동체'라고 명명된 '오월광주'를 참답게 계승하고자 제반 노력과 여러 기념사업을 수행해 왔습니다. 특히 지난 2011년 5월에 '5·18민주화운동기록물'이 〈유네스코 세계기록문화유산〉에 선정된 것을 기억합니다. '5·18기록물'이 광주와 대한민국을 넘어서 전 인류의 소중한 문화유산이 된 것입니다. 이를 기념하여 〈5·18기념재단〉은 2012년과 2013년에 『오월문학총서』 1차분으로 전 4권을 발행한 바 있습니다. 그리하여 올해 5·18항쟁 44주년과 〈5·18기념재단〉 창립 30주년을 맞아 시, 소설, 희곡, 평론, 아동·청소년 부문 등 전 5권으로 『오월문학총서』 2차분을 출간하게 되었습니다.

'오월문학'은 한국문학의 '영혼'으로 존재해 왔습니다. '오월문학'은 민주주의를 위해 죽음을 두려워하지 않았던 위대한 '시민정신'을 기억했고, '절대공동체'라는 아름다운 '대동세상'을 소환했으며, 오월의 비극이 '분단체제'에서 비롯된 것임을 깨닫게 했습니다. '광주학살'이라는 참담한 비극과 '해방광주'라는 환희의 영광 속에서 탄생한 '오월문학'은 좌절된 희망과 슬픔을 계승하는 데 그치지 않았습니다. 삼라만상의 뭇 생명들의 소중함, 분단이데올로기의 타파와 평화적 삶에 대한 간절한 소망으로 나아갔던 것입니다.

그토록 뼈아픈 오월의 고통, 그토록 아름다운 오월을 문학적으로 형상화한 작품들은 광주시민들과 이 땅의 국민들에게 '역사 정의 실현'이라는 새 희망을 안겨줄 것입니다. 끝으로 『오월문학총서』 간행에 참여해주신 작가와 문학인, 관계자 여러분께 감사의 말씀을 전합니다.

2024년 5월

원순석 5·18기념재단 이사장, 오월문학총서간행위원장

차례

연극 청실홍실

박효선 작·연출, **극단 토박이** 공연

이 작품은 5·18민주화운동 당시 오월항쟁지도부 기획실장으로 활동하다 체포된 후 감옥에서 벽에 머리를 찍어 자살 시도 후 후유증으로 정신질환을 앓는 남편과 아이 셋을 홀로 키우면서 힘든 세월을 보낸 여인의 이야기다. 무대에서 여인이 관객에게 말을 거는 진행 방식은 서로의 기억을 공유하는 사이가 되는데, 이러한 연극적 전략은 관객이 등장인물이 되어 주인공의 이야기를 더욱 적극적으로 듣게 만든다. 관객은 피해자의 가족이 5·18민주화운동의 상처를 어떻게 견디고 있는지, 견디는 의미가 무엇인지 서로 나누게 된다. 1997년 7월 5일부터 7월 13일까지 광주 민들레소극장에서 〈극단 토박이〉 초연으로 공연하였다. 이 작품은 2016년 '연극과인간'에서 출간한 『박효선 전집』(황광우 엮음)에 수록되어 있다.

등장인물

김순덕(44세의 여인)
은이(그녀의 딸)
김영철(그녀의 남편)

연극

청실홍실

박효선

곳 : 광주역 부근에 위치한 삼우정식당
때 : 여름 어느 날 밤 늦은 시간

연출자를 위한 노트

연극이 시작되기 전 이미 연극은 시작된다. 공연장 도로 부근에 환자복을 입은 남편이 서성거리며 찾아오는 관객들을 맞이한다. 그는 관객들에게 세상과 삶에 대해 얘기한다. 자기의 떠오르는 생각들을 거침없이 말한다. 그러니까 공연장에 들어서기 이전까지는 나주정신병원이다. 공연장 문엔 〈삼우정〉이란 간판이 붙어 있다. 관객들은 공연이 시작되기 전에 미리 공연 내용의 일부에 참여한 것이다. 즉 그 느낌을 갖고 공연을 관람하게 되는 것이다. 관객은 공연 시간에만 존재하는 게 아니라 공연 이전과 이후에도 존재한다.

프롤로그

무대 뒤 하얀 벽(배경막)에는 식당 메뉴판이 걸려져 있다. 그 하얀 배경막 한 가운데 메뉴판이 붙어 있다. 배경막 위와 양옆을 통해 실루엣이 나타나게 된다. 탁자 두어 개와 의자 몇 개. 탁자 위에는 먹고난 음식들이 널브러져 있다. 방 가운데 소주병과 술잔들. 화투와 담요. 재떨이와 수북한 담배꽁초.

한쪽에 낡은 피아노 한 대. 막내 은이 헤드폰을 끼고 혼자 노래연습을 하듯 노래를 부르고 있다. 은이의 노래가 끝나갈 무렵 김순덕이 문간에서 소리치며 들어온다.

김순덕 이런 개같은 놈아. 터진 입이라고 함부로 놀리지 말어, 씨발놈아. 한 번만 더 끄대오기만 해 봐. 그때는 너 죽고 나 죽는 줄 알어 개새끼야. (가게 문–극장 출구–을 쾅 닫는다) 아야! 은이야!

은이 (대답하는 소리) 예!

김순덕 이년아, 노래 좀 그만 부르고 소금 한 바가지 퍼다가 뿌려부러라이.

은이 왜 그래 또.

김순덕 어서 좆같은 놈이 와갖고… 오메, 개같은 놈. (혼자서 테이블 위의 술잔과 음식 접시들을 치운다)

1.

김순덕 진짜, 뭔 일이다요? … 삼춘 … 놀랬지라? 내가 요라고 되아부렀소… 그나저나 삼춘이 나를 다 찾아오고 벨일이네이. 아이고 이쪽 이모들은 누구여? 극단 단원들? 응 –맞어, 어서 본 것 같네. 그전에 와이 뒤에서 식당할 때 봤지라 … 안녕하셨소? … 아,미친 염병할 놈의 인사가 술 처먹고 돈을 안 낼라고 하잖아. 여자 혼자 장사헌께 어째 만만하게 보이는 갑제. 내가 누구여. 천하에 김순덕인디 악착같이 받아 내부렀제. 닌장 맞을 것 요럴 땐 장사고 뭣이고 다 때려 치와불고 어디로 그냥! (술병을 들고) 자, 삼춘 형수가 오랜만에 술 한 잔 따라주께. (관객에게 술을 따라준다) 아이고 난 술 안 할라요. 몸도 안 좋고 목도 아프고. 삼춘이나 마셔. 이모들도 한 잔 하고. 난 콜라나 한 모금 할라요. (관객에게 콜라 한 잔 받는다) 자, 우리 브라쟈 한 번 하더라고. 오메, 요새 포청천 건배가 유행한다덩만. 자, 내가 만세, 만세하믄 만만세 하고 따라서 하쇼이 … (한다) … 왜 그렇게 빤히 쳐다본댜? 내가 너무 변했지라? 너무 화끈해져 부렀지라? … 그래. 애들은 잘 크고 마누라도 잘 있소? (웃음) 오메 살다봉께 요런 날도 다 있고. 그랑께 옛날 어른들 말이 딱 맞어부러라이… 자, 삼춘! 한 잔 더 해부러! 이모들도 한 잔 씩 더 들고. (웃음, 술을 따라준다)

우리 애들도 인자 다 컸소. 동이는 조대 무역학과 댕기다가 군대 갔고. 내년 3월이믄 제대하네. 우리 동이 본 지 오래됐제라? 키도 크고 얼마나 늠름해졌다고. 선이는 올해 음악대학 입학했고 시방 해남으로 엠틴가 뭔가 갔소. 막둥이 은이는 고등학교 2학년이고. 광여고 다녀. (은이를 쳐다보며) 가수 된다고 노상 저 지랄을 하고 있네 그냥. 언능 들어가서 공부 안 할래? 쟤가 바로 그 애여. 팔공년 7월에 낳았제. 오메오메 새끼들 키우느라고 내가 뺏골 빠지요 … 그래도 어쩔 것이요, 자식들한테 재산은 못 물려줘도 갈쳐는 놔야제. 글제 삼춘? (사이) 근디 삼춘은 어짜요? 아직도 연극인가 굿인가 하지라?

삼춘도 팔잔갑서. (사이) 글안해도 나주병원에 가끔 찾아간다고 들었소. 형님은 (한숨) 점점 안 좋아지고 있지 뭐. 인자 오래 못 사실 것 같어라. (웃으며) 에라이, 오랜만에 삼춘 만났은께 회포주 한 잔 해부러야제. 한 잔 따라줘.

근디 정말 뭔 바람이 불었으까이. (사이) 응, 내 얘기 좀 들을라고 왔다고라? 아, 싫어. 옛날 이야기 할라믄 가슴 아프고 시방 목도 아프고. 안 해, 안 한다니까. (한숨) 내가 이작까지 살아온 이야기 다 할라믄 석달 열흘 입 안 다물고 해도 다 못 해라. (사이) 근디 뭣할라고 내 얘기를 들을라고 허요? … 뭣해? 연극? 내 얘기를 연극으로 만든다고? (웃는다) 나 고생하고 산 것이 뭔 이야깃거리가 되야제. 글고 인자 사람들 입에 오르내리는 것도 싫어. 안 해. 그래 봤자 나만 나쁜 년 되고. (사이) 작것들, 방송국 뭐 피디들 신문사 뭔 기자들, 앞으로 5월에는 가게 문턱도 못 넘게 할랑만. 평소에는 들여다보도 않는 것들이 5월만 되면 벌떼같이 달라들고. (소주 한 잔을 마시며) 5월 관련자들도 마찬가지여. 염병할 인간들 하는 꼬락서니를 보믄. 남들은 관공서 제집 드나들대끼험서 벼라별 잇속 다 챙기는디 나는 한 번도 안 갔어. 맘에 안 들어라. 인자 5월 모임이나 5월 행사에도 안 가요. 가 봤자 뭐하것소, 자식들 키우고 먹고 살기 바쁜 사람이. 국가기념일이고 뭐시고 나하고는 상관없어라. 내 인생은 진작에 조져부렀응께. 국가기념일켕이는 천금을 엥겨줘도 찢어진 내 가슴은 못 채워라. 뭔 말인 줄 아요?

(사이, 소주 한 잔 마시고) 삼춘하고 처음 만났을 때가 벌써 언제드라? (잠시 생각) 오메 벌써 20년이 되부렀네이. 그때 야학할 때 삼춘 인기 많았는디 … 국어 갈치면서 학생들하고 연극도 했지라. 얼굴에다 화장품으로 분장도 하고. (사이) 와마 글믄, 다 생각나지. 내용이 노동자 집안 얘기였제라? 마지막에 막 불나불고 그런 거였잖아. 되게 재미있었는디 … 나 기억력 좋제라. 음마, 나도 아이큐가 보통이 아니랑께 (사이) 내 어린 시절이 어쨌냐고라? 음마마, 오늘 삼춘이 나를 깨를 할랑 벗길라고 하네이.

(자세를 바꿔 앉아 술을 소주잔에 한 잔 따르고)

2.

(천장을 쳐다본다)

김순덕 내 나이가 올해로 말띠 마흔넷이여. 고향은 승주, 지금은 순천이 되았제. 바다에서 얼마 안 떨어진 산골이었어라. 봄이믄 복숭아꽃이 뻴겋게 피고 마을 앞엔 깨골창이 흐르고… 한 오십여나무집들이 기껍닥맹키로 산골짝에 붙어 있었제… 우리 집이 7공준디 내가 맏딸이었제. 근께 얼마나 책임감이 강하겄어. 우리 동생들이 지금도 내 말이라믄 꼼짝을 못 하잖아. (사이) 시대가 시댄께 아들 못 낳는다고 우리 엄마, 참 할머니한테 구박도 많이 당했어라. 아버지는 장사한다고 이것저것 하시다가 재산 다 몰아묵고 3년 동안 할아버지 병수발 하느라 글안해도 없는 재산 싹 다 내뿔어불고. 참말로 우리 엄마 고생하고 사신 것 생각하믄 기가 딱 멕혀분단께. 그 없는 살림에 7공주까지 먹여살려야 했응께 … 날마중 산너머 바닷가 가서 꼬막 캐고 낙지 잡아 멕이고. (생각난 듯) 허허허, 엄마가 한번씩 바닷가에서 꼬막을 캐오면 그걸 가마솥에다 삶아서 (손을 벌리며) 이라고 큰 바구니에다 담아서 방 한가운데다 놔 두고 열 명이 빙 둘러앉아서 막 까먹는 거야. 나도 학교 갔다오믄 바닷가 가서 꼬막 캐고 반지락 캐고 집에 와서 집안일 싹 다 해놓고 동생들 치닥거리하고. 국민학교 5학년 때는 엄마가 목암에 걸리셔서 금방 돌아가신다고 난리가 나부렀어. 긍께 학교도 쉬고 그 뒷바라지를 다해야 했제. 그래서 내가 우리 동창들보다 나이가 더 많소이. (사이) 국민학교 졸업하고 어찌됐냐고라? (당황한다) 어찌되다니? … 뭘 그런 걸 다 물어보고 그런다요, 사람 챙피하게 (사이) 밥먹고 살기도 힘들었어라. 거기다 밑으로 동생이 줄줄이 여섯인디. 팔려가다시피 순천 고모님집으로 갔제. 그때 우리 고모님이 순천에서 돈놀이를 하셨거든. 거그서 경리를 봐주고 있었는디, 그때 형님을 만났어라. 우리 고모님하고 형님 어머님이 처녀 시절에 순천에 있는 병원에서 같이 간호원으로 있었다요. 그래서 형님이 우리 고모님한테 이모라고 불렀지라. 군대 가서 첫 휴가 때 우리 고모님을 찾아왔더라고. 그때 형님을 처음 봤제. 근디 그때 형님 모습이 그렇게 이뻤네이… 몰라, 이팔청춘 꽃다운 나이라 사춘기 때여서 그랬는가… 삼춘도 기억나제? 형님 젊었을 때! 정말 이뻤제이? 그래 그래. 근디 나는 이뻤소, 안 이뻤소? 말해봐!… 나도 이뻤어? … 참말로? … 아이고 그래도 나 알아주는 건 삼춘밖에 없네. (웃는다) 그래서 내가 형님한티 뿌로뽀즈를 했지라. "저 오빠가 없는데요 오빠가 되주겠어요?" 했지. (웃음) 지금 생각하믄 참말로 건방졌제. 근께 형님이 요라고 보더니 "나도 누나나 누이동생이 없는데 잘 되았네." 하더라고. 그때는 정말로 친오빠처럼 생각했으니까. 그때 내 나이가 열다섯 정도였네이. 그렇게 오빠 동생험시롱 7년 동안 보냈제. 오메 여러운거.

3.

김순덕 그때 형님이 서울육군본부에서 제대말년 생활을 하고 있었소이. 나도 그때쯤 순천에서 서울로 올라가 직장생활을 했제라. 서울에서 뭔 직장을 다녔냐고? 벨걸 다 묻네. 아, 이것저것 했어, 자세히 물어보지 마… 연애? 뭐 연애라고 할 것이 있어야제. (웃음) 그냥 오빠 동생 그랬는데 … 형님이나 나나 똥구멍이 빨건 사람들이었은께, 돈 안 들이게 맨날 걸어다녔제 뭐. 아마 서울 시내 안 걸어본 거리가 없을 것이요. 경복궁, 비원, 덕수궁 돌담길 그런 데 돌아댕겼지. (사이) 글고 얼마 안 있다 형님이 제대했는디 … 아니 근디 형님은 안 해도 될 고생을 꼭 사서 한단 말이요. 일고 졸업해갖고 5급 공무원 시험에 두 군데나 합격해서 별량 면사무소에서 일하다가 군대갔잖아. 학교 다님서도 맨날 1, 2등만 했다네. 근께 편한 일거리 찾을라믄 왜 못 찾것소. 근디 제대하고도 신문배달, 리어커에 과일 놓고 팔고 그 고생을 하고 있어. 그러면서 혼자 영어 공부, 한문 공부하고. 하여간에 고생하고 살 팔자를 타고 났는갑서라. (사이) 그래도 연애할 땐 참 재미있었소이. 쉬는 날이면 내가 찾아가기도 하고 형님이 찾아오기도 하고. (잠시 옛 생각에 빠져든다.) 남산에 올라가면서 풀빵도 사먹고 '생각난다. 그 오솔길…' 하면서 노래도 부르고. (웃음) 아야, 은이야!

은이　응

김순덕　아야, 은이야! 너 그 노래 한 번 불러 봐라이?

은이　뭔 노래?

김순덕　그 뭐시냐, 생각난다 그 오솔길인가 숲속길인가.

은이　으응. 꽃반지 끼고?

김순덕　맞어. 맞어 그래 꽃반지 끼고. 그거 한 번 불러 봐라. 노래도 한 자리씩 불러감서 얘기하는 거여.

(은이 노래. 피아노 치며 노래 〈꽃반지 끼고〉)

김순덕　(노래가 끝나자) 아, 뭣허요 박수도 치고 그래야제. (박수) 가만 있어 봐. 내가 어디까지 얘기했소? (관객 대꾸) 맞어. ……그래갖고 막상 결혼을 할란디 아버지가 절대 안 된다고 반대하시는 거야. 긍께 형님이 어쨌는지 아요? 형님이 우리 시골집 싸릿문 앞에서 이라고 물팍을 꿇고는 (무릎 꿇고 앉은 흉내를 내며) 이러고 일주일을 버텨분 거야. 워메 뭔 소설 이야기 같지라? 근디 그게 쉰 일이요? (사이) 집에서 왜 반대했냐고? 잘 알면서. 직업은 션찮제 부모님도 안 계시제 돈도 없제, 근께 부모 입장에서는 반대 안 할 수가 없제. 근디 형님이 맘 한번 먹어불믄 지독하잖아. 일주일을 꼼짝을 안 해분께, 어쩌것어 할 수 없이 아부지가 허락을 허드라고.

오메, 오메 근디 세상에, 아부지 허락 받은 날 저녁에, 먼 일이 있었는지 아요? 그날 저녁에 우리 집서 잠서 우리 아들놈 만들어부렀네이. 기가 막혀불제라. 시골서는 방이 많이 없잖아. 근디 그때 종철이 삼춘이라고, 알제? 형님 동생! 결혼 승낙 받으러 올 때 종철이 삼촌을 딜꼬 왔어. 종철이 삼춘하고 한 방에서 잔디- 거기서 나를 안 건드려부요? 오메, 그래야 쓰겄소? 세상에 동생이 오른쪽에 누워 있는디 나를 거기서 그래야 쓰것소. 통도 크제이. 바로 옆에다 스물일곱을 먹은 동생을 놔두고. 아이고메 거기서 …

그래서 1976년 2월 28일 음, 토요일 2시에 순천중앙교회에서 결혼식을 올렸는디 아부지 엄니는 식장에 오시지도 않았어. 작은아부지 손을 잡고 입장을 하는디 내 마음이 어쨌겄어. 오메 오메 인생이 이라고 될 줄 알았으먼 결혼을 안 했을 거인디.

그래갖고 식을 올렸는디 당장 방 한 칸 얻을 형편도 못 되고 정말 깝깝하더라고. 암것도 없는디 배는 불러 오고. 우리 친정집 옆에다 친정 엄니가 방 하나 얻어줘서 형님은 염전 일이며 막일이며 이것저것 닥치는 대로 일허고 밤에는 야간 경비 서고 그럼서 살았제. 오메, 집에서 반대하는 결혼을 헌 데다가 처가살이 하고 있으니 내가 얼마나 자존심이 상했겄소. 날마다 형님하고 싸우는 거야.

세상에, 세상에, 그런 와중에 먼일이 있었는지 아요? 마을에 위암 걸린 유제 오빠가 하나 있었는디 형님이 나 몰래 세상에, 그 오빠를 병원에 입원시켜서 수술까지 시킨 거야. 내가 성질 낼까 봐 거짓말까지 해감서 그 고생해서 번 돈을 전부 거기다 꼴아박은 거야. 세상에 그런 양반이야, 형님이. (사이) 그것 땜에 동네 어른들 칭찬이 자자했잖아. 지금도 고향집에 내려가면 어른들이 그때 일을 말한단께. 염병할 5월만 없었으믄 …

(술 한 잔 마신다)

4.

김순덕 광주는 어떻게 왔냐믄 그렇게 지내다가 그때가 언제드라…… 응, 동이 낳고 난 뒤에 형님이 전남협동개발단 간사로 일하게 돼서 광주로 오게 됐제. 첨에는 방 얻을 돈도 없어갖고 부모 없는 갓난이들 모아서 키우는 데 거 어디냐 …… 응, 영아원. 지원동 영아원 방 한 칸에서 원아들과 같이 살았제. 형님, 나, 시동생, 동이 해갖고 열두 명이 한 방에서 살았네이. 부모 없는 애들이라 다루기도 힘들고 거그서 살면서 우리 동이도 거그 애들하고 똑같이 대하고.

잉, 그때 형님 어머님 이야기를 많이 들었네이. 형님이 자랄 때 고아원에서 자랐잖아. 모르요?…… 형님 아버님이 의사셨는디 형님 여섯 살 땐가 돌아가셔분께 어머님이 삼형제를 데꼬 고아원으로 들어가서 거그 총무함시롱 사셨다요.

그러다가 전남협동개발단에서 광천 시민아파트 개발사업을 시작헌께 형님이 지도자로 뽑혀서 그때 돈 전세 십만 원으로 광천시민아파트 A동 216호에 들어갔어라. 광천아파트 처음 들어가서 본께 오메 오메 이건 사람 사는 데가 아니고 완전히 돼지우리여. 6·25 끝나고 피난민 수용할라고 지은 데 아니요. 공동 세탁장이고 화장실이고 청소를 안 해갖고 얼마나 더럽고 추잡한지 말이 아파트제 오메 오메 보도 못 했단께. 그때부터 형님이 나서기 시작했지라. 형님하고 나하고 시동생하고 염산 사다가 고무장갑 마스크 끼고 손에 칼 들고 화장실 요석 다 벗겨내고 아파트 마당에 화단 만들고 페인트칠 다시 하고. 새벽 이믄 형님이 빗자루 들고 아파트 청소하기 시작한께 동네 애기들이 먼저 하나둘씩 나와서 돕고 근께 어른들도 나와서 하고. 나중에는 애기들 이름 다 외워 부를 정도로 친해져갖고 아파트 청소반도 만들고 마을잔치도 열고 신용협동조합도 만들고 그랬제. 그래갖고 아파트 값이 두 배로 튀어부렀잖아. 애들이랑 폐품 모아 팔아서 신협통장도 만들어 주고. 형님은 지금도 생각이 난가 가끔 면회가믄 그때 애들이랑 놀면서 부르던 그 노래랑 불러라. 이런 노래여.

(노래한다. 옆에 옆에 옆에- 노래에 연결되어 조명 어두워지면서 무대 뒤 하얀 벽 일부분에 김영철의 실루엣 떠오른다. 환자복 차림으로 노래와 율동을 한다)

(사이)

김순덕　그때 형님이 직장이라고 협동개발단에 다녀도 봉급도 없고 옆에 뜻있는 사람들이 얼마씩 내서 우리한테 줬는디 내가 생활하는 데 얼마나 힘들었것소. 근께 형님한테 바가지만 긁는 거야. "문딩이 거지 같은 데 나를 데꼬 와갖고 이렇게 고생시켜. 이럴라고 안 한다는 결혼을 했어. 응?" 요라고 울면서 앙앙대고. 없는 살림에 맨날 사람들만 바글바글한디 찾아오는 사람들 밥해줘야지 아파트 반장 일 해야제 애 키워야제. 날마다 새벽 2, 3시까지 단칸방에 모여서 이야기하고 잠도 못 자고. 성질나갖고 어쩔 때는 동이 업고 집 나가서 하루밤 자고 들어오기도 하고. 그래도 형님은 한번도 화도 안 내고 웃어넘겨버려. 내가 바가지를 긁으믄 동이 봄시롱 "동아, 니그 엄마는 바보다. 동아, 니그 엄마는 바보다, 바보." 함시롱 허허허 웃는디 어째, 나도 웃을 수밖에 없제.

그러다가 전남협동개발단이 없어져 불고 형님이 와이더블유신협 간사로 나가게 됐어. 그때 월급이 3만 원이었네, 3만 원. 첨으로 월급쟁이 생활을 안 했소. 근디 와이 신협에 나간 지 한 달인가 됐는가, 아이 한 번은 말도 없이 동네 구르마 끄꼬 나가덩만 키가 짱달막 한 사람 한나를 데꼬 짐짝 하나 덜렁 싣고 왔드라고. 용준이, 박용준이었어. 우리도 결혼해갖고 얼마 되도 안 했고 빈털털인디 용준이 삼춘이 고아원에서 고등학교까지 마치고 나와갖고 Y신협 사무실 책상 우에서 자고 라면 끓여먹는 것이 안됐다고 함서 무조건 데꼬 왔드란께. 그래갖고 형님하고 의형제 맺고 그 좁은 방에서 같이 살았제.

그때쯤 아파트 방 한 칸에 들불야학이 들어섰는디 형님이 야학 선생으로 들어가서 공부 배우고 싶은 사람들 공부 갈쳐주고 밤이면 동네 사람들 찾아댕김서 조사작업한다고 잠도 안 자고. 그 조사사업 모르요? 광천동 10개년 종합발전계획인가 뭣인가 하는 프로젝트 한다고. 그 다음부터는 삼춘도 알지라? 참말로 그때 우리 집 식솔 참말로 많았어라이. 시동생 종철이 삼춘부터, 용준이 삼춘, 야학하던 상원이 삼춘, 관현이 삼춘, 낙평이 삼춘, 용호 삼춘.

우리 집 그 좁은 방에 열댓 명이 둘러앉아 밥 먹고. 오메오메 돈도 없고 쌀도 없는디 날이면 날마다 사람들은 몰려오제. 내가 그때 참 고생했네이. 삼춘! 그때 내 소원이 뭔줄 아요? 우리 식구들끼리 한번이라도 오붓하게 둘러앉아서 밥 먹는 것이

었단께. (사이)

그랬제. 한 번씩 막걸리 먹으믄 상원이 삼춘이 덩다끼 덩따 얼쑤 해감서 탈춤 추믄 동이가 따라하기도 하고, 관현이 삼춘은 가곡도 잘 불렀고. 또, 또, 이, 종철이 삼춘이 기타를 잘 쳤네이. 삼춘이 기타치믄 나는 소프라노, 형님은 바리톤, 종철이 삼춘은 테너, 이라고 셋이 노래를 부르면 남들이 다 남매로만 보인다고 부러워하고 했어. 그때 내 목소리가 소프라노였는디 고생하다본께 지금은 앨토가 되아부렀어. 가만 있어 봐, 그때 삼춘이 잘 부르던 노래가 있었는디 …… 비 오는 저녁 홀로 일어나 하는 노래였제? 나, 기억력 하나 끝내주제라? …… 그래 나도 불렀지. 그래 청실 홍실. 내가 형님한테 첫날밤에 불러주던 노래. 그 노래를 한 번 부르라고? 아, 싫어. 나 그 노래 부르면 옛날 생각나서 가슴도 아프고 상원이 삼춘 생각나서 싫어라. 상원이 삼춘이 그랬거든 "형수님 나도 장가 가믄 첫날밤에 꼭 그 노래 불러줘야 돼요이." 그래서 내가 그랬어 "오메, 불러주고 말고라 장가만 가쇼." 그랬는디 결국 장가도 못 가고 그라고 죽어부렀어라이.

(은이, 〈청실홍실〉 피아노 반주가 깔린다)

삼춘… 지나놓고 본께 그래도 그때가 내 인생에서 젤로 좋았어이. (사이) 어쩌다 형님이 쉬는 날이믄 나는 피곤해 죽겄는디 안 간다고 난리쳐도 꼭 끄집고 밖으로 나가라우. 얼마나 웃겨분지 아요? 내 화장품 꺼내갖고 내 얼굴에다 자기가 입술 그리고 눈썹 그려갖고 데꼬 다녔다니까. 사직공원에 많이 갔었네. 사진도 찍고. 돼지비게도 먹고 국밥도 먹고 국수도 먹고… 긍께 내가 평생 할 호강을 그때 다 해부렀는갑서라. (사이) 내가 반장 일, 장사함시롱 피곤한께 이불도 안 깔고 잔 적이 많았제라. 그믄 퇴근해갖고 와갖고는 살짜기 이불 깔아놓고 나를 손에다 딱 들고 눕혀줘라. 어쩌다 눈 떠보믄 나를 들고 있어. (사이) 여름이믄 배탈난다고 나는 큰 타올로 감아주고 우리 애들은 작은 타올로 감아주고 고러고 했어. 근디 요러고 될라고 그렇게 잘했는갑서라. 긍께 결혼해갖고 딱 사 년 만에 그러게 되부렀어라, 사 년만에. 그거밖에 못 살았어. 근디 얼마나… 생각허믄 정말 기가 콱 맥혀불제.

5.

(전화벨 소리)

김순덕　오밤중에 뭔 전화다냐? (은이가 전화를 받는다)

은이　여보세요?

(뒷벽 한쪽에 김영철 전화 실루엣)

김영철　여보세요? 김순덕 씨 계세요?

은이　아빠, 저 은이예요.

김영철　그래요? 엄마한테 할 얘기가 있는데요…

은이　잠깐만요. 엄마, 아빠.(전화기를 준다)

김순덕　여보세요.

김영철　사랑하는 나의 누이, 나의 신부, 나의 끝없는 아내…

김순덕　시끄럽소. 호랑이도 제 말하믄 온다고 당신도 양반 되기는 글렀소.

김영철　여보, 제가 옷을 잃어버렸거든요. 옷 좀 갖다 주시겠어요?

김순덕　알았어.

김영철　지금 좀 갖다줘요.

김순덕　알았단께. 지금은 밤이여, 밤. 내가 내일 갈틴께.

김영철　그럼 내일 꼭 와요. 나 기다리고 있을게…

김순덕　예 말이요. 옷 좀 잊어불지 말고 간수 좀 잘 하쇼이. 오줌 마려

우믄 옷에 싸지 말고 그때 그때 변소 가고이. 담배 좀 쪼금만 피고.

김영철 여보, 있잖아요. 나 안 아파요. 나 집에 가고 싶어요.

김순덕 음마마 아이 시끄러, 시끄러. 빨리 끊으쇼. 끊어. (수화기를 내려놓고) 형님이여. 비 올랑갑네. (사이) 개방병동으로 옮긴 뒤로는 시도 때도 없이 뻰질나게 전화질이여. 우리 집은 기상대가 필요 없어라우. 날씨 좀 궂을라 허며는 머리가 땡기고 삭신이 쑤신께 나만 찾는당께. 글면서 뭐시 대우주 찾고 주 하나님 찾고. 아이고 나는 십 몇 년 넘게 들어분께 인자 듣기도 싫어라. 뭣할 때는 하루에 대여섯번씩 전화질을 해부러. '여보, 사랑하는 여보' 해쌈서 말도 안 되는 소리만 씨부린당께.

(사이) 그래도 우리 애기 아빠 결혼하고 이날 평생을 나한테 반말 한 번 안 하잖아. 부르는 것도 여보 그러지 동이 엄마 하고 안 불러. (웃음) 그러지, 나는 막 함부로 해불어. 욕도 하고 아나 죽여라, 죽여라 해불고. (사이. 웃음) 내 말이 청산유수 같지라.

6.

김순덕 80년 5월… 근께 형님이 Y신협 다님서 월급을 받아도 이것저것 제하고 나믄 하나도 없어. 그때 형님이 이것저것 개발사업을 막 펼치느라 빚도 지고 그 이자 갚니라고 디져날 때였어. 근께 주위에서 나보고 뭐라도 하나 해 보라고 해싸. 마침 아파트 앞에 신발집이 하나 나와서 그때 돈 90만 원 빚내서 신발가게 했제. (사이) 그래 그래. 가게이름이 '동이네 집'. 그때 삼춘들이랑도 오고 그랬제. 그래 가게에 방 하나가 딸려 있어서 우리 식구는 거기로 옮기고 아파트엔 용준이 삼춘이랑 살고. 오메, 근디 장사를 안 해 본 사람이 처음부터 장사를 잘 하겄어? 처음에는 다 아는 사람들인께 주란 대로 막 줘불고.
가게도 좀 할 만한디 5월이 왔제. 그때 형님이 와이신협 다님서 밤이면 동네 사람들 찾아댕김서 조사작업하고 프로젝트한다고 잠도 안 자고. 사업계획했던 거 사진기로 다 찍고 다니고 그랬잖아. 야학도 그 프로젝트 중에 하나였고. 아파트 도매시장 만들라고 가전제품을 원가로 갖다가 팔고 있는디 오일팔이 터졌제. 오일팔만 아니었으믄 … 18일날이 일요일이었잖아. 광천교회에서 낮예배를 보고 아파트 사람들하고 계 치루고 라디오 방송을 듣더니 형님이 이러고 있을 때가 아니라고 함서 시내로 나가데. 저녁에 온몸에 최루탄 가스를 뒤집어쓰고 들어왔는디 어째 얼굴이 심상치 않더라고. 내가 뭘 물어도 대답도 안 하고. 글고는 다음 날 아침에 용준이 삼춘이랑 출근을 했어. 근디 공수대원들이 신협사무실까지 들어와서 용준이 삼춘 소지품을 검사하고 2층에 올라가서 사람들을 두들겨 패고 그랬는갑서. 근께 형님 성격에 가만 있었겄소. 글고는 그날 밤부터 야학 삼춘들하고 용준이 삼춘방에서 밤새서 등사기로 「투사회보」를 만들더라고. 글고는 아침이믄 시내에 나갔다가 밤이믄 들어오고 며칠을 그라고 다니데. 근디 5월 24일이었어. 또 아침에 나갔는디 오후가 된께 자전거를 타고 집에를 들어왔어. 글고는 또 밖에 나갈라고 그러는 거야. 나는 그때 막내 은이 배갖고 8개월 됐는디 힘들어서 형님을 말릴 힘도 없어 지쳐서 냅두고 있는디 그때 선이가 3살 때였네. 선이가 "아빠, 아빠!" 하고 부름시롱 쫓아간디 선이를 뿌리치고 가버리드라니까, 그 염병할 인간이…. 그것이 형님 건강했던 마지막 모습이었어.
글고는 5월 27일이 된 거야. 27일 새벽에 막 총소리가 콩 볶대끼 들리고 아파트 유리창하고 벼람빡에 총알들이 우수수 날라와 박힌디 참 사람 미치겄등만. 아침께가 된께 새벽에 계엄군들이 도청을 점령하고 사람들을 다 죽였다는 소식이 들려 와. 근께 어쨌겄는가. 가슴이 조여오고 정말 어찌 할 바를 모르고 그날 하루 종일 형님 가실 만한 곳에 다 연락을 해 봐도 다 모른다고 글고. 아이고 이제는 어서 돌아가셨는가 보다 하고 어서 어뜧게 죽었는지 시체라도 찾아야지 하고 28일날 아침에 조합 상무님 자전거 뒤에 타고 도청 앞에 도착해 본께 아침 9시야.
근디 본께 장갑차 두 대가 도청 마당을 밖에서 안 보이게 막고 있어. 오메 오메 도청 마당에 빈 디가 없이 시체가 늘어져 있어. 참말로 징허등만. 도청 입구에 수위 아저씨 두 명이 있길래 내가 "저, 시체 좀 확인하러 왔는디라." 하니까 "지금은 안 돼요. 상무관 앞에서 기다리쇼." 그래. 그래서 상무관 앞으로 갔는디 상무관 벽에 이만한 칠판을 걸어놓고 사망자 이름과 주소가 적혀 있어. 근디 본께 김영철이라는 이름이 있는 거야. 오메 그 순간에 뭔 주먹만 한 공이 가슴을 탁 친디 사람 환장하겄드만. 다시 정신을 차려 찬찬히 본께 주소가 학동이야.
쓰레기차 석 대하고 청소부 아저씨들이 고무장갑을 끼고 시체를 상무관으로 옮기고 의사들이 시체를 검진한다고 확인을 못하게 해. 그 모습을 봐분께 형님이 살아 계신다는 생각을 할 수가 없드만. 그래갖고 계속 기다리다 오후 3시 정도 됐는디 와이 더블유 쪽에서 마지막으로 시체 두 구를 싣고 와서 내린디 딱 본께 용준이 삼촌이여. 뒤통수에 총을 맞았는가 뒷머리가 없더라고. 얼마나 기가 막혔것소. 오메 길바닥에 철푸덕 앉아갖고 막 소리내서 울었네이. 챙피한 줄도 모르고 서러워서. (눈물을 훔친다) 그래갖고 울고 있는디 누가 와서 형님이 상무대로 잡혀갔다고 알려주드만.
그래 집에를 왔는디 아파트에 계엄군들이 들어가서 집집마다 수색을 하고 있는 거야. 용준이 삼춘 방에서 「투사회보」 만드니라고 난장판이 돼갖고 어질러져 있을 텐디 들어가도 못 하고 미쳐불것드만. 오메 그때 계엄군 얼굴이 마치 자기들 세상이나 만난 것처럼 기세가 등등한디 참말로…. 글고는 용준이 삼춘 방에서 책하고 유인물을 한 보따리 안고 나오면서 "박용준이는 간첩이니까 이 사람을 데리고 사는 사람도 간첩이다"-이라고 해분 거야. 그래붕께 우리 집이 간첩집이라고 동네에 다 퍼졌어. 동네 사람들이 쳐다보는 눈들이 이상한디 정말 분하고 억울한 마음을 어떻게 할 수가 없드만. 하루아침에 간첩되불고 형님이 목심처럼 아끼던 조합도 간첩이 운영하는 조합에는 거래를 할 수 없다며 탈퇴를 해불고. 형님은 상무대 영창에 있다는 소식만 듣고 어떻게 된지도 모르고.

근디 주위에 세상 물정을 아는 사람들이 코치를 해주드라고. 형님이 도청지도부 기획실장이라고 신문에 나와분께 사형감이라고 걱정을 하면서 나보고 진정서를 한번 내보라고 하드라고. 물에 빠진 사람이 지푸라기라도 잡는다고 어쩌겄어, 해야제. 인주하고 양면지 들고 집집마다 들러서 허리를 굽신거리며 애원을 했지. 어떤 사람들은 체면상 못 이겨 해주는디 대다수 사람들은 자기에게 뭔 피해라도 올까 봐 안 해주는 거야, 문 탁 닫아불고.

글고 형사들은 하루에 다서여섯 번씩 와서 방이며 가게들을 수색한디 그러니 가게에 손님이 오겄어. 개미새끼 한 마리 안 오제. (사이) 글고는 거머리맹키 달라붙어 갖고 캐물어 쌓는거야. "아저씨하고 언제 만났어? 처음 어떻게 말을 건냈어?" 글믄 나도 성질나잖아. "왜요? 언제 만났으면 뭐하고 어디서 만났으면 뭐하게요? 뭣하게 아저씨들이 놈에 사생활까지 간섭해요?" 하고 말하믄 나한테 반말해감시롱 "요런 싸가지 없는 간첩 마누라가 주뎅이만 살았네, 요"- 오메… 근디 장사도 안되제, 형님 그러고 계시제 당장 뭐라도 하지 않으면 딱 굶어죽게 생겼어. 그래갖고 이 궁리 저 궁리 하다가 아파트 B동에 와리바시 장사가 있어서 한 개에 1원씩 하는 와리바시 만들었네이. 임신 8개월 해갖고. 방에 쪼그리고 앉아서 그랬으니 뱃속의 애기가 제대로 자랐겄는가…. 충격은 받았지, 못 먹지, 일은 무리하게 하제… 그때 내 나이 만 스물다섯 살밖에 안 됐네이. (술 한잔 마신다)

7.

김순덕 오메 막내 은이 낳을 때 생각허믄 말도 못 해. 아이고… 예정일이 열흘이나 지났는디도 소식도 없어. 근디 아파트 어떤 주민하고 말다툼허다 나를 콱 밀어붕께 그때부터 진통이 오더라고. 새벽 두 시에 조대병원 응급실에 도착했는디 의사들이 나를 침대에 눕혀 놓고 이리저리 살펴보더니 고개를 계속 갸우뚱거려. 글더니 산소호흡기 꽂고 닝게루 꽂고이. 그때 나는 죽는 줄 알았어. 형님 얼굴도 못 보고 애들 얼굴도 못 보고 내가 이러고 죽는구나. 그래서 하나님한테 막 기도했지. "아버지 하나님, 저를 살려주세요. 제발 좀 살려주세요." 함시롱…. 그래갖고 은이가 태어났는디 영양실조 걸려서 그때 1.8인가 2키론가밖에 안 나갔어. 그래갖고는 유리관 속에다 넣어야 한다고 그러는디 진짜 내가 봐도 못 살겄데. 사람이 아닌디. 이렇게 만질 수가 없어. 흐믈거려갖고. 토끼 새끼도 글 안 헐 것이네, 토끼 새끼도. 근디 그때 돈으로 닌장 하루에 몇십만 원씩이나 허는디 어떻게 유리관 속에다 넣어? 어디가 돈이 있어서. 먹고 살기도 힘들어 죽겄는디.
7월 3일날 낳았는디 엄마가 자식을 죽어서 버릴 걸로 각오를 하고 데리고 병원문을 나오는 그 심정. 오메 말로 표현할 수가 없제. 그래갖고 딜꼬왔는디 동네 사람들도 애기가 못 산다고 웃목에다 밀어부렀어. 근디 저렇게 살아 있는 거 있지. 제일로 이쁘고. 은이 낳고 나서도 너무 못 먹고 신경쓴 데다가 밤낮으로 무리를 한 통에 허리며 배가 아파서 앉도 못 하고 엎드리도 못 하고 날마다 울면서 지냈네이. 오메 그때 내 심정을 어떻게 말로 다할 수 있다요. 못 해라. 못 해. 근디 형님 친구들이 어떻게 알고 찾아와서 통조림을 따서 넣주는디 목이 메이고 서러워서 … 삼키도 못했어. 워메 어째 이렇게 눈물이 난다냐. 한이 많은께 눈물도 많은갑이네. 내가 그동안에는 잘 안 울었는디 괜히 삼춘이 옛날 이야기 꺼내갖고 형수 눈물바람 하게 만드요. (사이, 웃음)

장사가 하도 안 된께 마을 청년들이 청과물을 한번 팔아보믄 어쩌겄냐고 그래. 그래서 신발 옆에다 과일을 조금씩 갖다가 팔았제. 여름이라 그런대로 팔리드라고.

1980년도에는 눈도 별나도 많이 와붓써. 근디 겨울이 온께 과일이 안 팔려. 오메 그때 광천동 천주교회에 마리아 수녀님이라고 계셨는디 장사가 안 된께 화란빵 기계를 한 대 사줬네이. 화란빵, 빵 만드는 기계. 80년도에는 그것이 유행이었거든. 빵장사 함시롱 시간도 없고 못 먹어서 젖도 안 나오고 분유도 비싼께 옆구리에다 끼고 빵가리 죽써서 차디찬 거 멕여가면서 키웠어. 갸를 업고 장사를 허다가 12시나 12시 반이나 돼서 집에를 들어가며는 동이허고 선이는 시커매갖고 방구석에 둥글둥글 허고 있으믄 고놈들을 그때사 깨워갖고는 씻기고 밥멕이고 어쩌고.

헐 수 없이 갓난애를 고아원에 맡겼네이. 감옥에 있는 형님 뒷수발해야지, 장사해서 먹고 살아야지, 갓난애를 어쩔 것인가? 고아원에다가 맡겨놓고 보고 싶을 때 한 번씩 보러가고. 세상에 그 갓난것도 뭣을 안다고 거기 가서 계속 아픈칠만 하는 거야. 설사하고 잠도 안 자고. 결국 거기 뒀다가는 애 죽이게 생겼어. 그래서 집으로 데꼬 와갖고 친정 엄마한테도 맡겼다가 서울 형님한테도 맡겼다가 오메 진짜 다 말을 못해, 가슴이 아파서. 부모가 멀쩡히 살아 있는디 고아원에 맡긴 심정, 삼촌 아요? 몰라라. 아무도 몰라.

(한 잔 마시고 노래한다. 사아공의 뱃노래… 노래를 부르지 못한다. 은이가 노래를 잇는다)

8.

김순덕 형님 처음 봤을 때가 … 근께 5월 30일날인가 … 국군통합병원에 있다고 엽서 한 장 받고는 어떻게 지내는지도 모르고 있었제. 근디 이웃에 사는 아줌마 외사촌 여동생이 거기 병원 간호원으로 있어갖고 형님 이야기를 들었는디. 그때가 말 한자리도 제대로 못 하고 벌벌벌 떨던 시절 아니요. 이마를 크게 다쳤고 혀를 깨물어 갖고 밥도 제대로 못 먹는다는 말을 듣는디 내 속이 어쨌것어. 근데다가 씨발놈들이 병원에서도 뚜드려 패드라네. (사이) 형님 동창이라고 하는 군의관놈이 있었는디 "야, 우리 동창 중에는 니같이 악랄한 폭도놈은 없어"라고 험시롱 틈만 나면 쥐어패드라여. 그랬으니 뭔 치료가 됐겄어. 글다가 10월 중순쯤 어떻게 어떻게 해갖고 은이를 업고 형님 면회를 갔는디 그날이 80년 10월 15일이었네. 보신탕하고 과일을 가지고 상무대로 면회를 갔어. 한 5개월 만에 형님을 첨 봤는디 군복에다가 신발도 안 신고 맨발로 모래밭을 징검징검 징검 걸어오더라고 … 말이 안 나오덩만. 나는 그냥 울기만 했제 … 가까이 와갖고 은이를 보더니 그라고 좋아하더라고. 원래 애들을 좋아하잖아. 거기서 섯이 보듬고 한참을 울었네. … 근디 이마를 본께 큰 상처가 있어. 내가 놀래서 왜 그러냐고 물은께 그냥 쪼금 다쳤다고만 해. 그래서 그런 줄로만 알았지. 근디 그 뒤로 면회갈 때마다 계속해서 머리가 아프다고 그러는 거야. 근께 5월달에 다쳤은게 그때부터 이상이 온 거야.

교도소로 넘어가서도 본인은 아파서 도저히 견딜 수가 없다고 하고, 환청, 환각증세까지 나타난갑더라고. 그래서 할 수 없이 시내 병원 의사들 몇 사람한테 통사정을 해갖고 같이 교도소로 가서 진찰을 받고 했는데도 아무 이상이 없다는 거야. 근디 이 오살헐 놈들이 면회도 안 시켜줘. 숨길라고. 쪼그만 빨리 내보내줬어도 저렇게는 안 됐을 것 아냐. 아니, 국군통합병원에서 제대로 치료만 했어도.

머리를 다친 것이… 결정적인 원인이 그러니까 간첩으로 몰면서 고문해분 거야. 야학에 관여했제, 전대생들 사회교육했제, YWCA, 새마을 지도자, 아파트반장 했제, 광천삼화신협 창설했제. 전부 다 연관이 돼 있었잖아. 긍께 완전히 주동자로 몰아부렀어. (엄지손가락을 내밀며) 요걸로. 긍께 고놈들이 가만 내비뒀겄는가? 오팔곡괭이 자루로 디지게 뚜드려패고 고문함시롱 끝까지 간첩으로 몽께, 느그들 뜻대로 간첩되어 죽으나 그냥 죽으나 마찬가지라고 차라리 죽어분다고 자살할라고 헌 것이지. 그 지독한 양반이 머리를 갖다가 벽 모서리에다 몇 번씩 박아분 거야. 같이 있던 사람들말이 뭔 수박 깨지는 줄 알았다네…… 참말로 그것만 생각하믄 형님이 미워 죽겄단께. 자기가 나를 생각하고 자식들을 생각했으믄 그라고 죽을라고 했것어. 자기 말로는 아무 생각도 안 났다고 하지만 말이여. 참말로 독종이여. 어쩔 때는 미워갖고 그때 팍 죽어불제 그랬으까 하는 생각도 든단께. 그때 저 열심히 일해갖고 받은 새마을 지도자 표창장까지 다 내뿌러부렀네이, 성질낭께… 아이고 못 해. 얘기헐라믄. 눈물 나와서… 아이고 가만 있어 봐. 그때 정신 오락가락할 때 교도소에서 보낸 형님 편지가 아마 한나 있을 것이요. 아야, 은이야.

은이 응.

김순덕 너 아빠 편지 갖고 있제? 그것 좀 갖고 와 봐.

은이 응. (은이 들어가서 편지봉투 하나를 들고 나온다)

김순덕 저것이 편지를 꼭 갖고 다닌단께. (편지를 펼치며) 한 번 들어 봐 봐.

9.

김순덕 (읽는다) 사랑하는 나의 누이 나의 신부 (다시 김영철의 실루엣. 김영철이 편지를 이어 읽는다)

김영철 (목소리) 사랑하는 나의 누이 나의 신부 나의 끝없는 내 아내 김순덕에게. – 사랑해요. 여보. 너, 나, 우리, 위, 에브리 올 투게더 사랑합시다. 용서와 화해 사랑 사랑 사랑…. "Love means never have to say your sorry" 여보, 사랑이란 끝이 절대 없고 후회하지 않는 것이에요. 미안하다 말하지 않는 것, 죄송하다 말하지 않는 것, 죄와 벌 없는 것 그게 사랑이에요. 여보, 있잖아요. 우리 아이를 더 낳읍시다. right now! 나 키울 능력 있어요. 여기서 나가기만 하면 뉴욕 월스트리트 금융가에 투자를 해서 돈을 벌 수 있어요. 내가 거기 잘 알거든요. 전쟁도 없고, 국가 간에 간섭도 없는 전 세계 평화세상 만들어야 해요. 망월동 가서 상원이랑 용준이 만나서 얘기했더니 도와주마고 했어요.

여보, 나 대통령 될 거예요. 통일단일정부수립 대통령 김영철, 영부인 김순덕, 동이는 영식, 우리 선이 은이는 영애 시켜야죠. 여보, 우리 같이 미움 없는 세상, never lasting, 슬픔과 눈물이 없는 세상 만들어요. 사랑하는 나의 누이 나의 신부 나의 끝없는 내 아내 김순덕에게 김영철 보냅니다.

10.

김순덕 (한숨 쉰 뒤 술 한 잔을 마신다) 아이고. (사이) 재판 이야기 할라믄 속이 뒤집어져. 80년 10월 23일인가 재판을 한다고 해서 상무대 법정으로 갔는디 이 개같은 놈들이 방청인들이 들어가기 전에 즈그들끼리 다 해버린 거야. 그래갖고 형님은 12년을 받았제. 기가 탁 멕히등만. 그때 3명인가는 사형이었고. 글고 12월 17일 형님이 최후진술을 하는 날인디 재판관이 "김영철" 하고 부른께 걸어 나오는디 걸음도 제대로 못 걸어. 멀리서 봐도 얼굴이 뻘겋고 목에 수건을 이렇게 쓰고. 말도 제대로 못 한께 군복 입은 재판관이 "피고는 어디가 아픈가?" 글더라고. 근께 형님이 열병이라고 그래. 글고는 최후진술을 한디 뭔말인지 잘 들리지도 않는디 뭔 성경 구절을 말하는 것 같드만. 근께 재판관이 불쌍했던지 "피고는 그냥 들어가라"고 그러등만. 근디 형님이 들어오면서 "대한독립만세!"하고 만세를 부르덩만 그냥 넘어져불더라고.

글고는 80년 12월 25일날 그대로 12년을 선고받았어. 그래서 대법원까지 갔는디 그때가 81년 2월 말이었네. 구속자 가족들이 전부 서울로 올라갔제. 근디 원심대로 다 기각시켜버린 거야. 근께 가족들이 전부 명동성당 지하실로 가서 문 때려 잠그고 바께스에다 똥오줌 눠가면서 농성을 했제. 며칠 뒤에 기독교 강원용 목사님하고 천주교에 윤 대주교님이 대표로 전두환이 만나서 담판을 했어. 그래갖고 구속자들 감형하고 석방한다는 방송을 듣고 와서 광주로 내려온 거야. 그때 형님이 7년으로 감형됐제.

형님 교도소에 있을 때도 얼마나 설움 받았는지 아요? 형님이나 나나 아무도 없잖아. 근디 남들은 누구누구 빽 동원해서 이것 넣어줬네, 저것 넣어줬네 난린디. 세상에 형님이 아픈께 한복에다 솜을 좀 넣었는디 안 받아주는 거야. 두꺼운 옷은 규칙위반이라고. 환자니까 좀 받아주라고 그렇게 사정해도 안 받아줘. 없는 돈에 몇만 원씩 하는 약을 사갖고 의무과를 통해서 넣어주고… 교도소에 있는 사람 기죽이면 안 된다고 글길래 거진 날마다 면회가 어떻게 영치금을 꼬박꼬박 넣어주고 … 참말로 형님만 나오시믄 모든 것이 다 잘될지 알았제. 형님만 밖으로 나오믄 옛날로 돌아갈 줄 알았제…

11.

김순덕 (잠시 생각, 술을 따른다) 그러다가 81년도 12월 크리스마스 저, 특사로 나왔제. 근디 그때도 새벽에 나온다 해서 같이 환영 갈라고 시골에서 식구들 올라와 자고 있는디 밖에서 먼 소리가 나드라고. 셔터 문을 열고 나가 보니까 워메, 형님이 거기 서 있는 거야. 세상에 데모할까 봐 자기 집 앞에다 짐짝맹키로 실어다 퍼분 거야, 새벽 3시에. 담요 하나에다가 책 몇 권 꼴아 넣고 (일어서서 흉내낸다) 한쪽 몸은 못 쓴께 질질질 끄집고 와갖고 거그가 서 있드라고. 기가 콱 맥혀불드만. 글고 와서 한다는 말이 "여보, 크리스마쓴데 왜 날새기로 안 놀아요?" 그러는 거야. 그래서 내가 그랬지. "당신 없는데 어떻게 놀 수 있어요?" …… 하여튼 가족이 다시 모인께 순간 좋았제 … 워메, 근디!
(다시 실루엣 김영철 비명과 괴로워하는 장면 순간적으로 나타났다 사라진다) 출감한 그날 밤부터 사람 미치고 환장할 일들이 시작돼부렀어. 뭐 잠을 안 자고 끙끙 앓음시롱 울기만 하는 거야. 사흘이고 나흘이고 계속 아조 십 분을 못 자고 살았다니까. 단 십 분을 안 자부러, 십 분을. 머리가 많이 아픈께 방바닥에다 들이받고 벽에다 받아분디 어떻게 놔둬. 미치지. 긍께 못 허게 잡고 있는거지. 단 일 분을 못 떠나. 화장실도 못 가겄는디. 친정 엄마하고 교대로 감시를 했는디 삼 일씩 잠을 못 자붕께 미쳐불것드라고. 낮이나 밤이나 아조 길거리 나가서 무릎 꿇고 앉아가꼬 하늘 쳐다보고 달 쳐다보고 별 쳐다보면서 "하느님 살려주세요 살려주세요" 울고. 아조 깨를 할랑 벗고 일신방직 있는 데까지 돌아다녀불고, 행방불명 됐다가 며칠 뒤에 뭔 시골경찰서에 잽혀 있고. 글안허믄 과일칼로 동맥 끊어가꼬… 나 시장에 물건 받으러 간 사이에 슈퍼 가갖고 과일칼을 한 20개는 샀을 거여. 결국에는 과일칼로 동맥 짤라부러가꼬 병원에 가고 꾸매고 난리를 쳤어…
근디 82년 10월달에 아침에 화장실에 가 있는디 옆집 아줌마가 "동이 엄마, 동이 엄마!" 하고 부르길래 나가본께 길바닥에서 기거품 내놓고 쓰러져갖고 딱 실신해부렀어. 나는 모르니까 언늠 일으킬라고 근디 일으키지 말고 그냥 놔두래. 간질이라드만. 뇌에 이상이 있어서 그런다고. 그래갖고 정신병원 검사받고 뇌에 이상이 있는 줄 알았제.
형님 뇌 수술받고 전대병원에 입원해 있는디 은이 업고 다니면서 낮엔 장사하고 밤엔 간병을 해야 돼잖아. 병원에 있는 그 좁은 간이침대라고 요만이나밖에 안 헌가. 거그서 둘이 잠을 자면서 은이도 몇 번 떨어지고 나도 몇 번 떨어지고, 워메워메워메 몸은 피곤한디 잠은 못 자고. 형님은 형님대로 진짜 막 끙끙끙끙 제정신이 아니니까 닝게루 맞음시롱 인나불고 벽에 머리를 찍어불고 떨어져서 다쳐불고… 그걸 지키면서 요렇게 앉아갖고 내가 몇 개월을 잤네. 몰라, 다른 사람들은 몰라. 나도 뭣헐 때는 다 팽개쳐뿔고 도망가고 싶더라고. 그냥 오메 훨훨 어디 가믄 혼자 못 살겄어? 하다못해 남의 첩으로 들어간다고 해도 이보다는 낫을 것이요. 그런 생각이 내가 한두 번 들었간디…… 한번은…… 진짜로 가불라고, 안 살라고… 형님 침대에 누워 있는디 … 은이 업고 몰래 간디 자꾸 뒤가 돌아봐져… 눈물이 쏟아지고. 형님이 어떤 사람인디… 결국은 못 떠나고 산 것이 지금까지 살았네.

(조명 약간 어두워지면서 은이 노래, 〈애수의 소야곡〉)

12.

김순덕　수술하고 나서도 마찬가지 뭐. 낫을 수가 없는디. 뇌수술 하고도 형님은 계속 안 좋고 장사는 안 되고 빚만 진께 가게 집어치워불고 우유배달을 시작했네이. 84년도에. 오메 새벽에 일어나갖고 자전거도 못 탄께 걸어서 배달을 했어. 아침이믄 애들 학교를 보내야 헌디 내가 밖에 나와불믄 어떻게 할 수가 없잖아. 전화라도 있으믄 전화로 깨워주기라도 할 건디 그러지도 못하고. 근께 아침을 먹는지 학교를 가는지를 몰랐단께. 국민학교 3학년, 1학년 땐디 얼마나 부모 손이 많이 가는 때요. 은이는 저것은 아예 동네에서 굴러다님서 놀고. 고아도 상고아였제. 삼춘, 우유배달할 때 내 소원이 뭔지 아요? 애기들 밥

멕여서 학교 보내는 것이었어라. 우유 배달이 집집마다 배달을 해야 하잖아. 근께 아파도 쉴 수가 없어. 한번은 다리를 다쳤는디 어쩔 것인가, 나 아니면 배달을 못 하는디. 진통제 먹어감서 다리를 질질질 끌고 석 달 동안을 배달했네. 나중에 자전거 배워갖고 쬐금 나아졌제. 세상에 새벽부터 오후 두서너 시까지 우유배달하고 오후에는 또 아파트 앞에 다마공장에 다녔네이. 김장철이면 배추장사, 학교 졸업 때면 꽃장사, 포장마차 벨짓을 다 했어. 쌀 한 자루 살 돈이 없어갖고 사나흘에 봉지쌀 한 되씩 팔아다먹고…

13.

김순덕 나는 살라고 그 발버둥을 치고 있는디 형님은 어쩐지 아요. 자기 몸 하나 간수 못해갖고 옷이 벗겨진 줄도 모르고 덜렁덜렁 덜렁 다 내놓고 다녀불고. 한여름에는 날마다 씻어도 냄새가 나잖아. 근디 그렇게 안 씻을라고 난리야. 한번씩 목욕을 시킬라믄 동네 아저씨까지 동원해서 한바탕 난리를 쳐야된디 나도 일하다보믄 피곤해서 신경도 못 쓰고 그러게 되잖아. 근께 머리에 이가 생겨서 애기들한테까지 다 옮기고 씻도 않은께 몸에서 지독한 냄새가 난디 오만정이 다 떨어진당께. 나도 옆에 가기도 싫어불고 저녁이면 살 닿는 것도 싫어져분단께.
오메 말을 다 못해. 날 궂은날은 옷을 11번 갈아입혔네, 11번. 내복만 입혀놓고 재워놔도 눈 떠 보믄 없어. 글믄 자전거 타고 역전 앞으로 시내로 다 찾아다녀. 역전 파출소가 자기 집 안방이여. 돌아다니다 남의 가게 앞에 앉아 있으며는 수상하다고 남들이 신고해가꼬 파출소 철장 안에다 가둬놓고 있고 그걸 보믄 열받아가꼬 싸우고. 내가 광주사태 때 다쳐가꼬 근다고 글믄 거 전경들 순경들 새파란 젊은 놈들 그 씨발놈들이 뭐라고 한 줄 안가. 광주 사는 게 전라도가 집이라는게 부끄럽다네. 호적을 파서 옮겨부러야겄다고 요지랄 험서… 그러믄 내가 열 받아가꼬 "야,씨발놈아, 넌 집이 어디냐? 집이 전라도 아니고 광주 아니냐? 5·18 때 나서갖고 저런다, 5·18 때 나서서 싸운 게 죄냐, 죄여?" …말도 다 못 해. 하남에까지 가가꼬 데꼬 오고 오늘 오후에 나가면 내일 오고.

오메 오메 차라리 죽어분 사람은 죽어불 때뿐이고 잊어불고 살지마는 나는 영원히 고통이야, 내 가슴에는. 근디 다른 사람들은 겉만 보제(사이. 소주 한 잔 따라 마신다)

삼춘. (사이) 내가…. 형님을 칼로 찔러분 적도 있네이. (사이) 정말이여. 광천동 살 땐디 내가 과일 장사 할 때여. 내가 잠깐 한눈을 팔고 있는디 형님이 가게 좌판에 있는 과일을 전부 물통에다 쓸어넣더만 막 발로 밟고 손으로 깨고 난리를 벌이드라고. 술을 만든다고. 술을 만들어 판다고. 과일을 팔아야 먹고 살 건데. 포도며, 수박, 아 있는 대로 물통에 쑤셔 넣는 거야. 여름인디 그 썩은 냄새가 얼마나 났것소. 갖다 버리면 또 만들고 갖다 버리면 또 만들고. 오메 그뿐이 아녀. 물통에다가 똥을 전부 담아다 놓질 않나 부엌 밥그릇마다 똥을 퍼담아다 놓는 거야. 그전까지 사람들이 우리 집 음식 잘 먹다가 그런 꼴을 보니 사람들도 점점 멀리하고 나는 속이 타 죽겄는디… 한번은 내가 부엌에서 밥을 하고 있는디, 형님이 또 물통에다가 과일들을 몽땅 집어 넣고 있는 거야. 그 순간 …. 부엌에 있던 칼을 들고 가서 형님 다리를 찔러부렀네이. 동네 사람들이 많이 다쳤다고 병원에 데꼬 가고 난리였제. 내가 그랬으니 사람들이 전부 나보고 서방 죽일 년이라고 욕하고 난리였제. 그 상황을 안 겪어본 사람은 절대 이해 못 할 것이요.

14.

김순덕 요놈의 눈물 징해, 징해. 그렇게 흘리고도 마르지도 안 해… 지금이사 애들이 다 잘 커서 글지마는 애들 때문에 울기도 많이 울고 매도 진짜 많이 들었네. 애들 키우는 게 그렇잖아. 쪼금만 신경 안 쓰면 지그들 맘대로 해불고.

처음에 와이(YWCA) 후문에서 식당할 때 방 한 칸밖에 없은께 애기들은 광천동 집에 놔두고 나는 식당에서 장사를 하는디, 내가 식당에 나와 있은께 애들이 학교를 안 가분 거야. 즈그들끼리 노니라고. 그래갖고 한 일주일을 학교를 안 갔는갑서. 나는 식당에 나와분께 몰라불고. 그걸 알고 그때는 정말 눈에서 피눈물이 나더라고. 내가 이라고 고생하고 사는 것도 다 지그들 때문인디. 뚜드려 패고 난리쳤어. 형님 저렇게 됐는디 나라도 애들 잘 키워놔야 할 것 아니요? 식당 단칸방이라도 내가 끼고 있어야제 안 되겄더라고. 그래서 애들을 전부 전학시키고 식당으로 옮겼제.

오메 오메 애기들이 학교 친구들이 니그 아빠 미쳤다고 놀린다고 학교를 안 다닌다고 할 때는… (눈물을 닦으며) 그래서 내가 그랬제. 아야, 아빠는 미친 게 아니라 많이 아파서 그런다 … 내가 가진 것은 없어도 이 새끼들 갈쳐놔서 나는 인자 죽어도 여한이 없어.

15.

김순덕 뭣들 해? 한 잔씩 묵어…. 형님은 84년부터 나주병원에 통원치료하다가 지금까지 거기서 입원하고 있는 거제. 나주정신병원에서도 간호원들하고 몇 번 싸웠어. 그땜시 내가 병원에서 싸납기로 소문나부렀네이. (사이) 한 번은 갔더니 간호원이 "이보세요, 영철 씨한테 관심 좀 가지세요." 요지랄 하는 거야. 근께 내가 얼마나 열이 받쳤것어. 관심을 가지라는 것은 뭐야, 관심이 없다는 것 아냐. 오메 지가 우리 집 와서 딱 하루만 살아보제. 그래갖고 사무실까지 쫓아가서 대판 싸우고.

한 번은 담당 의사하고도 싸웠네이. 세상에 국립정신병원에서 형님보고 나가라는 거야. 그래서 내가 의사하고 대판 싸웠지. "누구 땜에 저렇게 됐는디 나라에서 운영하는 병원에서 나가라고 하믄 어쩌라는 말이냐." 가는 곳마다 소외당하믄 나는 어떻게 살겄어. 긍께 있잖아 내 인생, 이것이 내 팔자려니 내 업이다 생각하고 내가 참고 사는 거야. 내 십자가다 생각허고.

16.

김순덕 나는 어디 다닐 옷도 없네이. 애들 가르킬라니까 힘들어. 힘들어갖고 양말 하나 옷 하나도 못 사입고 산다니까. 옷도 만 원짜리 오천 원짜리 이런 것만 사입고 살고. 남들한테 헐 건 다 하면서 내 자신한테는 그렇게 냉정해. 근디도 모르고 다른 사람들, 외부에서 보는 사람들은 말을 함부로 헌다고. 긍께 내가 무서운 게 없어, 씨발. 나한테 잘못 걸리며는 내가 죽여불제. 인자는 말로 죽여불든지 힘으로 죽여불든지 죽여부러, 인자는 내가 못 참어.

근디 사람들 입이 무섭더라고. 화장만 하고 나가도 그러고 어쩌다 있는 옷 빨아서 대려 입고 어디만 나가도 별소릴 다 한다니까. 아 심지어는 방에 담배 재떨이 있는 것까지도 신경 쓰드라니까.
근디 삼춘, 제일 억울하고, 성질 난 것이 뭔지 아요? 백날 잘 해 줘봐야 못 한다고 하고. 겉으로만 보고 다 남들이 다 평가하고 그러면 나는 뭐냐 이거야. 그래서 내가 몇 번 안 살고 가불라고 했어. 나 술 한 잔씩 먹고 이라고 풀고 산께 글제 술도 못 먹어불었으믄 병 나서 죽어부렀을 것이요. 나 술 먹을 때는 많이 먹으요이. 근디 나도 인자 심장병이 생겨갖고 언제 죽을지 몰라.

17.

(웃음) 어찌요? 참말로 내가 이라고 기운이 좋아. 아프다 허면서…… 삼춘…… 나 새로 시집가믄 안 되까?… 아니 지금 당장 그러겠다는 것은 아니고 사람 일은 모르는 거잖아. 옛날 어른들 말이 열 효자 필요없다고 하잖아. 늙으믄 서방이 최고제. 막말로 말해서 형님 놔두고 내가 바람나갖고 나가서 산닥 해도 누가 날 나쁘다 그래? 내 맘이제, 내 인생이제 뭐 자기들이 내 인생 살아주간디 …… 삼춘도 내 맘 모를 것이요. 형님하고 여관까지 갔다가 실패하고 올 때…… 내 눈에서는 피눈물 나부러라. 나도, 나도 인간이고 나도 여잔디잉 결혼한 사람허고 안한 사람하고 같것소…… 꼭 남녀 관계만이 아니라 나도 힘들 때는 누군가헌티 의지하고 잖고 그럴 때가 있을 것 아니요? …… 내가 이라고 살지 누가 알았겄소. 형님이 저라고 될지 꿈에라도 생각했겄소.
근디 지금까지도 형님은 한 번도 남을 원망하거나 탓하거나 미워하거나 후회하거나 그런 거이 없어. 정신이 오락가락함서도 다 하나님 뜻이다고, 앞으로 우리나라 잘될라고 그런다고, 요러고만 말하네. 기가 맥혀분당께, 긍께. 사람은 감정의 동물이라고이 미운 사람은 밉고 좋을 때는 좋고 나쁠 때는 나쁘고 글잖아. 근디 글 안해. 저렇게만 안 다쳤으믄 얼마나 좋겄어. 그렇게 맘이 좋은 사람인디. 진짜 조선 팔도 저렇게 좋은 사람 없을 거이요. 근디 너무 좋은 사람을 베려부렀어. 정의파고 거짓이라고는 없는 사람인디.

지난 추석에도 형님 외박 나왔네이. 가끔 외박 나와서 2, 3일 있다가 가시고 글거든. 동이도 마침 외박 나와갖고 온 식구가 모였네이. (사이) 그라고 좋아하드라고. 근디 추석 때도 형님하고 같이 안 잤어. 옆방에 모셔놓고 혼자 주무시라고. 아직도 새벽인지 밤중인지도 모르고 동이야, 선이야, 은이야 불러불고 깨와불고 잠을 못 자게 해부러. 한 방에 있어불믄 잠을 안 자불고 저녁내 불켜놓고 담배 먹고 왔다 갔다 해분디 잠을 자겄소. 그러면 나는 내일이면 생활전선에 뛰어들어 일을 해야 된디. 형님 혼자 주무시라고 방에서 같이 안 잤어. 오메, 같이 자믄 뭣할 것이요, 일도 못 한디. (웃음)

18.

김순덕 (시계를 보며) 오메 삼춘하고 이야기하다 본께 시간이 허벌나게 지나 부렀네이. 내가 징하게 기운도 좋지라이. 아프다면서 날새기로 말 해불구만이. 이야기해불고 난께 한편으로 시원하기도 하네 … 오늘은 형님한테나 한번 가 봐야 쓰겄소. 가서 간식비도 넣어 줘야 겄고 고기하고 과일도 좀 갖다 줘야 쓰겄고. 나주 거그도 인자 여름이 왔을 것인디.

인자 형님은 오래 못 사실 것 같어라우. 지금 진료부장님이 형님 일고 선배여. 그 양반이 많이 도와주거든. 그 양반이 그랬다요. "김영철이 같이 멋진 놈은 내가 병원에 근무하는 한 절대 퇴원 못 시킨다." 그래갖고 지금까지 버티고 있는 거여. 근디 며칠 전에 갔는디 진료부장님이 그러시덩만. 인자 한계에 온 것 같다고.

삼춘! 내가 밤새워 한 이야기는 내가 삼춘이 이무로우니까 한 이야긴께 뭐이요, 거 연, 연극으로 만들 생각은 마쇼. 알았지라? 나 또 남의 입에 오르락 내리락 하게 만들믄 삼춘 다시 안 볼랑께. … 가끔 5월이 없었으믄 내 인생이 어떻게 됐으까 생각도 해 보지만 다 쓰잘데기 없는 생각 아니요? 글지라? 인자 내 인생도 앞으로 한 10년이나 남았는가 모르겄소. 인자는 나도 좀 재미지게 살고 싶은디. 삼춘, 나 인자부터 재미지게 살랑께 흉보지 마이. (웃음) 목숨 다하는 동안까지는 형님 모시고 자식 뒷바라지 험서 살아야지 어쩔 것이요.

(일어서서) 오메 비 올랑갑다. 장마가 지믄 농사에 안 좋을 것인디. 삼춘, 가쇼. 이모들도 잘 가고. 또 오쇼. 진짜로 술 한 잔 하게. 바쁘다는 핑계 대지 말고. 단원들도 다 데꼬 와. 알았제? 가쇼. (손을 흔들다가 돌아선다)

아, 삼춘, 지난 은이 생일 때도 형님 외박 나와갖고 우리 가족들하고 낙평이 삼춘이랑 용호 삼춘이랑 같이 노래방 갔네이. 형님은 노래방에 처음 가 보제. 가서 노래도 불렀네이. "사랑해 당신을" 그 노래도 부르고 그담에는 거 팝송 뭐이냐? …은이야. 그 노래 뭐시냐?

은이　체인징 파트너!

김순덕　잉 체인지 파트넌가 뭔가 그 노래도 불르고 … 응 형님 맥주도 한 잔 마시고. 딱 한 잔 마셨어. 오메, 그럼서도 뭐라 한지 안가? 걸음도 제대로 못 걷는 사람이 나하고 춤추자네, 춤춰. 아이고 몸도 제대로 못 움직이는 사람이 남들 허는 것은 다 하고 싶어갖고.

(노래방. 은이, 김순덕, 김영철 오색불빛 아래 노래한다. 노래 - 〈사랑해 당신을〉, 〈체인징 파트너〉, 〈청실홍실〉. 관객에 대한 인사는 노래 중간에 이루어진다. 노래가 끝나고 나면 잠시 어둠. 앞에서 나온 세 가지 김영철의 실루엣- 편지/전화/비명-이 배경막에 떠오른다)

연출자를 위한 노트

연극이 끝나면 다시 바깥이다. 김영철은 바깥에서 일상으로 돌아가는 관객들에게 다시금 반복해서 생과 삶에 대해 말한다.

■ **박효선**(1954~1998년) 전남대 연극반 출신으로 1978년에 설립된 광주 광천동 '들불야학'의 강학(교사)로 활동하여 '들불 7열사'(5월민중항쟁 당시와 전후 희생자 7명- 박기순, 윤상원, 박용준, 박관현, 김영철, 신영일, 박효선) 중의 한 사람으로 추념되고 있음. 1979년 〈극회 광대〉를 창단하여 마당극 「돼지풀이」 등을 공동연출. 1980년 5월 광주항쟁 당시 광대 단원들과 함께 「투사회보」를 제작하는 등 광주시민군 항쟁지도부의 홍보부장으로 활동. 이후 2년간 정치수배를 당한 후 검거되어 징역 2년 6개월에 집행유예 4년을 선고받고 석방. 1983년 11월 22일 광주에서 〈극단 토박이〉를 창단. 「금희의 오월」, 「그들은 잠수함을 탔다」, 「모란꽃」, 「청실홍실」 등 일련의 5월극을 창작, 공연함으로써 '영원한 5월광대', '5월 광주의 전도사' 라는 애칭을 얻음.

연극 충분히 애도되지 못한 슬픔

최치언 작·연출, **창작산실** 초연, **창작집단 상상두목** 재연

이 작품은 밑바닥 인생을 살고 있는 세 사람을 통하여 1980년 광주의 슬픔을 무겁고 진중하게 바라보는 대신 유쾌하게 풀어내는 방식을 택하고 있다. 그러나 역사적 사건에서 비켜선 개인들의 우스운 이야기는 오히려 더 많은 생각들을 안겨 주고 있다. 장르는 블랙코미디로 평가되며 총 15장으로 구성되어 있다. 서사의 시·공간은 1980년 5월 광주와 1960년 겨울로 나뉘어 두 개의 시·공간이 서로 교차하면서 작품을 구성한다.
이 작품은 2012년 '평민사'에서 출간한 최치언 희곡집 『미친극』에 수록되어 있다.

등장인물

세수
타짜
띨박
여경리
간호사
장교
경찰
군인 1, 2
시민
부장
수행원
외계인들
기관원들

연극

충분히 애도되지 못한 슬픔

최치언

제1장

1980년 광주.

숙식이 가능하도록 개조된 허름한 페인트 창고.

침대와 낡은 소파 그리고 한쪽 구석에 쌓여 있는 페인트통들.

암전된 상태에서 우당탕 서로 몸싸움을 벌이는 소리와 함께 띨박의 웃음 소리.

무대 밝아진다.

띨박의 팔을 뒤로 꺾어 잡고 누르고 있는 세수와 타짜.

고통스럽지만 웃는 띨박.

띨박 (죽을 듯 인상을 쓰며) 하하하… 하나도 안 아프단 말이야.

세수 어쭈, 이래도? 이래도?

띨박 하하하…하나…도…안…아퍼….

타짜 (세수한테) 야, 강적인데.

타짜, 띨박의 팔을 확 꺾어버린다.

띨박 (비명) 아아아…!

띨박, 몸부림치며 세수가 잡고 있던 팔을 빼서 타짜의 콧등을 후려친다.
코를 잡고 나뒹구는 타짜.

타짜 으으으…이씨… 아퍼. 아프단 말이야!

타짜는 코를 잡고 바닥을 뒹굴면서 고통스러워 한다.
세수, 한심한 듯 타짜와 띨박을 보며 소파에 가서 앉는다.
세수는 왼발을 약간 절뚝거린다.

세수 돈 벌기가 그렇게 쉬운 줄 아냐… 그만들 엄살 부리고 이리로 와서 앉아. 빨랑, 뭐해!

엉거주춤 일어나 소파에 가서 앉는 띨박과 타짜.

세수 (둘을 보며) 괜찮아?

띨박 ….

타짜 ….

세수 괜찮냐고?

띨박 쪼금 괜찮아.

세수 타짜, 너는?

타짜 (코를 조심스럽게 만져보며) 아퍼.

세수 아프긴 뭘 아퍼. 덩치는 산만 한 게. 피도 안 나는구만.

타짜 진짜. 아퍼. (띨박을 보며) 너 죽을 줄 알어.

띨박 눈 부라리지 마. 하나도 안 무서워.

타짜 뭐?!

세수 그만들 해!

이때, 밖에서 들려오는 시위대의 구호 소리와 함성 소리.

세수, 창문 쪽으로 걸어가 밖을 쳐다보며.

세수 배불렀다. 하라는 공부 안 하고 매일 데모질이니… 대한민국이 어디로 가겠냐.

타짜 사는 게 뭐같아서 그런다잖아.

띨박 나도 들어서 아는데… 총으로 대통령 위협해서 대통령보다 더 높은 자리 차지했대.

세수 뺏고 빼앗는 거지. 먼저 뺏는 놈이 장땡 아니겠어.

세수 세상이 다 그런 거다. 이제들 알았냐?

띨박 학생들은 착하잖아.

타짜 우리 사촌 여동생도 대학생인데 얼마나 착한지… 내가 가면 막 피해. 부끄러워서.

세수 그건 니 인상이 더럽게 생겨서야.

타짜 뭐?

타짜, 띨박의 멱살을 움켜잡는다.

타짜 너 지금 뭐라 그랬어?

띨박 …너 왜 이래… 놔! …내가 말한 게 아니잖아. 세수가 그랬잖아.

타짜　　내 인상이 어디가 더러워. 세수도 했는데, 어디가 더러워!

타짜, 띨박의 머리카락을 두 손으로 움켜잡고 흔든다.

띨박　　제발, 거기만은 만지지 말아줘.
타짜　　왜?
띨박　　거긴 안테나거든.
타짜　　안테나? (세수를 보며) 무슨 말을 하는 거야?
세수　　그만들 둬!

제2장

20년 전.
겨울. (세수, 띨박, 타짜는 열여덟 살이다)
세 대의 낡은 자전거가 놓여 있다.
그 앞에 세수와 띨박, 타짜가 털모자를 눌러쓰고 서 있다.
그들은 한 손에 각각 물건 꾸러미를 들고 있다.
타짜, 띨박과는 비교가 되게 말끔하게 차려입은 세수.

타짜　　(세수를 보며 부러운듯) 대단해! …서울 물이 좋긴 좋네. 몰라보겠다. (세수가 든 물건 꾸러미를 보며) 이게 말로만 듣던 양담배란 거지?
세수　　그만 만져 봐… 하여간 이것들 수준하고는… 근데 선생님은 언제부터 그렇게 되신 거냐?
타짜　　작년부터….
띨박　　들리는 소문엔 초등학교 때 우리가 선생님 속을 너무 썩여서 그렇게 되셨대.

세수, 자못 심각하게.

세수　　그럴 수도 있지. 우리가 보통 놈들이었냐.
띨박　　나도 그 말엔 동의!

세수와 띨박, 장난스럽게 서로를 안아준다.

타짜　　나도 동의!

타짜가 세수와 띨박을 안으려고 하면 띨박, 경기를 일으키며 멀리 달아난다.

띨박　　저리 가! 돼지야!
타짜　　저거 봐라. 고마운 걸 모른다니까. 세수 너도 알지? 학교 다닐 때 애들이 띨박이 괴롭히는 걸 내가 얼마나 지켜 줬는지. 내가 띨박이한테는 아버지 같은 놈이라고… 그렇지, 세수야?
세수　　지켜준 만큼, 괴롭혔지. 때리고, 뺏어먹기도 하고, 노예처럼 부려먹고.
띨박　　그래, 차라리 애들한테 괴롭힘 받는 게 나았어! 이 돼지야!

타짜, 상처 받은 듯 잠시 말을 잇지 못하고 멍하니 하늘을 올려다본다.
잠시, 어색한 침묵에 빠져드는 세 사람.

타짜　　세수야, 우리 3년 만에 보는 거지?
세수　　무슨 말을 하시려고.

타짜 (뜸을 들이며) …선생님 아프시다고 했을 때, 서울서 니가 내려오겠다고 해서 난 말이야….

띨박 말 돌리지 말고 본론을 말해!

타짜 (띨박에게 눈을 부라리며) 저게! …(세수한테) 근데, 세수 너 좀 맛이 간 거 같다?

세수 맛이 가? 내가 이 세수가 맛이 갔다고?

타짜 (조심스럽게) 친구끼리 이런 말을 해서….

띨박 말 돌리지 말고 말해.

타짜 넌 닥쳐!

세수 말해 봐. 어서!

타짜 선생님이 돌아가시게 생겼다고 병문안 가는데 양담배 가져가는 놈이 어딨냐? 너 서울서 놀더니 맛이 간 거야!

띨박 (멍청하게) 듣고 보니 그건 그렇네.

세수 (궁지에 몰린 듯) 뭐가 그래… 니들 몰라? …선생님이 얼마나 담배를 좋아하셨는지? (울먹하며) 우리 초등학교 때 말이야. 선생님이 까실까실한 턱으로 우리들 볼을 막 부비시면서 너희들은 커서 절대 담배 피지 말라하시면서… 나 그때가 되게 생각나는 거 있지… 선생님 입에서 풍겨 나오던 그 담배 냄새 말이야.

그들 셋, 잠시 침울해진다. 분위기를 깨고 띨박.

띨박 나는 말이야… 계란 좀 가져왔어. 우리 집 닭이 요즘 이상하게 달걀을 막 낳는 거야. 우리 아버지는 닭이 바람 나서 그런대. 아무 데서나 하고 막 달걀 낳고.

타짜, 다짜고짜 띨박의 멱살을 움켜잡으며.

타짜 　형편없네… 선생님이 띨박이 널 얼마나 챙겨주셨는데… 바람 난 닭 달걀을 가져와.

띨박 　이거 놔… 아퍼… 아프단 말이야.

타짜 　(과하다 싶게) 난 내 마음이 아프다! 우리 선생님이 왜 돌아가셔야 한단 말이냐. 그렇게 좋으신 분이… 니들 생각나냐. 6학년 때까지 띨박이하고 나하고 한글 못 깨쳐가지고 수업 끝나고 선생님 집에서 따로 수업 받았잖아. 선생님이 그때 뭐라고 하셨는지, 띨박이 너 기억하지?

띨박 　니들은 한글이… 적성에 안 맞아서 그럴 거다. 절대 머리가 나빠서가 아니야… 그랬어.

타짜 　또 있잖아. 기억해 봐… 기억해!

띨박 　…니들은 …나중에 영어 배우면 잘할 거야, 그랬어.

세수, 타짜의 뒤통수를 후려치며.

세수 　그래서 중학교 내내 알파벳도 못 깨쳤냐? 한글을 제대로 아니, 영어를 아니? 뭘 제대로 아는 게 있냐?

타짜 　세수 너도 그러면 안 되는 거야!

세수 　뭘?

타짜 　기억 안 나?

세수 　뭐가 기억 안 나?

타짜 　선생님이 세수 넌 잔머리가 빠르니까. 다른 사람들이 너 때문에 많이 상처 받을 수 있다고 항상 머리 조심하라고 했잖아.

세수 　잔머리가 아니라 계산이 빠르다고 했어, 기억하려면 똑바로 해!

타짜 　(띨박에게) 그랬냐?

띨박 　그랬어. 세수는 산수는 못하는데 계산은 빠르다고 했어.

타짜 　산수를 못하는데 계산이 어떻게 빠르… 에이, 씨. (해시시 웃으며) 이번엔 그냥 넘어 가자. (댓병 술을 들어 보이며) 난 술 받아 왔어.

세수　(한심하게 보며) 참 잘했다. 선생님이 간이 안 좋아서 누워 계신다는데….

타짜　니들 몰라 선생님 얼마나 술을 좋아….

세수　그만 가자.

세수, 타짜의 말을 끊고 자전거에 올라탄다.

타짜　말을 못 하게 해.

타짜, 띨박, 자전거에 올라탄다. 서서히 페달을 밟는다.

세수　선생님 집이 어디라고 했지?

타짜　나주 못 가서라는데. 한참 가야 할 거야.

띨박　니들하고 이렇게 오랜만에 같이 있으니까 되게 좋다. 그치?

세수　(하늘을 보며) 하늘이 좀 어둡다.

타짜　눈이 올 거 같은데….

띨박　우리 중학교 퇴학 맞고 꼭 3년 만이다. 그치?

타짜　세순 퇴학 맞은 게 아니지. 정학 맞고 서울로 전학 갔으니까.

세수　(쭈뼛거리며) 나도… 맞았어.

타짜　뭐가 맞아?

세수　전학 간 학교! 서울 애들이 얼마나 그악스럽던지 난 명함도 못 내밀겠더라. 그래 애들하고 좀 친해 보려고 화장실에서 양담배 좀 돌려 폈는데.

타짜　그거, 니 수법 아니냐. 우선 주둥이에 뭘 물려주든지 처넣어주든지.

띨박　그래서?

세수 (자전거 핸들을 오리처럼 뒤뚱 흔들며) 오리 꼬리처럼 생긴 반장이 선생한테 뒤뚱뒤뚱 걸어가더니 다 꼰질러버린 거야. "샌님! 샌님! 세수가요… 촌놈이요!"

타짜 그래, 짤렸구나.

세수 나만. 나만 짤렸어. 난 양주도 한 병 처먹었거든. 서울 애들한테 좀 세게 보이려고.

타짜 내가 같이 있었으면 좀 도와줬을 텐데.

띨박 니가 어떻게?

타짜 술은 내가 마시고 담배는 세수가 피고, 내가 술이 좀 세잖아. 우리 집도 양조장하고. 친구란 게 다 그런 거야.

세수 (하늘을 보며) 야, 눈이 오겠는데.

띨박 선생님이 우리들 보시면 뭐라 하실까?

세수 참 잘했어요, 띨박군. 하시겠지.

타짜 참 잘했어요, 세수군.

띨박 참 잘했어요, 타짜군.

그들 셋, 낄낄거리며 페달을 힘차게 밟는다.

제3장

1980년 광주.

세수, 왼쪽 바짓단을 걷어 올리고 왼쪽 다리를 탁자 위에 올려 놓으며.

세수 (상처 부위를 가리키며) 난 이 다리로 여섯 번 해먹었어. 알겠어? 여섯 번.

타짜 대단한데. 역시 넌 남자야.

세수 니들도 나처럼 될 수 있어. 싸나이 중에 싸나이.

띨박 (다리를 가리키며) 그거, 안 아펐어?

세수 당연히 아프지.

띨박 얼마나?

세수 (과거의 고통을 상기하며) 되게, 무지하게, 엄청, 끔찍하게!

띨박 난 안 할래.

세수 (눈을 부라리며) 해! 내가 하라면 하는 거야! 되게, 무지하게, 엄청, 끔찍하게 아퍼도 이것처럼 돈을 확실하게 버는 방법은 없어. 너희들은 오늘 부로 나한테 고맙다고 해야 할 거야.

타짜 그래, 우린 한 배를 탄 거야. 세수 너는 이 배의 선장이고. 그리 고 (띨박을 못마땅하게 보며) 넌? …에이 모르겠고. 난 항해사야. 선장의 왼팔이지.

띨박 (별안간 신이 나서) 그럼 나는 갑판장, 선장의 오른팔. 전방 3시 방향으로 파도가 몰려옵니다. 속도는 100킬로, 무지하게 빠름.

타짜 선장님, 배를 좌현 15도로 꺾어야겠습니다. 저 속도에 부딪히면 끝장입니다. 깨지는 건 둘째치고라도 목숨이 위험합니다. 재수 없으면 인생 나가리입니다.

세수 (선장처럼) 물러서지 마라. 너희들이 대한민국 최고의 공갈 사기단이라면 저 차를 놓쳐서는 아니 된다. 아직은 저 차가 너희들을 발견하지 않았기 때문에 100킬로인 것이다. 도로로 뛰어드는 너희들을 발견할 시 저 차와 너희들의 거리는 10미터. 브레이크를 밟는 시간은 0.05초. 속도는 팍 꼬꾸라지면서 60…50…40…30…20…10…제로 그리고 충돌.

띨박 정말?

타짜 세수가 거짓말할 놈이냐.

세수 여섯 번이나 한 다리로 해치워 먹었는데 난 아직도 무사하다. (다리의 건재함을 과시하려 주먹으로 다리를 때린다) 이 봐라. 끄떡 없어. 단지 걸을 때 불편할 뿐이지만. 이것도 숙달되면 사는 데 아무런 방해가 안 된다.

띨박　그래도… 사람들이 다리병신이라고 놀리면. 저기, 다리병신 지 나간다.

분위기 얼어붙는다.

세수, 띨박에게 천천히 걸어간다.

띨박, 세수의 기에 눌려 도망가지 못하고 얼어붙는다.

띨박　난… 그냥… 남들이 날 놀리는 게… 싫단 말이야….

세수, 띨박의 볼을 잡아 흔들며 귀여운 듯.

세수　바로 그거야. 병신! 우린 병신이 되야 해. 누가 봐도 병신이야 할 정도가 되야 한단 말이야. 그래야 보상금의 단가가 높아지는 거야. 적당히 해서는 안 돼. 간혹 살짝 기스만 나게 하고 쥐똥만 한 보상금만 받아 챙기는 놈들이 있는데. 그런 놈들 오래 못 가. 왜냐면 보험사에서 의심하거든. 완전히 박살이 날 정도로 견적이 나왔을 때 보험사들도 의심 안 하거든. 아니, 의심할 건덕지가 없는 거지.

타짜　만약, 나는 죽어라고 부딪쳤는데 살짝 기스만 나고 병신이 안 되면 그땐 어떻게 하냐?

세수　이런, 기스 나는 소리하고 자빠졌네. 그러니까, 사전에 확실하게 부러뜨리고 일터로 나가야 할 거 아니냐.

타짜　근데, 우리 중에 누구 걸 부러뜨릴 거야?

제4장

타짜는 창고 문 앞에 서서 문을 막고 있고, 세수는 띨박을 설득하고 있다.

세수　그럼, 내가 하냐? 너도 봤잖아. 난, 더 이상하면 다리를 절단해야 한다고.

띨박　(타짜를 가리키며) 쟤도 있잖아? 쟤 시켜.

세수　쟤는 안 돼! 내가 몇 번을 말해야 알겠어. 쟤는 니가 차에 부딪히고 나면 너 대신 나서서 가해자 측과 협상할 놈이란 말이야. 저 정도 마스크는 돼야 협상이 가능하지. 너처럼 곱상하게 생긴 놈이 협상하면 그게 되겠냐. (타짜를 보며) 야, 너 인상 좀 써 봐.

타짜, 험악하게 인상을 쓴다.

세수　너도 봤지. 너 같으면 저런 애하고 1분이나 같이 있고 싶겠어? 대충, 부르는 대로 합의하고 말지. 다, 우릴 위해서야!

띨박　그럼, 넌 뭐하는데?

세수　완전 도그네. 우리 중에 대장이 누구야? 이 사업 누가 제안한 거야? 이거 내 꺼야. 만약에 말이야. 모든 일들이 생각대로 안 됐을 때 누구한테 물어볼 거야. 누가 뒤처리할 건데. 그러니까 가해자가 보험사 측에 모든 일을 떠넘기면. 띨박이 너, 타짜 쟤 그동안 뭐하고 살았는지 알어?

띨박　17년 만에 만났는데 어떻게 알어?

세수　(타짜한테) 야, 너 손가락 들어 봐.

타짜, 오른손을 들어 손가락을 쫙 편다.

오른쪽 손가락 검지와 가운데 중지가 잘려 나가고 없다.

세수 재 봐라. 손가락이 두 개나 없는 놈이야. 화투판에서 손기술 쓰다 두 개나 썰렸잖아. 저런 불쌍한 애를 다리병신까지 만들고 싶냐?

타짜 (왼손도 들어 펴 보이며) 왼쪽까지 네 개.

세수 참 잘했다! …재, 보험사에서 애들 풀면 과거 이력 쫙 나와. 그땐 합의가 아니고 재가 가해자 측 공갈 협박한 게 되는 거야. 이력서가 불량한 애를 너 같으면 의심 안 하겠냐?

띨박 당연히 하지.

세수 그래, 바로 그거야. 재는 가해자 측과 협상용이고 보험사로 넘어갔을 땐 내가 나선다 이거야.

띨박 너는 이력서가 더 안 좋잖아? 이 계통으로 일해서 다리도 절고. 걔네들이 딱 보면 모를까?

세수 나, 안 절어.

세수, 절던 다리를 바로하고 뚜벅뚜벅 걷는다. 놀래는 띨박과 타짜.

타짜 야, 너 어떻게 된 거야?

타짜, 놀래서 세수에게 걸어오려고 하자 세수, 버럭 소리를 지른다.

세수 문 지켜!

얼른 문 앞으로 가는 타짜.

세수 (띨박에게) 보험사 직원이 하도 뒷조사하고 다녀서 계속 이렇게 다닐 수밖에 없었어. 보통 보험료 지불하면 보험사 직원들 그걸로 끝인데, 이번에 걸린 놈은 아주 독종 또라이야.

일 년이 넘도록 내 주위를 서성거리는 거야. 자기가 지네 회사 사장님 딸년의 조카사위라나. 눈깔 세우고 밝혀 보겠다는 거지. 장애 일등급인지 아니면 쇼지.

타자 역시, 넌 대단해!

띨박 그게 나하고 무슨 상관이야?

세수 무슨 상관? 같이 잘 살아 보겠다는 거 아니냐. 한 몇백 챙겨서 우선 조그만 가게라도 시작해 보는 거야. 너 언제까지 소아마비 아버지 삥 뜯고 살 거냐? 그리고 너 타짜, 배운 게 화툰데 손가락 없는 놈이 어떻게 화투 칠 거냐? 화투방에 가서 쓰레기통이나 비워주고 개평이나 뜯어서 술 받아 처먹고 살래?

타짜 싫어!

세수 띨박, 너도 싫지?

띨박, 말없이 고개를 끄덕인다.

세수, 창고 귀퉁이로 가서 짐가방을 연다.

다리를 분질러뜨릴 물건들을 꺼낸다. 망치, 쇠톱, 드라이버 등등.

세수 하나도 안 아프게 분질러 줄게. 너 나 믿지? 나 혼자 자수했던 최세수다! 세수! 더러운 건 절대 못 본다 해서 이름이 세수 아니냐. 다리를 분질러 놓을 때 절대 피 안 본다. 피가 안 난다는 건 기술이 있다는 소리고, 기술이 있다는 건 안 아프다는 거야. 이빨 뺄 때 기술 없는 놈들이 피 보게 하잖냐. 기술 있는 놈들은 이빨 피 하나도 안 나게 하고 뽑는다.

기이하게 생긴 망치를 꺼내 잡는다.

앞이 뾰족하고 뒤끝이 넓적한 양방향 망치다.

띨박 정말 니 말대로 되는 거지?

세수　날 믿어! 내가 여섯 번의 경험자잖아.

타짜　(부드럽게) 그래, 경험자를 믿어 봐. 그리고 우린 친구잖냐. 내가 대신하고 싶지만….

띨박　그럼 니가 해. 난 정말 못 해. 내가 험악하게 인상 쓰면 되잖아. 나 그거 잘해 봐 봐.

띨박, 험악하게 인상을 쓰지만 되려 우스꽝스럽다.

이때, 또 시위대의 노랫소리와 "군부독재타도!" 구호 소리가 퍼진다.

띨박, 창문으로 밖을 쳐다보며.

띨박　아까보다 사람들이 더 많아졌는데, 무슨 일 나는 거 아냐?

이때, 잽싸게 띨박에게 달려드는 타짜와 세수.

띨박　이거 놔… 좋아, 좋아, 한다. 내가 할게. 그 대신 내가 50 먹고 니들은 25씩이야.

타짜　뭐? 그러는 게 어딨어!

세수　넌, 닥쳐. 그래 그렇게 하자. 내가 먼저 말하려고 그랬는데. 자, 그럼 됐지. 저기 소파로 가자. 빨리 끝내줄게.

세수, 띨박을 끌고 소파로 가서 앉힌다.

세수가 오른다리를 탁자 위에 올려 놓으려고 하자 띨박, 왼다리를 탁자 위에 올린다.

띨박　아버지가 왼다리를 절잖아. 만에 하나 내가 병신이 돼도 아버지하고 같은 다리를 절고 싶어. (감정이 복받쳐) 흐흐흑.

잠시, 숙연해지는 세수와 타짜.

세수　　그래, 왼다리로 하자.

타짜　　그만 울어. 복 달아나겠다.

띨박　　가게 하나 낼 수 있는 거지?

세수　　하나가 뭐야, 세 개도 낼 수 있어.

타짜, 띨박을 뒤에서 단단히 껴안는다.

세수, 잡았던 망치를 잠시 들여다보다가 자신이 없는지 버린다.

타짜　　왜 그래?

세수　　신나 통 어딨냐?

타짜　　왜?

세수　　고통을 덜어줄려고 그래. (얼른 띨박의 눈치를 살피며) 그러니까, 아주 깔끔하게 해주려고 그런단 말이야. 신나 냄새 맡으면 잠시 해롱해롱하잖아. 술 먹은 듯이.

띨박　　그거 좋은 생각 같은데. 난 술 못 마시잖아. 그런데 막 속상하고 그러면 나도 풀어야 하거든. 예전에는 본드 불었는데 아버지가 하도 잔소리를 해서 끊었어. 신나 불고 싶다.

타짜　　별거 다 했네. 아예 신나 한 통을 줄 테니까 냄새 맡지 말고 들이삼켜라.

타짜, 페인트 통 쪽으로 가 신나 통을 골라 들고 온다.

세수, 신나 통을 건네받고 뚜껑을 연다.

세수　　아주 좋아. 냄새도 좋고. 띨박아 니 맘대로 한번 불어 봐라.

띨박, 신나 통에 코를 댄다.

띨박, 기분이 좋은지 금방 혀가 꼬인다.

떨박　아주 좋은데. 지구는 평화롭고 우주는 질서를 잡아가지. 그런데 가끔 나쁜 놈들이 우주의 질서를 깨뜨리고 지구인들을 살해하곤 해! 우리 아버지가 날 정신병원 처넣을 때 의사 선생님한테 이렇게 말했어. "우리 떨박이는 애가 너무 착해서 미친 겁니다. 조금만 악하게 만들어 주세요." 하하하….

타짜　소름 끼치게….

세수　어때, 몸이 풀리지?

떨박　응.

세수, 소파 뒤에서 야구방망이를 꺼내든다.

떨박　(해롱거리며) 뭐야 그거?

세수　(방망이를 세우며) 안테나.

떨박　니들도 있구나. 우리는 정말 좋은 친구들이야, 그치?

순간, 세수, 떨박의 정강이를 방망이로 내리친다. 떨박의 비명 소리.

떨박　아아아아~악.

암전.

시위대의 함성 소리.

어둠 속에서 들려오는 셋의 목소리.

세수　잡아! 아직 안 부러졌어!

타짜　기절했나 본데.

세수　니가 쳐 봐.

타짜　싫어.

세수 겁내기는… 니가 힘이 좋으니까, 니가 쳐! 완전히 부숴 놔.

띨박 으아아아아~악!

제5장

골목.

전봇대 뒤에서 띨박을 부축하고 있는 타짜. 골목 저쪽을 살피고 있다.

띨박, 부러진 다리가 아픈지 울상을 짓고 있다.

타짜 너 자꾸 인상 구기고 있을래? 인상 펴.

띨박 아퍼서 그래.

타짜 다리가 부러졌는데 안 아픈 사람이 어딨냐? 보통 사람들처럼 아픈 티 다 내고 할 짓 다 하면 누가 이 짓을 못 하겠어.

띨박 니들 다리 부러뜨렸으면 니들 주둥이에서 그런 말이 잘도 나오겠다.

타짜 세수가 뭐라고 하던? 우린 프로라고 했잖아. 프로가 뭐냐? 아마추어하고는 다르다는 거 아니냐.

띨박 난 프로고 뭐고 다 싫어. 그딴 거 니들이 하고 나 잠깐 울어도 돼?

타짜 울어? 왜 울어?

띨박 아파서. 실컷 울고 싶어.

타짜 그래 울어라. 빨랑 울어. 세수 오기 전에. 세수, 옛날처럼 또 우리들 팔고… 지만 미꾸라지처럼 빠져나가진 않겠지.
만약 옛날처럼 또 그러면 내 손으로 세수시켜 버릴 거야.

띨박 난 빼줘.

타짜 너도 같이 세수시켜 버릴 거야.

띨박, 다리를 붙잡고 주저앉아 엉엉 운다.

타짜 아예, 곡을 해라. 이 타짜가 어쩌다가 이런 덜떨어진 놈하고 한패가 돼서 이짓까지 하게 됐냐. 집도 절도 없고. 노름판에 뛰어들 땐 꿈도 많았었는데… (눈물을 훔치며) 왜 이렇게 눈물이 나냐… 새끼들 하라는 공부는 안 하고 맨날 데모만 해대니까….

타짜도 주저앉아서 운다. 이때, 세수 뛰어들어 온다.

세수 니들 뭐하는 거야? 왜 울어? 왜 우냐고?

띨박 (눈물범벅이 된 얼굴로) 아파서.

세수 지랄탄을 쏴라! 쏴! (타짜에게) 너는 또 뭐야?

타짜 (눈물을 얼른 훔치며) 최루탄 냄새 때문에. 새끼들 맨날 데모만 하고.

세수 (타짜의 머리통을 후려치며) 너 가. 집에 가!

타짜 에이, 씨. 이번엔 내가 뭘 잘못했는데?

세수 니가 더 잘 알잖아.

타짜 (어울리지 않게 애교부리듯) 알면 좀 이해하고 감싸주면 안 되냐. 친구 좋다는 게 뭐냐?

세수 (발로 차면서) 가. 당장 꺼져. 이젠 징그럽게 애교까지 떨어… 가!

타짜, 완전히 삐져서 간다.

세수 당장 돌아오지 못해!

타짜, 돌아와서 벙긋 웃는다.

세수 징그러. 잘들 들어. 내가 이쪽 지형을 살펴봤는데 데모대가 도청 앞 광장 쪽으로 가더라고. 그러니까, 도청 앞 광장 쪽에서 양방향으로 경찰들이 도로를 막을 거다, 이거야. 양방향이면 동서쪽으로 교통하는 차량들이 남북 쪽으로 우회전해서….

띨박 쉽게 말해. 아퍼 죽겠어.

세수 (타짜에게) 너도 어렵냐?

타짜 난 말 안 할래.

세수 쉽게 말해서 조금 있으면 차량들이 우회길인 이 골목으로 몰려 든다 이거야. 이 골목이 사람들은 별로 안 다니는 골목이잖냐. 이게 완전히 끝내주는 명당이다 이거 아니냐. 거기다가 데모대와 경찰이 차들까지 이 골목으로 몰아주니 얼마나 좋냐.

타짜 근데, 왜 차들은 안 오냐?

세수 내가 온다면 와.

타짜 알았어. 입 닥치고 있을게.

세수 띨박, 아까 말한 대로 하는 거다.

띨박 뭘 말했지? 다 까먹었는데.

세수 무조건 내 지시가 있으면 골목 밖으로 몸을 날려서 자가용에 부딪히란 말이야. 알겠어?

타짜 온다. 저기 온다.

멀리서 자동차 소리가 들린다.

세수와 타짜, 맞은편 골목 안으로 피한다.

띨박, 혼자 전봇대 뒤에 선다.

세수 (오는 차를 보며) 좋아. 꽤 괜찮은 차 같은데. 띨박, 준비 됐지. 하나 둘 셋에 몸을 날리는 거다.

띨박	만약 저쪽에서 보고 피하면?
세수	걱정 마, 저쪽에선 절대 못 봐. 이 좁은 골목길에서 그것도 전봇대 뒤에서 누가 튀어나올지 어떻게 알겠어.
타짜	어어어. 저 차 다른 골목으로 꺾어 들어가는데.
세수	괜찮아. 또 올 거야. 인내!
띨박	저 차 말이야. 우릴 본 건 아닐까? 그러니까, 니들 그런 장난 하지 마라 뭐 그런 경고 아닐까? 하나님은 안 믿지만, 예감이란 게 있잖아.
타짜	까지 마시고. 저기 차가 옵니다요.
세수	띨박, 준비됐지?
타짜	온다, 엄청 밟고 온다.
띨박	(놀래서) 엄청 밟는다고?
세수	그래 봤자 골목길이라 50킬로도 안 돼.
타짜	차도 허벌나게 좋아 보인다.
세수	좋았어. 오늘 한탕하고 자금 좀 모아서 더 크게 한번 해보는 거야.
띨박	다리가 아퍼.
세수	참아!
타짜	온다. 50미터. 40미터, 30미터, 20미터, 10미터.
세수	하나, 두울… 셋!

그러나, 띨박은 전봇대에서 나오다가 휘청거리며 주저앉는다.

차는 쌩하니 지나간다.

세수	뭐야?
띨박	아퍼. 무지하게, 끔찍하게 아퍼. 울고 싶어.
타짜	너 아까 울게 해줬잖아.
세수	빨랑 안 일어나. 너 다 망치고 싶냐. 빨랑 일어나서 전봇대 뒤

로 가. 너 이럴려면 뭐하러 생다리는 부러뜨리고 지랄을 떨었어?

띨박　내가 부러뜨린 게 아니잖아. 니들이 그랬잖아.

세수　우린 그런 적 없다.

띨박　뭐?

세수　(타짜한테) 야, 우리가 쟤 저렇게 만들었냐?

타짜　(머리통을 굴리더니) 아니, 지가 그랬지. 우린 하지 말라고 말리고 막 그랬잖아.

띨박　니들 정말 나쁜 놈들이야.

세수　그러니까 내 말은 니가 그렇게 질질 짜고만 있으면 너만 손해라는 거야. 이왕 이렇게 된 거 돈 벌어야 할 거 아니냐. 안 그래? 빨랑 일어나.

타짜　온다.

세수　빨랑. 빨랑, 어서.

띨박, 고통스럽게 일어나 전봇대 뒤로 숨는다.

타짜　온다. 50, 40, 30, 20.

다시 자동차 소리.

세수　하나, 두울… 셋.

쌩하니 지나가는 차.

차가 지나가자 그때에야 몸을 날리는 띨박, 땅바닥에 쓰러져 다리를 움켜잡고 비명을 지르며 데굴데굴 구른다.

세수　병신.

세수와 타짜, 떨박을 일으켜 세운다.

세수 너 똑바로 들어. 이번에도 또 그러면 우린 널 여기다 버리고 가버릴 거야. 니 부러진 다리 고치는 것도 병원에서 이쁜 간호사 언니들 보면서 한 세월 보내는 것도 다 너 하기에 달렸어. 이번 딱 한 번이다. 눈 질끈 감고 뛰어들어. 알겠어?

떨박 뛸 수가 없어.

타짜 몸을 날려.

떨박 세수야. 뛰지도 못 하겠는데 어떻게 날려?

타짜 그건 그렇네. (세수의 눈치를 보며) 얘 말도 일리가 있잖냐? …아니다 또 내가 말을 잘못했나 보다. 입 닥치고 있을게.

세수 이번엔 말 잘했다. 앞으로 그런 쓸모 있는 말만 하도록 해.

타짜 그래, 내가 앞뒤 없이 말실수만 하는 놈이 아니라니까.

세수 되도록 말은 짧게 해라.

타짜 응.

세수 타짜, 네가 얘 등 뒤에서 힘껏 떠밀어줘라. 그리고 얘가 차에 부딪히면 뛰쳐나가서 다짜고짜 운전석에 대고 소리를 지르는 거다. 알겠어?

타짜 뭐라고?

세수 내 친구 어떻게 할 거야!

타짜 이런 덜 떨어진 애를 내 입으로 친구라고 부르라고. 난 절대 못 해, 이럴 줄 알았지? 오케이. 그런 거면 자신 있어.

떨박 근데, 한 가지 물어봐도 돼?

세수 나중 물어봐. 어서들 제 위치로 가.

전봇대 뒤로 가는 떨박, 타짜. 다시 들려오는 자동차 소리.

세수　　온다! 정신 바짝 차려. 50, 40, 30, 20, 10. 하나, 둘… 야! 아니다! 하지 마! 하지 마!

그러나 타짜, 띨박을 힘껏 민다.
급브레이크 밟는 자동차 소리.
암전과 함께 띨박의 긴 비명 소리.

제6장

20년 전.
눈발이 한 점 두 점 날린다.
자전거 페달을 밟으며 질주하고 있는 세수와 띨박, 타짜.

세수　　우리가 얼마나 온 거냐?
타짜　　한 시간 정도.
세수　　선생님 집이 나주 쪽 맞는 거지?
타짜　　맞어.
세수　　누가 그러디?
타짜　　띨박이가 그랬어.
세수　　뭐? 이런 씨….

세수, 부리나케 자전거를 세우고 내린다.
타짜, 띨박도 자전거에서 내린다.
서로 잠시 아무 말 없이 쳐다본다.
띨박의 얼굴이 점점 일그러지고, 이내 제풀에 참지 못하고 씩씩거리는 띨박.

띨박　맞을 거야. 맞다고!

세수　(인상을 구기며) 누가 갈켜줬어?

띨박　아버지가….

타짜　그럼 맞겠네. 초등학교 소사니까. 선생님하고도 잘 알고….

세수　학교가 다르잖아. 쟤네 아버진 남광주초등학교고 우리가 나온 학교는 광주초등학교잖아.

타짜　(띨박의 멱살을 움켜잡으며) 이런 씨, 너 정말이야?

띨박　뭐가?

타짜　너희 아버지 학교 말이야?

띨박　그래, 세수 말이 맞어. 우리 아버진….

타짜　그럼 내가 니네 아버지로 알고 있었던 아저씬 누구야? 응?

띨박　그걸 내가 어떻게 알어.

세수　(타짜에게) 지가 덜 떨어져서 그렇게 알고 있었으면서… 애는 왜 잡고 난리야.

타짜　억울하니까 그런다.

세수　뭐가 억울해?

타짜　그 아저씨한테 꼬박꼬박 인사한 게.

세수, 타짜를 걷어차 버리면서.

세수　저리 가!

타짜　왜 나한테만 그래?

세수　니가 만만해서 그런다. 더 맞을래?

타짜　(배시시 웃으며) 니가 나 많이 좋아하는 거 알어.

세수　성격 좋은 척하기는… (띨박에게) 너, 정말 너희 아버지가 그렇게 말씀하셨어? 똑바로 말해!

띨박　(우물쭈물거리다가) … 그러니까… 우리 아버진 그런 말씀하신

적이 없고….

타짜　　뭐? 이런 씨….

타짜, 뙬박을 쓰러뜨리고 목을 조른다.

타짜　　니가 그럴 줄 알았어. 이 공산당 같은 자식! 입만 떼면 거짓말이야!

뙬박　　아….

세수, 타짜를 뜯어말리면서.

세수　　그만두지 못해! 이것들은 만나면 싸우고….

이때, 멀리서 들리는 총소리. “탕탕”

세수　　무슨 소리지?

타짜, 뙬박을 풀어주며.

타짜　　소리?

세수　　소리 못 들었어?

세수, 불안한 듯 주위를 살핀다.

사이.

뙬박　　…명숙이를 만났거든.

세수　　명숙이?

딸박　　선생님 딸 있잖아. 눈 크고 전교 일등 하던 애.

세수　　박명숙이!

타짜　　(딸박에게) 니가 명숙이를 어떻게 만났는데? 너 같은 놈이 어떻게 그 애를 만났냐고?

딸박　　왜 나는 그 애 만나면 안 되냐?

세수　　(타짜에게) 넌 조용히 좀 하고… (딸박에게) 그래 명숙이 걜 어떻게 만났어?

딸박　　말 안 할래.

세수　　(윽박지르며) 이게 미쳤나. 말해.

딸박　　니들이 욕할 거잖아?

세수　　우리가 왜 욕해?

딸박　　질투하니까.

세수　　누굴? 널?

딸박　　응.

세수　　(기가 차서) 질투하는데 왜 욕을 해?

딸박　　니들은 내가 니들보다 더 똑똑한 척하면 눈 부라리고 막 욕부터 하잖아.

타짜　　저 빙신 새끼!

세수　　(타짜에게) 그만둬! (딸박에게) 욕 안 할 테니까 말해 봐. 명숙이 만났어?

딸박　　응.

세수　　어디서?

딸박　　우리 집에 왔어.

타짜　　뭐, 니네 집에!

세수　　욕을 안 하려고 해도 안 할 수가 없네. 니네 집엘 걔가 왜 가? 우리도 잘 안 가는 니네 집을 걔가 어떻게 알고?

딸박　　나도 어떻게 알았는지 모르겠지만 왔어.

세수　　뭣 때문에?

띨박　　우리 아버지 학교 소사 그만두고 도장가게 하시거든. 명숙이 걔가 다니는 고등학교 앞에서 말이야.

타짜　　그럼 그렇지, 난 또.

세수　　너 왜 그 얘기를 지금 하냐?

띨박　　무슨 얘기?

세수　　대체 너는 우리들한테 말 안 하는 게 얼마나 많은 거야?

띨박　　나는 다 말했어. 니들이 언제 내 말을 제대로 들은 적 있어? 그게 친구냐!

사이.

세수　　명숙이 걔 이뻐졌디?

띨박　　(웃으며) 많이, 이뻐.

타짜　　웃지 마. 너 명숙이한테 행여 손끝 하나만….

세수, 타짜의 머리통을 한 대 때리며.

세수　　너나 잘해.

타짜　　왜 나만 때려!

세수, 다시 자전거에 올라탄다. 타짜, 띨박, 자전거에 올라탄다.

세수　　니들 알고 있지?

타짜　　(실없이 웃으며) 헤헤… 명숙이가 날 좋아했던 거?

세수　　명숙이 걔가 총 맞았냐? 당나라 마부처럼 생긴 너를 좋아하게. 나 좋아했잖아. 우리 둘이 많이 좋아했어!

타짜, 띨박, 반응이 없다. 은근히 신경질 나는 세수.

세수　　니들 정말 몰라?

대답이 없는 타짜, 띨박.

세수　　이것들이 정말… 명숙이 걔하고 나하고 친했어! 엄청 친했어! 니들 몰랐지?

띨박　　(하늘을 보며) 저것 봐, 새 떼가 날아!

타짜　　(하늘을 쳐다보며) 엄청 많다.

세수　　니들 딴청 피울 거야!

띨박　　선생님이 착한 사람들은 죽으면 새가 된다고 그랬는데.

타짜　　난 독수리가 돼야지.

띨박　　난 공작새. 죽어서 새가 되면 가장 이쁜 새가 되고 싶어.

세수　　…새가 어디 있는데?

타짜　　저기!

세수　　어디?

타짜　　너는 너무 빨리 달려서 안 보이는 거야. 우리처럼 달려 봐.

세수　　니들하고 같이 달리느니 차라리 죽겠다.

타짜　　그럼 죽던지.

세수　　저게, 뒈질려고 환장을 했나!

띨박　　선생님이 말씀하셨잖아. 사람들은 새들을 본받아야 한다고. 새들은 서로의 날개가 부딪치지 않을 만큼의 공간을 사이에 두고 평화롭게 하늘을 나는데, 하늘은 너무 크고 넓어서 외로우니까 서로 같은 속도로 날아가면서 얘기도 하고 장난도 치면서 난다고.

세수　　선생님이 언제 그런 말을 했냐?

띨박　　나한텐 자주 해주셨어.

타짜　　나한테도.

세수　　너한텐 무슨 말을 해주셨는데?

타짜　　(배시시 웃으며) 띨박이 좀 괴롭히지 말라고. 독수리가 참새 잡아 먹지 않는다고….

세수　　그런 말이면 나한테도 해주신 말이 있지.

타짜　　뭔데?

세수　　니들하고 절대 어울려 다니지 말라 하셨다. 먼 훗날에 인생 좆되게 된다고 그러셨다.

띨박, 이번에는 더 과장되게 하늘을 가리키며.

띨박　　저것 봐!

타짜　　야, 대단한데.

세수　　(새 떼를 찾으려고 두리번거리며) 보고 싶다. 명숙아, 어디 있니?

타짜　　(세수에게) 야, 야! 앞에 조, 조심. 조심해!

제7장

1980년 광주. 창고.

소리를 질러대며 타짜의 목을 조르는 세수.

켁켁거리며 발버둥치는 타짜.

세수　　아아아! …띨박이 어떻게 할 거야?

타짜　　…컥…켁…내가 뭐? …어쨌다고?

세수　　띨박이가 자동차에 부딪히면 내가 잽싸게 뛰어나가라고 했어, 안 했어?

타짜　　컥… 켁… 했… 어….

세수 근데, 왜 안 나갔어?

타짜 몰라…그냥 겁도 나고….

세수, 타짜 몸에서 내려와 소파에 털썩 주저앉는다.

생각을 꼼꼼히 되짚어 보는 세수.

세수 자동차에서 검은 양복을 입은 건장한 놈들 세 명이 뛰어나와서 쓰러진 띨박을 차에 싣고 시내 방향으로 날랐단 말이야. 너, 걔들이 뭐하는 놈들 같냐?

타짜 초상집 가던 놈들이 아닐까? 우울하게 생겼던데.

세수 (한심한 듯 쳐다보며) …니 얼굴만 하겠냐.

사이.

타짜 너 그때 왜 하지 말라고 했냐?

세수 뭘 하지 마?

타짜 차 말이야.

세수 차가 꼬졌잖아.

타짜 그럼, 띨박이도 어디다 버리고 간 게 아닐까? 광주에 있는 병원을 다 뒤져봤는데도 없는 걸 보면 걔들이 어디다 버리고 튄 거 같은데. 내 광주에서 살다 살다가 시내 병원이 모조리 꽉 들어찬 건 처음 본다. 군발이들 애들을 패도 어떻게 그렇게 팼냐. 애, 어른, 계집애들 할 거 없이 찌르고 패고….

잠시, 침묵.

타짜 내가 왜 그랬는지 모르겠어. 그냥, 어떤 예감 같은 게 있었는데. 그날 그 차에 있던 놈들이 무지하게 무서운 놈들이 아닐까 그런 느낌 들면서 다리가 얼어붙더라니까.

세수 노름꾼의 직감이냐?

타짜 그래, 노름꾼의 직감.

세수 그런 직감 덕분에 손가락 잘리고 이런 좆같은 데서 사냐?

타짜 이게 어때서? 페인트 냄새가 좀 나지만 그래도 아늑하잖아. 신나 냄새도 솔솔 풍기고. 그 덕분에 정신도 좀 해롱하고.

세수 닥쳐.

타짜, 일어서서 창문 쪽으로 가며.

타짜 닥치지 못하겠네요.

세수 저게!

타짜 (창문을 보며) 저… 저기…!

세수 너 나가!… 당장 내 눈 앞에서 꺼져!

세수, 문쪽으로 걸어가서 문을 활짝 열어젖힌다.

이때, 목발을 짚고 문 앞에 멍청하게 서 있는 떨박. 다리에는 깁스를 했다.

떨박, 세수와 타짜를 한 번 쏘아보곤 소파에 가서 앉으며 목발을 신경질적으로 바닥에 집어던진다.

세수와 타짜, 미안한지 꼬리를 내리고.

세수 왔으면 말을 하지… 무사해서 정말 다행이다. 그래 일주일 동안 어디에 있었냐? 우린 너 찾으려고 광주 시내 병원은 다 뒤지고 다녔다는 거 아니냐. 군발이들한테 무지하게 얻어맞고. (타짜에게) 안 그러냐?

타짜 (떨박의 눈치를 살피며) 맞기만 했냐? 얜, 피똥 싸고, 난 피오줌 누고. 그러고 보니까 피박이네. (해시시 웃으며) 그래도 우린 경찰서에 뺑소니 신고 접수해 놓으려고 했지, 방송국에 실종 신고 접수하려고 했지….

띨박　　했지. 했지. 이 나쁜 놈들. 니들은 개새끼들이야.

세수　　그래, 우린 개새끼들이다. 그러니까 니가 좀 가르쳐줘라. 그 뒤로 어떻게 됐냐?

띨박　　개새끼들처럼 짖어 봐.

타짜　　(욱하며) 뭐!

세수, 타짜의 머리통을 후려치며.

세수　　짖어. 다 너 때문에 생긴 일이잖아.

띨박　　너도 짖어.

세수　　나도?

띨박　　네가 대장이잖아. 대장이니까 이 일에 대해 책임지고 짖어. 안 그러면 난 아무 말도 안 할 거야.

세수　　좋아. 나 그렇게 치사한 놈 아니다. 내가 책임질 일은 내가 책임진다. (짖는다) 컹컹!

띨박　　(타짜한테) 넌 아직도 사람이냐? 짖어.

타짜　　(마지못해 짖는다) 컹컹.

띨박　　기면서 짖어.

세수와 타짜, 바닥을 기면서 컹컹 짖는다. 띨박, 배꼽을 잡고 웃는다. 세수와 타짜, 그런 띨박을 덮치면서 팔을 뒤로 꺾는다.

세수　　(장난스럽게) 말해!

타짜　　진짜 꺾는다.

띨박　　알았어. 저리 가 앉아 봐.

세수와 타짜, 소파에 가서 앉는다.

띨박 걔들이 나를 업어서 차에 실었잖아. 그리곤 송정리에 있는 우주비행장으로 막 달리는 거야. 외계인들이 잔뜩 모여 있더라구. 외계인 하나가 나한테 오더니, 내 부러진 다리에 침을 퉤 하고 뱉는 거야. 근데, 그 침이 어찌나 뜨겁던지 살이 치지직 타 들어가는 거야. 내 정체를 밝히라는 거야. 난 아무 말도 하지 않았어.

타짜 지금 무슨 소리 하는 거야?

세수 니 말을 해독하자면 그러니까 넌 절대 우리들이 뭐하는 놈들인 지 불지 않았단 말이지? 그리고, 어서 말해 봐.

띨박 침 고문이 계속 됐지. 그런데도 난 어서 빨리 외계인들이 광주를 침략한 것을 내 정신과 의사 선생한테 알려야겠다는 생각뿐이었어. 그들이 지구에 오기 전에 내가 알았어야 했는데. 타짜 때문에 내 안테나가 고장 났나 봐.

타짜 (세수에게) 너, 계속 이런 개밥그릇 같은 얘기 듣고 있을 거야!

세수 (타짜에게) 넌 제발 찌그러져 있어! (띨박에게) 계속 말해 봐.

띨박 넌 정말 고마운 친구야. 그럼, 계속 말할게. 내가 고문을 해도 아무 말도 안 하니까 그들이 내가 재미없는지 자기들끼리 희희덕거리면서 '이참에 광주 놈들은 모조리 죽여 버리겠다'고 하더라니까. 그리고 난 다시 까무러쳤지. 다시 눈을 떠 보니까 병원이지 뭐야. 침대에 누워 있더라고. 다리엔 깁스를 하고 말이야. 그게 끝이야.

세수 그게… 끝이라고?

띨박 응, 니 말대로 병원에서 치료도 받고 일주일 동안 호강 좀 했지.

타짜 호강?

띨박 간호사들이 이틀 동안 직접 내 오줌을 받아줬거든. 보호자가 안 나타나서 말이야.

타짜 호강했네. 오줌이나 지대로 나오대?

세수 조용해. 너 정말 그게 끝이야? 내가, 니 말 중에 뭔가를 해독 못 한 건가?

띨박 뭘 듣고 싶은데?

세수 걔들 어떻게 됐어? 그러니까 내 말은 가해자들 어떻게 됐냐고?

띨박 좀 더 솔직하게 물어봐. 우리 사인 그래도 되잖아.

타짜 (세수에게) 그래 직접적으로 물어봐. 왜 너답지 않게 말을 돌려. 그래 돈 어떻게 했어?

띨박 무슨 돈?

세수 나, 너 띨박하게 안 본다. 내 말 무슨 말인지 알지? 너 똑똑한 놈이야. (타짜에게) 너 앞으로 얘한테 띨박이라고 하면 내 손에 죽을 줄 알어. 알았어?

타짜 싫어, 얘는 대한민국 최고의 띨박이야.

세수 (타짜를 발로 차면서) 가, 너 집에 가!

타짜 여기가 내 집이야. 니가 가!

띨박 조용히 해!

멀쑥하니 조용해지는 두 사람.

띨박 눈을 떠 보니까 차 주인이 병원비 계산하고 가버렸더라구.

세수 합의도 안 하고? 빵소니네.

타짜 병원비 줬는데 뭐가 빵소니란 소리야?

세수 피해자한테 합의도 안 하고 병원 측에만 병원비 주고 날랐잖아. 교통사고는 가해자가 피해자하고 합의를 해야 한다고. 그러니까… 몰라. (띨박에게) 그래서 걔네들이 그 뒤로 한 번도 안 왔어?

띨박 응.

세수 병원에서 뭐라고 그래?

띨박 병원비는 미리 내고 갔다는데….

세수 만약 병원비가 모자랐으면?

띨박 하나도 안 모자랐대. 나 나갈 때 이만 원이 남았다고 나한테 주던걸. 만 원은 택시비로 쓰고. 내가 있던 곳이 송정리 쪽 병원이었거든. 광주로 들어오면서 검문 엄청 하더라. 군인들이 탱크까지 몰고 다니면서 난리더라니까. 무슨 일 있었어?

세수 그러니까, 한 번도 안 왔단 거지?

띨박 (주머니에서 만 원을 꺼내며) 여기 만 원은 남았는데.

세수 이 띨박아! 지금 만 원이 중요하냐!

타짜 너, 쟤 보고 띨박이라고 하지 말라며.

세수 다 끝났다. 니들 데리고 뭔가를 하려고 했던 내가 띨박이지.

띨박 정말 그럴까? (주머니에서 명함을 꺼낸다) 이게 뭔지 아냐?

타짜 명함이잖아.

세수 (얼른 명함을 빼앗아들고) 걔들 거구나. 그치?

띨박 병원비 계산할 때 모자라면 연락하라고 했대. 지가 되게 바빠서 나중에 찾아오겠다고. 환자한텐 잘 말해달라고 그랬다잖아.

세수 (명함을 읽어 보며) 청하물산 사장 김기태! 이거 완전히 걸려들었다.

타짜 사장? 이거 대물이네.

세수 (띨박을 힘차게 안으며) 우리 고생 끝났다.

띨박 아아아… 허리.

세수 허리?

띨박 허리도 삐끗했거덩.

세수 (감격해서) 허리까지!

제8장

청하물산 간판이 걸린 사무실.

경리쯤으로 보이는 여자가 사무를 보고 있다.

전체적으로 조그마한 일반 사무실의 풍경. 그러나 어딘가 유령회사 같다.

회사 안으로 조심스럽게 들어오는 세수, 타짜, 띨박.

여경리 (경계하며) 어떻게 오셨죠?

세수, 타짜의 등을 민다. 타짜, 여경리에게 가서.

타짜 뭐라고 먼저 얘기해야 하나… 그게 좀. 얘가 내 가장 친한 친구거든요. 남자들은 불알친구라고도 표현하는데.

띨박 난 너하고 안 친해. 친할 생각도 없고.

타짜 (당황해하며) 이거 보세요. 이 친구가 사고가 난 뒤로 이렇게 정신이 왔다갔다 하거든요. 사고라는 건 한순간에 일어나는 아주 지극히 우발적인 일이지만 그건 한 사람의 일생을 영원한 고통 속에 빠뜨린답니다.

여경리 (쌀쌀맞게) 짧게 말하세요. 아님, 메모지 드릴까요?

타짜, 당황해하며 세수에게 돌아가서.

타짜 짧게 말하라는데. 쌀쌀맞아서 귀땡이가 다 얼얼하다. (장난치듯 자신의 귀를 내민다) 만져 봐. 만져 봐.

세수 (타짜의 귀땡이를 잡아 흔들며) 그냥 본론으로 들어가. 내가 입이 닳도록 말했잖아. 최대한 공손하고 예의바르게! 그래도 안 되면 나중엔 성질!

타짜, 다시 여경리한테 간다.

여경리, 이젠 그들을 싹 무시하고 서류에 고개를 처박고 쳐다보지도 않는다.

타짜　　아가씨? 저 좀 보세요.

여경리의 책상을 노크하듯 두드린다. 여경리, 쳐다보지도 않고.

여경리　　아직도 볼일이 남으셨나요?

타짜　　(욱하며) 우리가 여기 똥 누러 왔는 줄 알어? (누그러뜨리며) 아, 내 말은….

여경리　　대충하고 나가세요. 여기 바쁜 곳이거든요.

타짜　　그러니까, 이 회사의 사장님이 내 친한 친구를 차로 뭉개고 명함 한 장 달랑 병원에 찔러넣고 도망을 가셨다 이겁니다. 아시겠지요? 그래서 피해자인 친구와 저희가 온 겁니다.

여경리　　알았으니까, 연락처 남겨주시고 가세요.

타짜　　연락처요?

타짜, 다시 세수에게 돌아가서.

타짜　　연락처를 남겨달라는데.

띨박　　그건 뭐하려고?

타짜　　내가 그걸 어떻게 알어. 니가 맘에 들었나 보다.

띨박　　정말?

세수　　놀고들 있다… 내가 웬만하면 뒤로 빠져서 지휘만 하려고 했는데. 잘들 봐.

세수, 여경리에게 간다.

세수　아가씨, 우리가 좀 신사적으로 하려고 했거든. 근데, 세상이 그렇게 안 만드네. 내 친구 당신 사장님이 뺑소니 까는 바람에 다리 부러지고 허리 작살나고 일등급 장애 판정받고 집안이 완전히 풍비박산이 났어. 그거 당신들 다 알고 있잖아.

여경리　(생뚱맞게) 그래서요?

타짜　야! 그래서라니. 너 내가 누구로 보여? 이 귀땡이에 피도 안 마른 게 어디서 생뚱맞게 어른이 말하는데 눈을 똑바로 뜨고. 눈 깔어!

여경리　당신들 이러면 다쳐요.

세수　다쳐? (배꼽이 빠지게 웃으며) 다친댄다. (타짜에게) 너, 다친다는 말이 뭔지 알어?

타짜　몰라. 그런 말 처음 들어보는데. (띨박에게) 너는 아냐?

띨박　응, 알어.

썰렁해지는 분위기.

띨박, 얼른 목발을 집어던지고 사무실 바닥에 드러눕는다.

세수　봐요. 아가씨가 씨도 안 먹히는 소릴 하니까 저 착한 친구가 그냥 드러눕잖아요.

타짜는 사무실 안을 위압적으로 어슬렁거리며 여기저기 서류철들을 뒤적여본다.

여경리, 타짜에게 가서 서류철을 빼앗는다.

여경리　이거, 무단침입이에요. 경찰에 신고하기 전에 나가주세요.

세수　그거 잘 됐네. 어차피 우리도 경찰이 필요한데, 당신 사장, 뺑소니로 집어 넣어버려야 하거든.

타짜　이 쌍년도 불친절 죄로 같이 집어 넣어버리자고.

세수　그래도 그렇지 쌍년이 뭐니? 아가씨한테. 아가씨, 우린 당신 사장만 만나면 돼. 그러니까 우린 아가씨한테 아무런 감정도 없다 이 말이지. 사장 어디에 있어?

여경리　지금 안 계시다니까요.

타짜　(여경리를 위협하며) 확….

세수　야야야… 말로 해, 말로.

여경리　당신들 정말 이러면 크게 다쳐요.

세수　크게 다치는 건 당신 사장이야. (책상 위 종이와 볼펜을 집어 들며) 우리가 연락처 남기고 갈 테니까, 내일까지 찾아오시라고 해. 서로 간에 불미스러운 일이 없어야지. 우린 돈을 바라고 사장은 그 돈이 있고. 아무도 안 다치잖아. (타짜한테) 여기 주소 좀 써.

타짜, 세수 귀에 대고.

타짜　내 집 주소?

세수　그래.

타짜　그거 사촌 형님 가게 창곤데, 괜찮을까?

세수　그게 어때서?

타짜　사촌 형님이 내가 이런 일하고 있는 거 알면 당장 내쫓을걸.

세수, 타짜의 머리통을 후려치며.

세수　제발 생긴대로 살아라. 빨랑, 써.

세수, 캐비닛 쪽으로 가서 캐비닛을 열고 서류철을 뭉텅이로 집어 든다.

세수　　사장한테 빨리 오라고 하쇼. 아님 이것들 어디다 쓰는 물건인지 모르겠지만 확 불살라버린다고 전해주고.

여경리　　당신들 그 서류 손 대면 정말 크게 다쳐요.

세수　　다쳐 봐야, 백주대낮에 (띨박을 가리키며) 쟤처럼 장애 일등급이야 되겠어.

타짜　　(여경리에게) 여기 주소 받어. 그리고 아가씨, 사람이 말하면 앞으론 얼굴 들고 공손하게. 대가리를 처박는다고 얼굴 작아 보이지 않어.

여경리　　당신들 정말 이러시면 크게 다쳐요.

타짜　　너나 입 닥쳐요!

세수　　우린 갑니다. 무지하게 보고 싶다고, 되도록 빨랑빨랑 오시라고 전해주세요. 24시간 대기할 테니까. (사무실 바닥에 드러누워 있는 띨박에게) 띨박아, 가자.

띨박, 그새 잠이 들었다. 코까지 곤다.

타짜　　(황당해하며) 잠들었는데.

세수　　(태연한 척) 얼마나 억울하고 분하면 잠이 들었겠냐. 친구지만 참 가슴이 아프다.

타짜　　그럼, 더 자고 오라고 그냥 두고 갈까?

세수　　깨워!

제9장

창고.

타짜는 회사에서 집어온 서류들을 깔짝거리며 보고 있다.

필박은 간이침대에 누워 있고, 세수는 창문 밖을 보고 있다.

세수 　야, 갈수록 시위 군중들이 불어나는데. 도청 쪽은 완전히 매진이다.

필박 　매진은 그런 데 쓰는 말이 아니지. 영화 보러 극장 같은 데 애인하고 갔는데 표가 없을 때 매진됐다 그러는 거고, 시위대가 도청에 가득 모인 것은 만원이다 그러는 거지.

세수 　만원이나 매진이나… 너 요즘 나한테 은근슬쩍 기어오르려는 게 있어.

필박 　친구끼리는 그런 말 쓰면 안 되지. 친구끼리 기어오르다니. 친구는 평등한 거야.

세수 　너 병원에서 무슨 치료를 받았길래 간이 배 밖으로 나왔냐?

타짜 　간호사들이 오줌통 받아 줬다잖아. 물건을 손으로 받들어줘고 말이야.

필박 　니 거보다는 커.

타짜 　(서류를 집어던지며) 정말 뒈질려고 환장을 했나!

필박 　친구끼리는 그런 말 쓰는 게 아니야. 누가 누굴 죽인다고 그래.

타짜 　개새끼!

타짜, 필박을 덮친다.

목을 조른다. 발버둥치는 필박.

타짜 　뭐, 내가 어쩌다 이런 필박 같은 소리나 듣고.

세수, 타짜를 뜯어말리며.

세수 　그만해! 지금 사장이 돈을 싸들고 이곳으로 오고 있는데 말이야. 그러니까 저 문을 열고 들어와서 필박 씨 계십니까? 하는데 방금 우리들의 띨박이는 천국에 갔습니다, 할 거야? 그럼 사장은 이것 참 잘됐군요 하고 정중히 인사하고 문을 닫고 나가겠지. 그리고 너는 교도소로 직행하고….

타짜 애가 천국엘 간단 말이야? 그것도 내 손으로 죽여서 애를 천국으로 보냈단 말이지? 그건 있을 수 없는 일이지.

세수 그래. 띨박이만 좋은 일 시키는 거야.

타짜, 띨박을 풀어준다. 그러나 띨박은 축 늘어져 숨을 쉬지 않는다. 세수, 띨박의 따귀를 때리면서.

세수 일어나. 야… 뭐야? 숨을 안 쉬잖아.

당황한 세수, 띨박 위로 올라가 인공호흡을 해댄다.

세수 … 야… 천만 원이라고… 최소한 천만 원… 제발… (타짜를 보며) 너, 애 죽으면 내 손에 죽을 줄 알어….

타짜 내 물건이 지 물건보다 작다고 하잖아. 중학교 때 우리 다들 모여서 재봤잖아?

세수 그때 니가 젤 작았어!

띨박, 거칠게 숨을 뱉으면서 깨어난다.

띨박 켁켁… 내가… 틀린… 얘긴 안 하잖아.

세수, 띨박의 따귀를 한 대 때리곤 소파로 돌아가 앉는다.

세수 난 절대 너희들 용서 못 한다. 이번 일만 끝내고 서로 보지 말자.

사이.

세수, 창문 쪽으로 걸어간다. 밖을 보면서.

세수　　저게 다 빨갱이들인데. 하나, 둘, 셋, 넷… 신고하면 벌써 얼마냐?

타짜, 은근슬쩍 세수 쪽으로 다가와 창밖을 보며.

타짜　　군인들이 빨갱이 계집애들 막 고문하고 그런다며?
띨박　　고문만 하면 좋게. 고문하고 죽인다고 하던대.
타짜　　넌 조용히 해! (세수한테) 넌 그 점에 대해 어떻게 생각해?
세수　　친한 척하지 말고 저리가.

터져 나오는 군중들의 구호소리와 진압 군인들의 안내방송 소리.

타짜　　저렇게 다 알려주고 그러면 다 도망갈 거 아니냐?
띨박　　알려줘도 도망 안 가니까 방송하는 거야. 열 받기 전에 빨리 도망가라고.
타짜　　닥쳐!

사이.

세수　　(타짜한테) 한 가지만 물어 보자?
타짜　　응, 언제든지.
세수　　너 왜 띨박을 못살게 구냐?
타짜　　응, 그거는 말이야. (당연한 듯) 띨박이가 젤 만만해서 그래.
세수　　(기가 막혀) 다른 이윤?

타짜　　없어. 재는 내 밥이야.

세수　　(띨박한테) 넌 여기에 대해서 할 말 없냐?

띨박　　할 말 없어.

세수　　잘들 한다. 난 니들 대가리를 열어 보고 싶을 때가 하루에도 한 두 번이 아니야.

띨박　　군인들이 빨갱이들 머리통도 막 부수고 그런대. 꽤 죽어나갔다던대. 어렸을 때 꿈속에서 그런 걸 많이 봤거든. 외계인들이 광선총으로 막 사람들을 쏴 죽이고 머리통을 부숴 골을 빼먹는 거 말이야.

세수　　(번뜩이는 생각에 손뼉을 치며) 좋아, 아주 좋아. 계속 말해 봐.

띨박　　외계인 말이야?

세수　　그래, 좀 더 정신 나간 표정으로 외계인 얘기를 해 봐.

띨박　　? …이게 단데.

세수　　좋아, 넌 사장이 문을 열고 들어오면 외계인 얘기를 횡설수설 떠들어대는 거야. 그날 사고로 머리까지 이상이 된 거지. 넌 충분히 할 수 있어. 합의금이 따블이 되는 거지.

타짜　　나도 그런 꿈 꾼 적 있는데… 외계인들한테 붙잡혀서 생체실험 당하는 꿈. 외계인들이 내 자지를 잘라서 금속합금으로 커다란 자지를 붙여주는 거야.

세수　　(기가 막혀) 그래서?

타짜　　그런데 자지가 너무 무거워서 일어날 수가 없는 거 있지.

세수, 바닥에 널려 있는 서류를 집어 들더니 타짜의 머리통을 마구 후려 친다.

세수　　저리 가, 이 또라이야.

타짜　　넌 왜 나만 갈궈?

세수　　만만해서다. 니가 젤 만만해서 보기만 해도 화가 난다.

이때, 서류철에서 사진들이 쏟아진다.

세수　이게 뭐냐?

암전.

무대 밝아지면.

소파에 앉아 사진을 들여다보고 있는 세수, 타짜, 띨박.

세수　사진 속 이 사람들이 누군지 니들 알지?
타짜·띨박　응.
세수　여기 적혀 있는 연락책이니 조직책, 하는 이 도표 니들 알지?
타짜　응.
세수　넌?
띨박　매번 대답해야 해?
세수　대답해. 내가 물어보면 그때그때. 알았어!
띨박　응.
세수　(서류들을 쌓아올리며) 우리 뭐 될 뻔했다.
타짜　독침 맞을 뻔했네.
세수　독침이 문제냐. 쥐도 새도 모르게 이승 하직할 뻔한 거야.
띨박　난 그 아가씨 하나도 그렇게 안 보이던데.
타짜　간첩들이 그럼 나 간첩이오 하고 마빡에 붙이고 다니냐.
세수　(주위를 살피며) 조용히 해! (은밀하게) …타짜, 너 이번 일에 대해서 어떻게 생각하냐?
타짜　뭘?
세수　누가 이 위험하고 애국적인 일을 추진했냐고?

타짜 무슨 말인지 모르겠는데.

세수 무식한 놈. (띨박한테) 넌 알겠지, 내가 무슨 말 하는지?

띨박 니가 다 먹겠다는 거 아냐.

세수 다는 아니고 반. 50 먹는다. 그리고 너희들은 25씩 나눠 갖는 거지.

타짜 대체 무슨 말이야?

띨박 그러니까 세수가 간첩들을 신고하겠다는 거야. 보상금을 자기가 반 먹고.

타짜 걔네들이 왜 간첩이야?

세수 이런 돌대가리가 어떻게 노름판에 있었는지 모르겠네. 봐 봐. 그럼 걔네들이 간첩이 아니고 뭐냐? 간첩이 아닌 놈들이 왜 숨어서 이런 짓을 해. 광주에 있는 데모학생들 인적사항에 정치인들 동향들 다 기록돼 있지. 조직책하고 자금줄… 얘들이 일반회사 명판 내걸고 간첩활동 했던 거라고. 여기 김대중 씨 사진도 있잖아. 광주가 괜히 이렇게 된 줄 알어?

타짜 그러니까, 우리가 간첩의 본부를 발견했다?

세수 이제야 알겠냐.

타짜 (벌떡 일어나서) 나, 갈래.

세수 어딜?

타짜 걔네들이 그냥 있겠냐? …우리를 죽이려고 벌써 사람들 보냈을걸.

띨박 나도 갈래. 타짜 말이 옳아. 나 치료만 해준 것도 감사하고 고맙다고 전해줘.

세수 앉어, 앉으란 말이야! 니들 이 좋은 기회를 그냥 버릴 거야? 걔네들 못해도 수백 명이야. 아니 이십 명 정도라고 해도 벌써 포상금이 얼마냐? 다리 부러뜨리지 않아도 평생 먹고 살고도 남는다고.

타짜 손가락 잘린 뒤로 사촌 형이 절대 위험한 짓거리 하지 말라고 그랬어.

띨박　　난 띨박이잖아. 머리통도 나쁘고. 언제 실수할지도 모르고. 그리고 광주 전체가 완전히 빨갱이 간첩 소굴인데… 군인하고 경찰들도 어떻게 못 하고 있잖아.

세수　　그러니까, 우리가 나서야 하는 거야.

타짜　　그러다가 우리가 죽으면?

세수　　우리가 먼저 신고하면 되잖아.

띨박　　그럼 빨랑 신고하러 가자.

세수　　미안하지만 띨박이 너는 여기에 있어. 그놈들이 오면 적당히 시간 좀 끌고.

띨박　　싫어, 난 못 해. 걔네들은 사람 한 명 정도는 파리 잡듯 죽인다고.

안전부절못하는 띨박.

세수　　우리가 사라진 걸 알면 걔들이 의심하고 거기서 철수할 거 아니냐. 그럼 만사 도루묵 되는 거야. 걔들이 너 혼자 있을 때 온다는 보장도 없고. 설령 와도 넌 교통사고만 걔네들하고 얘기하면 돼. 무슨 말인 줄 알지? 그리고 서류는 그냥 돌려주면 되고. 이것도 저것도 안 되면 외계인 얘기로 횡설수설하고 있으면 우리가 신고하고 곧 올게. 일확천금이 지금 우리들 앞으로 걸어오고 있는 거야.

타짜　　띨박이가 할 수 있을까?

세수　　넌 제발 입 닥쳐!

띨박　　그래, 난 간이 콩알만 해서 할 수 없어. 타짜가 하면 되겠다.

세수　　안 돼! 걔들이 얘 얼굴 보면 바로 독침 날릴 걸. 띨박, 너밖에 없어.

타짜　　독….

세수　　닥쳐!

타짜　　…….

띨박　　그럼, 내가 50 먹고 니들은 25씩 먹는 걸로 하자? 내가 띨박도 아니고….

세수　　그래, 그러자. 자, 하는 거다.

타짜　　난….

세수　　닥쳐! (띨박에게) 만에 하나 모르니까 이 서류는 우리가 가지고 갈 테니까. 나머지 서류를 걔네들이 달라고 하면 그냥 줘.

띨박을 힘차게 포옹하며.

세수　　띨박, 너만 믿는다.

띨박　　아아… 허리, 허리 아퍼.

세수　　이제 아픈 척 안 해도 돼.

띨박　　참 그렇구나.

세수와 띨박 웃는다.

타짜　　그런데 말이야. 경찰들이 우리 말 안 믿으면 어떡하지?

세수　　닥쳐!

제10장

20년 전.

눈발이 이젠 하늘을 완전히 뒤덮었다.

세수의 자전거가 모로 쓰러져 있고

세수, 띨박, 타짜, 쭈그리고 앉아 바닥에 무엇인가를 보고 있다.

총에 맞은 새다.

타짜　　경찰이 우리 말을 믿어줄까?

세수　　또 그 소리. 눈깔이 있으면 너도 봐 봐. 이 새가 자전거에 치여서 이렇게 된 거냐? 총에 맞아서 이렇게 된 거지. 아까 총소리 못 들었어?

타짜　　못 들었어.

띨박　　세수, 넌 사람을 죽인 거야!

세수　　이게 왜 사람이야. 청둥오리지.

띨박　　선생님이 사람이 죽으면….

세수　　선생님! 선생님! 제발 닥쳐! 그럼, 청둥오리가 죽으면 사람이 되냐? 니들 청둥오리야?

띨박　　너 선생님 말을 못 믿는 거지? 선생님이 우리한테 얼마나 잘해 주셨는데.

세수　　못 믿는 게 아니라, 진실하고 잘해준 거하고는 상관없다는 거야.

띨박　　누가 그래?

세수　　내가 그래!

타짜　　내 말은 청둥오리는 천연기념물인가 뭔가 해서 법으로 금지된….

세수, 다짜고짜 타짜를 덮친다. 쓰러진 타짜의 목을 조르는 세수.

세수　　내가 죽인 게 아니라고 하잖아! 법이고 뭐고 내가 안 죽였는데… 왜 자꾸 난리야!

타짜　　컥컥… 나는… 걱정이… 돼서….

이때, 요란스럽게 들려오는 총소리 "탕탕…"

세수, 띨박, 얼른 바닥에 납작 엎드린다.

세수　거봐, 사냥꾼들이잖아!

띨박　무서워, 세수야!

세수　어디서 쏴대는 거야!

타짜　(일어서려고 하며) 혹시 눈이 많이 내려서 우리가 안 보이는 게 아닐까?

세수　누워 있어!

이때, 다시 총소리 "탕탕"

타짜, 얼른 땅바닥에 다시 눕는다.

타짜　니들 봤지? 내 머리 위로 씽하고 지나가는 총알 봤지? 니들하고 있으면 꼭 이런 일들이 터지더라.

세수　제발, 닥쳐!

띨박　(허공을 쳐다보며) 저거 봐, 또 새가 떨어져!

그들 앞, 저만치에 떨어진 새. 새는 그들에게만 보인다.

타짜　저것 봐, 새가 우리 쪽으로 기어오는데.

세수　새가 손이 어디 있다고 기어와!

띨박　세수야, 자꾸 사람이 죽어가고 있어!

세수　무섭게 자꾸 사람이라고 그럴래.

타짜　어떡하냐?

세수　뭘 어떡해!

타짜　새가 우리 쪽으로 기어오는데?

세수　어디 말이야?

타짜　저기.

세수 (일부러 안 보이는 척) 난 안 보이는데….

띨박 살려 주자, 세수야. 선생님이 다친 짐승들은 돌봐줘야 된다고 했잖아.

타짜 저것 봐, 우리한테 살려달라고 막 기어오잖아.

이때, 또다시 들려오는 총소리 "탕탕…"

세수 (타짜에게) 에이, 씨. 야, 니가 가서 가져와.

타짜 내가 왜?

세수 띨박이를 보내야겠냐?

타짜 띨박이가 어때서?

세수 눈깔이 있으면 띨박이나 좀 잘 봐라. "사냥꾼님들 저 띨박입니다. 제 머리통 쪽으로 총알 한 방 박아주십시오." 쟨 이런 느낌이 팍 오는 애야.

타짜 무슨 말인지 어렵다. 그냥 기다리자, 알아서 이쪽으로 잘 기어오고 있는 거 같은데.

이때, 바람과 함께 눈보라가 휘몰아친다.

춥다.

바짝 눕혔던 몸을 움츠리며.

세수 선생님이 니들하고 절대 어울리지 말라고 그랬는데. 난 너무 마음이 약해서 탈이야.

타짜 (세수에게) 너 그거 생각나냐? 우리 중학교 때. 오거리파 애들. 다섯 명이었잖아. 너, 나, 방앗간집 떡판, 무당집 꽹과리, 그리고 또 누구였더라?….

띨박 나잖아. 학교 소사집 아들 띨박이.

타짜 자랑이다!

띨박 하던 말이나 계속 씨부려 봐.

세수 하지 마!

타짜 하고 싶은데.

띨박 하게 해줘. 얘 할 말 못하면 막 뒤집어져가지고 지네 과부 엄마 막 패고 그랬잖아.

타짜 별걸 다 기억하네. 우리, 오거리파 애들이 서울서 광주로 내려오던 열차에다 돌 던져서 열차 사고가 대빵 크게 났을 때 말이야.

띨박 열차 유리창이 부서지고 열차에 타고 있던 대머리 아저씨 귀땡 이가 찢어졌어.

타짜 서울서 내려오는 놈들은 왠지 되게 싫었잖아. 열차가 멈추고. 광주 일대가 발칵 뒤집어지고 간첩들이 그랬니, 사회에 불만 있는 빨갱이들이 그랬다더라, 소문도 많았잖아.

이때, 또다시 허공에 울리는 총소리 "탕탕…"

그들 이제는 그닥 놀라지 않는다.

그들에게서 이 상황이 빨리 지나갔으면 하는 체념이 보인다.

소리 사라지면.

띨박 그게 돌이 아니라 수류탄이라고 하던 사람들도 있었어.

세수 그게 누군데?

띨박 우리 아버지.

세수 병신.

띨박 (버럭 소리 지르며) 뭐? 병신!

세수 그래 니네 아버지 병신이라고.

띨박 그건 어릴 때 소아마비에 걸려서… 다리를 조금 절뿐이지. 원랜 정상이셨어. 우리 아버지 병신이라고 놀리는 새끼들은 다 죽여버릴 거야!

세수　내가 아까 말한 그 병신이 다리 저는 병신 얘기한 게 아니잖아. 정신 좀 차려!

타짜　(세수를 말리며) 넌 뭐 저런 애한테 열 받고 그러냐. 서울서 놀다 온 놈이 통 작게.

세수　뭐? 통 작게. 니들, 오거리파 대장이 누구야, 캡장이 누구냐고?

타짜　대장은 세수 너지. (띨박을 보며) 근데 캡장?

띨박　캡….

세수　그만해, 무식한 놈들아.

타짜　하여간 범인 잡는다고 수배지 붙고. 아무도 못 봤으니까 그냥, 쌩까도 됐는데… 세수 네가 혼자 파출소로 가서 자수했잖아. 우리들 이름 다 불고 말이야. 네 덕분에 숨어 있던 우리 네 명은 붙잡혀서 엄청 맞고 학교에선 퇴학당하고 넌 자수했다고 정상이 참작돼 정학만 맞고 서울로 올라갔지.

어색한 침묵에 빠져드는 세 사람.

눈치를 보며 어색한 침묵을 깨는 타짜.

타짜　내 말은 니가 치사했다는 게 아니라….

세수　그만둬!

세수, 벌떡 일어나 눈발 사이로 뛰어간다.

타짜　야! 세수야! 위험해!

띨박　저러다 총에 맞는 거 아니냐!

타짜　그러니까 니가 가라고 그랬지. 서울서 오랜만에 내려온 친구를 사지로 보내냐. 니가 그러고도 친구야! 겁은 많아가지고. 모자란 놈들은 겁이 없다던데 이건 완전히 반대야.

띨박　너보단 똑똑해.

타짜　　뭐!
띨박　　선생님이 그러는데 니가 전교에서 아이큐가 젤 낮다고 그랬어.
타짜　　지금 그 말을 믿으라고?
띨박　　믿거나 말거나지.
타짜　　선생님이 왜 너한테 내 아이큐를 알려줘?
띨박　　진실이니까, 진실은 알려줘야 되는 거야. 막 퍼뜨리고.
타짜　　그럼 선생님이 나한텐 왜 안 알려줬는데, 왜?

타짜, 띨박의 목을 조르려고 덮친다. 그러나 띨박, 더 빨리 타짜의 목을 잡고 졸라버린다.

띨박　　이럴까 봐서 안 알려줬겠지. 너는 진실을 말하면 선생님 목도 조를 거야.

이때, 세수가 새를 두 마리 들고 잽싸게 그들 쪽으로 달려온다.

세수　　잘들 한다… 일어나!

머쓱하게 떨어지는 두 사람.

타짜　　괜찮아?
세수　　뭐가?
타짜　　총 말이야!
세수　　사냥꾼들 갔어. (새를 들어 보이며) 이거 가져다 먹으랜다.
띨박　　뭐, 사람을 먹으라고!
세수　　그만해, 별로 감동 없다.
타짜　　그 새 잡으면 법에 위반되는 거야. 알기나 알어?
세수　　이거 청둥오리가 아니고 들오리란다. 사냥도 허가 받았고.

타짜　　에이, 씨. 그것도 모르고 괜히 쫄았네.

띨박　　그래도 새를 죽이면 안 되는 거야!

타짜　　법적으로 괜찮다잖아.

띨박　　선생….

세수　　그만해! 이거, 선생님한테 가져다 드리자. 푹 고아서 드시면 몸에 좋을 거야. 명숙이도 좋아할 거야. 각각 하나씩 들어!

새를 나눠 갖는 세 사람.
옷 속에 새를 집어넣고 자전거에 올라탄다.
그들, 어렵게 눈발을 헤치고 페달을 밟는다.

띨박　　새가 살아 있나 봐. 옷 속에서 날갯짓을 해!

타짜　　정말 날갯짓을 하는데!

세수　　(하늘을 보며) 에이, 씨. 눈 때문에 아무것도 안 보이네.

띨박　　날아오를 거 같아, 세수야!

세수　　날아올라라!

타짜　　나도 날아오를 거 같아!

세수　　너도 날아!

띨박과 타짜, 자전거 핸들에서 두 손을 떼고 날아오르는 것처럼 두 팔을 쭉 펼쳐든다.

타짜와 띨박　(소리친다) 난다! 난다! 우린 새다! 새!

이때, 다시 총소리가 "탕탕" 울리고.
타짜와 띨박, 비명을 지르며 바닥으로 떨어진다.
겁에 질린 세수, 두 손을 바짝 치켜들고 소리친다.

세수 저흰 새가 아니고 사람이에요!

암전.

제11장

1980년 광주.
어둠 속에서 들려오는 총소리들.

무대 밝아지면.

창고.
세수와 타짜, 손에 총을 들고 헐레벌떡 들어온다.

세수 이 총 어떻게 할 거야? 말이 안 통한다고 총을 뺏으면 어떡해!
타짜 너도 봤잖아? 선량한 시민이 간첩을 신고한다는데도 경찰이 우리들한테 어떻게 했냐? (흉내 내며) "광주 시내가 온통 간첩에 빨갱이들이에요. 집에 들어가셔서 처박혀나 계세요." 가는 파출소마다… 정신 나간 사람 취급하고….
세수 그런다고 총을 뺏냐?
타짜 경찰이 말이 안 통한다고 군인들한테 가자고 한 게 누구야? 너잖아? 군인들 앞에선 한마디도 못 하던 놈이… 너 때문에 군인들한테 엄청 맞고… 뭔 말도 안 꺼냈는데 입 열면 주먹이 날 아오고, 눈 뜨면 발이 올라오고… 앉으면 정강이를 까고… 서면 따귀를 갈기고… 반항 안 하고 군인들한테 계속 맞고 있었으면 지금쯤 너나 나나 뒈진 목숨이야.

세수　　그런다고, 군인들을 패고 총을 뺏냐? 너 이거 국가 반역죄야. 알어?

타짜　　알 게 뭐야.

이때, 또다시 콩 볶듯 들려오는 총소리.

세수, 창 쪽으로 가서 밖을 내다보며.

세수　　야, 이제 막 쏘아대네.

타짜　　우리 때문이 아닐까?

세수　　뭐?

타짜　　지들 우리한테 얻어맞고 총 뺏겼다고, 분풀이하는 거 아냐?

세수　　말이 되는 소릴… (그때서야 창고 안을 둘러보고) 띨박?

타짜　　얘 어딜 간 거야? 띨박아!

세수　　(다급하게 창고 안을 이리저리 뒤지며) 서류… 서류도 함께 없어졌는데.

무너지듯 소파에 주저앉는 세수.

타짜　　잡혀간 게 분명해. 우리들에 대해서도 불었겠지. 내가 자기를 툭하면 갈궜다고 죄다 불었을 거야.

세수　　띨박이가 학생주임한테 끌려갔냐! 제발 정신 좀 차려.

사이.

타짜　　난 말이야. 아직도 내가 중학생인 거 같아.

세수　　나도 그래.

타짜　　웬일이냐? 니가 다 내 말을 안 갈구고.

사이.

타짜　　왜 아무도 우리 말을 안 믿는 거지? 경찰도 그렇고 군인들은 가까이만 가면 막 패고… 옛날엔 안 그랬는데….

세수　　가자.

타짜　　어딜?

세수　　띨박이한테.

타짜　　미쳤어?

세수　　어차피, 띨박이 못 구하면 우린 그놈들 손에 죽어. 광주가 온통 그놈들 손아귀에 들어갔는데 우리가 어디로 숨는다고 해도 우린 죽은 목숨이야.

타짜　　걔네들한테 가서 어쩌자고. 우리 띨박이 내놓으세요 할 거야? 그럼 걔네들이 여기 띨박이 있습니다. 사은품으로 독침이나 한 방 맞으시고 가세요. 이럴 테고.

세수, 타짜의 멱살을 움켜잡으며.

세수　　어차피 이래도 죽고 저래도 죽는다고. 짭새도 군발이도 우리 말을 안 믿잖아. 그럼 우리가 먼저 그놈들 잡아야지.
우린 총도 있잖아. 밖을 봐. 어차피 전쟁은 시작된 거야. 다 쏴 죽여 버리면 돼. 어차피 걔들 간첩인데. 뭐 어때.

타짜　　간첩 죽이고 신고하면 포상금이 얼마냐? 생포한 거보다 적겠지.

세수　　그게 좀 문젠데. 적더라도 생포하는 것보다 더 많이 죽이면 되겠지.

타짜　　그래, 넌 역시 머리가 좋아.

세수　　근데 너 총 쏠 줄 아냐?

타짜　　몰라.

세수 (신나 통을 집어 들고) 신나 통 들고 따라와. 띨박이 구하고 불지르고 튀는 거야. 신고는 나중에 하면 돼.

제12장

거리.
띨박, 깁스한 다리로 목발을 짚고 무대 위로 뛰어들어 온다.
뒤에서 띨박을 쫓는 발자국 소리.

띨박 간첩이다! 간첩이다!

띨박, 무대를 가로질러 뛰어나간다.
그 뒤로 수행원과 뛰어들어 온다.

수행원 (기관원들에게) 목발 짚고 뛰는 놈 하나 못 잡아! 빨랑 뛰어. (무전기를 가슴춤에서 꺼내들고) 예, 놈이 금남로 쪽으로 이동 중입니다. 예, 그게 워낙에 귀신같은 놈이라… 죄송합니다.

수행원 퇴장하면 그 뒤로 시민이 목발을 짚고 무대 위로 뛰어들어 온다.

시민 계엄군은 철수하라! 살인마는 자결하라!

시민, 절뚝거리며 무대를 퇴장하면, 그 뒤로 장교와 군인 1, 2가 시민의 뒤를 쫓아 무대 위로 들어온다.

장교 목발 짚은 놈 하나 못 잡아!

군인 1, 2　시정하겠습니다.
장교　잡아!

장교와 군인 1, 2, 무대를 퇴장하면, 그 뒤로 간호사가 소총을 들고 무대 위로 뛰어들어 온다.

간호사　(소총을 들어올리며) 더는 못 참아! 계엄군들을 내 손으로 몰아낼 거야!

간호사, 무대를 퇴장하면 그 뒤로 목발 짚은 경찰이 뛰어들어온다.

경찰　총 내놔! 거기서! 대체 왜들 미쳐서 난리야! 너 거기 안 서!

경찰이 퇴장하면.
목발 짚은 경찰, 띨박, 시민 순으로 무대로 뛰어들어 온다.
서로 뒤를 돌아보며 기묘한 표정을 짓는다.

띨박　(경찰에게) 간첩이 저를 따라와요!
시민　(띨박에게) 난 빨갱이가 아니야!
경찰　지금 신고 받을 시간 없어!
띨박　간첩들이 절 교통사고 내고 뺑소니쳤어요.
시민　난 택시 운전을 하지만 그런 적 없어!
경찰　따라오지 마.

그들, 무대를 나가면 그 뒤로 간호사, 수행원, 장교 줄줄이 뛰어든다.

간호사　내가 가만두지 않겠어!
수행원　(무전기에 대고) 시민들이 무장을 했습니다.

장교 저놈들은 뭐야! 왜 민간인들이 무전기 가지고 다니는 거야!

간호사 병원이 온통 시체투성이야! 시체로 넘쳐난다고!

수행원 (무전기에 대고) 시민들이 약까지 처먹은 거 같습니다.

장교 시민들의 진영으로 잘못 들어온 거 아니야, 전쟁이다! 시민들과의 전쟁!

그들, 뿔뿔이 흩어져 무대를 빙그르 돌면, 띨박, 경찰, 시민이 목발을 짚고 무대 위로 들어온다. 수행원은 띨박을 덮치고, 경찰은 간호사를 덮치고, 장교는 시민을 덮친다.

수행원 너희들 정체가 뭐야?

띨박 치료비 준 거는 고마운데요… 아무리 간첩이라도 이러시면 합의를 못 하죠.

수행원 간첩?

장교 이 빨갱이! 겁대가리없이 도망을 가!

시민 난 빨갱이가 아니다! 무고한 시민이며 택시운전사다!

경찰 총 이리 내놔!

간호사 다 죽여 버릴 거야!

띨박, 소리 지른다.

띨박 외계인이 광주를 습격했다!

시민 군인들이 광주를 습격했다!

간호사 무기를 들고 싸우자!

제13장

사무실.

세수와 타짜, 총과 신나 통으로 여경리를 위협한다.

세수 니들 우리 띨박이 어떻게 했어?

여경리 정말 이러시면 크게 다쳐요.

타짜 이미 우린 다쳤어.

세수 니들 다 어디에 있어?

여경리 사장님은 외근 나가시고, 직원들은 거래처 나가셨어요.

세수 외근? 이것들이 우릴 어떻게 보고….

타짜 니들 간첩이잖아!

세수 (타짜에게) 그걸 그렇게 빨리 말하면 어떻게 해!

타짜 어차피 말할 건데, 뭐.

세수 타이밍이란 게 있지. 그래서 대가리 나쁘다는 소릴 듣는 거야!

타짜 (여경리에게) 너도 내가 돌대가리로 보이냐?… 내가 묻잖아. 사람이 뭔가 물을 때는 얼굴 좀 들고 쳐다봐!… 너 얼굴 작게 보이려고 숙이는 거냐? 아니면 얼굴이 너무 커서 무거워 그러냐?

세수 (타짜의 머리통을 후려치며) 정신 차려! 쟤는 간첩이란 말이야. 친구 여동생인 줄 알어? (여경리에게) 니들 띨박이 어떻게 할 거야? 띨박이를 넘기면 우린 니들 장부를 넘긴다. 서로 없던 일로 하자고, 어때?

타짜 (세수에게) 없던 일로 하자고? 띨박이 하나 때문에 없던 일로 하자고?

세수 (타짜에게) 띨박은 살리고 봐야 할 거 아냐!

타짜 난 못 해! 다 신고해 버릴 거야!

세수 그럼 가서 신고해라! 어디다 신고할 건데… 경찰한테? 군인한테?

타짜 (여경리에게) 니들이 합의만 해줬어도 이런 일 없잖아. 남의 나라에 왜 내려와 가지고….

여경리 우린 간첩 아니에요. (벽에 걸린 대통령 사진을 가리킨다) 간첩들이 대통령 사진을 걸어두겠어요?

타짜, 신나 통을 집어 들고 여기저기 사정없이 뿌린다.

타짜 니들 날로 다 해처먹었지? 우리가 바보냐? 정직하지 않고 잔대가리 쓰는 놈들은 다 죽여야 한다니까!

세수 빨리, 띨박이 있는 곳을 대!

여경리 정말 이러시면 다쳐요.

타짜 너나 입 닥쳐요!

타짜, 라이터를 켜든다. 놀라는 여경리.

여경리 정말 오해예요. 제 입으로 말씀드릴 수는 없지만 여긴 정의로운 일을 하는 곳이에요.

타짜 이렇게 칙칙한 곳에서 무슨 정의로운 일을 해!

여경리 저흰 음지에서 일하고 양지를 꿈꿔요.

타짜 골방에서 화투 치고 대로변에서 웃는다.

세수 비유를 들어도 꼭 지 같은 것만 드네… (타짜에게) 질러 버려!

여경리, 순식간에 타짜에게 달려들어 주먹을 날린다. 그리고 세수를 옆차기로 내지른다.

세수와 타짜, 바닥에 나가떨어진다.

세수 역시 간첩이라서 대단한데… (총을 겨누며) 근데 우린 총을 가졌어.

여경리, 두 손을 번쩍 든다.

타짜　　그거 안 나간다고 했잖아.

여경리, 손을 내린다.

세수　　니 총은 나가잖아.

여경리, 다시 손을 든다.

타짜　　난 총 쏠 줄 모르잖아! (눈치를 보는 여경리를 보며) 저거…하하하… 순진하게… 하하하… 우리 말을 다 믿어….

세수　　하하하… 닥쳐….

당황해 하던 여경리, 세수에게 달려들어 세수의 옆구리를 걷어찬다.

벌렁 뒤로 나자빠지는 세수. 멀찌감치 바닥에 떨어지는 총.

여경리, 뒤돌아 황당해 하는 타짜에게 달려가 순식간에 타짜를 바닥에 패대기 쳐버린다.

바닥에 대자로 뻗어 버리는 타짜.

여경리　　니들 까불지 말라고 그랬지. 한 달째 비상근무로 집에도 못 가고 있는데. (타짜 목을 조른다) 뭐, 고개를 숙이면 얼굴이 작아 보이냐고… 졸려서 그런다. 잠을 통 못자서… 시내에 널린 게 간첩에 빨갱인데 왜 하필 여기로 와서 지랄이야! (총을 빼앗으려 하며) 총 내놔! 내놔!

타짜　　팔! 아아아 팔!

여경리　　엄살은. 니들 뭣들 하는 놈들이야? 말해!

타짜　　공갈이요.

여경리　　공갈!

옆구리를 부여잡고 뒹굴고 있던 세수.

세수　　우린 그냥 무고한 시민이라고요.

여경리　　병원에 골로 자빠져 있으면 나중에 찾아갔을 거 아냐! 먼저 나가놓고선 뭐 빽소니?

타짜　　(세수에게) 거 봐라, 띨박이 말 믿는 게 아닌데….

세수　　입 좀 닥쳐!

세수, 순식간에 일어나 여경리를 덮친다.

세수, 여경리를 올라탄다. 여경리의 반항이 만만치 않다.

이때, 타짜가 세수에게 소리 지른다.

타짜　　야, 바지를 벗어!

세수　　뭐?

타짜　　바지를 벗으라고!

세수, 얼결에 바지를 벗는다.

여경리, 비명을 지르고 얼굴을 돌린다.

타짜　　여자들은 남자 거기에 약하거든.

세수　　가끔 쓸 만한 구석이 있다니까. (여경리에게) 봐! 얼굴 들어서 봐 봐.

여경리　　당신 이거 성폭행이야!

세수　　간첩을 성폭행하면 죄가 어떻게 되는 거냐?

타짜　　간첩인데, 죽여도 상관없잖아.

여경리　당신들 정말 이러시면 (흐느끼며) 다쳐요….

세수　울지 마! 그쳐!

타짜　니 걸 꺼내서 보여줘. 울음도 그칠 걸.

세수　정말이야?

여경리　(울음을 뚝 그치고) 아니 제가 그냥 그칠게요. 그리고 띨박 씬가 뭔가는 저희 쪽에서 들이닥치자 도망갔다고 들었어요.

세수　왜 그걸 지금 말해!

여경리　(당연하듯이) 고문을 안 하셨잖아요. 우린 고문을 해야 불거든요. 이제 좀 위에서 내려오세요.

타짜　간첩치고는 합리적인데.

여경리　당신들이 모르는 게 있는데 제발 그쪽으로만 생각하지 말고 반대로도 생각 좀 해 보세요.

세수　반대?

타짜　간첩의 반대가 뭐냐?

세수　군인들. 군인들이 더 나빠!

여경리　그거 말고요.

타짜　경찰! 말도 안 통하는 경찰을 할 바에는 차라리 간첩을 해라.

세수　(타짜에게) 불질러!

타짜, 라이터를 꺼내 들고 켠다.

밖에서 들려오는 시위대 함성 소리.

시위대　불을 질러라! 불을 질러라! 전쟁은 시작됐다!

타짜, 라이터를 던진다. 연기가 피어오른다.

여경리는 황급히 대통령 사진을 벽에서 떼어내고, 타짜는 연기 속에서 움직이는 커다란 검은 물체를 본다.

세수, 바닥에 떨어진 총을 주워들고 타짜를 보며.

세수　　빨랑 안 나오고 뭐해?

타짜　　(연기 속을 가리키며) 저기, 띨박이가 말한 외계인!

세수, 타짜를 잡아끌며.

세수　　정신 차려!

제14장

창고.

띨박, 수갑을 차고 있고, 그 앞에 검은 선글라스의 부장과 수행원.

수행원, 세수가 연장을 꺼냈던 가방에서 뾰족망치를 꺼낸다.

띨박은 횡설수설한다.

띨박　　… 사장님이 병원비 주신 거는 정말 고마웠는데요. 우리들 생각엔 한 천만 원 받아야 하지 않을까 싶어서요.

부장　　니들 뭐하는 놈들이야?

띨박　　우린 외계인들이 싫어요.

수행원, 띨박의 손가락을 탁자에 올려놓고 망치로 내려친다.

띨박의 비명소리.

띨박　　아아아~.

부장　　다시 물어보자. 니들 뭐하는 놈들이야?

띨박　　하나도 안 아파. (울면서) 흐흐흐… 하나도 안 아파.

수행원, 띨박의 손가락을 다시 내려친다.

띨박의 비명 소리.

띨박　아아아! 하나도 안 아파….

부장　그래, 우리도 니가 안 아팠으면 좋겠어. 그러니까 아프게 하기 전에 어서 말해 봐. 뭐하는 놈들이란 질문이 싫으면 서류 어떻게 했어? 두 놈은 어디로 갔어?

띨박　신고하러 갔어. 당신들 세수가 돌아오면, 걔 잔머리 돌아가는 것에 기가 질릴 걸. 타짜는 내가 젤로 싫어하는 놈인데 걔는 분명히 너희를 죽여 버릴 거야. 목 조르기 명수거든.

수행원　지능이 원래 낮은 놈 같은데요. 아예 머리통을 열어 버리죠.

띨박, 얼른 머리통을 움켜잡고 웅크린다.

부장　너 알고 있는 거 있지? 그러니까, 니들 훔쳐온 서류에서 뭐 봤어? 사진 같은 거 봤지? 그 사진 기억해?

띨박　난 하나도 안 봤어.

부장　넌 안 보고 걔네 둘은 봤다 이거지. 걔네들이 본 게 뭘까? … (수행원에게) 대갈통 열어 버려.

띨박　사장님 병원비 주신 건 정말 고마운데요, 전 정말 사진 한 장 밖에 안 봤어요.

부장　어떤 사진?

띨박　외계인이 웃고 있는 사진요.

수행원, 신경질이 나서 히스테릭하게 띨박을 마구 후려 팬다.

수행원 말끝마다 외계인! 외계인! 그 외계인들 데려와 봐.

부장 그만해!

수행원 멈춘다.

부장 보통 놈들이 아니다. 심문에 응하는 방식이 고도로 훈련받은 놈들이 분명해. 완전히 동문서답을 해대고 있잖나. 뒷조사 요청해 봤어?

수행원 예, 그게 오늘 중으론 어려울 것 같습니다. 윗선에서 발포 지시가 있어서 시위대에 발포를 했답니다. 정보망이 두절되고 있습니다.

부장 사냥이 시작됐군.

수행원 예!

띨박 우린 돈을 벌어야 하거든요. 우리 아버지는 띨방한 아들 때문에 다리도 저는데 노동판에 나가셔요. 우리들처럼 못 배운 사람들은 이게 돈 빨리 버는 법이거든요. 외계인들은 항상 광선총으로 우릴 쏴요. 지구는 인간들 건데 빼앗으려고 총으로 쏘고….

부장 그래 너 말대로 우린 외계인이야. 우린 서류만 되찾으면 지구를 떠날 거야.

띨박 병원비를 주신 건 정말 고마운데요, 외계인인 척하지 마세요.

부장 이런, 씨.

부장, 마구 띨박의 머리통을 후려친다.

부장 너 장난하냐? 니들, 실체가 뭐야? 저능아야! 아니면 척하는 거냐!

수행원, 무전기를 받는다.

수행원　뭐, 사무실 건물이 불 타고 있다고. 누가 질렀는데… 두 놈. (부장에게) 사무실에 불을 질렀다는데, 그놈들 같습니다.

부장　(버럭 소리 지르며) 불! 그 놈들이 왜? 대체 우리한테 왜?

띨박　빽소니 깠잖아. 병원에 온다고 하고선 한 번도 안 오고.

수행원　우린 빽소니 아니야. 바빠서 그랬어.

띨박　다들 그렇게 말해. 나라도 당신들처럼 말했을 거야.

이때, 총을 든 세수, 타짜, 실랑이를 벌이며 들어온다.

타짜　내가 봤다니까.

세수　하도 맞고 다니다 보니까 헛걸 본 거야.

세수, 타짜, 부장과 수행원, 띨박을 발견하고 얼결에 총을 겨눈다.
놀랜 부장과 수행원도 총을 겨눈다.

세수　당신들 뭐야?

띨박　(세수에게) 걔네들이야. 빽소니 애들.

부장　니들 지금 실수하는 거야. 총 내려놔.

타짜　(세수한테) 야, 난 총 쏠 줄 모르는데 어떡하냐?

세수　입 닥치고 겨누고 있어.

타짜　나도 할 말은 해야겠어!

세수　무슨 말?

타짜　(부장에게) 실내에선 선글라스 벗어!

세수　넌 앞으로 영원히 입 닥치고 있어! (부장에게) 우린 당신들 어떤 사람들인지 다 알어.

부장　알면, 총을 내려놔. 우린 서류만 받아 가면 되니까. 크게 말썽

부리지 마.

세수　니들이나 말썽부리지 마. 여긴 대한민국이야 이 빨갱이들아! 니들 때문에 얼마나 처맞고 다닌 줄 알어!

띨박　싸우지들 마. 빨갱이가 뭘 그렇게 잘못했다고 그래. 잘못한 건 외계인이야. 머리통이 문어대가리처럼 벗겨진 외계인. 걔만 없애면 다 평화로워져. 니 말대로 계속 외계인 소리하고 횡설수설하고 있었더니 얘네들이 헷갈려 하는 거 있지.

타짜　띨박아, 나도 외계인을 봤어.

부장　대체 무슨 말을 하는 거야?

세수　니가 그 똥차로 재 저렇게 만든 거야. 다리병신에 정신분열증.

띨박　허리도.

타짜　난 불까지 질렀잖아. 건물에서 나오는데 기자들이 사진 찍고 난리던데, 어쩌냐?

세수　입 닥쳐! (부장에게) 아무리 간첩들이라지만 사람을 저렇게 만들어 놓고 뻥소니를 까. 북에서는 남한 사람은 사람도 아니라고 교육시키냐?

부장　뭔가 오해하고 있는데 우린 그런 사람들 아니야. (수행원을 쏘아보며) 내가 이런 말까지 해야 하나?

수행원　우린 그런 사람들 아니다.

세수　그럼 당신들 뭐야!

부장　나도 내가 누군지 밝히고 싶지만 지금은 밝힐 수가 없다. (수행원에게) 내가 꼭 이런 말까지 해야 하나?

수행원　죄송합니다. (세수에게) 밝히고 싶지만 지금은 밝힐 수가 없다.

부장　(신경질적으로) 그건 아까 내가 말했잖아!

타짜　총 쏠 줄 안다면서. 갈겨버려. 우리 총이 더 크잖아.

세수　닥치고 있어. (큰소리로) 곧 있으면 여기로 경찰들이 들이닥칠 거다. 우리가 신고했거든.

타짜　신고하러 갔다가 쫓겨났잖아.

썰렁해지는 분위기.

사이.

세수 제발 입 좀 닥쳐!… 당신들 누군지만 말해. (겉옷 속에서 서류를 꺼내 바닥에 던지며) 왜 이런 거 수집하고 신분을 속이는 거야. 당신들 떳떳한 일 아니니까 그러는 거 아니야.

띨박 우리가 바본 줄 알어, 학교 다닐 때 선생님께서 간첩들은 그렇게 한다고 했어.

부장 우리가 간첩이든 뭐든 자네들한테 그게 중요한 게 아니잖아. 자네들한테 중요한 건 돈이잖아. 합의금 얼마면 되겠어?

세수, 타짜, 띨박, 정신이 나간 듯 웃어댄다.
당황해하는 부장.
세수, 웃음을 멈추고.

세수 니들 우리가 왜 이러는 거 같냐? (웃고 있는 타짜와 띨박에게) 그만 웃어!

부장 뭘 원해?

세수 쥐똥만 한 합의금 그거 받아 봐야 어디다 붙여먹겠어. 다섯 명만 넘겨.

부장 뭐? 누굴 넘겨.

세수 니들 다섯 명만 우리한테 넘기면 당신은 풀어주지.

타짜 야, 넌 정말 내 친구지만 존경하고 싶도록 머리가 좋은 놈이야. 다섯 명이면 한 놈당 오백씩 해도….

세수 제발 조용히 좀 해!

부장 자네들 잘못 짚었어. 우린 대한민국 비밀 정보요원들이야. 알겠어?

띨박	세수야, 얘네들 말 믿지 마. 아까는 외계인이라고 했어.
세수	지금 광주시민이 다 간첩이라고 말들 하는데, 당신 말을 어떻게 믿어?
부장	안 믿으면 어떻게 할 거야?
세수	오십 대 오십이야. 우린 너희가 간첩이다 라는 걸로 마음 정했어.
부장	뭐? 완전히 꼴통들 아냐! 니들 정체가 뭐야!
세수	뭐하는 놈들 같아 우리가?
부장	(당황해 하며) 대체… 뭘 말하고 싶은 거야?
세수	좋아, 맞히면 그냥 돌려 보내줄게. 우리 정체가 뭐 같아?
부장	(창고를 둘러보면서) 장사하냐? 페인트, 아니면 노가다?

타짜, 손가락을 들어 펴 보인다.

수행원	(부장에게) 철공소에 다니는 거 같은데요.
부장	철공소.

세수, 바지를 올려 다리의 흉터를 보여준다.

부장	뭐야…? 축구선수. 뭐야 너희들!
띨박	그거 디따 쉬운데. 그런 것도 모르면서 간첩 활동은 어떻게 했어? 광주 사람들은 그냥 다 아는데… (약간 맛이 나간 채) 난 말이야 외계인들을 감시하는 우주평화군 소속 정보원이야. 우주가 지금은 이렇게 서로 싸우고 다투지만 예전에는 평화로운 곳이었어. 서로 싸움도 하지 않았고 다정들 했지. 근데, 문어대가리 외계인들이 우주의 평화와 질서를 깨버렸어. 그 전에도 나쁜 외계인들이 지구를 침략했었지만 그들 스스로 자멸했

거든. 이번에 문어대가리들은 아주 지독한 놈들이야.

타짜　니 말을 들으니까 정말 나도 우주평화군 소속이 된 기분이야.

부장　…정신병자들이냐?

세수　그래. 우린 정신병자면서 너희들 잡으려고 서울에서 급파된 대한민국 공갈사기단이다.

부장　공갈사기단!

이때, 창문 밖에서 들려오는 요란한 발포 소리. 탕탕탕.

부장과 수행원　(세수에게) 움직이지 마!

세수　총 버려!

이때, 창고를 뒤흔드는 거대한 비행기 엔진 소리.

띨박, 창문 쪽으로 뛰어간다.

수행원　움직이지 마!

띨박　우린 다 죽을 거야!

타짜　난 죽기 싫어!

세수　(부장에게) 총 버려!

다시, 총소리가 요란하게 들린다.

놀란 부장과 수행원 그리고 세수, 반사적으로 서로를 향해 총을 쏘아댄다.

격렬한 총소리.

그들 쓰러진다.

그들 위로 처절한 군중들의 비명 소리, 계엄군들의 군홧발 소리, 탱크 굴러가는 묵중한 소리, 헬기의 기총소사 소리.

이윽고 창문 밖으로 피 같은 붉은 불꽃이 솟고 매캐한 연기가 무대 위로 흘러든다.

시위대의 애국가 소리 퍼진다.
잠시, 정적.

창문 아래 고개를 처박고 있던 띨박이 고개를 든다.
띨박, 흐느끼며 세수에게 기어간다.
피를 뿜고 있는 세수.

띨박 흐흐흐…세수야!

세수 띨박… 아… 얘네들… 신고하고… 포상금 받아라…. 간첩이라고 우겨. 알았냐…? 우린… 대한민국 최고의… 공갈사기단… 아니냐.

띨박 (흐느끼며) 흐흐흐… 나 우기는 거 잘 못하잖아. 그래도 우겨 볼게.

타짜도 피를 흘리며 세수와 띨박 쪽으로 기어간다.

타짜 띨박아… 우리 사촌형 알기 전에… 피 다 닦아 놔라… 그리고 한 가지만 물어 보자….

세수 넌… 물어보지 마….

타짜 띨박아, 사람이 죽으면 새가 된다고 그랬잖아… 나도 새가 될 수 있겠지…?

띨박, 흐느끼며 고개를 끄덕여준다.
바닥에 얼굴을 처박고 쓰러지는 타짜.
창문 밖으로 불길이 맹렬하게 솟는다.
띨박, 괴로운 듯 머리통을 부여잡고 웅크린다.
이때 무대 위로 외계인 복장을 한 문어대가리들이 들어온다.

– 외계인들은 군인일 수도 있고 또 아닐 수도 있다. 이 장면은 띨박의 시선이다. 띨박이 본 일그러진 세상을 상징적으로 보여준다. –

(외계인들은 장교, 경찰 등 배우들이 맡는다)

외계인들이 띨박의 머리에 광선총을 들이댄다.

띨박이 외계인을 향해 두 손을 번쩍 들면서 외친다.

띨박　나는 외계인을 환영합니다! 무조건 환영합니다! 환영합니다!

외계인들, 무대 중앙으로 걸어와 위협하듯 무대를 점거한다.

제15장

20년 전.

타짜, 띨박은 다리에 총을 맞았는지 대충 천 조각으로 다리를 감은 채 절뚝거리며 무대 위로 들어오고, 세수는 한쪽 손을 붕대로 감고 자전거를 끌고 들어온다.

자욱한 밤안개 속에 노란 근조등이 떠 있다.

그들은 아직 근조등을 알아채지 못한다.

띨박　(훌쩍이며) 나 다리 병신되면 어떡하냐? 우리 아버지한테 맞아 죽을 텐데.

타짜　그냥 산탄이 스쳤다고 하잖아.

세수　니들은 스쳤지만 나는 뼈에 박혔단다. 천하의 세수가 총에 맞을지 누가 알았겠냐.

타짜　니 빠른 잔대가리도 총은 못 피하는구나.

세수　　닥쳐… 니들 때문에 사냥꾼들이 총을 쏴댄 거 아니야! 날아오르기는 뭐가 날아올라. 니들이 새야!

띨박　　자전거도 잊어버리고 달걀도 다 깨졌잖아. 우리 이젠 어떡하냐?

세수　　자전거는 돌아가는 길에 찾으면 되는 거고. (겉옷 속에서 새를 꺼낸다. 새가 한두 마리가 아니다) 니들도 꺼내!

띨박과 타짜도 옷 속에서 새들을 꺼낸다.

대충 어림잡아 대여섯 마리 정도다.

타짜　　사냥꾼들. 사람을 쏴놓고 새로 때워. (세수한테) 너 이걸 받고 싶대?

세수　　안 받으면 어쩔 거야? 총을 들이대고 막 소릴 질러 대는데 새라도 받아야지.

띨박　　(옷 속을 헤집으며) 이거 봐, 온통 핏물이야. 내가 죽은 거 같아.

타짜도 핏물이 밴 옷 속을 헤집어 보며.

타짜　　나도 죽었어!

세수　　그만 징징거려… (핏물이 밴 옷을 들춰 보며) 남대문젠데. 완전 총 맞은 거 같잖아.

띨박　　선생님이 우릴 보면 뭐라고 하실까?

사이.

타짜　　(장난스럽게) 참 잘했어요, 띨박 군!

띨박　　(장난스럽게) 타짜 군도 참 잘했어요!

타짜와 띨박, 뭐가 웃긴지 낄낄거릴 때 세수, 선생님 집 앞에 걸린 노란 근조등을 발견한다.

세수　저기 선생님 집 맞지?

타짜　응. 기와집 대문… 맞네.

세수　근데 저 등은 뭐냐?

타짜　무슨 등?

세수　선생님 집 앞에 저 등 말이야? 노란 등?

띨박　이쁘다. 노란 호박 같다!

타짜　한문으로 뭐라고 써 있는데… 세수 넌 저거 뭐라고 쓴 지 알지?

세수　(당황해하며) 안녕, 인가…?

타짜　안…녕?

세수　아닌가? 추석인가?

타짜　추석은 한참 지났잖아… 너도 모르는 게 있구나.

세수　한문에 두 글자가 얼마나 많은지 알어? 뭐 알고 말해.

띨박　환영 아닐까? 문병 온 사람들 환영한다고 걸어둔 거 같은데.

타짜　맞다…. 그런거 같다… 말도 되고… 이거 이럴 때 보면 우리 띨 박이가 전혀 띨박이가 아니야. 세수보다 나아.

세수　입 다물고. 새들이나 집어!

세수와 띨박, 타짜, 바닥에 죽은 새들을 다시 옷 속에 집어넣는다.

"안녕이라니까" "환영이야" …시끄럽게 떠들며 근조등이 달린 문을 향해 걸어가는 그들.

암전되면서 노란 근조등만 무대를 환하게 비춘다.

■ **최치언** 1970년 전남 영암 출생. 1999년 〈동아일보〉 신춘문예에 시가, 2001년 〈세계일보〉 신춘문예에 소설이 당선되고 2003년 우진문화재단 장막희곡 공모 당선으로 등단. 시집으로 『설탕은 모든 것을 치료 할 수 있다』, 시화집으로 『레몬트리』 외에 희곡으로 「코리아환타지」, 「밤비 내리는 영동교를 홀로 걷는 이 마음」, 「충분히 애도되지 못한 슬픔」, 「언니들」 등을 집필. 극작가 및 총체극 연출가로 활동 중. 2009년 대한민국연극대상 희곡상, 2011년 희곡 「미친 극」으로 대산문학상 희곡상 수상.

연극 안부

이당금 작, **이지현** 연출, **푸른연극마을** 공연

이 작품은 5월민중항쟁에 참여했던 여성노동자들의 소박했던 삶과 꿈, 항쟁 이후 남은 트라우마를 중심으로 이야기를 펼쳐나간다. 작품의 주인공은 공장에서 힘겹게 일을 하면서도 늘 꿈을 놓지 않았던 여성 노동자들이다. 야무진 성격으로 노조 대의원을 맡고 있는 박정, 가족의 생계를 책임진 소녀가장 이순, 가수를 꿈꾸는 고달. 서로 처지가 비슷한 세 명은 노동자 권리를 위한 노동법 투쟁을 하는 1979년과 격동의 시절을 보내다가 1980년 5월항쟁을 겪으며 헤어지고, 안부도 없이 각자의 삶을 살아간다. 40년 후, 그날의 기억을 지운 채 살아가던 이순과 고달에게 친구 박정의 소식이 전해지면서 이야기가 전개된다. 광주를 다시 찾은 이들은 누구에게도 말할 수 없어 망각 속에 가둬 두었던 1980년 5월을 다시 꺼내고, 치유받는다.

등장인물

이봄(25) '우리젊은날 사회복지센터' 3년 차 신입내기. 전형적인 MZ세대. 자기 주장이 분명하며 쿨하다. 사회복지 일을 선택한 것은 가치에 기반하여 환경이나 윤리 가치를 행동, 실천하고자 하며 노인인구 세대가 늘어나 대세 직업은 아니지만 자신의 성격상 해볼만하다고 여김.

박정(65) 독거노인, 미혼. 1980년 당시 로케트공장에서 노조간부로 일하며, 5월항쟁 때 적극 참여한다. 5월 27일 마지막 날, 학생과 여자들은 나가라는 시민군 지도부의 의견에 따라 나가기로 했던 결정에 평생을 죄책감을 느낀다. 자신들을 밖으로 내보내 보호해주었던 대학생 병규의 죽음을 목도하며 평생 살아남은 자의 죄책감과 트라우마에 시달린다. 빈병, 폐지 수거 등으로 생계를 이어가며 반려식물을 유난히 애지중지한다. 알츠하이머 증상이 빠르게 진전되면서 악몽에 시달린다.

이순(64) 중소기업 사장. 1980년 당시 방직공장에서 일했다. 장녀로 가족을 보살피느라 하고 싶은 공부를 못한 것을 돈에 대한 결핍으로 여기며 열심히 공장일을 하며 돈을 모으는 데 열심이다. 노동자로서 5월항쟁 참여까지 적극적이었으나 죽음 같은 공포와 두려움을 목격하고 마지막 날, 도망쳐 나온 것을 트라우마로 갖고 있음. 결혼을 핑계로 광주를 떠나 타향에서 공장 생활을 열심히 하고 돈을 모아 여유가 있다.

고달(63) 가정주부. 1980년 당시 서울방직공장에서 노동자 생활을 하다가 일자리 찾아 광주 내려와 선배 박정의 소개로 로케트공장에 다니게 됨. 밝고 쾌활한 성격으로 가수를 꿈꾸었지만 5월항쟁 이후, 무기력감에 고향을 떠나 타지에서 가정주부로 평범한 일상을 살 수 없는 것을 깨닫게 되고, '광주사람'이라는 이유로 시댁의 불편한 눈치를 받고 사는 것이 스트레스다.

연극

안부

이당금

이 연극을 오월 시민군으로 항쟁에 참여한 모든 여성들에게 바친다.

무대

무거운 철문이 기우뚱 열려져 있는 내부는 낡고 허름한 마루 바닥이 반질하게 잘 닦여 있다. 무대 한 켠에 작은 텃밭이 있다.

텃밭은 잘 손질되어 있지만 텅 비어 있고 둥근 화분 한 개가 놓여 있다. 또 다른 한 켠에는 폐지와 빈 박스 등등 차곡차곡 잘 정리되어 있다.

폐지 박스 무더기 사이에는 마치 동굴 같은 비밀창고가 숨겨져 있다.

동굴 안에는 봉지에 담긴 빵과 우유팩들이 질서정연하게 담겨져 있다.

프롤로그

박정, 박스 창고를 오고가며 쓸고 닦고 쌓고 쌓아올리기를 반복한다.

#1 민원

잦은 민원으로 이미 지칠 대로 지친 이봄. 성의 없이 마무리하려고 한다.

이봄　무슨 말씀인지 알겠는데요. 민원님, 그건 구청으로 연락하셔야… (한참을 듣는다) 도대체 몇 번을 말씀드립니까? 복지관 소관이 아니라 구청 위생계나 청소계로 연락하시라구요. 저희한테 민원하셔도 해결될 수 있는 게 아니 아, 미치겠네. 쓰레기 문제는 구청에, 제가 화를 내는 게 아니라요 네 죄송합니다 아니요 자꾸 똑같은 말을 되풀이하게 하시니까. (아예 귀에서 수화기를 떼고 말하든지 말든지 제 말만 한다) 네 네네… 화내지 마시고요 다시 한번 천천히 말씀드리겠습니다. (아주 빠르게) 골목길 쓰레기는 환경미화 쪽에 관련된 사항이므로 알려드린 번호로 전화하시면 저보다 훨씬 친절하게 받아서 즉시! 출동하실 거예요. 감사합니다. (전화를 끊는다) 와, 미촤버리겠네~ (다시 시끄럽게 전화를 한참 째려보더니 친절히 전화를 받으면서) 네~ 우리젊은날 복지센터 (빠른 말투로) 전화를 끊은 게 죄송합니다 노인 분들을 위한 복지 관리가 필요하죠 그럼 당연합니다. 우리나라 좋은 나라. 나라가 지켜주고 나라가 보호해 줘야죠. 그게 나라죠~ 지금 나갑니다. (끊고 시간을 확인한다) 곧 있으면 퇴근 시간인데…

빠른 속도로 전화를 끊으며 주변을 둘러보지만 아무도 상관하지 않는다.
할머니의 서류를 뒤적이며 저녁 약속이 있는 친구에게 전화한다.

이봄　　오는 중이야? 오지 마 나 지금 현장방문 나가. 수급자댁에 민원 방문 나가래. 그걸 내가 미리 어떻게 알아, 알았어 빨리 끝내고 금방 갈게. 야 니들 기다려, 2차는 내가 가면 가는 걸로 절대 자리 옮기지 마. 알았어.

서류를 뒤적이다가,

이봄　　둑방길 204번지 박정.
재가요양복지 수급자 전화번호가… 핸드폰 없고, 집 전화도 없네?
(난감하다) 뭐야? (다시 서류를 뒤적이며) 박정 나이 65세, 부양가족 없음, 동거인 없음, 독거노인, 폐지, 빈병 수집, 질병은 노인성 질환 외 별다른 증상 없음. 매주 화요일, 목요일 방문? 오늘은 불금.

서류 등을 챙겨 외근할 준비를 한다.

이봄　　(짜증난다) 수급자 박정 할머니댁에 라운딩 나갑니다.

#2 박정 할머니

옷매무새가 약간 단정치 못한 박정 할머니.
한쪽에는 폐지와 박스가 차곡차곡 정리되어 있고 비닐봉지에 담긴 빵과 우유가 한가득 담겨 있다. 약간의 악취.

할머니는 반려식물을 보며 어루만지고 닦아주면서 중얼중얼 실룩실룩인다.

그리고 이내 노래인지, 중얼거림인지, 무겁지 않게,

박정 쉬쉬쉬쉬쉬… 알고 있어. 입 다물고 살게.
쉬쉬쉬…쉿! 지킬 게 그 비밀. 꼭, 죽을 때까지 입 다물고 살 거야.
쉬쉬쉬… 무서울 땐 눈을 꼭 감고 이를 앙다물어야 해. 이빨 사이로 그들을 넘어오지 못하도록! 응. 약속할게. 너무 무서우니까…
쉬쉬쉬… 너무 무서우면 너한테 올게. 너한테만은 꼭 얘기할게…
쉬쉬쉬… 다른 사람들이 듣지 못하도록 다른 사람이 알지 않아도 돼.
어디 보자… 초록초록. 윤기가 빤질빤질… 봄처녀가 따로 없네~
이삐다, 이뻐. 사람이건 식물이건 간에 지 치장을 해야지.
쉬쉬쉬… 알고 있어. 네가 여기 있는 걸 아무도 모르지.
너랑, 나랑만…

이때, 들어서는 봄이. 미세하게 풍기는 악취에 코를 막는다.
애써 감추려 하지도 않고 주변을 건성건성 살핀다.

이봄 (인기척을 내며) 박 정 할머니?
박정 (기척을 못 듣고 화분을 들어 자리를 옮긴다) 어디 보자, 오늘은…
이 자리가 좋겠구나. 멀리서도 보이니까.
이봄 저기요 할머니 할머니!

박정　(그러든지 말든지) 걱정 마, 오늘은 안 나가.

이봄　(파일을 열어 뒤적이다 조금 큰 목소리로) 박 정 할머니, 안녕하세요!

박정　어디서 오셨수?

이봄　안녕하세요, 할머니. 우리젊은날 재가복지센터에서 나온 직원입니다.
이 봄입니다.

박정　봄? 봄이? (반갑게) 봄이 왔구나. 그래~ 겨울 지나면 봄, 봄이 와야지. (손을 잡아 화분이 있는 곳으로 끌고 간다) 이 녀석이 봄이야.

이봄　(핸드폰으로 집 곳곳을 촬영하며) 할머니, 얘가 봄이 아니고 제가 봄이에요.

박정　봄이 오면 활짝 꽃이 피지. 활짝 꽃이 피면… 이쁘지?

이봄　식물에도 이름이 있네? 보옴?

박정　내가 얼마나 지를 이뻐하는데. 치장할 필요도 없이 이쁘지?

이봄　할머니 식물 잘 키우시는구나?

박정　사람이고 식물이고 정을 줘야 해.

이봄　저는 똥 손이에요, 똥 손. 저한테 오는 식물들은 한 달을 못 버티고 시름시름 죽어가거든요. 완전 똥 손. 오죽하면 선인장이나 다육이도 못 키우거든요.

박정　정성이야. 때 맞춰 물을 주고, 흙 뒤집어주고, 햇볕 잘들고, 바람 잘 통하는 데 놓아주는 거야. 이렇게 자주 들여다보면 애들이 말을 하거든.

이봄　애들이 무슨 말을 해요? 사람도 아닌데…

박정　가만 들여다봐. 이거 봐, 이파리가 움찔움찔하지?

이봄　어?

박정　말을 하는 거야.

이봄　할머니는 애들이 뭐라고 하는지 다 들려요?

박정　　　암~ 들리지.

이봄　　　(건성으로) 에~ 안 들리는데?

박정은 이봄을 잡아 끌어 몸을 낮추게 한다. 엉거주춤한 자세가 되는 봄.

박정　　　찬찬히 봐…

이봄　　　뭐라고 해요?

박정　　　…어? 어… 어… 어~ 어… 어….

봄이 정이의 모습이 우스운지 따라 하면서 간간이 웃는다.
둘이 얼굴을 마주 보는데 정이가 갑자기 정색을 하며 거칠게 밀친다.

박정　　　도둑년.

이봄　　　네?

박정　　　에라이, 이 도둑년아!

이봄　　　(주위를 살펴보며 당황한 듯) 도둑이요? 저요?

정이는 봄의 손에 들린 비닐봉지를 낚아채며,

박정　　　도둑년이 내 걸 훔쳐가?

이봄　　　(비닐봉지를 잡으며) 할머니, 할머니 이건 제가 사 온 거예요.

박정　　　(실랑이를 하며) 내걸 훔쳐? 내놔 이년아!

이봄　　　(놓지 않으며) 훔쳐요? 제가요? 제가 뭘 훔쳐요!

박정　　　도둑년! (주위를 둘러보며 무언가를 찾는다) 어딨어 그놈들? 어떤 놈들이랑 온 거야?

이봄　　　아, 미치겠네. 아무도 없어요. 오긴 누구랑 와요?

박정　　　난 다 알아. 네놈들이 몰래 훔쳐가려는 걸 내가 모를 줄 알고?

이봄　　　(당혹스럽다)

박정 쉿! 이건 비밀이야. (비닐을 껴안으며) 아끼고 아낀 거야. 먹고 싶어도 가져다 줘야지 이거 내 거 아니야.

이봄 맞아요 할머니, 그거 할머니 거 아니고 할머니 드리려고 제가 사온 거예요.

갑자기 정신이 차려지는지 박정은 봄이를 보고 놀랜다.

박정 뉘여?

이봄 네? 저요? 그러니까 저는 (로켓단 인사법) 내 이름을 물어보신다면 대답해 드리는 게 인지상정. 할머니들의 사랑을 지키기 위해 할아버지들의 건강을 지키기 위해 국민손주로 거듭나는 할머니는 정이! 나는 봄이! 안녕하세요 이봄입니다.

박정 뭐래는겨? 복지관에서 온 거여?

이봄 어? 아시네? (아까 맞았던 곳이 아픈지 짜증이 나는 말투로) 아야… 아프잖아요.

박정 쯧쯧쯧… 아프겠네. 젊은것이 칠칠맞게는…

이봄 (어이가 없다) 헐~

박정 어디 보자… 대접할 것이…

봄이 가져온 봉지에서 박카스를 꺼내 봄이에게 건넨다.

박정 이거 마셔. 요 녀석을 마시면 힘이 좀 나지. 잔업하면 허벌나게 피곤하고 졸리거든. 그럴 때 이놈하고 타이밍을 먹으면 잠이 쏙~ 달아나지. 그러면 다시 일할 수가 있었어. 젊을 때는 어찌 그러게 잠을 자도 자도 꿀맛이던지. 늙어서 그런가 요새는 잠이 안 와. 초저녁에 잠이 들면 새복에 일어나거든. 잠이 보약인데 말이야. 왜 안 마셔? (박카스를 후루룩 마신다)

이봄 예? 마셔요, 할머니~ (엉겁결에 마신다)

정이는 봄이가 다 마실 때까지 지켜본다. 봄이는 할머니의 행동이 어리둥절 하지만 가까스로 박카스를 다 마신다. 정이는 봄이가 다 마신 박카스 병을 낚아채듯 받아서 빈 병이 쌓인 곳에 놓는다.

봄이는 할머니를 졸졸 따라가다 악취에 주춤 물러선다.

이봄 냄새~ 대체 이게 뭐예요?

박정 (상한 것은 상관 없다는 듯 개수를 센다) 하나, 둘, 셋, 넷, 다섯, 여섯, 일곱, 여덟… 스물하나… 서른다섯… 어림도 없네. 아직도 멀었네.

이봄 할머니, 이거 유통기한 지난 거잖아요. 저 주세요. 제가 갖다 버릴 게요.

박정 안 돼~ 이거 학생들한테 갖다 줘야 해.

이봄 학생들이요? 이 상한 것을? 안 돼요, 할머니. 그거 이리 주세요.

박정 (봄이를 피하며) 너였구나, 내걸 훔쳐간 도둑년.

이봄 (더 구슬리며) 이렇게 이쁜 도둑 봤어요? 못 봤죠? 할머니 말대로, 봄이 왔잖아요. 봄이 오면 날씨가 따뜻해지고 따뜻한 날씨가 되면 냄새가 더 심해지고 그러면 벌레들이 생겨요. 그럼 민원이 생길 수도 있고 우리 이쁜 할머니 건강에도 안 좋잖아요. 우리 할머니가 이렇게 예쁜데. 할머니 아픈 거 싫어요. 무슨 말씀인지 아셨죠?

우리 할머니 착하다… (손을 내밀며) 할머니~

박정 (봄이가 내민 손을 바라보며) 오늘은 안 가져왔어?

이봄 네?

박정 빵하고 우유 말이야. 올 때마다 가져오잖아.

이봄 아! 오늘은 박카스.

박정 박카스는 피곤할 때 마시는 거고, 빵은 배고플 때 먹는 거야. 쯧쯧… 큰일이네. 한참 더 걸어야 하는데 빨리 가져와, 빵하고 우유.

배고플 거야, 하루 종일 소리 치고, 또 소리 치려면.

이봄　소리쳐요?

박정　싸우려면 든든하게 먹어야 하는데.

(봄이를 밖으로 밀어내며) 가져와 빵하고 우유.

이봄　(당황하며) 네? 제가요?

박정　빨리 가서 가져와!

배고플 거야, 소리 치고 또 소리 치려면…

소리 치고, 노래하고, 춤 추고…

노동삼권 보장하라, 훌라훌라. 노동삼권 보장하라, 훌라훌라.

#3 과거_ 작업복에 실려갈 꽃다운 이내 청춘

1980년, 3월, 노동자궐기대회를 준비 중인 고달과 이순은 스무 살 노동자다. 그녀들은 머리에 스카프, 블루칼라의 노동자 의상을 입고 노래와 율동.

"노동삼권 보장하라, 훌라훌라. 노동삼권 보장하라, 훌라훌라. 노동삼권 보장하라, 노동삼권 보장하라, 노.동.삼.권 보장하라."

고달　야, 야, 야! 순이야! 노동삼권 할 때 손동작, 발동작이 다 틀리잖아.

이순　(보란 듯이 춤을 더 열심히 춘다)

고달　순이야, 순이야! 넌 허리가 이렇게 안 돌려지니? 이렇게! 이렇게 좀 돌려 봐~ 궁댕이를 돌리는 게 아니라고 몇 번을 연습하니? 미치겠다 너 때문에!

이순　봐 봐! 이렇게 이렇게 허리 돌리잖아. 궁댕이 아니라고오~

고달　　이게 궁댕이가 아니면 나무토막이야?
너 때문에 우리 조 망신 당하겠구먼! 이 마른 장작아!

이순　　야! 넌 사람을 외모로 따지냐? 엉? 내가 어때서! 내가 뭐 어때서! 기집애… 한두 번도 아니고 맨날 몸매 타령이야?

고달　　(순이를 밀치며) 너 저기 가서 율동 연습해야! 난 노래 연습할 테니까.
아아아아~ 이 세상에 깊은 꿈 있으니 아득한 사랑의 비를 내리고~

고달이 노동자 의상을 벗고, 짧은 스커트로 갈아 입으며 노래를 흥얼거린다.

이순은 그런 고달을 보며 크게 웃는다.

이순　　얼척없네이~ 네 주제에 노래자랑에 나가겠다고? 꿈 깨라, 꿈 깨!

고달　　칫! 아무리 그래 봐라~ 내가 꿈을 깨나… 나 고달이야~
근데 순이야, 나 이 정도면 대학생 같아 보이지 않냐?

이순　　(고달의 말에 동조하는 듯 달이 주변을 한바퀴 돌며) 그 정도면 딱! 공순이 고달이같이 보인다. 꼴배기 싫어… 포기해라이!

고달　　미쳤니! 포기라니! 혁이 오빠가 내 외모를 보고 필을 느낀 거지~ 오빠가 대학가요제 준비하는데 나하고 듀엣을 해 보는 거 어떠냐고?
(역할놀이) 봉쥬를 마드모아젤~ 딱 보니 불문과! 난 왠지 불문과 여학생들이 매력 있드라~ 자유분방한 여성들! 난 사랑할 줄 아는 남자~

이순　　(상대역으로) 난 사랑할 줄 아는 여~자!

고달　　발그레한 당신 볼에 키스~

이순　　어머 어멋! 내 볼이 발그레, 발그레~

고달　　(순이를 껴안으며) 어머머머! 오파아~ 어떻게 해~

이순　　(달이를 밀치며) 정신 차려라!

고달　　야아~ 넌 꼭 찬물을 끼얹어요. 이렇게 된 걸 어떻게 해.

이순　　어떡하긴 어떻게 해. 사실대로 말해야지.

고달　　사실은, 공장 다니는 공순이지 대학생이 아니에요. 이렇게?

이순　　응.

고달　　못 해!

이순　　해~

고달　　안 해! 죽어도 싫어. 못 해! 나도 대학 갈 거야. 야간대학이라도!

이순　　무장무장 염병하네.

고달　　올해는 안 되겠지만 내년엔 어떻게든 대학 갈 거야. 그래서 오빠랑…

이순　　오빠랑, 뭐?

고달　　오빠랑… 그러니까…

이순　　꿈 깨라, 꿈 깨! 대학생이 감히 너한테?

고달　　감히 뭐! 내가 어때서! 내가 뭐~

이때, 20살 박정, 투쟁가를 부르며 들어온다.
달이와 순이도 함께 부른다.

박정　　아들아, 내 딸들아 서러워 마라! 우리들은 자랑스런 산업의 역군이다.
아 다시 못 올 흘러간 내 청춘 작업복에 실려갈 꽃다운 이내 청춘!
이번주 노동자 총궐기대회는 사복 차림으로 모이기로 결정했다이~

고달　　사복?

박정　　이미 회사 측하고 경찰 측하고 내통이 있어서 회사복 입고 나가면 바로 잡혀갈 거니까 각 노조마다 사복 입고 삼삼오오 가기로 한 거야.

고달　아싸아~ 사복!

이순　정신 차려, 기집애야! 소풍가는 거 아니고 투쟁하러 가는 거잖아!

고달　알아~ 안다고! 이왕 투쟁하는 거 뭐 뽐나게 하면 좋지!

이순　신공장 옮기면 여자하고, 노조원들은 대량 해고한다는 소문이 파다 하잖아. 잘리느냐 마느냐 거시기 헌디 신간 편하네 넌.

고달　나라고 신간 편해서 그러냐? 불안하니까 그렇지.

박정　불안한 건 마찬가지야. 우리의 권리는 우리가 지켜내야지! 남자들과 똑같이 일하면서 임금은 적고, 노동 시간은 길고, 연장 철야!

이순　목표량 맞추느라 맨날 오줌 참으니까 배 아파 죽겠어. 기침하면 창피해… 아직 시집도 안 갔는데…

박정　입 다물고 죽어라 일만 할수록 우리를 소외시키고 우리 꿈은 점점 멀어질 테니까.

이순　우리라고 맨날 하루 12시간씩 일하고 밤이면 퍼질러 자는 게 사람답냐!

고달　사람이 꿈이 있어야지. 이 좋은 청춘 다 지나면 끝이야! 난, 남부럽지 않게 사랑도 할 거야!

박정　Y에서 교육 끝나면 방직, 섬유, 전기별로 도청에서 모이기로 했어.

이순　심장 떨려 못 살겠다. 이러다 전부 다 해고당하는 거 아니, 아오지탄광으로 끌려가는 건 아니겠지? 우리 집은 내가 안 벌면 돈 나올 데가 없거든.

박정　그러니까 너희들도 입 조심해. 누가 프락치인 줄 모르니까.

이순　(정이를 끌어 당긴 후 달이를 가리키며) 저년이 프락치일 거야, 아마.

고달　(지지 않으려는 듯 달이를 낚아채듯 끌어당기며) 네 나불거리는 주댕이만 조심하시면 되거든요~

박정　(중심을 잡으며) 회사에서도 눈에 불을 켜고 주모자를 찾을 거니까 우리도 눈에 불을 켜고 준비를 단단히 하자. (조심스럽게 낮게) 이번엔 전남대, 조선대 학생들과 연대할 거니까 기죽지 말고!

위대한 산업 역군, 여성 노동자의 승리를 위하여!

같이 위대한 산업 역군, 여성 노동자의 승리를 위하여!

이순 이번에 허벌난 투쟁이 되겠다이?

박정 노래, 율동 연습 많이 했어?

고달 저년한테 물어봐~ 허리가 돌아가야 말이지~

이순 저 가시내 말이야, 꼭 내가 하는 것마다 방해 놓드라. 지보다 내가 더 이쁘니까 시샘하는 거… 꼴 보기 싫어! 너처럼 공순이가 대학생 흉내 내려고 하니까 황새가 뱁새 쫓아다니다 다리 찢어지지.

박정 뱁새가 황새 쫓아다니는 거야.

고달 메롱~ 두고 봐. 난 너보다 똑똑하니까 대학 가고 말 거다! 주경야독!

이순 야! 소가 웃겠다. 네가 주경야독? 주경야술! 아니고?

고달 진짜~ 이년이? 야! 너랑 절교다!

이순 이년이? 오메 나이도 째깐한 거 친구 삼아줬더니 인자 막하네?

고달 한 번 친구 했으면 됐지, 유치하게 나이를 들먹여?

박정 야, 야! 친구끼리! 이러다 진짜 싸울라?

이순 아무리 그래 봐라. 내가 그만두나?

(더 큰 목소리로 노래를 부르며 춤을 춘다) 노동삼권 보장하라 좋다 좋다!

고달 (지지 않으려는 듯) 이 세상에 깊은 꿈 있으니!

이순 노동삼권 보장하라 좋다 좋다!

고달 아득한 사랑의 비를 내리고~

박정 (이순, 달이의 목소리보다 크게) 우리! 사랑에 노래 있다면~

같이　　노.동.삼.권. 보장하라~

깔깔거리며 훌라송으로 율동과 노래를 한다.

#4 그리움

경찰 사이렌이 울린다.

목소리　　할머니 정신 차리세요. 여기가 맞죠? 둑방길 204번지.
할머니 집에 다 왔어요… 목걸이 덕분에 찾은 거니까 이건 꼭 하고 다니세요. 잘 하셨어요… 네 쉬세요.

박정 할머니, 반려식물 화분과 비닐봉지를 들고 씩씩거리며 들어오다.

박정　　툇, 오살할…감히 내 것을 훔쳐가?

식물이 있던 자리에 소중히 내려놓으며.

박정　　오냐오냐…내 새끼…놀랬지야? 저 무지막지한 놈들한테 하마터면 큰 봉변 당할 뻔했네…. 어디 보자… 아이고 쯧쯧쯧… 얼마나 놀랬으면 요 이파리가 푸르딩딩 해졌을까이… 에라이 이 호랭이가 물어갈 놈들…
내가 가만히 있응게 날 가마니로 보는 것이여? 어림도 없지… 암…
(비닐봉지를 펴 보며) 어디 보자…오늘은 하나둘세넷다섯… 일곱 (주변을 둘러보며) 오늘도 꽉 채울려면 부지런히 돌아댕겨야 겄

네잉.

박정 할머니, 비닐봉지를 화분 옆에 가지런히 놓아두며 보물처럼 쓰다듬는다.

그 곁에서 조울조울하다가 바스락 허리춤에서 낡은 노트를 꺼내든다.

읽는 것인지 외우는 것인지 소리내어 말한다.

박정　우리는 이렇게 만났다.
지난해 봄, 나와 고달이가 자취를 하면서 같은 직장 친구인 순이가 합세했다. 그리고 가끔씩 옥이와 은이가 자취방에 와서 자고, 같이 놀러 다니고, 얼굴을 맞대고 일하며 친해졌다. 우리는 일명 공순이라고 불리우는 노동자들이다. 최저임금 28,000원. 비슷한 또래의 우리들은 하나같이 생활이 어렵고 집안 살림을 도와야 하는 가장이지만 꿈 많고 욕심 많고 하고픈 일이 많은 꽃띠 가시내들이다.

박정　(노트를 덮고 관객석으로 몸을 돌리며 소녀처럼 이름을 부른다) 고달아, 순이야, 옥이야, 은이야~ 보고 싶다아~ 맨날 여그서 어지께도 그저께도 목 빠지게 기다리고 있는디…
(천천히 다시 뒤돌며) 가시낙년들. 코빼기도 안 뵈이네…

박정, 설핏 조울조울 잠이 든다. 그때 봄이 전화 통화를 하며 숨이 차게 나타난다. 숨을 몰아쉬며 안을 살피듯이.

이봄　팀장님, 방금 도착했어요. 네… 별일은 없는 것 같아요. 아, 아직 안 만났어요. (자신의 모습을 보고 짜증난다) 팀장님, 꼭 제가 이렇게까지 해야 하나요? 그럼! 고과점수 올려주세요. 당연하죠. 성과급도 없으면 이건 노동력 착취죠. 네! 열심히 하겠습니다! 네, 지금 들어가요 할머니 몰래 다 치울게요. 네, 검사

받을 수 있도록 설득해 보겠습니다. 네 끝나면 바로 보고하겠습니다. 네… 알겠습니다.

이봄, 쓰레기 무더기에 기대어 졸고 있는 할머니를 발견한다.

이봄 할머니, 저 왔어요…

졸고 있는 할머니. 기척이 없다.

이봄 할머니? 할머니~ 할머니! 주무세요?
오케이 그럼 시작해 볼까.

봄, 조심스럽게 백팩에서 쓰레기 봉지와 집게를 꺼내 든다.
그리고 마스크를 끼고 우유와 빵이 담긴 쓰레기를 서둘러 치운다.
할머니가 깰까 봐 조심조심 주변을 살펴보다가 할머니 무릎에 놓인 노트를 발견한다. 볼까, 말까?

이봄 잠깐, 실례할게요…

노트의 겉표지를 유심히 본다.

이봄 boys be ambitious!
소년이여 꿈을 가져라.
나는 나의 꿈을 이루기 위해 기록한다. 박정.

노트를 뒤적이는데 흘러나오는 사진 한 장, 두 장.

이봄 79년? 79년 회사수련회에서 정이, 고달이, 순이, 옥이, 은이랑 추억을 기리며… 복고풍 패션인가? 이쁘다… 정이 할머니 젊었을 때구나. (다른 한 장의 사진을 보며) 어? 어디지? 사람들이 엄청 많네? (사진을 앞뒤로 훑어보며) (자세히 들여다보며) 어깨동무하고 단발머리… 페스티벌인가? 기록이 없네?

봄이 집게를 떨어뜨린다. 그 기척에 할머니 깨어난다.
봄은 서둘러 사진과 노트를 제자리에 놓고, 할머니가 눈치채지 못하도록 봉지를 숨기려 하는 당황스러워하는 봄을 보고는 화들짝 놀란다.

박정　오메, 내가 깜박 잠이 들었는갑다이. 벌써 퇴근했어? 3교대믄 오전까지는 해야 허는디 오메! 얼굴빛이 어디 아파, 순이야?

이봄　(옷차림을 가다듬으며 애써) 네? 할머니, 그러니까…

박정　(보살피듯) 그랑께 생리통에는 하얀 나팔꽃 뿌리를 푹 고아 끓여 묵으면 원허니 괜찮다고 그러던디~ 징허다이 달거리 할 때마다 그라고 아프믄 으짠다냐?

봄, 할머니가 눈치챌까 할머니의 행동을 만류하지 않고 황급히 청소복을 벗으며 백팩에 집어넣는다. 그리고 쓰레기봉투를 숨기려 주위를 살펴본다.

박정　징헌놈들, 반차 쓰믄 하루치 임금을 뺀다는 규칙이 어딨어! 아픈 것도 맘대로 우리 맘대로 못 헌다이. 징헌 놈의 회사여. 가난한 노동자들 피 빼묵고 사는 꼭 흡혈귀 같단 말이여잉.

박정, 주머니에 든 빵과 우유를 꺼내 친절히 까준다.

박정　이거 묵어. 어지께 우유인디 안 상했어야. (빵 한입 먹어 보고는) 빵도 촉촉허다. (빤히 바라보는 봄에게) 나는 안 묵어도 되야. 너는 밤새 야간작업 허니라 쫄쫄 굶었잖아. 일부러 안 묵고 챙겨

놨제에. 그것이 방 반장이 해야 할 일인께 부족한 것 없는가, 불편한 것이 없는가.

이봄, 할머니를 이해하려고 시키는 대로 먹어 보며 어설픈 연기를 해 본다.

이봄 고마워, 일부러 챙겨주고 (우물거리며) 맛있어요… 아니, 맛있어이.

박정 오늘, 빵 가져왔어?

이봄 어… 어, 여기. (들고 온 종이팩에서 빵과 우유를 건넨다)

박정 (받아들며) 고맙다이~ 너도 배고팠을 것인디 챙겨오니라고.

이봄 (넌지시) 그런데 빵은 왜 모아?

박정 아따, 가시네가 생리통 허드만 대갈통까지 잊어부렀냐?

이봄 그런가?

박정 (조심스럽게) 전남대, 조선대학생들 데모함시롱 우리 노동자 궐기대회 함께하기로 했잖아. 노조회의에서 요새 학생들이 데모허니라 애쓴다고 빵하고 우유 이틀분치 모태서 전달하기로 했냐~ 일할라믄 우리도 묵어야 하는디 학생들이 굶고 애쓴께 이렇게라도 해야 사람 도리를 하는 것 아니겄냐고.

이봄 아! 그렇구나 아파서 깜박했네.

박정 거 봐. 너는 좀 쉬어야 혀. 맨날 야근에 철야까지 허니까 몸이 처신을 못 허제. 두툼허니 담요 깔아놨응께 오전에는 좀 쉬고 있어라이~ 오월이라고 해도 아침에는 좀 쌀쌀허드라. 나는 대의원들하고 Y에서 노동자 교육 허고 오후에 도청으로 나가야 헌께. (나가려 한다)

이봄 (서둘러) 나간다고? 같이가! 우유 먹었응께 안 아프네에.

박정 흐미, 가시네 넌 의리가 있어야이~ 그려! 같이 가자. 아따, 오늘은 햇볕이 좋을랑갑다. 이번 주 일요일 부처님 오신 날인디 우리방 친구들끼리 소풍 한번 가자. 그동안 궐기대회 준비헌다고 일요일도 못 쉬고 그랬응께 궐기대회 잘 마치고 소풍 가믄 허벌나게 재미지것다이~ 김밥도 싸고, 풍물도 치고, 노래도 허고…

이봄　(갑자기 아무렇게나 노래를 불러댄다)

박정　(웃으며) 니는 잘한다고 허는디 우리가 듣기에는 영~ 거시기 혀.

이봄　(자기도 모르게 노래를 흥얼거리며 춤을 춘다)
아따 가시네! 실력이 쪼까 늘었다?

봄과 정이는 서로 불협화음인 듯 노래를 주고 받는다.

이봄　(일부러 연기하듯이) 정이, 고달이, 순이, 정자, 금옥이 보고 싶다이?

박정　죽었어. 가시네들… 다 죽었어. (식물에게 다가가)
쉬쉬쉬… 알고 있어. 입 다물고 살게.
지킬께, 그 비밀. 꼭! 죽을 때까지 입 다물고 살 거야.

갑자기 정신이 드는 듯, 무심하게.

박정　(봄이를 보며) 뉘여?

이봄　(헷갈려서) 어? 순이… 네 친구 순이.

박정　(이상한 사람을 보듯) 떽! 젊은 사람이 시방 노인을 놀리는 거여?

이봄　아, 할머니! 우리젊은날 복지지원센터에서 나온 직원이요.

박정　(잊어버린 듯) 왜 왔어?

이봄　그러니까, 이거… (아까 줬던 빵 봉지를 가리키며)

박정　(자기 손에 들린 빵을 보며) 이거?

이봄　네. 할머니 드시라고 진짜 진짜 맛있는 빵집에서 사 온 거예요.

박정　이걸 사 왔다고?

이봄　네. 제가 방금 전에 드렸잖아요.

박정　(기억이 없는 듯) 그랬어? 그랬나?

이봄　할머니, 기억이 안 나요? 방금 전에 드린 거?

박정　글쎄에… 기억이 안 나네에…

이봄　할머니 제 이름은 기억해요?

박정　이름?

이봄　어, 그러니까 할머니 (화분이 생각난 듯) 얘는 이름이 뭐예요?

박정　봄이…

이봄　딩동댕! 제 이름이 봄이에요. 이 봄!

박정　근데, 왜 왔어?

이봄　얘, 봄이가 궁금해서요. (가만히 귀를 기울이며)
어? 진짜 얘기하는 것 같아요!

박정　뭔 소리여? 야가 으짜고 말을 해, 풀때기가.

이봄　보세요~ 살랑 살랑 이파리를 흔들면서 "안녕"이라고 하는데요?

박정　(오늘은 왠지 거칠게 반응하지 않는다) 흐흐흐, 참말로?
재미있는 아가씨네이…

이봄　할머니도 재밌어요. 화초에 이름을 불러주는 할머니. 할머니, 봄을 좋아하세요? 저는 봄보다 여름을 더 좋아해요. 여름은…

박정　(말을 피하려는 듯 비닐이 터진 빵과 우유를 발견한다) 오메, 요것을 누가 먹었다냐? 상했을 것인디…

이봄　헐! (구토를 하듯이) 할머니~

박정　왜?

이봄　먹으라면서요!

박정　(농담하듯이) 안 죽었으믄 되았어! 흐흐흐흐.

이봄　할머니, 오늘 기분 좋으시네?

박정　그라믄 기분이 나쁠까?

이봄　에이~ 아니요, 할머니 웃는 모습이 좋아요. (슬그머니) 우와 할머니가 제일 이쁘다!

박정　그때는 다들 이뻤제이~

이봄 와, 79년? 나는 97년생인데

박정 스무 살 꽃띠였으니까… 머시가 겁났겄어.

이봄 스무 살? 할머니도?

박정 내가 질로 나이가 많았어. 다들 언니라고 했제.

이봄 언니? 할머니가 제일 어려 보여요~ 소녀 같아요.
할머니는 꿈이 뭐였어요? 스무 살 때?

박정 …선생님. 국어 선생님. (한 명, 한 명 짚어가며) 고달이는 가수,
순이는 영부인, 옥이는 사장, 은이는 현모양처.

이봄 오~ 오공주~ 친구들 자주 만나요?

박정 죽었어…

이봄 죽어요?

박정 그날 이후로 산 것이 산 것이 아니니까 다 죽은 것이제.

이봄 그날 이후? 그날…? 아!

박정 (말이 없다)

이봄 …할머니 옛날 기억 많이 나는구나?

이봄, 할머니의 무반응에 들으라는 듯 핸드폰에 할머니들의 이름을 적으면서 큰 소리로 불러본다.

이봄 (노트를 가리키며) 할머니 일기장? 옛날 거?

박정 처녀적에.

이봄 오~ 한번 읽어 봐도 돼요?

박정 (일기장을 건네며) 다 지워져서 잘 안 보일 것이여…

이봄 할머니 글씨 잘 쓴다아~

이봄, 분위기를 깨려는 듯 일기를 읽는다.

이봄 1979년 9월 20일,

뜨거운 한여름, 생각만 해도 지긋지긋하다.
벌써 며칠째인데 회사는 산더미처럼 올라온 똥을 퍼주지 않는다.
천 명이 넘는 노동자들이 일을 하고 있는데 변소는 각 라인별로 한 개씩도 안 된다. 수많은 여공들이 쉬는 시간, 점심시간에 오줌, 똥을 누려고 기다리다 보면 어느새 작업종이 울린다.

공장 작업을 알리는 종소리.
고달과 이순이 코를 막고 배를 감싸 안으며 등장한다.

고달 (코를 막으며) 아 질식해 죽을 것 같애.
이순 (거의 울상이다) 배 아파 (걸을 때마다 움찔움찔) 아~
고달 일 끝날 때까지 참을 수 있겠어?
이순 터져불겄어, 시원하게 한번 싸고 싶은데…
나쁜 놈들. 우리를 아예 똥통에 사는 돼지 취급을 한다니까.
고달 악덕 기업. 목표량 채우라고 안 퍼준대!
이순 악덕 사장. 우리가 돈 버는 기계야?
고달 오늘도 야근 철야… 정이는?
이순 노조 궐기대회 땜시 대의원회의.
고달 노조 사무실 감시중일 텐데?
이순 쉿! (주위를 둘러보며) 변소에서.
고달 아 냄새 날 텐데.
이순 노조원들 못 만나게 한다고 변소 똥 안 퍼주는 거잖아.
고달 노동자도 사람이다!
이순 우리는 기계가 아니다! (힘주어 말했더니 오줌을 찔끔) 아!

이순, 고달 퇴장, 이봄이 다시 일기를 읽는다.

이봄　　창피하다. 부끄럽다. 사무실 직원 변소는 깨끗한데 목표량을 달성하라고 일부러 공장 라인 변소를 늘려주지 않는 것이다.

일기장을 덮으며,

이봄　　에~ 옛날이라고 해도 이런 회사가 어디 있어요? 거짓말~

박정　　거짓말 같은 세월을 살았지~

이봄　　오 마이 갓! 요즘 이랬다가는 난리나요~ 불매운동 뭐 이런 거…

박정　　돈 있으면 사람, 돈 없으면…

이봄　　카드! 앗, 쏘리

박정　　(눈으로만 흘낏 하면) 개, 돼지만도 못 했지.

과거_도청 광장에서 시끌벅적한 소음이 들린다.

"전두환이 물러가라. 비상계엄 해제하라."

정이는 현재, 순이와 달이는 과거가 혼재.

이순　　정이야, 정이야? (둘러본다) 정이 어딨어?

고달　　왜?

이순　　전남대 정문에서 군인들이 쫙 깔려서 학생 시위대와 대치한다는데?

고달　　왜?

이순　　몰라. 신부님이 위험한께 긴급하게 다들 집으로 돌아가래.
학생들이 도청 쪽으로 가고 있응께 금남로 쪽으로는 절대로 가지 말래.

고달　　왜?

이순　　노동자 보고대회 도청에서 한다고 했잖아.
(밖에서 들리는 소리를 들으며) 근데 전두환이가 누구냐?

고달　　왜?

이순　　학생들이 전두환이 물러가라는데?

고달　　(건성으로) 몰라 전두환, 근디 군인 오빠들이 왜 왔을가?

이순　　우리도 도청으로 나가 봐야 하지 않아?

고달　　왜? 연습해야지. 노동자 궐기대회 때 풍물 하기로 했잖아, 우리가.

이순　　비상계엄 확대한 것이 아무래도….

고달　　아무래도… 우리는 더 열심히 연습 해야제이~ 이대로는 안되것지?

덩더쿵따궁덩따따궁따궁… 이 자신감이면, 공장일도 더 잘할 것 같아.

이순　　아서라! 우리가 개돼지처럼 열심히 일만 헌께 돈은 회사가 처먹고 우리는 찌끄러기나 던져주는 것에 감지덕지하는 거 챙피하지 않아? 시키면 시키는 대로 야근철야 코피 터진 날이 한두 번이냐!

나가자~ 정이도 찾아야 하고 상황파악도 하고.

고달　　이러다 잘리면 어떡해?

이순　　잘리긴 왜 잘려? 넌 오늘 강의를 귓등으로 들었냐?

고달　　몰라, 될 대로 되라지 뭐. 짤리면 다른 공장 알아보면 되지!

이순　　일자리 잡는 게 쉽니? 어제 은실이네 공장 문 닫았대.

몇 달 동안 임금도 못 받고 철야 연장하드만 사장이 회사 문 닫고 튀었대.

고달　　(분에차서) 오메에~ 악덕이여 악덕.

이순　　우리들이 암말 안 하고 고분고분 가라면 가고 오라면 오니까 사장놈들이 만만히 보고 그러는 거잖아. 어용 노조까지 합세해서! 그러니까…

이때, 창밖에서 트럭이 멈추는 듯, '끼이익' 브레이크 소리가 들리고 곧이어

젊은 청년의 비명 소리가 들린다. 고달과 이순이 그 장면을 목격한다.

이순 오메… 오메… 시방 저것이…

고달 오메… 오메… 왜 근다냐?

어지러운 군인들의 발자국 소리가 커진다. 고달과 이순, 숨을 죽인다.
군인들이 학생 목덜미 잡고 끌고가는 광경을 지켜본다.

고달 군인이…

이순 학생을…

같이 정이!

도청 광장에서는 시끌벅적한 소음이 들린다.
"전두환이 물러가라. 비상계엄 해제하라."

이순 안 되겠다. 나가봐야겄다

박정 가? 어딜?

이순 도청으로.

박정 가지 마.

이순 아니여, 나갈 거야.

고달 왜? 같이 가.

달이와 순이는 도청으로 향해 나간다.
이때 울리는 핸드폰 퇴근을 알리는 알람,
봄이 가방을 주섬주섬 챙겨 나가려 한다.

박정 (봄이를 붙잡으며) 가지 마.

이봄 할머니 오늘 퇴근하고 내일 다시 올게요.

박정　　다시 못 와, 가지 마.

이봄　　다시 와요~ 꼭 다시 올게요.

박정　　(점점 더 불안하다) 아니야, 가면 죽어…

이봄　　죽어요? 웃겨 할머니… 저 안 죽어요.

박정　　거짓말, 거짓말, 거짓말!

이봄　　거짓말 아니에요. 진짜~ 진짜~ 다시 올게요.

박정　　가면 죽어! 제발 가지 마! (소리를 지르며) 가지 마… 사라지니까…

분명 내 눈앞에서 봤는데… 사라졌어… 가지 말라고… 가지 마… 제발… 다시 못 와…

이봄　　(놀란 듯이 어쩔 줄 몰라한다) 할머니…

#5 트라우마

이봄　　(울면서 통화한다) 살려주세요 저 감금당했어요 너무 무서워요 할머니 할머니가 저를 가두고 안 보내줘요 무서워요 살려주세요 가면 죽어 가지 마 (정색을 하며) 팀장님 팀장님, 아녜요 아녜요 농담이에요 장난이에요. 저 감금당한 거 아니고요 하마터면 감금당할 뻔했다 죄송합니다. 하도 힘들어서. 그냥 장난 팀장님 저 지금 혹 떼려다 혹 붙이는거 같아요 수급자 관리차원이었는데 아 너무 힘들어요 할머니 동거인도 없고. 부양가족도 없으시고… 정신이 왔다갔다 하시고 자꾸 옛날 이야기만 하시고 오늘은 멀쩡하셨는데 갑자기 가면 죽는다고 소리치고 오열하시는데 진짜 가면 죽는 줄 알고 못 가고 트라우마 같기도 하고 팀장님, 할머니가 오일팔 피해자이신가 봐요 혹시, 오일팔 유공자이신가? 팀장님이 왜 몰라요오 저요? 저야 교과서에서만 배웠죠… 자세한 건 몰라요. 네 보고서요? 맨날 보고서 보고서. 직원보다 보고서가 더 중요하죠? 그럼요 기록 중요하죠. 끊어요.

노트북을 켠다.
자판기를 몇 번이나 쓰다 지우다를 반복.

이봄 보고서. 수급자 박정이 …방문 목표, 민원처리. 방문 상태 재택방문수급자는 외상은 없고 심리치료가 필요한 상태. 방문 결과 지속적인 관리가 필요함. 내일의 계획. 휴~ 지치네… (기지개를 힘껏 펴며) 할머니가 집착하는 것. 반려식물, 일기장, 빵, 우유, 빵, 우유 (노트를 휘리릭 뒤적이며) 아! 어렵다 어려워… 트라우마? 5·18 트라우마? (광장의 사진을 들여다보며) 이 사람들은 누굴까? (머리가 너무 복잡하다) 왜 이렇게 복잡해!
(또 팀장에게 전화한다) 팀장님, 할머니 주변 친인척이나 친구들은 어떻게 찾아야 해요? 네, 알아서요? 팀장님! (이봄, 노트북 앞에서 다시 생각에 잠긴다)
할머니가 집착하는 것. 반려식물, 일기장, 빵, 우유, 친구들.

#6 만나고 싶은 친구들

전화벨 소리.
고달과 이순, 걸려온 전화에 당황스럽다.

고달 여보세요, 네 제가 고 달이에요.
이순 네에 전데요, 이 순.

같이　　어디라구요? 광주? 전화 잘못 거셨어요.

정적, 다시 벨소리.

고달　　여보세요… 네 제가 고 달이에요.
이순　　네에… 전데요, 이 순.
같이　　어디라구요? 광주? 저 광주 사람 아니에요!

정적, 다시 벨소리

고달　　여보세요 네 제가 고 달이에요.
이순　　네에 전데요, 이 순.
같이　　어디라구요? 광주?
고달　　광주 누구요?
이순　　정이?
같이　　박 정? (잠깐의 침묵)
이순　　무슨 일로?
고달　　네? 할 말이 없는데…
이순　　오래된 일이라서, 기억 안 나요.
고달　　기억이 안 나네요.
이순　　이제와서 지난 일인데
고달　　굳이… 지난 일을…
같이　　말해야 하나요?
고달　　따로 얘기할 것이 없을 것 같네요.
이순　　저 말고 다른 사람들한테 물어보세요.
같이　　기다린다고요, 우리를?
고달　　정이가?
이순　　정이가?

같이 어떻게 알았어요, 우리를?

고달 시간 맞춰 볼게요.

이순 정이 건강하죠?

전화 통화를 마친 고달과 이순. 각자의 상념에 사로잡힌다.

#7 우리는 왜 헤어졌나?

고달과 이순, 박정이 서로 마주 본 듯, 비껴 선 듯 애매모호하게 서 있다.
그녀들의 손에는 빵과 우유 박스가 들렸다.
길고 긴 오랜 침묵.

이봄 안녕하세요? 불쑥 전화드려서 죄송합니다.
우리젊은날 복지지원센터 이봄입니다.

어색한 분위기를 깨려는 듯, 박정 할머니에게 다가간다.

이봄 할머니… 정이 할머니… 친구분들 오셨어요…

다들, 어색한 마음이다.
정이, 반려식물을 만지작거리며 불쑥 흥얼거리듯, 중얼거리듯.
달, 순이마저도 너무 오랫동안 잊고 있었던 건 아닌지?
차마 말을 할 수가 없다. 마음이 먼저 울컥한다. 애써 아닌 척,

고달 …기집애들, 어쩜 그대로니?

이순 …

고달　나 늙은 건 모르겠더니 너네 보니까…

이순　…그대로다.

고달　동안이잖아, 다들 난 안 늙는다고 그러더라…

이순　하긴, 스무 살 때 노안이었으니 안 늙긴 했네.

고달　어쩜, 어쩜… 기집애 말하는 거 하고는! 내가 지보다 이쁘니까 시샘하는 거 꼴 보기 싫어~

이순　사람 변하면 죽을 때 됐다고 했어… 안 변하고 사는 것도 복이야.

고달　아이구~ 무셔라~

약간의 긴장이 풀어지는 듯했지만 이내 침묵만이 흐른다.
어색한 침묵을 깨는 고달.

고달　여기가 정이 큰언니 집이었지?

이순　응~ 나, 너 정이, 옥이, 은이까지 오공주 아지트였는데 옥이랑 은이는 왔다 갔다 했고 우리는 완전 죽순이 했잖아.
네 발 빼라~ 내 발 들어간다~ 할 정도로!

다 같이 웃다가 어느새 다시 아주 기나긴 침묵이 흐른다.
정이 노래를 흥얼거린다.
순이와 달이 과거의 기억 속으로 끌려가듯 노래한다.

이순　(반갑게) 기집애들 하나도 안 잊어 버렸네.
노동삼권 보장하라 좋다, 좋다~

고달　이 세상에 깊은 꿈 있으니~

이순　노동삼권 보장하라 좋다, 좋다~

고달　아득한 사랑에 비를 내리고~

같이　우리 그리움에 날개 있다면 노동삼권 보장하라~

웃지만 울고 있는!

고달　아직도 그걸 기억하냐. 하긴 우리 십팔번이었으니까… 우리가 그걸 어떻게 잊어? 징한 세월을 살았는데 못 잊지. 근데 요새는 깜빡깜빡해지더라. 나이 먹긴 했나 봐. 그 총총하던 기억도… 가스불 올려놨는지 몇 번을 확인하고 한번 외출하려고 하면 몇 번씩 들어갔다 나왔다 들어갔다 나왔다… 너는 안 그러냐?

이순　깜박깜빡 나도 그래, 바쁠 때는 정신이 없어서 욕실에서 머리 감으면서 샴푸를 한 건지 린스를 한 건지 어디까지 감았는지 기억을 못 한다니까. 세상에, 세월 앞에 장사 없다더니 늙었네 우리도.

이봄　(맞장구를 치며) 어! 저도 그래요! 가끔씩 전화 통화하면서 친구한테 어, 잠깐만, 내 핸드폰 어딨지? 하고 찾는다니까요. 요즘 현대인들은 다 그런가 봐요.

고달　젊은 사람이 그러면 안 되는데. 그래도 좀 안심되네.

이봄, 박장대소를 한다.

박정, 고달, 이순. 젊은 봄이를 빤히 쳐다본다.

고달　(순이에게) 참, 어머니 건강하셔?

이순　오늘내일하시길래 요양병원으로 모셨더니 더 정정해지시는 것 같다. 링거에, 고단백질에… 100세 거뜬히 넘기시겠다!

고달　노인네 건강이 좋다니 다행이다. 자주 찾아뵈라.

이순　울 엄마랑 나는 로또야 로또. 안 맞아 안 맞아. 징글징글해. 우리 엄마만 아니면 진즉에…

고달　성질머리 하고는. 똑같애! 네 엄마도 그렇고 너도 그렇고…

이순 (애써 웃으며) 울 엄마랑 나는 죽을 때까지 만나면 싸우는 거 그거 벌이려니 한다. 너는 애들이 잘 컸지? 아들, 딸 둘이던가?

고달 그거 아니면 나 죽었다, 진즉. 내가 애들만 믿고 이 악물고 살았잖아. 이번에 아들이 7급 공무원 됐잖아. 직장 출근 하는 거 보니까 그때서야 서럽드라… 밖으로만 나도는 남편이 원망스럽고 미울 때도 애들 아니었으면… 살아 있을 때 남편이 징글징글하더니 막상 죽으니까… 난 그 인간 죽었을 때 눈물 안 날지 알았거든. 나쁜 놈, 죽도록 밉더만… 근데 요즘 들어 자꾸 생각나는 거 있지? 꼴 보기 싫은 서방이었더도 살 맞대고 산 정이 있어서 그런가… 에휴…

이순 말년에 복들었네 기집애, 네가 로또 맞았네. 보기 좋다. 나는 뭐가 무섭다고 도망가듯 결혼하고, 남편 손찌검에. 입도 뻥긋 못하고 시집살이 했는가 몰라이… 엄마가 내 꼬라지 창피하다고 등 떠밀어 물도 설코 말도 설흔 낯선 도시에서 도시로…

정적, 그 정적을 깨는,

박정 (반복) 참말로 그때가 좋았다. 참말로 이뻤는디…

고달 멋 낸다고 젓가락으로 고데하다가 머리카락 누렇게 태워 먹고…

이순 월급날 집에 돈 부치고 쬐까 남은 돈 아껴서 광주극장 영화도 보고…

박정 가난하고 부족한 것 투성이었어도 꿈도 꾸고 희망도 있었지. 넌 가수가 꿈이었잖아. 10대 카아수~ 고오달, 순이는 영부인이 꿈이었고, 난… 난…

같이 국어 선생님! 찌찌뽕!

그들은 과거의 한때 그 순간으로 돌아가고 애써 참았던 감정에 복받친다.

박정 많이 기다렸어.

고달 궁금했었어. 근데 용기가 안 나더라.

이순 보고 싶었어.

이봄 어쩐지 할머니 일기장 글이 너무 좋더라구요.

이순 시집 손에 들고.

고달 연애편지도 대필해주고. 우리 가끔 가던 음악다방 이름이 뭐드라…

이순 모차르트?

고달 충장로에 있던 모차르트!

이순 모차르트 다닐 때가 좋았다이. 음악도 듣고 그림도 보고. 차 한잔 마시는 낭만도 있었는데… 담번엔 거기서 만날까?

고달 거기서 정이 딱지 맞았잖아…

이순 "이 우산 여자 친구 거야 잊어묵지 말고 꼭 갖다주라이."

고달 "이 우산 내 여자 친구 건께 잊어묵지 말고 꼭 갖다주라이."

이순 아마 네 오빠 심부름이었지? 오빠 심부름 하고 오려는데 데려다 준다고 나오더래. 근데 갑자기 비가 내리는 거야. 그 오빠가 집으로 막 뛰어가서 우산을 가져와 쫙 펴줘. 정이가 맘 속으로 품었던 오빠인께 얼마나 가슴이 뛰었겄냐! '오메… 머시단가?'

고달 비 오냐아~

이순 오빠… 괜찮흔디…

고달 아따 가시네야 비 오냐~ 쓰고 가야~ 글고 이 우산 물기 빼고 잘 말려서 내일 네 오빠한테 보내랑. 이 우산 내 여자 친구 것인게 잊어 묵지말고이~

이순 우산에 맺힌 비 털듯이… 그 자리에서 바로 접어불드라.

박정 …마음이 거시기 했어도 상처 받고 싶지 않았어….

이순 네 성격이 그랬어. 아주 까탈시러… 딱 그때 결혼했어야 했는디!

고달　　야무지고 대장 노릇도 잘 했지. 노조 대의원에서 부녀부장까지했잖아… 인물 아깝다고 다들 중매도 서고 선도 봤는데… 눈이 높아서…

이순　　정이 좋아하는 남자들도 많았어야… 회사 앞에서 기다리는 남자가 줄줄줄… 우리 중에 질로 먼저 시집 갈 줄 알았는데….

고달　　안 간 거지, 못 간 게 아니라! 그 오빠가 맘에 있는디 함부러 시집가겄냐?

박정　　고만해~

이순　　우리랑 몇 살 차이 안 났는데… 지금이라도 수소문 해 봐야 헐끄나?

고달　　아따~ 비 오냐~ 이번 우산은 돌려주지 않아도 된께 니가 갖고 있어라이~

아따~ 연애하믄 난디…

이순　　혁이 오파아~ 인자 다 잊어부렀냐?

고달　　가시네! 꼭 아픈 데를 콕콕 쑤려분다이.

이봄, 대화를 듣다 박장대소를 한다.

이순　　아가씨는 남자친구 있어?

이봄　　(웃다가 정색하며) 글쎄요?

이순　　혼자 살 능력 있으면 혼자 살아~ 결혼은 천천히. 젊을 때 하고 싶은 거 다 해! 살다 보면 꿈같은 거 없어

고달　　그만해! 요즘 애들이 어련히 알아서 할까. 라떼는 말이야~ 이런거 꼰대질 하는 거야.

이순　　꼰대라고 해도 좋아. 내 조카 같으니까 하는 말이지!

고달　　조카 같은 소리하네… 지 부모 말도 안 듣는 애들인데… 미안해~

이순　　미안하긴! 기분 나빴어?

이봄 네! (무마하려는 듯 웃으며) 어? 아뇨, 괜찮아요!

고달 미안해 아가씨~ 어휴 이러니까.

이순 내가 뭐? 내가 뭐?

이봄 아녜요, 장난이었어요. 오랜만에 광주 오신 거예요, 두 분은? 정이 할머니만 광주에….

이순 (자꾸 꼬투리를 문다) 할머니는 무슨….

고달 60 넘으면 젊은 애들 눈에는 뭐 할머니로 보이겠지 아무리 찍어 발라싸도~

이순 내가 건강을 얼마나 챙기는데 할머니로 보이다니 더 신경써야겠네. 쓰러진 다음에 걱정해 봤자 죽는 거밖에 더 하겠어? 평소에 건강 챙겨야지. 비타민도 먹고, 건강보조식품도 먹고, 홍삼도 먹고! 요즘처럼 살기 좋은데 왜 죽어? 아프면 병원 가고, 약먹고… 얼마나 좋아! 어휴, 다들 미련 곰탱이처럼!

고달 아주 잘 나셨네.

이순 그럼~ 잘 났지!

박정 순이랑 달이, 그러다 또 싸울래?

이순 어휴, 기집애 별걸 다 기억해.

박정 다 기억해. 우리가 티격태격했던 그 시절… 꿈 많았던 그 시절…
궐기대회한다고 데모하고…. 그 하늘, 그 냄새…

이순 다 잊고 살아. 과거에 매달려 살아 봤자야. 살아가는 데 필요한건 기억이 아니라 잊는 거드라.

박정 눈을 감으면 보따리에 노조원 명단을 꽁꽁 싸매는 꿈을 꿔. 그때 죽지 못하고 살아남은 것이 미안하고 죄스러워 그런가 봐…

이순 살아남은 게 뭐가 죄야? 왜, 왜, 왜? 살지도 못할 거면 왜 살아남았어? 억지로라도, 일부러라도, 보란 듯이, 떵떵거리며 더 잘 살아야 할 거 아냐… 잊으면 그만이지 뭘 그렇게 야단들이니? 봐, 이 꼬라지. 우리 기억 우리 고통 우리 슬픔 누가 알아줘? 누가 잘했다고 박수 쳐 줘? 정이를 봐. 저 가시네 똑똑하고 야무진 저 가시네 치매 걸린 할망구 되믄 누가 기억이나 해준대? 우리나 되니까 지금까지 안 잊고 산 거야.
이 정도 했으면 됐지, 아가씨? 나 갈래. (나간다)

고달 왜 그래 순이야~

이순, 화를 못 참고 나간다. 이순이 뒤를 고달이 쫓아 나간다.
박정이 정신을 놓친 듯 과거와 현재를 오간다.
이봄, 박정의 상황이 혼란스럽다.

박정 가지 마, 가지 마…. 가지 마. 가면 죽어 가지 마 제발.
쉬쉬쉬쉬… 쉿! 지킬께 그 비밀, 꼭. 죽을 때까지 입 다물고 살 거야.
쉬쉬쉬쉬… 무서울 땐 눈을 꼭 감고 이를 앙당물어야 해. 이빨 사이로 그들이 넘어오지 못하도록! 응, 약속할게. 너무 무서우니까…
쉬쉬쉬쉬… 너무 무서우면 너한테 올게… 너한테만은 꼭 얘기할게…
쉬쉬쉬쉬… 다른 사람들이 듣지 못하도록, 다른 사람이 알지 않아도 돼. (목 놓아 이름 부른다)

정이의 울부짖음이 시간 여행하듯 그날의 시간으로 되돌아간다.

#8 과거_ 그날, 마지막 손을 놓고

장면이 급격하게 변화되고,

봄은 과거의 인물로, 10일간의 5·18 항쟁 일지를 읊는다.
정, 달, 순이는 10일간의 항쟁의 시간처럼, 모이고, 시위하고, 쫓기고,
다시 모이고 시위하고 쫓기는 반복적인 상황을 몸으로 움직인다.

이봄 1980년 5월 17일 토요일 맑음.
밤 12시. 비상계엄령 전국으로 확대.

1980년 5월 18일 일요일 맑음.
오전 10시 15분. 전남대생들 계엄해제, 휴교령 철폐 등의 구호를 외치며 금남로로 이동.
오후 3시 40분 공수부대 출동. 작전 개시.
저녁 7시 2분. 계엄사령부는 광주의 통행금지 시간을 밤 9시로 앞당김.

1980년 5월 19일 월요일 오후부터 비.
새벽 3시. 11여단 병력 광주역에 도착.
오전 10시. 계엄군의 무자비한 시위진압에 맞서 금남로에 시민의 수가 점점 불어나면서 공수부대 다시 투입.
오후 4시 30분, 조선대부속고등학교 학생 계엄군이 쏜 총에 부상.

1980년 5월 20일. 화요일. 오전에 약간의 비.
오전 10시 20분. 가톨릭센터 앞에서 시위 중이던 남녀 30여 명이 속옷 차림으로 공수부대원들에게 심하게 구타당함.
저녁 6시 40분. 금남로에서 200여대의 택시가 일제히 전조등을 켜고 경적을 울리며 차량시위를 펼침.
밤 9시 50분. 광주의 실상을 왜곡 보도하는 것에 분노한 시위대가 광주MBC 건물 방화.

밤 11시. 광주역 광장에서 계엄군의 발포로 2명 사망.

5월 21일 수요일 맑음.
새벽 2시 18분, 광주 전역의 시외전화가 단절.
새벽 4시. 시민들이 광주역 광장에서 시체 2구를 리어카에 싣고 금남로로 향함.
오전 10시 15분. 실탄을 지급받은 공수부대원들이 전면에 배치되기 시작.
오전 11시 10분. 대형헬기 1대 도청 광장에 도착.
오후 1시. 도청 스피커에서 애국가가 울려 퍼지면서 공수부대의 사격이 시작.
오후 1시 20분. 금남로에서 다수의 시민들이 공수부대 집중사격에 쓰러짐.
오후 2시 15분. 도지사가 경찰 헬기를 타고 시위해산 종용.
오후 2시 35분. 시위대가 지원동의 탄약고에서 TNT 탈취.
오후 3시 48분. 공수부대원들이 시내 빌딩 옥상에서 시위대를 향해 조준 사격 시작.
오후 4시 43분. 공수부대가 도청에서 조선대학교로 다시 철수.

5월 22일. 목요일. 맑음.
오전 10시 30분. 군용헬기가 선회하며 경고 전단을 살포.
오후 3시 58분. 시체 18구 도청 광장에 안치.
오후 5시 40분. 도청 광장에 시체 23구 더 도착.

5월 23일. 금요일 맑고 한때 흐림.
오후 1시. 지원동 주남마을 앞에서 공수부대가 소형버스에 총격을 가해 시민 17명 사망.

5월 24일. 토요일. 오후에 비.

오후 1시 20분. 공수부대가 원제마을 저수지에서 수영하던 소년들에게 사격을 가함.

5월 25일 일요일. 비.

5월 26일 월요일. 아침 한때 비.

오전 8시. 시민수습대책위원들이 계엄군의 시내 진입저지를 위해 "죽음의 행진" 감행.

저녁 7시 10분. 계엄군의 공격 가능성이 높아짐에 따라 시민군은 어린 학생과 여성들을 귀가 조치 시킴.

5월 27일 월요일 새벽

흰 셔츠를 입은 남학생(봄)이 뒤돌아선 채 숨을 고른다.

뒤따르던 여자들 사뭇 초조하게 발끝만을 쳐다보며 긴장한다.

남자 (긴장한 듯) 인자 그 총 주시오.

고달 (건네준다) 어? 여기?

박정 (다른 총을 어깨에 메고 돌아서는 남자를 잡으며) 어디 가?

남자 (의연하게) 돌아가야죠.

박정 어딜?

남자 도청이요.

이순 아따 뭣 허냐! 언능 들어가자이~

박정 어치케 우리만 산다고 들어간다냐!

남자 언능 가세요. 저는 안 죽을 것인께.

고달 오면서 봤잖아. 군인들이 쫙 깔려서…

남자 그놈들하고 끝까지 싸워야죠. (총을 바짝 여미며) 글고 요것이 있은께 제 몫은 제가 해야죠. 오던 것처럼 조심해서 가면 됩니다.

고달　　이왕 나온 것인게 여기서 우리랑 같이 있고 내일 해 뜨면 같이 나가자.

남자　　걱정하실 거예요. 제가 안 가면…

이순　　아따, 올 때처럼 가믄 암시랑토 안 헐 것이여 학생 조심히 가소이.

박정　　제발 학생, 내일 우리랑 같이 가자.

남자　　아따, 걱정 마시랑께요. 교련훈련 잘 받은 모범학생이니까.
오늘밤만 잘 넘기면 우리는 승리할 것인께요. 끝까지 지켜야제라.
누님들은 암 걱정 마시고 잠시 눈이라도 붙이세요.

박정　　그놈들한테 잡히면 죽을지도 몰라.

남자　　죽기는 왜 죽어라. 대한의 싸나이 그 정도에 기 죽을 놈 아닙니다.
(장난스럽게 경례를 하며) 생존! 누님, 그놈들 싹 쓸어버리고 아침에 대인시장에서 국밥이나 한 그럭 허시게요이. (조심스럽게 돌아선다)

박정　　학생! 이름이 뭐여?

남자　　아따, 이제 와서 이름을… 쑥스럽게… 규입니다. 병~ 규~
(목소리 뭉개지듯 멀어진다)

단발의 총소리.

헬리콥터 소리 더욱더 크게 들리면서 선무방송.

폭도들은 무기를 버리고 투항하라. 시민들은 이 시각 이후 집에서 나오지 마십시오. 이 시각 이후 거리를 배회한 자는 모두 폭도로 간주하겠다. 폭도들은 무기를 버리고 투항하라. 투항하면 목숨은 살려주겠다. 다시 한번 알린다.

선무방송이 커지면서 쏟아지는 빛에 쓰러지는 병규의 모습.

잠시 정적.

모두들, 저 멀리 쓰러진 학생에게 다가가지 못하고 발을 동동인다.

박정　(멀리서) 이봐요, 학생. 병규… 병규야… 정신 차려…

고달　총 맞은 것 같은디…

이순　오메, 피 좀 보소오~

박정　(중얼거리며) 가지 말라고… 꼭 잡았어야 하는디…

이순　정이 네 잘못이여! 네가 결정했잖아, 나가자고!

고달　이 가시네가! 너 시방 정이한테 시방 책임을 따지는 거여?

이순　몰라. 나는 몰라 내가 결정한 거 아니잖아.

고달　오메 물에 빠진 년 건져줬더니 보따리 내놓으라고 허네이.

박정　내 잘못이여 나가라고 해도 끝까지 안 나간다고 했어야 하는디…

고달　아니여…네 잘못 아니여…저년이 헛소리한 것이여.

이순　내가 먼 헛소리를 해야?

고달　신경 쓰지 말어. 우리 잘못도 아니여.

이순　누구 잘못이든 간에 여그 있다가는 우리까정 죽을 수 있응께 언능 가자.

고달　오메 미치고 환장허겄네에…정이야 네 잘못 아니여. 우리 잘못 아니여.
우리가 먼 잘못을 했간디! 일한 만큼 돈 받고 싶다고, 사람처럼 살고 싶다고, 쉬는 날 쉬고 싶다고 소리친 것이 죽을죄여?

이순　지지리 가난한 것이 죽을죄인갑제. 공장에서 일하는 것이 죽을죄인갑제. 그랑께 그놈들이 우리들한테 총질을 하는 것이제. 개돼지처럼 시키는 대로 안 한 것이 죄인갑제에.

고달　미친년. 네가 그러고도 사람이냐? 사람이여? 사람들이 죽어가는 것을 으짜고 가만 보고만 있었겄냐.

이순　　왜 나만 가지고 그랴? 내가 도망가자고 했어? 여기 우리만 도망왔냐고? 다 도망갔어. 돈푼깨나 있는 것들. 공부깨나 헌것들은 이미 다 도망갔어야… 잘난 것들 다 도망갔다고. 우리같이 대가리 멍청하고 가진 것 읎고 못난 것들만 병신처럼 끝까지 남아서 싸우겄다고 지랄허제에 등신아 여그서 총 맞아 죽으면 잘했다고 훈장이나 줄지 아냐? 개똥 같은 소리 하덜 말어! 우린 그냥 공순이여, 공순이! 근디 왜 나한테만 그려어~

점점 다가오는 군홧발 소리에 몸을 움츠린다.

이순　　(울음을 터트리며) 나도 모르것다아~ 머가 먼지… 머슬 잘못헌 것인지… 무서워 뒤지겄다아~

박정　　다 내 탓이여 다 내 탓이여 그랑께 느그들은 언능 도망가…

고달　　시방 미쳤냐? 정신차려… 정신차려 우리 다 같이 가자아.

박정　　(달이, 순이를 밀어내며) 우리 다 같이 있으면 군인들한테 발각…

더 다가오는 군홧발 소리에 이순, 소스라치게 놀라 도망간다.

달, 순　　(도망가며) 정이야! 정이야!

박정　　아무 탓도 아니여… 네 탓도 아니고, 내 탓도 누구 탓도 아니여.

사랑하는 광주시민 여러분, 지금 계엄군이 쳐들어오고 있습니다. 어서 도청으로 나와주십시오! 지금 사랑하는 우리 형제자매들이 계엄군의 총칼에 죽어가고 있습니다. 우리는 최후까지 싸울 것입니다. 우리는 반드시 광주를 지켜내고야 말 것입니다. 광주시민 여러분! 우리를 잊지 말아 주세요. 우리를 기억해주세요! 사랑하는 광주시민 여러분…

사이렌 소리와 총소리가 한꺼번에 쏟아진다.

박정, 개머리판에 맞은 듯 아주 느리게 쓰러진다.

#9 오래된 침묵

박정, 고달, 이순이 화단을 가꾸며 행복한 시간을 즐긴다.

가장 아름답고 찬란한 시간인 듯,

이순　　광주 오는 길이 허벌나게 이쁘더라. 이팝나무 하얀꽃이 흐드러지게 피고~

고달　　치자꽃도 피고~

박정　　봄이니까, 봄!

이순　　광주 듣기만 해도 맬겁시 가슴이 콩콩콩콩.

고달　　꼭 연애하는 것맨치로 두근두근.

이순　　콩콩콩콩.

고달　　두근두근.

이순　　광주 오는 길이 참 오래도 걸렸다.

고달　　돌고 돌아 뱅글뱅글.

이순　　휴~ 이제야 숨이 쉬어지네.

나, 광주 여자여. 전라도 광주 여자랑께!

오일팔 때 밥 해주고, 시체 수습하고, 전두환이 물러가라 욕했다.

고달　　누가 알았간디? 우리나라 군인한테 죽을지도 암도 몰랐제.

이순　　만약에 다시 또 그런 시상이 된다믄 모르겄다… 옳은 일 하고도 손가락질 받고, 간첩이라고 고문당하고, 광주 사람이믄 다 죽여븐다고 허믄 징헌 세상 살 줄 알았으믄.

고달　하찮은 일이라고 해도 좋고 그까짓 거 다 즈그들이 했다고 해도 좋아. 그란디 말이여, 우리는 목숨 걸고 목숨 내놓고 했어.

이순　입 다물고 살면 점점 잊혀질까해서 잊혀지는 줄 알았는디.
우리마저 잊어버리면 안 되는데… 우리마저 잊어버릴까 무섭다.

박정　계엄군 쳐들어온다고 할 때 그 새벽에 도청에서 나온 것이 누군가는 살아서 역사의 증인이 되라고 한 것이 살아 있는 것이 죄스럽고 죄스러워 울지도 못했어. 소리쳐 울지도 못했어. 오월만 되면 미친년처럼 심장이 벌떡벌떡 뛰고.

이순　오메, 오월 미친년 오네~

고달　오메, 오월 미친년이네~

이순　비 오는 날 처마에 똑똑똑 비 떨어지는 소리에도.

고달　다다다다 오토바이 소리만 들어도 싸이렌 소리만 들어도.

박정　다 큰 처녀가 오줌 지리고 오랫동안 열병을 앓은께 다 손가락질 허드라… 다 큰 가시내가 먼 일 당한 것이라고. 세상이 우리한테 너희들 참 잘 살아냈다 하지도 않드라.

고달　옥이야~

이순　은이야~

박정　순이야~ 달이야~

달, 순　정이야~

같이　느그들은 다 알제이, 오메, 오월 미친년 오네이~

다 같이 노래를 부르며 춤을 춘다.

#10 10일 그리고 42년 – 안부

이봄, 세 할머니들을 바라보며 아득한 시선을 느낀다.

봄　　촛불이 꺼지면 빛이 사라지듯 그녀의 기억도 사라진다.
울음 운 자리 눈물이 말랐다고 울지 않은 것이 될까?
상처 난 자리 새살이 차올랐다고 상처받지 않은 것이 될까?

박정 편지를 쓰고, 어느 쯤엔가 봄이가 할머니 편지를 읽는다.

박정　　참 잘 된 것 같아 잊고 싶었는데 잊을 수만 있다면 다 잊고 싶었는데…
지금이라도 잊을 수 있다면 잠을 푹 잘 수 있을 것 같아.
보솔보솔한 모래로 쌓아올린 모래성이 파도에 휩쓸려가듯이 한순간에.
언제부터였을까? 그 기억, 무거운 침묵. 입 다물면 악몽이 다 사라질 줄 알았는데 그걸 알고 있는 지금이 더 무섭다.
달이야, 순이야,
그날 우리가 생사의 경계에서 살아남은 것은 다 이유가 있었겠지?
어쩌면 여전히 부족한 우리가 살아남은 이유를 찾으며 살아가라고…
고통스럽고 힘들었지만 말로는 다 할 수 없는 죽음의 세월을 살아냈잖아.
가슴에 묻어둔 걸 꺼냈어. 죽음과 맞바꾸는…
고마워. 친구들.
고마워, 사랑하는 내 친구들.
너희들은 잊고 싶지 않은데 이해해 줄 거지?

손에 움켜쥐고 있던 것을 화분 거름에 올려놓는다. 반짝이는 교복 단추.

봄이 아름다운 건, 새 생명이 피어나기 때문이지.
환하고 따수운 봄볕으로…

이봄은, 박정 할머니의 반려식물에서 반짝이는 교복 단추를 발견하며 손에 쥔다.

이봄 고맙습니다, 멋지게 잘 살아주셔서요.

암전.

■ **이당금** 1993년 연극 입문. '예술은 당신의 빽입니다'를 선언하며 복합문화예술공간 예술이빽그라운드를 거점으로 연극, 콘서트, 전시, 교육 등을 연결하는 융복합 공간 플랫폼을 설계하고 있음. 현재 CPBC 광주가톨릭평화방송에서 이당금의 문화마실 진행하며 지역의 문화예술계의 현장 이슈를 짚어보며 칼럼니스트, 사진작가 등으로 활동. 2022년 광주여성대회 선진상, 2021년 오월어머니 단체상, 광주연극인상 등 수상.

연극 어느 봄날의 약속…!

이지현 작·연출, **나라사랑예술단** 공연

이 작품은 이지현의 자전적 이야기로 구성한 연극이다. 2010년 처음 선보였을 때의 제목은 1인극 「애꾸눈 광대」였다. 성대모사, 마술, 난타, 코믹댄스, 품바 등의 복합 장르로 시작하여 2011년부터 2인극, 3인극, 6인극, 8인극, 10인극으로 진화하였다. 2019년 6월, 「어느 봄날의 약속」이라는 이름으로 국립아시아문화전당에서 15명의 배우가 출연하여 공연했다. 그해까지는 자전적 이야기로 구성했지만 2020년부터는 구성이 크게 바뀌었다. 2022년까지 250여 회를 공연했다. 2021년 공연은 금기로 돼 있던 도청 지하실 문제를 다루었다. 2022년 작품에서는 당시 수습대책위원 '이종기' 변호사와 1980년 5월 27일 새벽에 도청에서 산화한 '문용동' 전도사, 고등학생 '안종필', '문재학' 이야기에 예술적 요소를 가미시켰다.

등장인물

김경숙(김영숙)	안종팔 엄마. 남편이 베트남전쟁에서 전사 인헌무공훈장을 받음.
안종팔	고등학교 2학년.
학생 박선조(박선재)	안종팔의 담임 선생.
문운동(문용동)	기독교 전도사(야학 선생님).
이일순	문운동의 애인.
이종구(이종기)	변호사. 시민수습대책위원장.
신재수	18살 고아(공장에 다니며 야학에 다니는 중).
화순댁	닭장수.

계엄군과 시민군 15명의 배우

연극

어느 봄날의 약속…!

– 잊혀진 사람들 이야기

이지현

배경

1980년 5월 27일 새벽, 다양한 직업과 계층의 시민들이 애국의 열정으로 전남도청을 지켰습니다. 2022년 연극 「어느 봄날의 약속」은, 80년 5월 당시 실존 인물인 박선재 교사(전 ㅅ중), 당시 수습대책 위원장 이종기 변호사, 프락치 의혹의 문용동 전도사, 광주상고 2학년 안종필 등, 실존 인물의 실화를 바탕으로 예술적 요소를 가미한 작품입니다. 40년이 지난 지금까지 결사항쟁파와 대동평화파(무기회수파)의 논쟁이 계속되고 있는, 그날의 상흔! 그날의 애환을 예술로 승화시켜, 주먹밥 공동체 광주에 희망을 연주하려는 간절함으로 기획을 했으며, 특정인과 특정 종교를 옹호하려는 의도는 전혀 없습니다. 최대한 재미와 의미를 부여하여, 슬픔을 뚫고 웃음과 희망을 선물하려고 노력했습니다. 5월 영령과 광주시민, 42년을 함께해주신 국민 여러분께 부족한 작품을 바칩니다.

무대

무대 뒤편에 구도청이 세워지나 안이 보이는 4층 높이의 철구조물이고 나머지의 양동상회와 성당 등은 이동식으로 만들어진다. 상징적이나 추상적 소도구 및 소품을 이용하여 특정 시공간이나 상징적 구조물을 표현한다.

프롤로그

5월 초 화창한 봄날

여느 때와 다르지 않은 평온한 광주 구 전남도청 앞의 거리, 도청 앞을 청소하는 사람들이 나오고 차 소리, 사람들 소리가 들린다.

도청 앞을 지나다니는 사람들, 삼삼오오 여느 때와 다르지 않게 즐거운 사람들, 연인들, 학생들, 시장 가는 사람들, 청춘들과 젊은이들. 이때 들려오는 도청 애국가에 맞추어 사람들 멈춰서고 도청 위 태극기가 올라간다.

애국가에서 변주되는 음악에 사람들 움직이기 시작한다. 간단한 몸짓에서 점점 군무로 이어지고, 즐겁게 춤추면서 다양한 퍼포먼스를 한다.

퍼포먼스가 끝나면 대학생 무리가 나와 사람들에게 「투사회보」를 나누어준다. 그리고 사람들을 모으기 시작한다.

제 1 장

#1–1 양동상회

양동상회는 쌀과 잡곡 콩류와 두부, 콩나물을 팔고 있다.

화순댁, 김경숙의 가게 앞에 생닭이라고 써진 스티로폼 상자를 놓고 옹색하게 앉아서 김경숙과 물건을 팔고 있다.

김경숙　콩나물 사세요~ 오늘 막 나온 두부 있어요.

화순댁　닭 사세요. 방금 잡아 온 생닭 있어요.

이때 피켓과 「투사회보」를 든 대학생 등장한다. 도청 앞 분수대를 연상케 가운데로 들어가 이야기를 시작한다.

대학생　(힘 있게) 도청으로 모입시다! (김경숙과 화순댁에게 홍보물을 준다) 여러분! 우리 다 함께 구호 한번 외칩시다.
계엄령을 해제하라. 유신잔당 퇴진하라. 정부개헌 중단하라. 노동3권 보장하라. 여러분! 여러분의 도움으로 도청 앞 분수대 광장에서 민족민주화를 위한 대성회를 성황리에 마쳤습니다. 이에 저희들은 오늘 오후 5시 민족민주화를 위한 횃불 대성회로 이어가기로 했습니다. 여러분들의 참여를 기다리겠습니다. 모두 도청으로 모입시다.

김경숙　(뒤로 들어가 소금을 가져나오면서) 으메 시끄라 죽것네. 조용히들 안 하냐 이놈들아! 저것들 땜에 장사나 되것어? 베트남전 유공자 집에 감히 저기 인헌무공 훈장도 안 뵈냐? 빨갱이들아! 다시 한번 시끄럽게 하면 경찰에 신고할 줄 알아. (소금을 뿌린다)

이일순, 시장바구니를 들고나오다 소금을 맞는다.

이일순 (소금을 맞으며) 으악!

김경숙 오메! 어째야쓰까! (옷을 털어주며) 미안해서 어찌까~

화순댁 (뛰어나오며) 뭐하는 거요 성님! 괜찮으요?

이일순 아! 괜찮아요~

김경숙 미안하요. 아따 저 썩을놈들 때문에…. 오메~

이일순 안녕하셨어요. 근데 무슨 화나는 일 있었나 봐요? (화순댁에게 인사하며) 안녕하세요.

김경숙 (미안해 하며) 어디 가는 길이여?

이일순 아~ 저 콩나물하고 두부 좀 주세요.

김경숙 오늘 저녁엔 야학애들 콩나물 해서 먹일라고?

이일순 더 맛있는 거 먹이고 싶은데….

화순댁 아이고 우리 두 야학 선상님들이 돈이 어딨다고….
이렇게 저녁도 챙겨주는디 아들이 얼마나 고마워 하것어~

문운동 (콩나물을 받아들며) 저는 항상 고마워합니다.

이일순 (깜짝 놀라며) 운동 씨!

신재수 오늘 콩나물 밥 먹는 거예요?

이일순 어 재수야! 그래 양념장 맛있게 해서 콩나물밥이랑 시원한 콩나물국 먹자.

문운동 아~ 맞다. 재수야 인사드려. 어머님들! 애는 신재수라고 하는데 낮엔 공장에서 일하고 저녁엔 저희 야학에서 공부해요. 여기는 종팔이 어머니.

신재수 안녕하세요 어무니. 저는 종팔이랑 친구예요.

김경숙 아따 키가 겁나 크구만 반가워.

문운동 여기는 화순댁 아주머니.

신재수 안녕하세요, 어머니. 신재수라고 합니다.

화순댁 음마 겁나 이무럽네. 느그 집에 있는 엄니가 들으시면 섭섭해 하시것다.

신재수 저 엄니 없어요. 고아예요. 아! 괜찮아요. 이젠 익숙해서.

화순댁 (헛기침을 하며) 뭐… 엄니가 별거간, 이렇게 만나서 인사하고 그라믄 엄니고 이모고 그라제.

김경숙 그려 이렇게 만난 것도 인연인디 다 엄니해부러.

화순댁 그려 우리 아들해불자. 가끔 지나가다 들러. 나가 따땃한 밥 해줄게.

신재수 그래도 되요?

화순댁 암 그러고 말고.

김경숙 그려 옴서감서 한번씩 들러.

신재수 앗싸~

이일순 재수는 좋겠다. 어머니가 두 분이나 생겨버렸네.

신재수 그러게요.

안종팔이 「단발머리」 노래를 부르면서 들어온다.

안종팔 '그 언젠가 나를 위해 꽃다발을 전해주던 그 소녀' 엄마 나왔어. 어 전도사님! 재수야! 여긴 어쩐 일이야?

신재수 응, 저녁 장 보러.

이일순 이야 종팔이 노래 잘하는데~

문운동 (김경숙에게) 종팔이 어머니, 근데 종팔이는 누굴 닮아서 노래를 잘 불러요?

안종팔 외할아버지요. 이 세상 아리랑이란 아리랑은 다 부를 줄 아셨어요.

문운동 그럼 멋지게 노래 한번 해 봐.

안종팔 그럴까요. 그럼~

안종팔 「단발머리」 노래를 부르고 사람들, 박수와 추임새를 넣으며 신나한다.

김경숙　종팔이가 맨발 벗고 따라가도 울 아버지 발끝도 못 가지.
화순댁　암만요. 아버님의 장타령은 상가집도 잔치집 만든다고 소문이 자자했지요.
박선조　담타는 재주는 누구한테 왔을까요?
김경숙　아이구머니나! 선생님. 안녕하세요.
박선조　(안종팔의 귀를 잡아당기며) 요 녀석이 어찌나 신출귀몰한지 홍씨가 아닐까 싶은데요.

전체 웃는다.

김경숙　(아들이 안타깝고 괘씸도 해 우왕좌왕하며) 그게, 그러니까.
박선조　대학은 가야 한댔지! 대학가서 노래를 부르든 춤을 추든 하랬지.
화순댁　아이고 우리 종팔이 당나귀 되네. 다시 안 그러겠다고 싹싹 빌어. 어서.
안종팔　(싹싹 빌며) 선생님, 잘못했어요. 잘못했어요.
화순댁, 김경숙　(동시에) 안 한다고 말씀드려.
안종팔　안 해요. 안 해요.

화순댁, 안종팔에게 하지 말라고 온몸으로 말린다.

김경숙　근디 선상님은 여긴 어쩐 일로?
박선조　아 저도 콩나물 좀 사러 왔습니다. 생닭도.
김경숙　어이 화순댁 뭐해, 얼른 닭하고 콩나물 좀 싸. (화순댁에게 받아들고) 여기 있습니다.
박선조　네 감사합니다. 여기 돈.

김경숙　아니 됐습니다. 우리 종팔이 챙겨주시는데 이 정도는 제가…

박선조　아닙니다. (돈을 화순댁에게 던지듯 주고)
(나가며) 안종팔 학교에서 보자. 어머님 들어가 보겠습니다. 전도사님도 다들 다음에 봅시다~
(급하게 뛰어나간다)

김경숙, 박선조의 등 뒤에 대고 허리 숙여 인사한다.

김경숙　아들 대학 못 갈까 봐 이 애미는 애가 타는데 너는….

안종팔　가수 될 건데 대학을 왜 가? 조용필이 대학 나왔어? 유명한 가수 되면 돈도 엄청 벌고…

이일순　대학가요제 나가서 상 받으면 바로 유명 가수 되는 건데

안종팔　대학가요제요? 아~ 대학가요제.

김경숙　대학?

문운동　대학가요제서 대상 받으면 유명가수는 따놓은 당상이지. 샌드페블즈나 김학래 씨 봐. 얼마나 유명해.

이일순　샌드페블즈는 다 서울대 다녀요.

김경숙　샌드 뭐?

안종팔　'나 어떡해 너 갑자기 가버리면~'

김경숙　(종팔 입을 막으면서) 가자 대학. 화순댁, 닭 남았어?

화순댁　(반색하며) 네.

김경숙　닭 한 마리 주소. 대학 갈 내 새끼 조석으로 삼계탕 끓여서 먹여야지. 아이고 재수도 공장 다니랴 공부하랴, 얼굴이 반쪽이 됐구만.
화순댁 두 마리 따로 싸줘 봐.
(전도사에게) 요 두 마리는 가서 애들이랑 백숙해서 드시시요들.

문운동　아니 괜찮습니다.

화순댁　어여 받아요. 종팔이 엄마 맘 변하기 전에.

문운동　　아이 참… 그럼 맛있게 먹겠습니다.

이일순　　감사히 잘 먹겠습니다 종팔이 어머님!
전도사님, 애들 기다리겠어요. 저희 이만 가 보겠습니다.

김경숙　　그랴 얼른들 가.

화순댁　　조심히들 가요.

다들 서둘러 교회로 간다.

김경숙, 화순댁 흐뭇한 미소를 지으며 일행들의 뒷모습을 보고 있다.

김경숙　　우리도 인자 정리하고 들어가세.

화순댁　　네. 고생하셨어요 성님.

둘 퇴장한다.

제 2 장

#2-1 성당 야학당 근처

문운동, 야학당 아이들과 어떤 모의를 하면서 나오고 작전을 지시하는 듯한 모습. 이일순을 보고 아이들은 숨는다.

이일순　　운동 씨.

문운동　　일순 씨! 저~ 우리… 결혼…

이일순　　음~ 석가탄신일에 성당에서 결혼하다니, 결혼기념일은 절대 안 까먹겠죠.

문운동 다시 장인어른께…

이일순 그랬다간 도청 출근도 못 하고 머리 깎여서 방에 갇힐걸요. 아빠한테 제가 너무 귀한 딸이잖아요.

문운동 제가 일순 씨한테 너무…

이일순 소중한 사람이죠? 저도요. 아빠도 그렇고. 시간이 지나면 아빠도 우리를 이해해 주실 거예요. 운동 씨의 진심도요.

문운동 ……

이일순 아이들이 기다리겠어요. 얼른 들어가 봐요.

문운동 5분만요. 아직 5분쯤은… (시계를 보며 아이들에게 눈짓을 보낸다)

뒤에서 지켜보는 야학당 학생들 뛰어나오며 환호성과 함께 둘을 둘러싸며 좋아한다. 음악이 나오고 두 사람 노래 부르고 야학당 학생들 축복의 퍼포먼스를 시작.

문운동 (반지를 꺼내며) 일순 씨 저랑 결혼해 주실래요?

이일순 네. (서로 안는다)

문운동과 이일순 듀엣노래.

여자 하얀 드레스 입은 나는 설레이는 오월의 신부 참된 축복을 빌어 줄 사람 그 축복 받고 싶어

남자 우린 가난한 연인 현실은 힘들지만
난 하지만 그댈 행복하게 할 거야 날 믿어요 오월에 신부 만남보다 소중한 것 쭉 함께하는 거야 너를 믿어요

같이 난 늘 그대와 함께 멈춰 있고 싶어요 지금 우리처럼 우리의 사랑도 함께 멈췄으면 해 영원히 함께
꼭 약속할께요 그대 미안해 하지 않을 거라고

야학당 학생들과 두 사람은 꽃길 속에 퇴장한다.

노래 후 현재 어수선한 광주의 모습과 횃불 대성회 모습 영상.

제 3 장

#3-1 양동시장 안 양동상회(5월 17일 저녁)

화순댁이 생닭을 넣어두던 아이스박스는 그럴듯한 테이블이 됐고, 테이블 위에는 먹음직스러운 김치찌개와 막걸리 등 거나한 한 상이 차려졌다.

박선조, 화순댁, 김경숙이 둘러앉아 술을 마시고 있다.

화순댁　입맛에 맞으세요.

박선조　둘이 먹다 하나 죽어도 모를 맛인데요.

화순댁　다행이에요.

박선조　종팔이 과외비 대신 야학당 아이들에게 닭튀김을 만들어주신다니 전도사님도 두 어머님도 멋지십니다.

화순댁　선생님은 이 시간까지 저녁도 못 드셨어요?

박선조　아! 그게……

김경숙　도청 앞 분수대에서 횃불 들고 난리라니 애들 잡으러 다니셨겠지. 학생 놈들이 하라는 공부는 안 하고 나랏님들 하시는 일에 감 놔라 배 놔라. 대한민국이 베트남처럼 공산당 돼 봐야 정신을 차릴란가! 종팔이 아버지가 목숨 바쳐 지킨 귀한 나라에서 뭣들 허는 건지.

멀리서 종팔, 재수, 문운동이 부르는 시민군가 소리가 들린다.

김경숙 이것들 공부하는 줄 알고 닭 튀겨서 갔더니 한 놈도 없고 다들 어딜 간 건지. 요놈들 들어오기만 해 봐, 다리몽둥이를….

문운동, 안종팔, 신재수 들어오면서 인사드리고 난 후,

안종팔 김치찌개다. 엄청 배고팠는데 잘 됐다.

신재수 (전도사에게) 전도사님. 화순댁 어머니 김치찌개는 둘이 먹다 하나 죽어도 모를 맛이에요. 곧 있으면 가게 개업식 한다는 소문도 있어요.

김경숙 닭 튀겨서 야학당에 갔더니 아무도 없더라구요.

문운동 아이들이 좋아했을 텐데요.

안종팔 전도사님이 우릴 찾으러 오셨어요.

김경숙 너희는 어딨었는데?

신재수 시. 시.

안종팔 (재수 입을 막으며) 땡땡이. 땡땡이쳤지.

김경숙 이노무 자식을 그냥….

화순댁 잠시만 기다리세요. 다 식어서요. 형님, 도와주세요.

김경숙 그래. (안종팔에게) 이따가 봐.

엄마들이 가게 안쪽으로 들어가자,

박선조 (나직이) 안종팔! 도청엔 가지 말랬지?

안종팔 선생님도 횃불대성회에서 봤거든요.

박선조 그때랑은 달라. 비상계엄령이 선포됐고 이미 군바리들이 대학을 점령했어. 너희들은 이젠 눈 감고 귀 닫고 공부만 해. (문운동에게) 아이들한테 괜한 소리하지 마세요.

신재수 전도사님은 횃불대성회에 못 나가게 하셨어요. 오늘도 저희

잡으러 오신 거구요.

문운동 선생님 말씀이 맞아. 너희들은 공부해. 공부만 해.

신재수 4·19사태도 17살 김주열의 죽음으로 촉발됐습니다. 유관순 누나는 18살이었구요. 전태일은….

문운동 재수야! 나의 존엄함은 싸워서 쟁취하는 것이 아니라 지키는 거다. 존엄함은 살아 있을 때만 발휘될 수 있는 거고.

안종팔 구경만 했어요. 어깨동무하고 구호를 외치고 노래를 부르던 형들이 군인들한테 얻어맞는 걸 보는데 저희들한테 달라들어서…

문운동 너희들은 그냥 모른척 해.

신재수 모른 척하면 우리의 존엄은요? 15일날 서울역에서 대학생들이 노동3권 보장하라고 시위했잖아요. 대학생들이 외친 게 우리가 생각하는 존엄인데 모른 척하는 게 말이 돼요?

박선조 아직 어려. 대학…. 성인 되면 해. (안종팔의 귀를 잡아당기며) 또 도청 근처 기웃거렸다간 다리…. 엄청 혼날 줄 알아.

김경숙 (양념 닭튀김을 들고나오며) 때리세요. 말 안 들으면 들을 때까지 때리세요.

안종팔 엄마!

김경숙 이 나라에서 빨갱이 죽이면 훈장 받고, 뻘건 물 튀기면 빨갱이 되는 거여. 목숨 걸고 싸웠어도 빨갱이 낙인찍히니 자식에 그 자식까지 아무것도 못 하잖어.

문운동 어머니.

김경숙 내가 뭐 틀린 말 했소? 너 하나 보고 그 모진 세월 살았어. 엄마 생각해서 눈 감고, 귀 막고 살아. 남편 보내고 자식 새끼 하나 보고 모진 세월 살았다. 너 잘못되면 이 애미는 죽은 목숨이란 거 잊지 말어라.

안종팔 ……네.

김경숙 참어. 이 땅서 목숨 붙이고 살라믄 어금니 깨지게 참어야 허는

겨.

박선조　너만 바라보고 사시는 어머니를 위해서라도 당분간 집에 있거라.

전국계엄령확대 발표 소리.

제 4 장

#4-1 5월 18일 광주!

계엄군들 이곳저곳에서 나오기 시작하고 절도 있고 각 잡힌 몸짓과 행동으로 무대로 등장하고 군인들만의 퍼포먼스가 이루어지고 도청 안 곳곳에 위치한다.

(이때는 총은 가지고 있지 않고 곤봉으로 하는 퍼포먼스) 음악, 이때 시위대들 무대로 나오며.

박선조　김대중을 석방하라.
다 같이　석방하라, 석방하라.
신재수　전두환은 물러나라.
다 같이　물러나라, 물러나라.
문운동　비상계엄 해제하라.
다 같이　해제하라, 해제하라.

출정가
동지들 모여서 함께 나가자

무등산 정기가 우리에게 있다
무엇이 두려우랴 출정하여라
억눌린 민중의 해방을 위해
나가 나가 도청을 향해
출정가를 힘차게 힘차게 부르세

사이렌 소리와 함께 계엄군들 도청 앞으로 정렬한다. 기계적이고 무표정의 계엄군들.

시민들과 계엄군의 대치, 충정훈련으로 시작해서 강하게 진압하는 계엄군. 마구잡이식의 진압이다. 도망가는 사람, 죽도록 맞고 있는 사람, 질질 끌려가는 사람 등 시위대를 진압하는 장면이 연출된다.

시위대는 더 격렬하게 시위를 시작하고 태극기를 흔들며 도청으로 가기 시작한다. 애국가가 들리고 계엄군들이 총을 겨눈다. '철컥' 소리와 함께 총소리 들리고 쓰러지는 사람. 도망가는 시위대들 그 자리에 멈춘다. 계엄군들 퇴장하고 시위대들 나온다. 구르마를 끌고 나오는 사람들, 쓰러진 사람들을 구르마에 태워 상여 행렬처럼 처절하게 나가지만 눈빛은 분노의 찬 눈빛이다. (음악 -「오월의 노래」, 「예성강」)

#4-2 성당 앞

문운동과 이일순 들어온다.

문운동　일순 씨, 왜 거기에 있었어요?
이일순　퇴근하고 들풀 야학으로 가는 길에 시위대와 진압군들에 휩쓸렸어요.
문운동　어디 다친 데 없어요? 어디 봐요.

이일순 전 괜찮아요. 근데 왜 군인들이….

문운동 시위 진압이 해산에서 체포로 진압 수위를 높였어요. 시위대는 이미 적이 된 지 오래라 남녀노소 가리지 않고 무차별 폭행과 살인을 저지르고 있어요.

이일순 저도 들었어요. 군인들에게 길거리에서 속옷 차림으로 구타당하고….

문운동 거기다 총까지! 저기 일순 씨. 전 다시 도청에 가 봐야 할 것 같습니다.

이일순 저도 같이 가요.

문운동 아니요. 일순 씨는 집에 가 계세요. 내가 상황봐서 연락할께요.

이일순 가…지 마요.

문운동 전 지금 가야 됩니다.

이일순 안 가면 안 돼요?

문운동 (일순을 안으며) 광주가… 광주시민들이 우리를 지켜줄 겁니다. 집에 가 계세요. (뛰어나간다)

이일순 운동 씨~

문운동이 나간 쪽으로 따라나간다.

#4-3 안종팔 집

한쪽에서 김경숙이 시위를 나가려는 안종팔을 말리고 있다.

김경숙 종팔아! 너 어디 가는 겨?

안종팔 엄마 나 지금 가야 돼!

김경숙 광주는 시방 도살장이여. 날뛰다간 죄다 죽어.

안종팔　미쳐서 날뛰는 건 내가 아니고 저놈들이여.

김경숙　저 훈장 안 뵈냐? 너는 니 아버지 목숨이랑 바꾼 귀한 새끼여.

안종팔　(버럭) 내 눈앞에서 아이 업은 아주머니가 총에 맞아 돌아가셨어. 형들은 속옷 바람으로 짐승처럼 두들겨 맞으며 트럭 짐칸에 실렸고. 총 맞은 시민들은 청소차에 쓰레기처럼 실려 나갔고.

김경숙　너도 그 꼴 나고 잖어? 갈라믄 여기서 이 엄니 죽이고 가.

안종팔　(울먹이며) 사방에서 총에 맞아 쓰러지는디 나는 도망쳤네. 죽은 엄마 등에 매달린 애가 우는디도 미친듯이 도망쳤어. 여기저기서 도와달라고 살려달라고 아우성인디 나만 살 것다고 도망쳤어. 엄마! 엄마! 이러면 안 되는 거잖여.

김경숙　잘했다. 참말로 잘했네. 아고 어른이고 죄다 죽이는 짐승들 눈에 우덜이 사람이것냐. 가믄 죽어 이놈아!

안종팔　가야 돼. 가서 우리가 선량한 광주시민이라고 말해야제. 광주시민들이 한마음 한뜻으로 말허고 있는데 나도 보태야제. 이럴 때일수록 힘을 합쳐야 혀.

김경숙　제발 가지 말어. 이번 한 번만 엄니 말 들어야. 나는 너 없이는 못 산다.

안종팔　엄마. 나 안 죽어. 못 죽어.
엄마 놔두고 절대 안 죽어. 미안해 엄마. (뛰어나간다)

김경숙　종팔아 이놈아!

#4-4 해방광주

탕! 탕! 탕! 멀리서 들려오는 총소리. (5월 21일 정오 12시경) 시민군들이 몰려나온다. (모든 배우들 시민군으로 등장)

도청 사수의 총 춤과 안무가 이루어지고 드디어 해방 광주를 맞이한다.

박선조　해방광주 만세!

시민군들 만세를 외치고 '계엄군이 물러갔다' '도청을 사수했다' 여기저기서 외친다.

함께 모여 시민군가를 목청껏 신나게 부른다.

시민군가
호남이 없으면 나라도 없다
우리는 무등의 광주의 시민
총칼로 짓밟혀져도 저항한다
인동초처럼 이겨내는 강한 정신
민주주의 만세

박선조　우리가 이룬 겁니다. 우리 모두가 이룬 겁니다. 우리의 승리입니다.

함성과 박수 소리.

박선조　오늘의 승리는 광주의 승리이며, 민주주의의 승리입니다. 나와, 우리의 진정한 독립을 기념하는 의미로 훌라송을 부르겠습니다.

훌라송
우리들은 정의파다 훌라 훌라
같이 죽고 같이 산다 훌라 훌라
무릎 꿇고 사느니 서서 죽길 원한다

우리들은 정의파다

전두환은 물러가라 훌라 훌라
전두환은 물러가라 훌라 훌라
전두환은 물러가라 전두환은 물러가라
전두환은 물러가라

모두들 목청껏 훌라송을 부른다.

감격해서 눈물을 훔치는 사람, 서로 부둥켜안는 사람, 팔이 떨어져 나갈 듯 팔뚝질을 하는 사람, 제각각이다.

#4-5 봄날의 약속

화순댁, 주먹밥을 가지고 나온다.

시민군들 삼삼오오 모여 도청 앞에서 주먹밥을 나눠 먹는다.

화순댁 갓 지어 왔으니 요기들 하세요. 다들 애썼습니다.

안종팔 (화순댁에게 뛰어가며) 아주머니.

신재수 (화순댁에게 뛰어가며) 안녕하세요.

화순댁 (주먹밥을 나눠주며) 먹어. 꼭꼭 씹어 먹어요. 고생했다. 다들 너무 너무 고생들 했어.

안종팔 저희 엄마는 아직 화나셨죠? 화나시면 밥 잘 못 드시는데.

김경숙 (주먹밥을 한입 크게 베어물고) 잘 먹고, 잘 자고, 잘 싸니 걱정 말어.

신재수 근디 어디서 난 주먹밥이래요?

화순댁 이 쌀이 어서 왔것냐? 양동시장 상인들하고 광주시민들이 조금씩 모았어.

김경숙　광주 사람들이 한 됫박 내믄 나는 한 말 내고, 광주 사람들이 한 말 내믄, 나는 한 가마 냈다. 너 땜에 이놈아! (종팔이 머리를 쥐어박으며)

화순댁　선생님들도 오셔서 드세요. 여기 주먹밥 많으니까 양보하시지 마시고 양껏 드세요. 뭐가 됐든 밥심이제.

문운동　감사합니다. 밥 하시느라 고생 많으셨죠.

화순댁　여기 계신 분들만 하것어요. 우리야 십시일반 정성껏 모은 쌀 물 붓고 끓인 것뿐인디.

신재수　근데 계엄군이 우물에 독 탔다는 소문이 있던데 사실이에요?

김경숙　도망가기 바빴는데 그럴 시간이 있었겠어.

화순댁　그걸 아시는 분이 은수저를 은장도 품듯하시요?

김경숙　내 새끼들 먹일 건데 조심하고 또 조심해야지.

나도 처음에는 종팔이가 여기 못 나오게 반대했지만, 계엄군들이 하는 짓을 보니까 피가 거꾸로 솟더라구요. 어떻게 나라를 지키는 군인이 자기 국민에게 총을 쏘고 죽일 수가 있어요. 그걸 보고 나도 종팔이를, 광주 시민들을 이해했구만요.

안종팔　엄마~

김경숙　그려 그려 내 새끼 장하다. 근디 늘 몸조심 해야 쓴다.

안종팔　알았어.

박선조　오늘 같은 날 잔치라도 한번 해야 하지 않겠습니까?

문운동　여러분 비록 결혼식과 피로연은 못 하지만 저희가 작은 잔치를 열겠습니다. 모두 참석하실 거죠?

김경숙　참석뿐이여, 애기 태어나면 백일에도 가야 하고, 돌에도 가야 하고, 둘째 태어나면 백일에도 가고, 돌에도 가고.

이일순　종팔이 대학 가면 축하하러 가야 하고, 재수 대학 가도 가야 하고.

화순댁　콩나물 사러도 와야 하고, 닭 사러도 와야 하고.

박선조　저 교감 되면 오셔야 하고. 교장 되고도 오셔야 하고.

신재수 우리 엄니 가게 개업식 때도 와주셔야 합니다.

문운동 오~! 이제 재수 어머니 돼버린 거야!

신재수 그럼요. 집밥 차려주면 울 엄니죠.

화순댁 그라제.

문운동 그래 당연하지. 문턱이 닳게 다닐 거니까 각오하세요.

화순댁 아이고 고맙소 고마워.

김경숙 장사는 언제 하누, 여기저기 축하해주다가 우리 가게 문 닫는 거 아냐. 그러지 말고 일 년에 한 번 소풍 겸해서 오늘 모입시다. 그날 싹 다 축하해주는 걸로 합시다. 만나서 교감은 언제 될지, 애들은 얼마나 잘 크고 있는지, 종팔이는 가수가 됐는지, 화순댁은 언제 개업하는지 도란도란 얘기도 하고 맛난 것도 먹고.

이일순 김밥은 제가 싸겠습니다.

화순댁 닭튀김은 제가요.

박선조 술이랑 사이다는 제가 내겠습니다.

안종팔 제 팬들이 극성부려도 이해하시는 겁니다. 안종팔의 히트곡 메들리를 들려드리지요.

김경숙 제발 그랬으면 좋겠다.

신재수 그럼 매년 오늘 도청 앞 분수대 앞에서 보는 거 어떨까요?

다 같이 좋습니다.

이때 이세상, 정종준, 홍순창 쿨피스를 사들고 들어온다.

이세상 다들 고생하셨습니다.

정종준 고생 많으십니다.

홍순창 시민군 만세!

다 같이 시민군 만세~

박선조 아이고 선생님들, 여기까지 어쩐 일로…

이세상 우리 시민군들이 이렇게 고생하시는데 어찌 안 와 볼 수가 있겠습니까?

정종준 계엄군이 도청에서 물러갔는데 조금이나마 힘을 보태기 위해서…

홍순창 오늘같이 기쁜 날 어찌 어깨춤을 안 출 수가 있겠습니까~

박선조 그럼 선생님들이 신나는 노래와 춤 한자리 하시는 게 어떨까요?

선생님들 좋죠!

선생님들의 「진도아리랑」 선창에 맞춰 다 같이 놀고 어울리는 대동한마당을 즐긴다.

아리랑

김경숙 좋네 좋아 오늘이 좋아
우리 모두 살아남아서 오늘이 좋네

다같이 아리아리랑 스리스리랑 아라리가 났네
아리랑 음음음 아라리가 났네

안종팔 우리가 여기 도청에 모였으니
신나고 걸판지게 춤이나 한번 쳐 봅시다

다 같이 아리아리랑 스리스리랑 아라리가 났네
아리랑 음음음 아라리가 났네

이일순 우리 시민군들이 도청을 사수해서
계엄군이 물러가니 만세를 부르세

다 같이　아리아리랑 스리스리랑 아라리가 났네
아리랑 음음음 아라리가 났네

제 5 장

#5-1 도청 지하실(5월 21일 저녁)

시민군들이 도청 지하실 안으로 다이너마이트 상자들을 나르고 있다. (다이너마이트 열 상자 정도를 사람들과 같이 나른다)

이일순　위험한 물건이니 조심해서 다뤄주세요.
안종팔　터지면 끝장이니까 조심, 조심.
신재수　입으로만 힘쓰지 말고 좀! 선생님이 조심히 다뤄야 한다고 했잖아.
안종팔　야. 이거 생각보다 엄청 긴장해서 힘든 일이거든.
신재수　하여간에 덩치만 이래 컸지 힘은 요만큼만 쓰고 덩칫값 좀 해라.
안종팔　이 방아깨비 같은 게…
박선조　(상자 들고 오며) 다들 고생 많았다.
안종팔, 신재수　고생하셨습니다.

지하실에 있던 이들이 다 같이 서로를 격려한다.

안종팔　(다이너마이트를 횃불처럼 들고) 이제, 계엄군 개들도 까불지는 못할 것이여.

문운동　안종팔! 신재수! 뭐하는 거야? 그거 화순광업소에서 어렵게 가져온 물건이다. 그리고 이 폭약을 지키는 게 우리의 일이고.

안종팔, 신재수　네…

박선조　그게 터지면 도청에 있는 우리는 물론이고 인근 민가까지 피해가 클 수 있는 위험한 물건이야.

안종팔, 신재수　진짜요?

박선조　공수부대 놈들이 총을 쏘면서 광주시민들이 많이 다치거나 죽었으니 우리도 무장 해야지. 거대하고 무서운 폭력 앞에서의 자구책이니 주의, 또 주의해야지.

안종팔　계엄군이 광주 외곽으로 도망갔다드만… 다 이것 때문이었군.

박선조　꼭 그런 것만은 아니고, 광주시민들의 힘이지.

안종팔　깡으로 뭉친 우리 시민군은 천하무적. 우린 아직 승리에 목말랐다. 흐흐흐.

신재수　악당 같은데.

안종팔　그럼 니가 해 보던가.

#5-2 갈등의 시작

문운동, 심각한 얼굴로 다이너마이트 더미를 보고 있다

이때 시민수습대책위원회 이종구 위원장과 정종준, 홍순창이 들어온다.

이종구　박 선생. 아이고 다들 고생이 많으십니다.

박선조　위원장님. 선생님들 가셨던 일은 어떻게 됐습니까?

이종구　현재 계엄 당국과 지속적인 대화를 하고 있고.

정종준　협상 조건도 제시했습니다.

홍순창　그 협상도 쉽지가 않더군요.

신재수　참나 계엄군들이 광주를 떠나면 되는데 무슨 협상이요?

안종팔 지그들 맘대로 총칼 들고 와서 죄 없는 광주시민들을 죽이고 패고 겁준 거잖아요. 사과하고 가라는데 뭔 쓸데없는 소리데.

이일순 오죽했으면 고등학생까지 총을 들었겠어요.

문운동 자자, 진정들 하시고 일단 선생님들 이야기를 들어보죠.

박선조 협상 조건이 뭔가요?

이종구 우리는 계엄 당국에게 네 가지 사항을 요청했습니다. 첫째, 유혈사태에 대한 사과. 둘째, 구속자 석방. 셋째, 계엄군 철수와 재발 방지. 넷째, 부상자 및 희생자들에 대한 치료와 배상.

박선조 우리도 계엄사까지 거리행진을 하면서 시민들에게 보다 적극적으로 알리고 동참을 촉구해서 계엄 당국에 경각심을 불러일으키면 어떻겠습니까?

정종준 현재 논의 중이니까 조금만 더 기다려 보세요.

홍순창 그래요. 조금 더 기다려 봅시다.

박선조 언제까지 논의만 합니까? 저희에게 전하지 않은 이야기가 있습니까? 말씀해 주세요.

이종구 계엄 당국에서 탈취한 무기 및 폭약들을 반납하고, 도청을 비워달랍니다.

안종팔 (놀라며) 네?

박선조 무기를 내놓으라고요?

정종준 폭약과 총기를 내려놓고 투항하셔야 합니다.

홍순창 그것만이 이 사태를 안전하게 마무리할 수 있는 유일한 길입니다.

박선조 사과는요? 시민들에게 총을 겨누고 발사한 놈들에 대한 처벌은요?

이일순 저희들을 폭도라고 떠든 언론은요? 폭도가 된 우리들과 저 아이들은요?

이종구, 고개를 좌우로 흔든다.

박선조 거부하면요?

이종구 걷잡을 수 없는 참혹한 상황이 벌어질 겁니다. 총을 끝까지 들면 더 큰 희생이 따를 겁니다.

박선조 (단호하게) 그렇게는 못 합니다. 아무런 이유 없이 참혹하게 죽고 다친 광주시민들에게 죄송해서, 부끄러워서, 쪽팔려서 그렇게는 안 합니다.

이종구 살아야, 살아남아야 복수든 뭐든 할 게 아닙니까. 가족을 위해, 광주시민들을 위해서 총을 반납하고… 저 폭발물들도 제거해야 합니다.

정종준 맞습니다. 박선생! 두 달 전 이리 폭파사건 보셨잖습니까.

홍순창 그래요. 저 폭탄이 이 지하실에서 터진다면 우리는 물론이고 광주시민들의 피해가 클 겁니다.

이종구 그땐 진짜 폭도가 되는겁니다.

이일순 공수부대의 만행을 보셨잖아요. 어린 여자아이 가슴이 도려지고, 가랑이에 총 맞은 처참한 시신을 위원장님도 보셨잖아요.

박선조 학교와 가정으로 돌아간들, 우리 광주가 사라진다면 무슨 의미가 있겠습니까? 어린 학생들을 위해서라도 우린 끝까지 싸워야 합니다.

문운동 박 선생님! 만약 일이 잘못된다면 이곳이 더 위험해집니다. 우선 다이너마이트 뇌관이라도 제거해야 여기 있는 사람들을 살릴 수 있습니다.

신재수 그러다 계엄군 놈들이 여기로 쳐들어오면 우린 뭘로 싸워요.

안종팔 무기도 없이 다이너마이트까지 내주면 그게 죽은 목숨이지요.

문운동 우리가, 우리의 형제인 군인들을 총으로 쏠 수 있을 것 같습니까? 계엄군의 허수아비인 우리의 군인들을 어떻게 겨눌 수 있단 말입니까?

박선조 형제라 믿었던 저들이 진짜 우리의 형제와 가족에게 총을 겨누고 폭력을 휘둘렀다는 걸 잊었습니까? 저들은 우리의 형제가 아니라 계엄군들의 충직한 사냥개일 뿐입니다. 우리 가족을 지키기 위해서 저들에게 총부리를 겨눠야 합니다.

이종구 지금 이렇게 다툴 시간이 없습니다. 한시바삐 의견이 통일되지 않으면 저희는 손을 뗄 수밖에 없습니다.

수습대책 위원장과 위원들이 퇴장한다.
도청 안 시민군들, 혼란스러운 모습 보인다.

#5-3 그리움(안종팔과 신재수)

도청 2층 야외 테라스에서 경계를 서고 있다.

신재수 종팔아, (초코파이를 건네며) 이거 먹어.

안종팔 우와, 이거 초코파이 아니야! 이 귀한걸?

신재수 트럭 타고 광주의 실상을 알리러 다니는데 슈퍼 아주머니가 주시더라.

안종팔 에이, 니가 받은 건데 너 먹어.

신재수 난 아까 먹었어, 너 먹어. 야 아까 선생님들이 얘기하는 거 들었는데 곧 계엄군들이 쳐들어온다는데 그 말이 진짜일까?

안종팔 에이, 우리를 도와주러 미국 항공모함도 부산 앞바다로 온다는데 별일이야 있겠냐 걱정 말어. 근데 재수야, 너 엄마 안 보고 싶냐?

신재수 보고 싶지. 근데 얼굴을 알아야 보고 싶지.

안종팔 만약에 혹시라도 엄마 만나면 뭐 하고 싶은 거 없어?

신재수 난 혹시라도 엄마를 만나면 따뜻한 밥 한 끼 사드리고 싶어

안종팔 그것뿐이여?

신재수　응. 다른 거 없어. 엄마 만나면 두 손 꼭 붙잡고 따뜻한 밥 한 끼 라도 사드리는 게 내 소원이여.

안종팔　그래도 이렇게 잘 컸으니까 좋아라 하시겠다. (뭔가 생각난 듯) 재수야 너 어디 산다고 했지?

신재수　광주고아원.

안종팔　너 재가 '아'이 냐 '어'이냐?

신재수　야! 친구라는 놈이 아직도 그걸 모르냐 '아'이잖아 '아'이.

안종팔　아~ 재수없다에 재~ (수첩 종이에 적어주며) 자 이거 잘 가지고 있어.

신재수　뭔데 이게.

안종팔　니가 길을 잃지 않고 집에 가야 엄마 만나서 밥 한 끼 사드리지. 꼭 갖고 있어.

신재수　너는?

안종팔　난 여기 있지.

신재수　넌 엄마 보고 싶지 않아?

안종팔　보고 싶지… 너무 보고 싶어서 미쳐버리겠다.

신재수　그럼 내가 지키고 있을 테니까 집에 갔다 와.

안종팔　내가 너 놔두고 어떻게 가냐. 이 꼴통아. 난 지금 엄마 얼굴보면 약해질 것같애. 엄마 보면 지금의 내 의지가… 그리고 다시 여기에 올 수 있다는 보장도 못 하겠고… 조금만… 조금만 더 있다가 갈란다.

신재수　아 맞다. 아까 전도사님이 잠깐 보자고 했었는데… 금방 갔다 올게.

안종팔　그래. 얼른 갔다 와. (하늘의 달을 본다) 저 달이 우리 엄니 닮았네……

종팔, 도청 위에서 달을 보고 있고 어머니는 정화수를 들고나와 빌고 있다.

김경숙　　비나이다 비나이다 천지신명께 비나이다. (음악이 흘러나온다)

어머니와 아들 노래

어머니　　바람 소리에 들려오는 우리 아들 목소리
　　　　　기다리는 에미의 애타는 마음
아들　　　달빛 창가에 비춰지는 우리 엄마 얼굴에
　　　　　걱정스런 모습이 그려집니다
어머니　　떨어지는 꽃잎처럼 지지 말고 활짝 핀 꽃으로 돌아오려무나
아들　　　그리운 어머니
어머니　　보고 싶은 내 아들
아들　　　걱정하지 마세요
어머니　　보고 싶은 내아들
아들　　　그리운 어머니
　　　　　꼭 살아서 나갈께요

안종팔　　엄마. (훌쩍인다)
김경숙　　다치지 말고 조심히 오너라.

이일순, 도청 앞에서 문운동을 기다리며 새로 산 시계를 만지작거리고 있다. 도청 안에서 나오는 문운동, 이일순에게 다가간다.

문운동　　일순 씨!
이일순　　(시계를 감추며) 운동 씨!
문운동　　왜 나와 계세요?
이일순　　밤하늘이 예뻐서요.
문운동　　(하늘을 보며) 네, 이쁘네요. 일순 씨만큼요.
이일순　　(기분은 좋지만 불안한 표정) 저기, 운동 씨?
문운동　　네.

이일순　(머뭇거리며) 우리 이제 집으로 갈까요?

문운동　저… 저는 여기에 조금 더 있어야 될 것 같아요.

이일순　그래도……

문운동　(결의에 찬 표정) 저는 여기서 아직 할 일이 남았습니다.
내 눈앞에서 죽어간 친구들, 학생들, 시민들, 그들의 죽음이 헛되지 않게 하기 위해서라도 그리고 남아 있는 우리들, 가족들, 더 이상 광주시민들의 희생을 막기 위해서라도 저는 여기 남아 해야 할 일이 있습니다.

이일순　(고개를 숙이고 운다) 전… 운동 씨가 어떻게 될까 봐… 그게 무섭고 두려워요.

문운동　전 괜찮아요. 일순 씨 혼자 절대 남겨두지 않아요. 늙어 죽을 때까지 붙어 있을 건데요.

이일순　(울다 웃으면서 시계를 꺼내며) 저기 이거…

문운동　왠 시계예요?

이일순　그 시계 고물된 지 오래됐잖아요. 아까 금남로에서 샀어요.

문운동　채워 주실래요? 우와 이쁘다. 전 준비한 게 없는데…

이일순　괜찮아요. 위험한 일은 안 하겠다고 약속해요. 전 그 약속만 있으면 돼요.

문운동　네. 약속할께요.

이일순　그럼 됐어요. 이제 들어가요.

문운동　먼저 들어가 계세요. 전 누구를 잠깐 만나기로 해서요.

이일순　네.

들어가는 일순을 끌어당겨 안는다. 아무 말 없이…

그리고 들어가는 일순을 바라보고, 시계를 바라보고 굳은 표정에서 결심한 듯한 표정.

제 6 장

#6-1 뇌관 제거

문운동은 낯선 두 명을 데리고 지하실로 들어온다. 서로 눈빛을 주고 받은 다음, 문운동은 한쪽에 서 있고 모자를 눌러쓴 두 명은 상자 안의 다이너마이트 뇌관을 제거하기 시작한다.

#6-2 갈등과 논쟁 그리고……(5월 27일)

사람들이 웅성거리며 소란스럽다.

박선조　(문운동을 끌고 들어오며) 뇌관을 제거했다니 당신 미쳤어?
문운동　결사항쟁만이 능사가 아닙니다. 더 이상의 희생은 막아야지요.
박선조　전도사님! 도대체 어느 편입니까? 이쪽입니까, 저쪽 편입니까?
문운동　뭐라구요?
안종팔　우리 쪽에 프락치가 있다드만 헛소문은 아닌 갑네.
문운동　프락치라니? 종팔이 너.
안종팔　아니면, 어째 자꾸 저쪽 편을 들어요. 사람 속은 모른다더니… 영 못쓰겠네요. 줄을 좀 확실히 섭시다.
문운동　지금은 편 가르기 할 때가 아니야. 평화적 협상과 사태수습을 위해서라도 모든 것을 반납하는 것이 우선이라고.
신재수　그럴 수 없습니다.
안종팔　그러다 뒤에 가서 딴말하면요?
문운동　그건 내가 책임지고…
박선조　책임이요? 누가 누구를 어떻게 책임진다는 겁니까? 이곳에 남은 모든 사람들이 스스로의 존엄을 지키기 위해 남았습니다. 계엄군들에게 광주시민들의 서슬 퍼런 결사항쟁 의지가 두려워 도망쳤던 것 아닙니까?

안종팔 계엄군들은 고물상도 안 가져갈 이깟 구식 무기가 무섭대요? 총이 광주 바닥을 나돌아도 강도사건 하나 없었어요. 다친 사람들 피 뽑아 살려내고, 쌀 한 톨도 나눠먹으면서 견뎠는데… 이것마저 뺏기면 다 죽은 목숨들이죠.

신재수 맞아요. 빨갱이다 뭐다 해가면서, 총 들고 때리고 죽이고 난동 핀 건 계엄군이었어요.

안종팔 애 업은 아주머니를, 구경 온 동네 아저씨를, 제 친구들을, 대학생 형들을 표적이나 된 듯 조준 사격하는 놈들을 믿으세요?

신재수 미리 머리 숙이지 말라고 하셨잖아요. 이건 굴종입니다.

문운동 (버럭) 가족들은? 여기서 장렬하게 죽고 난 후에 엄마는? (총을 뺏으려 하며) 어서, 총 이리 내!

안종팔 (총을 장전해 겨누며) 안 됩니다! 그럴 수 없습니다.

신재수 그렇게 못 합니다.

사람들이 일제히 총을 문운동에게 겨눈다.

정종준, 홍순창 등장한다.

정종준 다들 지금 뭐하는 겁니까!

홍순창 지금 누구를 향해 총을 겨누는 거예요?

정종준 너희들, 총 어서 내리지 못해?

홍순창 총 내려.

팽팽한 긴장감.

안종팔 (큰 소리로) 비겁하십니다. 불의에 침묵하는 것은 비겁하고 부끄러운 일이라 하셨잖아요. 잊으신 겁니까?

문운동　정의를 지키는 데 어린 생명이 제물이 되어서는 안 된다.

신재수　저희는 제물이 아니라 저희의 의지입니다.

정종준　박 선생. 더 이상 무고한 시민들을 죽음으로 내몰지 마십시오.

홍순창　그래요. 박 선생! 우리가 얼마나 버틸 수 있겠습니까? 현실을 직시하세요.

문운동　우린 계엄당국의 최후통첩이란 절박한 상황에 내몰려 있습니다. 도저히 승산 없는 싸움입니다.

박선조　우린 싸움에서 이기려 하는 게 아니라 미친 국가 권력에서 조국과 가족을 지키려는 겁니다. 비굴하게 사느니 당당하게 우리의 권리를 말하려는 겁니다.

정종준　우리가 무기를 가지고 있는 한 저들에겐 폭도일 뿐입니다.

박선조　우리가 총 들기 전부터 저들은 우리를 폭도로 규정했습니다.

문운동　무기 반납만이 살길입니다.

박선조　살기를 원했다면 맞서 싸우지도 않았습니다.

홍순창　죽는 것만이 능사는 아니죠.

문운동　당국에서 제시한 무기 반납 조건을 받아들이십시오. 저들이 약속한 것이니 믿으셔야 합니다.

박선조　약속? 버스를 타고 귀가하던 사람들이 떼죽음을 당했습니다. 저수지에서 헤엄치며 놀던 어린애들이 총에 맞았구요. 여중생 가슴을 잘라 난도질해 벌집 만들고, 군홧발로 때리고 짓이기고 대검으로 찔러 죽였습니다. (울분을 토한다) 저들에게 독재와 폭력에 맞선 선량한 광주시민의 힘을 보여줘야 합니다. 폭동이 아닌 민주주의를 향한 광주항쟁이었음을 분명히 알게 해야 합니다.

문운동　폭력은 또 다른 폭력을 낳을 뿐입니다.

정종준　다들 제발 진정하세요.

홍순창　저들이 원하는 것이 내부 분열이에요.

문운동　다들 무기들을 내려놓으십시오.
안종팔　전도사님은 저들을 믿고 계신 거죠?
문운동　총 내려놔.
안종팔　위선자!
신재수　종팔아!
안종팔　변절자!
문운동　안종팔! 너 정말!

탱크 소리가 요란하게 들려온다.

(소리)　폭도들에게 알린다. 너희들은 완전 포위됐다. 무기를 버리고 도청에서 나와 투항하라.

#6-3 도청의 마지막 밤

시민군들이 총을 집어 들고 싸울 준비를 갖춘다. 이일순이 허겁지겁 뛰어 들어온다.

이일순　여러분! 어서 피하세요. 계엄군이 지금 도청으로 다시 쳐들어온답니다.
박선조　여러분. 결사항쟁으로 끝까지 싸웁시다. 물러서지 마십시오.
문운동　학생들과 여자들은 내보냅시다. 위원장님께서 학생과 여자들을 인솔해 주십시오.
정종준　여긴 저희가 있을 테니 전도사님께서 데리고 나가십시오.
문운동　저는 남겠습니다. 일순 씨 가요. 너희들도 밖으로 나가.
박선조　여기는 저희가 맡겠으니 선생님들께서 밖으로 데리고 나가주십시오.

정종준　음~ 어쩔 수 없죠. 그럼 꼭 다시 돌아오겠습니다.

홍순창　박 선생 꼭 살아서 봅시다. 자 학생과 여자분들은 저희와 함께 밖으로 나갑시다.

이일순　저도 남겠어요.

문운동　(다가서며) 잠시만요. 일순 씨는 광주시민들에게 우리가 끝까지 투쟁하고 있다는 사실을 알려주세요.

이일순　싫어요. 저도 끝까지 남아서…

문운동　아니요. 일순 씨는 우리가 고립되지 않게 마이크를 들고 밖에서 싸워줘야 합니다. 그 큰일을 일순 씨가 해주셔야 합니다.

이일순　운동 씨… 약속 지키세요.

문운동　네…

정종준, 홍순창　자~ 시간이 없습니다. 어서들 나갑시다.

선생님들과 이일순, 같이 퇴장한다.

박선조　안종팔, 신재수, 너희들도 나가.

안종팔　선생님 여기 있게 해주세요. 살아도 여기서 살고 죽어도 여기서 죽겠습니다.

박선조　왜 이렇게 말을 안 들어. 여기 있으면 다 죽는다니깐. 어서 가.

안종팔　저도 살고 싶어요! 근데요 선생님! 죽은 엄마 등에서 울던 아이 소리가 들려요. 제가 무서워서 도와주지 못했던 아이 울음소리가 계속해서 들려요. 도와 달라고 신음 소리 내던 분들의 소리가 자꾸만 들려요. 여기서 도망치면 평생 그 소리를 들을 것 같아요.

신재수　그래요 같이 있게 해주세요.

문운동　너희들은 살아남아. 살아남아서 지금 이 순간들을 기억하고 기록해라.

박선조　우리들이 어떻게 살았는지 어떻게 싸웠는지 살아남아서 기억하는 게 너희들이 할 일이다. 나가.

신재수　선생님들, 고아로 공돌이로 여지껏 살아오면서 선생님들 만나서 글도 배우고 존엄도 배웠어요. 국가가 이유 없이 시민을 때리고 죽여도 괜찮은 나라에서 공부가 무슨 소용이고 존엄이 무슨 소용이겠어요. 저도 애국 한번 하고 싶어요. 사람답게 살고 싶습니다.

안종팔　저희는 살아서 광주시민들에게 우리 소식을 꼭 알릴 겁니다.

신재수　우리가 우리를 지키기 위해 얼마나 큰 용기를 냈는지. 우리가 어떤 꿈을 꿨는지 살아서 알릴 겁니다.

안종팔, 신재수　같이 있게 해주십시오.

박선조, 문운동 서로 시선을 마주치며,

박선조　그래, 도청은 함께 지킨다.

문운동　만약에… 우리가 오늘 살아남는다면, 매년 5월 27일 새벽에 여기서 만나는 건 어떨까요?

박선조　난 죽어서 영혼이라도 오겠습니다.

안종팔, 신재수　그래요. 좋습니다

모두 고개를 크게 끄덕인다.

박선조　우리는!

문운동　죽음을… 뛰어넘은…

안종팔, 신재수　자랑스러운 시민군, 시민군, 시민군이다.

박선조　각자 위치로!

모두　위치로!

모두 밝은 모습으로 마지막을 준비한다.

마지막으로 모든 시민군들 도청과 도청 밖에서 시민군가를 부른다.

#6-4 죽음

(소리) 폭도들에게 알린다. 너희들은 완전 포위됐다. 무기를 버리고 어서 투항하라. 폭도들에게 알린다. 너희들은 완전 포위됐다. 어서 투항하라. 투항하라. 투항하라.

(소리) 시민 여러분, 지금 계엄군이 도청으로 몰려오고 있습니다. 여러분의 아들딸들이 죽어가고 있습니다. 어서 도청으로 와주십시오. 우리는 끝까지 싸울 것입니다. 우리를 잊지 말아주십시오.

헬리콥터 소리, 따발총 소리, 방송 소리가 새벽을 뚫고 들린다.

신재수 총에 맞고 안종팔 이어 문운동도 총에 맞아 쓰러진다. 다른 시민군들 다 총에 맞아 쓰러진다. 절규하며 사력을 다해 사람들을 지키려던 박선조 또한 다리에 총상을 입는다. 몇 명의 계엄군들 들어와 시체를 확인한다. 죽음을 확인하고 박선조를 끌고 나간다.

영상… 도청 앞 참담한 모습과 표창장 주는 장면…
도청 앞 대형시계가 문운동의 멈춘 시계를 보며 서서히 움직인다.

제 7 장

#7-1 진혼

시신들이 있는 도청.
김경숙, 안종팔의 시신을 보고 넋이 나간다.

사람들 시신에 태극기를 씌운다. 그리고 시신들을 들고 나가고 김경숙 오열한다. 음악과 함께 무용수의 진혼무가 이어진다.

김경숙 아가~

김경숙이 창자가 끊어질 것 같은 절규로 아들의 이름을 부른다.

에필로그

주제곡 「어느 봄날의 약속」 음악이 흘러나오고 사람들 노래를 부르며 봄날에 모이자는 약속처럼 산 자와 죽은 자들이 같이 모두 천천히 각자의 위치에서 밀고 들어오듯 나온다.

어느 봄날의 약속
봄이 오고 꽃이 피면 원치 않던 이별했던 날
죽음을 각오하고 끝까지 저항하며
벌이 날고 나비가 춤추면 자꾸 선명해지는 기억
다시 만나자는 약속 잊지 못할 그 약속
살아서 다시 보자는 멈춰진 그때의 시간 오월
지킬 수 없는 그 약속 어느 봄날의 약속

■ **이지현** 5·18민주화운동 부상자이자 연극배우, 극작가. 2010년 5·18민주화운동 30주년부터 문화·예술로 '5월 광주'를 알리자는 차원에서 연극을 시작. 처음에는 「애꾸눈 광대」라는 제하의 1인극으로 시작하여 2인극, 6인극, 10인극을 거쳐 25인이 출연한 「어느 봄날의 약속」 시나리오를 직접 쓰고 배우로 출연하기도 함. 이 작품은 무대극으로 시작하여 노래와 춤을 삽입하는 등 세미 뮤지컬로 변화하면서 총 250여 회의 공연으로 전국을 순회함.

연극 오월의 석류

양수근 작·연출, **푸른연극마을** 공연

이 작품은 한 가족의 상처를 통하여 5·18민주화운동의 비극을 말한다. 가해자의 처벌이 제대로 이루어지지 않은 상황에서 상처를 끌어안고 살아가는 피해자의 모습을 섬세하게 그려낸다. 이러한 상처는 가족, 특히 어머니를 회상하며 치유하고 극복하는 모습을 보여 주면서 해결 가능성을 모색한다. 이 작품은 2017년 5월 18일부터 6월 4일까지 〈극단 푸른 연극마을〉이 '씨어터연바람' 재개관 기념으로 공연하였다. 2017년 7월 22일에는 대한민국 소극장열전에 참가하여 경상북도 구미에 있는 '소극장 공터다'에서 공연했다.

등장인물

엄마(76. 혼령)
순심(56. 큰딸)
순철(53. 아들)
순영(48. 막내딸)
어린 순철(19. 고3)

연극

오월의 석류

양수근

무대

순심의 거실 겸, 마루.

한쪽으로 치워진 소파. 소파 자리에 비스듬하게 세워둔 병풍.

거실 뒤로, 작은 마당과 대문. 대문 위로 좁은 계단을 타고 앙증맞은 옥상.

옥상 위에 몇 개의 장독대.

오래된 석류나무. 석류가 빨갛게 익어가고 있다.

마당 빨래 건조대 위에 가지런히 널려 있는 수건들.

1장. 늦은 오후

음악이 흐른다.

무대 밝아지면 제기祭器들과 음식들을 거실로 내오는 순심.

마른 수건으로 제기를 닦는다.

순심　　고사리, 무나물, 도라지, 콩나물 …… 생선도 이만 하믄 넉넉 할 꺼이고. 남으믄 순영이 갈 때 싸주고 …… 가만 있자. 순영이는 늦을랑가 …… 석류를 몇 개 따야 쓸 거인디.

음식을 한쪽으로 치우더니 부엌으로 들어가서 바구니를 들고 마당으로 나선다.

작은 바람이 인다.

빗자루로 떨어진 낙엽이며 먼지를 쓴다.

순심　　혼자 사는 집인디도 아침에 쓸고 오후에 쓸고 ……

빗자루 치워 놓고, 옥상 계단을 오른다.

중간에 앉아 숨을 몰아쉰다.

순심　　계단 오르락거리는 것도 숨차다.

석류 나무에서 이파리 몇 개 떨어진다.

떨어진 석류나무 낙엽을 한쪽으로 치우는 순심.

순심　　올해는 가을볕이 좋아서 긍가, 석류가 잘 익었네. 때갈도 좋고.

(사이)

순심　　웃꼴 동호 아제네도 농사가 잘 됐담서 햅쌀을 두 가마니나 더 보냈드랑께. 냅두라고 해도 당췌 내 말을 들어주간디. 몇 마지기 안 되는 땅 붙여먹음서 쌀을 두 가마니나 더 보냈으믄 솔찮이 많은 양 아닌가.

(사이)

순심 사람이고 곡식이고 때가 되믄 익는 갑서. 곡식이야 목구멍으로 털어 넣기라도 하제만은 …… 보소. 나 잔 봐. 사람 익는 것은 아무 짝에도 씨알데기가 없네. 없어.

유독 눈에 들어오는 잘 익은 석류가 눈에 띈다.

순심 가만있자, 저놈을 ……

겨우 닿을까 말까 하는 석류.

순심 시고 달고. 요놈을 따서 술도 담고, 과즙도 내서 먹고, 그냥 쪽쪽 빨아서도 먹고 …… 사람 이빨도 석류맹키로 튼튼하고 가지런하믄 을매나 좋을까.

(사이)
한참 생각에 잠겨 있다.

순심 나도 인자 나이를 묵어서 긍가, 잇몸에서 피 나는 것은 일도 아니요. 뭘 씹어도 씹는 것 같덜 않고 …… 세월을 먹는 건지, 시간을 먹는 건지, 나이테가 오십하고도 여섯 개나 됐당께. 금방이네, 후딱 가불었어. 엄마는 내 나이 때 우쯕케 사셨소?

가지 끝 조금 먼 석류를 노려보는 순심.

순심　저놈이 질로 알차고 잘 익은 것 같어. (까치발을 들어본다. 그러나 여의치 않다) 왜? 내가 못 딸 것 같응가? 울 엄마 젯상에 저놈을 떡 하고 놔야 내 맘이 편하것는디 ……

팔을 뻗는다. 역시 잡히지 않는 석류.

순심　올해까지는 그럭저럭 내가 젯상을 볼 수 있을 것 같은디, 아무래도 내년부터는 순철이한테 맽게야 쓸랑갑서 …… 왜? …… 섭섭하시오? 섭해도 할 수 없어. 그것이 내 인력으로 되는 일이간디.

다시 팔을 뻗는, 그러나 닿지 않는 석류.

순심　보쇼. 인자는 요 석류 하나도 제대로 못 따는 것 잔 봐. (씁쓸한 웃음)

순심, 잠시 쉬었다가 다시 눈도장을 찍었던 석류에 손을 뻗는다. 그러나 역시 손이 미치지 않는다.

순심　뻴건 석류가 아가리를 쩍 벌리고 나 잡숫쇼 하고 있는디…… 오메, 당췌 손이 ……

골목에서 동생 순영의 소리가 들려온다. 여전히 손을 뻗어 낑낑대는 순심.

순영　(소리) 언니.
순심　……
순영　(소리) 나 왔네.

순심　　(대답을 하는 둥 마는 둥)

순영　　(소리) 순심 언니.

순심　　어, 왔니.

순영　　(소리) 문 열어.

순심　　편지통 안에 열쇠 있어.

순영　　(문을 따고 들어서는) 뭐해?

순심　　어?

순영　　(대문에 붙어 있던 광고 전단지를 들고) 이런 것 좀 떼고 살아 ……

순심　　어서 와 늦었다.

순영　　(전단지 보며) 중국집, 피자, 지붕개량, 치킨, 폭탄세일, 지저분하게, 사람 안 사는 집 같잖아. 그러다 도둑이라도 들믄 어짤라고.

순심　　뭐 훔쳐갈 게 있다고.

순영　　(전단지 마루에 놓고 벌렁 눕는다) 하늘 참 예쁘다.

순심　　가을이잖냐.

순영　　울 엄마 이 좋은 가을날 보고 싶어 어떻게 눈을 감았나 몰라.

순심　　뚱딴지같이, 그게 뭔 소리여.

순영　　몰라. 걸어왔더니 힘이 쭉 빠지네. 좀 땄어.

순심　　너 기다리다 목 빠지것다. 보고만 있지 말고 올라와서 거들어.

빨래 건조대에 널린 수건이며 옷들.

순영　　꼬실꼬실 잘 말랐다.

빨래를 턴다.

순영　　수건은 이라고 마당 햇볕에 바싹 말라야 냄새가 나덜 안 해. 아파트 베란다는 하여간 구려.

순심　　말뽄새 하고는. 올라오기 싫음 빨래나 걷어.
순영　　혼자 살면서 뭔 빨래가 이리도 많이 나왔대?
순심　　손님 오는데, 그럼 헌 수건 내놔.
순영　　치, 내가 손님인가.

순영, 빨래를 갠다.

순심　　(석류 따는 데 정신이 팔려)
순심　　박 서방은?
순영　　……
순심　　박 서방은 같이 안 왔어?
순영　　지 엄마 제사도 안 지내는 사람이, 장모 제사를 챙기겠어.
순심　　지 엄마가 뭐냐. 모냥없이.
순영　　나도 교회 다닐까 봐.
순심　　제사 지내기 싫다고 교회를 다녀?
순영　　뭐 어때.
순심　　말은 쉽다.

순영, 갠 빨래 마루에 올리고 건조대를 치운다.

순영　　좀 땄어?
순심　　구석에 대막가지 있을 거야. 들고 올라와.

순영, 대나무 들고 옥상으로 올라간다.

순영　　올해는 더 많이 영 거 같네. 주렁주렁, 아래서 볼 때랑 하고는 영판 다릉만 이. 음, 향기. (순심 바구니 보며) 인자 한 개 땄능가? 꼼지락 꼼지락, 좀 빠릇빠릇 해 버릇 해.

순심　　니도 나이를 묵어 봐라, 니 맘대로 됭가.

순영　　(따라하며) 니도 나이를 묵어 봐라, 니 맘대로 됭가.

순심　　뭐? (웃는)

순영　　나와 봐. 내가 할게.

순심　　손이 닿야 따제?

순영　　어디 보자 어디 보자. 어떤 놈을 따고 잪은디?

순심　　저 작것이 달랑 말랑 함서 아조 살살 약올린단 마다.

순영　　저 작것이 어째 울 언니 심사를 뒤틀려 놨다냐.

순심　　(눈에 찍어둔 거 보며) 조기. 봐 봐.

순영　　미친년 맹키로 입을 쫙 벌렸네.

순심　　미친년?

순영　　(입을 헤 벌리고) 봐. 똑같지?

순심　　(그 모습에 웃는)

순영　　(팔을 걷어붙이고) 조놈이 맘에 들어?

순심　　엄마가 그놈 잡숫고 잪다고 안 하냐.

순영　　(대나무를 이용해 가지를 당긴다)

순심　　옳제 옳제.

순영　　(가지를 잡아당긴다)

순심　　오지다 오져. 물감으로 기린 것맹키로 아조 이삐다.

순심, 가까이 다가온 잘 익은 석류를 딴다.

순영　　땄어.

순심　　응, 봐라. 크지, 알도 꽉 찼고. 엄마 좋아하시것다.

순영　　쪼개 봐. 먹어 보게.

순심　　(쫙 벌려 반쪽을 순영에게 준다)

먹는 자매.

순영　　음, 그래. 이 맛이야. 이 맛. 맛있다. 어쩜 이런 오묘한 맛이 날까. 언니 몇 개 더 따자. (엉덩이를 흔들며 가지를 마구 때리는)

순심　　야, 야. 살살. 살살.

순영　　(엉덩이를 더 흔들며)

순심　　가지 부러져.

순영　　석류 한두 번 따 봐.

순심　　누가 보믄 어짤라고 그냐?

순영　　보긴 누가 보간디? 엉덩이를 살랑살랑 흔듬서 따야 더 재미나제. 이라고. 막 흔들어주세요.

순심　　(어린아이처럼 웃는다)

순영　　(그 모습을 보고 따라 웃다) 언니도 해볼랑가. (엉덩이 흔들며)

순심　　냅둬. 흉해.

순영　　남들이 보면 두 아줌마들이 날구지하는 줄 알것네.

두 여자 한참을 웃는다. 그리고 딴 석류를 바구니에 담는다.

순심　　석류가 몸에 좋담서야. 골다공증, 피부미용, 신경통, 소화 불량, 특히 암에 그렇게 좋다글드라. (먹는다)

순영　　폐경기 다 지난 여자가, 몸에 좋아 봐야 어따 써.

순심　　(노려본다)

순영　　왜? 얼굴에 뭐 묻었대?

순심　　폐경기 지난 여자가 몸 챙기면 안 되냐.

순영　　아니, 내 말은 그냥. 혹시 언니?

순심　　혹시?

순영　　혹시 뭐?

순영　　남자 있어?

순심　　남자?

순영　그래 남자?

순심　이 나이에 남자는 무슨?

순영　남자 있제, 맞제?

순심　뭐?

순영　뭐하는 남자야. 재산은? 나이는? 초혼은 아닐 테고 …… 애 딸렸어? 애들은 몇이나 있고?

순심　(어이가 없다)

순영　설마? 초혼이야.

순심　너랑 말을 섞지 말아야지.

순영　있는 거 맞지.

순심　이 나이에 무슨.

순영　왜? 뭣이. 언니가 남자 만나는 것이 흉이당가 있음 있는 거제.

순심　…… 젯상에 석류 올리는 집은 우리 집밖에 없을 거야.

순영　말 돌리지 말고. 나도 형부 생기는 건가? 박 서방이 알면 정말 좋아하겠다.

순심　그런 거 없어. 석류나 따. 내년에는 석류를 딸 수 있을랑가 어쩔랑가 ……

순영　왜? 형부 될 사람이 집 싹 밀고 새로 집 짓제? 석류나무도 베어내고?

순심　참말로 얼척이 없어서. 남자는 무슨 남자. 그라고 우리한테 이 나무가 어떤 나무라고 베어내 베길.

순영　암, 요 석류나무가 그냥 나무간디. 우리한테는 엄마고 아버지나 다름없는 나문디. 엄마는 아버지 일찍 돌아가시고, 석류나무가 내 남편이다 생각하고 의지하며 살았응께. 기억나? 아버지가 이 나무 보면서 순심아, 순심아 했던 거.

순심　왜 안 나.

순영　유별났어. (변하며) 여하튼 형부 될 사람 나한티 젤 먼저 소개해. 알았지.

순심　　음마. (헛한 웃음)

순영　　약속한 거야.

순심, 나무를 보다가 한참 만에 입을 뗀다.

순심　　나 태어나던 해, 영암 독천 오일장 다녀오던 길에 어린 묘목을 샀다여. 물 주고, 퇴비 주고, 애지중지 키우셨다더라.

순영　　애지중지 키우셨지 당신 딸래미 대하듯.

순심　　저 골목에서 자전거를 끌고 들어오던 당신은 대문을 열자마자 "순심아, 순심아, 오늘은 얼매나 컸냐. 야, 오늘은 드디어 꽃이 폈구나. 하하하. 아이구 우리 순심이." 이러면 나는 방에서 정말로 내 이름을 부른 줄 알고 막 달려나와 "아부지 다녀오셨어라우." 문지방에 서서 우두커니 보면, 당신은 하루 종일 있었던 일들을 어린 석류나무에 대고 이야기해 주셨제. "오늘은 말이다 이 오전에 비가 와서 하루를 공칠 뻔했지 뭐냐. 다행히 점심나절에 비가 그쳐서, 어제 쌓아 뒀던 벽돌들 위로 세멘을 처발랐다. 너도 알지 내 솜씨? 모두들 박센, 박센, 나만 찾는단 마다. 허허. 순심아, 어디 아프지 말고 무럭무럭 커서, 저 하늘까지 닿거라." 그럼서 문지방에 서 있는 나를 봄서. "내 딸 순심이 고등학교 대학교 가고 시집가서 아들 딸 낳을 때까장 무럭무럭 자라서 보석 같은 석류 주렁주렁 열믄 사람들 다 모타놓고 맛나게 묵자. 알았쟈." (변하며) 평생 미장이가 천직이었던 아버지 ……

순영　　순심아, 순심아.

순심　　(보다가 웃는다)

순영　　아버지 돌아가시고 난 뒤부터는 엄마가 이라고 불렀잖아. 이 나무한티. 근디, 언제까지 불렀더라. 난 그게 생각이 안 나.

(긴 사이)

순심　　그날 이후.
순영　　맞다. 생각해 보니 그러네.
순심　　아버지 돌아가시고도 우리는 주눅들지 않었다. 어디 가서 아버지 없이 자란 새끼들이란 소리 듣지 않을라고 더 열심히 공부했고, 너랑 나랑 순철이랑 엄마랑 더 똘똘 뭉쳤제. 그런데, 그 모든 것들이 한꺼번에 물거품처럼 와르르 무너졌어.

(사이)

순영　　그래. 한꺼번에 물거품처럼 와르르.
순심　　그날 이후, 우리는 가족으로서 유지해야 하는 최소한의 것들까지도 비참하게 짓밟혔응께.
순영　　…… 언니, 나는 이 나무가 인자는 아부지 가꼬, 엄마 가꼬 그라네이.
순심　　…… 나도 그려.
순영　　이 나무가 언니랑 나이가 같다는 게 믿겨지지 않아.
순심　　듬직하지.

순영, 옹이가 박힌 가지를 유심히 본다.

순영　　언니, 여기. 맞지. 이 가지.
순심　　(보는) 그래.
순영　　엄마 목숨 살린 거야. 이 가지가.
순심　　아버지가 선견지명이 있었던 거지.
순영　　그런 셈이네.
순심　　많이 컸어, 그 후로도.

순영 응. 쑥쑥. 몸통도 두꺼워졌고.

순심 ……

순영 옹이가 단단해.

순심 세월이 그만큼 흘렀냐안.

순영 감쪽같다. 겉으로 봐서는 총 맞은 흔적 전혀 모르것네.

순심 시간이 깊어질수록 더 아물더라 …… 우리들 생채기도 이렇게 아물었어야 혔는디……

순영 만약에 이 나무가 없었으믄 어떻게 됐을까?

순심 얘가, 끔찍한 소리를 ……

순영 (갑자기) 탕탕탕탕탕탕탕, 드르르르륵, 탕탕탕탕.

순심 (화를 낸다) 그만해.

순영 왜 화를 내고 그래.

순심 놀랬잖냐.

순영 미안해. (긴 한숨)

순심 땅 꺼지것다.

순영 기일이라 그런가, 더 생각나네 울 엄마.

순심 괜히 옛날 일 꺼내고.

순영 언니.

순심 말해.

순영 나 그때 겨우 열네 살이었다 언니. 동트는 새벽이었어, 쓰러진 엄마의 몸에서 붉은 핏물이 옥상 계단을 타고 내려오는디 ……

순심 얘가, 그만하라니깐.

잠시 침묵.

순심 엄마 그렇게 되고도 대인시장으로, 양동시장으로 절뚝거리는 다리 끌며 우리 삼남매 먹여 살린다고 악착같이 사셨어. 장사

마치고 돌아오면 파김치가 된 엄마 몸에서 생선 비린내가 진동했지만, 우리 삼남매 엄마 곁에 딱 달라붙어서 한 이불 덮고 잤어.

순영　대단해, 울 엄마. 난 애 둘도 벅차 죽겠는데, 더구나 엄마는 남편도 없었잖아. 언니도 대단하고 또 한편으로는 미안하기도 하고.

순심　잡생각 하덜 말고, 야물딱지게 살아. 애기들 건사 잘 하고.

노을이 더 깊어진다.

순심　순영아?

순영　응.

순심　…… 내가 죽어 없어도 이 나무는 계속해서 자라것제. 지금 맹키로 주렁주렁 열매도 열릴 테고.

순영　기운 빠지게, 무슨 말을 그렇게 해.

순심　…… 신문, 봤니?

순영　무슨?

순심　이 동네도 재개발 된다드라.

순영　응, 박 서방한테 들응 거 같어.

순심　동명동, 지산동, 산수동, 그 많던 골목길이며 덕지덕지 붙어 있던 파란 기왓집들 다 사라지고. 봐라, 철둑길 옮겨간 자리에 아파트 들어슨 거.

순영　(말없이 언니가 바라보는 시선을 보는) 세상 변하는 것을 누가 막것어.

순심　그랑게 말이다. 저기 금남로. (사이) 많이 변했지?

순영　변했제. 불빛은 더 화려해졌고, 건물들도 더 높아졌응께. 그래서 난 슬퍼.

순심　어째서 슬퍼야?

순영 나이 묵는 일이 존 일인가.

순심 나이를 안 먹고 가만히 있다고 생각해 봐라, 그거이 존 일이것냐.

순영 아이고, 난 시간이 그냥 여기서 딱 멈춰부렀으믄 쓰것네. 남편, 새끼들, 뒤치다꺼리하느라 내 시간이 있기를 항가, 여행을 맘껏 해 보기를 했는가. 하고 잡은 것 맘대로 함서 살게 시간이 딱 멈췄으믄 좋것어.

순심 호강에 초치고 있는 소리 하고 있네.

순영 언니!

순심 있는 그대로 살아. 인생 별거 있냐. 싫으믄 싫은 디로, 좋으믄 좋은 디로, 그냥 물 흐르대끼 사는 것이 질이여.

순영 (순심 본다)

순심 왜?

순영 언니, (심각하게) 도 닦어?

순심 아니, (장독을 닦으며) 독 닦아.

순영 푸하하. 그러고 보니 언니 도사 같아. 얼굴도 희하고.

순심 뭐?

순영 (웃는다)

순심 해 끝이라 노을에 반사돼서 그라것제.

순영 개발되면 우리 석류나무 어떻게 하지?

순심 어떻게 되겠지.

순영 그나저나 우리 집 옥상 정말 오랜만에 올라와 보네.

노을이 깊어진다.

순심 참, 너 된장 떨어졌다고 했지야. 올라온 짐에 퍼갈래? (장독 뚜껑을 연다)

순영의 코끝을 자극하는 냄새.

순영	(손가락으로 된장을 찍어 먹고 한동안 말이 없다)
순심	왜? 짜냐?
순영	……
순심	왜? 이상해?
순영	언니, 난 왜 이 맛이 안 날까? 엄마 생각난다. 엄마가 담궜던 그 맛, 그대로네. 사실 작년에는 언니 된장이 좀 짭짤했거든.
순심	그랬어? 그럼 말을 하지.
순영	아냐, 그래도 먹을 만했어. 맛있었어.
순심	소금을 잘못 썼는갑드라 구린내도 나고.
순영	으짠지. 난 맛이 변했나 하고 암말도 앙코 그냥 묵었네.
순심	올해는 메주가 잘 떠서 그랑가 떼깔도 좋고 맛나지야?
순영	난, 왜 이 맛이 안 날까?
순심	콩이 좋냐 안. 웃꼴 동호아제가 여간 깐깐한 사람이간디, 콩이믄 콩. 고구마믄 고구마, 나락이믄 나락, 어디 하나 허투루 농사짓든. 콩이 좋응께 된장 맛이 좋고, 된장 맛이 종께 장맛이 좋제.
순영	아냐, 내 보기에 장독에 무슨 비밀이 숨어 있는 거 같어. 이 독에다가 된장을 담그믄 된장이 맛나고, 장을 담그믄 장이 맛나고, 김치를 넣으믄 김치가 맛나고, 싱건지를 넣으믄 싱건지가 맛나고 …… 글고 봉께 엄마가 담궈줬던 싱건지 생각나네 …… 고등학교 2학년 땐가 동지가 갓 지나고 눈이 펑펑 쏟아져서 왜 학교가 하루 동안 휴교한 적이 있었잖아. 하루 종일 집에 있을랑께 좀이 쑤시간디. 언 얼음 살포시 걷어 올리고 무시 몇 개랑 싱건지 국물을 떠서, 푹 삶은 고구마랑 묵는디, 워따 언니, 나는 여태 삼서 그때 먹었던 고구마랑 싱건지 맛을 잊을 수가 없당께. 아, 싱건지 국물. 으, 생각만 해도 뼛속까지

시원해진다. (입맛 다신다)

순심 그래. 나도 눈대중으로 엄마 맛을 많이 따라갔다고는 생각혔는디, 아무래도 그 시절 묵든 싱건지 맛은 영 못 내는 것 같어.

순영 이 독에 뭔 비밀이 숨어 있을까?

순심 비밀?

순영 엄마랑 아조 궁합이 딱딱 맞는 독 아닌가. 이런 장독은 아파트에 절대로 못 둬. 그러니까 이 독은 여기에 천년만년 남겨뒀다가, 우리 집 장맛을 대대로 물려줘야 한당께.

순심 누가?

순영 언니제 누구여.

순심 입만 살아가지고. 내가 천년만년 살 것 같어. 니도 애기들 생각해서 직접 담궈. 엄마가 담궈 버릇해야 애들도 난중에 엄마 맛을 찾제.

순영, 번쩍 생각이 나서.

순영 참, 된장, 나 많이 퍼줘. 우리 애들이 이모 된장이라면 자다가도 벌떡 일어나. 감자 넣고, 애호박 넣고, 청양고추 넣고, 두부 송송 썰어서 자글자글 끓이믄 …… 아, 입에 침 고이네.

순심 박 서방은 안 좋아하냐?

순영 장모 제사 때 코빼기도 안 비친 박 서방 뭐가 이쁘다고 많이 퍼줘.

순심 며칠 전에 다녀갔어 박 서방.

순영 박 서방이. 왜?

순심 제사 때 쓰라고 쇠고기 몇 근 떠서 왔더라. 오늘 출장 간담서. 잘 해. 박 서방만 한 사람 없어.

순영 나한테 암말도 없던디.

순심 원래 착한 일은 남 몰래 하는 거여.

순영, 계단을 타고 내려와 거실 안 부엌으로 들어간다.

건너편 골목에 가로등이 켜진다. 덕분에 무대는 어둡지만, 옥상은 조금 더 밝다.

바람이 분다.

순심　　순영이는 그냥저냥 잘 살꺼잉께 걱정하덜 말어. 성깔이 좀 욱해서 그라제 뒤끝 없는 천상 순둥이여. 그라고 박 서방이 워낙 잘 하고, 또 즈그 애기들도 말썽 피우는 놈 없이 공부도 잘 항가 안. 순철이? 순철이는 이따가 온다고 했응께, 올해는 엄마도 볼 수 있것네 …… 나는 바람처럼 휙 떠나불믄 그만이제. (가슴의 통증) 괜찮해 …… 아직은 숨 쉬는 것도, 침을 생키는 것도 암시랑토 안 혀.

순영　　(안에서) 언니? 프라스틱 통이 하나도 안 보이는디.

순심　　(장독에 쪼그려 앉는다)

순영　　(안에서) 언니?

순심　　(겨우 겨우) 잘, 찾아봐.

순영　　(안에서) 없어!

순심　　찬장 빼간 열어 봤냐.

순영　　(소리) 뭘 이라고 복잡하게 쌓아뒀대.

순영, 약 봉투를 들고 나와서 흔들어 본다.

순영　　(무심코) 언니, 어디 아파? 약 봉투가 잔뜩이네.

순심　　어, 어. 소화가 통 안 돼서.

순영　　부엌도 어수선하고.

순영, 약 서랍에 넣는다. 플라스틱 통 하나를 챙겨들고 나온다.

순심　　그러게 니가 일찍 와서 전도 부치고, 생선도 굽고, 떡도 찌고 그라제.

순영　　(경대에 놓인 편지를 본다. 한동안 말이 없다)

순심　　(거실 쪽을 내려다본다)

순영　　(편지 읽는다)

순심　　뭐하니?

순영　　……

순심　　순영아?

순영　　……

순심　　얘?

순영　　(다짜고짜) 오빠 와?

순심　　……

순영　　오빠 오냐고?

순심　　(순영을 내려다보기만 한다)

순영　　언니?

순심　　……

순영　　순심 언니?

순심　　…… 그래.

순영　　언니.

순심　　그래. 온다고 와.

순영　　차, 손님이 온다고. 그래서 묵은 수건까지 빨아서 널어놨어. 혹 그 새끼가 싫어할까 봐.

순심　　순영아.

순영　　(플라스틱 통 팽개치고) 된장이고 뭐고 갈래.

순영, 옷을 추슬러 입고 나갈 태세다.

순심 제사는?

순영 오빠 오면 같이 지내, 난 몰라.

순심 박순영.

순영 뭐든 지 맘대로야. 이민을 갈 때도 지 맘대로고, 올 때도 지 맘대로야.

순심 (옥상에서 내려온다) 내가 불렀어. 내가.

순영 왜? 그 새끼를 왜 불러.

순심 니 오빠야.

순영 난 그런 새끼 오빠로 둔 적 없어.

순심 너 정말 …… (가슴에 통증이 있으나 그러나 참는다)

순영 악마 같은 놈. 오면 소금을 확 뿌려버릴 거야 내가.

순심 뚫린 입이라고 말 함부로 뱉지 마.

순영 언니는 그 새끼가 뭐가 좋다고 불러들여. 어, 재개발 되니까 지 앞으로 뭐 떨어질 거 없나 하고 들어오는 거야. 그런 거야? 맞네. 아무리 오래된 주택이라도 시내에서 가까웅께 값도 잘 쳐줄 꺼이고, 조만간 요 앞 오거리로 지하철 들온담서, 요새 집값 들썩들썩한다는 소문도 돌고.

순심 순영아. 아냐, 그런 거.

순영 뭐시 아녀. 아니긴.

순심 우리의 상처도 저 나무에 박힌 옹이처럼 아물어야 하덜 않것냐.

순심, 순영이 들고 있는 옷을 받아서 마루에 내려놓는다.

순영 엄마 상 당했을 때도 그래. 호주에서 왔다는 핑계로 문상객들한테 고개 몇 번 조아리는 것밖에 더 했어. 뒤치다꺼리는 나랑 언니랑 박 서방이 다 했다고. 지가 한 게 뭐야. 아들 노릇 제대로 한 적 있어. 따지고 보면 엄마 다리 병신된 것도, 다 오빠 때문이야. 지가 알긴 뭘 안다고 총을 들고 설쳐. 1980년 5월 오빠 겨우 고등학교 3학년이었어. 머리에 피도 안 마른 나이었다고. 젊은 혈기에 왜 설쳐 설치긴.

순심　그만해.

순영　오빠가 총만 들고 다니지 않았어도. 우리 가족 행복하게 살 수 있었어. 비록 아버지는 안 계셨지만. 이렇게까지 개차반 되진 않았을 거라고.

순심　다 지난 일이야.

순영　억울해서 그래. 억울해서. 특별법 만들어지고 엄마 앞으로 나온 보상금도 전부 오빠 밑구녁으로 들어갔잖아.

순심　엄마가 결정한 거야. 그 돈. 내 돈도, 니 돈도 아닌, 엄마 다리 병신 됐다고 국가에서 배상한 보상금이었어.

순영　그러니까 더 억울하지. 엄만, 당신 앞으로 단 한 푼도 쓰지 않았어. 왜 오빠 앞으로 다 쑤셔박아. 그래놓고 사업이나 잘 했어. 다 말아먹고, 훽 하고 호주로 떠났잖아.

순심　그래서? 그래서 넌 어떻게 할 건대?

순영　뭘?

순심　계속 이렇게 떨어져서 원수처럼 살래?

순영　갈라네. 난 감정이 아직 그래. 미안해.

순영, 대문을 열고 나가는데 그 앞에 순철이 서 있다.

순철　(안으로 들어선다)

순심　…… 순, 순철아 ……

순철　(멀뚱하게 쳐다본다)

순심　언제부터 거기 서 있었냐. 왔음 들오제.

순철　뭐해? 소금 뿌리지 않고.

순영　(외면한다)

순철　야, 석류. 우와. 순심이 나무, 너 오랜만이다. 누이, 우리 석류나무 더 큰 거 같네. (나무를 보며) 순심아, 순심아. 내가 왔다. 순심아.

순철, 단숨에 옥상으로 올라가 석류를 딴다.

순영이 대문 밖으로 나가려 한다. 순심이 옷자락을 잡는다.

순철, 석류를 반으로 쪼갠다. 보석처럼 박혀 있는 알맹이를 입으로 빨아들인다.

순철 아. 맛있다.

순영 (씩씩거린다)

순철 응. 허허. 맛있어.

순영 미친놈.

순철 장독들도 여전하고, 기왓장으로 맞닿아 있는 지붕들도 그대로고, 여긴 예나 지금이나 똑같네. 응?

순심, 대문을 닫고 그 앞에서 막는다.

순철 맛있네. 호주 과일은 뭘 먹어도 느끼해서 금방 뉘났는디.

순영 (나직이) 미안해 갈래. 웃고 있는 저 모습을 봉께 속에서 더 열불나네.

순심 순영아.

순철 (내려오면서) 박순영, 쌀쌀맞기는 …… 성깔 여전하네. 엄마 돌아가시고 십 년 만이다. 인사는 하고 가라.

순심 그래. 들어가자들. 응.

순철 야, 박순영.

순영 내 이름 함부로 부르지 마 더러워져.

순철 (단번에 내려와) 뭐?

순영 너랑 말 섞는 것도 역겨워.

순철　이게 정말. 누군 여기 오고 싶어서 온 줄 알아. 누나 뭐야? 초장부터 왜 문전박대대. 얘 뭔데 나한테 눈 부릅뜨고 지랄이야 지랄이.

순영　지랄? 누가 누구한테 지랄이래 지랄은. 지랄은 니가 하고 다녔어. 알아.

순영, 순철 금방이라도 엉겨붙어 싸울 태세다.

그때 대문이 스르르 열리고, 엄마가 들어선다.

순심　엄마.

엄마　(그냥 웃는다)

순영, 순철　(순심을 본다)

순심　엄마 오셨다.

순영　…… ?

순철　? ……

순심　니들 그만 싸워. 엄마, 애들 지금 싸우는 거 아냐. 너무 좋아서 그래. 오랜만에 모탰응께 을매나 할 말들이 많것는가. 춥지라우? 언능 드갑시다. (동생들 보며) 뭐하냐. 엄마 안 모시고. 언능.

엄마　(웃기만 한다)

순심　…… 우리 엄마 죽어서도 다리를 저네.

순철　(동시에) 누나.

순영　(동시에) 언니.

암전.

희미한 빛, 무대 전환하는 배우들 모습 어렴풋이 보인다.

음악이 흐른다.

2장. 밤

음악 잦아들면, TV 뉴스 들린다. 전두환 은닉 재산에 대한 뉴스.

순철은 지방을 쓰고 있다.

뒤쪽에 앉아 밤을 깎는 순영, 그러다가 제기를 닦아 상 위에 올린다.

엄마는 한쪽으로 치워진 소파에 앉아 곤히 자고 있다. 뉴스 소리 잦아들면서 ……

순심　엄마가 먼 길 오시느라 피곤하신 갑다?

순영　(순심을 본다)

순심, 담요를 꺼내와 엄마를 덮어준다.

순심　애기맹키롱 암 말도 안코 푹 주무시는 것 잔 봐야.

순철　누나.

순심　이 먼 곳까지 오느라 얼마나 다리가 저릴꼬. (엄마의 발을 주무른다)

순철　적응하기 힘들잖아.

순영　언니.

순심　(여전히 발을 주무른다)

엄마　(눈을 감고) 이, 이. 간지라.

순심　알았어. 조금만.

순영　언니?

순심　(발만 주무른다)

순영　언니!

순심　응? 왜?

순영　언니. 제발. 왜 그래.

순심　왜? 뭐?

순영 정말 엄마가 보이는 거야. 분위기 어색하니까 연극하는 거야.

순심 쉿! 잠 깨실라.

순영 언니!

순심 엄마도 앙갚제. 순철이가 온 것을. 긍께 저라고 편안하게 주무시제. 해마다 다녀가심서, 음식이 짜네, 다네, 싱겁네, 소금 잔더 치제, 떡이 설익었네, 식혜를 할 때는 엿지름을 좋은 걸 써야 되네, 고춧가리를 빻을 때는 맵더라도 그 자리를 지키고 있어야 한네. 하이고, 잔소리만 잔소리만 늘어놓더니. 오늘은 밸라도 얌전하시다야.

순영 (한숨)

순철, 어색한 상황을 바꿔 보려고 과장되게 입을 연다.

순철 명필이네. 누이, 나 없을 땐 지방 누가 썼나?

순심 (순영이가 했다고 턱짓)

순철 (깎아놓은 밤을 우걱우걱 씹어먹는다) 맛나네, 밤. 햇밤인가.

순영 애써서 깎아놨더니, 하여간 주서먹는 것은 선수여. (뺏는다)

순철 왜 그러냐 유치하게.

순영 유치? 그래, 니 눈에는 내가 퍽도 유치하겠다.

순철 야!

순영 소리 지르지 마. 어따 대고 큰소리야.

순철 이게 정말.

순영 나 지금 기분 좋아 이러고 있는 거 아니야. 언니 봐서 참고 있는 거야. 심사 건들지 마.

순철 이게 아까부터, 너 계속 이렇게 나올래. 어!

순영 (무시한다)

부엌 압력밥솥 방울이 돌아가는 소리가 경쾌하다.

순심　　애, 애. 순영아, 밥솥 돈다. 불 좀 꺼라.

순영　　(부엌으로 간다)

순철　　보자 보자 하니까.

순심　　…… 애들은?

순철　　……

순심　　다들 잘 있지?

순철　　(화를 삭인다)

순심　　학교는 잘 다니고?

순철　　…… 그렇지 뭐.

순심　　올케는?

순철　　응?

순심　　건강하고?

순철　　그렇지 뭐.

순심　　연락 좀 하지.

순철　　그렇게 됐네.

순심　　사업은?

순철　　그냥, 저냥.

순심　　애들 잘 키우고, 잘 살았으면 됐다.

(한참 사이)

순철　　누이는?

순심　　응?

순철　　누난 어떻게 지냈어?

순심　　나?

순철　　그래. 여태 혼자야?

순심　　(웃는다)

순철　　왜?

순심　　이 나이에, 누가 나를 데려가겠니.

순철　　왜 그래, 아직 한창이구만.

순심　　그렇게 보이냐.

순철　　분 바르고, 밍크 걸치고, 명품빽 하나 들고 나서면, 뭐 그럴싸하겠네.

순심　　다 때가 있는 법, 에둘러 말 안 해도 내 몸 시든 거 다 안다. 지는 꽃 어떤 벌 나비 쳐다보것냐.

순철　　왜 그럴까. 내가 품질 보증할 테니 누구든 만나. 만나고 보는 거야. 뭐 어때.

순영, 김 나는 하얀 밥을 가져온다.

순영　　언니가 여태 왜 혼자 사는데 ……

순철　　말끝에 뼈가 서려 있다, 너.

순영　　언니 결혼자금까지 털어서 너 이민 갔잖아.

순심　　얘, 그만해.

순영　　언니가 왜 여태 혼자 살았는지 몰라서 물어, 너 바보야? 천치야? 아님, 머저리야?

순심　　그만하라니까 다 지난 일이래도.

순영　　언닌 저 새끼한테 억울하지도 않아. 언니 그 남자 좋아했잖아. 혼수 준비한다고 엄마랑 백화점 돌아다니면서 이불도 보고, 가전제품도 고르고, 하다못해 그릇까지 꼼꼼하게 챙겼잖아.

순심　　인연이 아닌 사람이었어.

순영　　오, 인연도 아닌 사람이었는데 결혼 파투나고 땅이 꺼지도록 꺼이꺼이 울었어. 저 새끼 이민 간다고 언니 결혼자금까지 바리바리 싸들고만 갔어. 그때 결혼만 했어도 언닌 지금 한 남자의 아내로 엄마로 살아가고 있을 거라고? 그런 니가 언니한테, 뭐, 지금이라도 남자를 만나. 너 말 참 쉽고 짧다.

순철　(순영의 멱살을 잡는다)

순영　치겠다 너.

순철　계속 깐족댈래.

순영　왜? 왜? 억울하면 가서 성공이라도 하지. 왜!

순심　(눈물을 훔친다) 그만해. 엄마 보고 계셔.

(사이)

순심　오늘은 그냥 차분하게, 오랜만에 만났으니까, 제발. 응.

순철　(뿌리친다) 에이, 씨.

(사이)

순심　뭐해. 상 안 차리고. (한쪽으로 가서 통증을 누르고 있다)

순영　언니?

순심　가뜩이나 소화가 안 돼 힘들구만, 너희들까지 왜 그러냐 애들 같이.

모두, 상을 차린다.

순철　(향을 피운다)

순영　(잔에 술 따라 올린다)

모두, 예를 갖춰 고개를 조아려 절을 한다.
엄마, 후미진 구석에 앉아 눈물을 찍는다.

순심　울긴 왜 울어, 이 좋은 날.

엄마　좋아서 운다. 좋아서.

순영　언니, 나 그만 갈게. 오늘 정말 적응 안 된다. 언니도 좀 이상하고, (순철 보며) 저 인간 보고 있자니 울화가 터지기도 하고.

순철　아니, 내가 갈게. 어차피 불청객은 나다. 기름처럼 둥둥 떠 있는 내가 가마.

순철, 짐을 추스르고 …….

순심　(사이) 좋아, 가. 가더라도 앞으로 엄마 제사랑 아버지 제사는 순철이 네가 가져가.

순철　아니, 갑자기 제사 얘긴 왜 꺼내. 알잖아. 내 형편.

순심　그리고 순영이 너 아무리 부정해도 순철이 네 오빠야. 그거 인정해.

순영　저런 새끼 보고 나더러 오빠라고 부르라고. 차라리 지나가는 개를 보고 오빠라고 하겠다.

순철　(순영이 빰을 때린다) 보자 보자 하니까. 뱉으면 다 말인 줄 알아!

순영　야! 왜 때려. 왜. 이, 개만도 못한 새끼야.

순영, 순철의 멱살을 잡고 놔주질 않는다.
마루에서 한바탕 마루에서 뒹구는 순철과 순영.
보다 못한 순심, 술을 두 사람에게 뿌린다.

순철　앗, 차거.

순영　언니!

순심　애들처럼 꼭 그렇게 치고받고 싸워야겠냐.

순철　쟤, 꼬라지 보고도 그런 말이 나와.

순심　참아.

순철　(동시에) 누나!

순영　(동시에) 언니!

순심　나도 평생을 참고 살았어.

순철　(씩씩댄다)

순영　으이그, 씨.

순심　이렇게 싸우믄 어떻게 하리? 말해 봐라. 내가 니들한테 뭘 어떻게 해줄까. 십 년 만에 만난 남매 재회가 기껏 이거냐? 우리 집안 정말 이 정도밖에 안 되는 콩가루였어. 나 니들 어떻게든 화해시키려고 다 보자고 했다. 할 이야기도 있고. 그런데 이게 뭐냐? 입이 있음 말을 해 봐라?

순철　미안해.

순영　난, 내 인생에서 박순철이라는 이름 석자 지우고 산 지 오래됐어.

순철　도대체 내가 너한테 뭘 그렇게 잘못했냐. 엉?

순영　그래, 넌 항상 그렇게 당당하더라. 너만 아니었으면, 설치지만 않았으면 이렇게까지 안 됐어.

순철　내가 뭘?

순영　왜 총을 들고 설쳐 설치길.

순철　나만 들었냐? 이 도시에 살던 건장한 남자라면 다 들었어 총.

순영　넌 고등학생이었어 그때.

순철　친구들이 총에 칼에 몽둥이에 죽어나가는데, 그럼 가만 보고만 있어. 최소한 비겁자로 살고 싶진 않았어.

순영　비겁자. 너 때문에 엄마가 총에 맞고, 평생 다리를 땅에 끌고 다니며 살았어. 그깟 비겁자란 소리가 뭐 어때서. 총을 맞으려면 총든 네가 맞았어야지, 왜 애먼 엄마가 맞아.

순철　차라리 그때 도청에 남아 끝까지 싸울걸.

순심　……

순철　장렬하게 죽었더라면 순영이 네 인생이 더 행복했겠냐.

순영　(단호하게) 그래.

순심　순영아. 마음에도 없는 소릴 왜.

순철　　허, 나라고 고통이 없었겠냐. 어차피 난 살아가는 내내 비겁자로 낙인 찍혀 있어. 나만 살겠다고 도망쳤으니까. 매일 밤 쫓기는 꿈을 꾼다. 뛰어도 뛰어도 다시 그 골목길 모퉁이. 아무리 뛰어도 난 벗어날 수 없어. 시시때때로 그때의 악몽이 떠올라 잠들 수 없다. 아까 택시를 타고 오는데, 금남로 도청 앞, 그 음습했던 새벽이 떠올라 소름 돋더라.

멀리, 총소리 들린다.

순철의 환영으로 들려오는 그날의 상황들.

순심, 순영, 먼 하늘을 본다. 마치, 그날의 일들이 떠오르는 듯.

총소리 가깝게 멀리서 들려온다.

무대 어두워지면, 가두방송을 하는 여인의 안타까운 소리, 소리, 소리.

순철에게 떨어지는 작은 조명, 그는 과거의 모습을 객관자의 시선으로 보고 있다.

소리　　광주시민 여러분. 우리를 지켜주십시오. 우리는 반드시 승리할 것입니다. 위대한 광주시민 여러분, 우리의 싸움을 기억해주십시오. 지금 계엄군들이 광주 시내로 쳐들어오고 있습니다. 총을 든 시민 여러분들은 도청으로 집결하십시오. 시민 여러분, 시민 여러분 ……

방송 멀어지면, 무대 밝다.

3장. 과거

어린 순영, 이불을 뒤집어쓰고 벌벌 떨고, 엄마는 대문을 나서려고 한다.

그러면 순심은 엄마를 말린다.

엄마　나가야 혀. 나가 봐야 혀.
순심　엄마, 안 돼. 나가면 죽어.
엄마　순철이가 배깥에 있는디, 우리 순철이가 도청에 있을 거여. 내가 나가 봐야제. 에미를 을매나 애타게 찾고 있것냐.
순심　내가 나갔다 올게. 엄만 안 돼.
엄마　니가 왜 나가. 내가 나갈 거여. 내가.
순심　안 돼. 엄마도 죽어.
엄마　오메, 순철이 아부지. 제발, 우리 순철이 좀 살려주쇼.

들리는 총소리.
두 모녀 껴안고 마당에서 벌벌 떤다.
탱크의 진동 소리, 소리.
기관총 소리들.

엄마　저것들이 탱크로 다 밀어 불랑갑네. 다 죽여불랑갑서. 오메, 오메 …… (기어이 대문을 열고 나가려는데)
순심　엄마! 그러면 같이 나가.

어린 순영, 이불을 뒤집어 쓴 채, 뛰쳐나와 대문을 막아선다.

순영　가지 마. 나, 무서워.
엄마　……
순심　순영아.
순영　무서워 ……
엄마　내가 미친년이다. 내가 죽일 년이여. 순철이를 애초에 못 나가게 했어야 혔는디, 내가 말렸어야 혔어. 다리 몽뎅이라도 분질러서 다시는 밖으로 못 나게 했으야 혔당께. 오메, 오메. 나는 우째야 쓰까이. 죽어서 느 아부지 보믄 뭐라고 하까이. 순철이 아부지 지발, 삼대 독자 우리 순철이 좀 살려주쇼, 예? 순철이 아부지 ……

순심　엄마 ……

엄마　전쟁도 이런 전쟁이 없네. 생지옥도 이런 생지옥이 읎어.

순심　엄마, 차라리 내가 나가 볼게. 도청에 가서 순철이 데꼬 올게, 안 오믄 머리 끄댕이라도 끌고 오께. (대문을 잡고 당긴다)

순영　(꼼짝 않고 그 자리에서 버틴다)

순심　순영아, 비켜.

순영　(고개만 젓는다)

순심　오빠, 살려야제. 순철이, 대꼬 와야제.

순영　(울기만 한다)

순심　오빠 살려야쓰꺼이 아니냐.

순영　그라다 다 죽어 …… (여전히 울기만 한다)

침묵.

총소리도, 아무런 소리도 들리지 않는다.

세 모녀, 뭔가에 이끌린 듯 허공을 응시한다.

간헐적으로 들리는 총소리.

멀리서 누군가의 비명 소리 들렸다 사라진다.

순심　다 끝나붓는 갑네.

엄마　안 돼야. 안 돼. 우리 순철이를 봐야 돼.

엄마, 옥상으로 올라간다.

엄마　순철아, 순철아.

엄마, 옥상 난간에 손을 잡고 고개를 길게 빼서 도시를 내려다본다.

폭탄보다 크게 들리는 총소리 **"탕!"**

엄마　　헉 ……

석류나무 굵은 가지 하나, 총에 맞고 꺾인다.

엄마　　어.

순심　　(옥상으로 달려간다) 엄마!

엄마　　(허벅지를 손으로 감싼다)

이와 동시에 격하게 들리는 대문 두드리는 소리. 어린 순철(이하 '어린')이다.

어린　　(다급하지만 나직이) 엄마! 문 열어, 문. 나여 나. 순철이여. 언녕, 빨리 열랑께 ……

엄마　　…… 순, 순철아. 문 열아. 문 ……

순영, 문을 연다.

총을 들고 들어서는 어린 순철, 얼굴에는 땀으로 범벅이 됐다. 조명 속 순철, 격하게 흔들리더니 외마디로 자신의 이름을 부른다. "순철아, 차라리 그때 죽어불제. 모지란 놈."

순심　　순철아.

어린　　엄마, 왜, 그래. 왜?

순심　　어짜믄 좋으냐, 어짜믄 좋아. 엄마, 엄마, 정신차려, 엄마 ……

엄마　　쉿! 총, 그 총 ……

순영　　(얼른 대문을 닫는다)

엄마　　숨겨, 니 총 말이여 ……

순철, 어린 순철의 총을 빼앗아 석류나무를 아래 흙을 판다. 그리고 그 속에 총을 숨기고, 화분이나 벽돌 등으로 숨긴다.

순철　　멀리 도망가부러. 암도 모르는 디로 내빼불란마다. 언넝.

순철, 그리고 그 자리에 주저앉는다.
순영, 옥상으로 올라가 담요로 엄마를 덮는다.

순영　　피, 엄마, 피 …… (운다)

어린, 옥상으로 올라가 엄마를 엎고 내려온다. 엄마, 고통스러워한다.

순심　　엄마, 병원 가자. 병원 가.
어린　　안 돼. 지금 밖에 나가면 폭도로 몰려 다 죽어. 개죽음 돼. 어른 아이 할 것 없이 닥치는디로 죽이고 있어. 사냥을 하고 있당께.
엄마　　…… 나는 되얐다, 나는 되얐어, 순철이 살아 돌아왔응께 ……
어린　　엄마, 말하지 마.
순영　　(울기만 한다)
엄마　　내 새끼 …… 살아 돌아왔음 됐다 …… 내 새끼 ……

여명이 밝아온다.
아침 공기를 가르며 계엄군의 방송 소리(당시 실제 아나운서가 라디오에서 했던 그 내용이어야 한다) 선명하다.

순심　　일단 지혈을 해. 넌, 들어가서 깨끗한 수건을 내오고. 순영이 넌 물을 끓여.

순영 (울기만 한다)

순심 어서.

순영 (어찌할 바를 모르고 당황한다)

순심 내 말 안 들려. 빨리!

순영, 얼른 안으로 들어간다.

순심 피가 멈추질 않아.

엄마 (순심의 손을 꽉 잡는다)

어린 엄마, 죽지 마. 내가 잘못했어 ……

엄마 그랴 …… 그랴 ……

누군가 대문을 두드리는 소리.

순철, 순영, 엄마 눈치를 보고 몸이 굳는다.

긴 암전.

4장. 현재, 새벽

여전히 들리는 대문 두드리는 소리.

순영 (소리) 박순철, 박순철.

무대 밝아진다.

순영, 마당에서 대문을 두드리고 있다.

순심과 순철은 제상 앞에, 엄마는 자고 있다.

어린 순철은 엄마 발을 주무른다.

순영　여기 박순철 집 맞소? 동에서 나왔소. (변하며) 박순철, 박순철, 여기 박순철이 집 맞소? 정보과서에서 나왔습니다. (변하며) 박순철, 박순철 함부로 주둥이 나불대지 말고 살아. 까딱 잘못하면 죽는 수 있다. (순영으로 변해) 하루가 멀다 하고 이놈 저놈 즈그 집 안방 들오대끼 찾아와. 뻑하면 대문을 두드리고, 발로 차고, 엄마를 끌고 가, 언니를 끌고 가, 중학생이 되고, 고등학생이 될 때까지, 그놈들 내 뒤까지 악착같이 따라댕겼서. 잘난 오빠 둔 덕에, 우리 가족들이 당한 고통, 난 지긋지긋해. 그래서, 그래서 내 인생에 박순철이라는 이름 석 자 지우고 살아. 난, 오빠 너 호주로 이민 갈 때 쾌재를 불렀다. 잘됐다고. 만세를 불렀어. 허, 근데. 엄마가 국가에서 나온 보상비까지 다 오빠 뒷구멍에 쑤셔 박았더라. 우리 엄마. 불쌍한 우리 엄마, 허벅지에 총 맞고, 변변한 치료도 제때 못 한 우리 엄마. 잘난 아들이 뭐가 좋다고 …… 억울하고 분통 터져서 ……

어린　미안해 누나. 정말 미안해.

순철　미안하다 순영아.

순영　(제상 위에 대추를 집어 순철에게 던진다) 이, 웬수. (운다)

순철　피 튀기던 그날 새벽. 함께 외곽을 돌던 아저씨가 다급하게 나를 찾아와서는 다짜고짜 나가라고 했다.

어린　왜요? 왜 제가 나가야 됩니까. 왜?

순철　(뺨을 때린다) 살아. 살아서 오늘을 증언해야 할 게 아니냐. 어서 나가!

어린　아저씨.

순철　엄마를 생각해라. 가, 인마. 언넝!

어린　아저씨!

순철　어서.

어린　싫습니다.

순철　(어깨를 후려친다) 가 새끼야. 꺼져. 뒤도 돌아보덜 말고, 달려. 살아라 꼭.

어린, 순철과 이별하고 사라진다.

순철　광주를 떠나야 혔어. 이 도시를 뜨지 않고는 도저히 살아갈 자신이 없었다. 매일매일 시달리는 악몽. 함께 총을 들었던 사람들이, 나를 찾아와, 배신자, 배신자, 이렇게 손가락질하곤 사라졌어. 항쟁이 끝나고 상무대로 끌려 가서 군법회의에 넘겨지고, 일 년을 복역하고 나왔지만. 난 이미 사회의 낙인찍힌 지라 그 어디서도 일자리를 구할 수 없었어. 눈을 마주치면 사람들이 나를 피해. 왜? 내가 무서워서? 아니야 나랑 이야기를 섞으면 그들이 피해를 보기 때문이었제. 내가, 이 박순철이, 고등학교 3학년밖에 안 된 박순철이 총을 들고 싸울 수밖에 없는 세상을 원망했다. 총을 든 걸, 후회했다. 시간이 가고 또 가고, 학살자들이 역사의 심판대에 올라서서도 난 두 발을 뻗고 잠을 못 잔다.

순영　이 바보야. 권력을 침탈했던 군인들은 아직도 떵떵거리며 살아. 억울하게 고통받는 건 여전히 우리들이라고. 알아?

순철　씨발, 울 엄마 보고 싶네.

순영　염병하네. 사람 심사 들었다 놨다. 그라믄 살아 계실 때 잘하제. 웬수.

순철　호주로 가면 다 잊어불 줄 알았는디, 그것도 아니더라. 실은 나, 아직도 정신과 치료 받고 있어. 좀 훌훌털고 자유를 얻고 싶은데, 그게 안 되네.

순영　외상성신경증. 80년 5월을 겪은 광주 사람 죄다 트라우마에 시달려. 어느 심리학과 교수가 쓴 논문을 봤는데, 광주사람들은 5월만 되면 우울하대.

순철　(본다)

순영　왜? 나라고 없을라고.

순철　피 한 방울 안 나올 것 같은 니가.

순영　석류꽃 피기 시작하는 5월만 되면 울렁증 때문에 견딜 수 없어. 나이를 먹으면 없어질 줄 알았는디 ……

순철　똥물까지 토해내도 끝없이 올라오는 울렁증, 환장하고 또 환장하제. (갑자기 소리치며) 대가리 박어 개새끼야, 원산폭격! (마루에 머리를 박는다) 기어. (밀고 기어간다) 기어 개새끼야. (머리를 박은 채 기어간다) 바지 벗어, (그 상태에서 바지를 벗는다) "나는 인간이 아닙니다. 나는 개새낍니다. 나는 폭도입니다!" (변하며) 짐승이고 싶었다. 아침에는 전기고문, 오후에는 매타작, 밤에는 물고문. 나는 통닭이 되었다가, 박쥐가 되었다가, 도살장에 끌려가는 소새끼가 되었다가 …… 상무대 차디찬 시멘트 바닥에 돼지처럼 웅크려 차라리 날 죽여주십시오. 하나님, 당신이 살아 있다면 제발 날 죽여주십시오. 수도 없이 기도했다.

순철, 다시 바닥을 기어다닌다.

순심　그만해. 순철아, 그만해.

순철　그때 내 나이 겨우 열아홉이었다.

순영　(긴 한숨. 울분이 올라오며 격해진다)

순철　엄마 돌아가시고, 호주에서 건너와 검은 상복을 입고 우두커니 앉아 있는디, 모든 문상객들이 나한테 욕하는 거 같어. 니가 느그 엄니를 죽였어야. 니가 늑 엄니를 죽였어. 비웃고, 침을 뱉는 거 같았어. 버러지, 기생충 같은 놈.

순영　……

순심　(바지를 올려준다)

순철　내가 뭘 잘못했냐. 뭘?

순영　　그만해.

순철　　이 악몽에서 언제쯤 깨어날까? (사이) 엄마, 나 때문에 다리병신 된 엄마, 정신을 차리자, 정신을 차려. 엄마가 아니었으면 이미 죽은 목숨이다. 살아야 한다. 악착같이 살아야 해. 숨을 쉬자. 숨을 ……

순철, 숨을 가다듬는다.

긴 사이.

순영, 순철에게 술을 권한다.

순철　　고맙다.

순영　　미안해.

순심　　동이 튼다.

순영, 순철　(하늘을 본다)

순심　　정말 오랜만이다. 우리 이렇게 모여 아침을 맞이하는 거이.

순영　　새벽하늘은 그때나 지금이나 같네 뭐.

순심　　…… 니들하고 엄마 제상 봤더니 시간 가는 줄 몰랐다.

침묵.

순심　　느그들 그거 아냐?

순영, 순철　(본다)

순심　　우리 엄만 생각보다 훨씬 강한 사람이었이야. 봄이 가고, 여름이 왔제. 그해 여름은 징허니도 방역을 많이 했다이. 공수부대가 물러남서 2수원지에 시체를 버리고 갔다는 소문이 온 도시를 휘감았응께. 민심은 흉흉해지고, 도시의 모든 사람들이 눈빛으로 이야기를 나누고. 어디 가서 말도 함부로 못 꺼낼 때여. 가뜩이나 먹고 살기 힘든디 우리 집은 어쨌것냐. (사이) 집에 식량은 떨어지고 읎제. 순철이 쟈는 어디로 끌려갔는지 감감 무소식이고, 엄마는 아물지 않는 다리를 끌고 (순철 보고) 니 행방을 수소문하고 다녔시야. 어느 날인가 동사무소에서 집집마다 정부미 두 되씩을 준다여. 어짜것냐 목구녁 이 포도청이라, 옆집 아줌마랑 동사무소 가서 한 반나잘 줄을 슨 다음 그 쌀을 타왔이야.

잠을 자던 엄마, 벌떡 일어난다.
조명이 확 바뀐다.

엄마　니 시방 고것이 뭣이냐.
순심　쌀인디.
엄마　누가 쌀인지 몰라서 묻냐. 이 쌀이 순철이 끌려가고 바꾼 쌀이여, 니 에미 다리 빙신 됐다고 나라에서 준 쌀이여. 맷돌로 갈아마셔도 시원찮을 놈들이 즈그들 잘못 감출라고 눈 개리고 아웅하는 거랑께. 그란디 남도 아닌 니가 이 쌀 같잖도 않는 쌀을 타와야. 이 쌀로 밥을 지으믄 등 따시고 배부르것냐?
순심　엄마, 난 ……
엄마　갖다 띵개부러라. 굶어 죽었으믄 죽었제, 그놈들이 주는 쌀 한 톨도 내 입에 안 털어 넣을란다. 언능!
순영　그래서 으쨌는가?
순심　바깥 하수구에 내다버렸다.
순영　강단지네 울 엄마.
엄마　순심아, 나 장사 할란다.

이것저것 챙겨서 나가려는 엄마.
엄마와 순심을 보는 순철, 순영.

엄마　　우짝케든 살아야 쓸 거 아니냐.

순심　　엄마, 그 몸으로 어딜 간다고 그래.

엄마　　(다리를 끌며 마당으로 간다)

순심　　아직은 무리여. 그라다 탈라.

엄마　　울화가 터져 못 살것다. 내 아들이 뭔 죄냐. 우리 순철이가 뭔 잘못을 했어. 즈그들이 즈그들 맘대로 대통령 해묵고, 장관 해묵고, 나라가 즈그들 곳간이냐. 집에 들어온 도둑놈들을 때려잡아도 국가에서 상을 내리는 법이다. 혈기 왕성한 젊은 놈이 불의를 보고 달려든 것이 죄믄 내가 숨 쉬는 것도 죄다. 저놈들한테 복수를 할라도, 힘이 있어야 복수를 하제. 이라고는 못 살것다. 분하고 원통해서 못 살 것어. 좌판을 깔고 생선을 팔아서라도 느그 삼남매 먹여 살릴 팅께 니는 아무 걱정 말고 집단속이나 잘 해라. 알았냐.

순심　　엄마, 몸 좀 생각해.

엄마　　웃꼴 동호 아제 먼 친척이 양동시장 어물전서 장사를 한다드라 산 입에 거무줄이야 치것냐.

장사 나가는 엄마를 바라보는 삼남매.

사이.

조명 다시 바뀐다.

제사상을 치우기 시작하는 순영. 그를 도우는 순철.

순심　　엄마는 순철이 네 생각밖에 없었다. 사는 동안 내내 ……

순철　　(갑자기 울컥) 엄마 …… 미안해 누나. 앞으론 연락 잘 하고 살게.

순심　　앞으로? 그래, 앞으로 ……

순철　　80년 5월의 끈이 그리 호락호락 내 삶을 놔주덜 않네. 독립운동하면 삼대가 망한다는 말, 이해가 가. 그래서 내 아들놈한테는 그랬네. 너는 불의를 봐도 절대 달려들지 마라. 불나방은 불에 타 죽는다. 모난 놈이 정 맞는다. 조금은 비겁하더라도 돌아서 가라.

순영　그렇게 떠났으면 보란 듯이 성공하지. 바보같이 왜 그렇게 사냐.

순심　(통증을 감춘다)

순철　호주 시드니에도 5·18기념사업회 같은 단체가 있더라.

순영　몰랐네. 뭐야, 그럼 오빠 거기에서 사업한 거 아니었어?

순철　사업도 하고, 그쪽 시민단체에서 일도 하고.

순영　감쪽같이 속았네.

순철　숙명이더라. 내 삶은 80년 5월과 뗄 수 없는 그런 거.

순영　미치겠다.

순철　이젠 들어오고 싶어. 애들이야 학교 문제 때문에 당분간 호주에 있더라도. 와서, 엄마 아부지 산소도 잘 돌보고, 누이랑 밥도 자주 먹고.

순영　챠. 속들었네. 나이 오십에.

순철　그러게 말이다. 왜 이제사 철이 들었을까 나이 오십에.

순영　후회하지.

순철　뭐가?

순영　그때 총 든 거.

순철　한때는. 지금은 아냐.

순심　그려. 누가 뭐래도 우리는 당당해지자. 비 온 뒤 땅 굳는다고, 네 아들 놈이 니를 꼭 알아줄 그런 날 올 꺼이다.

통증 때문에 부엌으로 들어가는 순심.

순영　난 미워. 아무리 오빠 네가 철이 든다 해도. 모든 것을 파괴시켜버린 네가 미치도록 뵈기 싫어. 결기를 삭이고 조금만 참았더라면 엄마도 우리도 아무런 문제 없이 행복하게 살았을 거인디.

순철　만약, 그랬다면 지금도 깡패 같은 군인들이 판을 치며 정치하고 있것제.

순영　당장 먹고 살기도 팍팍한 사람들한테 그런 류 따위는 문제도 아니여. 민주주의가 밥 먹여주냐. 정권이 바뀐다고 거지가 벼슬아치가 돼. 당장 애들 밥 챙기러 가야 하는 내 팔자를 보라고.

순철　그건 맞는 말이다. 네 말.

순영　당분간 여기 있을 거지. (일어선다) 언니. 나, 갈래. 애들 챙겨야제. 음식 좀 싸줘. 된장도.

순영, 가방에서 보를 꺼내 부엌으로 간다.

순영　(소리) 언니! 왜 그래. 순심 언니.

순철　(놀라 안으로 들어간다)

순영　(소리) 정신 차려 봐. 언니.

순철, 순심을 부축해 구석 소파에 앉힌다.

순심　괜찮아. 소란 떨지 마. 물이나 다오.

순영, 물을 내오면 약을 먹는 순심.

순철　(순심이 손에 든 약봉지를 확인한다) 누이, 이건?

순영　그게 뭔데?

짧은 순간 침묵이 흐른다. 순철, 무겁게 입을 뗀다.

순철　언제부터 이 약 먹었어?

순영　무슨 약이냐니까?

순철　가만있어 봐 좀. 누나, 응?
순심　좀 됐어.
순철　왜 말 안 했어?
순영　오빠, 그 약이 뭐길래 그래.
순철　항암제.
순영　뭐?
순철　금방 나을 수 있는 거야? 말해 봐?
순심　순영이 너 어여 가. 애들 기다려.
순영　학교 하루 안 가면 지구가 망하냐.
순철　얼마나 됐어?
순영　당장 병원에 가. 박 서방이랑 친한 의사 있어.
순심　박 서방도 알아.
순영　뭐? 그런데 왜 나한테 말을 안 했어. 둘 다.
순철　그래서 나 들어오라고 했능가. 누나.
순심　(끄덕)
순철　(손을 잡고) 누나, 병원에 입원합시다.

순영, 전화를 들어 건다. 화부터 내는 순영.

순영　왜 말 안 했어 …… 잠을 깨우긴 누가 잠을 깨워. 당신이 그러고도 내 남편이야. 지금 아침이 중요해. 애들 밥 한 끼 굶는다고 죽어. 당신이 차려줘. 내가 밥 차리는 기계야. 언니 아픈거 언제부터 알았어 당신? 사람 이렇게 병찌게 만들어도 되는 거야. 당신이 우리 언니 살릴 거야? …… 알았으면 제일 먼저 나한테 애길 했어야지 …… 나한테 언니가 어떤 의미인지 당신이 몰라서 그래. 언니는 언니가 아니라 엄마라고 엄마. (분에 못 이겨 끊는다)
순심　넌, 그 성깔 좀 고쳐. 니 자식들이 고스란히 다 배워.

순영 옷 입어. 병원 가.

순심 (고개를 젓는다)

순영 병원 가. 가야 해. 엄마도 병원에만 빨리 갔어도 그렇게까지 심하게 다리 절지 않았을 거라고. 현대의학이면 암 극복할 수 있어. 옷 방에 있지. (방으로 들어간다)

순심 순철아. 미안하다.

순철 누나, 왜 누나가 미안해. 내가 미안하지.

순영, 옷을 꺼내 순심에게 입히려 한다.

순심 순영아. 그만해라.

순영 입어. 가, 병원.

순심 이 시간에 어딜 가자고 그래.

순영 (거칠게 옷을 입힌다)

순심 (큰 소리로) 길어야 석 달이래. 그냥 …… 편안하게 가게 해 줘.

순영 (더 큰 소리로 격하게 옷을 팽개치며) 누가 그런 헛소리를 해. 누가? 어떤 의사 새끼가 그런 개소리를 해. 서울 큰 병원으로 가자. 요즘 세상에 못 고치는 병이 어딨어.

순심 시간을 줘.

순영 무슨 시간. 죽어가는 시간. 아니면 죽어가는 사람 지켜보는 시간. 엄마 임종 지켜보는 것도 지옥 같았어. 일어나. 일어나서 병원 가. 특실도 잡아주고, 집을 팔아서라도 고쳐줄게. 얼릉.

순심 순철아, 얘 좀 어떻게 해 봐라. 귀청 떨어지겠다.

순영 살 수 있어. 석 달이 아니라. 삼 년, 아니 삼십 년은 더 살 수 있어. 약이란 약, 내가 다 댈 텡께 언닌 무조건 살아야 해. 무조건. 언니 옆에 딱 달라 붙어서 암에 좋다는 석류도 매일 갈아 줄 거고, 몸에 좋다는 것은 다 해 먹일 거여. 우리만 두고 언니 보낼 수 없어. 우리 가족한테 고통 준 놈들은 버젓이 살아 있는데, 언니가 왜 먼저 죽어. 못 보내. 내가 죽어도 못 보내. 우리한테 고통 준 놈들 죽을 때까지 악착같이 살아서 엄마 몫까지 살아야지. 살아난 사람이 이기는 거야. 언니 이제 쉰일곱이야. 억울하지도 않아.

순철 (머리를 쥐어뜯는다)

순영 엄마, 언니 좀 살려줘라. 언니, 나 언니 없으면 어떻게 살아.

순심 집은 순철이가 알아서 처리하고 ……

순영 유서 써. 그랄라고 불러들였는가.

순심 시골 땅은 순영이 네가 처분하고 ……

순영 그만 하소이. 안 들을랑께.

순심 동호 아제한테는 내가 말해놓을랑께.

순영 언니!

순심 그라고 …… 석류나무 …… 저 석류나무는 시골 아버지 산소 옆에 다시 옮겨 심어줘. 난 그 옆에 조그만 무덤 하나 만들어주면 족해.

순영 (운다) 언니.

순심 울지 마. 우리 진작 이라고 만날 걸 그랬는갑다야.

순영 뭐든 해 보자, 언니.

순심 석 달 동안 내가 뭘 할 수 있을까. (사이) 겁이 난다. 무서워. 난 아직 죽기에 너무 이른데, 왜 하필 내가 이런 병을 앓아야 하냐. 우리 삶을 송두리째 앗아간 놈들은 천수를 누리는데, 이건 공평한 게임이 아니지 않니. 순영아, 나 살고 싶다. 니들이랑 이렇게 밤을 세며, 아침 햇살에 반짝반짝 빛나는 빨간 석류꽃 봄서 오래도록 살고잡다 …… 나 살고 싶다. 미치도록 살고 싶어.

순영 언니 ……

순심 우리 순영이 된장도 담가주고, 고추장도 담가주고.

순철, 감정이 격해 순간 마당 석류나무 아래로 달려가 삼십 년 전에 묻은 총을 꺼낸다.

순철　　이것 때문이여. 순영이 니 말대로 내가 지랄하는 통에 모든 것이 이라고 된 거여. 강께, 이것만 도로 갖다 놓으믄 돼. 정확하게 기억나. 아시아자동차에서 빼돌린 군 트럭을 타고 온 시민군들이 능수버들 우거진 광주공원 계단에서 총을 나눠줬어. 털 많은 아저씨였어. 하얀 무명두건을 둘렀지만 구렛나루가 얼굴 전체를 덮고 있었어. "반 친구가 총에 맞아 죽어부렀어라. 나도 총을 주시오." 그랑께 "니는 아직 어리다 안 돼." 하드란 마다. 그래서 하는 수 없이 트럭 뒤로 가서 몰래 칼빈 소총 한 자루 훔치고 그 길로 시민군이 되았다. 학동에서 지원동으로, 유동에서 화정동으로, 두암동에서 백운동까지, 섬처럼 갇혀버린 광주시내 외곽을 방어했어. 내가 그때 털 많은 시민군 말을 들었어야 했는디 …… 순영아, 도로 갖다 놔불믄 아무 일도 없을 것이여. 글지야이.

순철, 대문을 나서려는데 순영이 막는다.

순철　　근다고 말해 줘. 옛날로 돌아갈 수 있다고 말해 달란 말이여.
순영　　미쳤어. 팅팅 녹슨 총 들고 가긴 어딜 가.
순철　　(주저앉아 운다) 염병, 비키란 말이다.
순영　　(주저앉은 순철의 어깨를 때린다) 그런다고 뭐시가 달라지것냐.
순철　　그라믄 나더러 우짜란 말이냐.

엄마, 어린 순철, 문을 열고 들어선다.
(이하 장면은 아주 천천히 진행된다. 조명도 강력하게 비추고)

순철　　다 내 탓이여.

어린 순철, 녹슨 총을 뺏는다.

엄마 아니다. 네 탓도 내 탓도, 세상을 잘못 만난 탓이다. 그해 5월에 석류가 열렸드란마다. 한 집 건너 온 도시에 주렁주렁 빨간 석류가 열렸는디, 사람들은 떨어진 석류를 보고 숨죽여 흐느끼드란마다.

어린 열매도 못 영글고 떨어진 석류꽃.

순철 군홧발에 짓밟힌 오월의 석류.

순영, 순철도 엄마가 보이는 것일까.

순심 우리 엄마 뭔 미련이 남아서 다시 왔으꼬. 오메, 봐라이. 엄마 다리를 안 절어야. 멀쩡해. 옛날 젊었을 때 영낙 그 모습 그대로네. 느그들은 안 보이냐.

순심의 환영으로 보이는 엄마. 어린 순철 어느새 보이지 않는다.

엄마 (아주 젊은 모습으로, 다리도 절지 않고) 순심아. 부엌에 소고기 장조림 올려놨응께 불 좀 줄여라이.

순심 (해맑게 웃으며) 응, 엄마.

엄마 순철이랑 순영이도 공부 그만하고 나와서 밥 묵자고 해라 와.

순심 알았어. 참, 엄마. 우리 돌아오는 일요일에 소풍갈까. 순철이 올해 대학 연합고사 본다고 앞으로는 꼼짝도 못할 것이고, 순철이 담임 선생님이 그랬다여.

엄마 뭐시라고야.

순심 성적이 이대로만 나오믄 서울대 법대는 문제 없다고.

엄마 오메, 공부는 끝까지 모르는 거여.

순심　　며칠 전에도 1등을 했등만. 엄마, 김밥도 싸고, 사이다도 몇 병 담고, 순영이 좋아하는 계란도 찌고, 가서 사진도 찍세. 아부지 돌아가시고 난 뒤 우리 가족사진 한 장 못 찍었는가 안. 우짠가?

엄마　　공원에 철쭉 많이 폈드라. 사진 찍으믄 잘 나오것다.

순심　　순철아, 순영아. 다음 주 일요일 날 소풍 가자. 알았지. 느그들은 우짜냐?

순철, 순영　소풍?

순심　　그려 소풍.

순철　　소풍 좋제.

순영　　나도 좋당께.

어린 순철, 사진기를 들고 들어선다.

어린　　옆집 세탁소 아저씨가 사진기를 빌려줬당께. 소풍 가서 실컷 찍으라고. 안에 필름도 넣다여. 봐, 케논이여. 일제 케논.

사이, 아주 또렷하게 이어지는 대사들. 그들을 보는 엄마.

순영　　1980년 5월 18일 일요일 아침. 나는 밤새 설레고 설레고 또 설레서 잠도 못 잤습니다. 언니랑 엄마는 아침부터 김밥을 싼다고 수선을 떨고, 오빠는 옆집에서 사진기를 빌려오고. 우리는 소풍 가방을 들고, 깃털처럼 가벼운 마음으로 시내버스를 타고 갔습니다.

순심　　왜 하필 그날은 일요일이었을까요. 우리를 태운 시내버스는 두 정거장도 못 가고 되돌아왔습니다. 버스 창밖, 교회 십자가 아래 군인들은 대학생들을 개 패듯 패고 있었고, 그날을 목격했던 우리는 공포에 떨며 집으로 돌아왔습니다.

어린 집으로 돌아오던 길 나는 대검에 찔려 죽어가던 어떤 대학생 형을 케논 카메라로 찍었습니다. 그것을 본 공수대원이 내 카메라를 빼앗아 갔지만, 세탁소 아저씨는 살아 돌아온 것이 천만다행이라며 그깟 카메라는 잊어버리라고 했습니다.

순철 우리는 불안한 마음으로 김밥과 사이다와 찐 계란을 먹었습니다. 우리에게 닥칠 비극이 어떤 것인지도 모른 채, 소풍은 그렇게 끝이 났습니다.

어린 그날 이후 우리는 더 이상 행복하지 않았습니다.

사이.

순철 누이, 날 밝으면 …… 소풍 갑시다. 며칠이고 신나게 애기들 맹키로 놀다오게. 다 잊고, 옛날 즐거웠던 때 이야기만 하고 오자.

순심 가고 싶다. 우리 셋 오순도순 손잡고, 해당화 핀 바닷가도 걷도, 솔밭 길도 걷고, 아버지, 엄마 산소에도 다녀오고, 소주도 마시고. 응.

순영 바닷가 걷고, 솔밭 길 걸으믄 엄마가 그 뒤를 따를 것이고, 아버지도 마중나오시것제.

순철 까짓것 가자. 우리가 뭘 못 하겠어. (감정에 복받치는 듯) 기회를 줘. 누나한테 진 빚을 갚을 수 있는 기회를 …… 아, 석류 염병하게 이쁘다. 누나 우리 사진 찍을까.

어린, 삼발이 사진기 걸친다.

순심 이 몰꼴로 사진은 무슨.

순영 언니, 찍자. 나 언니랑 사진 찍은 적도 없다 생각해 보니.

순철 환하게 웃어.

순영　　(억지로 웃는다)

순철　　그러지 말고 웃으랑께.

순심　　(슬픔이 묻어나는 웃음) 됐냐?

순철　　아니, 더. 입꼬리를 올려.

순심　　(하지만 어색하기만 한다)

순영　　(눈물을 감추느라 쓴웃음을 짓는다)

엄마와 어린 순철 흐뭇하게 웃는다.

순철　　니도 와. 언넝.

어린　　저요?

순영　　그래 너.

순심　　우리 순철이 공부를 했으믄 판검사 두 번은 혔을 거인디.

한 자리에 모인 세 남매와 어린 순철.

그 뒤로 엄마, 웃고 서 있다.

석류나무를 배경으로 사진을 찍는다.

찰칵!

그들 위로 사각형의 조명 떨어진다.

잠시 멈추고 있는 가족.

음악이 절정에 달하면 석류나무에 오래도록 조명 멈춘다.

암전.

■ **양수근** 1988년 〈극단 토박이〉에 입단하여 20여 편의 연극과 뮤지컬 출연. 1996년 〈전남일보〉 신춘문예에 희곡 「전경 이야기」로 등단. 2013년 「오월의 석류」로 거창국제연극제 희곡공모 대상 수상. 현 명지대 문예창작학과 객원교수, 단국대·순천대 출강 중.

연극 버스킹 버스

박정운 작·연출, **극단 토박이** 공연

이 작품은 광주 오월의 사적지를 중심으로 운행되는 518번 버스이다. 저마다의 사연을 안고 살아가는 광주시민들이 버스를 타며 간다. 정시 도착을 하지 못하는 안 기사는 해고를 피하기 위해 노력한다. 승객 중 오월의 자식을 잃은 어머니와 80년 광주에 온 계엄군이 버스에 타면서 버스는 멈춰지는 상황에서 진정한 용서와 화해는 어떤 것이며 우리가 나아갈 방향은 무엇인지를 반추한다. 2023년 11월 17일~18일 〈극단 토박이〉 공연했다.

등장인물

안 기사(65세)	해고 통보를 받은 시내버스 기사.
여학생(10대)	왕따 고등학생.
재아 엄마(70대)	80년 당시 아들을 떠나보낸 어머니.
아잉쩌우(35세)	다문화가족. 근로자.
구인득(67세)	80년 당시 계엄군.
신문용(50대)	용 문신한 사채업자.
배우진(30대 초반)	배우 지망생.
조전무(57세)	시내버스 회사 전무.
경찰	
군인	
의사	
시민군들	
광주 사람들	

버스킹 버스

박정운

무대

무대에 시내버스(버스 틀)가 놓여 있다. 각 정류장과 지나가는 길거리 모습은 영상으로 보여진다.

서장

영상으로 애니메이션 518버스가 달리면서 정류장 이름이 바뀌 아래로 지나간다.

518 버스 노선 글씨

상무지구 – 상무시민공원 – 보훈회관(518민주화운동교육관) – 5·18자유공원 – 상무라인대주 – 시청 – 5·18기념문화센터 – 모아제일아파트 – 상무호반3차 – 기아차중문 – 광주종합버스터미널 (유스퀘어 광천터미널) – 현대자동차 – 전남방직 – 임동오거리 – 북성중 – 광주일고/ 광주고용센터 – 금남로5가역 – 금남로4가역 – 국립아시아문화전당(구도청) – 문화전당역 – 동구청 – 전남여고 – 대인시장(동) – 광주고/4·19역사관 – 4·19기념관 – 중흥초교 – 광주역 – 신안사거리 – 전남대 – 구보건소 – 북구청 – 평화맨션 – 말바우시장(서) – 말바우시장(동) – 무등도서관 – 광주병원 – 동광주 진입로 – 농산물공판장 – 문흥지구 입구 – 도선사 – 중소기업진흥공단호남연수원 – 용호 – 석곡파출소 – 복다우 – 주룡 – 국립 5·18민주묘지 – 공원묘지 – 시립공원묘지 – 단지마을 – 두촌 – 수곡 – 영락공원입구 – 단지삼거리 – 효령노인복지타운

안 기사 나와서 버스를 청소하며 노래를 부른다.

안기사 (노래한다) 뿡뿡뿡뿡 버스 왔어요. 내릴 손님 타실 손님 차례 차례로. 다들 타셨어요.
어서 타세요. 삑삑 갑시다. 뿡빵빵.
뿡뿡뿡뿡 차가 달려요. 자리는 노인에게 내어드리고 창밖으로 손 내밀면 위험합니다.
아이 참 재밌어. 뿡빵빵!
뿡뿡뿡뿡 다 왔어요. 잊으신 물건 없이 내리십시오. 운전수 아저씨 수고합니다.
버스놀이 재밌어. 뿡빵빵!

안기사 40년 불굴의 의지로 일한 버스 운전!을 그만두라고? 해고? 내가 그만두나 봐라. (관객을 보고 놀라) 어, 자네 시방 술 먹고 여기서 날 샌 거여? 어허, 이 사람 큰일 날 사람이네.

조전무 (나와서 안 기사를 보고) 안 기사?

안기사 (조 전무를 보고 놀라) 조 전무! (도망간다)

조전무 (안 기사를 쫓아가며) 차 키 주라고요.

안기사 (도망가며) 나, 얼른 갔다 온다고. 정시 출발, 정시 도착!

둘은 경쟁하듯 차 안으로 달려가 서로 키를 뺏으려고 한다.

〈slow motion〉 엎치락뒤치락하다가 안 기사가 키를 차지하고 도망을 간다.

안기사　안 돼!

조전무　키 주라고요.

안기사　(조 전무 눈치를 보며 버스를 돌며 도망친다.) 어이, 조 전무! 내가, 어! 니그 아버지 조 회장님이랑 같이 밥도 묵고 다했어!

조전무　(버스를 돌며 안 기사를 쫓아간다) 어, 아버지랑 버스 회사 시작할때부터 같이한 사람이다? 어! 아버지 돌아가신 지 10년도 넘었고. 버스 키 주라고요!

안기사　나든 버스든 털끝만 대도 신고해잉.

조전무　어제부로 해고됐잖아요.

안기사　불법 해고라고!

조전무　해고 사유 첫 번째! 승차 거부, 무임승차, 잦은 사고로 회사에 막대한 손해 입힌 것.

안기사　응? 조 전무 잘 봐. (관객을 가리키며) 요 사람이 응급환자여. (관객에게) 아픈 척해야제. 요라고 아픈디. 응급환자에게 돈을 받아? 병원으로 냅다 달리다 보면 (다른 관객에게) 요 사람들 승차 거부할 수밖에?

조전무　두 번째! 단 한 번도 정시 출발, 정시 도착한 적이 없다는 것.

안기사　조 전무! (관객에게) 잠깐 저 좀 도와주시겠습니까? (관객을 무대에 나오게 한다. 상황극) 직업이? (관객 대답) 00이여! 요 사람, 버스 못 타면 지각이여. 나는 버스여. 버스는 출발했어. 이 사람은 달려와. 달려와 보라고요! (관객에게 뛰는 동작을 알려준다) 그렇지. 달려와, 버스는 가! (관객에게) 버스보다 빨리 뛰면 안 되제. 진짜처럼 하라고요. 자, 버스는 달리고 저 사람은 뛰어와.

못 타면 지각이여. 잠깐, 요때 문제! (관객들에게) 그냥 가야 것어요? 멈춰야 되겄어요? (관객들 대답) 그렇지. 멈춰야겄지. (조전무에게) 그러다 보니 늦어진 거지.

조전무 좋아요, 이 세 번째는 절대 이해 못 합니다. 버스는 정해진 노선! 즉, 정해진 길로만 다녀야 하는데 왜 마음대로 다닙니까? 버스가 택십니까? (관객들 사이에 앉아) 이렇게 버스 기다리는, 이 승객들은 뭐가 되냐고요?

안기사 다음 버스 타믄 되제!

조전무 (객석에서 일어나) 딩동댕! (관객들에게) 하지만 여러분! 버스가 정해진 길 말고 갈 수 있나요? 없나요? (관객 답변)

안기사 단 위급한 경우는 이동할 수 있지. 경찰서, 병원!

조전무 노인, 학생만 타는 버스. 뺑뺑 돌아다니는 느려 터진 버스. (버스 바퀴를 차며) 적자 노선이라 없애야 합니다.

안기사 조 전무, 요 버스가 광주의 상징인디… 그러지 말고 딱 한 번만 봐 줘! 오늘은 내가 정시 출발, 정시 도착. 제 길로 딱 갔다가 온다고. (시계를 보며) 딱 5분 늦었네!

조전무 툭하면 고장 나는 버스, 번호판 떼고 폐차하겠습니다. (버스에 타려고 하고 안 기사 필사적으로 막는다.)

여학생 (나와서 버스 타고 카드를 찍는다) 픽!

안기사 잠깐! 승객! (안 기사, 조 전무를 밀치고 버스에 타서 얼른 문을 닫고 시동을 켠다)

조전무 (버스를 따라 달려오면서) 안 기사, 버스 종점에 1분만 늦어도 사직서 내는 겁니다! (버스에서 멀어지면서 퇴장)

제 1 장

버스는 달린다. 옆으로 지나가는 길거리가 영상으로 보인다.

안기사 (운전하며) 학생, 고마워!

여학생 (물끄러미 창밖을 본다) 아저씬 잘리면 뭐하실 거예요?

안기사 짤리긴 왜 짤려! 오늘은 문제없이 갔다 와야 한다잉.

여학생 벨트 매세요.

안기사 응! 안전벨트! (벨트를 매며) 너도 매라!

여학생 버스에 안전벨트가 어딨어요?

안기사 (운전하며) 맞다. 버스는 운전석만 있구나. 내가 오늘 정신이 한 개도 없다.

여학생 오늘이 마지막 버스일지도 모르겠어요.

안기사 내게 마지막이란 말은 없다.

여학생 제가요.

안기사 학생, 오늘은 무슨 노래 들어? … (급정거, 끼어든 차에 대고) 아이고, 참말로 갑자기 끼어들고 그래! (계속 운전하며) 너 중학교 때부터 봤으니 벌써 몇 년이냐? 그땐 정말 귀엽고 명랑했는데 … 너 요새 얼굴이 영 아니다. 블루투스 켜줄까?

여학생 … (폰을 조작한다. 노래 나온다)

안기사 (노래를 듣다가) 아, 이 노래 아이콘의 차렷!

여학생 '열중 쉬어'예요! 청소년들 이해하는 척하는 어른들 빡쳐요!

안기사 빡쳐도 참고 살아야 한다잉… 근데 넌 꿈이 뭐냐?

여학생 춤추는 게 제 꿈이에요….

안기사 춤! (버스 볼륨을 키운다)

여학생 (일어나서 버스 가운데로 가서 노래와 춤을 춘 뒤 버스 뒷좌석으로 가서 앉는다)

안기사 나는 버스 운전사가 꿈이었다. 2시간 후에 딱 도착해서. (랩)

싸가지 없는 조 전무 얼굴에 키 빡 던지고 당당하니 퇴근해서 마누라한테 오늘 안 짤렸다고 빡 소리 지르고. 술 한 잔 빡하고 버스 드라이버의 자부심을 갖고 빡 자는 거야. 예!

여학생　버스 운전기사 누가 알아주기나 해요?

안기사　난 버스, 넌 학교. 사람은 다 자기 자리가 있다잉.

버스안내방송　이번 정류소는 518자유공원입니다. (5·18자유공원 영상 보이고 버스 멈춘다)

제 2 장

배우진이 버스에 타서 바로 자리에 앉는다.

배우진　오늘 행운의 숫자는 2! (두 번째 경로석에 앉는다) 오늘 운세는 뭐든 다 된다. 출발하입시다!

안기사　버스비 내야. 출발하지요.

배우진　꼭- 내야겄어요?

안기사　무임승차 부정이용죄는 경범죄처벌법 제3조 1항 39호에 의거하여 요금의 30배를 벌금을 내야 합니다. 성인이 청소년 카드로 이용하다 적발 시 120만 원의 벌금을 물은 사례도 있응께 알아서 하쇼!

배우진　1400원의 30배! 내기 전에 찍으면 되잖어—요! (버스카드를 찍으려는데 아잉쩌우 먼저 찍고 자리에 앉는다. 아잉쩌우에게) 내 자리여?

아잉쩌우　제가 먼저 앉았어요.

배우진　내 자리랑게.

아잉쩌우 (버럭 화를 내며) 한국 사람 이상해! 버스 자리가 주인 있나요? 한국 버스 자가용입니까?

배우진 필리핀, 조선족, 베트남? 완마! 글로벌 시민이 뭔 버스여?

아잉쩌우 나, 베트남 한국 사람! 아잉쩌우!

배우진 아잉–! 참자 잉! (경로석에 앉자)

안기사 거긴 노약자석!

배우진 나이 들어서 앉을거 먼저 쪼까 앉으면 되제!

안기사 버스운전 방해죄로!

배우진 (경로석에서 벌떡 일어나 여학생에게) 학생, 내가 거기 좀 앉아도 될까?

여학생 뭐래?

배우진 (손잡이를 잡고 서서) 서서 가면 합격할지도 몰라.

안기사 아잉쩌우 또 갖다 줘?

아잉쩌우 제가 안 가면 남편 안 먹어!

안기사 아니 병원에서 밥 안 줘? 글고, 다른 사람 없어?

아잉쩌우 …. 한국 엄마 아들한테 안 와. (울며) 매일 밤 공장 일해 너무 힘들어요. 남편 술 힘들어요. 병원 안 가면 남편 무서워요 !

안기사 남편이란 작자는 알코올 중독에… 어쩌다 그런 놈을 만나서… 지 마누라가 종이여 뭐여?

배우진 조용히 좀 갑시다.

여학생 아저씨나 조용하세요.

배우진 어? 쪼그만 게 네가 세상을 알아? 총칼 없는 경쟁 속에서 자본의 절실함을 위한 청년 취직의 목마름을 네가 아냐고? 그리고 나 아저씨 아니다잉!

아잉쩌우 우리 남편이랑 똑같애! 괴물 무서워!

배우진 저기 글로벌 아줌마! (갑자기 앞으로 나가서) red sun! 안녕하세요! 저는 건국동 동방파 조폭 습격사건으로 7년 동안 감옥에서 살다 나온 주범입니다. (가방에서 칫솔을 빼며) 중소기업박람회 최우수상을 획득한 제품으로 홍보비 빼고, 중간 유통 마진 빼고 직접판매만을 원칙으로 딱 만 원만 받겠습니다. (손님들에게 칫솔을 나눠 준다)

아잉쩌우 나, 카다이족 베트남 사람 검은 이빨 미인! 나 양치 안 해!

배우진 그럼, 신발 닦든지! (아잉쩌우 지갑을 열려는 순간)

여학생 사기예요.

배우진 (여학생에게) 영업 중이니까 닥쳐 주시고요. 하루 세 번 10년을 써도 칫솔모가 마모되거나 절대로 구부러지지 않는 변기 솔보다 강한 칫솔모입니다. (아잉쩌우 칫솔을 돌려준다) 하하하! 오케이! (사이) 최첨단 기술력과 초합금으로 만들어진 (캠핑 망치를 들고) 망치, 병따개, 톱. 그리고 뭐든 다 썰어버리는 칼까지. 맥가이버칼보다 좋은 제품, 단돈 10만 원에 모시겠습니다.

안기사 젊은 양반, 거 버스에서 물건 팔면 안 되는디…요.

여학생 사람들에게 협박해요.

배우진 협박?

여학생 억지로 사라고 강매했잖아요.

배우진 강매?

여학생 이게 강도지 뭐예요.

배우진 강도? … (망치를 휘두르며) 버스 세워! 요 망치로 다 부숴 버리기 전에 버스 세워!

안기사 승객들한테 거시기 허면 안 되는디…요.

배우진 동방파 조폭 습격사건. 말 한마디에 천국 갑니다.

아잉쩌우 (조용히 전화한다) Anh là cảnh sát đúng không? Có tên cướp trên xe buýt! 경찰이죠? 버스에 강도가 있어요!

배우진 버스 세워–!

안기사 버스는 정류장에서만 서야 돼…요, 강도 양반!

배우진 강도? 저는 강도가 아니라– 조폭이야, 조폭!

버스 안내 방송　이번 정류소는 시청입니다.

시청 영상 보이고 버스 멈춘다. 배우진 앞으로 튕겨 나간다.

배우진　(차렷하고는) 지금까지 오늘 조폭 연기 오디션을 볼 배우, 배우진이었습니다. 감사합니다. (인사한다)

모두　연기? 오디션?

안기사　아니 이 사람아, 깜짝 놀랐잖아.

배우진　제 꿈이 배우거든요.

안기사　(다급하게 출발한다.) 나, 정각에 도착 못 하면 짤린다고. 아이 이 사람이. (시계를 보며) 또, 늦었네.

버스 다시 출발한다.

배우진　배우의 연기는 눈빛에서 시작된다. 분노의 눈빛, 사랑의 눈빛, 열정적인 눈빛,

(‘뮤지컬’ 노래하며 춤춘다)
내 삶을 그냥 내버려 둬 더 이상 간섭하지 마
내 뜻대로 살아갈 수 있는 나만의 세상으로 난 다시 태어나려 해

안기사　(노래 중간에 여학생에게) 학생, 춤 추는 게 꿈이라며?

배우진　다른 건 필요하지 않아 무대와 빛이 있다면
난 이대로 내가 하고픈 대로 날개를 펴는 거야
내 삶의 주인은 바로 내가 돼야만 해

여학생　(일어서 춤추며 노래한다) 이젠 알아 진정 나의 인생은 진한 리듬 그 속에 언제나 내가 있다는 그것.

배우진, 여학생　나 또다시 삶을 택한다 해도 후회 없어 음악과 함께 가는 곳은 어디라도 좋아

배우진　아시아 최고의 배우, 아시아문화전당 오디션 접수하러 간다!

아잉쩌우　어이, 조폭 배우. 멋져! 한국 사람 연기 다 잘해. 엄마 아픈 연기. 남편 술 취한 연기. 이분 조폭 연기. Diễn viên Hàn Quốc là nhất.

사람들　뭐라는 거여?

아잉쩌우　Korean actor is the best! (한국 배우 최고!)

배우진　아잉쩌우, 놀랬어?

아잉쩌우　마니 놀랬어? 나, 너보다 나이 많아! 반말 안 돼!

배우진　아, 네! (여학생에게) 학생, 괜찮았지?

여학생　뭐래!

배우진　쪼끄만 게 내 연기 무시하냐? 배우는 무시와 서러움, 배고픔을 견뎌야 한다.

안기사　아잉쩌우는 꿈이 뭐였어?

아잉쩌우　전 역사 선생님이 되는 게 꿈이었어요.

버스안내방송　이번 정류소는 광주종합버스터미널입니다.

유스케어 터미널 보이고 버스 멈춘다.

안기사　(앞문을 연다) 사람들이 저라고 많은디 요 버스 타는 사람은 없네잉! (문을 닫고 출발한다)

제 3 장

갑자기 경찰차 사이렌 소리. 경광등이 번쩍인다.

경찰 (나오며) 버스 멈추세요. 앵~~~~앵앵!

안기사 (계속 운전하며) 나 잘못한 거 없는디!

경찰 518번 버스, 멈추지 않으면 불법 도주로 체포합니다.

안기사 나가 좀 바쁜 께 다음 정류장에서 체포하든지 말든지 허시요.

버스와 경찰차 서로 앞서거니 뒷서거니 한다.

경찰차가 막아서자 버스 멈춘다. 경찰, 버스 문을 열고 들어온다.

경찰 (총을 들이밀며) 손 들어! 강도가 누구야?

아잉쩌우, 여학생, 안기사 (배우진을 가리키며) 저기!

배우진 (말을 하려고 칼을 들고 일어서며) 강도가…

경찰 칼 버려.

배우진 강도가 아니라… 조폭!

경찰 조폭?

배우진 조폭 메소드 연기를 했어요.

경찰 메소드?

배우진 연기요.

여학생 배우라고 하시더라구요. 진짜 깜짝 놀랐어요… 하하하!

아잉쩌우 아엠 쏘리! 한국 배우 조폭 연기를 잘해! 진짜 강도인 줄 알고 아잉쩌우 신고했어요. Sorry!

경찰 (승객을 살핀다) 이 버스 뭔가 수상한 예감이 드는데.

안기사 다음 정류장에서 승객들 기다린 게 빨리 내리쇼.

경찰 신분증 검사하겠습니다.

안기사 요즘 세상에 뭔 불심검문이여? (애절하게) 나 짤린다고요.

경찰 협조 안 하면 공무집행방해로…

안기사 (재촉하며) 잡혀가기 전에 신분증들 빨리빨리 보여주고 갑시다. 얼른들 내요.

모두 (신분증을 내며)

경찰　(배우진 신분증을 보며 무전기에 대고) 신원 조회, 신원 조회. 배우진 주민번호, 930102-1234567 직업이?

배우진　배우요.

경찰　(배우진이 들고 있는 칼을 보고) 이 칼은?

배우진　오디션 볼 때 쓸 소품이에요.

경찰　(여학생의 학생증을 확인하고 아잉쩌우에게 손을 내밀며) 어?

아잉쩌우　여권, 신분증 없어! 남편 가져가서 안 줘. 도망간다고!

경찰　그럼 이름?

아잉쩌우　아잉쩌우, 한국 이름 아이유! 내가 지었어.

경찰　(무전기 대고) 아잉쩌우! 한국이름 아이유. (아잉쩌우에게) 생년월일?

아잉쩌우　931225-456789

경찰　931225-456789 조회 조회! 불법체류자 아닌가 확인 바람.

아잉쩌우　한국 경찰 병원 못 가게!

여학생　학교도 못 가게.

배우진　오디션도 못 보게.

안기사　버스 운행도 못 하게.

모두　민원 넣을게요. (사람들 각자 전화를 건다.) 조 전무… 대검찰청 민원실이죠… 112죠… 경찰이 시민들 불심검문으로 학생들 잡고 학교도 못 가게,

경찰　아, 알았어요. (도망치듯 내리면서) 518번 버스 지켜보겠습니다. (거수경례. 차를 타고 퇴장한다)

구인득　(뛰어 들어오며) 저, 잠깐만요. (버스에 올라탄다)

안기사　다음부터는 정류장에서 타쇼이.

구인득　네.

안기사　갑시다. (버스 출발한다. 운전하며 노래를 튼다) 우리 버스 518번! 우리 버스가 똘똘 뭉친 기분이 들구만. 각자의 꿈을 향해 달려봅시다.

모두 (‘뛰뛰 빵빵’ 노래하며 춤춘다) 버스를 타고 광주 시내를 바람처럼 달려가자
함성 소리가 들려오는 정다운 그 거리로 뛰뛰뛰뛰 뛰뛰빵빵 뛰뛰뛰뛰 뛰뛰빵빵

경찰차 사이렌 소리! 경찰차 다가와 버스를 옆에 선다. 승객들, 빨리 자리에 앉는다.

안기사 (버스를 멈추며 운전석 창문을 내리며) 또, 뭐요?
경찰 차가 왔다 갔다, 음주 측정하겠습니다.
안기사 술 안 마셨다고요!
경찰 (음주측정기 꺼낸다) 부세요. (안 기사 음주측정기에 바람을 분다)
배우진 저 오디션 늦어요.
안기사 나 짤리면 경찰관 때문입니다잉!
경찰 이 버스 뭔가 수상한 예감이 드는데. 518번 버스 지켜보겠습니다. (경찰 거수경례하며 나간다. 버스 출발하고 노래 이어서 나온다)
모두 (다시 노래하고 춤춘다) 버스를 타고 광주 시내를 바람처럼 달려가자 함성 소리가 들려오는 정다운 그 거리로 뛰뛰뛰뛰 뛰뛰빵빵 뛰뛰뛰뛰 뛰뛰빵빵

안기사 (구인득에게) 저기 조용히 앉아 계신 분? 어디까지 가세요?
아잉쩌우 궁금해용~!
구인득 전…
모두 네.
구인득 전…
모두 네에?
구인득 전…

모두　네에에?
안기사　참말로 궁금허게 뜸을 들인디야.

버스안내방송　이번 정류소는 전남방직입니다.

안기사　내릴 사람도 탈 사람도 없은께 그냥 지나쳐 갑니다. 회사에서는 적자 노선이라고 없앤다 어쩐다…
아잉쩌우　한국 빨리빨리 변해요!
배우진　잠깐만요. red sun! 콜롬보!
여학생　콜롬보?
안기사　형사!
배우진　(콜롬보를 흉내내며) 우리가 조금 전까지 어떤 이야기를 하고 있었는데 말이죠.
여학생　기사님이 '저기 조용히 앉아 계신 분 어디 가세요?'라고 했어요.
아잉쩌우　그래서 제가 궁금해용~! 그랬더니…
배우진　전…
모두　네.
배우진　전…
모두　네에?
배우진　전…
모두　네에에?
배우진　그 다음이… (생각이 나지 않는다)
안기사　(갑자기 생각나서) 참말로 궁금허게 뜸을 들인디야.
모두　(서로 흥분하며 기뻐한다) 와— 우리가 기억해냈어.
안기사　그래서 이 버스가 기억의 버스, 역사의 버스, 민주주의 버스.
모두　518 버스!
배우진　자, 그럼 이제 그 다음 말을 해야지요.
아잉쩌우　없어요.

배우진　그러니까 그 다음 말이 뭐냐구요?
여학생　없다고요.
배우진　그러니까. 전, 네, 전, 네에? 전. 네에에? 참말로 궁금허게 뜸을 들인디야.까지 했으니까 그 다음 말이 뭐냐구요?
아잉쩌우　그래서 없어!
배우진　(웃으며) 아, 없었구나. 자, 그럼 그 다음 말은? (모두 구인득을 본다)

버스안내방송　이번 정류소는 금남로입니다.

아잉쩌우　방송이 시끄러!

버스 멈추고 재아 엄마 버스에 탄다.

재아엄마　또 늦었구만!
안기사　딱 1분 늦었네요. 망월동 가시게요?
재아엄마　출발햐!
아잉쩌우　망월동?
배우진　국립518민주묘지.
신문용　잠깐! (타려다가 한 발만 걸치고 전화 통화를 하며) 타, 말어?
안기사　저, 손님 빨리 타시든가, 내리든가?
신문용　이런 게시판을 봤나… 뭐라고 내 돈 떼어먹은 놈 잡았다고? 그놈 지금 어딨어? 이런 상줄 놈의 새끼.
아잉쩌우　(겁먹고 운전사에게) 아저씨… 가요, 가… 저 빨리요.
여학생　(배우진을 신문용에게 민다.)
배우진　(허세를 부리며 눈치를 보면서.) red sun! (신문용에게) 어이, 거… 건국동 동방파 습격사건! 버스, … 출발해야 합니다.
신문용　뭐여? 확 아가리 조사분다잉…. (배우진 뒷걸음쳐 의자에 다시 앉고 신문용은 계속 전화통화를 한다) 긍게 택시 오냐고 마냐고. 내가 버스 타고 가야 해?

여학생　학교 늦어요, 기사님. (안 기사 안절부절 한다)

신문용　… 이런 게놈프로젝트를 봤나? … 언제 오냐고 지금! … 시베리아 양아치 같은 놈을 확!

모두들 안절부절 못한다. 그때 재아 엄마 일어나서 신문용에게 간다.

재아엄마　(전화기를 빼앗아 버스 좌석에 폰을 놓으며) 여기 앉아서 하쇼.

신문용　(당황해서 버스를 타며) 이런 7080을 봤나. (버스 출발한다.) 여보세요? 여보세요? (전화가 끊어졌다) 할매, 죽 되고 싶으셔요?

재아엄마　여 사람들 기다리는 거 안 보이요!

여학생　통화하다 다치면 안 되잖아요. 그쵸, 할머니?

사람들　그러제.

신문용　(여학생에게) 어이! 학생, (가방에서 뭔가를 꺼내는데 사람들 놀랜다) 마음에 들어. (박카스를 꺼내 뚜껑을 따주며) 요거라도 묵어.

여학생　(손으로 박카스 병을 치며) 됐어요.

안기사　(급 브레이크) 갑자기 끼어들면 어떡해? 사고 날 뻔했잖아. (신문용이 들고 있던 박카스가 배우진 머리와 옷에 쏟아진다)

배우진　아아아아! 오디션 때 입을 옷인데 아저씨가 책임지실 거예요?

신문용　아야, 나가 그런 게 아니라, 버스가 팍 서불고 이 학생이 손을 탁 쳐분게. 요렇게, 요렇게 (흉내를 내면서 박카스가 더 쏟아진다. 화를 내는 배우진을 쳐다보며) 어디서 눈을 까고 엥기냐?

안기사　승객 여러분 서로 참고 갑시다.

신문용　(상의를 벗어 던지는데 팔에 문신이 보인다) 버스 세워! 세우라고! 아, 총 같은 놈이 내 대갈통에 총질을 하네요? (손가방으로 배우진의 머리를 친다)

안기사　(버스를 멈춘다) 승객 여러분, 정시 도착 좀 합시다.

신문용　(지갑을 열어 5만 원을 꺼내 배우진에게 내밀며) 세탁비!
배우진　(계속 화가 나 씩씩거리며 옷을 들춰 보인다) …
신문용　(10만 원을 더 꺼내 배우진에게 주며) 됐제?
배우진　(돈을 받고 인사를 하며) 하하하, 감사합니다. (돈을 세며 좋아한다)
안기사　시방 딱 5분 늦었응게. 이판사판으로 운전할랑게 말리들 말어! 꽉 잡으쇼… (버스 급가속을 한다)
신문용　나가, 개인 금융회사 사장인디… 젊은이. 우리 회사 취직시켜줘?
배우진　제 인생은 무대에서 배우로 살 겁니다.
안기사　(다급하게 운전하며) 비켜! 좌회전 우회전, 방지턱! 좌회전 우회전! 방지턱! 좌회전 우회전 방지턱! 방지턱 방지턱 방지턱 턱! 턱! 턱! 터러러 덕더 턱-!
사람들　사고 나것어. (신문용 버스 앞쪽으로 날라간다)

버스가 좌회전 우회전 과속을 하면서 달린다. 사람들이 이리저리 쏠리며 간다.

방지턱에 신문용은 버스의자에서 떨어져 앞쪽까지 밀려 납작 누워있다.

안기사　(신문용에게) 손님, 여기서 뭐하십니까?
신문용　(일어나며) 나가 버스비를 안 냈더라고. (지갑에서 돈을 꺼낸다)
안기사　1400원입니다.
신문용　잔돈은 됐고, (뒷좌석으로 가면서) 기사 양반 운전이 상당히 거칠어불구만.
아잉쩌우　용문신 아저씨! (문신을 가리키며) 혹시 용문신?
신문용　멋지제! (기억이 날듯 말듯) 어디서 봤더라? 아…
아잉쩌우　아잉쩌우!
신문용　아잉쩌우! 베트남! 인자 기억나네. 잘 살지?
아잉쩌우　용문신 내 인생에 망쳤어! 나쁜 사장. (갑자기 용문신 빰을 때린다. 사람들 놀래 순간 정적) 용문신, 나 속였어!

신문용　난 신문용이라고!

사람들 말린다. 버스 멈춘다. 안기사 말린다.

안기사　아앙쩌우, 왜 그랴?

아잉쩌우　용문신 국제결혼소개소 사장님! 술 남편 결혼시켰어요! (울며 달라든다.)

안기사　그 술주정뱅이를 소개시켜줘!

재아엄마　중매 잘못 서면 뺨이 세 대여!

모두　맞아라! (사람들 신문용을 몰아 세운다.)

신문용　나도 그런 놈인지 몰랐지요. 국제결혼 때려쳤다고! 인자는 사채! 사채업자라고!

아잉쩌우　결혼 물어줘요! 소개비 오백만 원 줬어요! 환불해 줘요!

여학생　나쁘네.

배우진　환불해 주셔야지요.

재아엄마　배로 돌려줘!

신문용　어허! 그럼 진작 왔어야제. 이미 10년도 지났는디… 환불은 안 되제.

안기사　환불 된다! 손 들어 봅시다! (모두 손 든다) 물어줘요잉!

신문용　(사람들 위협하며 가다가 아잉쩌우에게 무릎 꿇고) 내가 딴 사람 새로 해주까? 열에 한 놈은 꼭 불량품 같은 놈이 나온단게!

아잉쩌우　용문신 나빠요!

신문용　(문신을 보여주며) 미안해! 글고 요 용문신 가짜여! (팔토시를 내리며) 하하하. 요게 있어야 세 보인당게요. 돈 안 갚는 인간들 때문에 죽겄구만.

배우진　오디션 때문에.

아잉쩌우　남편 때문에.

여학생　친구들 때문에

재아엄마　보고 싶은 내 아들 때문에…

안기사　버스 승객들 때문에.

모두　죽겄구만!

아잉쩌우　우린 몰라. 우리 인생은 어디로 가는지 몰라!

안기사　버스는 다음 갈 곳을 딱딱 알려주는디…

재아엄마　어디로 가는지 몰라도 가 보는 게 인생이제.

신문용　(〈인생은 미완성〉 노래) 인생은 미완성 그리다 만 문신! 그래도 우리는 곱게 살아야 해

배우진　(신문용에게) 곱게 좀 사세요. (신문용 화가 나서 벌떡 일어난다) 잠깐만요. 우리가 아까 어떤 이야기를 하고 있었거든요. (구인득을 가리키며) 이분! 그 다음 말씀은?

구인득　전… 전… 사죄하러 왔습니다.

모두　사죄?

신문용　사죄는 나가 해야 된디…

배우진　배우 한다고 부모님 속 썩인 죄!

여학생　전, 지각이랑 이유 없는 반항.

신문용　난, 사람들한테 공갈 협박한 죄.

아잉쩌우　난, 도망갈 생각만 한 죄.

재아엄마　나는 내 자식 못 지킨 죄.

안기사　난 승객들한테 정시 출발, 정시 도착 못한 죄. 딴 길로 간 죄. 80년에 학생 못 구해준 죄. (사이) 이 죄가 가장 크네!

배우진　red sun! (상황극을 한다. 구인득에게 다가가) 안녕하세요, 동부경찰서 배 형삽니다. 선생님은 뭔 죄를 저질러 요 광주까지 왔습니까?

구인득　…

배우진　(여학생에게) 야, 여형사?

여학생　예. (안 기사에게 다가가) 반장님 말을 안 하는데요?

안기사　아, 나 반장님! (형사처럼) 선생님, 죄를 지은 사건을 자백허시죠?

신문용　묵비권을 행사할 수 있지만 불리하게 작용될 거요이!

여학생　(구인득에게) 공범도 있나요? 말씀하시죠? (아잉쩌우에게) 서장님, 자백 안 합니다.

아잉쩌우　자백하면 정상참작 해 준다. 죄목은?

배우진　사기?

신문용　절도?

아잉쩌우　폭행?

여학생　추행?

재아엄마　방화?

안기사　강도?

구인득　…살인!

모두　(놀라며) 살인? (사람들 놀래서 각자 자리로 도망간다.)

버스안내방송　이번 정류소는 국립아시아문화전당, 518민주광장입니다.

갑자기 모두들 버스에서 내리려고 한다.

안기사　다들 내리실라고?

재아엄마　(작은 소리로) 딴 버스 탈라고…. (사람들 모두 눈치를 본다)

구인득　이곳에서 벌어진 일입니다.

모두 구도청을 바라본다. 천둥소리, 빗소리. 음악.

모두　이곳에서 살인?

배우진　(작은 소리로) red sun!

재아엄마　누구를?

아잉쩌우 어떤 방법으로?

구인득 몽둥이로!

여학생 때려서?

구인득 칼로…

신문용 찌르고?

구인득 총으로…

배우진 쏴서?

구인득 탱크로…

안기사 깔아뭉개고

구인득 헬기로…

모두 난사하고!

구인득 (일어서서) 1980년 5월 18일, 작전명 화려한 휴가를 명 받았습니다.

모두 1980년 5월 18일! (천둥소리)

구인득 (군인처럼) 계엄령에 따르지 않는 학생들은 모두 폭도로 간주한다.

배우진 군부독재 물러가라!

신문용 광주시민들이 군인들에게 무참히 죽었제.

여학생 피가 모자라 헌혈에 동참하고요

안기사 택시는 물론 버스도 함께 도청으로 가고.

아잉쩌우 사람들이 주먹밥, 빵, 음료수 나눠 주고.

재아엄마 고등학생이었던 우리 재아가 학교 친구 만난다고 가서는…

버스 안의 사람들 노래를 부른다.

모두 (훌라송을 부른다) 으싸으싸으싸! 계엄군은 물러가라, 계엄군은 물러가라 훌라훌라. 비상계엄 해제하라, 훌라훌라!

시민들 우린 폭도가 아니라 광주시민이다. 광주시민이다. / 여러분다 같이 불러주세요. / (노래한다) 대한 사람 대한으로 길이 보전하세!

5·18 당시 영상 – 시내버스 행렬과 버스에 올라탄 사람들.

구인득 "현시간부로 폭도들은 사살해도 된다는 명령이 떨어졌다." 그때 도청을 경계하던 우리 군인들을 향해 달려오는 버스에도 무차별 총격을 가해 운전사를 죽였습니다.

총소리. 사람들 놀라서 모두 버스 바닥에 엎드린다.

안기사 (일어나 운전석에 앉아 재현하며) 그때 나도 막 버스 기사가 되어 버스를 몰며 도시를 달렸지. 피 흘리며 도망치는 사람들, 쫓아가 죽이는 군인들. 그때 한 학생이 버스 문을 두드려 열어줬더니 내 차 올라타더라고. 학생이 "아저씨, 아저씨, 빨리 가주세요." 쫓아온 군인이 "이 학생 알아?" 순간 머리가 하얘지더라고. 난 생각할 겨를도 없이 "아니요!"

모두 이런! 맞다고 해야제.

배우진 살았을까요?

여학생 죽었을까요?

안기사 그 학생의 눈동자가 잊혀지지 않아. 내가… 내가 … 그 학생 죽인 거여.

재아엄마 우리 재아도 버스를 못 탔다고 했는디…?!

사람들, 각자 자리에 앉고 침묵 속에 버스는 달린다.

버스안내방송 이번 정류소는 전남여고입니다. (버스가 멈춘다)

안기사　(뒷문을 연다. 내리지 않자 여학생을 보며) 학생!

배우진　야, 내려!

여학생　(그대로 앉아 있다) …

아잉쩌우　학교 가.

재아엄마　우리 재아는 학교를 그라고 다니고 싶어 했는디 …

신문용　요새 애들은 말을 안 들어.

여학생　……

안기사　오늘 도대체 왜 이런다냐, 참말로.

모두　버스 출발해야 한다고!

신문용　아야, 나도 돈 받으러 가야 한다고. 어이 red sun! (배우진에게 끌어내리라고 손짓한다)

배우진　(여학생의 어깨를 톡톡 치며 조심스럽게) 야! …야!

신문용　(일어나서 여학생의 팔을 잡으며) 어이, 학생!

여학생　(비명을 지른다.) 아악! 저한테 손대면 여기서 죽어 버릴 거예요. 학교가 없어졌으면 좋겠어! 죽음? 그거 쉬워요. (재연하면서) 야, 주제 파악 좀 해. (배우진에게) 너, 너 말이야! 나대지 말고! (웃으며 때린다) 야, 그냥, 장난으로 한 말이야. 친해서 친 건데 때렸다고? 너 이거 과잉반응이다. 하하하. …맨날 그렇게 놀리고 따 시키고…

안기사　학교가 그럼 안 되제.

여학생　오늘 학교에 가서 죽을 거예요. 보란 듯이…. (내리려고 한다. 사람들 말린다)

재아엄마　버스 오라이! (버스 출발한다.)

아잉쩌우　우리 아들도 놀림 받아서 학교 가기 싫어해요.

신문용　이런 시베리아 양아치 건달만도 못한 것들이 꼭 왕따를 시켜요.

재아엄마　요 버스가 오늘 애기 목숨 하나 살렸다, 요.

안기사　그래서 이 버스가 기억의 버스, 역사의 버스, 민주주의 버스, 518 버스제라!

재아엄마 5·18 때 우리 재아가 버스를 탔더라면 … (사이. 구인득에게) 이 나라 역사에서 당신들은 죄인이여! 당신들도 가족이 있었을 거 아니여. 광주 사람들을 왜 죽였소?

구인득 … 명령 불복종은 죽음뿐이었습니다.

재아엄마 당신들 살자고 그 많은 사람을 죽여? 그런 명령은 따르지를 말았어야제.

안기사 여기가 어디라고 왔어?

신문용 양심이 있어야제.

재아엄마 내 아들이 군인들한테 왜 죽었어야 했냐고. 고등학생 그 어린 것을 왜 죽였어? 왜 죽였나고? 왜 죽였냐고… (운다).

구인득 그땐 어쩔 수 없었습니다. (버스가 끽- 소리와 함께 멈춘다.)

안기사 어쩔 수 없어! (운전대를 놓고 와서 구인득에게 온다) 네들이 쇠몽둥이로, 칼로, 총으로, 탱크로, 죽인 사람들… 그 가족들은 고통에 살다 병들어 죽고, 자살해 죽고… (구인득의 멱살을 잡고) 광주 사람들 죽이고 사니 살 만하제? 이 살인자! (신문용 안 기사를 말린다)

구인득 살인자라고 내 입으로 말할 순 없었소!

재아엄마 내 아들을… 내 아들을….

안기사 당장 내려! 당장 내려! 이 버스가 어떤 버스인데 감히 이 버스를 타! 당장 내리라고. 내려, 내리라고! 안 내려? 안 내리면 내가 내린다! (안 기사 버스에서 내린다)

아잉쩌우 기사님! 가요!

신문용 기사님 가십시다!

안기사 나, 저런 사람 태우고 운전 못 합니다! 내가 그만두는 한이 있어도 절대로 안 갑니다.

재아엄마 내 자식은 죽어서 흙 속에 있는디 이날 이때까지 용서를 비는 놈 하나가 없어.

아잉쩌우 (구인득에게) 518 나도 알아요. 군인 나빠요. 베트남전쟁 때 한국 군인 무서웠어요.

신문용　수백 명이 죽었는데 죽인 군인들이 처벌을 안 받으면 이게 뭔 나라여! 가라고! 내리라고라. 어이, 배우! 이 사람 끌어내려! (구인득을 버스에서 끌어낸다) 다시는 오지 마쇼. (안 기사에게) 인자, 갑시다!

안기사　나, 저 사람 내렸으니까 버스 타는 거여잉. (버스에 올라탄다)

모두　얼른 갑시다. (안 기사 버스 문을 닫으려고 한다)

구인득　잠깐만요, 만날 사람들이 있습니다.

모두　만날 사람들?

안기사　그냥 갑시다! (가려고 한다)

배우진　잠깐만요. 저분도 승객인데 태워야죠.

안기사　이 사람아, 승객도 승객 나름이제.

재아엄마　절대 안 돼!

아잉쩌우　만날 사람들이 있데요.

여학생　사죄하러 오셨으니까…

신문용　아따, 요새 애들은 개념이 없구만이.

승객들 의견 대립으로 싸운다.

안기사　(말리며) 승객 여러분, 잠시만요. 그러믄 요 버스가 518번, 민주주의 버스니까 다수결로 정합시다. 저 사람 태우고 가자, 손! (아잉쩌우, 배우진, 여학생 손을 든다. 안 기사 숫자를 센다) 하나, 둘, 셋! 저 사람 태울 필요 없다, 손! (안 기사, 재아 엄마, 신문용 손을 든다. 안 기사 숫자를 센다) 하나, 둘, 셋? 삼대 삼. … 아이 어쩌라고.

재아엄마　그냥 갑시다. (출발하려고 한다.)

안기사　(관객을 보고) 저기 버스 탈라고 기다리는 사람들이 있응게 한번 물어봅시다! 저 사람 태워야 된다, 손! (숫자를 세고) 응, 그럼 저 사람 태울 필요 없다, 손! (숫자를 센다) 살인자를 태워, 난 못 태워! 글고 요 버스 내 버스여! 갑시다! (운전석에 앉는다) 비켜! 비키라고!

빵– 빵! 빵–!

안 기사 운전석에 앉아 출발하려고 버스 앞을 막고 있는 구인득을 향해 클랙슨을 울린다.

배우진 저분도 승객인데 물어봐야죠.

신문용 아아, 저 사람은 자격이 안 된다고!

승객들 또 싸운다. 신문용이 배우진을 때리려고 한다.

여학생 (소리 지른다) 악! 지금 아저씨가 시베리아 양아치잖아요.

신문용 (멈추며) 내가 시베리아 양아치라고?

여학생 네!

신문용 (의자에 앉으며) 허… (여학생을 한번 보며) 참! …내가 시베리아 양아치라고? …

안기사 좋아요. 그럼, 이것도 다수결로 정합시다. 저사람한테도 물어봐야 한다. 손! (아잉쩌우, 배우진, 여학생 손을 든다. 안기사 숫자를 센다) 하나, 둘, 셋. 저 사람한테 물어볼 필요 없다. 손! (안 기사, 재아 엄마 손을 든다. 안기사 숫자를 센다.) 하나, 둘. (신문용에게 손을 들라고 눈짓한다. 신문용 손을 올린다) …셋!

신문용 …난 기권이요. (손 내린다)

아잉쩌우 한국 민주주의 나라. 민주적 결론! (사람들 눈치를 보며) 쏠져 아저씨 빨리 타요. (내려서 구인득을 밀고 탄다) 빨리 타요. (구인득을 버스에 태운다) 버스 가요!

버스 출발한다. 안 기사 클랙슨을 울리고 거칠게 운전을 한다.
끼어든 사람들에게 소리를 지른다.

안기사　비켜! 비키라고! 어딜 가로막고 지랄이여! 너, 인생 그렇게 살지 마, 이 자식아!

버스안내방송　이번 정류소는 대인시장입니다. (버스 멈춘다. 문이 연다)

아잉쩌우　(내리려다가 멈춰서) 쏠져 아저씨는 누굴 만나야 해요?
안기사　얼른 내려!
아잉쩌우　(뒷문으로 내렸다가 앞문으로 다시 타면서) 버스 출발! 518. 베트남 대학교에서 한국사 배웠어요. (버스 출발하고 자리 앉아) 518 때 왜 그랬어요? 누굴 만나야 하는지 알고 싶어요?
모두　들어나 봅시다. 말해주세요! 맞아요!
구인득　… 버스에 탄 사람들…
모두　버스에 탄 사람들?
구인득　그리고 살아남은 여학생.
여학생　여학생이요?
아잉쩌우　그 여학생을 왜 만나요?
구인득　그때 우리 부대는 광주 들어오고 나가는 도로를 봉쇄했었습니다.
안기사　군인들이 싹 다 외곽으로 빠졌을 때 말이구만.
재아엄마　사람들이 광주를 빠져나가다 총에 맞아 죽은 사람들이 많았어.
신문용　우린 생명을 지키기 위해 총은 총으로 맞섰제.
아잉쩌우　Everyone fights as one! (모두가 하나가 되어 싸우고)
여학생　고립된 광주는 스스로를 지켰고요.
배우진　80년 오월. red sun!

80년 오월항쟁 속으로

음악이 나오면 버스에 탄 사람들, 80년 광주시민들이 되어 〈투사회보〉 배포, 사망자 명단 부착, 음식 나누기, 모금 등의 활동을 한다.

대학생 1(배우진) (상황극. 여학생에게) 넌 시내 쪽을 맡아, 난 외곽 쪽을 맡을 테니까.

대학생 2(여학생) 예, 선배님.

안기사 (운전하며) 오늘 학생들 어디든 싹 다 바래다줘야 쓰겄구만!

재아엄마 시민군들이 광주 사람들 지킬라믄 돈이 있어야 할 것 아니여. (요금함에 돈을 넣는다)

안기사 고맙습니다!

아줌마(아잉쩌우) 우리 시장 사람들은 총은 못 든 게 음식이라도 나눠 줄 팅 게 걱정허들 말고 싸워!

대학생 2(여학생) 고맙습니다.

시민군(신문용) 사망자 명단을 빨리 붙여야 하는디!

대학생 2(여학생) 제가 도와드릴게요. 〈투사회보〉도 시민들에게 나눠줘야 하고요.

안기사 다들 꽉 잡으시오.

80년 시민들의 활동 영상들 나온다.

버스안내방송 이번 정류소는 광주역입니다.

안기사 (버스를 멈추며) 광주역에서 시민들과 군인들이 대치 중입니다.

대학생 1(배우진) 우리도 여기서 내립시다.

대학생 2(여학생) 우리도 같이 싸웁시다.

버스에서 내려 학생들 구호를 외치고 돌을 던진다.

시민군(신문용)　　군인들을 몰아냅시다. 몰아냅시다!
아줌마(재아엄마)　재아야! 재아야! (이리저리 찾아다닌다)
아잉쩌우　우린 폭도가 아니라 광주시민이다. We are not criminals, we are citizens of Gwangju.
버스기사(안기사), 모두　광주시민이다.

갑자기 총소리가 난다. 사람들 서둘러 버스에 탄다.

대학생1(배우진)　　피하세요. 위험합니다.
재아엄마　재아가 친구 찾으러 갔는디.
버스기사(안기사)　얼른 타요. 어서요! (남학생 총에 맞아 쓰러진다. 사람을 남학생을 태우자 버스는 달린다) 갑시다.
대학생 2(여학생)　선배님, 선배님. 피가 나요.
아줌마(아잉쩌우)　학생! 괜찮어?
대학생 1(배우진)　괘… 괜찮아요…
시민군(신문용)　　팔을 다쳤구만.
재아엄마　후딱 병원으로 가야겄어! (버스 달린다)
버스기사(안기사)　(버스를 멈추며) 끽! 다, 왔어요.
시민군(신문용)　　(차에서 내려 병원 안으로 뛰어 들어간다) 응급 환자요. 응급환자입니다.
대학생 2(여학생)　(구인득에게) 도와주세요. (버스에서 내려서 다친 사람을 안내하며) 이쪽으로! 도와주세요, 도와주세요, 총상을 입은 응급 환자입니다. 도와주세요.

사람들, 대학생 1을 부축하며 버스에서 내려 병원으로 들어간다.
80년 병원 모습과 환자 나르는 모습이 영상으로 나온다.

대학생 2(여학생)　응급환자입니다. 도와주세요.

의사(신문용)　(나오며) 잠깐만요. 다른 병원으로 가세요. 환자가 너무 많아 더는 치료가 불가능합니다.

시민(아잉쩌우)　의사 선생님! 어디로 가요?

재아엄마　전대병원도 적십자병원도 환자고 죽은 사람이고 넘쳐난다요.

대학생 2(여학생)　저기, 저기, 군인들이 몰려와요.

의사(신문용)　(사람들을 안내하며) 이쪽으로, 이쪽으로 오세요. (사람들, 모두 숨는다)

군인(구인득)　(나오면서) 환자 중에 폭도가 있을 것이다. (관객에게) 누가 폭도를 병원으로 옮겼나? 너야, 너야?

의사(신문용)　잠깐만요! 저기 너무한 거 아니요!

군인(구인득)　뭐야! (때린다) (관객에게) 너 나와. (때리려고 한다)

의사(신문용)　전쟁 때도 환자를 죽이진 않았어요.

군인(구인득) 의사를 때린다. 사람들 몰래 버스에 올라탄다.

군인(구인득)　저 버스 뭐야. 저 버스 잡아, 저 버스 잡으란 말이야! (뛰어나간다)

안 기사와 사람들, 버스를 돌린 뒤 탄다.

버스기사(안기사)　출발합시다. (버스 달린다)

군인(구인득)　(안에서) 저 버스 뭐야? 저 새끼 잡아!

시민군(신문용)　(버스를 보고 쫓아온다) 잠깐만요! 잠깐만요!

시민군, 달리는 버스에 몸을 던져 탄다.

시민군(신문용)　똑바로 가면 안 되고 오른쪽 말바우시장 쪽으로 돌려요. 어서요.

버스기사(안기사)　그럽시다. 군인들이 앞에도 군인들이 있소.

남학생(배우진)　전남대 쪽으로 돌려요!

시민(아잉쩌우)　어떻게 해요?

대학생 2(여학생)　피가…

버스안내방송　이번 정류소는 동광주 진입로입니다.

80년 광주의 거리 모습 영상으로 보인다. 버스 이리저리 움직이면서 달려가다 멈춘다.

시민군(신문용)　왜, 안 가요?

버스기사(안기사)　진입 금지!

대학생 2(여학생)　피가 많이 흘러요.

대학생 1(배우진)　전 괜찮아요.

시민군(신문용)　(머리띠를 풀어 지혈한다)

아줌마(아잉쩌우)　빨리 가요!

버스기사(안기사)　그러다 우리 다 죽어요!

재아엄마　나도 아들 찾아야 헌께 가 보자고!

대학생 2(여학생)　(관객을 가리키며) 저기 사람들이 있어요.

안기사　같이 타고 갑시다.

재아엄마　(관객들에게) 여기 있으면 위험하요. 얼른 갑시다. (관객들을 데리고 버스로 이동한다)

버스를 뒤로 돌린다. 관객도 승객이 된다.

버스기사(안기사)　자 어서 타요. 뚫고 지나가야 합니다. 꽉 잡으쇼이. 좌로, 우로, 우로, 좌로……!

버스 달리고 거리의 모습이 영상으로 보인다.

총소리. 총알이 버스에 날아들고 버스는 후진으로 달린다.

시민군(신문용) 모두 엎드려!

버스기사(안기사) (사격 소리와 함께) 뒤로, 뒤로! (후진으로 달린다) 뒤 좀 봐주세요.

시민군(신문용) 오라이, 뒤로 오라이 오라이. 스톱! (관객 한 명에게) 이 분이 총에 맞아… 사망하셨습니다.

재아엄마 오메 불쌍해서 어쩐다냐?

아줌마(아잉쩌우) 나쁜 군인들!

버스기사(안기사) 시신을 수습하게 도청으로 갑시다! (달리다가 멈춘다) 다 왔어요.

시민군(신문용) (뛰어가며) 사망자가 있습니다!

안 기사가 관객을 업고 버스에서 내린다.

시민군(신문용) 시신을 모실 관도 둘 데도 없답니다.

재아엄마 그럼 어쩐다요?

대학생 2(여학생) 여러분! 도와주십시오. 시신 모실 자리가 필요합니다.

아잉쩌우 이쪽으로! (관객을 객석에 다시 앉게 한다)

재아엄마 관도 없이 어떻게 장례를 치른다요?

버스기사(안기사) 관이 필요합니다. 그럼 화순으로 가 봅시다.

대학생1(배우진) 제가 가겠습니다.

재아엄마, 아잉쩌우 저도 가요. 나도 갈라네.

여고생(여학생) 저도요.

버스기사(안기사) 학생은 안 돼.

여고생(여학생) 모두 어른들만 가면 의심해서 바로 잡혀요. 제가 있어야 버스같이 보이잖아요.

시민군(신문용) 저도 가겠습니다.

버스기사(안기사) (시민군에게) 그럼, 총은 놓고 갑시다. (시민군 총을 놓고 온다. 버스 돌린다. 모두 탄다) 최대한 버스 승객처럼 앉아 있으면 됩니다.

이리저리 피해 달려간다. 도시 전경이 지나간다. 사람들 불안해하며 주위를 둘러본다.

여고생(여학생) (노래한다)

검붉게 탄 핏자국에 새겨진 눈물 흐르네
차가운 몸 널브러진 순결한 하얀 눈동자
우리 운명은 어찌 되나 우리 광주는 어찌 되나요
우리 운명은 어찌 되나 우리 광주는 어찌 되나요

모두 (노래한다)

총 놓고서 항복하느냐 총 들고 나가 죽~느냐
항복하느냐 싸워 죽느냐 가혹한 운명의 시간뿐
우리 운명은 어찌 되나 우리 광주는 어찌 되나요
우리 운명은 어찌 되나 우리 광주는 어찌 되나요

버스기사(안기사) 학동 지나고 이제 화순으로 들어가는 주남마을입니다.

사람들, 서로 손을 붙잡고 격려한다. 갑자기 총알 한 발이 날아 온다.

버스기사 총에 맞아 쓰러지고 총알 수십 발이 쏟아지며 사람들 쓰러져 죽어간다.

시민군 그만 쏴! (총알에 맞아 죽는다)

남학생, 여학생 의자 밑에 숨는다. 군인(구인득) 들어온다.

군인(구인득)　　(버스에 올라타서 총을 겨누며 확인한다)

남학생(배우진)　　(손을 들며) 사, 살려주세요.

군인, 남학생을 쏜다. 남학생 죽는다. 군인, 여고생에게 총을 겨누며 버스에서 내린다.

여고생 손을 들고 버스에서 내려 무릎을 꿇다가 군인을 쳐다본다.

천둥소리, 빗소리. 현재로 돌아온다. 여고생, 다시 버스에 탄다.

여고생이 죽은 사람들을 일으켜 세우면 사람들 의자에 앉는다.

구인득　　(버스 밖에서 사람들에게) 미안합니다. (버스에 올라탄다) 정말 미안합니다. (자리에 앉는다)

재아엄마　　재아야! 재아야!

버스안내방송　　이번 정류소는 국립518민주묘지입니다.

버스가 멈춘다. 구인득 버스에서 내린다. 5·18 추모탑이 보인다.

안기사　　(재아엄마 내리기 전에) 재아는 어떻게…

재아 엄마, 사람들 모두 버스에서 내린다.

〈노래 – 오월어머니 노래 중 '재학아, 엄마 안 보고 싶었어'〉

재아엄마　　재아야! 재아가 중학교 3학년 때 상고를 지망하고 혼자서 접수하고 왔어. 참 어른스러웠제. 17살 고등학생이 된 재아는 하복을 맞춰놓고 입어 보지도 못했어.

재아(배우진) (노래) 은행원이 되어서 엄마 호강 시켜드릴 거야.
내가 옷 때깔이 좋아. 하복 입으면 멋있었을 텐데.

재아엄마 지 친구가 죽었다고 장례를 치르고 온다 했는데 … 설마 그 어린애한테 총을 쏠지는 생각도 못 했어. 정말로 징한 놈들이제.

재아, 사람들 (노래) 이럴 수는 없잖아요. 군홧발에 짓밟히는 꽃잎들
잃어버린 친구를 찾아서 손잡고 집으로 가겠어요.

재아엄마 5월 26일 도청민원실에서 재아를 만났어. "재아야, 오늘 저녁에 계엄군이 처들어온단다. 엄마랑 얼른 집에 가자" "엄마, 막차 타고 갈라요." 그래서 그냥 왔지. 그것이 마지막이었어.

재아, 사람들 7시 막차가 떠났어요. 집에 못 가겠어요. 사람들에게 얘기하세요.
내 아들은 폭도가 아니라고! 군홧발 소리 가까워져요.
숨을 쉴 수 없어요. 무서워요. 살고 싶어요. 엄마 이젠 안녕.

재아엄마 (노래) 엄마는 오래오래 우리 아들 자랑을 할거야. 그리고 천국에서 만나자. 그때 널 보면 뭐라고 하지? 재아야, 엄마 안보고 싶었어.

노래 끝나면 사람들 다시 버스에 탄다.

구인득, 버스 타는 사람들을 보다가 사람들이 쳐다보면 고개 숙여 인사하고 나간다.

안기사 (운전을 하며) 기억의 버스, 역사의 버스, 민주주의 버스, 518버스.

5·18 당시 사람들의 모습이 영상으로 나온다.

안기사　　(버스 멈추며) 다왔습니다. (사람들 서로 인사하면서 나간다)

사람들 나가면 안 기사 버스에서 내려 앞쪽으로 가서 키를 한번 던지고 〈slow motion〉으로 퇴장한다.

애니메이션 버스 영상. 버스 바퀴 아래로

"인생의 종점은 죽음이다. 도착하기 전까지 우린 저마다 꿈을 이루며 살아가는 아름다운 존재다."

글씨가 지나간다.

애니메이션 버스 나오고 518버스 노선 글씨 지나간다.

■ **박정운** 〈극단 토박이〉 연출가. 배우. 극작가. 광주 5월의 의로운 공동체 정신, 자연과 인간이 공존하는 소중한 환경 인식, 세대별 갈등을 성찰을 통한 소통, 어린이와 가족 모두가 바라본 미래지향적 삶에 대한 해석을 주제로 작품 창작. 대표작으로 오월극 「마중」, 「오금남식당」, 「나와라 오바!」, 「버스킹 버스」, 어린이극 「하티와 광대들」, 환경극 「고래장군과 용궁이야기」, 「토토투투 할머니의 이야기극장」, 청소년극 「죽기살기」, 그외 1인 가구의 삶을 통한 가족극 「꽃이여 바람이여」 등.

마당극 호랑이 놀이

김정희 작·연출, **마당극단 광대** 공연

이 작품은 박지원의 「호질」을 전통적인 틀로 인용하여 광복 이후부터 5·18민주화운동에 이르기까지 대한민국의 현대 정치사를 풍자적으로 그린 마당극이다. 총 세 마당으로 구성된 작품은 호랑이와 팥죽할멈, 포수, 칼돌이 등을 등장시켜 1980년 5월 국민들을 학살하고 정권을 잡은 전두환정권과 미국을 우회적으로 풍자한다. 작품은 〈마당극단 광대〉가 5·18민주화운동 1주년을 기념하기 위하여 1981년 5월 9일 광주YMCA 무진관에서 공연하고, 1987년에는 「호랑이 놀이2」로 재구성해 공연하였다. 대본은 1989년 놀이패 신명이 엮고 들불에서 출판한 『전라도 마당굿 대본집』에 수록되어 있다.

등장인물

팥죽할멈
깽쇠
포수
호랑이
망품
분귀
전귀
금귀
판돌이
중돌이
칼돌이
금순 여사
막벗순
박돌이

마당극

호랑이 놀이

김정희

첫째마당 첫째거리

모든 등장인물들 자기 배역의 성격에 맞는 동작과 춤으로 이루어진 길놀이에 이어 호랑이 큰 탈 쓰고 꼬리 달고 그의 졸개 귀신들과 (오방진 장단에 맞춰 관객을 대상으로) 한바탕의 위협적인 춤을 추다가 호랑이 마당 중앙에서 장단을 멈추게 한다.

호랑이　어어허 먹을 것이 참 많이도 모였구나. 얘들아 하도 많아서 어느 걸 먼저 먹어야 할지 짐의 마음이 심히 불안하구나. (관객들을 지적하며) 암컷으로 할까, 수컷으로 할까, 늙은 걸로 할까, 젊은 걸로 할까, 살찐 걸로 할까, 마른 걸로 할까.

분귀　폐하. 제 말씀만 들으시면 저것들의 심장부터 골을 아주 천천히– 맛있게 드실 수가 있을 텐데 뭘 그리 서두르십니까?

금귀　그렇죠. 천천히– 꿩 먹고 알 먹고 나라 먹고 심장 먹고 하늘

땅 바다까지 입만 쫙 벌리면 술술 들어오게 되어 있죠.

호랑이　글쎄. 그래두 첫입으로 식욕을 돋구기 위해 뭐랄까… 오우 그렇지 디저트가 아니라 앞저트용으로 한입 날름 아사삭, 바사삭.

전귀　폐하. 체통을 지키십시오. 폐하께서 명을 내리시기만 하면 저런 것들은 무더기로 쓸어다 바칠 수가 있습니다.

(흥분하여 관객 한 사람을 잡고 마당으로 끌어들이려 한다)

금귀　야. 다 된 밥에 재 뿌릴려고 그래.

분귀　무식해서 참… 펜은 칼보다 강하다. 즉 이렇게 (패션쇼의 워킹 동작) 또는 이렇게 (기타 치고 머리 흔드는 동작) 또는 이렇게 (디스코 동작) 점진적으로 아껴 먹어야 맛있지.

금귀　마음에 드는 표현이군.

금귀, 분귀　(함께) 점진적으로!

전귀　(분귀를 향하여) 원자, 수소, 중성자, 무엇이든 단 한 방에 끝낼 수가 있다 이거야. 폐하! 우리는 한다면 하는 놈입니다.

호랑이　좋아 좋아. 귀관의 충정을 잘 알지만 단 한 방으로 너무 새까맣게 타버린 것은 식성에 안 맞아. (오방진 두어 장단에 관객들에게 자기 과시)

배역들　아야. 종이 호랑이다. 양키 호랑이 물러가라―

호랑이　(화를 내며) 허어 이것들이 내가 얼마나―

전귀　무섭고 끔찍하며.

금귀　위대하고 부유하며.

분귀　풍요하고 찬란하다는 것을.

호랑이　(고개를 끄덕끄덕) 모르는 모양이군.

이봐, 분귀, 이것들을 어떻게 길들일 수 없나?

분귀　모든 교육을 통하여 하고 있사옵니다.

호랑이　예를 들면?

분귀　코커국은 세계에서 가장 크고 위대한 나라… 중의… 하나이다라고 교과서에 표기해 두었습니다.

전귀 일찍이 우리의 깃발이 오대양 육대주의 어느 곳에 가서 꽂히든 그것은 언제나 승리를 의미했도다.

금귀 우리의 돈은 세계의 문화 그 자체이고 우리 돈의 힘은 네 것은 내 것, 내 것도 내 것이라는 철저한 윤리적 질서 내지는 신용을 토대로 하고 있다.

분귀 우리는 지상의 곳곳에서 코커식 주거환경, 코커식 인사법, 코커식 노래, 코커식 사교, 코커식 춤, 코커식 연애, 코커식 실연, 코커식, 코커식, 코커식.

호랑이 알았어. 그만해둬. 코커식 코커식하니까 커피포트 끓는 소리 같군 그래.

호랑이, 전귀 하여튼

호랑이 (전귀에게) 뭔가?

전귀 아 아닙니다. 폐하. 옛날에는 펜보다 대포가 먼저였습니다. 쏘고 나서 싸인입니다.

분귀 으흥, 중요한 점을 잊고 있군 그래. 그전에 태초에 말, 말이 있었다는 유명한 말을 모르는가. 태초에 코커국의 포교사가 왔지.

금귀 먼저 물건을 실은 배가 왔지.

분귀 포교사가!

전귀 대포가!

금귀 상선이!

호랑이 시끄럿! (세 귀신 싸우던 동작을 멈추고 각기 위치로 간다) 나 코커국 정부 그 자체인 이타거 폐하는 맛있고 사랑스런 만만국 먹이를 앞에 두고 잠깐의 정견을 발표하겠다.

분귀 폐하. 정견이 아니라 식견올시다.

호랑이 그렇지 코커국에서는 정견이고, 여기서는 식견이다. 바로 잡겠다. 잠깐의 식견을 발표하겠다. (사이 두고) 에, 오늘날– 여기에 있는 이타거는 어떻게 생겼나. 회고해 보건대, 회고해 보건대, 회고해 보건대, (한참을 고민하다 재빠르게) 손님이 주인을 내쫓는 게 뭐게?

금귀　열쇠와 쇠통!

호랑이　맞았다. 바로 그게 이타거의 내력이다.
각자 자기소개를 해도 좋다. (전귀를 가리키며) 귀관!

전귀　넷! 나 전귀는 펜과 칼이라고 할 때 칼, 위대한 칼, 그 자체임.

분귀　그럼 난 펜이지 뭘.

호랑이　분귀! 귀관의 창의력과 영감은 어디로 갔지?

분귀　으흥- 나는 냄새 그 자체. 금강산도 식후경 먹고 난 후의 그 무엇이다. 나는 냄새이즘과 오물적 본질 속에 우주적 질서 내지는 세계이즘을 표방하며 겉으로는 형제적임을 강조함.

금귀　난 쇠푼이야. 돈으로 안 되는 거 봤어? 봤어? 돈이면 무엇이든지 할 수 있지. 사랑도, 꿈도, 쾌락도, 슬픔도…

호랑이　아- 그만들 하고 그대들의 과업은 어떻게 된 거야?

전귀　넷! 나 전귀는 만만국의 국력을 먹음으로써 이타거의 위대한 후손, 칼돌이를 낳고…

분귀　난 이타거님의 총애와 코커식 야술을 섭렵하고 총망라! 디스코 명예박사, 함박스틱 박사들인 박돌이를 낳고 나의 귀여운 아들 스스로 '스' 자에 타락할 '타' 즉 스스로 타락한 자라는 뜻의 스타! 판돌이를 낳고 만만국 먹이들의 골과 심장을 은근슬쩍 어영구영적 말씀으로 조져대는 종돌이를 낳고…

호랑이 및 졸개　낳고, 낳고, 낳고, 우리 세상 만들어 보자.

오방진 장단에 기세등등하여 춤을 추다 장단이 갑자기 삼채로 바뀌면 팥죽할멈, 깽쇠, 포수 등장하고, 호랑이와 그의 졸개들 놀라 마당판 한쪽으로 피한다.

팥죽할멈　(사투리로) 엠병하고 자빠졌네.
느이들이 아무리 재간을 떨고 지랄혀도 이 전라도 혀고도 개땅쇠 토백이 팥죽할멈한테는 못해 볼 거다. 그 석자 코를 썩은

무 자르듯(동작) 설날 흰떡 자르듯 뎅컹 잘라버릴 거여. 코 빼고 눈알딱지 빼면 남는 게 뭐이것냐?

(관객들에게) 여러분 안 그려요? 저것이 담배 먹던 우리네 호랑이한티는 한 끼니 밥도 안 되는 이타거란 잡종이오. 아니 저 성님뻘 되는 호랑이도 나한티 팥죽 한 그릇 얻어묵고 나자빠져 설설 기었는디라우. 뭐 폐하? 먹긴 누구 맘대로 앞저트, 뒤저트 가려가며 처먹어. 어이 뭣허는 거여?

깽쇠　(흥얼거리며) 에– 얼럴럴러 예끼럴 껏!

기는 놈 위에 나는 놈 있다는 격으로 팥죽할멈이사 우리 토백이 백성이고 잉, 나는 뭐 할 줄 아는 게 있어야제. 그저 맨날 뚜드리고 춤추고 신명을 내서 잡된 것을 쓸어버리는 게 장기며 내가 예전에 백두산 호랑이를 혼낼 적에 이 깽쇠 한바탕 두들겨서 혼을 냈지.

(꽹과리를 신나게 한판 치고 지절로 흥이 나서) 요렇게 두들겨 패니까 호랑이놈이 얼이 빠져 덩실덩실 몇 날 몇 밤을 춤추다가 그만 지쳐 떨어졌지. 이타거란 놈이 제아무리 용맹 있고 대적할 상대가 없다 하나 나한테 걸리면 혼쭐날 거여.

포수　(사투리) 암말들 말고 잉. 내게 맡기더라고. 내가 백 리 밖에서 간장종지를 박살내는 백발백중의 명포수여. 우리 팥죽할멈은 뼈가 없어노니께 호랑이가 꿀꺽 삼키면 미끈당하고, 호랑이 뼈땍이 속에 들어가 간을 떼먹지. 그리고 우리 깽쇠는 호랑이의 정신을 스라슬쩍 잡아다가 저 깽메기 속에 넣고 갈기갈기 찢어대니 미쳐서 죽어버려. 그러면 내 재간은 뭐냐? 아가리 벌리든 똥구멍을 들이대든(총 쏘는 동작) 한 방이면 맞창이 나는 거여. 하물며 저따위 잡종 이타거쯤이야.

옛날 하던 식으로 이마에 칼로 열십자를 긋고 뒤에서 꼬리 잡고 한 방 꽝하고 소리만 내도 고기는 쏙 빠져나가고 가죽은 내가 짊어져다가 마누라하구 엄동설한에 덮고 자지.

팥죽할멈 대판 싸움이 아니고 선만 보이는 거니까 걱정 말고 뒷심이나 대주어. 여러분 우리를 먹이로밖에 생각 안 하는 저 천하 도적놈 이타건가 타이건가를 때려 잡어야 안 되겠소. 근다고 어찌 늙은 것 혼자해야 쓰겠소? (관객들을 가리키며) 저기 키 크고 코 큰 양반, 여기 깡깡하고 힘세어 보이는 젊은이, 저기 아저씨, 여기 아가씨 이 팥죽이 앞장슬 텐께 여러분도 힘 있게 박수도 요렇게 (삼채 장단에 맞춰) 탕탕 치고 소리도 으쌰으쌰 해주고 글먼 늙은 것이 없는 힘이라도 써 볼란께 우리 함께해 봅시다!

(삼채 장단과 박수 소리에 맞추어 팥죽할멈, 깽쇠, 포수 밀고 들어가는 동작 및 춤)

호랑이 (겁에 질려) 얘 얘들아 날 잡아먹는 바우, 죽우, 박, 오색사자, 자백, 표견, 황요보다도 더 무서운 팥죽할멈, 깽쇠, 포수가 온다더라.

전귀 (겁에 질려) 저는 그… 포수란 놈이 딱 질색입니다. 단추를 눌러서 큰 걸루 한 방에 끝내주려면 포수란 놈이 나타나서 단추를 쏘아버리거든요.

분귀 아이구 나는 저 깽쇠 소리만 나도 삭신이 떨리고 골이 지끈지끈 아프고 정신을 차릴 수가 없어요. 우아하고 고상한 우리하고는 종류가 틀리니 상대할 도리가 있어야지요.

금귀 말두 말아. 나도 저 팥죽할멈만 보면 옛날에 부뚜막에서 불에 데고 털 끄슬리고 홍두깨로 두들겨 맞던 생각이 나서, 있는 것 다 내주고 가구 싶네.

호랑이 (간신히 정신 차려) 제군들, 우리도 놀이판에 들어와 체면이 있다. 저것들은 (관객) 우리가 먼저 찍었던 아침거리였다. 먹느냐 굶느냐 하는 이 중차대한 판국에 그냥 맨손으로 물러갈 수 없다.

(호랑이와 졸개들, 운동경기 때 하는 식으로 수군거리고 박수를 친다)

호랑이, 졸개들 코커! 코커! 코커! 야!

(접전이 시작된다. 호랑이 일당 V자 대열로 서서 팥죽, 깽쇠, 포수를 물

리치나 팥죽, 비장한 살풀이로 다시 힘 모아 호랑이 진영을 뚫고 팥죽, 깽쇠, 포수, 활발한 춤, 접전에서 패한 호랑이와 졸개들은 마당판 가의 관객석으로 숨는다)

팥죽할멈 아이고 숨차, 나도 이제는 늙었어. 참말로 인자는 저놈의 개호랑이를 못 몰아내면 다 죽게 생겼소. 저놈이 죽든지 우리가 다 한 구뎅이에서 잡아먹히든지 해야 판이 끝나게 생겼는디. 우리 모두 저놈의 코 큰 호랑이를 몰아내야 안 되겠소? 그라요, 안 그라요? (관객 호응 유도) 그라면 예부터 수절과부 겁탈하고 동네 어른, 아이한테 행패부리고 살인허고 방화헌 놈을 인륜과 천륜에 따라 없애는 방도가 있는디 그것이 바로 멍석말이라는 거요. 나이 많이 먹은 것이 앞장슬 텡께 인자는 박수나 소리로는 안 되고 요렇케 노래도(선창)하고 몸도 쓰고 해야겄소. 어쩔 것이여? 할 것이여, 안 할 것이여?
(관객에게 적극적 호응을 유도하는 대사 필요)

멍석말이
굿거리 몰자 몰자 멍석을 몰자 살 판인지 죽을 판인지
몰자 몰자 멍석을 몰자 단군님도 도와주고
녹두장군도 보살피소
몰자 몰자 멍석을 몰자 우리 모두 힘을 합하여
몰자 몰자 멍석을 몰자 우리 모두 살아보세
몰자 몰자 멍석을 몰자 (가사를 적절히 유용)
삼채 몰아내세 몰아내세(후렴) 파란 눈 호랑이 몰아내세(후렴)
너도 살고 나도 살고(후렴) 우리 모두 살 길 찾아(후렴)
우리 모두 살 길 찾아(후렴) 죽창 들고 깽메기 들고(후렴)
장고 치고 낫가리 들고(후렴) 우리 힘으로 몰아내세(후렴)

멍석말이를 풀면서 삼채 장단과 함께 퇴장한다.

첫째마당 둘째거리

관객석으로부터 전귀가 조심스럽게 살피고 들어온다.

호랑이　마당이 텅 비었나 살펴봐라.

전귀　(사방을 정찰하듯 살피고 나서 경례) 폐하. 이 마당은 코커국의 영토로서 점령이 끝났습니다. 상륙하시지요.

호랑이　지키는 놈이나 노리는 놈이 없나 샅샅이 살피라니까!

전귀　우리 제국 군대가 마당을 깔끔하게 초토화시켰습니다.

호랑이　(그제서야 안심하고 거드름을 피우며 등장한다. 전귀에게 주눅든 목소리로) 여기 이렇게 많이 모인 것들은 대체 뭔가?

금귀　제 고객들입니다.

분귀　제 팬들입니다. (손에 입 맞추어 보내는 동작과 교태를 부린다)

전귀　시끄럽소. 폐하, 신경 쓰지 말고 마음 내키는 대로 골라서 천천히 드셔도 됩니다. 점령 지역의 것들이니 노예나 마찬가지입니다.

호랑이　아까 징그럽게 궁둥이를 흔들던 할망구는 어디 갔는고?

금귀　아 그것은 팥죽할멈이란 괴물인데 돈으로 매수해 보겠습니다.

호랑이　쇠를 귀청이 떨어지게 두드리던 놈은 어디 갔는고?

분귀　꽹쇠라는 놈이죠. 폐하, 염려 마십시오. 제 놈의 꽹쇠 소리가 아무리 만만국 바보들의 귀에 익었다 하나 내 유창한 노래와 음악이면 저절로 물러갑니다.

호랑이　음, 그러면 그 화승총을 겨누고 날뛰던 녀석은?

전귀　포수란 놈 말입니까? 길을 들여서 내 졸개로 만들든지 정 안되면 감옥에 처넣겠습니다.

호랑이　(웃음) 이를테면 이 마당은 완전히 우리 판이란 말이지?

분귀　완전히 개판이… 아니고, 호랑이판이지요 뭘.

호랑이　좋다. 그럼 인제 슬슬 날도 저물고 시장끼도 드는데 뭐 맛있는 음식 없을까?

전귀 머리털은 갈색, 빨강, 노랑으로 물들이고 (대사에 맞춰 마임을 하면서) 웨이브 돌리고 비비배배배 꼬아서 늘어뜨리고, 얼굴에는 계란, 오이, 로얄제리, 우유, 벌꿀, 레몬 등으로 맛사지하고, 눈썹은 족집게로 톡톡 뽑아 가늘게 그리고, 눈꺼풀하고도 속에는 설설이 같은 속눈썹 꽂아 넣고, 눈두덩이에 아이샤도우, 요염하게 붉은 기 도는 것으로, 신비하게 푸른 기 도는 것으로, 성숙하게 갈색으로 칠해주고, 쌍까풀 테프 손톱같이 오려붙이고, 코에 파라핀 주사 넣어 오뚝 높이고, 입술에는 핑크레드, 은빛, 금빛, 초코릿색으로 루즈 칠하고, 이빨은 뽑아서 상아를 다시 박아 볼에는 애교 있게 보조개 마늘로 꼭 찔러 만들고 (속옷 입는 시늉으로 차례차례로 나열, 스트립쇼의 흉내 브라자, 팬티, 스타킹 등 속옷에 대해 언급하며 패션모델이나 미스코리아 선발 흉내) 금상첨화라, 거기에다 계집애들 배움터라는 곳에서 요리학 조리학 요리조리학 이렇게 갖가지 것을 배워 골도 속속들이 들어차고, 한 손에는 오징어튀김 한 손에는 뉴스위크지 표지, 밖에 보이게 들고 요렇게 걸어다니는 여대생이란 메뉴가 있사옵니다.

(호랑이 그동안 하품하고 기지개도 켠다. 금귀, 전귀도 못마땅하다는 동작)

호랑이 뭘 그따위 별맛도 없는 것을 가지고 하루 밤낮을 떠들어대는가? 원래가 식도락이란 원색적인 것이 자극적이고 맛을 돋우며 영양가도 풍부한 거야. 그토록 양념과 장식이 많이 있으니 본맛은 벌써 버렸겠다. 이를테면 나는 케이크를 먹고 싶은 게 아니라 생회를 먹고 싶다 그거야.

금귀 폐하, 맛있는 음식이 있는데 바로 재벌이라고 합니다. 그놈은 해삼, 지렁이, 해파리, 회충 따위와 같이 입과 밑구멍이 온통 몸으로 되어 있는데 땅이나 산, 건물, 쇠, 금, 석유, 동물성, 식물성, 광물성 가리지 않고 잡아먹으니 대단한 잡식성이지요. 폐하께서 말씀하셨듯이 음식은 가리지 않고 먹어야 건강하다 했거늘, 그렇게 건강한 식생활을 하는 장본인을 낼름-집어먹는 것이 가장 몸에 좋다고 보겠습니다. 게다가 이놈은 부귀영화를 수백 년 누려 보려고 인삼, 녹용, 독사, 구렁이, 우황, 웅담에다 해구신까지 먹어 조져대니 영약 중의 영약이 되겠습니다.

호랑이 (역시 못마땅한 동작) 에이 그런 놈은 탐욕이 많고 먹은 것은 채 소화도 되지 않아서 내장의 반 이상이 오물로 가득 차 있겠다. 온몸이 더러운 것으로 가득 차 있을 것이니 어찌 그런 것을 먹겠는고?

분귀 폐하. 신을 섬기며 스스로 몸을 닦아 수양하며 도덕 행실도 깨끗한 종교인이란 음식이 가장 구미에 맞을 것입니다.

호랑이 에, 치워라! 극락이니 천당이니 황천이니 지옥이니 온갖 협박과 감언이설로 사람들을 꾀어 영혼을 사고파는 것들이라 위로는 신을 속이고 아래로는 사람을 홀리며 세 치 혓바닥으로 진실을 토해내는 척하면서 장사하는 놈들이라 제정신 못 차리고 죽은 귀신들의 원한이 배 속에 쌓여 독소가 있을 것을 어찌 먹는단 말이냐?

전귀 폐하. 이자들의 말은 더 이상 들을 필요가 없습니다. 제가 비장의 메뉴를 올리겠습니다. 정치인이라는 메뉴가 있사온데 간과 담에는 인의가 깃들어 있고 충절을 가슴에 지니고 예악을 지키며 입으로는 충효의 말을 외우고 마음속에는 만물의 이치를 통달하는데 이름하여 애국애족인이라 별칭하기도 합니다. 온몸에 오미가 구비되어 있으니 잡숴만 보시지요.

호랑이 곧이들리지 않는 소리는 하지도 말라. 얼마나 고기가 잡되고 맛이 불순하겠느냐? 차라리 짐은 단식을 시작하겠다.

분귀, 금귀, 전귀 (서로 의논한다) 쑥덕쑥덕쑥덕 공론 끝!

분귀　(호랑이에게 다가가) 그렇다면 폐하께서는 어떤 음식을 원하시나요?

호랑이　아까 내게 겁을 주었던 그 세 동물이 가장 먹고 싶다. 정복자는 적의 고기가 최상의 요리이니라. (분귀·금귀·전귀, 다시 의논)

전귀　저희가 꼭 잡아 대령하겠으니 우선 시장하실 텐데, 요 마당에 모여든 것들로 입가심이나 하시지요.

(전귀가 두 팔을 걷고 행진하듯이 나아간다)

호랑이　아. 잠깐 잠깐 귀관은 나서지 말라!

분귀　예. 얼을 쏙 빼놓고 나서 잡아먹어야죠.

호랑이　(전귀에게) 음식을 요리하는 일은 저들에게 맡기고 귀관은 여기서 내가 먹는 일이나 거들라. (전귀, 경례하고 나서 호랑이의 망토를 펼쳐 들고 선다)

금귀　(장단과 함께 관객들에게 돌아다니며 선정적인 몸짓과 음악, 배역들 손수건 던지고 비명, 아우성, 기절, 땀을 씻으며 돌아와서)

자, 얼을 쏙 빼놨지. 온 나라가 내 냄새에 푹 절어서 모두 내 흉내만 낼 거다.

전귀　(라면 상자 따위에 구멍을 뚫고 들고 다닌다) 친애하는 만만국 시민 여러분, 여러분은 금세기의 과학기술이 만들어낸 이러한 문명의 이기를 잘 모를 겁니다. 이것은 복지생활 제조기라 불리는 라칼터퓨컴 99번이란 기계입니다. 자 그럼 실험을 해 볼까요? (아무 관객에게나 씌워 본다) 아, 여기 가족이 나오는군요. 당신은 지금 월급은 적게 받고 뼈가 부러지게 일을 하고 있다고 불평이 대단하군요. 이 기계를 30초만 틀어놓고 있으면 내년에는 자가용에다 해외여행까지 갈 수 있다는 복지적 사고에 사로잡혀 따라서 행복해질 것입니다. 다음 (다시 다른 관객에게 상자를 씌운다) 아 당신은 겨우 쌀나무 몇 그루 심어놓고 아이들 학교도 못 보낸다고 불만에 가득 차 있군요. 그러나 이 기계를 틀어놓고 십 초간만 앉아 있으면 트랙타가 달리고 헬리콥터가

씨를 뿌리는 드넓은 농장과 수천 마리의 소 그리고 쌀값이 한 가마에 백만 원씩 호가하는 꿈을 꾸게 되어, 따라서 행복해질 것입니다. (다국적기업이 만들어낸 환상들을 위의 예에 따라 적절히 적용하여 놀다 드디어 망품에게로 가서 씌워 보고 놀랜다)

금귀 와! 드디어 우리가 찾던 놈이 여기 있다. (본귀 달려온다. 함께 기계 들여다보고 나서 서로 손뼉을 친다)

본귀 쌀라 쌀라 쌀 쌀라 쌀

망품 쌀쌀 쌀라쌀라 (번갈아 악수한다. 금귀와 분귀, 망품을 호랑이에게로 데려간다)

호랑이 여태까지 기다리게 해놓고 겨우 요리해온 놈이 이따위 늙은 것이야?

분귀 아닙니다. 이 사람은 우리 대리인이 될 사람입니다.

호랑이 대리인이라니…

금귀 뭐랄까요. 요리하는 기계라고나 할까요?

호랑이 음. 그런가, 자네 이름이 뭔가?

분귀 쌀 쌀 쌀라 쌀

망품 쌀 쌀 (하고 나서 목소리를 가다듬어) 예 소인의 이름은 북곽이라 하옵고 호는 망품이라 하옵니다. 세상에서는 애국애족하는 망품 선생이라고들 하지요.

호랑이 망품? 거참 망칙한 호도 다 있군.

망품 즉 덕망과 인품의 준말이옵니다.

호랑이 음. 그래, 자네가 우리에게 좋은 음식을 대령한다고?

망품 염려 마십시오. 제 등만 밀어 주시면 즉각즉각 다양한 메뉴로 대령하겠습니다.

호랑이 (웃음) 거참 듣던 중 반가운 소리다.
그대는 그대 나라에서 내가 가장 두려워하며 먹고 싶어하는 팥죽할멈과 깽쇠, 포수의 고기를 잡아 바칠 수 있겠는가?

망품 그들의 고기가 일정하게 있는 것이 아니옵고, 만만국 놈들이 돌연 신명이 나고 분기탱천하기 시작하면 그런 별종들이 생겨나기 마련이라, 보는 족족 잡아 바치겠습니다.

호랑이 그대는 우리를 믿고 해산하도록 하라.

금귀, 전귀 망품이라네!

(장단에 맞춰 마당을 한 바퀴 돌며 춤추고 나서 호랑이 귀신들 그리고 망품 퇴장)

둘째마당 첫째거리

판돌이 제일 먼저 등장. 마이크 잡는 흉내. 실황중계처럼.

판돌이 만만국 동포 여러분 우리 족속 구원하신 애국자 망품 선생께서 오래 살고 계시던 코커국을 떠나 방금 공항에 내리실 예정입니다. 지금 이 자리에는 선생의 귀국을 기다리는 각계각층의 인사들이 나와 계십니다. 자, 여러분 소개 올리기 전에 박수로 환영해 주십시오. (관객 박수, 8형제 등장하여 일렬로 선다. 인터뷰 형식으로 박돌이에게 마이크를 들이댄다) 일찍이 고뇌하는 후진국 지식인의 대표적인 모습 그대로인 박돌 박사님을 잠깐 모시겠습니다. 박사님은 코커국 헬렐레 대학에 유학하여 후진국 정치학을 전공하시고 P.H.D를 획득하신 바 있습니다. 안녕하십니까? 박사님 오랜만입니다.

박돌이 (목에 힘주고) 에에 코커국에 있을 적에 이타거 폐하를 위시하여 그곳에서 늘 고국을 걱정해오시던…

판돌이 망품 선생의 귀국에 대해 한 말씀?

박돌이 뭐랄까요… 마, 안방이 건넌방, 건넌방이 사랑방, 주머니돈이 쌈지돈, 그 애비에 그 아들(노래) 짱구 아버지 짱구, 짱구 엄마 짱구, 짱구 아들 짱구, 짱구 동생 짱구, 짱구 친구 짱구…

판돌이 (당황해서) 지금 소감을 묻고 있습니다. 소감을… 요점이 뭡니까? 지금 시간이 없어요.

박돌이 마, 요점은 세계는 하나다. 코커국과 만만국은 나라 이름이 다를 뿐 한 집안 식구나 마찬가지죠. 망품 선생도 결국은 마… 이타거 폐하와 형제간이나 다름없고 따라서 본인 박돌이도 비슷한 혈연관계 내지는 마…

판돌이 (재빠르게 마이크를 따라) 아, 여기 만만국 자본의 찬란한 금자탑을 쌓아올린 '돈벌어' 그룹의 총수이신 금순 여사께서 나와 계시는군요. 안녕하십니까? 소감이 어떻습니까?

금순여사 코커국은 결국은 우리 만만국을 안전하게 막아주는 울타리예요. 돈 놓고 돈 안 먹는 사람 봤어요? 돈 놓고 맨손 들고 뺑소니치는 놈 봤어요? 돈 놓으면 지켜준다 이거야. 따라서 망품 선생의 이번 귀국은 국민의 소득을 높여주고 그 소득은 바로 본인의 소득임을 이 자리에서 밝히고 싶은데요.

판돌이 금순 여사의 소득이라뇨?

금순여사 기업은 곧 국력이요. 또한 훌륭한 지도자를 받드는 힘입니다. 내가 (알통 자랑) 힘이 있어야 망품 선생의 정력도 강화되는 것이지요. (이때 종돌이가 금순 여사를 잽싸게 밀어젖히고 고개 내민다)

종돌이 아, 오늘 은혜 많이 받았습니다. 성령이 충만한 자리가 될 겁니다. 성스런 축복이에요.

판돌이 아, 종교계의 지도자이신 종돌 선생이군요.

종돌이 (쿵후의 장풍 날리는 시늉) 망품 선생의 귀국을 앞두고 국민 여러분의 머리 위에 코커국의 은혜가 쏘낙비처럼 쏟아져서 역사하시기를 바랍니다. 나무관샘아멘!

판돌이 종돌 선생의 오만 볼트짜리 장풍을 맞으신 줄로 압니다. 그러면 공항 주변의 경계를 맡아 보고 계신 칼돌이 장군께 마이크를 옮겨 보겠습니다.

어떻습니까? 불순분자들의 난동 기미는 안 보입니까?

칼돌이 과거에 일부 몰지각한 팔죽이나 깽쇠 또는 포수 따위의 불순한 놈들이 있었으나 그들은 극히 소수에 지나지 않았고 지금은 전혀 준동을 못하고 있습니다. 그들의 어떤 책략에도 우리는 투철하고 결단성 있는 행동으로 즉각 대처할 것이며 까불면 그 대가를 치러주겠습니다.
(관객, 잽이 야유하자 관객들을 향하여) 왜 시키면 시키는 대로 못하냔 말야. 그러다 맞으면 좀 낫냐?

판돌이 예, 각계각층의 인사들을 소개하는 가운데 우리가 잊은 점이 있습니다. 물질적인 풍요로 정신은 점점 메말라 정신문화가 황폐해질 염려가 있는 것이 근대화과정의 필연적 역작용이죠. 말하자면 본인은 만만국의 정신문화를 이끌어갈 판돌이올시다. (판돌이 정중히 인사하자 관객들 야유를 보낸다) 보십시오. 유명세를 치르고 있군요. (갑자기 분위기를 바꾸어) 앗, 저기 망품 선생이 탄 비행기가 서쪽 하늘에 그 은빛 날개를 반짝이며 나타나고 있습니다. 국민 여러분 화끈 달아주십시오. 세 뺌, 두 뼘, 한 뼘, 우루루루 꽝(딱) 드디어 비행기가 착륙했습니다. 지금 문이 열리고 트랩에 내리실 순간, 아, 국민 여러분 더 이상 목이 메이고 말문이 막혀 중계를 못 하겠습니다.
(판돌이 형제들 틈에 낀다. 망품, 트랩을 내리는 시늉으로 관객 뒤편에서 손을 들며 등장한다. 전귀와 칼돌이는 달려가서 경호, 귀빈을 영접하는 형식 그대로 오형제와 악수를 한 후 망품을 선두로 마당을 차례로 돌면서 민정시찰하듯 적당히 놀고 나서)

망품 친애하는 애국 동포 여러분! 뭉치면 먹기 좋고 흩어지면 먹기 나쁩니다. (박돌이 달려들어 속삭이자 망품, 고개를 끄덕인다) 아, 뭉치면 답답하고 흩어지면 시원합네다. 여러분 시비를 맙시다. 개인의 시비시비는 가정의 시비시비요, 이는 또 국가의 시비시비요, 세계의 시비시비요, (박돌이 다시 달려들어 속삭이자)

나 망품 너무나 오랫동안 고국을 그려왔습니다. 여러분 우리 시비시비를 맙세다. 내 말을 잘 들으면 애국자요, 안 들으면 매국노가 됩네다. (오형제 열렬히 박수를 친 후 정렬 상태에서 각기 흩어진다)

판돌이　망품 선생을 위시한 각계 인사들의 리셉션이 YMCA 무진관 마당에서 있을 예정입니다.

(마당판은 리셉션장으로 바뀌고 막벗순도 등장한다. 박돌이와 종돌이, 칼돌이와 금순이 짝을 이루며 환담한다. 그동안 판돌이는 막벗순을 망품에게 소개)

판돌이　저희 오형제의 마미되시는 막벗순 여사를 소개합니다. (막벗순 인사)

망품　오우 마미? 그런데 맥버슨이면… 원래 여기가 아닙니까?

판돌이　맥버슨이 아니고 박벗순이지요. (옷을 벗는 동작을 취한다)

망품　오우 매우 쌕씨합네다.

막벗순　막벗순은 모던하게 바꾼 이름이고요. 원래 이름은 동리자라합니다. 홀어미이지요!

망품　오우 위도우, 과부입네까?

판돌이　코커국 이타거 폐하는 막벗순 여사의 절개를 칭송하고.

망품　본인은 그 어진 성품을 사모합네다.

판돌이　우리 만만국에서는 막벗순이라는 도시도 있습니다.

막벗순　전부터 선생님의 덕을 사모해 왔어용. 오늘밤 선생님의 원어로 읽는 발음 소리를 들려주었으면 해용.

망품　(시를 읊는다) 죽 스틱에 헬메트 쓰고, 원더링 트리다우젠 마일, 와잇 글라우드 뜬 힐을 넘어 고잉맨이 후냐? 튜엘브 게이트 아웃도어룸에 베깅을 하며(노래로) 와인 원 컵에 포엠 한 수로 고우잉하는 골든 햇.

(판돌이 악수나 또는 은밀한 결탁의 동작 보이면서 퇴장하고 망품과 막벗순만이 판에 남아 대사 없이 장단에 맞춰 선정적인 동작과 춤으로 둘

이서 놀다가 춤이 무르익자 어울려 팔짱 끼고 나간다)

둘째마당 둘째거리

오형제 일렬로 등장하면서 서로 엇갈려 오방(동서남북 중앙)으로 갈라져서는 춤(처용무 참조). 박자는 맞추되 춤동작은 자기 성격에 맞춰 춘다. 각기 자리를 잡으면 뒤로 돌거나 하면서 자신들을 과시한다.

판돌이 (해태껌 선전곡에 맞춰) 코커껌- 부드러운 맛 코커껌 상쾌한 기분 코커 코커- 으흥 코커껌.

종돌이 죄 많은 동포 여러분! 우리 성령을 받아 천당에 갑시다. 중생은 고해를 헤매고 있으니 마음 착하게 먹고 묵묵히 극복해갈 준비나 합시다. 기도합시다. 다 같이 기도합시다.

금순여사 총화단결! (관객들에게) 복창하랏! 때리면 때리는 대로 맞을 것! 주면 주는 대로 처먹을 것! 시키면 시키는 대로 할 것!

박돌이 에 불평불만은 빈도가 낮은 후진국에서 빈번하게 나타나는 사회, 정치적 현상이죠. (관객에게) 불평의 대안이 뭐냐? 대안이 뭐야? (관객들 야유의 소리가 높아지자 칼돌이 판중에서 관객들을 평정하고)

칼돌이 나는 이제까지 구호에만 그치고 애매모호 우물딱쭈물딱 어영부영하던 여러분의 행동에 더 이상 참을 수가 없다. 망품 선생의 고리타분한 국가관도 더 이상 좌시할 수 없다. 이타거 폐하께도 말씀은 드렸지만 이제부터 통솔은 본인이 맡는다. 제군들 나를 따르라.

(칼돌이 인솔 하에 나머지 오형제들 퇴장한다)

셋째마당 첫째거리

마당판에는 호랑이 등장. 화가 나서 서성거리고 전귀 뛰어들어온다.

호랑이　내가 몇 번이나 일러주었거늘 만만국 먹이들을 마음 놓고 요리해 먹기도 전에 쫓겨났단 말인가?

전귀　망품이란 자가 쫓겨서 이리로 오고 있습니다.

호랑이　그 녀석을 대리인으로 뽑은 게 어떤 놈이냐?

전귀　폐하. 저는 아닙니다. 분귀란 놈과 금귀 고년이 날뛰어서 이렇게 되었지요.

호랑이　그러게 내가 뭐라고 그랬나? 닥치는 대로 먹어버리자니까?

전귀　지금 군대를 몰고 쳐들어 갈까요?

(분귀와 금귀가 급하게 뛰어들어온다)

분귀　폐하. 폐물이 되어버린 망품이란 자를 어찌하겠습니까?

금귀　제 시집의 존망이 달린 문제입니다.

전귀　(분귀와 금귀를 향하여) 너희들을 믿었다가 일을 망쳐버린 게야.

호랑이　가만 있자… 신입구출, 새 술은 새 부대에, 열쇠와 자물통, 뭐 마찬가지 아닌가! 새로운 대리인을 정하면 된다.

분귀, 금귀　새로운 대리인!

전귀　망품은 어찌합니까?

분귀　이런 미련한 귀신아, 자네는 떨어진 구두를(흉내) 어찌합니까야?

전귀　구두라니?

금귀　헌신짝처럼.

분귀　차 던져버려야지.

호랑이　망품을 들어오게 하라!

(분귀, 금귀 퇴장. 망품과 막벗순 허겁지겁 들어와 호랑이 앞에 엎드려 사정)

망품　폐하. 만만국 놈들이 저더러 물러나라고 했습니다. 뿐만 아니라 칼돌이란 놈이 저를 쫓아냈습니다.

막벗순 폐하 아무리 씨가 다른 놈들이지만 그들 오형제는 모두 제 새끼들입니다. 칼돌이를 혼을 내주시고 저를 만만국으로 보내주십시오.

호랑이 우리 호랑이 일가는 실패한 자는 용서하지 않는다.

전귀 먹어버릴 뿐이다.

망품, 막벗순 아이구, 아이구머니.

막벗순 이타거 님의 덕은 퍽 크고 위대하며 덕망 있는 사람은 이타거 님의 몸가짐을 본받습니다.

망품 임금은 그 걸음을 배우고.

막벗순 그 애들은 그 효도를 본뜨며.

망품 장수는 그 위엄을 취하고자 하오니 참으로 이타거 님은 바람과 구름의 조화를 부리는 신이나 용과도 같사오며.

막벗순 우리 만만국 먹이들은 바람에 날리는 천한 것들입니다.

호랑이 이놈들 입맛이 다 떨어졌다. 가까이 오지도 말라. 입으로 애국애족한다는 놈들은 간사하다는 말은 들었지만 너도 만만국 놈일진대 처지가 급하게 되니 동포를 저버리고 내게 아첨하는 정신없는 꼴이라니! 누가 너를 믿을 수 있단 말이냐?

전귀 첫째, 너는 분수를 모르고 혼자서 제멋대로 너무나 오랫동안 만만국을 다스려왔다.

분귀 둘째, 약삭빠른 재간도 없이 너무나 아랫것들만 믿고 무조건 억누르기만 하였다.

금귀 셋째, 살림도 못하면서 욕심은 많아서 만만국의 살림은 다 망쳐놓고 혼자서 배를 불렸다.

호랑이 그러므로 너는 쓸모도 없고 먹을 맛도 다 떨어졌다. 저어산 귀퉁이에 작은 굴이나 하나 내줄 것이니 바람이나 쐬면서 목숨을 부지하라.

(호랑이 턱짓하자 전귀, 망품과 막벗순을 잡아 일으켜 끌고 나간다)

셋째마당 둘째거리

전귀 앞장서고 선글라스 쓴 칼돌이 등장, 행진 시작. 분귀와 금귀는 칼돌이 옆에서 연신 털어주고 두드려주고 격려하며 등장.

전귀 폐하, 새로운 대리인입니다.

칼돌이 만만국은 이제부터 저의 지휘 아래 있습니다.

호랑이 흠, 얘기는 다 들었다. 이리 가까이 오라.
(호랑이 사열하듯 그의 배를 꾹 찔러 본다) 이만하면 뱃장도 있고
(안경을 벗기고 눈알을 들여다본다) 눈알도 독기가 있겠구나.
(머리를 두드려 보고) 역시 돌대가리라 좋고 (어깨를 두드린다) 뚝심이 있어 잘 넘어가지 않겠지.
(팔을 훑어내려 주먹을 만져 보고) 주먹깨나 쓰겠으니 아무나 잘 치겠구나. (그의 등을 탁 친다) 합격!

전귀 (다시 한 번 그의 등을 쳐준다) 합격!

호랑이 (마당가 한쪽 자리에 앉는다) 어디 짐은 너희들 노는 꼴이나 구경해 볼까?

전귀 (그의 권총을 내준다) 잘해 봐라.

칼돌이 (으스대며 마당을 돌다가 박돌이, 종돌이 등의 배역과 탈 벗은 분귀, 금귀와 적당한 관객 몇 명을 잡아낸다)

칼돌이 잔소리가 많다. 말을 듣지 않는 불순분자들은 한방에 없애버린다. (권총으로 위협 또는 손들어 해놓고 끌고 나와도 된다)

칼돌이 (호루라기 분다) 전원 일렬 종대. 동작이 느리다. (이 다음에는 번호 또는 번호 다시 등의 군대 제식훈련 응용동작을 사용하여 관객들을 데리고 논다) 복창할 것! 시키면 시키는 대로 할 것! 주면 주는 대로 먹을 것. 때리면 때리는 대로 맞을 것. [적당한 동작이나 흉내를 해 보이면서 차례로 시킬 것. 한 사람(포수)을 정하여 틀리게 할 것] 너는 혼자서 통뼈냐? 왜 단체정신이 결여되어 있나? 엎드

려 받쳐!

(여러 가지 마스게임이나 동작연구, 이를테면 가마를 만들어 호랑이 전귀를 태워도 좋다. 한참 놀고 완전히 저희들 판으로 만들었을 때 깽쇠 소리 들리면 호랑이 전귀 당황, 포수가 빠져나가 가마 무너진다)

포수 (사투리로) 이 작것들이 지렁이도 밟으면 꿈틀하는디 지랄을 해도 너무한다. 아니꼽고 더러워서 못 살것다.

잽이 사내 자식이 디진다 해도 할 일은 해야제!

포수 내가 저것들을 마당에서 싹 쓸어버려야제. (포수 총을 집어 춤 동작으로 밀어붙이려 하자 호랑이 일당 공포에 질리고, 잡힌 관객들 다 달아나버린다)

호랑이 (칼돌이의 등을 밀며) 귀관의 실력을 보이라.

(칼돌이와 포수의 대결, 춤 잠깐 간단히 끝나고 "딱"하는 소리와 함께 포수 총을 맞은 듯 정지 동작, 이때 잽이 처절하게 "엄니"하고 외친 뒤 모든 배역 침묵, 포수 슬로우 모션으로 천천히 쓰러진다. 쓰러짐과 동시에 호랑이 일당 웃음과 함께 북소리 종횡무진, 마당을 누빈다. 팥죽할멈 뛰어 들어와 포수 넘어진 곳으로 달려가며)

팥죽할멈 (사투리) 아이구 어쩔거나, 어쩔거나, 올바른 사람이 되겠다고 두 발로 딱 땅을 차고 일어났다고 요렇게 총으로 꽝 쏘아 죽였구만이라우. (울음) 내 아들 내 자식 잘 먹도 못 허고 허리띠 졸라매고 착하게 열심히 살던 내 새끼, 어느 땅에다 묻을꼬, 이 늙은 에미는 어찌 살라고 혼자 죽어야! (팥죽할멈이 쓰러지자 배역들 진도아리랑 몇 소절 애절하게 불러준다)

잽이 어이.

관객 어이.

잽이 어어이.

관객 어어이.

잽이 일어나라!

관객 일어나라!

(봉산탈춤 일목장면 변형시킨 춤으로 타령 장단으로 포수가 부축하면 팥죽할멈도 함께 움직여 춘다. 포수가 완전히 일어났을 때 깽쇠도 등장하고 팥죽할멈 관객들에게 호응 부탁)

팥죽할멈 (무당 역할) 이 땅을 수년간 지켜온 천지신명님, 비나이다. 저 괴물들을 깨끗이 쓸어내고 정한 마당을 만들 터이니 만백성의 힘을 모아주소서. (기도할제 관객들 중 몇 명 뛰어나가 끼어든다. 마당 맞은편에 호랑이 일당 전열 가다듬는다. 전투적인 풍물 소리와 함께 팥죽, 두 손으로 땅에서부터 정기를 끌어모으듯 하여 허공에 뿌린다. 모인 사람들 그의 뒤편에서 같은 동작으로 따라한다. 두 번 더 반복, 일시에 일직선으로 호랑이 쪽으로 달려든다. 두 손을 펼쳐서 밀어내듯 하고 나서 다시 한 번 팔을 굽혔다가 두 주먹을 쥐어 "야!" 하면서 일제히 부순다. 호랑이 일당 천천히 무너져 쓰러지거나 땅에서 벌벌 긴다. "이겼다" 하며 도약하여 마당으로 몰려나왔다가 각 부분별로 관객들 이끌고 멍석말이 시작. 호랑이 일당 벌벌 기어서 쫓겨나가고 마당에 승리의 환희 가득 찬다)

■ **김정희** 전남대학 사범대학 미술과를 졸업. 대학 재학 당시 '탈반' 활동 및 동학 주제 게릴라성 마당 단막극 다수 연출. 「이무기 놀이」(탈춤 원형에 기반을 둔 마당극) 연출. 〈극단 광대〉 창립 멤버 및 대표. 창작극 「일어서는 사람들」 극작 및 연출. 극단 '신명' 회원. 마당극 「호랑이 놀이」 극작 연출. 일본 동경 연극제 「일어서는 사람들」 초청공연. 대한민국 여성축제 총감독. 경기도 생명포럼 오픈극 연출.

마당극 식사하세요

나창진 작·연출, **놀이패 신명** 공연

2020년 12월 19일, 놀이패 신명(대표 정찬일)이 5·18광주민주화운동 40주년을 기념하는 작품 「식사하세요!」를 무대에 올렸다. 제41회 정기공연이기도 한 이 작품은 국립아시아문화전당 어린이극장에서 공연됐다. 마지막 기억이 1980년 5월 2일 도청의 밤인 한 여인의 이야기다. 치매에 걸려서야 비로소 그날의 기억을 되찾게 된 주인공의 삶을 현재의 모습과 당시의 기억을 교차시키며 다양한 방식으로 구현하고 환각과 망상의 세계를 소리와 이미지, 가면과 움직임 등으로 다채롭게 보여준다. 5·18 당시 시민군으로 참여해 총을 들었거나 도청에서 취사 및 시신 수습 일을 한 이들의 증언, 살아남은 자의 죄책감, 풍비박산 난 가정사, 계엄군에게 당한 성폭력 등 이유는 달랐지만 오랜 세월 동안 그 기억을 '봉인'한 채 살아온 이들의 삶이 담겨 있다.

등장인물

정심
영주
홍자
달수
식당 손님 1, 2, 3
기억 코러스들 1, 2, 3, 4, 5
정심의 분신 1, 2, 3
시장 상인 1, 2, 3, 4
시장 손님
정심 엄마
학생
육봉숙
안심해
행정복지센터 직원

* 기억 코러스들은 때로는 정심의 분신으로, 때로는 5·18 망자들로 등장한다.

마당극

식사하세요

나창진

프롤로그

영주, 무대로 나와 식당 대기자 명단을 작성한다.

영주 (관객에게) 안녕하세요? 아직 영업 전인데 벌써 이렇게 많이들 오셨네요? 대기자 명단 작성할께요. 성함이? 몇 분? 세 분. 메뉴는 엄마 백반, 청국장 백반, 고등어 백반 있는데 뭐로 하실래요? 각각 하나씩이요. 네, 잠시만 기다려주세요. 코로나 예방 차원에서 식사 중에는 가급적 대화를 삼가해 주시고요. 물론 핸드폰도 꺼주세요. 아무쪼록 어려운 시기에 '영주네 집'을 찾아주셔서 정말 감사드립니다. 저희 식당의 자랑 라이브 밴드와 함께 편안하게 식사하시기 바랍니다. 그럼 영업 시작할께요. (퇴장)

1장. 영주네 집

정심, 조리대를 밀고 나온다.

정심, 칼을 도마에 내리친다.

♬ … 타악 리듬 …

정심, 무대로 나와 다양한 요리 퍼포먼스를 한다.

정심　둘이 먹다 하나도 죽어도 모르는 김치찌개! 맛나게 잡수씨요! (맞은편으로 이동) 죽은 사람들도 벌떡 일어나게 만드는 된장찌개! 먹고 살쪘다고 나 원망 말어!

다시 조리대로 와서 칼을 높이 들어 내리친다.

흥겨운 음악.

홍자, 달수, 영주, 노래를 부르며 식탁과 의자를 세팅하고 서빙을 한다.

북적이는 손님들 …

고소하고 담백하고 풍미 있고 개운하고 시원하고 칼칼해요
침이 꼴깍 넘어가요 아니 벌써 밥 한 공기 뚝딱~
우리 엄마처럼 맛이 끝내줘요 대인시장 대장금
둘이 먹다가 하나 죽어도 책임을 못 져요
오물오물 와구와구 후루룩짭짭 남녀노소 개나 소나 반했어요
5천 원에 모십니다 명품 백반 언능 잡솨 보세요

손님 1　오메, 우리 엄니가 해주던 그 맛이여~ 5천 원짜리 백반이 한정식보다 낫네. 겁나게 맛있어라.

손님 2　오메, 영주네! 경찰에 신고해야 쓰겄네. 뱃살 고무죄! 비만 촉진죄! 폭식 유발죄!

손님 3　오메, 사람 살려~ 배불러서 숨을 못 쉬겄당께!

손님들 나가고 새로운 손님들이 들어온다.
식당 식구들, 식탁을 치우고 새 음식을 서빙한다.
♬ (요령 소리) … 삐걱대는 소리, 긁히는 소리 …
정심, 손을 덜덜 떨기 시작한다. 헛것을 본 듯 뒷걸음질 친다.

정심　(칼을 허공에 휘두르며) 저리 가! 저리 가! 이놈들아, 오지 마! 오지 마!

정심, 뭔가에 쫓기듯 도망 다니다 비명을 지르며 조리대 뒤에 숨는다.

손님 1　오메, 영주네! 맛이 이상하게 변해부렀어. 어째 슬럼프여?
손님 2　워따! 맵고, 달고, 짜고, 시고, 쓰고! 종합 5관왕일세~
손님 3　아, 간이 맞아야 묵든가 말든가 하제.
손님 1　음식값만 싸면 뭘 해, 맛탱가리가 없는디!
손님 2　오메, 입맛 베레 불었네. 인자 다시는 안 올라네.
손님 3　거 백종원인가 천종원인가 불러서 코치를 좀 받든가! 아니면 장사 때려쳐!

손님들, 의자를 넘어뜨리고 화를 내며 나간다.
달수, 홍자, 영주, 쓰러진 의자를 정리한다.
달수, 홍자, 음식 맛을 보고 얼굴을 찡그린다.

달수　… 추운께 그런가 손님이 일찍 떨어지네잉 … (정심에게) 시마이허께라?
홍자　벌써? 초저녁인디 … (정심에게) 언니, 내일은 반찬 메뉴를 쪼까 바꿔 보까? 날씨도 추워졌잖아 … 파래무침이랑 굴무침 어때? 쩝, 삼치구이 꼬막무침도 맛있는디 …

영주　　엄마 … 당분간 … 식당 문 닫을까?

홍자　　왜?

달수　　뭐땜시?

영주　　… 인테리어도 다시 하고 … 의자랑 식탁도 바꾸고, 그릇도 새로 사고 … 다 너무 낡았잖아.

정심　　시끄러! 촌스러워도 손님만 바글바글했어. 밥때 되면 자리가 없어서 쩌그 사거리까지 줄을 섰어.

홍, 달　　… 참말로 … 그럴 때가 있었는디 …

어서 오세요~ 번호 번호 번호 번호표를 받으세요~
금방 갑니다~ 배달이 밀렸당께요~
미안합니다~ 합석 합석 합석 합석 좀 부탁해요~
죄송합니다~ 겁나게 기다리셨죠잉~

홍자　　근디, 지금은 … (달수 등짝을 때리며) 손님보다 파리가 더 많네! 파리! 파리! …

달수　　칵! (DJ 어투로) 아무튼! 에~ 위기는 기회다! 사랑하고 존경하는 식당 관계자 여러분! 에~ 말허자믄 반찬 적폐들을 싸그리 몰아내고 반찬 개혁을 통해서 다 함께 이 위기를 극복해야겄습니다, 여러분!

홍자　　(박수를 치며) 옳소! 옳소!

영주　　반찬을 바꾸면 뭐해요? … 맛이 없는데 …

정심　　나보다 음식 더 잘하는 사람 나와 보라 그래!

영주　　지금은 간도 제대로 못 맞추면서 …

정심　　시끄러! 밥장사 한 지 30년이야! 그까짓 간 눈감고도 맞출 수 있어!

영주　　엄마, 치매라니까! 혀가 고장 났어. 맛을 분간을 못 한다고! 양념을 넣었는지 안 넣었는지 맨날 깜빡깜빡하면서 …

정심　　저년이 … 저, 저, … 내가 언제? 아주 생사람을 잡네! (버럭) 나 아직 멀쩡해 이년아! (나간다)

홍자　　언니! 어디가!

달수　　누님!

홍자　　(울먹이며) 우리 언니 어쩌까 … 요새 예순 살이면 한창 나인디 … 어쩌자고 벌써 치매가 온당가 … 오빠, 차라리 내가 주방일을 보까? 언니한테 홀서빙 하라 글고.

달수　　차암, 미스테리여 …

홍자　　뭐가?

달수　　너는 치매도 아닌디 어째 간을 그라고 못 맞추냐!

홍자　　오빠! … (등짝을 때리며) 오메, 파리! 파리!

영주　　혹시 … 주방일 하실 만한 분 있을까요?

달수　　긍께잉 … 우리 누님 같은 쉐프를 어디서 찾겄냐 …

홍자　　(손뼉을 치며) … 영주야! 그거 어때? 주방 아줌마 콘테스트! 텔레비에서 많이 하잖아! 재료 딱 주고 음식을 만들게 하는 거야. 우리가 심사위원하고 …

달수　　(손뼉을 치며) 음마, 우리 돌대가리 홍자, 나이쓰!

홍자　　… 근디, 우리가 이런 얘기 하는 줄 알면 울 언니 얼마나 서운하까?

여학생이 쭈뼛주뼛 눈치를 보다 식당 문 앞에 보따리를 살그머니 내려놓는다.

달수　　어이, 스톱! 이게 뭣이여? (지팡이로 학생 뒷덜미를 잡는다)

학생　　바, 반찬통이요.

달수　　반찬통?

학생　　(다급하게) 아니, 여기 주인 아주머니가 저희 집에 매달 김치랑 반찬을 해다 주세요 … 빈 반찬통을 늘 가져가셨는데 안 오시길래 … 그럼, 안녕히 계세요.

학생, 퇴장한다. 모두 보따리를 바라본다.

홍자 … 하이고, 언니도 참! … 저라고 퍼준다고 누가 표창장을 줘, 훈장을 줘 …

달수 아이고, 오늘 같은 날은 진짜로 한 잔 뽑아야 쓰겄다. 홍자야 영주야 가자! 내가 쏘께.

홍자 허구헌날 퍼마심서 새삼스럽게! … 갈까? 찬찬찬!

영주 저는 엄마 찾아볼께요. 들어가세요.

달수, 홍자, 퇴장한다.

영주, 김치통을 들고 잠시 바라보다 퇴장한다.

암전.

2장. 안개

어슴푸레한 조명.

정심과 정심의 분신들 1, 2, 3, 돗자리를 메고 「연안부두」 노래를 부르며 나온다.

정심 흥, 염병할 것들!

분신들 염병할 것들!

정심 음식도 모르는 것들이 이러쿵 저러쿵!

분신들 이러쿵 저러쿵!

정심 (버럭) 내가 대장금이보다 낫어!

분신들	(버럭) 낫어!

정심과 분신들, 돗자리로 방아를 찧으며 노래한다. "두껍아, 두껍아 쌀을 줄게 밥을 다오 …"

분신 1	혹시, 누가 …
분신 2	음식에 …
분신 3	독을 넣었을까?
분신들	독? 독? … 꺄악, 독이야! 독! 독! 독! 독!

분신들, 놀라서 흩어진다.

분신 1	그래, 틀림없어! 누가 나를 망하게 하려고 그런 거야.
분신 2	장사 잘되는 게 배가 아파서!
분신 3	누구지? 누가 독을 넣었을까?
분신들	(관객들에게) 너지! 너지! 너지!
정심	(웃음) 그런다고 내가 망할 줄 알어?
분신들	망할 줄 알어?
정심	염병할 것들!
분신들	염병할 것들!
정심	지옥에나 떨어져라! (돗자리를 펼친다)
분신들	지옥에나 떨어져라! … 가만, 지금이 여름인가? 겨울인가? 아침인가? 밤인가? 오늘이 며칠이지? 내가 밥을 먹었나? 안 먹었나? 여기는 어디야? … 가만, 내 이름이 뭐였더라?
정심	… 내 이름? … 가만 있자, 내 이름이 …
분신들	정으로 시작해! 정 … 정 …
정심	정 … 정숙이?
분신들	땡!

정심　　정 … 자?

분신들　땡!

정심　　정남이?

분신들　땡!

정심　　정순이?

분신들　땡!

정심　　(버럭) 나 이름 같은 거 없어! 없다고! … 어쩌다 한 번 오는 저 배는 무슨 사연 싣고 오길래… (가려는데 분신들이 막는다) 어쩌다 한 번 오는 저 배는 무슨 사연 … (가려는데 분신들이 막는다) … 어쩌다 한 번 오는 저 배는 … (가려는데 분신들이 막는다)

정심, 주저앉는다. 가방 속에서 그릇을 꺼낸다.

분신 1　뭐해?

정심　　… 밥한다.

분신 2　무슨 반찬 할 건데?

정심　　… 맛난 반찬!

분신 3　맛난 반찬 뭐?

정심　　긍께 … 호 … 호 … 몰라! 귀찮게 하지 마!

분신들　… 호, 호, 호? … 호떡? … 호빵? … 호박떡?

정심　　그래, 호박떡!

분신들　호박떡 하나 주면 안 잡아먹지.

정심　　싫어! 엄마 줄 거야.

분신들　정심아 … 정심아 … 호박떡 먹어라!

정심　　네, 엄마! 호박떡이 겁나게 맛있네잉 … 오빠도 하나 주까? …

분신들　자장 … 자장 … 우리 정심이 … 얼뚱 애기 … 잘도 잔다 … (반복)

코러스, 퇴장한다. 정심 서서히 잠이 든다.

정심 (잠꼬대) 엄마 … 엄마 … 내가 잘못했어. 엄마 내가 잘못했어! 엄마! (잠이 깬다) … 호박떡 … 카스테라 … 사이다 … 가만 그게 어디 갔지? … 어디 갔을까? … 누가 숨겼을까? … (화를 내며) 염병할 년! 지금이 몇 신디 밥을 안 줘? 영주야, 엄마 배고파! 밥 줘! … (뭔가 떠오른 듯) 영주야, 내일 제삿날이다, 제삿날! … 장 보러 가야지 …

정심, 상의를 입으려는데 몸이 말을 듣지 않는다.

3장. 관

♬ (요령 소리) …
코러스들, 관을 메고 노래하며 들어온다.
정심, 돗자리를 뒤집어쓰고 숨는다.

가세 가세 어서 가세 집주인을 찾아보세
개똥밭에 굴러도 이승이 좋지
먹고 죽은 귀신이 때깔도 좋지
가세 가세 어서 가세 집주인을 찾아보세
가세 가세 어서 가세 집주인을 찾아보세.

코러스들, 관을 내려놓는다.

코러스 1 개똥밭에 굴러도 이승이 좋지. (그럼!)

코러스 2　먹고 죽은 귀신 때깔도 좋지. (그럼!)
코러스 3　그래서 자네 때깔이 형편없구만. (하하하!)
코러스 4　살고자 하면 죽을 것이요, 죽고자 하면 살 것이다.
코러스 5　근데 난 죽고자 했는데 왜 죽었지? (재수 없는 놈!)
코러스 1　(관을 가리키며) 근데 이 집은 누구 집인가?

서로 자기 집이라고 주장하며 서로 들어가려고 한다.
코러스 2가 모두 밀어낸다.

코러스 2　허허, 내 집인 모양일세. 여봐라, 게 아무도 없느냐! 집주인 들어가신다! 문을 열어라!
코러스들　예이~

코러스들, 공손하게 코러스 2를 모신다.
코러스 2, 관 속으로 들어가 문을 닫는다.
관 속에서 들리는 웃음소리 …

코러스 2　(관짝 문을 벌컥 열어젖히고 온몸을 긁는다) 아이고 가렵다, 가려워! … 새집 증후군인가?
코러스 3　자네 집은 벌써 썩어 없어졌지. 집주인을 찾아보세!

관객과 관 주인 찾는 놀이를 한다. 그러나 주인을 찾지 못한다.

코러스 4　집주인이 없다? … 그럼 집한테 한 번 물어보자! 집아, 집아, 이 집이 뉘 집이냐? …
코러스 5　아따, 이 집은 부끄러움을 많이 타는 모양이네잉~ 그럼 다 같이 물어보세!

집아 집아 네 주인이 누구냐~
말 안 하믄 콰악~ 말 안 하믄 콰악~
불에 태워불란다~

정심, 무언가에 이끌리듯 관에 들러붙는다.

코러스들 (정심에게) 집주인 찾았네!
정심 (관에서 도망치며) 살려주세요! 제발, 살려주세요!
코러스 1 그때도 살고 싶어서 도망쳤지?
정심 … 학생들 … 여자들 … 다 나가라고 했어요.
코러스 2 남아 있던 학생, 여자들도 있었지.
정심 … 무, 무서웠어요 …
코러스 3 누군들, 누군들 무섭지 않았을까?
정심 … 돌아가려고 … 했어요.
코러스 4 하지만 넌 오지 않았지. 날이 밝을 때까지. 피가 계단을 타고 흐를 때까지. (웃음)
정심 … 나만! 나만 그런 거 아니야! … 왜 나한테만 그래! …
코러스 5 배신자! 그날 밤 너는 동료들을 배신하고 떠났다. 네가 그들을 죽였다. (웃음)

정심 관 뚜껑을 열고 들어가 숨는다.
코러스들, 관 뚜껑을 닫고 위에 올라가 발을 쿵쿵 굴린다.

코러스들 (관을 이리저리 흔들며) 네가 선택한 길이다! 네가 선택한 운명이다! 너의 선택이다! …

코러스들, 퇴장한다.

영주 (소리만) 엄마, 그릇 못 봤어? 그릇이 하나도 안 보여!

영주, 등장한다.

영주, 장롱 속에서 두드리는 소리가 나자 다가간다.

영주 (장롱 문을 연다) 엄마, 뭐해, 거기서?

정심 (장롱에서 구르듯 기어 나온다) 아이고, 사람 살려! 사람 살려!

영주 아, 장롱 속엔 왜 들어갔어! 미치겠네, 진짜! 노인네 힘도 좋아. 장롱을 혼자 어떻게 눕혔대?

정심 아까 시커멓고 흉측하게 생긴 것들이 관 속에다 나를 밀어 넣었는디 … 못 봤냐?

영주 관? 뭔 소리야! 아무도 없잖아!

정심 (돗자리를 뒤집어쓰고) 봤어! 내가 봤어! 내가 봤다니까!

영주 (정심을 달래며) 엄마! 엄마! 내가 다 쫓아냈어! "이놈들아, 꺼져라!" 그랬더니 "하하하, 도망가자." 그러면서 … 싹 도망갔어!

정심 … 진짜?

영주 진짜! 내가 왜 엄마한테 거짓말을 해! 내가 거짓말하는 거 봤어?

정심 아니야, 너 어렸을 때 거짓말 잘했어. 거짓말 선수였어. 학교 간다면서 맨날 땡땡이치고 "학교 다녀왔습니다!" 그러고 니 짝꿍 시계 절대 안 훔쳤다고 난리 쳤는디 벽장 안에서 나왔지?

영주 그때는 … (버럭) 아, 사춘기 때는 다 그래!

정심 애 봐라, 사춘기 훨씬 전이었 …

영주 아, 됐어! 아니, 왜 돗자리는 뒤집어쓰고 난리야? 내가 못 살아, 진짜! 돗자리에서 음이온이라도 나와? (돗자리를 빼앗아 갠다) 옷은 또 왜 뒤집어 입었어? 제대로 입어. 장 보러 가게 … (가방 속에서 그릇을 발견한다) 뭐야 … 내가 이럴 줄 알았어, 엄마! 그릇 장사 할 거야? 응? 부엌에 그릇이 하나도 없어! (정심

의 상의를 벗겨 다시 입힌다)

정심 장에는 왜?

영주 제사 음식 장만해야지.

정심 누구 제사?

영주 외할머니, 외할아버지, 외삼촌 제사.

정심 놔둬라. 죽은 사람 밥상은 차려 뭘 해. 죽었으면 그만이지.

영주 아니, 제사상 차려야 한다고 들들 볶을 때는 언제고 이제 와서 딴소리야!

정심 내가 언제? 이년이 엄마를 바보로 아나 … 나 그런 적 없다.

영주 아유, 진짜! 내가 녹음을 해놓든가 해야지. 정심 씨, 그러지 말고 얼렁 갑시다. (팔짱을 낀다)

정심 (뿌리치며) 놔! 안 가!

영주 아, 좀! 바람 쐬러 가자니까. 말 좀 들어! 어이그, 그냥! 내 새끼가 같았으면 콱 …

정심 왜, 작신 때리게?

영주 내가 엄마 같은 줄 알어!

영주, 정심을 장롱 위에 태우고 나간다.

4장. 시장

상인들, 매대를 밀고 노래하며 나온다.

겁나 싸 겁나 싸 시장은 겁나 싸 마트는 겁나게 비싸당께요
깎아줘 깎아줘 팍팍 깎아줘 마트는 절대 깎아주덜 안 해요
공짜 덤을 아조 팍팍 얹거줘 기분만 좋으믄

마트 가믄 덤을 안 줘 손님만 호구랑께
싱싱해요 싸디싸요 …

영주, 정심의 손을 잡고 시장 카트를 끌고 들어온다.

상인들　영주 엄마! 아따, 얼굴 잊어 불겠소. 오메, 영주도 왔냐! 시집은 언제 갈래?

영주　안녕하세요. 엄마, 나물 사야지?

정심　나물은 무슨 … 외할머니 호박떡 좋아했어.

영주　그래도 제사상에 나물 한두 가지는 올려야지.

상인 1　암만. 나물 빼면 그것이 제사상인가 걍 밥상이지.

상인 2　오메, 영주가 엄마보다 낫네. (정심 손을 잡아끌며) 생선은 사겠소? 내 생선 요 싱싱한 것 좀 보씨요. 오메, 죽어서도 눈깔을 꿈뻑꿈뻑 윙크를 헌당께라.

상인 3　어야, 자네는 입만 열믄 그라고 오바를 헌가. (정심 손을 잡아끌며) 여그 과일이 겁나게 달아라우. "하하하하, 과일이 먼저다!" 쩌그 청와대 높으신 분께서 인정해 준 과일집 아니오. 긍께 맛 한 번 봐보씨요.

상인 4　(상인 3에게) 청와대? 아, 쩌그 중국집 청와대?

상인 3　(상인 4에게) 음마! 콱 저것을 영업방해로 처넣어부까 어쩌까.

♬ (요령 소리) …

정심 천천히 주위를 둘러보다 환각 속으로 빠져든다 …

정심　(상인 1에게 다급하게) 아주머니! 혹시, 쌀이나 김치 좀 얻을 수 있을까요?

상인 1　뭣이라? … 아따 나는 쌀하고 김치는 안 팔어. 야채, 나물 장시랑께.

상인들 쌀은 쌀가게, 김치는 반찬가게에 가야제. (웃는다)

정심 (상인 2에게) 군인들하고 싸울라믄 먹을 것이 필요해요.

상인 2 뭔 소리여? … 군인들이 어쨌다고?

정심 (상인 2에게) 쩌그 도청에서 왔는데요. 먹을 것이 없어요.

상인 3 오늘 도청에서 뭔 불우이웃 돕기 행사 헌당가?

영주 아뇨, 신경쓰지 마세요. 엄마가 요새 깜빡깜빡 하세요. 엄마, 왜 그래!

상인 4 가만, 나 시방 뭔 상황인지 감 잡아부렀어. 거 옛날에 군인들이 광주시민들을 뚜들어 패고 총으로 쏴 죽이고 그랬잖애 … 영주 엄마 그때 얘기하는 거여. 그때 학생들이 쌀하고 김치 얻으러 오고 그랬다고 안.

상인 3 아, 광주사태!

상인 4 광주사태? (상인 3에게 삿대질을 하며) 떽! 광주민주화운동이제! 자네, 전두환이 꼬붕이여!

상인 3 이 여편네가 … 말 쪼까 삐끗했다고 아조 사람을 잡아묵을라고 하네. 나가 말이여, 그때 시장 사람들하고 같이 쌀이랑 김치 싹 걷어다가 도청 갖다준 사람이여! 왜 이래!

상인 2 암만, 나도 그때 시민군들 묵으라고 김밥도 싸다 주고 돈도 막 걷어다 줬네이.

상인 1 그랬제, 그랬제! 오메, 그때는 참말로 아까운 것도 없고 있으믄 있는 대로 다 주고 자펐어. 다 내 자식 같고 식구 같고 그랬응께 …

상인 3 그려, 아까운 것 없이 다 줬제라우. (노래) 당신이 원한다면~

상인들 내가 가진 모든 것 아낌없이 다 주리라~ 앗싸~

시장 상인들 춤추고 노래하며 장터 소품을 활용해서 5·18을 재연한다.

상인 4 (다급하게) 어야, 시방 군인들이 학생들을 막 패죽인당께! 우리가 가만 있으면 쓰겄어?

상인들　가세! 가서 욕이라도 해야제!

광주시민들 똘똘 뭉쳤네 대머리는 물러가라 (짜라라짜짜짜짠!)
칼에 찔리고 총에 맞아도 흩어지고 다시 모태세 (짜라라짜짜짜짠!)
민주주의 맹글자고 피를 흘렸네 우리 새끼 살려내라
총을 들었네 끝까지 싸워서 몰아내불세
똘똘 뭉쳐서 (아) 똘똘 뭉쳐서 우리 광주 지켜내불세

정심　시민 여러분! 우리 시민군들이 먹을 것이 없어요. 광주를 지킬 수 있게 도와주세요!

상인들　암만! 싸울라믄 많이 묵어야 써!

대인시장 아줌씨 쌀 걷어 김치 걷어 양동시장 아자씨 돈 걷어 도청가요
니 것 내 것이 어딨간디 우리 새끼들 배가 고프믄 안 되제
오 솥단지 걸어 (걸어 걸어) 오 주먹밥 싸고 (싸고 싸고) 오 김밥도 말고 (말고 말고) 예~
오 솥단지 걸어 (걸어 걸어) 오 주먹밥 싸고 (싸고 싸고) 오 김밥도 말고 (말고 말고) 예~

상인 2　어야, 시방 피가 모지래서 사람들이 막 죽어간다네! 모다 가서 헌혈하세, 헌혈!

상인들　긍께! 내 피가 겁나게 싱싱해라우~

내 피를 뽑아가쏘 싸게싸게 뽑아가쏘
피 흘리는 광주시민 내 피로 살려내쏘
기독병원 전대병원 조대병원 박터지네 학생들도 노인들도

끝없이 줄을 섰네
나라를 지키라고 세금 내준께 국민들 지키라고 무기 사준께
어따가 총을 쏘고 염병한당가
어디 한번 붙어 보자 누가 이긴가 니미 씨발 개새끼들아
죽어도 같이 죽고 살아도 같이 살고 너도 없고 나도 없고
아낌없이 줘 불란다

상인들, 5·18 재연이 끝나면 자신들이 팔던 물건을 정심에게 상자째 준다.

상인 1　오메, 젊은 처자가 욕보네, 욕봐! 요거 도청 시민군들 갖다주씨요.

상인 2　아가씨, 요거 묵고 힘내서 꼭 이겨야 써. 알았제.

상인 3　어이 처녀, 광주시민들이 똘똘 뭉쳤응께 우리가 꼭 이길 것이네. 파이팅이여!

상인 4　(돈을 꺼내주며) 색시, 몇 푼 안 된디 맛난 거 사 묵어감서 해. 다치지 말고.

영주, 정심을 데리고 나간다.

상인 1　오메, 영주 엄마도 그때 도청에서 거시기 했는갑구만.

상인 2　오메, 치매 오믄 옛날로 간다 등만 … 그때 뭣이 맺혔는갑네.

상인 3　오메, 하필 정신이 그 시절로 갔으까? 징허디 징헌 때로.

상인 4　오메, 징허기는 했어도 그때 그래도 사람같이 살았제. 안 그려?

상인들　그려, 그런 때가 없었제 … 참말로! … 아이고, 인자 점빵문 닫고 들어가세!

상인들 매대를 밀고 노래를 부르며 퇴장. "죽어도 같이 죽고 살아도 같이

살고 너도 없고 … ”

5장. 제사

정심, 방 청소를 하고 있다. 영주, 제사상을 들고 들어온다.

영주　참, 기껏 시장까지 봐놓고 제상에 호박떡 카스테라 빵 사이다를 올리는 건 뭐야.

정심　… 문은 열어놨냐?

영주　열어놨어. 귀신이 욕하겠다, 욕하겠어. “고기도 없고, 생선도 없고, 과일도 없고! 요것이 제사상이냐!”

정심　엄마는 호박떡~ 아부지는 카스테라 빵~ 오빠는 사이다~ 환장하고들 먹었다.

영주　근데 갑자기 평생 안 지내던 제사를 지내? 꿈에 귀신들이 나타나서 “정심아 … 밥 줘라 … 정심아 … 밥 줘라 …” 그랬어? (정심을 뒤에서 껴안는다)

정심　(깜짝 놀라 영주를 뿌리친다. 걸레로 영주를 때리며) 아이구, 놀래라! 이런, 철딱서니 없는 년!

영주　아, 왜 더러운 걸레로 그래!

정심　문은 열어놨어?

영주　열어놨다니까! … 근데, 엄마도 5·18 때 뭐 했어? … 아까 도청 얘기는 뭐야? 쌀이랑 김치 얻으러 다녔어? 엄마가?

정심　… 너 뭔 소리 하냐?

영주　아까 시장에서 엄마가 그랬잖아. 생각 안 나?

정심　내가 언제? … 너도 참 큰일이다. 젊은 것이 벌써부터 정신이 오락가락해서 어쩐다냐.

영주 됐어! 엄마가 밥이나 할 줄 알지. 5·18 때 하긴 뭘 했겠어?

달수, 홍자 들어온다. 달수는 술, 홍자는 피자를 들고 온다.

홍자 아이고 많이도 차리셨 … (제사상을 보며) … 잉? … 이게 뭣이여?

달수 오메, 벌써 다 치워부렀어?

영주 아뇨 … 이제 막 차렸어요!

홍자 아니, 언니! 평소에는 손도 크신 양반이 어째서 제사상을 요따구로 대충 차렸어?

달수 아따, 누님! 나 제삿밥 얻어묵을라고 밥도 안 먹고 왔당께라 …

정심 (영주에게) 너는 동네잔치도 아닌디 어째 이 사람 저 사람한테 떠들고 다녀?

홍자 오메, 언니 우리가 어째 이 사람 저 사람이여? 겁나 서운할라 그러네.

달수 아, 누님, 우리가 피만 안 섞였제 거의 패밀리 아니오, 패밀리! 안 그냐, 영주야?

영주 그럼요!

달수와 홍자, 영주에게 술과 피자를 건넨다.

달수 (홍자에게) 너는 제사에 뭔 피자를 사 왔냐?

홍자 귀신들도 맨날 한식만 먹으면 질리제. 이라고 이태리 음식을 … 오메, 피클을 안 가져왔네!

달수 참, 가지가지 한다.

영주 엄마, 향 … 피울까?

정심 문은 열어놨냐?

영주　(버럭) 열어놨다니까! 한 번만 더 물어보면 백 번째야! 백 번째!

달수　향, 이리 줘라. (향에 불을 붙인다) … 누님, 절 해야제? (정심, 대답이 없자) … 우리끼리 하자.

달수, 홍자, 영주, 함께 절을 한다.

♬ (요령 소리) …

정심, 향 냄새를 맡고 환각 속으로 빠져든다 …

정심　(달수에게) … 향을 더 피워야겠어요, 오빠! … 냄새가 너무 지독해 …

달수　지난주에 목욕했는디 … (홍자에게) 나 냄새 나냐?

홍자　(달수의 등짝을 때리며) 오메, 술 냄새! 작작 좀 마셔!

정심　(홍자에게) … 언니, 관이 모자라요 … 시체가 너무 많아서 …

홍자　… 언니, 왜 그래? … 무섭게.

정심, 마치 눈앞에 시체들이 있는 듯 돌아다니며 중얼거린다.

정심　… 오늘 들어온 시신은 열다섯 구 … 남자 11명 … 여자 4명 … 교복 입었네 … 아무리 닦아도 얼굴에 피가 안 없어져 … 이분은 몸이 아직도 따듯해 … 조금만, 조금만 더 있다가 관에 넣어요 … 이분은 머리가 … 머리가, 없어 … (구토) … 아무리 향을 피워도 … 썩는 냄새가 안 없어져 … (다급하게) 오빠, 향을 더 피워야겠어요! 어서 피를 닦아! 향을 피워! 머리카락은 곱게 빗질하고! 남자 시체는 이쪽으로, 여자 시체는 저쪽으로! (허공에 손을 휘저으며) 이놈의 파리 새끼들! 저리 가! 저리 가! 저리 가! … (정심, 주저앉는다)

정심이 엄마 들어온다. 도깨비불처럼 허공을 맴돈다.

엄마　네 이년! 집안 말아먹은 년! 즈그 오빠 잡아묵고, 아부지 잡아묵고, 어메까지 잡아묵은 년!

정심　… 엄마 …

엄마　여자가 시집이나 가지 네가 뭣이라고 총 든 사람들 밥을 해줘. 어째 너만 살아왔냐? 다리를 분질러서라도 느그 오빠를 데꼬 나와야지, 어째서 너만 살아왔냐?

정심　엄마 … 내가 잘못했어 … 잘못했어 …

엄마　엄마라고 부르지도 마! … 너는 내 자식 아니다. 나 죽어도 절대 집에 발 들여놓지 마라.

정심　… 엄마, 기왕 왔응께 … 좋아하는 호박떡이라도 먹고 가 …

엄마　호박떡? (웃음) 천벌을 받을 년! 지옥에나 갈 년! 다시는 젯상 차리지 마라! (퇴장)

정심　엄마, 내가 잘못했어! 엄마, 나도 델꼬 가소! 엄마 나도 델꼬 가 … (쓰러진다)

영주　엄마!

홍자　언니!

달수　누님!

영주, 정심을 부축해 방으로 들어간다.

달수, 향불을 끈다.

달수　아니, 근디 지금까지 우리한테는 왜 한마디도 안 해쓰까잉?

홍자　뭣을?

달수　아, 누님 말이여 … 그때 … 5월에 도청에 있었던 것 같은디 …

홍자　가만, 그러고 봉께 해마다 5월만 되믄 언니가 막 아프고 그랬다. 응급실에도 실려 가고 …

달수　　허기사 그것 땀시 온 집안이 박살이 난 거 같은디 …

영주 나온다.

홍자　　언니는 괜찮아?

영주　　네. 주무세요.

홍자　　… 영주야 … 저기, 언니 요양원 한 번 알아봐. 간병허다 진짜 너까지 골병들겄다.

달수　　그래도 가족이 돌보는 것이 더 낫제. 요양원 들어가믄 사람 금방 베레 부러야.

홍자　　그러니까 시설 좋은 데로 들어가야제.

달수　　(버럭) 아무리 시설이 좋고 잘해줘도 거그는 생판 놈이여! 놈!

홍자　　(버럭) 아니, 영주 혼자 어떻게 감당해? 영주도 살아야지. 아, 그렇게 걱정되면 오빠가 언니 간병을 하든가! 말로만 그냥!

달수　　(더 버럭) 야, 가족이라는 게 뭐냐. 어렵고 힘들 때 서로 돕는 게 가족 아니여?

홍자, 달수, 옥신각신 서로 언성을 높인다.

영주, 들고 있던 그릇을 떨어뜨린다. 홍자, 달수, 말다툼을 멈춘다.

영주　　(울먹이며) … 엄마! … (사이) … 그날, 눈이 참 많이 왔어요 … 다섯 살 땐가 … 식당 앞에서 울고 있는데 … "아가, 어째 울고 있냐? … 들어와라. 같이 밥 먹자"… 엄마가 그랬어요 … "같이 … 밥 먹자."

홍자　　그때 언니가 네 울음소리를 한참 듣더니 딱 그러드라. "엄마가 … 놓고 갔는갑다 …" 엄마 잃은 새끼들 울음소리는 다 비슷하거든.

달수　　(홍자를 가리키며) 그때 너 데꼬 들어오지 말라고 누가 그랬는디

…

홍자　(달수 옆구리를 찌른다) … 오메! 그때 우리 영주 걍 고슴도치맹키로 겁나 싸나웠는디 … 시방은 까시가 다 빠져갖고 미운 오리 새끼가 백조가 되부렀어야. 어쩌까?

달수　(홍자에게) 근디, 니는 언제 백조 될래?

홍자　오빠!

달수　… 아이고, 이놈의 향냄새 … 한 번 몸에 베믄 잘 안 없어져 …

홍자　영주야! 지금이라도 언니 5·18 유공자 해당되는 지 한 번 알아봐. 그거 되믄 보상금도 나오잖아. 오빠, 그때 보상금 얼마 받았어? 다리에 총 맞은 거?

달수　아야, 쓰잘데기 없는 소리 하덜 말고. 가자. 오늘 같은 날은 한잔 뽈아야지.

홍자　아, 여그서 한잔해. 술도 있잖애.

달수　아야, 안주를 봐라. 술이 들어가겄냐? … 가자!

영주　호박떡이랑 카스테라 좀 가져가세요. 집에 먹을 사람도 없는데 …

달수　그려, 나는 부드러운 남자니까 카스테라! (홍자에게) 너는 못생겼으니까 자, 호박떡!

홍자　아따, 오빠! 카스테라 나 주라. 오빠야~

달수　어허, 남자는 카스테라여!

홍자　호박떡이 정력에 겁나 좋다던디 …

달수　(얼른 호박떡을 집어들며) 역시, 남자는 호박떡이여!

홍자, 달수, 퇴장.

영주, 제사상을 치운다.

정심, 보따리를 들고나온다. 손을 떤다.

영주　엄마, 누워 있지 왜 나와?

정심 (영주에게 보따리를 내민다)

영주 뭐야?

정심 … 니 배내옷 … 그날, 식당으로 너 데꼬 들어오고 나서 … 나중에 소포가 하나 왔어야. 네 이름이 '영주'라고. 빛날 영 자에 기둥 주. 죄송하다고 … 나중에 꼭 데리러 오겠다고 … 식당 앞에 두고 가믄 밥은 안 굶겄다 싶었던 모양이지.

영주 (보따리를 던진다) … 이딴 거 필요 없어.

정심 (보따리를 영주에게 쥐어주며) 혹시 모르니까 한 번 찾아봐 …

영주 … 엄마, 왜 그래? … 이제 나한테 정 뗄려고 그래?

정심 … (웃음) … 뭔 소리를 … 너 때문에 … 엄마가 지금까지 살았다.

영주, 제사상에 놓인 술을 술잔에 따른다.

영주 … (술을 마시며) 그때 나 왜 고아원에 안 맡겼어?

정심 … 네가 밥을 하도 맛나게 묵어서 … 밥을 차려준께 울음을 뚝 그치더니 밥태기 하나 안 남기고 싹싹 긁어먹어야 …

영주 … 속으로 흉봤겠네 … 버려진 애가 밥에 환장한다고 …

정심 (웃음) 어디 가서 굶어 죽지는 않겠더라. 잉, 너는 나 죽어도 밥 두 그릇 세 그릇 묵을 거이다. 밥태기 하나 남기지 말고 싹싹 긁어 묵어라이.

영주 그래, 내가 아주 배터지게 먹을라네.

영주, 보따리를 발로 차고 엄마 옆에 앉는다.

영주 (술을 따르며) 이럴 줄 알았으면 진작 엄마한테 음식 좀 배워둘 걸 그랬네 …

정심 그런 걸 뭐 할라고 배워 … 그냥 하믄 되지.

영주 (정심에게 술 한잔 건네며) 비결이 뭐야? … 엄마가 만든 음식 다들 좋아하잖아.

정심　(한 잔 마시고) 비결? … (주위를 살피고 영주 귀에 속삭인다)

영주　미원하고 다시다? … 아, 진짜! 제대로 알려줘. 안 그러면 손님들한테 다 이를 거야. 대인시장 대장금이 아니라 MSG 대마왕이라고!

정심　황금비율 칠 대 삼!

정심과 영주, 서로 마주 보며 한참 웃는다

정심　… 하다 보믄 다 요령이 생겨야 … 어쩌다 한 번 … 오는 저 배는 …

영주　… 엄마 … 우리 춤 줄까?

정심　춤? … 남사스럽게 춤은 … 아야, 나 기운 없다.

영주　아이고, 정심 씨, 기운 없다고 가만 있으면 안돼. 자꾸 움직여야 뇌에 피가 돌지. 춤이 건망증에 그렇게 좋대 … 아유, 그러지 말고 일어나 봐 … 얼른! (정심을 일으켜 세운다) … 짜라짜짜 짜라라짠짠 … 어쩌다 한 번 오는 저 배는 무슨 사연 싣고 오길래 (살리고! 살리고!) 가는 사람 오는 사람 마음마다 설레게 하나. 부두에 꿈을 싣고 떠나는 배야 (앗싸! 가오리!) …

영주는 재롱을 피우듯 일부러 더 신나게 노래하며 춤을 춘다.

홍자, 달수 다시 들어온다.

홍자　언니, 내가 옷을 안 가져가부렀네.

달수　뭐시여? 자기들끼리만 놀고 … 갈매기 우는 마음 너는 알겠지 ~ (정심을 껴안으며) 누님, 사랑하요!

달수, 홍자도 함께 노래하며 춤을 춘다.

암전.

6장. 주방장 콘테스트

달수 (어둠 속에서 소리만) 워따, 대장금 어디 없소?

홍·영 (어둠 속에서 소리만) 대장금 어디 없소?

흥겨운 음악과 함께 조명 밝아진다.

영주와 홍자는 '대장금 콘테스트' 플래카드를 들고 있다.

달수 (국자를 마이크처럼 잡고) 지금부터 영주네 집 주방장 콘테스트 최종 경연을 시작하겄습니다! 박수! 백반계의 대장금은 과연 누가 될 것인가? 두구두구두구두구! 불꽃 튀는 예선을 거쳐 마침내 오늘 두 분의 후보자가 결승에 진출했습니다잉~ 에, 후보자들로 말씀드릴 것 같으면 …

홍자 오빠, 다 알어! 같이 심사했잖아! 얼렁 본론으로 쫌! 아따, 쫌!

달수 야, 명색이 대인동 최고의 맛집 주방장을 뽑는 건디 격식을 갖춰야제. 안 그냐, 영주야?

영주 아따, 쫌!

달수 (시무룩하게) 후보자 입장! 박수!

육봉숙과 안심해 조리대를 하나씩 밀고 나온다. 조리대 위에 칼과 도마가 놓여 있다.

달수 자기 소개 부탁해요~

육봉숙 저는 동남이 엄마 육봉숙이고요. 저는 한식, 중식, 양식, 일식, 뭐 못 하는 것이 없어요. 길거리 흙을 퍼다가도 요리를 할 수 있응께요. 제 별명이 다이어트 킬러예요. 우리 집 딸들은요, 다이어트에 다 실패해갖고 살이 띠룩띠룩 쪘어요. 왜? 제가 워낙에 음식을 잘해버리니께요. 딸들아, 엄마가 요리를 잘해서 미안하닭~

안심해　누구는 주뎅이로 요리를 헌갑써요. 지는 손으로 요리합니다. 대장금 동생 소장금, 안심해 인사드려요.

육봉숙　뭣이여? 어이, 뿔난 복어같이 생긴 아줌씨! 시방 나한테 허는 소리여?

안심해　누구는 거울도 안 본갑써! 지는 말린 명태 대가리같이 생겨가지고 … 언니, 저 맘에 안 들죠?

육봉숙　(안심해에게 달려들며) 이것을 콱!

달수　(막아서며) 자, 싸움은 요리 대결로 하시고! 주어진 시간은 50분! 준비하시고! 시작!

육봉숙과 안심해 각자 성격대로 식칼과 도마를 이용한 요리 퍼포먼스를 펼친다.

영주에게 전화가 걸려온다.

영주　네, 여보세요 … 네, 맞는데요 … 도청이요? … 네! … 네네!

홍자　무슨 일이야?

영주　… 경찰인데, 엄마가 도청 앞에서 헤매고 있대요! …

달수　도청?

모두　엄마! 누님! 언니!

영주, 홍자, 달수, 뛰어나간다. 육봉숙과 안심해도 식탁을 밀며 따라 나간다.

육봉숙　여, 여보씨요. 판정을 내려야제 어디 가부러! … 이런 씨부럴

탱탱볼, 짝부랄을 봤나!

안심해 (육봉숙에게) 어머, 이런 섹시한 욕은 처음이야. 언니, 저 마음에 들어요. 같이 가요.

암전.

7장. 생일

어슴푸레한 조명.

정심의 분신, 돗자리를 뒤집어쓰고 무대를 배회한다.

잠시 후, 돗자리가 바닥으로 흘러내리고 … 정심의 분신은 퇴장한다.

영주, 정심을 부축하고 나온다.

홍자와 달수는 생일케이크를 들고 생일 축하 노래를 부르며 나온다.

달수 누님, 뭣허요. 촛불 꺼야제. 후~ 부씨요!

홍자 한 번에 못 끄면 시집을 못 가요. 아, 미운 사람~ 언니, 한 번에 꺼야 돼~ 하나, 둘, 셋!

정심 (초점 없는 눈으로 물끄러미 사람들을 쳐다본다)

달수 영주야, 니가 해라.

영주 엄마, 생일 축하해! (촛불을 끈다)

모두 (박수를 친다)

달수 누님, 요새 식당에 오는 손님들이 맨날 누님만 찾는당께. 대장금이 어디 가부렀냐고.

홍자 언니, 얼른 식당 나와서 나 요리 쪼까 갈차 줘. 오빠가 나 요리 못한다고 맨날 구박헌당께.

정심 … 근디 … 누구 … 요? … 나 … 아요? …

홍자　언니, 나 홍자여! 애 못 낳는다고 남편이 바람펴서 옥상 올라간 홍자!

달수　… 나 모르겄소? … 다리 병신 되갖고 술만 퍼먹던 달수!

홍자　아따 언니, (달수를 가리키며) 저 인간은 기억 못 해도 나는 기억해야제, 어째 그래?

정심　… 예 … 밥이나 … 한 그릇 묵고 가요 …

행정복지센터 직원 들어온다.

직원　실례합니다. 안녕하세요. 행복센터에서 나왔는데요.

홍자　안 사요!

직원　그게 아니고, 행정복지센터에서 나왔습니다!

홍자　안 산다구요!

직원　동사무소! 동사무소에서 나왔다구요!

홍자　어서 오세요~

직원　저, 오정심 선생님이 …

영주　(정심을 가리키며) … 네, 여기! … 무슨 일로? …

정심　아유, 우리 어머니가 그동안 독거노인들이랑 가정형편이 어려운 분들에게 매달 반찬을 가져다주셨더라구요. 이번에 봉사상 수상자로 선정되셨어요. 어머니, 축하드려요!

정심　(직원 머리채를 잡는다) 영주야, 이놈의 가시내! 너 오늘 또 학교 안 갔지? 응!

직원　네? 어머니, 왜 이러세요. 제 이름은 영주가 아니고 공주예요. 서공주!

사람들　(말리며) 엄마, 왜 그래! 언니! 아, 누님!

정심　(직원 머리채를 흔들며) 오냐, 오늘 너 죽고 나 죽자! 니년 멀크락을 다 뽑아불 것이여!

직원　아야! 아악! 제발 좀 놓으세요. 이러시면 공무집행방해예요.

악! 사람 살려!

사람들, 정심에게서 직원을 떼어놓는다.

정심　너 어째 엄마 속을 그렇게 썩이냐! 엉! 엄마 죽는 꼴 볼래!
영주　(직원에게) 죄송해요. 저희 어머니가 좀 편찮으세요 …
정심　(직원에게) 이년아! 어딜 도망가! 너 오늘 제삿날인 줄 알어!
직원　어머! 저, 영주 아니고 공주라니까요! (뒷걸음질치며) … 내일모레 … 시상식이 있는데 꼭 … 오세요! 영주 씨, 제발 학교 땡땡이 좀 그만 치세요! (퇴장)

영주, 행복센터 직원을 배웅하러 나간다.

정심　어디 가, 이년아! (운다) 너 이년 언제 사람 될래! 엉? 영주야! 아, 영주야!
홍자　아따, 언니, 영주 인자 맘 고쳐먹고 사람 된 지가 언젠디 그래!
정심　(홍자에게) … 누구요? … 어째 아까부터 아는 체를 해쌌소?
홍자　나, 홍자라고! 홍자!

밖에서 소방차 사이렌 소리가 들린다. 영주 들어온다.

홍자　오메, 어디 불 난 모양이네. 어쩌까잉?
달수　(손을 가슴에 대며) 오메, 뜨거라. 여그도 … 불났시야. (지긋이 홍자를 본다)
홍자　(지긋이 달수를 본다) … 음맘마, 무장 염병허네!

♬ (요령 소리) …
정심, 천천히 환각 속으로 빠져든다 …

정심 (홍자에게) … 언니, 오늘 밤에 군인들이 … 도청으로 쳐들어올 지도 모른대요 …

영주, 홍자, 달수 서로 쳐다보며 어리둥절해 한다. 정심의 상태를 파악하고 맞춰준다.

영주 … 군인들이 쳐들어온다고? … 어쩌까?

달수 … 아, 광주시민들이 도청으로 다 나와서 막고 있으면 … 그놈들이 설마 쳐들어오겄어?

정심 … 그러면 … 얼마나 … 좋을까요?

홍자 … 무서우면 … 지금이라도 나가면 되잖아.

정심 … (고개를 젓는다) … 시민군들 배고플 텐디 … 오늘 저녁은 … 뭐할까요?

달수 글쎄, 뭐 김밥이나 … 주먹밥 같은 거 먹으면 되지.

정심 … 맨날 먹는 거 말고 … 오늘은 좀 특별한 거 … 맛있는 거 해요.

홍자 특별한 거? … 뭐 잘하는 거 있어?

정심 … 카, 카레요 … 저 카레 … 잘해요.

모두 (서로 쳐다보며) 카, 카레! 좋지! 맛있겠다! 카레 당첨!

정심 채소도 넣고 …

홍자 양파, 당근, 감자를 칼로 탁탁, 탁탁탁!

모두 탁탁, 탁탁탁!

정심 고기도 넣고 …

달수 돼지고기 싹~둑! 싹~둑!

모두 싹~둑! 싹~둑!

정심 카레 가루도 넣고 …

영주 세상에서 제일 맛있는 카레 가루, 휘리릭~ 휘리릭~

모두　　휘리릭~ 휘리릭~ (자장가 부르듯) 탁탁, 탁탁탁! … 싹~둑! 싹~둑! … 휘리릭~ 휘리릭~

정심 서서히 잠이 든다. 영주, 달수, 홍자 나간다.

8장. 도청

공습경보 사이렌 소리 …
선무방송 소리 아련하게 들린다.

소리 1　　시민 여러분, 지금 계엄군이 쳐들어오고 있습니다!
소리 2　　어서 잠에서 깨어나 도청으로 모여주십시오!
소리 3　　우리는 끝까지 광주를 지켜야 합니다! 우리는 이대로 물러설 수 없습니다!

정심, 서서히 잠에서 깨어나 돗자리를 뒤집어쓴다.

코러스들　(구음처럼) 어린 학생들과 여자들은 모두 도청에서 나가시오 …
정심　　그럼, 내일 … 아침밥은 … 누가 해요? … 저는 그냥 … 여기 있을래요.
코러스들　(구음처럼) 살아서 … 살아남아서 … 우리들의 이야기를, 오늘 밤 이야기를 …
정심　　오빠, 같이 가. 오빠, 오빠, 나랑 같이 나가! 오빠, 어떻게 나만 가?
코러스들　(구음처럼) 내일 아침에 꼭 다시 만나자 …
정심　　그래, 꼭 올게. 꼭 와서 아침밥 꼭 차려줄게.

코러스들 (구음처럼) 버티자, 날이 밝을 때까지만 … 버티자, 날이 밝을 때까지만 …

정심, 돗자리를 뒤집어쓴 채 낙엽처럼 무대를 떠돌다 나간다.

코러스들, 관을 하나씩 밀고 들어온다.

코러스들, 노래하고 춤을 추며 80년 5월 27일 도청의 마지막 새벽을 맞이한다.

간다~ 간다~ 나는 간다~ 간다~ 간다~ 나는 간다~ 나는 간다~
발걸음이 무겁구나 길을 막는 새벽안개
집에 가자 내 새끼야 날 붙잡는 울음소리
밤이라서 어두운가 끝이라서 어두운가
오늘 밤은 길고 길다 길고 길다 길고 길다
가세가세 어서가세 가세가세 어서가세 가세가세 어서가세~
가세가세 어서가세 가세가세 어서가세~ 건너가세~
망설임을 끊어버리고 미련일랑 떨쳐버리고~ 건너가세~
망설임을 끊어버리고 미련일랑 떨쳐버리고~ 건너가세~
건너가세 건너가아세~ 건너가세 건너가아세~ …

코러스들, 모든 힘을 모두 쏟아붓고 기진맥진한 상태로 …

코러스 1 … 나 먼저 가네 … 또 보세 …
코러스 2 … 오메, 시원한 사이다나 한 잔 먹고 잛네 …
코러스 3 … 담배나 한 대 꼬실르고 가믄 좋겄는디 …
코러스 4 … 그래도 나 마지막까지 남았네 …
코러스 5 … 엄마가 아침에 꼭 와서 밥 먹으라고 했는디 …

코러스들, 천천히 각자의 관짝 문을 열고 들어간다.

9장. 식사하세요!

정심, 돗자리를 덮어쓰고 들어온다.

정심, 숨바꼭질하듯 관과 관 사이를 오가며 몸을 숨긴다.

코러스 1　(소리만) 꼭꼭 숨어라, 머리카락 보일라 …

코러스들　(소리만) 머리카락 보일라 …

코러스 2　(소리만) 나는 죽고, 너는 살고, 나만 죽고, 너만 살고 …

코러스들　(소리만) 너만 살고 …

코러스 3　(소리만) 정심아, 가지 마 … 가지 마 …

코러스 4　(소리만) 정심아, 추워 … 추워 …

코러스 5　(소리만) 정심아, 배고파 … 배고파…

코러스 1　(소리만) 정심아, 아직 밥 멀었냐?

코러스들 대사를 점점 빠르게 반복한다.

정심 돗자리를 뒤집어쓴 채 … 짐승처럼 울며 관짝 사이를 걷는다.

정심 … 돗자리에 몸을 숨긴 채 … 한 손을 내민다.

영주 꽃밥이 실려 있는 카트를 밀고 들어온다.

영주　(정심이 내민 손을 잡으며) … 엄마, 밥 먹자.

영주, 정심이 뒤집어쓴 돗자리를 벗겨 바닥에 깐다.

영주와 정심, 돗자리 위에 수십 개의 꽃밥을 놓는다.

영주, 정심에게 꽃밥 쟁반을 내민다.

정심, 꽃밥 쟁반을 들고 뭐라고 웅얼거린다.

영주　엄마, 잘 안 들려. 뭐라고?

정심　… 싱 … 사 … 하 … 스 … 요 …

영주　　더 크게!
정심　　… 식사 … 하세 … 요.
영주　　조금만 더 크게!
정심　　(큰 소리로 길게) 식사하세요! … 식사하세요! … 식사하세요!

코러스(망자)들, 차례대로 관짝 문을 열고 나온다.

망자 1　　정심이가 드디어 아침을 차렸네.
망자 2　　기다린 보람이 있구먼.
망자 3　　왜 이렇게 오래 걸렸어?
망자 4　　아, 진수성찬을 차리느라 그런게지.
망자 5　　어야 가세. 다들 아침밥 먹세.

정심, 꽃밥 쟁반을 들고 망자들에게 간다.
망자들, 꽃밥을 하나씩 집어 든다.
영주, 정심에게 꽃밥을 하나 들려준다.
영주와 정심 서로 잠시 마주 본다.
정심, 꽃밥을 들고 망자들에게 간다.
정심과 망자들 함께 어울려 꽃밥을 들고 춤을 춘다.
암전.

에필로그

영주, 조리대를 밀고 나온다.
영주, 천천히 칼질을 시작한다.
처음에는 서툴게, 그러나 점차 능숙하게.

칼질이 빨라지면 점차 조명이 밝아진다.
영주, 식칼을 높이 들어 도마에 내려친다.

흥겨운 음악 …

달수, 홍자, 시장 사람들, 각자 반찬 보따리를 하나씩 들고 춤을 추며 들어온다.
세워진 관짝 문을 열어젖히고 관짝 속을 지나간다.
영주도 반찬 보따리를 들고 사람들을 따라간다.
사람들 관짝과 관짝 사이를 넘나들며 춤을 춘다.

■ **나창진** 〈극단 토박이〉 단원으로 「금희의 오월」, 「모란꽃」, 「청실홍실」 등 배우로 출연. 놀이패 신명의 「식사하세요」, 「꼭두야 저승가자」 대본 집필 및 연출. 명랑소녀극단 시나페 「네 잘못이 아니야」, 「너의 목소리가 들려」 등 극작 및 연출. 창극프로젝트 소리치다 「지지배배 흥부전」, 「애도하는 사람들」 극작 및 연출. 펀 스토리 「혼자 입원했습니다」, 「이무기는 방울방울」 극작 및 연출.

판소리 윤상원가

임진택 사설·작창, **박시양** 고수

이 작품은 광주항쟁 당시 시민군 대변인으로 활동한 윤상원 열사의 이야기를 바탕으로 만든 판소리다. 윤상원 열사는 광산구 임곡에서 태어나 노동자 야학인 '들불야학'에서 활동하다 광주항쟁이 일어나자 계엄군에 맞서 마지막까지 도청을 사수하다 산화했다. 이 작품은 윤상원 열사와 함께 항쟁에 참여한 시민들의 이야기를 담았으며 광산구와 '윤상원기념사업회'는 윤상원 기념사업의 하나로 기획했으며, 중요무형문화재 제5호 판소리 「심청가」 이수자인 임진택이 사설·작창을 맡았다. 2018년 2월 2일, 5월 30일 광산문화예술회관에서 공연 후 2019년 5월 26일, 서울시청 8층 다목적홀에서도 공연되었다.

판소리

윤상원가

임진택

1부 소리꾼 윤상원

[여는 마당 : 윤상원과 박기순의 영혼결혼식]

아니리 - 1982년 2월, 그러니까 광주민중항쟁이 일어난 다음다음 해, 겨울이 아직 가시지 않은 추운 어느 날, 광주 망월동 5·18묘지에서 기이한 혼례가 펼쳐졌던가 보더라.

[세마치 진양] 사람들이 모여 든다.
휑하니 널려 있는 공동묘지
찬 바람이 몰아치는디
무거운 걸음으로 두리번거리며 모여든다.
어느 외진 무덤 앞에 서더니만,

사진틀 두 개를 세워 놓는디
한 사람은 대학 학사모 청년이요,
또 한 사람은 앳된 여고생 차림이라.
그 앞에다 젯상을 차려놓고,
신방에 쓸 이불이며 혼례복을 널어놓고
무녀 한 사람 나오더니
"넋이야 넋이로다."
두 사람 영혼을 불러내니
신랑은 광산 출신 윤상원이요,
신부는 보성 태생 박기순이라.
어떠한 신사 앞으로 나서더니,
준비해 온 자작시를 낭송하는디
"돌아오는구나 그대들의 꽃다운 혼
못다 한 사랑 못다 한 꿈을 안고
죽음을 넘어 시대의 어둠을 넘어
부활의 노래로 맑은 사랑의 노래로
정녕 그대들 다시 돌아오는구나."[1)]
이렇듯 두 영혼이
부부의 인연으로 맺어졌음을 선포하고
옷가지와 이불을 태워
하늘나라로 보낸 후에
차려놓은 술과 음식을 먹으면서,
두 사람을 추억하였더라.

아니리 – 이 영혼결혼식의 주인공 신랑 윤상원은 80년 5월 27일 새벽, 전남도청을 사수하다 계엄군 총에 맞아 산화하신 분으로 당시

1) 광주를 대표하는 문병란(1935~2015년) 시인의 「부활의 노래」라는 시이다.

나이 31세, 신부 박기순은 78년에 '들불야학' 창설을 주도한 대학생 출신 노동운동가로 그해 겨울 예기치 않은 사고로 저세상으로 가신 당시 나이 22세의 규수라. 두 사람의 죽음을 안타까이 여기던 지인들이 두 영혼을 맺어주자고 해서 이루어진 슬프면서도 아름다운 혼례식이었더라.
창작판소리 「윤상원가」는 윤상원과 박기순 두 사람의 만남과 운명이 어찌해서 그리 된 것인지 그 내력을 찾아가는 가슴 아프면서도 벅찬 이야기렷다.

[첫째마당 : 윤상원의 학창 시절과 유신시대]

아니리 – 윤상원은 1950년 6·25 사변이 일어나던 해 전남 광산군 임곡면 농촌마을에서 윤석동 씨와 김인숙 씨 사이에서 태어났으니, 원래 이름은 개원이라. 어렸을 적부터 남다른 점은 일기 쓰는 습성이 있었던가 보더라.
개원이 고등학교로 진학할 무렵, 아버지가 이름을 상원으로 개명하였는디, 상원이 들어간 학교가 천주교 계통 사레지오 고등학교라, 교회에서 세례까지 받은 바 세례명이 '요한'이거날, 사춘기 윤상원이 '길 잃은 어린 양'처럼 방황을 하는디,

[중중모리] 천성이 놀기를 좋아하고, 친구 사귀기를 좋아한즉
태권도부에 들어가서 신체를 우선 단련한 후
성서의 가르침을 따른다며 에덴클럽을 결성하고
공부보다는 떼를 지어 우루루루 몰려다닌다.
타고난 재치와 말솜씨로 좌중을 완전 장악하니
윤상원이 빠진 모임은 앙꼬 없는 찐빵이라.
수업은 대충 빼어먹고, 술 마시고 담배 피고

화투나 치면서 시간 때우다 고구마서리 앞장서고
무시로 골목을 쏘다니면서 고래고래 악을 쓰고
항의라도 하는 놈은 무조건 두들겨 패놓고는
그날 밤 일기장에다가 잔뜩 후회를 해놓으니
'천주의 어린 양' 아니 천주의 몹쓸 늑대 윤상원은
여전히 광야를 헤매는구나.

[잦은모리] 이리 한참 놀다 보니 대학 입시가 걱정이라
연이어 두 번을 낙방터니 그래도 머리는 있었는지
명문 전남대학교 문리대 정치외교학과에
삼수 끝에 합격이라.
이때는 어느 땐고, 대통령 선거 정국이라
독재자 박정희가 삼선 개헌을 획책할 제
엄청난 부정선거가 전국적으로 자행된다.
실망한 윤상원이 인생 탐구를 해 볼 양으로
수준 높은 예술을 찾아 연극반에 들어가니
목소리에 연기까지 타고난 재주꾼이라,
대번에 배우로 발탁된다.[2)]
연극에 빠진 해파海波 윤상원 젊음을 맘껏 누리며
자신의 장래를 꿈꾸는디,[3)]
김대중 후보처럼 군중들을 휘어잡는 정치가가 되어 볼까
아니면 전공을 살려 외교관으로 나가 볼까
아니면 고시를 봐서 판검사로 나가 봐
신문기자는 어떠할까, 아나운서는 또 어떨까

---

2) 윤상원이 맡은 첫 배역은 소포클레스 원작 그리스 비극 「오이디푸스 대왕」에 등장하는 늙은 눈먼 예언자 테이레시아스 역할이었다.

3) 상원은 대학 시절 자신의 호를 스스로 해파(海波)라 지어 친구들이 한동안 그렇게 불렀다고 한다. 문자 그대로는 '바다 물결'이요, 깊은 의미는 '큰 파도'였을 것이다.

아니면 아예 배우로? 아니면 차라리 가수로?
공연히 들떠서 갈피를 못 잡더니
징집 영장이 나오자마자 기다렸다는 듯이
미련 없이 입대를 해버리는구나.

아니리 – 윤상원이 입대한 1972년 그해 10월, 박정희 독재정권이 비상계엄을 선포하고 유신헌법을 선포한 바, 이 유신헌법이 얼마나 기상천외한 발상이냐 하면 대통령을 간접 선출해서 비상조치권을 부여하고 임기는 6년이되 연장은 무제한이라.
그러던 중 1974년 1월, 장준하 백기완을 비롯한 민주인사들이 유신독재에 반대하는 개헌청원 백만인 서명운동을 벌이자, 발끈한 박정희가 긴급조치 1호를 발동하더니, 4월 3일 긴급조치 4호를 선포하고 민청학련 사건에 인혁당 사건을 조작해서 사형에다 무기에다 웬만하면 징역 10년 20년을 때려놓으니, 관련 수감자 징역 총량이 2000년을 넘었다고 하더라. 이 유신시대 긴급조치가 얼마나 황당무계했는지, 한 예로 당시의 금지가요 조처를 볼작시면,

[휘모리 – 랩] 남녀 입체창

1975년 5월, 긴급조치 9호가 선포되고
공연활동 정화대책이란 것이 발표된다.
김민기의 '아침이슬', 가사가 불온해, 금지!
태양이 묘지 위에 붉게 타올라?
가사가 불온해, 금지!
한대수의 '행복의 나라로', 뭔가 수상해, 금지!
행복의 나라가 어디야?
혹시 북한 아니야? 금지!
이장희의 '그건 너', 부정적이야, 금지!

지가 잠 못 이루어 놓고 왜 남 탓을 해? 금지!
송창식의 '왜 불러', 반항적이야, 금지!
장발단속 하자는데 왜 불르냐고?
건방진 놈, 금지!
김추자의 '거짓말이야', 방송 부적합, 금지!
하필이면 왜 각하 연설 직후에
이 노래를 트는 거야? 금지!
이금희의 '키다리 미스타킴', 출연 부적격, 금지!
대통령이 키 작다고 놀리는 거야 지금?
국가원수 모독이야, 금지!
신중현의 '미인'! 표절이야, 금지!
한번 보면 됐지 뭘 자꾸 볼라 그래?
그게 바로 표절이야, 금지!
배호의 '0시의 이별', 실정법 위반이야, 금지!
통행금지 시간에 이별이라니,
통금법 위반이야, 금지!
이미자의 '동백 아가씨', 왜색 가요야, 금지!
혜은이의 '제3 한강교', 염세적이야, 금지!
조영남의 '불 꺼진 창', 퇴폐적이야, 금지!
불 켜고도 얼마든지 할 수 있잖아?
양희은의 '이루어질 수 없는 사랑', 비관적이야 금지!
제목이 너무 길어, 금지!
무조건 금지, 하여간 금지, 도대체 금지, 도무지 금지
어쨌든 금지, 금 지 금 지 금 지……

아니리 – 심지어 어떤 노래는 아무 이유도 없이 금지를 해놓니, 어처구니 없는 요 '공연활동 정화대책'이란 것이 요샛말로 원조 문화계 '블랙리스트'였던가 보더라.

[둘째마당 : 인생의 갈림길 – 취직이냐 운동이냐?]

윤상원이 제대해서 복학한 후 집안 형편도 어렵고, 장남으로 책임은 있고 해서 '타임(Time)'지 읽어가면서 외무고시 준비를 하던 중 뜻밖에 어떤 선배를 만나게 된 바 그가 김상윤이라. 민청학련 사건으로 감옥 갔다 나온 선배로, 그가 권한 것이 투철한 자기의식을 위한 책 읽기라. 몇 명씩 조를 짜서 은밀하게 모임을 갖는디, 공안당국 용어를 빌리면 '운동권 의식화 학습'이렷다. 이 과정에서 상원의 역량이 돋보인 바, 요 독서모임들 안에 전남대 국사교육과 새내기였던 박기순도 있었다고 하더라. 그러다가 77년말경 김상윤은 아예 사회과학 전문책방인 '녹두서점'을 열고 청년운동의 활로를 모색할제, 78년 1월, 졸업을 앞둔 윤상원이 주택은행 입사시험에 떡 합격하니, 이제 집안 걱정 폈다고 부모님은 물론이고 동생들도 뛸 듯이 기뻐하거날, 윤상원 자신은 별로 기뻐하지를 않고 자기가 무슨 햄릿이라고 별난 고민을 하는디, "취직이냐 운동이냐, 이것이 문제로다."

[중머리] 졸업식을 마친 날 밤,
홀로 상념에 빠져들며
막막한 속사정을 일기장에다 남겨논다.
"내 마음은 지금 편치를 못하다.
이 시각에도 젊은이들이
온갖 고초를 겪고 있거날
오늘 받은 꽃다발과 그럴듯한 직장이
무슨 의미가 있단 말가?
독재 치하 암울한 사회에서
이대로 순응하며 살 수는 없는 일
내가 지금 취직되어 팔려 감은

부모님께 대한 마지막 효도일터,
나는 돌아온다,
반드시 이곳으로 돌아온다."
이렇듯이 각오를 다지더니,
정든 광주를 뒤로하고
임지인 서울로 향하는구나.

아니리 - 상원의 근무지가 서울 변두리 봉천동 주택은행 지점이라. 하숙을 정해놓고 출근을 하는디, 하루 종일 돈 세고 전표 끊는 따분하기 짝이 없는 일인지라. 무력감에 빠진 상원은 답답하면 친구들과 술 한잔하고 길거리서 탈춤 한바탕 추어대는 것이 낙이라. "아앗쉬-. 물러가라. 잡귀잡신 물러가라. 독재귀신 유신귀신 다 물러가라."[4)]

그러던 중 광주에서 6·27 민주교육지표 사건이 터져 전남대 교수들이 몽땅 연행되자 전남대생들이 항의시위를 벌여 구속되는 사태가 벌어졌거날, 뜻밖에 후배들 몇이서 수배망을 뚫고 서울 봉천동까지 도피해 왔단 말이여.[5)] 상원이 황급히 후배들을 숨겨주는디, 어찌 맘이 급하던지 휘모리 장단 걸어놓고 숨겨줬던가 보더라.

---

4) 1970년대는 전국 대학에 탈춤을 비롯한 '우리 것 찾기' 운동이 들불처럼 번져가던 시기로, 전남대는 1977년 윤만식, 김선출, 김윤기 등이 앞장서 민속극연구회를 창립, 탈춤·풍물(농악) 등을 배우기 시작하였고, 다음 해에 연극반 출신 윤상원과 박효선이 함께 가담함으로써 마당극을 비롯한 광주 지역 민중문화운동이 태동하였다.

5) '우리의 교육지표' 사건은 1978년 6월 27일, 전남대학교 송기숙 명노근 교수 등이 앞장서고 연세대학교 성내운 교수 등이 동참한 교육 선언으로 유신체제 국민교육헌장을 정면으로 비판한 이유로 전대 교수 11명이 체포되자 6월 29일과 7월 3일, 전남대·조선대 학생들이 시위에 나섰다가 20여 명이 구속된 사건이다. 이때 전남대생 노준현 정용화 등은 구속되고, 서울로 도망쳐온 후배들은 탈춤반 김선출 김윤기, 영문과 박몽구 등이었다고 한다.

[휘모리] 상원이 기가 막혀, 상원이 기가 막혀,
상원이 기가 막혀
수배 받던 후배들이 선배라고 피신오니,
한편은 놀랍고 한편은 반가우나
이놈들을 무사하게 숨겨줄 일이
쉽지 않은지라,
가슴이 다 쿵 쾅, 쿵 쾅 쿵 쾅,
쿵 쾅 거리는디
찬찬히 바라보니 후배놈들 꼬락서니
그야말로 초췌하다.
며칠간을 헤맨 터라,
입은 옷은 물론이요 면도도 못한 탓에
얼굴은 꾀죄죄 수염은 더부룩,
복색은 상거지에 행동은 각설이라.
영락없는 도적이요 간첩 용의자라,
여차직하다가는 모조리 다 잡히겠다.
후배들을 끌고 가서
동네 어귀 공중 목욕탕에 데려가서
할딱 벗겨놓니 속은 더욱 엉망이라.
서로 몰골 마주 보며 키득키득 하더니만
물로 몇 번 헹구고선 목욕탕에 풍– 덩–,
어이 시원하다.
동네 허름한 백반 집에 들어가서
밥을 시켜 먹는디,
몇 끼니를 굶었는지 왕– 창– 퍼넣더니
아그작 아그작
던져놓고 받아먹고, 던져놓고 받아먹고,
던져놓고 받아먹고, 던져놓고 받아먹고

던– 져– 놓– 고– 받– 아– 먹– 고–
(아니 이건 흥보가 박타령에 나오는 대목이고…)
배는 우선 채웠으나
당장에 급선무가 피신처를 구하는 일.
윤상원의 하숙집은 남의 눈이 있는 터라
옛 친구 고아무개 어렵사리 연락해서,
미아리 어딘가에 피신처를 마련하고
주변 정찰을 단단히 한 연후,
호주머니 톡– 톡– 털어 용돈을 챙겨주고
일단은 헤어졌구나.

아니리 – 돌연한 후배들의 방문에 정신없이 하루를 보낸 윤상원은 밤이 깊어 하숙집으로 돌아왔는디, 몸은 피곤했지만 정신은 어느 때보다도 말똥말똥했으니, 이제 뭔가 중요한 결정을 내려야 한다는 긴장으로 민감하게 날이 섰던 것이렷다.

[진양조] 벽에 걸린 거울 앞에서 온갖 상념을 곱씹을제
도망쳐 온 후배들의 겁에 질린 모습들에
견딜 수 없는 자괴감이 밀려온다.
"무엇을 더 주저하고 있는가?
여기서 더 무엇을 얻겠다고 아직도 망설이고 있는가?"
자리에 누워 봐도 의식은 더욱 총총해져,
잠이 오지를 않는구나.
새벽이 다 될 무렵, 윤상원 자리를 떨치더니
고향에 부모님께 편지를 쓰는구나.

[엇중모리] "불초 소생 부모님의 간절하신 뜻 저버리고
직장을 그만두고자 이 편지를 올립니다.

아버님 어머님 은혜를 생각하면
평생을 갚아도 모자랄데
이 나라 이 민족의 현실을 좌시할 수 없어
고난 속으로 제 한 몸 던지고자 하오니
못난 아들의 불효를 부디 용서하시고
차라리 이 길을
참된 효도의 길이라 여겨 주십시오."

[평중모리] 이렇듯이 편지를 써 놓고 차마 부치지는 못 했거날
윤상원 일생일대의 갈림길인지라,
드디어 결단을 내렸구나.
서울살이 반 년 만에 사직서를 제출하고
자신만이 예감하는 새로운 삶을 찾아
벗들이 기다리는 전남 광주로 돌아온다.

[셋째마당 : 박기순과의 만남과 헤어짐 – 들불야학]

아니리 – 광주로 돌아온 윤상원은 녹두서점 일을 도우며 노동현장에 뛰어들려고 알아보고 있었는디, 이 무렵 윤상원이 자기 적성에 딱 맞는 작품 하나를 만나게 된 바, 현대판 창작판소리 「소리내력」이라.[6] 요 「소리내력」 녹음테이프를 녹두서점에서 구해 우연히 듣고는, 20분이 넘는 작품을 외어갖고 사람만 모였다 하면 아무 때나, 아무 자리서나, 북도 없이, 부채도 없이, 허

6) 「소리내력」은 김지하 시인의 담시(譚詩) 「비어(蜚語)」 중 한 편으로, 1978년 4월 24일, '자유실천문인협의회'와 '백범사상연구소'가 공동주최한 〈민족문학의 밤〉 행사에서 소리꾼 임진택이 창작판소리로 강창(講唱)한 것이 카세트테이프에 담겨 은밀히 보급되었다.

가도 없이 공연을 하는디, 윤상원은 「소리내력」을 통해 주인공 안도와 자신을 일치시키며 억압적인 사회 상황에 대한 분노를 일구어나간 것이렷다.

그러던 어느 날 어떤 여학생 후배가 윤상원을 찾아왔거날, 박기순이라. 어허, 무슨 연애하자고 찾아온 것이 아니고… 남녀간에 만난다고 하면 꼭 고런 식으로만 생각한당께. 박기순은 윤상원이 학습모임 주도할 때 중흥동 단칸방에서 만난 적이 있는 후배인디… 허, 단칸방서 만났다고 헝께 또 오해가 생기겄네이. 아 학습방으로 내놨던 자취방 말이여. 각설하고, 박기순이 집안이 운동권 가문이라. 오빠들이 운동권이여. 들락거리는 사람들이 김남주 윤한봉 같은 운동권 골수들이요 보고 듣는 것이 운동 얘기뿐인즉,[7] 저절로 반독재 민주화 운동에 관심을 갖게끔 되었것다.

[중중모리] 전남대학교 사범대학 국사교육과에 입학하여
독서 서클 루사에서 열심히 책을 읽고
학습모임에 참가터니
민주교육 지표선언 지지 시위에 연루되어
무기정학을 당했구나.
박기순이 거동 봐라.
조그만치도 굴함이 없이 노동 야학에 뜻을 두고,[8]
일로一路 그 일에 매진한다.
학내 서클 다른 동료들에 동참을 호소하니

---

7) 박기순의 큰오빠 박화강은 신문사 기자로 언론운동에 앞장섰고, 둘째 오빠 박형선은 민청학련 관련자로 농민운동가였다. 거기에 박형선과 결혼한 윤경자가 광주 청년운동권의 핵심인 윤한봉의 누이동생이었으니 가히 운동권 집안이라 할 만하다.

8) '노동야학'이란 전태일의 분신(焚身)에 영향받아 생겨난 노학연대(勞學連帶)의 한 방안으로, 그 이전까지 흔히 있어 왔던 '검정고시 야학'과는 성격을 달리한다.

남학생 여학생 할 것 없이 동지들이 모여든다.[9]
"야학 이름은 무얼로 할까?
들불처럼 타올랐던 동학 농민혁명을 계승하자."
들불야학 이름 짓고,
"교실은 어디다 마련할까?"
광천 천주교회 교리실을 어렵사리 확보하니
역사적인 들불야학 1기가 시작된다.

아니리 – 기순이 상원을 찾은 이유는, 야학의 깃발은 올렸으나 도움주던 몇몇 대학생 교사들이 군에 입대를 해버린즉,[10] 새 교사를 찾는디 서울 갔던 윤상원 선배가 좋은 직장 다 때려치고 광주로 왔단 소문 듣고 설레는 마음으로 찾아온 것이라. 상원은 이 무렵 광천공단 플라스틱 공장에 일용노동자로 취업이 된지라 완곡히 거절을 했거날, 기순이 계속 찾아와 강권하는디, 삼고초려三顧草廬라. 아니, 삼고 '초려'는 아니고 삼고 '녹두'라. 녹두서점을 세 번 찾아왔다 이 말이여.
상원의 마음이 점차로 흔들리더니, 더 이상 거절 못 하고 승낙을 한즉,

[잦은모리] 윤상원이 그날부터 들불야학에 합류할 제
기존 교사들과는 일고여덟 살 차이가 난다.
윤상원이 스스럼 없이 자기 소개를 하는디,
"방년 29세 윤상원이오. 7남매 중 맏아들이오."
털털한 그 모습에 천군만마千軍萬馬를 얻은 듯,

9) 박기순의 뜻에 동참해온 전남대 학생들로는 신영일, 나상진, 이경옥, 임낙평 등이 있었으며, 이들이 들불야학 1기 '강학'(가르치면서 배우는 교사라는 뜻)을 맡았다.
10) 광주에서 최초로 노동야학 창설 의견을 제시한 사람들은 최기혁, 전복길 등 광주 출신 서울 지역 대학생들로, '들불야학'의 창설에 도움을 주고는 바로 입대를 하였다.

모임에 활기가 넘친다.
윤상원 거동 봐라,
낮에는 광천공단 플라스틱을 자르고
밤에는 들불야학 총괄 계획을 세울 적에
안정된 거처 마련이 발등의 불이라.
때마침 광천동에서 주민운동을 하고 있던
김영철을 알게 되니
시민아파트 방 한 칸을 사글세로 빌어논즉
교사와 학생들이 밤낮없이 들락날락,
상원의 거처는 합숙소가 되었구나.
그때여 박기순도 아예 휴학을 한 연후에
광천공단 어느 공업사 견습공으로 들어가니
윤상원과 더불어 광주 지역 최초의 위장취업자라.
낮에는 공장 생활, 밤에는 강학 활동,
눈코 뜰 새 없이 바쁘게 돌아간다.
어느덧 연말이 되니 새로운 사업을 구상커날,
광천공단 노동자 실태조사라.
조사반을 구성할제
전남대와 조선대 활동가들이 참여하는디,
검정 고무신을 신고 발이 닳도록 뛰다니는
박관현이 돋보인다.
윤상원이 눈여겨보아 두었구나.
사업은 확장되고 사람들로 북적대니
재정 형편이 만만찮다.
너나없이 쌀과 반찬 서로 수시로 가져오고,
호주머니 탈-탈 털어 야학 살림을 꾸려가니,
생활공동체 이 아니냐?
매일 밤 야학당에선 들불야학 학당가가

우렁차게 울려 퍼지는구나.[11]

[중중모리 – 합창 : 들불야학 학당가]

우리는 새벽이다 밝아오른다
심지에 불 당기고 앞서 나가자
친구 친구 나의 친구
들불 들불 들불 들불 들불이 되어
아하 겨레의 새 아침이 동터 온다

우리는 새암이다 솟아오른다
신들메를 고쳐 매고 달려 나가자
친구 친구 나의 친구
들불 들불 들불 들불 들불이 되어
아하 민족의 새 역사가 동터 온다

우리는 불꽃이다 퍼져 나간다
땀과 눈물 삼키면서 함께 나가자
친구 친구 나의 친구
들불 들불 들불 들불 들불로 번져
아하 민중의 새 세상이 동터 온다

아니리 – 들불야학에서 상원의 비중이 점점 커져놓니 재정 뒷바라지 부담이 생긴 바, 마침 광주에서 제일 큰 양동 신용협동조합 직원으로 채용이 됐것다.[12] 뭐라고? 공공기관 청탁비리 아니냐고?

11) 들불야학 학당가의 원 가사와 곡조는 기타 치며 노래 잘하던 야학 교사 신영일이 만들었다고 한다. 창작판소리 〈윤상원가〉의 '들불야학 학당가'는 원 가사에 바탕하되, 약간 수정하여 중중모리 장단에 우리 선율로 새로 작곡한 일종의 '국악가요'이다.

예끼, 여기가 뭔 화천대유여? 아, 전남대 정치외교과 출신에 주택은행 경력이 있잖여?

망년을 며칠 앞둔 12월 26일, 양동신협에 첫 출근을 한 바로 그날, 상원은 뜻밖의 참담한 비보를 접하게 된 바, 들불동지 박기순이 불의의 사고로 세상을 떠난 것이라.[13] *상원이 급히 영안실로 달려간즉, 시신 앞에 가족들이 흐느끼고 있거날,*

[늦은 중머리] 윤상원이 그 시부터

먼저 떠난 기순의 시신을 지킬 적에
짧은 세월 함께 지낸 시간들이
주마등처럼 스쳐간다.
"야학 동참을 원청하던 간절한 눈빛이며
누구와도 허물 없던 해맑은 웃음이며
논쟁이 한 번 벌어지면 하얗게 지샌 밤들이며
그런 날에도 새벽이면 짐짓 밝은 표정으로
서둘러 공장 가던 해바라기 같은 얼굴…"
착하고 아름다운 기억들이 행여 빠져나갈 세라
꼭 붙들고 움켜 쥘제, 희붐한 새벽녘
마지막 추모시를 일기장에다 남겨논다.
"불꽃같이 살다간 누이여,
왜 말없이 눈을 감고 있는가?
그대는 정말 죽었는가?

---

12) 광주 지역 재야인사의 한 분인 장두석 선생이 마침 전라남도 신협 지부장이어서 윤상원의 양동신협 취직을 알선해 주었다고 한다.

13) 박기순의 죽음을 상원에게 처음 알려온 이는 윤한봉 씨로, 박기순은 성탄절 다음 날 둘째 오빠 형선의 신혼집 건넌방에서 자다가 연탄가스 중독 사고를 당했다. 윤한봉은 후에 자서전에서, "그날 여동생 신혼집 건넌방에서 자려다 밤늦게 온 기순에게 방을 내주고 옮겨 잤는데, 나 대신 기순이 저 세상으로 갔다."며 회한을 토로한 바 있다.

믿어지지 않는 너의 죽음 앞에
나는 믿는다, 그대가 살아올 것을…
그대가 불꽃으로 다시 일어,
훨훨 타오르는 들불로 살아
이 내 가슴, 텅 빈 가슴속에
한 송이 꽃으로 피어날 것을
나는 믿는다. 갈망한다."

[넷째마당 : 들불야학, 시련과 재건]

아니리 – 세월은 무심하여 1979년이 되었는디, 들불야학 책임이 이제 온전히 윤상원한테로 넘어왔거날, 다행히 박기순 가족들이 장례 때 들어온 부조금을 들불 기금으로 희사한 바, 그걸로 광천동 시민아파트 방 한 칸을 전세내어 새 학당을 마련했지.
학생들 문집부터 만드는디, 문학도인 전용호가 문장 지도를 하고, 교재 등사하는 일은 고아 출신 박용준이 필경사라 걱정 없고, 총무 일은 꼼꼼한 임낙평이 담당하고, 오락시간은 통기타 잘 치는 신영일이 나서고, 친목 하면 체육대회가 최고인디 '체육' 하면 또 윤상원이지. 이렇듯 강학과 학생들이 차이없이 어울리고, 주민들과도 부담없이 연대가 될제, 이런 일은 다 김영철 씨 몫이라, 역할 분담이 제대로 되었것다. 거기다 박효선을 비롯한 문화패 후배들이 와서 '얼쑤' 탈춤 한바탕 펼쳐놓으면 온 동네가 축제 분위기라. 이렇듯 들불야학이 주민들 속으로 착실히 뿌리를 내릴 적에,

[엇모리] 어느 날 난데없이
정체 모를 사람들 불쑥 나타나더니

야학의 목적이며 학생 수와 수업 내용,
교사들 명단 등을 꼬치꼬치 캐묻고는
수상쩍게 돌아간 후 탄압이 시작된다.
전남대 상담 지도관이
야학 활동을 중단하라는 압력을 가해오고,
부모님을 앞세워서 협박을 해오고,
교수님을 부추겨서 회유를 시도하고
심지어는 정보과 형사가 일 대 일(1:1)로 따라붙으니
사찰당국 공작에 야학이 위기에 처한다.
교사들이 하나둘씩 결강이 잦아지니,
교사 보완이 급선무라.
지난 겨울 찍어놨던 박관현이를 잡아라.
고시원에 박혀 있던 박관현이를 끌어내고,
문화패가 필요하다 박효선이를 불러라.
학교 교사로 잘 나가던 박효선이를 빼내오고,
윤상원 거동 봐라 긴급회의를 소집하여
사찰과 탄압에 결연히 맞설 것을 비장하게 결의한다.
손가락에다 피를 내어 혈서로 맹서하는디,
"죽기 위해 살자." (죽기 위해 살자.)
"살기 위해 죽자." (살기 위해 죽자.)
항의문을 채택하여 관계기관에 보내는디,
"부당한 탄압을 즉각 중단하라."(즉각 중단하라.)
"비열한 공작을 즉각 중단하라."(즉각 중단하라.)
결연히 맞서 싸운즉,
당황한 사찰당국 *슬며시 탄압을 중지하는구나.*

[단중모리] 들불호 항해를 재개한다.
흩어진 교사들을 수습하고

새로운 야학생을 추가로 모집하야
3기 입학식을 치르난디,
윤상원에 신영일, 임낙평에 전용호 등
기존 교사들이 그대로 남고,
김영철에 박용준 광천 거주민들은
특별교사로 계속 남고,
박관현에 박효선이 신규 교사로 참여하니,
정규 중고등학교가 전혀 부럽잖은
든든한 진용이 짜였구나.
이날 입학식에서 박효선의 지도로
1기생들이 준비한 연극이 공연될 제,[14]
시민아파트 주민들과 천주교회 청년들도
단체로 구경 와서 좁은 강당이 북적북적,
대성황을 이루었구나.
오랜만에 학당가가 힘차게 울려 퍼졌더라.

[중중모리] 이런 날이면 빠짐없이 뒷풀이가 펼쳐진다.
신영일이가 기타를 치며
"긴 밤 지새우고 나 이제 가노라"
'아침이슬'을 불러놓면
목소리 걸걸한 박관현이
죽장에 삿갓 쓰고 떠나가는
'방랑시인 김삿갓'을 찾아쌓고,
박효선이가 숟가락으로 마이크를 쥐고서는
삼각지 로타리에 돌아가는 삼각지

14) 희곡 작가이자 연출가인 박효선이 쓴 최초의 희곡이랄 수 있는 「누가 모르는가?」라는 제목의, 일종의 교육극 혹은 계몽극 성격의 사실주의적 작품이었다.

배호의 히트곡을 메들리로 돌리고,
있는지 없는지 눈에 잘 안 띄는
박용준이 벌떡 일어나
'떠나가는 배' 어려운 가곡을
음정과는 무관하게 제멋대로 내질르고,
집주인 김영철은 벽에 기대 느긋하게 바라볼제
생두부에 맛난 김치 곁들여서 술안주 갖다주던
그의 부인 김순자 씨 마지못한 척 수줍은 척
정성 들여 부르는 노래 '청실홍실'.
마지막 순서는 윤상원이 차례라.
'벽오동 심은 뜻은' 봉황을 보잿더니,
하늘아 무너져라 와뚜뚜뚜뚜뚜 뚜뚜뚜뚜뚜뚜
무너지는 소리에 열화 같은 박수에다
앵콜 앵콜 성화로다.
윤상원이 못 이긴 척 판을 잡고 나서니,
장기長技인 창작판소리 '소리내력'이로구나.

"어허 이게 웬일이여,
이것이 웬일이여?
헐벗고 굶주리고 죽도록 일했는데,
매 맞고 억눌려도 말 한마디 안 했는데,
쉬지도 눕지도 잠 들지도 못했는데,
어허 이게 웬 짓이여?
내가 무슨 죽을 죄라
이리도 벌이 모질드란 말이냐?"[15)]

[진양조] 날아가는 기러기야
너는 내 속을 다 알리라.

수수 그림자 길게 끌린
해설핀 신작로가에
우리 어매 날 기다려
상기도 거기 서 계시더냐?
철 지난 옷을 입고
몇 번이나 몇 번이나
서울 쪽 바라보며
소리 없이 우시더냐?
어머니,
고향에 돌아가요.
죽어도 나는 돌아가요.
천 갈래 만 갈래로
육신 찢겨도 나는 가요.
죽음 후에라도 기어이 돌아가요.
저 벽을 뚫어,
저 담을 넘어,
원혼되어 저 붉은 벽돌담을
끝끝내 뚫고 넘어,
가요, 어머니.
죽음 후에라도 기어이 돌아가요.

아니리 – 상원의 「소리내력」이 절정에 달하면, 방금까지 깔깔대고 웃던 청중 관객들이 모두 숙연해지며 눈시울을 붉히곤 했다더라. 한마디로 관중을 휘어잡고 웃고 울리던 타고난 광대, 시련 속

15) 「소리내력」의 줄거리를 보면 "시골서 살다 서울로 올라와 뚝방촌에서 살던 '안도'라는 청년이 먹고 살려고 무슨 짓을 해도 안 돼, '에잇 개 같은 세상' 하고 욕한 것이 유언비어죄에 걸려 중형을 선고받고 감옥에서 쿵 쿵 벽에 부딪쳐 소리를 내고 있다"는 내용인바, 이 대목은 작품의 후반부 '감옥 안에서 통곡하는 대목'이다.

에서 질곡을 뚫고 상황을 반전시키는 천부적인 새뚝이, 걸출한 소리꾼 광대였것다.

한편 포악한 유신독재정권은 이 무렵 마지막 발악을 하고 있었는디, 그러던 중 1979년 10월 26일, 독재자 박정희의 오른팔인 중앙정보부장 김재규가 자기 상전인 대통령 박정희를 시살弑殺하는 충격적인 사건이 일어났것다.

2부 시민군 윤상원

[첫째마당 : 민족민주화대성회와 5·18의 발발]

아니리 – 김재규의 거사로 유신체제는 권력 내부로부터 붕괴되었는데, 이 같은 권력 분열의 근저에는 심각한 민심 이반이 있었으니, 부산과 마산서 일어난 민란에 가까운 시위, '부마항쟁'이라.[16)]부산 마산 지역에 기동경찰과 계엄군(공수부대)을 투입, 강력한 진압이 있은 직후, 중앙정보부장에 의한 대통령 시해弑害라는 전대미문의 사건이 일어났지. 시해 사건을 전담할 합동수사본부장으로 보안사령관 전두환이란 자가 테레비에 나왔는디, 인상이 영 좋질 않어. 불길한 예감이 드는디, 아니나 다를까 그해 12월 쿠데타를 일으켜 군권을 장악터니, 해를 넘겨 1980년, 언론 통제를 강화하고 중앙정보부를 접수하는 등 정

16) 유신정권 말기 심각한 민심의 이반은 노동 문제에서 결정적으로 터져나온 바, 대표적인 사건으로는 동일방직 여성노동자 오물투척 사건과 YH무역 신민당사 점거 농성사건이 있었으며, 그 결과가 신민당 김영삼 총재에 대한 의원직 박탈로 이어지면서 부산 마산 지역의 민심이 크게 이반하였다.

권 탈취의 마각을 드러냈것다.

새학기 초 김상윤은 신혼생활에 전남대 복학을 하면서 '녹두서점'을 도청 인근 중심가로 아예 확장이전하고 윤상원과 공동경영하기로 계획을 세웠지. 이때여 대학가에서는 총학생회가 부활할제, 김상윤과 윤상원 생각에 전남대 학생회장으로 박관현이 적격인 바 설득해서 출마토록 할 적에, 박관현이 고무신 차림이라. 상원이 주택은행에 입사할 때 김상윤이 맞춰준 양복을 관현에게 빌려줘 입게 하고 구두까지 빌려줘서, '민주학원의 새벽기관차'라는 구호를 내세워 압도적으로 당선된즉,

[잦은모리] 5월이 되자 대학생들은 학내 민주화 투쟁에서
정치 사회 투쟁으로 방향을 선회하고
가두 시위에 나선다.
서울 지역 대학생들이 교문을 뛰쳐 나와
시내 거리 곳곳에서 구호를 외치난디
"비상계엄 해제하라." "유신 잔당 물러가라."
5월 15일 서울역 광장에 10만 명이 집결하니
도심 전체가 마비된다.
이때여 전두환은 공수부대를 이동시키며
모종의 작전을 세우거날,
이날 밤 서울 지역 총학생회 대표들은
당분간 시국 추이를 관망하기로 결정한 바,
'서울역 회군'이라.
다음 날인 5월 16일 전남도청 앞 광장에만
3만여 명의 대학생과 시민들이 운집,
횃불시위를 벌이난디
수백 개 횃불에다 불을 활활 붙여
시내 전역을 행진하니,

민족민주화 대성회라.
총학생 회장 박관현이 마지막 연설을 하는디,
"광주시민 여러분, 만약의 경우 일이 생기면
대학생들은 오전 10시에 각 대학 정문에 모이고,
12시 정오엔 바로 이곳 전남도청에 집결하여
끝까지 투쟁합시다.
민주주의 만세! (만세!)
만세! (만세!) 만세! (만세!)"
만세 삼창을 끝으로
민족민주화 대성회는 막을 내렸더라.

아니리 – 윤상원도 3일에 걸친 민족민주화 대성회에 열심히 참가하고, 야간 횃불시위에도 여럿이 대열을 짜서 참가를 했지.[17] 인파로 가득 찬 거리를 행진하면서, 이제 도도한 민주화의 물결을 누구도 막을 수 없다는 자신감이 차 올랐다고 하더라.
다음 날 5월 17일, 윤상원은 녹두서점에 출근해서 밀린 일을 정리하고, 실무자로 내정된 국민연합 지부 결성을 점검하고, 오후에는 지역 현안인 노조문제를 협의하고 광천동 자취방으로 돌아간 즉, 후배들 몇이 와서 죽치고 있거날, 민주화 성회 뒤풀이 겸해 한잔하고 잠에 푹 빠졌것다. 다음 날인 5월 18일, 이날은 일요일인디, 상원이 평소대로 일찍 일어나 라디오를 켠즉, 계엄확대 조치가 보도되고 있는지라.

[빠른 잦은모리] 윤상원이 깜짝 놀라 자리에서 벌떡!
"다들 일어나라. 쿠데타다."

---

17) 윤상원은 녹두서점 김상윤의 부인 정현애(당시 중학교 교사), 극단 광대의 연출가 박효선 등과 함께 어깨를 걸고 횃불 대행진에 참가했다고 전해진다.

윤상원 거동 봐라,
동전 몇 개를 챙기더니 공중전화 박스로 달려가
여기저기 전화를 걸고는 돌아와 하는 말이,
"다들 잡혀갔다. 김대중 씨도 연행되고
상윤이 성(형)도 잡혀갔대.
한봉이 성이랑 관현이는 잡혔단 말은 없는디
연락이 안 된다."
야학당으로 달려가서,
국민연합 관련자료 문건부터 찾아 태워 없앨 적에
뒤에서 인기척이…
놀라 돌아보니 뜻밖에도 박관현이라.
"성님, 큰일 났습다. 총학생회장단 다 잡혀가고
연락망도 끊어져버렸습다.
지금 이 순간 뭣부터 해야 합니까?"
윤상원 이 말 듣고 냉철하게 얘기하는디,
"너는 일단 피신해라.
너는 저놈들한테 가장 큰 표적이야.
일단 숨어 지켜보다,
학생들이 부르면, 시민들이 부르면,
그때 네가 나서라."
"알겠습다, 성님, 가겠습다."
박관현은 일행과 함께
바삐 동네 어귀를 빠져나갔더라.[18)]

아니리 – 상원이 녹두서점에 가 보니 마침 김상윤의 동생 김상집이 막

18) 5월 18일 박관현과 동행하여 급히 윤상원에게 왔다간 일행은 전남대 학생회 간부인 차명석(당시 전남대 공과대 3학년)과 김영휴(당시 전남대 의대)였다고 한다.

군대 제대하고 나온지라, 함께 전남대로 가 본즉, 벌써 학생들이 공수부대와 대치 중이거날, 공수대들이 느닷없이 우루루루루 뛰쳐나와 곤봉으로 사정없이 마구 패거날, 누군가 "금남로로 가자." 학생들 내달리니 윤상원도 따라가 보니, 거기도 공수대가 들이닥쳐 학생 시민 가리지 않고 무조건 잡아패는지라, 혼줄 빠지게 내빼 겨우 피신을 했지. 윤상원 생각에 공수놈들 진압 방식이 상상 밖인지라, 화염병을 준비토록 김상집과 논의했것다.

다음 날 19일 월요일이 되었는디, 충격적인 진압작전을 목격한 시민들은 지난밤 제대로 잠을 잘 수가 없었지. 흉흉한 소문이 떠돌거날, "경상도 군인들이 전라도 씨를 말리러 왔다네." "공수놈들을 사흘간 굶기고 약을 먹였대여." 분노심이 타오른 시민들이 아침부터 시내로 모여들제, 전투경찰이 최루탄을 마구 쏘아대는데도 군중은 계속 늘어나 학생시위가 이제 시민항쟁으로 확대되는 차에,

[엇모리] 공수 특전 대원들 장갑차를 앞세우고
짓치며 들어온다.
철망 달린 철모 써, 에무식스틴(M16) 둘러메,
살기등등!
시위 군중 한가운데로 미친 듯이 달라든다.
며칠 굶은 맹수가 먹잇감을 발견한 듯
득달같이 쫓아와서는
곤봉으로 내려쳐, 개머리판은 돌려쳐,
닥치는 대로 패는구나.
분노한 군중들 화염병으로 격렬하게 맞설제,
공수대 거동 봐라.
구경꾼들까지 사정없이 내갈기고,

노인이건 아낙네건 군홧발로 차버리고,
도망치는 청년들은 표적을 정해 끝까지 추적,
개 잡듯이 패는구나.
골목이며 다방이며 민가 주택까지
이 잡듯이 뒤져서는 길바닥으로 끌어내어
줄줄이 발가벗겨 알몸으로 기게 하고,
반항하는 기미가 있으면
착검한 소총으로 가차없이 찔러댄다.
공수대 만행 봐라.
머리가 깨진 사람, 내장이 터진 사람,
피투성이 사람들을 질-질- 끌고 가더니,
다리와 머리를 맞들어서 트럭 위로 내던진다.
백주 대낮에 눈 뜨고 볼 수 없는
사람사냥이로구나

아니리 - 윤상원 충격 속에 학살 현장을 생생하게 목격했것다. 악몽과 같은 사태에 분노가 하늘을 찌르난디, 싸움은 시작되었으나 싸움을 끌고 나갈 지도부가 전무全無한 상태라. 김상윤 형은 잡혀갔고, 윤한봉 형은 급히 피신한 상태고, 박관현은 광주를 벌써 빠져나갔는지 연락 두절이고… 막막하고 참담한 심정이 거날,
한편 녹두서점은 문의전화가 계속 걸려오고, 소식을 주고받다 보니 저절로 상황실이 되었지. 윤상원 말하기를 "엄청난 사태가 신문 방송에 한 줄도 나오질 않으니 우리가 직접 소식지를 만들어야겠소." 녹두서점 안주인 정현애가 금고 돈을 몽땅 꺼내준즉 "일 생기면 이 돈은 내 월급 준 걸로 합시다잉." 서둘러 광천동으로 갔것다.

[단중모리] 윤상원이 들불야학 공동방으로 달려가서,
긴급 안건을 내놓는디,
"지금 상황은 광주의 민중들이
전두환 쿠데타 일당에 정면으로 맞선 상황,
허나 지도부가 없으니 이제 우리라도 나서
분노한 시민들의 투쟁을 북돋아야 해."
뜻밖의 제안에 모두 긴장한 표정이라.
"지금 언론은 침묵하고 있어.
아니, 거짓말로 왜곡하고 있어.
이제 우리가 광주 시민들의 눈과 귀가 되어야 해.
당장 유인물 제작을 서두르자."
후배 교사 한 사람이 조심스레 묻는 말이,
"성님 뜻은 알것는디요, 야학이 다치지 않을까요?"
윤상원이 단호하게 답을 한다.
"이 일로 우리 야학이 문을 닫을 수도 있지만,
지금은 야학의 운영보다
조국의 운명이 더 중요해."
듣고 있던 교사들이 상원의 열기에 감염이라도 된 듯
"그럽시다, 우리가 나서 유인물을 제작합시다."
만장 일치로 뜻을 모아
항쟁 홍보활동을 개시한다.

아니리 – 등사기는 야학에서 쓰던 것을 사용하기로 하고, 등사원지와 잉크·종이를 구하러 바삐들 움직일제, 윤상원이 홀로 남아 원고 초안을 작성하는디, 너무나 분한 마음에 하고 싶은 말들이 속에서 부글부글 끓는구나. 박용준이 연락받고 급히 달려와 즉시 필경을 한즉, 곧바로 등사해서 들불 교사들과 학생들이 시가지 곳곳에 배포하니 '광주시민 민주투쟁 회보'라.

[둘째마당 : 광주시민 봉기와 도청 탈환]

다음 날인 5월 20일, 윤상원 생각에 이제 거리는 공수들과 충돌하면 목숨을 잃을 수도 있는 전쟁터라. 정당방위의 필요성을 절감하고 각자 송곳 같은 무기를 소지하도록 조치를 취하는 한편, 유인물 연속 제작에 박차를 가할 적에,

[중중모리] 광주의 전 시민이 도청 앞으로 모여든다.
청년 학생은 물론이요, 자유업에 소상인에
회사원에 노동자에, 농사 짓던 농부들에
목공에 자개공 수공업자에, 페인트가게 점원에
양장점 주인에 피복상 주인, 용달 차주에 트럭 운전사
다방 지배인에 당구장 주인, 요식업소 종업원들에
대학생에 재수생, 까까머리 중고교생
가정주부에 할머니들, 술집 아가씨들까지
온통 쏟아져 나온다.
이때여 도청상공 군 헬리콥터들이
탈탈탈탈 탈탈탈탈 위세를 부리는디,
최루탄이 펑- 펑- 페퍼포그 철망차가 위잉-
시민들 거동 봐라.
공중전화 박스를 눕혀갖고 바리케이드를 치고,
대형 화분과 보도블록을 깨서 투석전을 벌일 적에
때마침 시가지에 유인물이 살포된다.
"유신 잔당 전두환 일파는
민족 반역의 살인극을 즉각 중단하고,
준엄한 역사의 심판을 받으라."
윤상원이 작성한 투쟁 선언문이로구나.

아니리 – 광주항쟁은 어떤 배후가 있어서 일어난 것이 아니고, 광주시민 모두가 분기하여 폭발한 항쟁인디, 승패의 분수령에 몇 차례 중대한 계기가 있었으니 그 하나가 광주 민주 운전기사들의 차량시위였지. 그 독일기자 위르겐 힌츠페터 태워다준 서울 택시운전사 말고, 광주의 택시운전사 버스·트럭운전사들이 전 재산 내놓고, 목숨 내놓고 차량시위를 벌인즉, 계엄군놈들 기가 팍 꺾였지.

또 하나 승패의 분수령은 혜성같이 나타난 어떤 여인들이라.[19) 확성기를 단 용달차에 겁도 없이 올라타서 가두방송을 계속하니, 수천 명 시위대가 뒤를 좇아 광주신역 광장에서 전투가 벌어졌거날, 청년들이 트럭에다 드럼통 잔뜩 싣고 불을 붙여 폭발시켜 계엄군을 퇴각시켰지. 이때가 새벽 4시라. 광주시민 최초의 승리였것다.

이날(21일) 정오가 되자 시민들이 또다시 삼삼오오 도청 앞으로 집결할 제, 군 저지선과 정면 대치하여 일촉즉발, 심상치 않은지라. 지켜보던 윤상원이 녹두서점에 가 본즉 마침 청년 운동권의 정상용 정해직 박효선 등이 와서 김상집과 화염병을 만들고 있거날, 모여 앉아 긴급하게 상황을 점검하는디,

[단중모리] 윤상원이 보고한다.

"지금 도청 앞 현장에는 위기가 감돌고 있소.
무명의 시민 투사들이 투쟁을 이끌고 있지만,
만약 계엄군이 발포하면 엄청난 피해가 예상되오."
정상용이 이 말 듣고,

---

19) 목소리의 주인공은 전옥주(당시 31세)와 차명숙(당시 19세)이라는 두 여성이었다고 한다. 이는 일종의 문화투쟁이자 심리전이라 할 수 있는 바, 스피커로 나오는 여성의 목소리가 시민들에게는 분노를, 계엄군에게는 자괴감을 불러일으켰다고 한다.

"사태가 엄중하니 재야인사와 청년운동권의
뜻을 모아봄이 어떻겠소?"
"그럽시다"
합의하고, 각자 맡은 일을 진행한다.

[잦은모리] 윤상원 거동 봐라. 광천동으로 다시 가서
들불야학 교사들 긴급회의를 소집!
보다더 체계적인 유인물 제작의 필요성을
강력하게 피력할 제,
교사 중 한 후배가 불만을 토로하는디,
"성님, 시방 이까짓 유인물이 무슨 소용이 있소?
우리도 나가서 싸우든지 합시다."
윤상원 이 말 듣고 돌연 호통을 치는디,
"야 임마, 우리 이 일이 바로 싸우는 일이야.
선전 선동은 싸움의 시작이고 끝이야. 전두환이는
총칼보다 이 투쟁전단 한 장을 더 무서워해."
모두들 숙연하더니,
투쟁 전단의 명칭을 '투사회보'로 바꾸고,
즉각 제작에 들어간다.

[빠른 잦은모리] 그때여 도청 상공, 군 헬리콥터들이
올라갔다 내려왔다, 내려왔다 올라갔다
때아닌 애국가가 울려 퍼지더니,
갑자기 총소리 탕 탕 탕탕탕…
시위 대열 일순간에 좌우로 물결처럼
좍– 갈라진다.
"저놈들이 발포를 했다.
우리도 총이 있어야 한다."

시위대 차량들이 광주시를 빠져나가,
총기에다 탄약에다 실탄을 확보하여
도청 앞으로 다시 집결! 총격전을 벌일 적에,
계엄군 거동 봐라, 계엄군 거동 봐.
관광호텔 전일빌딩 요소요소 건물마다
매복 은폐하야 조준 사격할 제
갑자기 군 헬기가 저공 비행터니
따 따 따 따 따 따 기총 소사를 가한다.
시민들 피 흘리며 사방으로 피할 적에,
금남로가 삽시간에 아수라장 되는구나.
시민군 활약 봐라!
아시아 자동차 공장에서 군용 트럭을 징발,
장갑차까지 끌고 나와
특공대 조직하야 계엄군에 맞선다.
엘에무지(LMG) 기관총으로 헬리콥터들을 향해
드드득 드드득 드드드드드드 드드드드드득……
위세 부리던 군 헬기들 깜짝 놀라 달아난다.

[휘모리] 계엄군 자세 봐라, 계엄군 자세 봐.
장갑차 한 대가 퇴로를 확보터니,
군용트럭 10여 대가 재빨리 도망치고
경찰국 간부들은 도청 뒷담을 넘어
허겁지겁 달아난다.
"만세! 이겼다"
"계엄군을 몰아내고 도청을 되찾았다."
"광주시민 만세!"
"해방광주 만세!"

[셋째마당 : 해방광주 - 민주수호 범시민궐기대회]

아니리 - 이날이 5월 21일, 음력으로는 4월 초파일, 자비가 온 세상에 퍼져야 할 이날이 집단발포에 의한 무자비한 학살의 날이면서 동시에 광주시민 승리의 날이었지. 그리고 이 승리는 이름 없는 민중들의 목숨을 건 투쟁, 그것도 무장투쟁의 결과였것다. 그리고 다음 날 5월 22일, 동이 트니 해방광주 첫날이라.

[잦은모리] 새날이 밝자마자
윤상원 큰길로 뛰어나가,
지나가던 시민군 무장 지프차를 세워,
투사회보를 가득 싣고
해방의 거리를 달린다.
생면부지 시민군 운전사
신바람으로 질주하고,
M1소총 무장 시민군
차량 경호를 담당하야
주택가 밀집 지대를 샅샅이 헤집으며
전단을 살포하는디,
"민주 투사들이여, 승리의 날이 머지 않았다.
광주의 함성이 전국으로 메아리쳐
각지에서 동참하여 오고 있다.
승리의 그날까지 전 시민이 단결하여
싸우자. 이기자. 민주주의 만세를 부르자."
시민들 달려와서
투사회보를 받아 보고는
갈증에 샘물 만난 듯,
굶주린 소식에 기갈을 푸는구나.

아니리 – 이날 아침부터 도청앞으로 앰뷸런스가 들락거리더니 시신들을 갖다놓는디, 형상을 알아볼 수 없을 만큼 얼굴이 짓뭉개져 있고, 눈알이 튀어나온 사람, 팔다리가 잘려나간 사람… 처참하기 짝이 없는지라, 윤상원 비통한 마음으로 잔혹한 군부독재 세력과 그 하수인인 공수부대의 만행에 다시 한번 치를 떨었지.

윤상원 생각에 작금의 상황은 계엄군의 일시적 후퇴라, 분명 진압 작전이 감행될 것인즉, 대책을 강구코자 도청에 들어가 보니, 부지사가 중심이 돼서 지역 유지들로 '수습대책위원회'를 구성하고 또 김창길이라는 학생이 나서 '학생수습위'를 구성해서 협상안을 들고 상무대를 방문했거날, 계엄사는 '무조건 무기반납'만 요구하고, 요 관변 대책위원들 수습 방안이 시민들 뜻과는 전혀 다른 방향으로 가고 있는지라, 윤상원이 녹두서점으로 돌아와 대책을 강구할 제, '강력한 지도부를 세우려면 시민들 투쟁열기를 모아낼 대규모 궐기대회가 필요하다.'하는 데 착안을 하고 곧바로 실행에 옮기는디, 시간이 촉박한지라 좀 서둘렀던가 보더라.

[빠른 잦은모리] 우선 당장 급한 것이 앰프와 스피커 등
방송 장비의 확보이고,
그 다음에 급한 것이 연사들의 섭외이고,
또 그 다음에 급한 것이
플래카드와 대자보 제작하는 일인디,
무엇보다 급한 것은 궐기대회 자체를
전 시민에 홍보하는 일이라.
"이번에 내는 투사회보는
아예 시민 궐기대회 홍보용으로 만들자."

밤새워 준비한 후 다음 날이 되었는디,
윤상원 하는 말이
"전남대학 스쿨버스를 가두 홍보에 이용하면
시민들이 신뢰할터, *스쿨버스를 빌려오자.*"
전남대로 달려간즉 버스는 놓여 있는디,
차량 열쇠가 없구나.
김상집이 나서더니 군대서 익힌 기술로
차량 범퍼를 열어젖히고
지지 지지 지지 지지 지지지지지지 부르릉!
시동을 걸더니만 바로 끌고 나와서는
남녀 교대로 마이크를 잡고 궐기대회를 홍보하니,
효과가 대단하구나.
이때여 박효선은 극단 광대 단원들과
도청 인근 건물 벽에다 대자보를 부착하니
궁금한 시민들이 빽빽허니 모여든다.
이때여 송백회 여성들은 화가 홍성담과 함께
색색이 페인트로 플래카드를 제작하여
도청 담장 곳곳에다 거는디,
"비상계엄 해제하라."
"유신 잔당 물러가라."
"김대중을 석방하라."
"전두환을 처단하자."
"광주를 사수하자."
오후 3시가 되어가니
도청 앞 광장이 인산인해를 이루거날
수습위가 약속을 어기고 방송 장비를 안내어 주니,
기민한 궐기대회팀 스쿨버스 앰프를 떼내어
분수대 위에 설치는 했는디, 스피커가 안 나오는구나.

쩔쩔매고 있을 적에
어떠한 사내들 뛰쳐나와 수리를 자청하는디,
"나가 광주전파사 주인이요. 나가 고쳐보것소"
"나가 전남전파사 사장이요. 나가 손대보것소"
"어허, 여기 모인 사람이 모다 광주시민잉께,
나가 고쳐보것다는디…"
"어허, 여기 모인 사람이 싹다 전남도민인디…
나가 손대보것당께."
광주 전남이 힘을 합치면 안 될 일이 없는지라,
거뜬히 수리를 해 놓니
"아 아. 마이크 시험 중. 마이크 시험 중"
극단 광대 김태종 사회로
제1차 민주수호 범시민궐기대회가 시작된다.

아니리 – 민주수호 범시민궐기대회는 무려 15만 명이 운집, 각 부문 대표들과 시민들이 나와 투쟁 열기를 한껏 고취시켜 대성공을 거뒀지.

[넷째마당 : 투쟁이냐 투항이냐 – 항쟁지도부 결성]

다음 날 5월 24일, 학생수습위원회는 무기 반납 문제를 둘러싸고 계속 진통을 겪고 있는디, 서둘러 무기를 반납하자는 김창길 측과 최소한의 요구조건이 관철된 후라야 반납할 수 있다는 김종배 측과의 대립이 격화되고 있었것다. 그런 중에 제2차 범시민궐기대회가 다시 수만 관중 앞에서 개최되는디, 관변 수습위가 대회 중 전기를 아예 끊어버리고 앰프 시설을 못 쓰게 만드는 등 노골적으로 방해를 하니,

[세마치 진양] 분개한 청년들 단상에 올라,

"학살 책임자 처단하라."
"피의 대가 보상하라."
외칠 적에, 갑자기 후드드드드득……
군중들 비를 피하느라 우왕좌왕 소란하니,
사회자 심정도 처연해져
"지금 이 빗방울은
원통히 가신 영령들이
흩뿌리는 눈물이오."
군중들 다시 숙연히 앉을 적에,
한 청년 단상으로 뛰어올라,
"동포여!
민주 제단에 흩뿌린 우리 피를
헛되이 하지 마소서.
이 땅에서 독재를 추방하고
참된 민주주의 꽃피우게 하기 위해
우리 80만 광주 시민들은
핏빛 물들은 아스팔트 위에
무참히 죽어가는 시쳇더미 위에,
죽음으로써 외칩니다.
삼천만 애국 동포여! 모두 일어서라."
피를 토하듯 절규를 한다.

아니리 – 대회 막판에 군중들은 전두환 허수아비를 세워놓고 화형식을 거행했것다. 이때여 도청 부지사실에 마련된 수습대책위에서는 무기 반납 문제를 놓고 여전히 논란이 거듭되거날, 도청 무장시민군을 실질적으로 장악하고 있는 상황실장 박남선이 참다못해 회의장에 난입,

“무기를 반납하는 것은 광주시민의 피를 팔아먹는 짓이야. 투항하자는 자들은 돌아가라.” 분연히 호통치는 장면을 윤상원이 목격했지.
이날 늦게 윤상원이 박남선을 찾아가 신분을 밝히고 소신을 피력하는디,

[단중모리] 윤상원이 말을 한다.
“무기를 반납하는 것은 항복하자는 것이라.
그리되면 아무런 대가 없이 엄청난 피해만 자초할 터,
지금 밖에서 궐기대회를 열고 있는 청년 학생들과
도청 내 무장 시민군이 하나로 힘을 합쳐,
알량한 저 수습대책위의 대책 없는 무기반납,
잘못된 방안을 저지합시다.”
박남선이 듣더니만,
“우리 무장 시민군을 보면 대학생 애들은 별로 없소.
불은 지놈들이 질러놓고 목숨이 위험해지니까
모다 내빼버리지 않았소? 허나 형씨를 보아하니
그런 비겁자들하고는 뭣이 달라도 좀 다른것 같소잉.
어디 한번 힘을 합쳐 봅시다.”
의기투합하여 뜻을 함께하기로 굳게 결의하니,
도원결의桃園結義 아닌 도청결의道廳結義라.

아니리 – 윤상원은 박남선 외에도 학생위원회 김종배 같은 용기 있는 사람들을 만나 새로운 투쟁지도부를 세우는 데 대해 긴밀히 의견을 나눴것다.
5월 25일, 해방광주 나흘째가 되었는디, 도청 분위기가 점차 강경한 투쟁 쪽으로 선회함을 감지한 계엄당국은 이를 교란할 목적으로 이날 아침 소위 독침사건을 조작하였지. 도청 안이

종일 뒤숭숭한 가운데, YWCA 2층에서는 정상용 윤상원 등 청년 운동권이 광주 재야 민주인사들을 모시고 사태수습 방안을 논의할 제, 교수님 한 분이 호소하는디,[20)]

[중머리] "청년들은 들으시오.
어쩌다가 우리 광주 이런 변을 당했는지
하늘도 무심하고, 원통하고 분하여라.
그리허나 여보게들,
무고한 시민들이 더 이상 피를 흘려서는 아니되오.
부디 무기를 회수해서 엄청난 참변을 막아주오."
청년들이 이 말 듣고,
"어르신네 들으시오.
무기를 먼저 반납하면 협상에 절대 불리하오.
며칠 간만 더 버티면 저들이 먼저 붕괴되오.
그리허니 어르신들,
싸움은 우리 청년들이 앞장서 할 것이니,
부디 우리를 지원해서,
그렇게도 염원하던 민주화를 이룹시다."

아니리 – 이렇듯 서로 간곡히 호소하니 결론을 못 내리고, 이날 오후 3시 궐기대회가 속개될 제, 시민군 대표가 나와 연설을 하는디,

"우리는 왜 총을 들 수밖에 없었는가? 그것은 너무나도 무자비한 만행을 더 이상 보고 있을 수만 없어서 너도나도 총을 들

20) 수습대책위원회 안에는 무조건적 투항을 주장한 관변 인사들 뿐 아니라 시민들로부터 존경받는 재야 민주인사들(대학 교수, 신부, 변호사, YWCA 임원 등)이 포함되어 있었고, 이들은 무력투쟁보다는 비폭력 저항을 신념으로 하고 있었으며, 더 큰 참상이 일어나서는 안 된다는 절박감을 갖고 있었다고 이해된다.

고 나섰던 것입니다.
이 자리에 모인 시민 여러분, 내 고장을 지키겠다고 나선 우리 시민군이 폭도입니까? 잔인무도한 만행을 저지르고 자기 국민을 학살한 계엄군이 폭도입니까?
시민 여러분, 우리 시민군은 여러분의 안전을 끝까지 지킬 것입니다.
또한 협상이 올바른 방향으로 진행되면 우리는 즉각 총을 놓겠습니다.
감사합니다."

[잦은모리] 이날 밤 도청에서는 청년권 주도하야
투항파를 축출하니 수습위는 해체되고
투쟁위원회가 새로 결성되는구나.
위원장은 조선대생 김종배가 맡고,
내무 담당 부위원장 허규정이가 맡고,
외무 담당 부위원장 정상용이가 맡고,
대변인은 국민연합 윤상원이가 맡고,
상황실장 골재업자 박남선이가 맡고,
기획실장 들불야학 김영철이가 맡고,
기획위원엔 이양현과 윤강옥을 보강하고,
홍보부장은 극단 광대 박효선이가 맡고,
민원실장 교사 출신 정해직이가 맡고,
조사부장에 김준봉, 보급부장에 구성주,
이같이 선임하니
광주 민중민주항쟁 지도부라.
도청 내 경비대를 대학생 병력으로
전격 교체하고,
장기적인 대치 상황 대비키로 하는구나.

아니리 – 이렇게 또 하루가 지나고 5월 26일, 해방광주 닷새째가 되었는디, 새벽부터 상황이 급박하게 전개되었던가 보더라.

[휘모리] 새벽 다섯 시경 상황실 무전기가
삐 삐 삐 삐 타신을 보내온다.
"여기는 농성동,
지금 계엄군이 탱크를 앞세우고 진입하오."
도청이 발칵 뒤집히더니만,
"비상! 전 병력 출동 준비!"
시민군 출동하여 농성동으로 질주!
계엄군 탱크와 대치하는구나.

아니리 – 이날 마침 도청 안에서 밤을 새던 신부 변호사 등 재야 수습위원들이 "몸으로라도 탱크를 막겠다"고 밖으로 나선 바 '죽음의 행진'이라.[21] 다행히 충돌은 없었으나 계엄군은 무력 진압을 계속 통보하거날, 이 싸움은 누구도 강요할 수 없는 싸움인지라, 항쟁지도부는 시민들에게 계엄군 진입 가능성을 사실대로 알렸것다.

[다섯째마당 : 삶과 죽음의 갈림길에서]

이날 오후 윤상원은 항쟁지도부 대변인 자격으로 외신 기자회견을 가진 바, 윤상원은 이 회견에서 광주시민의 목표는 잔악

21) 수습위원회 사무실로 쓰던 부지사실에서 철야를 하던 김성용 신부, 조비오 신부, 홍남순 변호사 등 재야인사들이 비장한 각오로 죽음의 행진에 나섰다고 전해진다.

한 군부독재를 타도하고 민주정부를 수립하는 데 있으며, 압도적인 무기의 열세에도 불구하고 최후까지 저항함으로써 야만적인 군부세력이 치러야 할 대가를 최대화하는 '고립지역 사수전략'을 피력하고, 현 사태에 대한 미국의 태도를 비판하면서 주한미국대사와의 대화를 공식 제안하는 등 항쟁의 대의명분을 비장하게 설명함으로써 '볼티모어 썬(SUN)'지 브래들리 마틴 기자를 비롯한 외신 기자들에게 깊은 감명을 남겼다고 하더라.[22]

날이 어두워지면서 계엄군 진입이 기정사실이라, 도청 안은 긴장과 불안에 쌓였는디, 당황하던 관변 수습위원들은 학생들에게 피신을 권유타가 도망치듯 빠져나가고 이제 남은 사람들끼리 여성부에서 준비한 식사를 마지막으로 함께하니 '최후의 만찬'이라. 식사를 마친 후 윤상원 일어서며,

[중머리] "이제 최후의 결전의 시기가 왔소.
어린 고교생과 여성들은 밖으로 피하시오."
이 말 들은 여성들이 꼼짝 않고 있는지라,
윤상원이 다시 설득한다.
"오늘 우리는 패배할 것이나,
내일의 역사는 우리를 승리자로 만들 것이오.
여러분은 이 과정을 다 지켜보았소.
이제 그만 나가시오."

---

22) 계엄군 진입이 확실시되는 시점에서 수습위가 아닌 '민주투쟁위원회'로 바뀐 항쟁지도부가 윤상원 대변인 주관으로 공식적으로 가진 첫 기자회견이자 마지막 기자회견이었다. 이 자리에 '볼티모어 썬'지 브래들리 마틴, 독일 NDR방송 위르겐 힌츠페터, 쥐트도이체 차이퉁의 게브하르트 힐셔, 뉴욕타임즈 동경지국장 헨리S스토크스, 뉴욕타임즈 서울특파원 심재훈, AP통신의 테리 앤더슨, 일본 요미우리 신문의 마쯔나가 세이따로오 등 10여 명의 외신기자들이 참여하였다고 한다.

이때여 어떤 고등학생 하나 울부짖으며 나오더니,
"우리 누나가 공수놈들한티 잔인하게 학살되었소.
원수를 갚고야 말 것이니 함께 있게 해주시오."
윤상원 기가 막혀,
"너의 심정은 알겠다만,
살아남아 증언할 사람도 있어야 하지 않겠느냐?
너는 꼭 살아서,
너의 형들이 오늘 어떻게 죽어 갔는지를
후세 만대에 전해다오."

아니리 – 갈 사람은 가고 남을 사람은 남았것다. 끝까지 남은 사람들 면모를 볼작시면 거의가 일용노동자에 소상인 종업원 등 근로 빈민층이 주력이라. 광주항쟁의 주체세력은 학생에서 시민으로 그리고 노동민중으로 옮겨갔것다.

[진양조] 사방은 칠흑같이 쥐 죽은 듯 적막할 제
시민군들 어느 결에 총을 꼭 껴안고는
살풋 잠이 들었구나.
그때여 윤상원은 초조한 마음을 달래느라
담배 한 대 피워 무니,
지나간 젊은 날들 회한이 밀려온다.
가난한 농부로 온종일 땡볕에서
일만 하시던 아버지 어머니.
큰아들이 좋은 직장 취직하자
집안 살림 이제 다 폈다면서
뛸 듯이 기뻐하던 아버지 어머니 내 동생들……
좋은 직장 때려치고 노동자로 살아가자,
병석에 누워 실망하시어

시름만 더 깊어지신 어머니.
기순 누이 만나 들불야학 동참해서
강학들 학생들 한데 어울려 동고동락하던 일과,
광대패 벗들과 탈춤 추고 풍물 치고
마당판을 꾸미던 일.
녹두서점 공동으로 운영하며,
온갖 사람들 선후배들 다 만나서
민주화운동 앞장선 일.
소리내력 판 벌여서 좌중을 휘어잡아
한껏 웃기고 울리던 일.[23)]
전민노련 동지들과 독재 억압 떨쳐내고
평등 세상 만들고자 밤새워 토론한 일.[24)]
이제 와 생각하니,
두 눈에 눈물이 핑! 돌더니 쭈루루루루루루…
눈물 씻고 일어나서
밤하늘 바라보며 다짐을 하는구나.

독백 – "이 싸움은 분명 패배요 전멸당할 것이지만, 그냥 이대로 총을 놓고 항복하기에는 지난 항쟁이 너무나 장렬했다. 항쟁을 완성시키자면 누군가 여기 남아 도청을 사수하다 죽어야만 한

---

23) 「소리내력」 작창자인 임진택도 1979년 12월 31일 광주시민사회단체 송년회가 끝난 뒤풀이 자리에서 윤상원의 「소리내력」을 직접 들은 적이 있다. 윤상원은 1980년 5월 1일 경기도 부평에서 있은 전민노련 수련회의 뒤풀이에서도 「소리내력」을 창했다는데, 이것이 그의 마지막 「소리내력」 공연이 되었다. 당시 녹음기가 귀했던 탓에 윤상원의 「소리내력」 녹음이 지금 남아 있지 않은 것은 참으로 아쉬운 일이다.

24) '전민노련'은 대학생 출신 노동운동가 이태복과 노동자 출신 노동운동가 유동우가 주축이 되어 조직한 비합법 노동운동 단체로, 1980년 초 윤상원은 이 비합법 조직의 광주전남지역 중앙위원으로 선임되었는데, 상원은 이러한 사실을 녹두서점에서 매일 만나던 김상윤에게도 말하지 않고 비밀에 부쳤다 한다.

다. 나는 그 길을 택하리라.”

창조唱調 – *이때여 도청 옥상 스피커에서 어떤 여성의 목메인 절규가 터져나오는디,*
“시민 여러분, 지금 계엄군이 쳐들어오고 있습니다. 사랑하는 우리 형제 자매들이 계엄군의 총칼에 숨져가고 있습니다. 시민 여러분, 모두 일어나 계엄군과 끝까지 싸웁시다. 우리는 광주를 사수할 것입니다.[25]
애절한 울부짖음에 광주시민 모두 잠을 못 이루고 일어나 깨어있을 적에
“비상! 비상!”

[잦은모리] 새벽 두 시 삼십 분경
계엄군 진입한다.
외곽에서는 포성 소리가 지척에 들리난디,
조명탄 밤하늘을 대낮처럼 밝히더니
탱크를 앞세우고 계엄군 진입한다.
지원동에서 광주천,
학동에서 전대 병원
백운동에서 한일은행,
화정동에서 양동
서방에서 계림국교 압박해 들어올 제
누구든 얼씬거리면 무조건 사살이라.
새벽 세 시 삼십 분,
계엄군 장갑차가 금남로로 진입,

25) 5월 27일 새벽, 도청 옥상의 고성능 스피커로 흘러나온 이 애절한 외침의 주인공은 박영순이라는 여성이었다고 알려져 있다.

도청을 사방에서 포위…….
서치라이트 확!

아니리 – “폭도들에게 경고한다. 너희는 현재 완전히 포위되었다. 무기를 버리고 항복하라.” “탕.” “쨍그렁!”

[엇머리] 총성 한 발 울리더니
탐조등 유리창을 박살을 내는구나.
캄캄한 어둠 속에
중무장한 계엄군 일제사격 개시된다.
자동화기 콩 볶는 소리 천지가 진동,
공수대원 일개조가 도청 뒷담을 넘어
시민군 등 뒤에서 무차별로 난사한다.
또 다른 공수대원 창문 턱까지 접근,
수류탄을 투척한다.
또 다른 공수대원 화염 방사기를
광폭하게 분사한다.
대항하던 시민군들
실탄마저 바닥이라,
하릴없이 죽어갈 제,
희뿌연 연기 속에
어슴프레
새벽이 동터 오는구나.

[합창 : 들불야학 학당가]

우-- 리-는 새벽이다-- / 밝- 아- 오- 른- 다- --
심-- 지-에 불당- 기고- / 앞- 서- 나- 가자- ---

친- 구- 친- 구- -- -- / 나- 의- 친- 구- -- --
들불- 들불- 들불- 들불- / 들- 불- -이 되- 어- --
아하- 겨레의 새-아 침이- / 동- 터- -- 온- 다-

우-- 리-는 새암이 다-- / 솟- 아- 오- 른- 다- --
신-들 메를- 고쳐- 매고- / 달- 려- 나- 가자- ---
친- 구- 친- 구- -- -- / 나- 의- 친- 구- -- --
들불- 들불- 들불- 들불- / 들- 불- -이 되- 어- --
아하- 민족의 새-역 사가- / 동- 터- -- 온- 다-

우-- 리-는 불꽃이 다-- / 퍼- 져- 나- 간- 다- --
땀-과 눈물- 삼키- 면서- / 함- 께- 나- 가자- ---
친- 구- 친- 구- -- -- / 나- 의- 친- 구- -- --
들불- 들불- 들불- 들불- / 들- 불- -로 번- 져- --
아하- 민중의 새-세 상이- / 동- 터- -- 온- 다-

동-- 터-- 어-- 온-- 다-- ---

[닫는 마당 : 임을 위한 행진곡] 〈제창〉[26]

사랑도 명예도 이름도 남김없이
한평생 나가자던 뜨거운 맹세
동지는 간데 없고 깃발만 나부껴
새 날이 올 때까지 흔들리지 말자.

---

26) 1982년 윤상원과 박기순의 영혼결혼식이 있은 지 몇달 후, 당시 광주에 거주하던 작가 황석영 선생이 주도하여 창작하고 제작한 카세트테이프 「넋풀이굿」에 실린 노래 중 한 곡이다. 〈임을 위한 행진곡〉 노래의 가사는 백기완 선생의 '묏비나리'라는 장시(長詩)에서 발췌된 것으로, 작곡은 당시 대학생이던 김종률이 맡았다.

세월은 흘러가도 산천은 안다.
깨어나서 외치는 뜨거운 함성
앞서서 나가니 산 자여 따르라.
앞서서 나가니 산 자여 따르라.

■ **임진택** 고(故) 정권진 선생님 사사, 중요무형문화재 제5호 판소리 심청가 이수자로 창작판소리 – 「윤상원가」, 「똥바다」, 「오월 광주」, 「오적·소리내력」, 「백범 김구」, 「남한산성」을 작창. 영화 〈천년학〉 소리꾼 유봉 역(임권택 감독 100번째 작품), 〈전주세계소리축제〉 총감독 역임, 완판 장막창극 〈춘향전〉 연출(국립극장), 마당창극 〈비가비명창 권삼득〉 연출(전북도립국악원), 〈가야세계문화축전–김해〉, 〈실학축전–경기〉, 〈황토현동학축제–정읍〉, 〈창작판소리 열두바탕 추진위원회〉 예술총감독 등 역임.

영화 아들의 이름으로

이정국 각본·감독, **영화사 혼** 제작

본 영화 〈아들의 이름으로〉(95분)는 1980년 군사독재에 항거한 광주 5·18민주화운동 40주년을 기념해서, 광주시에서 공식 지원받아 제작하게 된 극영화다. 워낙 저예산(2억 5천만)이었지만, 한국을 대표하는 배우인 안성기 씨를 비롯한 윤유선, 박근형 씨 등 유명 배우들이 적은 개런티에도 개의치 않고 출연했고, 많은 광주시민들이 재능기부 형식으로 출연해주거나 도움을 주었다. 그 덕분에 2019년 가을에 촬영하여 2000년초 완성하였다. 하지만 코로나로 인해 개봉을 1년 연기하여 2021년 개봉하였다.
영화의 시대 배경은 2019년 서울이다. 39년 전 5·18 당시 피해자와 가해자들이 현재에 겪는 트라우마와 그들의 복수심을 심리 스릴러 형식으로 다루었다.

상영시간 90분
장르 복수 스릴러
최종완성일 2021년 5월 개봉
제작 영화사 혼
공동제작 위즈씨앤아이
각본/감독/편집 이정국
프로듀서 임준형
촬영 정용현
주연 안성기, 윤유선, 박근형, 이세은

등장인물

오채근(65) 안성기 외로운 남자, 대리운전기사
진희(42) 윤유선 미혼, 한강식당 종업원
성호(72) 이승호 진희의 아빠, 5·18 피해자, 정신병원 입원
박기준(80) 박근형 중소기업 회장, 전 공수부대 사령관
민우(18) 김희찬 고교생, 김 씨 할머니 손자
세미(36) 이세은 오채근 아들의 여자친구
무등산 관리사무소분소장 송영창
김 할머니(74) 김복여 서울 한강식당 할머니, 5·18 유가족
윤금자(60) 임향화 한강식당 윤 아줌마, 실어증에 걸렸다.
이정규(66) 박남규 5·18 유공자, 성호의 동네 후배, 윤금자의 남편.
김병찬(61) 이희규 시한부로 살면서 요양병원에 있다.
김노인(82) 김철 치매 노인
김상범(55) 최범호 김노인 아들
김현숙(50) 김현숙 김상범의 아내, 김노인 며느리
전명구(25) 최동구 민우 고교 선배, 폭력 전과 2범
일진들 1, 2, 3 김준우 외 2인 민우 고교 동창들
산림 감시원 1(51) 김주열
산림 감시원 2(51) 안순동
윤사장(40) 최윤슬
대리기사 동료들(형두, 경수, 정만) 브루스칸(우정 출연), 서승인, 최두영
대리손님(한다리, 48세) 정보석(우정 출연)
광주 5·18 유가족 및 동지회원들 박남규 외 광주 유공자 분들 10여 명
무등산 등산객들 다수 조복례, 박온실, 구용기, 최인순 외 다수
TV속 앵커 및 패널 박규상(특별 출연), 오주섭, 임준형
한강식당 태극기 노인들 강홍길, 정관섭, 김채중, 윤병훼, 강환식
한강식당 진보적인 30, 40대들 박정운(토박이)
관리사무소 분소장 및 직원 남녀 황보연
각하와 전 장군들 박병두 외 10인
박기준 가족들 김현숙, 정경숙, 정민서, 이다빈 등
진희를 희롱하는 40대 후반 남자 이응준(53, 액션배우)
대리기사 술취한 손님 송정우/송민종
간호사 채윤정
백화점 옷가게 여점원 고은지

영화

아들의 이름으로

이정국

기획의도

5·18민주항쟁 10일간을 리얼하게 극영화로 만들고 싶어 당시 항쟁에 참여한 수많은 사람들의 증언록 20권 분량을 읽으면서 큰 의문 한 가지가 있었다. '왜 광주 사람들은 당시 그렇게 당하고 극심한 피해를 입었으면서도, 전혀 반성도 없이 잘 살고 있는 가해자들에게, 지금까지 아무도 개인적인 복수를 한 사람이 없었는가?' 였다. 합법적인 테두리 안에서 단죄하려는 시도만 했지, 사적인 테러는 없는 걸 보고, 참 광주 사람들은 너무 착하다는 생각이 들었다. 그래서 영화로나마 가해자들을 반성시키고, 그 복수를 대신해 주고 싶었다.

죽음의 공간에서 살아남은 자들의 기억은 가해자, 피해자 모두에게 때론 트라우마가 된다. 트라우마가 되면 그 기억은 고통이 될 것이다. 그걸 극복하는 방법 중 하나는 피해자는 복수, 가해자는 반성하는 것이 아닐까? 복수와 용서, 그리고 진정한 반성에 대한 이야기를 하고 싶었다. 소크라테스가 '반성하지 않은 삶은 살 가치가 없다'는 말을 했는데, 과연 우리 현대사에서 자신의 탐욕으로 인해 큰 범죄를 저지른 자들 중 진정으로 반성하고 세상을 떠난 사람은 얼마나 될까? 죄를 지은 자가 자신의 죄악을 구체적으로 고백하고, 진심어린 반성을 행동으로 보여주는 자야말로 용기 있는 사람이라는 생각이 든다. 이 영화는 39년 전 광주 5·18민주화운동을 다룬 이야기지만, 너무 노골적으로 드러내지 않으면서 가해자와 피해자 모두의 이야기를 대중적인 장르로 접근하고 싶었다.

#1 무등산 숲속(낮)

파헤쳐진 웅덩이를 쳐다보며 심호흡하는 채근(65세),
땀을 흘리며 거친 호흡을 하다 허공을 본다.

(인서트) 나뭇잎 사이로 하늘이 보이고

의자 위로 올라서려다 말고 의자에 앉아 멍하니 허공을 보며 머리를 감싸더니,
이내 심호흡을 한 뒤, 마침내 의자에 올라서
올가미를 목에 걸고 눈을 감는다.
이때, 어디선가 들려오는 앵무새 우는 소리에 멈칫하고 내려다본다.
바로 앞 땅바닥에 작은 앵무새 한 마리가 다리를 다친 듯 울며 파닥거리고 있다.
채근, 망설이다가 올가미를 벗고 의자에서 내려가
채근, 그 새에게 가까이 다가가 본다.
주인을 잃은 듯한 앵무새는 다른 짐승에게 물린 건지 발에 상처가 있다.
채근은 잠시 갈등하며 소나무에 걸린 올가미와 앵무새를 번갈아 본다.

(채근) 사람들 손에 길들여진 앵무새는,

#2 정신과 병원/ 상담실(낮)

채근이 의사와 상담하고 있다. 의사는 목소리만 들려온다.

채근 야생에서 혼자 생존하기 어렵거든요… 아마 누가 잃어버렸거나, 키우다 버린 거 것 같아서, 집으로 데려왔습니다. 그냥 놔두면 죽을 것 같아서요…

#3 무등산길 인서트(플래쉬 백)

손에 앵무새를 얹고 등산길을 내려오다 멈춰 앵무새를 쓰다듬는 채근.

(의사) 그래서 직접 키우기로 하신 거네요?

#4 병원 상담실

채근 글쎄요, 키운다기보단, 같이 사는 거죠… 동반자처럼

(의사) (웃으며) 아, 그렇겠네요.

#5 채근의 반지하방(플래쉬 백)

앵무새에게 뽀뽀한 뒤, 새장에 넣고 바이바이 손짓을 하며 나가는 채근,

채근 집에 오면 혼자라는 느낌이 안 들고… 반겨주고 그러니까, 정말 친구 같고, 가족 같고 그러더라구요.

#6 병원 상담실

채근 근데…. (머뭇머뭇) 사실 진짜 제가 산에서 돌아오게 된 건, 꼭 해야 할 일이 생각 나서 돌아왔어요. 그걸 해결 못 하고 떠나는 건 너무 비겁하고 창피할 것 같아서… 제 아들도 실망할 거구….

(의사) 또 통화하셨어요? 미국에 있는 아드님하고…?

채근 예…

(의사) 뭐라고 하던가요?

채근 왜 약속 안 지키냐고… (그러다 괴로운 듯 고개를 숙인다) …제가 아들을 어릴 때부터 너무 바르게 살도록 가르쳤나 봐요…

#7 병원 정신과 상담실 앞

병실문을 열고 나서는 채근, 잠시 멈춰서 생각한다. (F.O)

#8 메인 타이틀

검은 화면 위로 떠오르는 제목 '아들의 이름으로'

#9 지하철 전동차 안, 지하철 터널(낮) – 타이틀 백

– 지하철칸 출입구 옆에 서서 창밖을 바라보는 채근의 모습
그 위로 뜨는 주연배우 '안성기'

– 한강 위 다리 위에 달리는 전동차.
그 위로 뜨는 출연 배우 '윤유선·박근형'

– 한강변의 청담대교가 보이고, 멀리 롯데고층타워가 보인다.
출연 배우 '이승호·이세은'

#10 서울 주택가 전경(낮) – 타이틀 백

시내 주택가 모습이 보인다.

#11 채근의 반지하방(낮)

허공에 대롱대롱 매달려 있는 다리,

자살? 아니다. 다리가 이내 쑥 올라가는데,

카메라 빠지고 보면 채근이 문간의 문 사이에 끼워놓은 철봉대를

두 손으로 잡고 턱걸이를 하며 운동하고 있는 모습이다.

10평 정도의 욕실과 작은 방이 딸린 거실은 컴퓨터가 놓인 책상 외에는 가구도 별로 없이 휑한 느낌이다. 햇살이 들어오는 창문 옆에 걸린 새장에,

얼마 전 숲속에서 구한 앵무새가 먹이를 달라는 듯이 짹짹거리며 울고 있다.

욕실에서 수건으로 머리를 닦으며 나오는 채근,

아빠 미소를 지으며 짹짹거리는 앵무새에게 먹이를 준다.

양복바지에 혁대를 차는데, 쇠로 된 버클이 달린 좀 두껍다 싶은 가죽벨트다.

그리고 단정해 보이는 콤비 옷을 입고 거울을 보며 머리를 빗다가

깜박한 듯, 안방 옆 작은 방문을 열쇠로 열더니, 얼른 들어간다.

잠시 후, 손바닥만 한 낡은 수첩과 작은 칼을 들고 나온 뒤 다시 문을 잠근다.

벽에 걸린 아들인 듯한 30대 청년과 채근이 다정하게 찍은 사진 액자가 보이고, 채근은 외출복을 입고, 스마트폰으로 번호를 찾아 눌러 통화한다.

채근 (밝은 표정) 어, 대현아! 아빠다! 잘 지내지? 야, 아빠 저번 하던 일, 계속하려고 나가는 길이다. 걱정 마라. 약속은 꼭 지킬 테니까… 또 통화하자, 응, 그래~

#12 중계동 한강식당 앞(오후)

채근, 평범한 주택가 골목에 있는 '한강식당'이라는 간판의

평범한 식당 안으로 들어간다.

#13 중계동 한강식당 안(오후)

채근이 들어오자, 주인 할머니(74)가 주방에서 고개를 내밀고 내다본다.

채근 안녕하세요.

할머니 어서 와요. (익숙한 표정으로) 백반?

채근 (주방 쪽을 보며 꾸벅 인사하며) 아 예!

채근, 주방 쪽을 둘러보며 누군가를 찾는 표정,

요리 준비하는 낯선 여인(윤금자, 60)가 보인다.

채근에게 할머니가 식사를 가져오며, (인하며)

할머니 (구수한 전라도 사투리로) 으째 요즘 며칠째 안 보이드마?

채근 아, 저, 어디 좀 갔다 왔어요. (하며 주방 쪽을 흘끔 보며) 진희 씨는요?

할머니 (눈치채고) 아니, 진희는 좀 늦을 거여.

채근 아, 병원에 갔나 보죠? (주방의 윤 아줌마를 보며)

할머니 그라재, 아이고, 언제까지 즈그 아버지 병수발 할라근가 모르겄네. (윤 아줌마 보며) 저긴… 일손이 부족해서 얼마 전 광주서 데려왔어.

채근 아 예… (윤 아줌마 보며 일어나 공손하게 미소 인사) 안녕하세요?

묵묵히 일하는 윤금자 아줌마, 채근 보며 정중하게 목례만 하고 안 보이는 곳으로 간다.

할머니 (작게) 말 못 해.

(조용히 귀에 대고) 작년에, 지 남편 죽은 뒤로 말을 통 안 한단께…

이때, 문 열리는 소리,

내실 방에서 교복 차림의 고교생(민우, 18)이 책가방을 멘 채 나오더니,

민우　　할머니, 학원 갔다 올게요. (채근 보며 아는 체) 안녕하세요.

채근　　어, 그래. (하며 신문을 본다)

할머니　　(주방에서 얼굴 내밀며) 민우야! 쩌기 양파 보따리 좀 갖다주고 가그라.

민우　　(얼른 계산대로 가며) 나 늦었어. 할머니

하면서 할머니 눈치를 보더니 슬그머니 계산대에서 얼른 돈을 꺼내 나간다.

창밖에 또래 친구들인 듯한 고교생들이 서성이고 장난치며 민우를 기다린다.

채근, 식사를 하다 민우의 행동을 뒤늦게 본다. 창밖을 보니

친구들이 민우에게 돈을 받으며 잘했다는 듯 뒤통수를 어루만지며 간다.

민우는 그들 앞에서 기를 못 펴는 분위기다.

할머니　　(주방 나오며) 오메, 쩌놈이! 할매 말도 안 듣고, 으째야쓰가잉.

채근　　(일어나며) 제가 갖다드릴께요.

채근, 얼른 입구에 놓인 양파, 무 등 식재료가 든 자루를 주방 쪽으로 옮겨준다.

#14 번화가 거리, 편의점 앞(밤)

시내 밤거리, 편의점 앞에서 누군가와 통화한다.

채근(통화중)　　아, 나 오채근이야. 기억나는가? (듣다가) 그래, 맞아, 야. 진짜 오랜만이다?

이때, 지나가던 젊은 후배가 아는 체하자, 통화하다 보며 아는 체 미소짓고 계속 통화한다.

채근　　다른 게 아니라, 자네 혹시 김병찬이 하고 연락되나? 아니, 그때 광주, 거, 무등산 같이 간 애들 다 연락해 봤는데, 개 소식을 모른다 해서…

(cut to)

잠시 후, 편의점 앞에 앉아 있던 그들. 딩동! 하며 대리기사 상황실에서 콜이 오자 옆에 있던 다른 대리기사 후배 동료들이 스마트폰이나 PDA를 본다.

정만　　(스마트폰 보며) 신사역에서 광화문 가는 거네. (채근에게) 안 가세요?

채근　　자네 먼저….

경수　　(일어서며) 제가 갈께요.

정만　　그래.

경수　　제가 타고 갑니다.

정만　　조심해야 돼.

경수　　걱정을 하덜 말아요. 갑니다.

하며 경수(42), 스마트폰에 신청하면서 전동 퀵보드를 타고 '먼저 갑니다!' 하고는 간다. 또 딩동! 하고 울리자 이번엔 정만, 형두가 스마트폰을 보더니,

형두　　청담동 가메에서 구리시 한다리…? (일어서며) 가메, 좋지!

채근　　(보며) 일식집 가메?

형두　　네. 왜요?
채근　　어이, 동생, 미안하지만 거기 나한테 양보하면 안 될까?

#15 인근 거리(밤)

채근은 밤거리를 걸어가면서 손님에게 전화한다.

채근　　안녕하세요. 저 대리기삽니다. (사이) 예예, 10분 내로 가겠습니다.

#16 고급 일식집 '가메' 앞(밤)

'가메'라는 고급 일식집, 주인인 미모의 윤 사장(여, 40)이 나와 기다리고 있다.

채근　　(그들 앞에 가서 인사하며) 안녕하세요.
윤사장　(아는 체하며) 어머, 오씨 아저씨, 오랜만이시네요?
채근　　어느 분… (문 앞에 서 있는 손님들을 둘러본다)
윤사장　(50대 중반쯤 되는 손님 1을 가리키며) 저분…
채근　　(본다)

옆에서 누군가와 열심히 통화 중인 손님 1

채근　　(보며 갸우뚱) 박 회장님, 아니신가요? 박기준 회장…

윤사장　어제 왔다 가셨는데… 왜요?
채근　(실망) 아니, 한다리에 가신다 해서…
윤사장　아, 맞아, (손님 1을 보며) 이분도 박 회장님하고 같은 동네 사세요.
채근　아 예. (옆을 본다)

옆 주차박스를 보니, '주차요원 모집'이란 메모가 붙어 있다

채근　(그걸 보며) 여기 주차요원 모집… (얘기하려는데, 끼어드는 손님 1)
손님 1　(옆에서 비틀거리며 다가와) 윤 사장? 대리 안 왔어?
윤사장　아 예, (채근 가리키며) 여기 이분…
채근　안녕하세요.
손님 1　갑시다.
윤사장　들어가세요.

#17 달리는 에쿠스 안(밤)

채근이 운전하며 가는데, 뒤에 탄 술취한 손님 1이 묻는다.

손님 1　아저씨, 그 박 회장이란 사람, 잘 알아요?
채근　전에 몇 번 대리를 해드린 적이 있습니다.
손님 1　이름이 박기준 아니요? 투 스타 출신?
옛날 오공 때 막강한 실세였던 것 같던데…
채근　아, 그런가요? 저는 잘…
손님 1　씨발, 그런 새끼들이 아직도 잘 먹고 잘 살고 있으니… 세상 요지경이라니까…. 안 그래요?

#18 동. 한강식당 안/ 앞(새벽)

새벽의 식당 안, 주방엔 할머니와 윤 아줌마가 일하고,

홀에는 젊은 20대 청년들 셋이 술 반주 곁들이며 식사를 하고 있다.

방 안, 그들에게 소주를 갖다주고 난 후, 방 안쪽으로 주문을 받으러 온 진희(42)

진희 (채근을 보며) 어서 오세요. 안녕하세요. 오랜만이시네요?

채근 (보며 가볍게 인사) 아, 예…

형두 (경상도 어투) 아이고, 난 보름5일 만에 왔는데, 아는 체도 안 하고, 여기 형님은 겨우 사흘밖에 안 됐는데… 섭섭하네.

진희 (전라도 사투리) 아따, 아저씬 우리 단골이 아닝께 글재라.

정만 (메뉴판 보며) 여긴 뭐가 제일 맛있나요?

진희 다 맛있어요.

채근 (피식 미소) 여긴 추어탕이 최고니까, 그거 시켜.

경식 추어탕 4개요.

진희 예, 추어탕 4개요.

진희가 가고 나자 젊은 대리기사 경식(38), 그녀 뒷모습 흘끔 바라보며 말한다.

경식 주인 할머니 딸이에요? 저 아줌마?

정만 (경식 옆구리 툭 치며 조용히) 야, 아가씨야. 아가씨.

경식 (놀라) 예~

채근 아가씨, 맞아, 시집 안 갔어. 그리고 할머니 딸이 아니라, 그냥 같은 고향 사람이고… 광주.

정만 아이고, 완전 호구조사 다하셨네? 어떻게 그렇게 잘 아세요?

채근 (사투리 흉내) 단골잉께.

정만　　아이고, 나도 단골 할라요.

다들 웃는다.

이때, 바로 입구 안쪽에서 해장국에 소주를 먹고 있던 세 청년들이 갑자기 자기들끼리 뭐라고 소리치고 밀치며 싸운다. 심지어 서로 주먹다짐도 하고…

채근과 형두 등 대리기사들이 그들을 향해 힐끔 본다.

그때 한 청년 1이 도망가자, 그와 싸우던 20대 청년 2가 쫓아가며,

청년 1　　야, 다시 해.

청년 3　　왜 그래?

청년 2　　잘못한 건 잘못한 거잖아?

청년 3　　(말리 듯) 야야, 어디 가?

하면서 우르르 다 같이 밖으로 달려 나가 버린다. 진희가 따라가며,

진희　　어머, 손님 계산… 계산하셔야죠. 손님?

하지만 이미 세 사람은 싸움을 빙자해 다 도망간 후다.

윤 아줌마와 할머니가 주방에서 달려 나오더니,

할머니　　오메, 저놈들~ 왜, 돈 안 내고 간다냐? 염병할 놈들.

정만　　아니, 저것들 돈 안 내고 튄 거여.

정만　　와, 난 진짜 싸운 줄 알았네? 완전 양아치 새끼들이구만.

채근　　(그들이 도망간 쪽을 보더니, 일어나 나가려 한다.)

형두　　(붙잡으며) 형님, 어디 가세요?

#19 인근 피시방 골목(밤)

세 청년들, 자기들끼리 와서 웃고 희희낙락.

청년 1　　나, 연기 끝내주지 않았냐?
청년 2　　야, 발연기,
청년 1　　씨발아, 그래도 덕분에 게임비 확보했잖냐?

하며 떠들며 지하로 내려 가려는데, 들리는 소리.

(소리)　　얘들아, 잠깐만!

그러자 멈칫 돌아보는 학생들, 계단 위에 남자의 발…
그리고 늘어 뜨려진 혁대 쇠고리!

#20 식당 앞

진희가 문이 열린 소리에 돌아보고 놀란다.
주눅 든-그중 한 명은 입술이 터진- 20대 청년 3명이 들어온다.
채근이 그들 바로 뒤를 따라와 혁대를 자기 바지 허리에 다시 채운다.
그리고 그 청년들을 노려본다.

청년들　　(할머니에게) 죄송합니다, 할머니!
청년 1　　저, 밥값하고 술… 계산할께요. (하며 돈을 내민다) 얼마죠?
진희　　(얼른 계산대로 가서) 아 예, 6만 5천 원이에요.
청년 2　　여기요. 이거밖에 없어서…

진희　　이거 부족한데… (할머니에게 건네며)

할머니　　(한심하다는 듯) 그냥 가라.

청년들　　죄송합니다.

채근은 돈을 지불한 청년 1의 어깨를 가볍게 툭 치고 지나간 뒤, 아무 일도 없었던 듯 자기 자리로 간다.
대리기사들, 놀란 표정으로 계산대의 양아치들과 채근을 번갈아 본다.
진희도 채근을 다시 한번 본다. 왠지 멋져 보이는 채근.

#21 시내의 밤거리, 차 안(인서트)

불야성을 이루는 강남 밤거리를 달리는 차의 시점.

#22 중곡동, 국립정신건강센터 앞길(밤)

진희가 병원에서 나오는데, 50대 초반의 남자가 길을 막고 아는 체한다.
병원 앞 파란 신호가 빨간 신호로 바뀐다.
대리운전하던 채근, 차를 멈추고 시끄러운 소리에 창 너머로 내다본다.
병원 앞에서, 남자와 진희가 실랑이 벌이고 있는 모습이 보인다.

진희　　놔주세요.

남자　　저기… 우리 술 한잔하시죠.

진희　　아니, 저 괜찮아요.

남자　　아, 한잔하자니까.

그걸 본 채근, 망설이는데, 뒤에서 빵빵 소리… 얼른 위 신호등 보니 파란 불이다.

그래서 얼른 운전해서 앞으로 간다.

(cut to)

채근, 벤츠를 병원 옆 공터에 주차한다.

채근이 주차한 뒤 뒤를 보니, (팬하면) 고객이 코를 골며 자고 있다.

그래서 그는 얼른 차에서 내려 요란한 소리가 들리는 곳으로 빨리 가 본다.

인근 병원 앞에서,

진희는 자기 손목을 잡아끄는 남자가 실랑이 벌이고 있다.

진희　　놔요.

40대남　　나 너 좋아해.

진희　　아, 아저씨, 왜 이러세요, 진짜. 신고할 거예요.

채근　　진희 씨!

진희　　아저씨!

채근　　(남자를 밀치며) 이거 놔요!

진희　　(반가워하며) 아저씨! (하며 얼른 채근에게 다가간다)

40대남　　야, 씨발! 뭐야? (채근 보며) 당신 뭐야? 애인이야?

진희　　그래, (채근의 팔짱을 끼며) 내 애인이다! 니가 뭔데 상관이여! 이럴 시간 있음 집에 가서 느그 마누라한테 잘해, 새끼야!

40대남　　이런 개 같은 년이! (하면서 진희를 때리려 하자)

채근이 그 남자의 손을 잡는다.

40대남　　어라, 잡았나?

채근이 40대 남자의 주먹을 막자, 채근을 치려 한다.
그러자 채근은 그의 손목을 잡아 비튼 뒤, 그대로 밀어 버린다.
바닥에 나가 굴러 떨어지는 40대 남자.

#23 시내를 달리는 벤츠 안

조수석에 탄 진희는 울먹이며,

진희　　병원에서 아버지 간호하다 같은 병실서 몇 번 본 사람이거든요, 근데 제가 혼자인 걸 알고 자꾸 술 한잔하자고… (훌쩍)
(고객남)　　(잠꼬대인 듯) 아저씨!

뒤에 탄 50대 남자 고객이 고개를 옆으로 누인 채 잠꼬대하듯 짜증 섞인 말투로,

고객남　　(졸린 듯 눈 감은 채) 티비이 좀 꺼요. 뭔 드라마를 봐? 운전하면서…

조수석의 진희는 놀라 얼른 고개를 숙여 뒤에서 안 보이게 하고,

채근　　(백미러 보며) 아 죄송합니다. (진희에게 쉿 하고) 티브이 껐습니다.

다시 요란하게 코 고는 소리가 들리고
채근과 진희는 뒤를 보더니, 서로 마주 보며 피식 웃는다.

#24 한강식당(점심)

이때, 바로 다시 문이 열리고, 노인들이 들어서는 발,

70대 중반의 노인 넷이 손에 태극기를 들고 배낭을 멘 채 들어오더니,

노인1　해장국 넷이요, 아줌마!

진희　방으로 들어가세요.

노인1　(윤 아줌마 보며) 아줌마, (반말 투) 화장실이 어디야?

윤 아줌마(말 대신 턱으로 화장실 가는 문을 가리킨다)

노인1　(찡그리며) 뭐야, 건방지게… 벙어리야?

그러자 얼른 윤 아줌마를 보호하듯, 진희가 나서며,

진희　죄송합니다. (화장실을 가리키며) 화장실 저기예요.

노인 둘, 궁시렁거리며 손에 스카치테이프와 전단지를 들고 그 화장실로 간다.

이때, 바로 입구로 30, 40대 남녀들 넷이 우르르 몰려 들어온다.

남자1　안녕하세요, 이모.

30대남　이모, 보리굴비 4개요.

남자1　누가 사는 거야?

40녀　그렇지.

30대녀　좋아요.

남2　술, 술, 술.

남4　낮술 하지 마.

여　　　술은 낮술이지.

잠시 후, 화장실 쪽으로 가던 70대 노인 둘이 들어와 자리를 잡자, 그들과 엇갈려 채근도 식사를 마치고 화장실에 간다.

#25 식당 뒤편 화장실(저녁)

채근, 소변보려는데, 벽에 누군가 붙인 전단지 내용들이 보인다.

'광주 5·18, 유공자들 공무원 싹쓸이' '좌파 척결'

좀 전 그 보수우파 노인들이 붙인 듯한 가짜뉴스 전단지다.
채근이 소변 본 후, 세면대 앞에서 손을 씻는데, 좀 전에 들어온 30대 남자 손님 1.
소변대 앞에 서다, 앞 벽면에 붙은 '종북세력 박살내자'란 전단지를 본다.

남자　　　죄송합니다. (전단지 보더니) 아씨, 이 노인네들이
　　　　　생각이 있는 거야 없는 거야?

하면서 그 전단지들을 뜯어내 찢어버린다.
채근은 그걸 무심한 듯 보다가 자기 바로 앞에 붙은
전단지도 뜯어 그 사내에게 건네주자,
그 30대 청년 씩 웃으며, '아, 감사합니다!'하고 예의 있게
고개 숙이며 받더니 찢어서 쓰레기통에 버린다.
채근, 전단지 뜯어낸 곳을 보는데,
원래 붙어 있던 작은 명언 스티커가 보인다.

'반성하지 않은 삶은 살 가치가 없다. –소크라테스'

#26 한강식당 안

30대 남녀들이 흥분하며 정치에 관해 떠들고 있다.

30대남 1　그때 최순실 국정 농단 사건, 따지고 보면 다 박정희 때문 아냐?
30대녀　그러니, 그때 유신 잔당들을 확실히 정리했어야 했어.
주영호　내 생각엔, 최순실 님이 21세기 엑스맨이야. 그분 덕에 박근혜 감옥 갔고, 박정희 환상까지 완전 깨진 거 아냐?

홀 다른 쪽 편에선 채근이 화장실에 나와 혼자 식사를 하다 그들을 쳐다본다.

30대녀 2　(박수 치고 웃으며) 맞어 맞어, 엑스맨~
(노인 1)　어이 자네들!

채근, 그 노인들 쪽을 본다.
홀 옆 안방에 자리 잡은 세 태극기 노인이 그들에게 버럭 소리 지른다.

노인 1　지금 어려서 뭘 모르고 떠드는데, 우리 대한민국이 (소리 높여) 이만큼, 잘 먹고 잘 살게 된 거, 누구 덕인 줄 알아? 엉?

30대 남녀들이 그 노인들을 쳐다보다가 30대남 1이 쿨하게 답한다.

30대남 1　김재규요.

하면서 40대남 2를 향해 손가락총으로 쏘자, 윽! 하고 죽는 흉내내는 40대남.

30대남　탕! 탕! 탕!
주영호　(장난스레 연극) 자네 감히 날…
30여　빵!
주영호　5·18! (속삭이듯) 광주 5·18이요…

그들 사이에 끼어 홀에 앉은 채근은 식사하다 말고 그걸 보며 피식 웃는다.
두 노인, 예상치 못한 대답에 황당해 하면서 손가락질하며 보는데,

갑자기 주방 쪽에서 웃음 소리가 들리자, 다들 그쪽을 향해 본다.
주방에서 듣고 있던 윤 아줌마가 갑자기 빵 터진 듯 박수 치며 크게 웃는다.
3, 40대 남녀들도 주방을 본다.

안방에 있던 민우도 고개를 내밀고 내다본다.
진희가 웃는 윤 아줌마 쪽을 보다가 다가간다.
웃던 윤 아줌마가 이젠 울기 시작한다. 그걸 본 진희가 다독거린다.

진희　이모, 왜 그래요. 진정해요

윤 아줌마의 그 모습을 관심 있게 보는 채근.

#27 연립 반지하방(오후)

채근, 컴퓨터 앞에 앉아,
인터넷 유튜브로 5·18영화 〈부활의 노래〉 클립에 관한 영상을 보고 있다.
당시 다큐를 편집한 영상들이 보여지고…
채근, 그걸 보다가 멈추고, 검색창에 들어간다.
유튜브 검색창에 '5·18 공수 박기준'을 쳐 본다.

컴퓨터 모니터에 보수 유튜버에 인터뷰하는 박기준이 나온다.
어느 사무실에 앉아서 애기하는 박기준의 모습이 보이고
(자막으로 '5·18 당시 8 공수여단장 박기준 준장'이라고 뜨고)
사이사이에 5·18 당시 관련 다큐가 인서트 되곤 한다.

박기준　　당시에 우리 공수 여단은 광주에 가게 된 것은… (망설이다) 뭐냐, 과격 폭력 시위, 소위 폭동이 일어나지 않았어요? 그래서 자위권 차원에서 어쩔 수 없이….

채근, 그런 박기준의 유튜브 인터뷰 영상을 보다가 스톱시킨다.

#28 고급 일식집 '가메' 앞(밤)

일식집 '가메' 앞에서 주차요원으로 일하는 채근.
윤 사장(40, 여)이 나오며.

윤사장　　(채근에게) 아저씨… 대리 좀 해주실래요? 구리 한다리까지.
채근　　박기준 회장님이요?

윤사장　　예, 맞아요.

이때, 박기준의 취한 목소리가 들리자 돌아본다.

(박기준)　　윤 사장, 어디 가서 한잔 더 하자고, 엉?

입구에서 박기준이 윤 사장을 안다시피하며 어깨동무한다.

윤사장　　(안기다시피 한 채) 아유, 회장님, 그만 하시고 집에 가셔야죠.
박기준　　(윤 사장 엉덩이 만지며) 여기가 내 집엔데 어딜 가라고?
윤사장　　사모님한테 전화왔어요.
박기준　　(다소 긴장한 듯) 어? 마누라? 그래? 그럼 뭐…
윤사장　　예.
박기준　　오케이.

#29 달리는 박기준 회장 차 안(밤)

뒷좌석에 앉은 박기준 회장이 술 취한 목소리로 전화 통화를 하고 있다.

박기준　　(통화) 어제 각하께서 최 장군하고 골프 치셨다며? (사이) 알아, 신문에, 체납자 공개한 거? 그거 다 각하 망신 주려고 하는 거 아냐? 빨갱이 새끼들, 그래도 전직 대통령인데~

채근은 운전하면서 슬그머니 백미러로 박기준을 본다.

(박기준)　　입안에 혀처럼 굴던 놈들이 이제 지들 세상 왔다고 설치는

꼴 하고는… (토가 나오려는 걸 참고는) 끊자, 끊어!

박회장은 참았던 토 쏠림이 심한 듯 소리친다.

박기준　　(입을 막으며) 야, 세워! 세워!

#30 시 외곽 버드나무길 국도(밤)

차가 급정거하고, 박 회장이 튀어나오더니 버드나무 아래 보도 위에 구토를 한다.

차 옆에서 그걸 본 채근, 잠시 바라보다가 슬그머니 손을 안주머니에 넣고

안주머니에서 작은 칼을 슬그머니 꺼낸다.

채근, 박 회장을 노려보는 듯 보다가

그리고 서서히 박 회장에게 다가는 듯싶더니, 박 회장에 토하고 난 뒤,

박회장　　(손을 내저으며) 휴지, 휴지~

채근, 잠시 머뭇거리다 차로 얼른 걸어간다.

채근, 차에서 휴지를 꺼내 박 회장에게 건넨 뒤,

그의 옆을 지나쳐, 옆에 잎이 풍성한 버드나무 가지를 칼로 잘라

나뭇가지를 구토물 위를 덮는다. 박 회장을 흘끔 채근을 보더니,

박회장　　(비틀거리며 차에 들어가려다 멈칫 보더니) 자네….

자네, 전에 뭘 했는가? 이런 일할 친구 같지 않은데…

사업하다 망한 거야?

#31 구리시 한다리 입구(밤)

서울 바로 인근 구리시의 한다리 마을에 들어서는 박 회장의 차,

큰 바위에 '도심속의 전원마을 한다리'라고 새겨진 표지판이 있는 방향으로 좌회전해 들어간다.

#32 한다리 고급 전원주택 앞(밤)

고급 주택 앞에 승용차를 주차장에 세우고 내려서 뒷문을 열어준다.

박 회장은 지갑에서 5만 원짜리 하나를 건넨다.

박회장	자, 여기.
채근	(5만 원을 받고) 저기, 6만 원인데요? 회장님.
박기준	뭔 소리야? 저번엔 5만 원에 왔는데…… (차 안 종이 박스에서 기념품 하나 건네며) 대신, 이거나 가져가…
(소리)	(현관문 열리는 소리 들리며) 아버지! 오셨어요?
박기준	어, 그래.
딸	(대문에서 나오며) 아버지 오늘 약주 많이 하셨네.

50대의 딸이 마중 나오자, 비틀거리며 부축받고 들어가버린다.

채근, 기념품이 담긴 작은 선물 박스를 받고, 그가 들어간 고급 주택을 보다가 손에 든 선물박스를 본다. '대한민국 공수여단 특전동지회 초청행사 기념'이라고 쓰여 있다.

채근, 박기준이 들어간 거대한 저택을 한번 올려다본다.

#33 채근의 반지하방(밤)

채근이 계단을 내려가 반지하방 문을 열고 들어간다.

#34 채근의 반지하방(낮)

채근, 책상 위에 박기준에게 받은 선물박스를 작은방에 던져 놓고 의자에 앉는다.

그러다가 짹짹거리는 새장 속의 앵무새를 본다.

그의 마음을 아는 듯 우는 앵무새.

#35 한강식당(점심시간)

채근이 들어서는데, 주방엔 윤 아줌마와 할머니만 보이고 진희가 안 보인다.

할머니　진희 어디 갔다냐?
채근　(둘러보며 앉고) 병원에 갔나 보죠?
할머니　아까 왔었는데… (큰 소리로) 진희야!

#36 동. 식당 뒤뜰(낮)

채근이 식당을 나와 모퉁이를 돌아보니 저쪽에서 진희가 쭈그리고 앉아 울고 있다.

진희, 기척을 듣고는 놀라 얼른 눈물을 훔치고는 일어선다.

채근　　어디 아파요?
진희　　(애써 미소 짓고 인사하며) 일찍 오셨네요?
채근　　혹시 아버님이…?
진희　　아니요, 괜찮아요. 저 가끔 혼자 이래요. 울고 나면 스트레스가 풀리거든요… (피식) 바보 같죠? (뒷문으로 들어가려다) 식사는 시키셨어요?
채근　　예…
진희　　(들어가려다 멈칫) 저, 혹시 식사하시고 잠깐 시간 되세요?

#37 식당 뒤 커피 숍(낮)

채근과 진희가 마주 앉아 커피를 마시며 얘기한다.

진희　　제가…, 당장 남자 친구가 필요해서요.
채근　　누구 소개해줘요?
진희　　아니, 그게 아니고, 아저씨가 해주시면 안 될까요?
채근　　내가? (놀라 보다가 어이없다는 듯 웃는다)
진희　　(웃으며) 진짜로 말고 연기로요.
채근　　(어이없는 웃음) 아니, 무슨… 내가 배우도 아니고…
진희　　울 아빠, 40년째 정신병원에 들락날락거려 정신은 정상이 아니었지만, 그래도 몸은 건강하신 편이었어요. 근데, 얼마 전 암진단을 받았어요.
채근　　암이요?

진희　　(우울한 표정) 예, 말기라 치료도 안 돼서… 몇 달 못 사신데요.

진희　　근데 울 아빠 소원이 저 결혼하는 거거든요. 돌아가시기 전에, 그 소원… 들어드리고 싶어요.

채근　　그런 거 뭐, 대행해주는 무슨 회사도 있던데…

진희　　아저씨가 해주시면 안 돼요? 보수는 드릴께요.

채근　　(이제야 이해한다는 듯) 그런 건 필요 없는데,
(얼굴 주름 만져 보며) 아버지가 좋아하실까요? 내가 너무 늙어서…
(머쓱한 듯 크게 씩 웃는데, 얼굴에 주름이 생긴다)

진희　　너무 크게 웃지는 마요. 주름 생기니까~

채근, 무안한 듯 얼른 웃음을 멈추고, 자기 얼굴 피부를 만져 본다.

(cut to)
카페를 나오며 얘기하는 두 사람, 채근이 아내와 아들 얘기를 한 듯

진희　　그럼 부인 돌아가시고 쭉 혼자 키우셨어요? 아들은 많이 컸겠네요?

채근, 문득 자기 스마트폰 꺼내 뒤지더니, 특정 사진을 찾아 진희에게 보이며,

채근　　잠깐만요. (스마트폰을 터치로 움직이며) 어릴 때고,

진희　　(채근 아들 사진을 보며) 아이, 귀여워.

채근　　이건… 군대 갔을 때…
(다른 사진 보이며) 이건 미국 유학 가서… (자랑하듯이 흐뭇하게)

진희　　아, 지금 미국에 있나 보네요?

#38 백화점 옷가게(낮)

진희가 남성복 코너에서 이것저것 고르고 있다.

진희, 좋은 옷 하나를 발견하고,

진희　　이거 어때요? (두리번거리며)

종업원　(진희에게) 아버님은… 피팅룸에서 옷 갈아입고 계세요.

진희　　(핀잔 주듯) 아버지 아니거든요. 남편이에요.

종업원　(놀란 듯 당황) 죄송합니다… (하지만 너무 나이 차가 난다는 듯 갸우뚱)

이때 바로 앞 피팅룸 문이 열리고 새 옷을 입고 나오는 채근.

옷이 너무 잘 어울리고 더 젊어 보인다.

종업원　어머, 너무 잘 어울리세요.

채근　　(거울 보고 뒤태도 보며) 괜찮은가?

진희　　옷이 날개예요. 이건 어떠세요?

채근도 거울을 보며 어색해 하면서도 만족스런 표정, 그때 문득 거울 저편에 세미(36)가 자기 엄마와 옷을 둘러보러 서성이는 게 보인다.

채근, 얼른 돌아서 세미를 보는데,

세미도 우연히 보는데, 순간 서로 눈이 마주친다.

그러자 채근은 얼른 시선을 돌리고 당황해 하며 피팅룸으로 들어가버린다.

진희　　(갑작스런 행동에 채근에게) 왜요? 한번 입어 보시게요?

종업원　저거 요즘 잘나가는 신상품이에요.

진희　　더 젊어 보이겠죠?

종업원　그럼요.

세미가 피팅룸으로 들어간 채근을 흘끔 더 자세히 보려는데,

종업원 2가 얼른 (마치 가리듯이) 세미에게 다가가며 묻는다.

종업원 2　손님, 뭐 찾으시는 거 있어요?

엄마　(세미를 잡아끌며) 세미야. 얼른 와. 저기 봐둔 게 있다니까?

하면서 세미를 데리고 다른 편으로 간다.

#39 중곡동 병원 정신의학과 병동/ 휴게실(낮)

채근과 진희, 간호사 안내로 둘이 따라 휴게실로 들어간다.

간호사　(휴게실을 가리키며) 여기 계세요.

진희　(문 열고 들어가며) 아빠! 여기 계셨어? 괜찮아? (채근을 소개하며) 채근 씨!

채근　(진희 아빠에게 인사하며) 안녕하세요. 오채근입니다.

진희와 채근, 진희 아빠 성호(72)에게 인사하며 휴게실 안으로 들어간다.

카메라가 그들을 병실 창문 너머로 바라보듯이 보여준다.

병실 창문 너머로 채근과 진희가 들어가자 진희와 채근을 반갑게 맞이하는 모습이 보인다.

(창문 너머라 말이 자세히 안 들리지만, 분위기는 충분히 느껴진다)

채근이 성호에게 다시 한번 정중하게 인사하자 성호가 손을 잡아주며 반색하는 모습,

성호, 정신장애로 인한 건지 웃는 표정은 오히려 해맑아 보인다.

(김정호의 1970년대 노래「하얀 나비」가 들려온다)

#40 시 외곽 도로(낮)

시내에서 빠져나가는 도로를 달리는 시점 숏,
김정호의「하얀 나비」노래가 흘러나온 가운데,

#41 시외 도로를 달리는 차 안(낮)

차 안 카스테레오서 그 노래가 계속 흘러나오고 채근이 운전하며 도로를 달린다.

뒷좌석에 타고 있던 진희와 아빠 성호, 그 노래가 나오자 흥얼거리며 따라 한다.

옆에 타고 있던 진희, 그런 아빠를 보며,

진희　　(뒤의 아빠를 보며) 아빠가 좋아하던 옛날 노래예요.

성호, 웃으며 끄덕인다.

채근　　그래요? 나도 좋아했는데…?
진희　　(웃으며) 이 노래 울 엄마 아빠 연애할 때, 자주 들었다던데…
　　　　(문득 성호를 보며) 아빠, 또 엄마 생각해?

채근은 운전하면서 백미러로 그런 성호를 본다.

「하얀 나비」 노래가 나오고…

우, 생각을 말아요. 지나간 일들을~ 우, 그리워 말아요. 떠나간 임인데~

#42 남양주 시골집(낮)

멀리 아파트 단지가 보이는 남양주의 한 작은 산 아래 시골 마을,
숲이 우거진 작은 동산 아래에 있는 전형적인 시골집에 들어서는 채근의 차.

#43 남양주 시골집(오후)

성호는 텃밭이 있는 시골집에 오랜만에 돌아온 듯 너무 좋아한다.

성호　　와, 집이다! 우리 집~
진희　　집에 오니까 좋죠, 아빠?
성호　　응.

이때, 대문 입구에서 바로 옆집에 사는 할머니(70대 후반) 한 분이 반긴다.

#44 남양주 진희의 시골집, 작은방(오후)

채근, 진희네 작은 방에 놓인 책장에 5·18에 관한 다양한 자료가 있는 걸

본다.

책상에 꽂혀 있는 5·18관련 영화, DVD 비디오 테입, 다큐멘타리, 관련 서적들…

그중 5·18광주항쟁을 기록한 『죽음을 넘어 시대의 어둠을 넘어』 최신 개정판 책을 들어 보고 있는데,

문이 열리는 소리와 함께 진희가 들어오자, 책을 얼른 내려놓는다.

진희 차 좀 드셔 보세요. 녹차예요. 보성 녹차.

채근 아 그래요. 아버님은요?

진희 주무시고 계세요.

(인서트, 안방)

진희 아버지 성호는 안방에서 이불을 덮은 채 자고 있다.

(진희) 아빠 고향이 여기 남양주예요. 젊었을 적에, 광주 출장갔다가 엄마를 만나 결혼했대요. 엄마는 광주 토박이시거든요.

(작은방)

작은방에서 얘기를 이어가는 진희.

진희 엄만 5·18 때, 내가 4살 때였나? …날 업고 외할머니집에 가다 군인들이 쏜 총에 맞고…

(인서트, 안방)

그때, 자고 있는 줄 알았던 성호가 슬그머니 눈을 뜬다.

그리고 안방 이불 속에서 슬그머니 성호의 손이 나오더니 앉은뱅이 책상 위에 놓인,

39년 전 젊은 아내와 어린 아기인 진희와 찍은 가족사진이 든 조그만 사진

액자를 집어 들고 보다 울먹인다.

(작은방)

채근 (『죽음을 넘어 시대의…』 책을 가리키며) 여기서 읽었어요.

진희 근데, 왜 그렇게 5·18에 관심이 많으세요? 대학 때 운동권이셨어요?

채근 난 아니고… 제 아들 대현이가 그런데 관심이 많다 보니…

거실에서 채근과 진희가 녹차를 마시며 얘기 나눈다.

채근 (일어나 창밖의 동산을 바라보며) 광주 분들, 정말 물 같아요.

진희 무슨 소리예요? 너무 무르다는…?

채근 (손 내저으며) 아, 그게 아니라, 너무 착하다는 거죠…

채근 5·18 때 그렇게 억울하게 당했고, 지금 그 책임자들은 아무 죄의식도 안 느끼고 부귀영화 누리며 잘 살고 있는데, (흥분하며) 도대체 광주 사람들은 왜 아무도…? 화 안나세요?

진희 당연히 화가 나죠. 하지만 어쩌겠어요.

채근 (흥분한 듯) 어쩌다니?

(인서트, 안방)

성호가 두 사람의 대화를 귀 기울이며 듣는다.

(채근) (화내듯) 자기 국민들을 죽이고도, 여태 반성하지 않은 인간들, 살 가치가 없는 거 아니에요?

이때, 성호가 일어나, 정신장애가 맞나 싶은 정도로,

묘한 호기심으로 좀 더 거실 쪽 가까이 벽에 귀를 대고 그 말을 엿듣고 있다.

이때 울리는 핸드폰 벨소리.

(작은방)

진희, 자기 핸드폰 벨이 울리자, 얘기하다 말고 얼른 받는다.

진희 (통화) 예, 할머니, 뭐라고요? (놀란 표정) 어머, 맞어맞어. 금방 갈께요.

채근 (진희 보며) 왜요?

진희 (채근을 보며) 저기, 이따 저녁까지만 여기 좀 계실 수 있어요? 제가 얼른 식당에 가 봐야 돼서. 오늘 광주에서 손님들 오신 날인데, 제가 깜박했어요.

잠시 후,

안방에서 누워 있던 성호는 밖에서 들리는 차소리에 일어나 슬그머니 방문 틈 사이로 밖을 내다본다.

(진희) 저희 아빠 좀 부탁해요. 2시간 후에 약 좀 챙겨주시고요.

(채근) 걱정 말고 갔다 와요.

(진희) 고마워요.

#45 마당

진희의 차가 집을 빠져나간다.

#46 진희 집 마루(낮)

채근, 다시 집 마루 쪽으로 가다 핸드폰 벨소리가 울리자 얼른 받는다.

채근 (통화) 뭐라고? 김병찬이를 본 사람이 있다고? 병원에서? 아, 요양병원? 어딘지는 모르고? 알았다. 좀 더 알아보고, 전화 좀 주라.
그래, 고맙다~

이때 성호가 슬그머니 문을 열고 내다 보다가, 마루로 나온다.
채근이 마루에 앉아서 통화를 끝내자,
성호가 슬그머니 그의 곁에 앉으며 툭 던지듯이 말한다.

성호 진짜 우리 진희 좋아해요?
채근 (놀라 보며) 아, 그럼요. (하다가 이상한 듯 성호를 본다)

성호가 정상인 같은 표정으로 채근을 보며 씩 웃는다.

성호 (씩 웃으며 손을 내밀고) 고맙소, 진짜.
채근 (놀라 당황하며) 아, 예…? (성호를 물끄러미 본다)

정신장애인 같지 않은 진지한 표정의 성호는 채근의 손을 잡고 억지로 악수하고, 채근은 '어떻게 된 거지?' 하는 혼란스러운 표정으로 성호를 바라본다.

성호 (일어서며) 참, 내 주사기…보여줄까?
채근 (의아한 표정) …주사기요? 무슨?

하면서 성호는 토방으로 내려가 신발을 신더니,

집 담벽에 걸린 곡괭이 하나를 내려 뒷산으로 가면서,

성호 (채근에게) 따라와요.

채근, 영문 모른 채 성호를 따라간다.

#47 한강식당(낮)

재철이 의자 위에 올라 무등산 소나무 액자를 걸고 있고,

상범(55)이 식당 벽에 〈반성〉이라는 5·18다큐 영화 포스터를 붙인다.

상범이 벽에 다 붙인 포스터에는 '광주 5·18 진상 조사 및 가해자 반성을 촉구하는 국회상영회'라는 카피가 눈에 띈다.

진희 커피 드세요.

상범 (진희 보며) 진희야, 느그 아버지 퇴원하셨다며?
이제 많이 좋아지신 거야?

진희 (주방 일 하며, 차마 말 못 하고) 예… 비슷해라. 그냥.

준형 아따, 네가 고생 많다야.

진희와 할머니는 광주에서 온 5·18유가족동지회 사람들이 들어오자 음식을 만들어 내오느라 바쁘다. 다른 유가족 아줌마들도 돕는다. 윤금자 아줌마는 안 보인다.

아줌마 1 (둘러보며) 금자 언니는 으째 안 보이네 잉?

진희 오늘 안 왔어요. 몸이 아프다면서… (얼버무리며 흘끔 방 쪽을 본다)

아줌마 1　그랬어? 얼굴 좀 보려고 왔는데…
(진희 보며) 자네 얼굴이라도 본께 좋네잉.
진희　(웃으며) 저도 좋네요.
종인　(내실에 앉은 광주 사람들을 향해) 뭐 더 필요한 거 없으세요?
어른들　어, 됐네.

#48 남양주, 진희 집 뒤뜰 언덕(오후)

집 뒤뜰, 텃밭 울타리 옆에 있는 은행나무 밑을 삽으로 파는 성호.
궁금해서 바라보는 채근.
성호가 판 그곳에서 플라스틱 상자 하나가 나온다.
뭐지? 궁금한 표정의 채근.
성호는 삽을 놔두고, 그 상자 뚜껑을 열더니,
그는 엎드려 안에서 검은 비닐에 쌓인 작은 물건 하나를 꺼낸다.
옛날 권총과 탄창이다. 탄창을 끼워 '찰칵'하고 장전하더니,
갑자기 채근을 향해 그 권총을 겨눈다.

채근　(놀라 뒤로 물러서며) 아니, 왜 그러십니까?
성호　(노려보며) 너 누구야? 누군데 내 딸한테 접근하는 거냐?
채근　저 그냥… 진희 씨가 좋아서…
성호　거짓말인 거 다 알아, 새끼야!
지금 연극하는 거잖아? 얼마 받고 이 짓 해?
(권총을 장전하며) 날 감시하려고 접근한 거지?
채근　(손 내저으며) 그건 오해입니다.
성호　누가 시켰어? (쏠 듯) 말 안 해?
채근　(당황해 얼른) 예, 말하겠습니다.

성호　누구야?

채근　(바라보다가) 따님이… 도와달라고…

성호, 가만히 노려보다가, 총을 내리며 크게 웃는다.

#49 한강 식당 안

윤 아줌마는 식당 방안에 숨어서 앉아 있다가 슬그머니 문구멍으로 밖을 내다본다.

이때, 식당 문 앞에서 상범(55)은 핸드폰 벨이 울리자 얼른 받는다.

상범　여보세요? 여기 서울이여, 5·18 영화 국회에서 상영하는 거 볼라고 왔재. 으짠 일인가? 뭐? 아부지가 또 몰래 나가셔 부렀다고? 아따, 알았네. (전화 끊고 유가족 1에게) 아따, 지는 영화 못 볼 것 같네요.

남자　(홍보전단지 들고) 이거 챙기소.

종인　자, 어르신들, 이제 일어나 가 봐야겠습니다.

어르신　국회로 갑시다.

준형　(상범 보며) 아니, 으째 근가?

상범　저희 아부지가 요양병원을 몰래 빠져나가셔 부렀다그요.

준형　진짜?

상범　또 무등산 올라가신 것 같아요. 난 광주 내려가 봐야 쓰겄소.

#50 남양주, 진희 집뒤 언덕, 나무 아래(오후)

성호와 채근, 앉은 채 얘기 나눈다.

성호 사실 난, 3년 전에 병이 거의 다 나았어요… 그동안 딸도 속이고, 병원에서도 그냥…, (보며 피식) 계속 미친 척한 거지.

채근 (보며) 근데 왜 그렇게까지?

성호 그냥 30여 년을 미쳐서 살아왔는데, 갑자기 정신이 돌아오니, (피식 웃으며) 적응이 안 되기도 하고. (채근 보며) 암튼 당신이 우리 딸을 챙겨 준 거 너무 고맙고, 고마울 따름이요, 진짜, 인자 편히 갈 수 있겄소. 한 가지만 더 해결하면… (보며) 당신이 도와줄 수 있을 것 같은데?

#51 한강식당 앞(오후)

5·18유가족동지회원들이 국회 상영관으로 가기 위해 영화 〈반성〉 포스터가 여러 장 붙은 미니버스에 몸을 싣는다.

아줌마 (진희를 보며) 같이 영화 보러 안 가냐? 진희는…

진희 죄송해요. 저는, 아버지 때매… 나중에 극장에서 볼께요…

준형 맞어, 니는 아버지나 잘 돌봐드려, 먼 일 생기믄 기별하고 잉.

주인 할머니는 식당 안에서 내실을 보며 소리친다.

할머니 금자야! 그만 나와라. 다들 갔다 잉.

그때서야 슬그머니 내실에서 나오는 윤 아줌마.

#52 남양주, 진희네 마룻방(오후)

컴퓨터 모니터의 유튜브의 한 5·18다큐에서
당시 상황에 대한 인터뷰를 하는 영상이 나오고 있다.
성호보다 몇 살 아래인 한 남자와 그 아내인 듯한 여인이 나와 얘기한다.
자세히 보니, 한강식당의 그 윤금자 아줌마다.
채근과 성호가 그 노트북으로 그 유튜브를 보고 있다.

(노트북 속의 유튜브 영상 클로즈)
윤금자는 5·18 당시와 그 이후 고통을 힘겹게 얘기한다.

윤금자　*남편은 아예 무슨 일을 못 해요. 맨날 여기저기 몸이 아프다 그러고 그니까…*

그녀 옆에는 고개 숙이고 있는 이정규(66)가 보인다.

윤금자　*그때 체포돼서 고문받고 수없이 맞아갖꼬, 그 휴유증 때문에… 37년째 이렇게 죽지 못해 살아왔는데, 어떤 사람들은 우리보고 국가세금 축낸다 그러니, 어디 속 터져 살겠어요? 그마나 내가 식당 일하며 이렇게 견뎌왔지 어휴,* (억울한 듯 눈물 흘리고)

옆에서 정규 씨가 윤금자의 어깨를 어루만지며 달랜다.

이정규　*생명에 대한 애착심은 없어요. 이렇게 아프고 고통에 시달리느니 (잠시 한 숨) 누가 얼른 데려가버렸으면 좋겠어요… 한번은 그런 생각도 했어요. 이왕 죽을 거, 나를 이렇게 만든 놈들 집 앞에서 그놈 죽이고, 나도 그 자리에서 죽어불까…그랬다가도, 글면 괜히 나 때문에 우리 광주 사람들 명예가 실추될까봐 …그냥… (정지되는 영상)*

(성호)　(모니터를 턱으로 가리키며) 이 친구는 39년 전 나랑 마지막까지 도청을 지키던 시민군 동지였었지.

성호는 정지된 5·18 인터뷰 영상에 나온 이정규를 보며 얘기한다.

성호　(모니터 보며) 근데 작년에 자살했어. 바보같이 죽을 용기로, (총을 보며) 한 놈 같이 데려갔어야 하는데, …죽기 며칠 전에 날 찾아오더니 나한테 (권총을 보이며) 이걸 맡기더라고… 5·18 때 죽은 지 형이 집 천장에 숨겨놓은 걸 우연히 발견했다고…

채근, 시계를 보더니 진희가 부탁한 약을 챙겨 물 컵과 함께 성호에게 내민다.

그러자 성호는 잠시 총을 놓고, 그 약을 받아먹고 물을 마신다.

채근　근데 뭘 믿고 (총을 가리키며) 그걸 저한테 보여주세요?

성호　'반성하지 않은 놈들, 살 가치가 없다.' 고 자네가 그랬으니까…(미소)

이번엔 노트북 속의 극우 유튜브 인터넷 영상에 박기준이 얘기하는 게 나온다.

(박기준)　희생자가 용서할 때 제일 아름다운 거예요.

성호　　(모니터 속의 박기준을 가리키며) 바로 저놈이야.
(박기준)　늘 가해자만 먼저 사과하란 법이 어딨습니까?

성호는 그 극우 유튜버 인터넷 방송을 보며 목소리를 높인다.

성호　　40년 전 내 마누라를 죽인 공수놈들을 알아.
(유튜브 속의 박기준 가리키며) 그때 그 부대 여단장이었던 놈이야.

채근이 자세히 보니,
그는 얼마 전 자신이 대리기사 해준 70대 중반의 전 공수사령관 박기준이다.
사실 채근 자신도 어느 정도 알고 있는 듯하지만, 그런 속마음을 감추는 듯하다.
성호, 어이없다는 듯 피식 웃다가 유튜브 영상를 정지시킨 뒤,

성호　　(씩 웃으며) 어차피 미친놈이 한 짓인데, 누가 어쩌겠어? 내가 제 정신인 걸 안 사람은 세상에 둘밖에 없어. 3년 전 죽은 그 후배하고… 당신… 날 도와주겠소? 그놈들 찾는 것만이라도.
(총을 들고) 복수는 내가 직접 할 꺼니까.

#53 공원(낮)

아이가 놀고 있는 모습을 지켜보던 채근.
핸드폰으로 아들의 어린 시절 모습을 본다.

#54 한강식당(낮)

벽에 걸린 무등산 소나무 사진액자가 보이고,

채근, 식사하다가 그 소나무 사진 액자를 보다가,

바로 옆에 〈반성〉 5·18다큐 영화 포스터가 붙은 것도 본다.

그걸 자세히 보려는데, 전화 온다. 보니, '세미'라는 이름이 뜬다.

망설이다 받지 않고 꺼버린다.

진희가 식혜를 그릇에 담아 채근의 식탁 위에 놓고, 외출복 차림으로 나온다.

진희　　(문 열고 나가며) 식혜 좀 드세요.

채근　　고마워요.

진희　　저, 먼저 갈께요.

채근　　아버님 때매…?

진희　　예, 옆집 아주머니가 챙겨 주시기로 했지만, 걱정 돼서…
　　　　(윤 아줌마 보며) 이모, 저 먼저 갈께요.

할머니　응, 얼른 가.

윤금자 아줌마, 무표정한 채로 고개만 까딱인 뒤, 다시 설거지한다.

채근은 그런 윤 아줌마를 안쓰러운 듯 바라본다.

이때, 방에서 나온 할머니 손자 민우도 지나가며 인사를 꾸벅이며 간다.

채근은 다시 문자 오는 소리가 들리자 핸드폰을 본다.

'저 세미예요. 제발 전화를 받으시던지, 문자라도 주세요.'

채근은 세미의 번호로 들어가 '수신거절'을 해버린다.

이때, 쾅 쾅! 소리가 들려 채근이 고개 들어 보니,

민우가 입구 쪽 계산대의 돈을 챙기려다 문이 잠겨 있자,

열려고 잠긴 계산대 금고를 주먹으로 쾅 치고 얼른 주방을 향해 소리친다.

민우　　할머니, 돈 좀…

할머니　돈 없다.

민우　　돈 좀 줘요.

할머니　너 요즘 학교도 잘 안 간담서?

민우　　(짜증내며) 누가 그래요?

할머니　선생님한테 전화 왔드라, 쩌번에 준 돈은 으따 쓰고 그냐 잉?

민우　　(짜증내며) 아, 씨발, 돈이 필요하다고!

할머니　돈 없어!

하면서 민우는 휑하니 나간다.

(할머니)　(속상한 듯) 오메 오메, 저것을 으째야 쓰까잉.

민우가 식당 문을 쾅 닫고 나가자
채근, 창가로 다가가 창밖 거리를 내다보니,
두 명의 일진들이 민우를 기다렸다가 뭐라고 하더니
민우의 목덜미를 움켜잡고, 강제로 끌고가다시피 하며 데리고 간다.
채근은 그 모습을 자세히 보다가 생각에 잠긴다.

#55 폐건물 빈 사무실(낮)

교복 차림의 민우가 또래 고교생인 세 명의 일진들에게 맞고 있다.
일진 아이들이 민우를 구석으로 몰아세운다.
옆 한쪽 구석엔 속옷 차림의 여학생 예린(18)이 겁먹은 채 쭈그리고 앉아 있다.

일진1　야, 니들 뭐해?
일진3　빨리 벗어! 아 새끼~
일진1　(스마트폰으로 찍으며) 야, 니들 뭐해? 빨리 벗겨!
　　돈 못 갚으면 이렇게 해서라도 돈을 벌어야지, 빙신아~
일진3　걔 잡아.
일진2　얼른 벗어 새끼야!
일진1　아, 좋아!

병수, 일진 2가 억지로 민우 바지를 벗기고 다른 일진 3이 폰카로 찍는다.
민우는 안 벗기려고 애쓰는 와중에 얻어맞는다.
일진 1이 일진 2, 3이 달려들어,
민우 바지를 강제로 벗겨 바닥에 던져 버린다.
그러자 팬티 차림의 민우가 바지를 가지러 가려 하자, 일진 1에게 맞는다.

일진3　(예린을 노려보며) 너도 얼른 벗어, 이년아!

이때, 채근이 바로 옆 복도로 올라오며 핸드폰 통화를 한다.

채근　(통화하며) 아 예, 할머니,

채근, 통화를 하면서 일진과 민우 등이 있는 폐사무실로 들어서서 괴롭힘 당하고 있는 민우를 보더니,

채근　민우 여깄네요. 친구들하고 놀고 있는데,
　　지금 보낼께요. 예, 걱정 마세요. (민우 바지를 주워, 민우에게 던져주며) 민우야, 할머니가 찾는다. 얼른 가 봐라~

일진들, 황당해 하며 본다.

민우가 바지를 주워 입고, 일어서서 가려하자, 어깨를 붙잡고 앉히고,

일진 1 (주머니에서 칼을 꺼내 위협하며) 아저씨, 뭐예요? 신경쓰지 말고 가던 길 가세요~

채근, 핸드폰을 주머니에 넣고, 일진들의 칼을 보더니,

얼른 자기 허리 벨트를 풀더니 쭉 빼낸다.

일진 2 (피식 웃으며) 왜요? 아저씨가 대신 해 주시게?

일진 3 한번 벗어 보셔!

일진 1, 3 아, 씨발~ 벗어 보셔, 물건 좋으면 대타 써줄께.

하면서 자기들끼리 낄낄거린다.

채근이 그 벨트 끝을 손목에 노련한 손놀림으로 감고 쇠 버클을 늘어뜨리자,

순간 긴장하며 뒤로 물러서는 일진들, 일진 3은 야구방망이를 꽉 쥔다.

채근 (달래듯) 얘들아, 그만 하고, 다들 집에 가라.

일진 1 아씨, (비웃음) 할아버지나 집에 가서 손자랑 노세요.

일진 2 (웃음) 뭐야, 테이큰? 리암 리슨이다!

채근은 반응 않고 무표정하게 성큼성큼 다가가더니 일진 2, 3을 무시하고

일진 1이 칼로 접근하려 하자, 잽싸게 벨트를 휘둘러 손목을 감아 치자

일진 1은 칼을 떨어뜨린다. 벽에 부딪혀 떨어진 칼.

채근 혁대를 휘두르고 혁대 쇠버클로 일진 1의 어깨(목?)를 내려친다.

비명 지르며 어깨(목) 잡고 쓰러지는 일진 1, 일진 2에 밀려 같이 넘어지고,

일진 1　　야, 뭐해? 빨리 나가!

일진 2, 일어나 달려들지만, 그도 역시 채근의 혁대에 얻어맞고 쓰러진다.

일진 2　　아, 씨발 아저씨가!

다른 일진 3은 놀라 얼른 몽둥이를 쳐들고 달려들자,
채근은 그를 막아내고, 엎어치기로 소파 위로 던져버리 후, 얼굴을 주먹으로 친다.

잠시 후,
벽 앞에 무릎 꿇고 고개를 숙인 채 앉아 있는 일진 1, 2, 3,
그들 얼굴 여기저기에 맞은 상처가 보인다.
채근은 옷을 추켜 입고 서 있는 민우와 여학생 예린에게 다가간다.

민우　　감사합니다.

그러자 채근은 둘을 노려보다 민우의 빰을 사정없이 때린다.
맞고 놀라서 보는 둘.

채근　　왜 바보같이 맞고 다니냐? 니들도 때려! 힘으로 안 되면 잠 잘 때 그놈들 목에다 칼이라도 꽂아야지. 이 새끼들, 항상 맞아주고 당해주니까 만만하게 보는 거야! 알아?

채근은 일진들의 칼을 민우에게 쥐여 주며,

채근　　자, 이제 니들이 당한 만큼 복수 해!

민우, 손에 칼과 방망이를 든 채 벌벌 떤다.

채근 못 해?
민우 예, 못 해요.

무릎 꿇고 있던 일진들도 무서운 듯 고개 돌려 힐끔거리고,
그러자 채근이 민우에게 다시 칼을 빼앗아 일진들에게 다가가 칼을 겨눈다…

채근 너희들 어떻게 해줄까?
일진 1 살려주세요. 아저씨!
일진 2 저희도 누가 시켜서…
채근 시켜? 누가 이런 짓 시키든? 엉?
일진 3 저, 실은 학교 선배가 있는데요…
일진 2 명구 형이… 오늘 내로 동영상 안 찍어 오면 죽인다고 그래서…
일진 1 퇴학 당한 형이에요.
채근 그래? 나도 시켜서 이래. 내 양심이, 니 같은 놈들, 죽이라 해서 말야. 나도 시켜서 한 일이니 니들을 죽여도 괜찮겠구나, 응?

그런 그들을 노려보는 채근의 무서운 눈길. (F.O)

#56 터널(인서트)

터널을 달리는 차의 시점. (숏)

#57 채근의 반지하방(낮)

악몽에서 깨어나는 채근.

그러다가 짹짹거리는 새장 속의 앵무새를 본다.

#58 강남 일식집 '가메' 앞(밤)

입구에서 박기준이 술에 취해 비틀거리며 윤 사장에게 부축되어 나온다.

윤사장 (옆에 아가씨에게) 오 기사, 아직 안 왔니?

아가씨 (두리번) 좀 전에 왔는데? (채근을 향해) 아저씨!

채근 (달려오며) 아 예!

박기준 (채근을 알아보며) 어, 또 자네야…?

#59 달리는 박기준 회장 차 안(밤)

채근이 운전하고 있고, 박기준 회장이 뒤에 타고 있다.

박기준 (피식 웃음) 자네 운전 잘 하나?

채근 아, 예~ 39년 무사고입니다.

박기준 그래? 이따 명함 하나 주고 가라.

채근 예…

박기준 내가 개인 기사가 있었는데, 그 새끼가 갑자기 아프다고 입원하는 바람에… 빌빌거려 안 되겠어….

이때, 갑자기 핸드폰 벨 소리가 들리자 주머니를 뒤적거리며 핸드폰을 꺼낸다.

그러고는 술 취한 목소리로 통화한다.

박기준 나다. 와? 골프? 각하도 나오신다고? 몇 시에? 오케이.
정 총장도 나오나?
진짜? 왕년의 킬러들 (웃음) 다 모이겠구만. (생각하더니) 가만…
안 되겠다. 내일, 우리 집에서 애들 다 모이기로 했는데? 마누라 생일이라… 난 그냥 잠깐 각하께 인사만 드리고 와야겠는데. 어디 골프장이라 그랬지? 광주? 아, 경기도 광주~

백미러로 보이는 채근, 운전하면서 백미러로 그 대화에 신경 쓴다.

#60 남양주 진희집 옆 동산, 소나무 아래(오후)

(인서트) 스마트폰으로 하남시 옆 광주시 맵지도를 본다.

채근이 그걸 검색하는 사이, 바로 옆에서 흥분하며 얘기하는 성호.

성호　　맞아. 거기야. (기회라는 듯) 여기서 그렇게 멀지 않아…
이건 꿩 대신 닭이 아니라, 닭 대신 꿩이야. 천재일우!

채근　　어쩌시게요?

성호　　어쩌긴… (보며 다 알면서 묻냐는 표정) 하여간 자네는…
내일 나를 그 근처까지만 데려다 주고 빠져.
(총을 꺼내 보이며) 간호사 없어도… 주사는, 나 혼자 놀 수 있으니까.

#61 반지하방(아침)

채근, 작은방에서 검은 부직포로 된 양복 케이스를 들고 나오더니 지퍼를 열고 옷을 꺼내려다 갈등하는 표정,

이때, 스마트폰이 울리자, '진희'에게 온 것을 알고,

지퍼를 다시 잠근 양복 케이스를 바닥에 두고 핸드폰을 받는다.

채근　　아, 진희씨! 전화 연락도 안 되구요?

그는 듣더니, 얼른 전화를 끊고,

성호에게 전화해 보려다 멈칫하고 생각한다.

#62 경기도 광주컨트리클럽 인구, 한적한 국도(낮)

컨트리클럽 간판이 있는 입구 아래 도로에 차를 멈춘다.

진희의 차를 운전하고 가는 채근, 옆에 진희가 걱정스런 표정으로 앉아 있

고

산 바로 옆 국도를 운전하고 가면서,

진희 (의아한 표정으로) 아빠가 왜 여기 계시다고 생각하세요?

채근 글쎄, 저번에 여기 골프장 얘길 자꾸 하시더라구요.

진희 (갸우뚱) 이상하네요? 아빤 골프도 못 치는데…?

채근과 진희 차에서 내리더니 조심스레 살피더니, 일부러 클랙슨을 눌러 울린다.

진희 (큰 소리로) 아빠!

채근 아버님!

인근, 숲속 길 입구를 보지만, 아무 반응이 없다.

채근 난 저쪽 길로 가 볼 테니, 진희 씬 (반대쪽 가리키며) 저쪽으로 가봐요.

#63 동. 인근 숲속(낮)

채근은 인근 숲속으로 들어가며 불러 본다.

채근 (큰 소리로) 어르신! 어디 계세요!

채근, 신음 소리 듣고 가다가 멈칫하고 선다.
길가 소나무 아래, 입에서 피를 토한 채, 쓰러져 있는 성호를 발견하고 놀란다.

채근　　(얼른 달려가 부축하며) 정신 차리세요!

그러자 성호는 슬그머니 눈을 뜨고 가쁜 숨을 몰아쉬며 일어나려다 고통스러운 듯 비명을 지른다. '으아! ~' 채근이 부축하려 하지만, 고통스런 비명을 지르며 나뒹군다.

잠시 후, 안정을 취한 듯 소나무 옆에 기대앉아 있는 둘. 성호 옷은 피투성이다.

채근이 건넨 손수건으로 성호는 입술의 피를 힘겹게 닦아내고,

채근　　괜찮으세요? 정신 차리세요.

성호　　나, 난 틀렸어. 꼭 내 손으로 처리하고 싶었는데…
(하더니 안주머니에 숨겨둔 권총을 건네며) 자, 이… 주사기 내 대신….

채근은 말없이 그 총을 받는다.

성호　　(숨이 가빠지며) 빠, 빨리 가서 그놈들을… (헉헉거린다)

채근, 얼른 핸드폰 들고 전화한다.

채근　　진희 씨, 아버님 찾았어요… (하며 성호를 본다)

#64 경기도 광주센트리클럽 입구(오후)

(인서트) 병원 구급차(119)에 성호를 싣고, 문을 닫는 대원들.
진희도 뒤에 타려다 옆에 서 있는 채근을 본다.

진희　　(자기 차와 채근을 보며) 아저씬…?
채근　　먼저 가요. (진희 차를 보며) 차는 내가 가져갈 테니까.

진희 차 안, 구급차가 출발하는 걸 보고 진희 차 운전석에 타는 채근.
채근은 성호에게 건네받은 권총을 꺼내 보며 어떻게 해야 할지 갈등한다.
채근이 차를 골프 컨트리클럽 간판이 있는 입구 쪽에 들어가려다 멈춘다.
채근, 잠시 보더니 뭔가 생각난 듯 급하게 차를 돌려 나간다.

#65 구리, 한다리 박기준 저택 앞(오후)

채근은 박기준 집 건너편 골목길에 숨어 내다본다.
박기준 저택 현관.
골목, 차 안에서 권총을 들고 만져 보다,
정문 열리는 소리, 차 소리가 들리자 얼른 다시 내다본다.
현관에서 딸(50)인 듯한 여자가 나와 성경책과 찬송가 책을 든 채 기다리고 있다.
박기준의 차가 도착하자, 얼른 다가가 인사한다.

딸　　(인사하며) 아빠!
박기준　　어.
딸　　저 교회 다녀올께요. 성가대 연습이 있어서요.

골목 벽에 기대서 듣는 채근.

박기준　　그래? 얼른 갔다 와라. (들어가려다 멈춰) 참, 막내야! 다들 왔냐?
딸　　큰오빠만 좀 늦는다고 하고, 다 와 있어요.
박기준　　그래, 얼른 다녀온나.

골목의 채근, 얼른 권총을 뒤 허리춤에 넣고 배낭을 메고 골목을 나와 간다.

박기준이 딸과 헤어지고 현관으로 들어가려는데,

채근　　(정중하게 허리 굽혀 인사하며) 장군님! 안녕하세요.
박기준　　(멈춰 돌아보더니) 어? 자네… (가물가물)
채근　　저 오 기사입니다. 가메의 …
박기준　　아아, 자네… 근데 여긴 웬일이야?
채근　　(어색하게 웃으며) 저기… (바로 옆 아차산을 가리키며) 저기 아차산에 운동 좀 갔다 오는 길입니다.
박기준　　아, 그래?

채근, 한 손을 총이 있는 뒤 잠바 속의 뒤 허리춤에서 슬슬 빼려는데,

할머니(박기준 아내, 77)와 손자(20), 증손녀(9세)들이 집 안에서 소리치며 달려 나오는 소리에 멈칫한다.

(손자)　　할아버지!
박기준　　(손자를 들어 안고는) 아이고, 우리 강아지 왔구나. 그래, 얼른 가자.
(들어가려다 채근 보며) 참, 자네 아직 거기 일하지?
채근　　(허리춤의 총에서 손을 떼고) 아 예.

박기준　조만간 연락할 테니, 한번 보자고! 자 들어갑시다!
채근　예.
아내　(남편에게) 수고하셨습니다.
박기준　(같이 손잡고 들어가며) 예.

채근, 박기준이 손자들과 함께 현관으로 들어가는 모습을 닭 쫓던 개마냥 바라본다.

#66 중곡동 병원 복도/ 병실(낮)/ 로비

걸어가는 채근의 발, 저 멀리 병실 앞에 서 있는 진희.
기다리던 채근이 걱정스런 표정으로 뭐라고 묻는다.

채근　아버님은요?
진희　(말없이 눈물을 훔치기만) 들어오세요. 아빠가 기다리고 계세요.

하며 병실 안으로 들어간다.

진희　아빠, 채근 씨 왔어요.
채근　아버님!

이때, 간호사가 문을 열고 나와(바스트) 진희를 부른다.

간호사　김성호 씨 보호자님, 과장님께서 한번 뵙자고 하십니다.
진희　아 네.

진희가 간호사를 따라 나가고 채근 혼자 남아 성호를 본다.
병상에 누워 있던 성호는 채근을 보더니 얼른 그의 팔목을 잡는다.
내려다보는 채근.
성호, 채근을 향해 손가락으로 총을 쏘는 시늉을 하더니,
이내 새끼손가락을 불쑥 내민다. 간절한 눈빛의 성호 표정,
새끼손가락을 내밀고 서로 암묵적인 약속을 하듯이 건다.
이때, 울리는 핸드폰 진동.
복도로 나오면서 핸드폰 통화하는 채근.

채근　　어, 그래, 그래~ (반색) 찾았어? (멈춰) 지금 어딨대?

#67 요양병원 앞/ 병실(낮)

주택가 사이에 작고 오래된 듯한 요양병원으로 들어가다
간판을 스마트폰을 보며 확인하는 채근, 맞는 듯 입구로 걸어간다.

(cut to)
채근이 안내실로 가서 묻는다.

안내　　어떻게 오셨습니까?
채근　　여기, 김병찬이라는 환자를…
안내　　어떻게 되시는데요?
채근　　친구입니다.
안내　　저기, 휠체어에 앉아 계시거든요. 그쪽으로 가 보시겠어요?

병실, 휴게실에서 휠체어에 앉아 거울 앞에서 머리에 어설프게 감은 붕대

를 만지작거리고 있는 한 남자를 향해 가는.

채근　　(긴가민가하며 부른다) 김병찬?

휠체어에 탄 환자복의 그 남자(병찬, 61)는 멈칫하고 돌아본다.

채근　　자네 병찬이 맞지? 김병찬!
병찬　　(멀뚱히 보며) 예, 그런데, 누구신지…?
채근　　나 오채근이다. 오채근…기억 안 나?
병찬　　(알아본 듯) 아 예…. 예…. (반가움과 경계심의 교차된 감정)

#68 한강식당 식당 안(오후)

채근이 벽에 걸린 무등산 소나무 사진 액자를 보더니,
스마트폰을 꺼내 그 액자 속 사진을 찍고,

#69 한강식당 식당 앞/ 인근 편의점(오후)

세미는 차를 운전해 거리를 지나는데, 신호등에 걸리자 멈칫하고 선다.
문득 옆을 보는데,
이때, 바로 옆에 한강식당에서 전화 통화하며 나오는 채근을 본다.

채근　　어, 김병찬이? 응, 좀 전에 보낸 사진 확인했어?

세미, 채근을 보고 긴가민가하고 차 유리창 너머로 자세히 보는데,

채근 무등산에 그 소나무 말야. 거기가 중봉 근처인데… 기억나나?

세미는 채근을 확인하고 창문을 내려 아는체 하려는데,
뒤에서 경적 소리가 들리자 앞을 본다.
앞 신호등에 푸른 불이 켜져 있고,
세미, 할 수 없이 그냥 앞으로 달린다. 백미러를 흘끔 보면서.

#70 인근 편의점

채근, 인근 편의점을 지나가다가 멈칫하고 안을 본다.
편의점 창가 휴게 의자에 교복 차림의 민우가 공부하고 있다.

채근 (옆에 앉으며) 민우야! 왜 여기서 공부해? 독서실 안 갔어?
민우 (보더니) 어? 거긴. 얘들도 시끄럽고… 집중이 잘 안 돼서요.

#71 거리 치킨집/ 앞거리(오후)

일진 1, 2가 선배 명구와 치킨집에서 치킨을 먹다 창가를 보더니,

명구 새끼~
일진 2 저, 씹새끼~

하며 얼른 얼굴을 감추며 숨듯이 한다. 일진 1도 마찬가지.

명구　　왜 그래? 새끼야!

창가 거리에 채근과 민우가 뭔가 얘기하며 지나가고 있다.

#72 연립주택의 반지하 입구/ 방 안(오후)

채근이 민우를 데리고 지하 계단으로 내려간다.

그들을 미행해 온 큰 덩치의 명구와 일진 1, 2가 둘이 반지하로 들어간 모습을 숨어서 엿본다.

일진 1, 2 담벽에 붙어서 보는데, 명구가 말한다.

명구　　야, 그만 가자.

#73 채근의 반지하방

반지하 거실을 거쳐 채근의 방에 들어선 민우.

민우　　저, 진짜 여기서 공부해도 돼요?

채근　　그래, 당분간 내가 지방에 좀 갔다 올 테니까 네 시험 볼 때까지 있어.
조용하니 공부 잘 될 거야.

민우는 채근이 얘기하는 동안, 방을 둘러보다.
한편에 공부할 수 있는 책상이 있는 게 보인다.

#74 병원 정신과 원장실/ 채근의 방(몽타주)

(병원 원장실)

채근이 의사와 상담하고 있다. 채근만 보이고, 의사는 목소리만 들린다.

(채근) 그 책 읽으셨어요? 잠깐만 좀 줘 보세요.

채근 (의사 손이 들어와 책이 채근에게 건네진다) 사실 집에도 그 책이 있어요… 예전에 아들이 읽어 보라고 사준건데…

(채근의 방)

민우, 마르셀 프루스트의 『잃어버린 시간을 찾아서』라는 책을 흘끔 펼쳐 본다.

잠시 보더니 다시 제자리에 놓는다.

(병원 원장실)

채근 (책을 펼쳐보며) 그땐 읽다 어려워서 미뤄뒀는데, 요즘 다시 읽어 보니…

(의사) 이제 이해가 되셨나 보죠?

(채근의 작은방)

채근, 작은방에서 들고 나온 검은 부직포로 된 양복 슈트케이스를 잠시 보더니 그것을 두 번 정도 조심스럽게 접어서 배낭 속에 꾸겨 넣는다.

(병원 원장실)

채근 (책을 펼쳐 대강 넘기다가 멈칫, 생각해 보며) 딱 한 문장이 굉장히 인상적이었는데… 6편 사라진 알베르틴에서…

(의사) 뭔데요?

채근 (다시 책 펼쳐 찾다가, 문득 생각이난 듯 고개 들고) 고통은…그것을 철저히 경험함으로써만 치유된다…

(의사) 아, 그 말… 유명하죠.

(채근의 거실과 안방)

민우가 안방에 있는 책상에서 이어폰을 낀 채, 공부를 하고 있다.
채근, 안방 옆 작은방 문을 잠그고 거실로 나와
앵무새가 든 새장을 들고 나가려는데…
민우가 이어폰을 빼고 일어나 나와 보더니,

민우 지금 가시게요?

채근 응, (나가려다 잠겨 있는 작은방을 가리키며) 참, 이 방은 절대 열지 말고… (다시 문고리 잡고 확인하며) 뭐, 잠궈놨으니까.

작은방의 잠긴 문고리가 클로즈 업 된다.

(병원 원장실)

채근은 책을 놓고 원장을 향해 보면서 얘기한다.

채근　　근데, 저는 그게 이해가 될 듯하면서… 잘 모르겠어요. 그게… 어떻게 고통을 다시 경험할 수 있는 거죠? 그렇다고 정말 치유가 되나요?

#75 터널(낮)-인서트

고속버스 시점 숏으로 어두운 터널이 보이고 점차 밝은 출구가 보인다.
갑자기 어디선가 총소리가 들린다.

#76 고속버스 안(낮)

창가에 앉아가던 채근이 자다가 악몽을 꾸었는지, 놀란 듯 일어난다.
얼굴에 흐르는 땀을 닦고 창밖을 내다본다.

#77 광주 톨게이트(오후)

광주 톨게이트를 지나는 고속버스의 시점. (숏)

#78 시내 야경(밤)

구 도청 인근 시내 야경이 보이고,

#79 시내 모텔촌(밤)

앵무새가 새장을 들고 모텔촌 골목에 들어서는 채근의 뒷모습.

#80 무등산 원효사 가는 길(낮, 인서트)

버스 한 대가 원효사로 가는 도로를 달려 올라가고 있다.

#81 달리는 버스 안(낮)

등산복 차림의 채근이 창가에 앉아 타고가며 창밖을 보다가 준비한 정신치료 약을 먹고 생수병으로 물을 마신다. 이때 안내방송이 나온다.

'잠시 후에 무등산 입구 종점에 도착하겠습니다.
잃으신 물건 없이 안녕히 가십시오.' (이어 영어로도 멘트가 나온다)

#82 무등산(원효사 방면) 입구 옆 길(낮)

등산로 쪽으로 가는 초입에서 들어가는 등산객 1, 2에게
전단지를 나눠주는 중년남자 김상범(55)과 그의 아내 현숙(52)이다.
입구를 지나려는 채근에게 상범이 전단지를 건넨다.

현숙　　(전단지 주며) 이런 분 보시면 연락 좀 부탁합니다.
상범　　감사합니다. (채근이 오자 전단지 주며) 저희 아버님이신데요.
　　　　보시면 연락 좀 주십시오.
현숙　　감사합니다.

채근은 무심코 받아 들고 가다 흘끔 전단지를 보며 걷는다.
그러다 문득 멈추고 자세히 본다. 그런 다음
상범 쪽을 다시 한번 돌아보는 채근, 그리고 다시 전단지를 본다.
전단지 위에 김 노인(82) 사진이 박혀 있고,

[노인을 찾습니다. 가벼운 치매가 있는 82세의 노인 …
실종 장소: 무등산 일대]

찾아서 신고하면 보상한다는 글귀와 연락처 등이 보인다.

#83 무등산 중봉 소나무(낮)

무등산 중봉 인근 언덕바지에 외롭게 서 있는 소나무가 보인다.
잠시 후, 채근이 그곳에 불쑥 들어서며.
영상통화 중이던 스마트폰을 소나무 쪽으로 향한 채,

채근　　여기가 무등산 중봉 근처야. 이 소나무 맞아?
(병찬)　　(자세히 보려는 표정을 하며) 아예, 맞는 것 같습니다.
채근　　진짜 맞아?

스마트폰 속의 영상에 침대에 누워 있는 환자복의 병찬이 보인다.

병찬　　(핸드폰 영상) 그때보다는 좀… 작았는데… 글쎄요. 비슷한 것 같습니다.

채근은 병찬의 통화 목소리를 듣고, 다시 얘기한다.

채근　　그때, 여기서 어디로 갔어? (하고 스마트폰을 팬 하듯 움직이며)
(병찬)　　(확신을 못 하는 듯) 올라간 것 같기도 하고. 아니, 내려갔나?
채근　　(스마트폰 다시 팬 하며) 김병찬! 잘 보고 생각해 봐!

#84 광주 시내 모텔 입구(낮)

한 남자와 딸이 애완견 찾는 광고전단을 붙이고 있다.

채근, 그 옆을 지나다 그들이 붙인 '잃어버린 반려견을 찾습니다' 전단지를 본다.

#85 모텔 룸 안(밤)

채근, 방 한쪽에 걸어놓인 새장의 앵무새 은혜를 핸드폰으로 찍는다.
그리고 방에 비치된 컴퓨터 앞에 앉아 앵무새 카페라는 곳에 들어가
은혜의 사진을 올리고 자판을 두드려 글을 쓰기 시작한다.

'한 달 전쯤 무등산에 갔다가 이 아이를 주웠습니다.
혹시 주인이 있으시면 연락 주십시오. …'

(cut to)
배낭을 열어 검은색 양복 슈트케이스를 꺼내 침대 위에 잠시 얹어 놓고 본다.
이때, 전화가 오자 보더니 받는다.

채근 아, 민우야? 왜, 무슨 일 있어? (듣더니 침통) 언제…?

#86 광주 국립5·18민주묘지 현관(낮) –고정 숏

('임을 위한 행진곡'이 흐른다)
사랑도 명예도 이름도 남김없이…

진희 아버지 성호의 영정 사진을 든 30대 후반의 남자,
그리고 바로 뒤로 상복을 입고 따르는 진희, 그리고 윤금자 아줌마와 민우 할머니…
이전에 한강 식당에 왔는 많은 5·18유공자 동지들과
중간에 채근의 모습도 보인다. (팬 하여 따라가면)

'민주의 문'을 들어가는 조문객과 상주들 뒷모습. (풀)

민주의 문을 들어선 채근, 걷다가 멈칫하고 서서 정면을 바라본다.
머뭇거리는 채근의 옆으로 검은 양복 차림의 상범 부부를 비롯한
서울 한강식당에 왔던 사람들을 비롯 5·18유공자 동지들이 들어가고 있다.

'5·18민중항쟁추모탑'이 보이고

저 한 켠에 상복을 입은 가족들과 조문 온 5·18 동지들, 그리고
그 주변에 펼쳐진 수많은 5·18 희생자들 묘.

#87 광주 유스퀘어 고속터미널(낮)

동서울행 버스 승차장 입구 앞에서 진희가 한강식당 할머니와 윤 아줌마와 함께 버스 타러 가려다 멈칫하고 돌아본다.
진희, 배웅 온 채근을 향해 돌아서더니,

진희　　정말 고맙습니다. 덕분에 아버지, 편히 보내드릴 수 있었어요.
채근　　임종을 같이 못 해 죄송하네요.
진희　　아니에요.

승차장에서 진희와 윤금자가 타는 모습을 보는 채근.

#88 무등산 중봉 인근(낮)

핸드폰으로 무등산 지도를 검색한다. '중봉'

채근, 주변을 살피다 두 등산객이 지나가자 딴청 피우다, 가고 나자,

얼른 숲 위의 깊숙한 곳으로 들어간다.

#89 중봉 인근 숲속(낮)

채근, 숲속에서 신문지 하나를 펼치더니 그 위에

배낭에서 꺼낸 사과와 떡, 소주 등을 놓고, 옆에 부적 하나를 돌로 고정시킨다.

(cut to)

인근 아랫 숲길을 가던 감시원 2가 뭔가 발견하고 멈칫하며, 소리 난 곳을 본다.

감시원 1 (앞에 가다 멈춰) 이리와 봐.

저 위편 숲속에서 땅을 파는 채근의 모습이 나뭇가지 사이로 살짝 보인다.

#90 무등산 중턱 비상 도로(얼마 후)

숲에서 나와 감시원 1, 2를 순순히 따라가는 채근.

감시원 1　아따 아저씨, 국립공원에서 땅을 파헤치거나, 야생식물 채취 하믄 불법인 거 모르시오?
감시원 2　글믄 3년 이하의 징역 또는 3천만 원 이하의 벌금이여라.
채근　식물 채취한 거 아니에요.

#91 무등산 관리사무소 내(낮)

내부 사무실에서 나오는 분소장인 박소장(54), 채근을 보더니,

감시원 1　이쪽으로 오세요.
박소장　(어디선 본 듯하다고 생각하더니) 워매, 쩌번 그 서울 아저씨, 맞죠?
채근　(능청스레 악수 청하며) 아이고, 다시 뵙네요.
박소장　이번에 무슨 일로 또 오셔부렀다요?
감시원 2　오메, (채근 보며) 처음이 아니었어요?
박소장　(감시원 1 보며) 이분, 중봉 소나무 근처에서 땅 파다 잡히셨재라?
감시원 1　맞습니다.
박소장　(채근 보며) 아따, 쩌번엔 봐드렸는데요,
이번엔 과태료…내셔야겠습니다 잉?
채근　(흔쾌히) 아, 그럼요. 법을 어겼으니 처벌 받아야죠.

그 말에 다들 의외라는 표정으로 채근을 바라본다.

#92 무등산 국립공원 원효분소 입구

이때, 오전에 무등산 입구에서 전단지를 나눠주던 상범 부부가 현관 앞에서 두리번거린다. 나가려던 여직원이 그걸 보고 멈춰 묻는다.

여직원 저기, 어떻게 오셨어요?
현숙 분소장님 좀 뵈러 왔는데요.

#93 동 사무실내

상범 부부가 박소장과 마주 앉아 얘기하고 있다.

박소장 그런 문제로 무등산 전체에 안내방송은 곤란하고라, 지금 저희 직원들한테 다 광고했응께, 빨리 찾도록 도와드릴 테니 걱정 마세요.

채근, 사무실 안쪽에 서서 자술서를 쓰다 흘끔 상범 부부 쪽을 향해 본다.

여직원 (채근에게) 자, 여기 보시면 자연공원법 위반하셔서 과태료 10만 원 부과되겠습니다. 읽어 보시고, 서명해 주세요.
감시원 1 (상범 부부에게) 아따, 그 어르신… 벌써 몇 번째여?
감시원 2 근디 으째 군인들만 보면… 공격한답니까? 쩌번에도 무등산 군부대 쩌짝에 근무하는 군인들한테 돌을 던지고 그랬다던디…
상범 죄송합니다.
현숙 치매 걸리신 뒤로 요양원에도 보내드리고 했는디,

또 몰래 나가셨어요. 아무래도 아드님 찾으러 나가신 거 같아요…

채근, 여직원에게 자기 신분증 돌려받아 지갑에 넣으며
박 소장과 상범 부부 대화에 관심을 보이며 슬그머니 쳐다본다.

#94 무등산 숲속

김 노인이 벙거지 모자를 눌러 쓴 채 숲 여기저기를 헤매고 있다.
60대 등산객들 2명이 오자 그들에게 사진 하나를 내밀며,

김노인 혹시 얘 보셨소?
등산객 (사진을 자세히 보더니, 갸우뚱하며) 할아버지 손자시오?
김노인 아니, 내 아들이요, 집이 쩌기 화순인디, 광주서 고등학교 댕기요.

#95 관리 사무소 앞/ 주차장

만발한 가을 꽃 너머로, 채근이 아들과 통화하는 게 보인다.

채근 (통화) 대현아, 아빠다. 나 지금 무등산에 와 있다. (미소) 야, 오늘 날씨도 좋고… 너랑 같이 왔으면 좋았을 텐데 말야. (한숨) 아직도 어딘지 기억이 잘 안 나지만, 곧 찾을 수 있을 거라 본다. (문득 한쪽을 보더니) 저기요!

저편에 상범이 오는 것을 보더니 얼른 다가가 뭔가 말을 건다.

#96 인근 카페 안(낮)

채근과 상범 부부가 마주 앉아 있다.
채근, 상범의 스마트 폰에 든 고교생 사진을 보더니, 다시 돌려주며,

채근 혹시 그때 이 학생이 교련복을 입고 있었나요?
상범 (보며) 예, … 맞아요. (어떻게 아느냐는 표정으로 본다)
채근 아, 제가 자료를 보니까, 5·18 당시엔 고등학생들이 교련복을 많이 입었더라구요.
상범 그랬죠.
채근 혹시 아까 그 실종된 학생이…
상범 제 바로 위에 형님이셨어요.

#97 무등산 인근 숲속 2

김노인이 50대 등산객에게 사진을 보이며 말한다.

김노인 상진이요. 내 아들 김상진이. 광주서 라이타 수리해갖꼬 오라고 심부름 시켰는디, 아직까지 안 오요.

대학생 아들과 온 50대 등산객 남자는 김 노인이 내민 사진을 다시 보며

사진을 보니, 1970년대 말의 옛날 교복에 교모를 쓴 고등학생의 사진이다.
(김정호의 1970년대 노래「하얀 나비」가 흘러나온다)

#98 광주 시내 모텔 숙소(저녁)

숙소 침대에 누워 핸드폰 MP3를 통해 김창완 음악을 듣는다.
창가에 놓인 새장에선 앵무새가 짹짹거리고 있다.
문득 일어나 벽에 걸어둔 검은 양복 슈트케이스를 내려 지퍼를 열려다 말고 다시 잠근 뒤, 두 번 접어 배낭 속에 집어넣는다.

우, 생각을 말아요. 지나간 일들을
우, 그리워 말아요. 떠나갈 임인데… 꽃잎은…

그러다 배낭 속에서『잃어버린 시간을 찾아서』라는
두꺼운 하드커버로 된 책을 꺼내서 열어 본다.

(cut to)
잠시 후, 채근은 조그만 핸드폰 걸이에 자기 핸드폰을 세워 놓고
채근이 벽 앞에 앉는다. 핸드폰에 채근의 셀프 영상 모습이 보인다.
채근이 잠시 긴장한 채, 핸드폰 카메라를 보며 얘기한다.

채근 (인사하고) 제 이름은 오채근입니다.
누군가 이걸 본다는 건 제가 이 세상에 없다는 걸…

이때 핸드폰 문자 소리,
채근, 얼른 일어나 핸드폰을 보더니, 그 문자를 자세히 본다.

'무등산에서 잃어버린 앵무새 주인입니다. 연락 주세요.'

#99 무등산 관리소 앞/ 입구

채근이 관리사무실 앞 쉼터 공간으로 가서 두리번거린다.

(소리) 사랑아!

채근이 돌아보니,

채근이 들고 있는 앵무새 새장(바스트) 너머로 한 아줌마가 아들(10)과 딸(8)이 함께 달려와 얼른 앵무새를 보더니 반가워한다.

엄마 (앵무새를 보며) 아, 사랑이다. 사랑아, 반가워

아이 (채근에게 인사하며) 감사합니다.

채근 (앵무새 새장을 건네며) 응.

아줌마 정말 감사합니다. 사랑이 진짜 오랜만이다. 사랑아, 반가워.

그 아줌마와 아이들은 앵무새 새장을 채근에게 건네받고 고맙다고 인사한다.

아이가 앵무새에 뽀뽀하는 등 신나하는 모습을 보는 채근.

(cut to) 무등산 입구

입구에서 김상범 부부가 9세 소년과 그 아빠에게 전단지를 나눠준다.

그 전단지를 받던 소년이 옆에 아빠에게 묻는다.

소년　　아빠, 이게 뭐예요?
아빠　　응, 가족을 찾으시는 거 같은데…
현숙　　이런 할아버지 보면 연락 줘.
상범　　부탁드립니다.
소년　　예.

저번에 본 산림 감시원 1과 2가 옆에 서서 뭔가 얘기하고 있는 게 보인다.
채근, 그곳을 지나려다 그 감시원들을 보고 얼른 뒤로 물러서
주변을 두리번거리다 옆길로 빠진다.

#100 서울, 반지하 채근의 방(낮)

민우가 공부를 하고 있는데, 현관문 두드리는 소리가 들린다.
민우, 머뭇거리는데, 다시 문 두드리는 소리가 들리자,

민우　　누구세요?
(여자)　　(소리) 가스 검침 나왔습니다.
민우　　(문쪽으로 가며) 예, 잠깐만요.

하고 현관문을 열어준다.

일진 1　　가스 검침이요.

그 순간 문 앞에 여자애(23)가 서 있고, 그 바로 뒤에서
밀고 들어오는 일진 1, 2와 그들 선배인 전과 2범 명구,

일진 1　　야, 박민우, 존나게 오랜만이다!

일진 3　　야, 씨발아, 문 열어! 아, 깜짝이야. 존나게 오랜만이시네~

일진 2　　(깔깔거리며) 니 수호천사는 어디 갔냐? 테이큰 개새끼.

명구　　(두리번) 배낭 메고 어디 갔다며? 씹새, 개박살 낼려 그랬더니 그새 토꼈네.

일진 1　　야, 니들 그렇고 그런 사이냐?

일진 2　　니 솔직히 똥꼬충(게이 속어)이지?

명구　　야, 똥고충이 뭐야, 말 좀 고상하게 해.

일진　　누가 공격수냐? 한번 만져 보자.

민우　　(강하게 밀치며) 아냐!

명구　　(민우를 걷어차며) 이 새끼가 어디서~ 개새끼!

뒤로 주춤하고 벽에 부딪히는 민우.

명구　　야, 너 일로 와. (돈 주며) 수고했다. 가 봐.

현관문을 닫고 돌아서더니 민우가 핸드폰을 만지려 하자,

명구　　(일진 1에게) 야, 저 새끼, 핸폰 뺏어!

민우　　하지 마.

일진 2　　내놔!

얼른 민우에게 핸드폰을 뺏는 일진 1, '이리 줘, 새끼야!'
명구, 민우 지나며 안방 보더니,

명구　　비켜 새끼야! (보더니) 뭐야, 집이 왜 이리 썰렁해?

명구가 안방을 나와 작은방 문을 열려 하자 안 열린다. 그러자 발로 걷어차며,

명구 얌마! 여기 문 열어! 열쇠 어딨어?
일진 1 형님이 말씀하시잖아? 빨리 말해.
민우 몰라요.
명구 그래? 그럼 부수고 들어가면 돼냐? (하고 발로 차려 하자)
일진 2 잠깐, 반짝반짝~ (열쇠를 문 위에서 꺼내며) 내 눈에만 보이나?
일진 2 (열쇠 꽂고) 아, 졸라 안 맞네.
명구 얼른 열어!

일진 2가 마침내 열쇠를 열고 문을 쾅 열자,
'우!' 하고 박수 치는 전명구와 일진 1.
방으로 들어가는 그들,
민우는 말도 못 하고 보고만 있고…

#101 무등산 중봉 소나무, 낮

또다시 중봉 소나무 앞에 선 채근,
주변에 사람이 아무도 없자, 영상통화로 병찬(61)에게 전화를 건다.

채근 나, 중봉 다시 왔다. (스마트폰으로 소나무로 향하며) 자,
여기서 어디 쪽이냐?
(병찬) 백 미터 위 숲속으로…
채근 (스마트폰에 대고 화내며) 거긴 가 봤어, 새끼야! 거긴 아니라고!

#102 서울, 반지하 채근의 작은방(낮)

작은방에는
채근의 아들인 대현이 어린 시절 앵무새와 함께 미소 짓고 찍은 사진과
그리고 청년 시절의 사진 액자와 공부하던 책상. 옷장 등이 보일 뿐이다.
채근과 아들 대현이 다정하게 찍은 사진… 등

명구 좆도 없구만 왜 잠궈놨어?
금송아지라도 있나 했잖아? (방을 둘러보더니)
뭐냐 이건? 야, 존나 이쁘다. 재수없게. 뭐야 이 새끼,
(둘러보며) 졸라 찌질하게 사네~

명구가 구석에 있는 '00공수특전동지회'의 선물박스(박기준이 줬던)를 보더니

명구 (그걸 들어서 보며) 뭐야? 이건…

#103 무등산 중봉 소나무(낮)

채근의 스마트폰으로 보이는 영상통화 상대 병찬,
침대에 누워 있는 환자복 차림의 머리에 붕대를 감은 모습이다.

(병찬) 소대장님! 솔직히 저도 기억이 잘 안 납니다! 이제 그만하세요?
채근 김 병장! (달래 듯) 빨리 기억해 봐! 너 죽으면 애를 못 찾잖아!
(병찬) 죄송합니다. 소대장님.
채근 그 애 교련복 입은 고등학생 맞지?

(병찬) 예, 그건 확실하죠.

채근 이름 기억해? 명찰 봤을 거 아냐?

(병찬) 몰라요.

채근 김상진 아니었어? 걔 이름이?

(병찬) (격하게) 기억 안 난다구요!

#104 서울, 반지하 채근의 방(낮)

선물박스에서 꺼낸 (공수특전단 동지회) 기념 모자를 쓴 명구가 라이터 하나를 손에 들고, 거실로 나오며, 자랑하듯 일진들에게 보인다.

명구 야, 씨발, 니들 이거 한번 봐라~

일진 1 (호기심에 보며) 그게 뭐예요?

명구 이거? 훈장인데… 국난극복기장인데…

일진 2 어쨌든 극복했다는 거잖아? 졸라 멋있네?

명구 야, 니들 이런 지포 라이터 봤냐? 옛날 각하 하사품이다.

'1980년 소장 전두환 하사품'이라는 오래된 라이터인 걸 알고,

명구 졸라 골동품이지.

일진2 각하, 충성!

일진1 (공수특전단 선물 보며) 그 양반이… 공수특전단 장교였네~

일진2 와, 씨바, 그래서 그렇게 싸움을 졸라 잘한 건가?

안방 앞에 앉아 있던 민우는 슬그머니 일진들 눈치를 보며, 그들 모르게 약간 열린 작은방으로 들어간다.

#105 무등산 중봉 소나무 인근

채근이 통화하며 멀리 광주 시내가 내려다보이는 중봉 인근에 올라선다.

(병찬)　(울먹) 소대장님!근데, 왜 이제 와서 걜 찾으려고 하세요?
채근　주검이라도 가족한테 돌려줘야 할 거 아냐?
　넌 양심도 없냐? 사람을 죽여 놓고?
병찬　(화내며) 아, 왜 그러세요? 전 안 죽였어요! 전요, 명령대로 파묻기만 했다고요. (울부짖듯) 소대장님이 죽이셨잖아요?

(cut to)
충격 받은 표정으로 숲을 걷는 채근.

(병찬)　제정신으로 안 되니까, 소주 한 병 마신 뒤에, 총으로 쐈잖아요?

#106 서울 한강식당(오전)

서울 한강식당에 세미(36)가 문을 열고 조심스럽게 두리번거리며 들어선다.

진희　(설거지하다 보며) 어서 오세요. 아직 점심시간 안 됐는데…
　(미소 지으며) 아침 안 드셨나 보다… 앉으세요.
세미　(두리번거리며 머뭇) 저, 그게 아니고요… 혹시 여기 이분 자주 오시지 않나요? (핸드폰 사진 내밀며)

진희에게 핸드폰에 담긴 사진을 보여주는데,
핸드폰에 든 채근과 아들 대현의 사진.

진희 (의아스런 표정) 아 예, 이분… 어떻게 아세요?

#107 서울, 반지하 채근의 작은방(낮)

민우, 방바닥에 떨어진 세미와 대현의 사진을 들고 제자리에 놓는다.
그리고 핸드폰도 들고 놓으려다 문득 켜진 핸드폰 보는데,

'부재중 전화 36통'

이라는 문자가 보인다. 작은 탁자 위에 사기그릇 상자(유골함)를 본다. 영정 사진 아래 있는 것으로 보아 대현의 유골인 듯.
거실에서 일진과 명구의 소리가 들린다.

(일진 1) (다소 겁먹고) 형, 나중에 들어온 거 알면 아저씨, 아니 테이큰처럼 우리 찾아내 다 죽이는 거 아녀요?
명구 씨발, 개소리 하지 마.

(cut to)
명구는 일진들과 거실에서 담배를 피우고, 생맥주를 마시며 요란스럽다.

일진 2 아, 진짜 좆될 수도 있는게, 옛날 공수 출신이면 사람들 졸라 죽여봤을 거 아녜요. 5·18 때 광주에서.
명구 (치킨 뼈 던지며) 야, 지랄들 하지 마. 병신들아. 쫄지 마. 좆밥이야?
재수없는 소리 말고 술이나 처 먹어, 그래 봤자, 지금은 할배

야. 벌써 40년이 다 돼가는데, 개 씨발.

(cut to)

민우는 문득 옆에 책꽂이에 있는 5·18 관련 서적들을 본다.

그 책꽂이 위에는 피카소의 6·25 전쟁 참상을 그린 판화가 붙어 있고,

(일진 1) 아, 형님, 그날 안 당해 봐서 모르시는데, 완전 리얼 리슨 빡쳐요.

(일진 2) 존나 무서운데…

#108 무등산 중봉 근처 숲속 아래(낮)

숲속 깊은 곳으로 들어가 자리를 잡고 앉는 채근, 소주를 병나발 분다.

그리고 그 소주병을 잡은 손을 내리면 두 개의 다른 빈 소주병이 뒹굴고 있다.

술기운이 점차 올라오는 듯한 표정.

그러고는 다 마신 병을 바위에 던져 깨뜨린다.

산산조각 나는 병 조각들.

#109 무등산 중봉 근처 숲속 아래(낮)

예전 공수특전가 「검은 베레모」가 흘러나오는 핸드폰을 귀에 대고 듣던 채근,

보아라, 장한 모습 검은 베레모! 무쇠 같은 우리와 누가 맞서랴~

하늘로 뛰어 솟아 구름을 찬다! 검은 베레 가는 곳에 자유가 있다

채근, 앉은 채, 점차 무섭게 눈을 굴리더니 뭔가에 홀린 듯 들더니,
배낭을 풀어 헤치고 검은 양복 슈트케이스 꺼내 지퍼를 연다.
그런데,
그 안에서 나온 것은 양복이 아니라, 오채근의 예전 공수복과 베레모이다.
공수특전단 복장을 갖춘 채 눈을 부릅뜨고 일어선 채근.
머리에 대위 베레모까지 눌러 쓰고, 살기에 찬 눈, 핸드폰 군가를 귀에 대고.

#110 무등산, 바위 아래 숲 길

바위 뒤에 김 노인이 웅크리고 잠들어 있는 모습을 보여준다.
그는 지저분한 이불을 덮고 배낭을 베개 삼아 누워 있다가
문득 공수특전가 음악 소리를 듣고 눈을 뜨고 일어난다.
두리번거리며 보는 김 노인의 굳은 표정, 일어나 저 아래를 내려다본다.
공수복 차림으로 부릅뜬 눈빛으로 행군하듯 산을 오르는 채근.

삼천리, 금수강산 길이 지킨다. 안 되면 되게 하라, 특전부대 용사들
아~아 검은 베레, 무적의 사나이(전사들)

김 노인의 뒷모습,

저 아래 공수복 차림의 채근이 행군하듯 걷고 있고.
마주 가던 등산객들이 두려운 듯 옆으로 피해 물러서서 본다.

김 노인, 그 모습을 보더니 얼른 일어나 지팡이를 챙겨 일어선다.

다급한 와중에 넘어져 겨우 힘들어하며 일어난다.

#111 서울, 한강식당(낮)

세미와 채근의 아들 대현이 다정하게 찍은 사진을 보는 진희.

진희　　그럼, 두 분이 약혼한 거예요? 이분 아드님하고?
세미　　예…
진희　　(조심스럽게 보며) 아들은 지금 미국 유학 중이라던데…?

#112 인근 어느 숲속(낮)

60대 초반의 중년 시니어 남녀 4명이 등산복 차림으로 온다.

남자　　조심, 조심~

술 냄새 풍긴 채 군가를 크게 튼 채 씩씩하게 걷는 군복 차림의 채근을 보자 슬쩍 피하다 부딪혀 넘어질 뻔하기도 한다.

피하다 넘어질 뻔한 중년녀 1.

50대여　　(코를 쥐고) 아우, 술 냄새~ 뭐야, 이 아저씨~
중년녀　　(돌아보며) 아니, 아저씨! 그렇게 술 묵고 등산하시면 쓰것소 잉? 참 별꼴이네~
다른여　　얼른 그냥 가자고.

비틀거리며 가던 채근, 멈춰 획 돌아보며 광적인 눈빛으로 노려보더니, 갑자기 손가락을 권총인 듯이 겨누며 위협하듯이 '빵!'하고 소리친다.

중년 1　　(놀라 물러서고) 오메야.

남자　　아저씨, 왜 그래요?

중년녀　　(놀라 얼른) 정신병원에서 나온 사람인가 봐. 미친 사람이야.

#113 중봉 소나무 인근 숲길(낮)

9살 소년과 아빠가 서 있다가, 김 노인 아들인 상범 부부도 달려와서 뭐라고 묻자, 김 노인이 갔던 방향을 가리킨다.

아빠　　저기, 중봉 쪽으로 가는 걸 봤어요.

상범　　중봉이요.

아빠　　예.

현숙　　고맙습니다.

상범 부부는 9살 소년과 아빠가 가리키는 쪽으로 달려간다.
의아스런 표정으로 보는 소년과 아빠.

#114 서울, 한강식당(낮)

진희와 마주 앉아 얘기하는 세미.

세미　　대현 씨는 죽었어요.

진희　　(놀라) 예?

세미　　미국에서, 교통사고로요…

진희　　(충격) 아니, 종종 통화도 하고 그러시던데… 아들 자랑도 하고

세미　　대현 씨하고 아버님 사이가 어릴 때부터 정말 좋았대요.
근데 갑자기…

그렇게 말하며 눈물을 글썽이는 세미를 보며 당황하는 진희.

#115 서울, 반지하 작은방

명구가 화장실에서 나오다 작은방을 들여다보더니 들어온다.
방 구석의 작은 탁자 위에 놓인 아들 대현의 영정 사진과
그 앞에 놓인 유골함을 다시 본다.
그 아래에 민우가 앉아 있다.

일진1　　뭐야? 내가 짱이지, 네가 짱이냐?

명구　　(작은방에 들어가) 애, 근데, 이거 사람 유골 아니냐? 디졌냐, 이거?

민우　　(일어서서 밀치며) 함부로 만지지 마!

명구가 민우에게 다가서며,

명구　　아 나, 이런 존만 한 새끼가 어디서? 죽을래? 개새끼가~

민우　　(명구를 밀치며) 나가! 나가라고!

명구　　(민우 멱살을 붙잡고) 이런 개새끼~

민우는 명구에게 밀려 싱크대 쪽으로 넘어진다.

명구　　죽고 싶냐? 씹새끼가.
일진 2　야, 앞으로 떨어져야지, 빙신~
　　　　형, 앉아서 한잔하세요. 뭔 저런 병신하고 그래요?

싱크대 앞에 쓰러진 민우,
문득 약간 열린 싱크대문 안에서 과도를 발견하고 눈이 빛난다.

#116 무등산 중봉 소나무 아래(낮)

김 노인이 중봉을 향해 걷다가 소나무 아래에 앉아 있는
채근을 발견하고 얼른 숨는다.
반복해서 '검은 베레모' 특전단가 노래가 흘러나오고 있다.

명령에 죽고 사는 검은 베레모~
쏜살 같은 우리를 누가 막으랴~

#117 서울, 반지하 채근의 방(낮)

일진들과 명구 술 마시며 웃다가 일진 2가 민우가 칼을 들고 있는 걸 발견한다.

일진 2가 먼저 발견하고 명구에게 신호 주자 돌아보며 놀라 일어나는 명구.

민우 (칼로 위협하며) 다들 나가!
명구 좆까는 소리 하네.
일진 2 저 새끼… 미친 새끼~

그걸 보는 민우의 눈빛이 무섭게 변하기 시작한다.
명구, 일어나서 마주 보더니.

명구 너, 뭐하냐? 그걸로 나 찌르게? 찔러 봐! 찔러 봐, 개새끼야~

#118 무등산 중봉 소나무 아래(낮)

김 노인, 무서운 눈빛이 되어 노려 보더니,
들고 있던 지팡이를 움켜쥐고 군복 차림의 채근에게 다가간다.
김 노인 지팡이를 높이 쳐들고 점차 그에게 간다.
채근, 누군가 다가오는 것을 느끼고 돌아보는 순간,
김 노인은 높이 쳐든 지팡이 몽둥이로 채근에게 사정없이 내려친다.

김노인 네 이놈!

#119 서울, 반지하 채근의 방(낮)

어깨에 칼을 맞은 명구, 비명 지르며 뒤로 물러선다.

어깨를 잡고, 다른 일진들도 겁먹고 물러선다.

명구　　저 새끼가 찔렀어.
민우　　(칼을 휘두르며) 나가! 나가라고~ 개새끼들아~
명구　　저놈 잡아!

#120 중봉 소나무 아래(낮)

노인에게 맞아 이마에 피가 흐른 채근이 광적인 표정으로
김 노인을 공격해 넘어뜨리고 죽일 듯이 목을 조른다.
이마에 피를 흘린 채…

#121 서울, 반지하 채근의 방(낮)

민우가 휘두른 칼이 명구의 어깨를 약간 스쳐,
명구는 윽~ 하며 주춤거리고, 일진들은 겁이나 물러선다.

명구　　(피가 나는 어깨를 움켜쥐며) 미친놈, 얼른 나가자.

일진 1, 2가 달려들려 하지만 민우가 칼을 휘두르자. 무서워 머뭇거리며
일진 1, 2 문 쪽으로 피한다.
명구가 책상 위에 아까 뺏어놨던 민우의 핸드폰을 민우에게 던진다.
명구와 일진 2는 얼른 문을 열고 도망간다.

#122 중봉 소나무(낮)

채근에게 목이 눌리자, 숨이 막혀 콜록거리는 김 노인의 표정.

김노인　　이놈이 사람 죽이네.

채근이 살기어린 눈빛으로 김노인을 내려보다가 갑자기 뭔가 기억이 난 듯,

채근　　(살기에 찬 눈빛으로) 다 죽여버릴 거야! 빨갱이 새끼들!
(혼잣말하듯) 생각났다. 생각났어…

채근은 얼른 김 노인의 목을 조르던 손을 풀고 일어나 아웃된다.
겨우 호흡하며 콜록거리는 김 노인.

#123 서울, 한강식당(낮)

세미와 진희가 식당에서 얘기하고 있다.

세미　　대현 씨는, 우연히 아버지 일기를 통해 아버지 과거를 알게 됐어요.
그래서 아버님께 양심고백하시라고 권했죠. 대현 씨는 어릴 때부터 굉장히 뭐랄까… 불의를 못 참고, 결벽증도 심했어요.

진희가 듣고 있는 표정,

세미　　그래서, 사이 좋았던 아버지와 다투고,

(인서트) 군복 차림으로, 야전삽으로 땅을 파는 채근.

세미　　아버지가 진실을 고백하지 않으면 절대 한국에 돌아오지 않겠다고…
　　　　학위를 마쳤는 데도 미국서 들어오지 않고 버텼어요. 그러다, 그러다가 교통사고가 난 거예요… (눈물 글썽)

진희도 그 얘기를 듣고 짠한 마음이 드는 듯.

#124 중봉 소나무(낮)

언덕 위에서 김 노인 아들 상범 부부가 달려 내려온다. (틸트 다운)
김 노인이 바위 위에 쓰러져 누워 있는데,

상범　　워매, 아부지! 으짠 일이다요!
현숙　　아버님~ 괜찮으세요?

하며 김 노인을 붙잡아 일으킨다.
김 노인은 아들 상범의 손을 뿌리치며 가려고 소리친다.

김노인　놔라! 그 공수 놈이 쩌리 도망갔다. 그놈 잡아라. 우리 상진이를 죽인 놈이여. 얼릉 잡아라… 얼릉~
상범　　아따, 아부지! 그만하셔라. 공수들은 옛날에 다 철수하고 없는디 먼 소리 하씨요?. 아버지! 아이고, 조심하라니까요!
김노인　내 아들 상진이…

상범　　아버지 제발~

현숙, 채근이 떨어뜨리고 간 공수 베레모를 발견하고, 주워서 본다.

#125 중봉 소나무 근처 숲속(낮)

땅을 파헤쳐 놓은 곳에서 오래전에 암매장했던 유골이 드러나 있다.
채근은 그 옆에 배낭을 놓고 준비해둔 유서와 군번줄이 달린 USB,
그리고 핸드폰을 놓는다.
이어 배낭 속에서 권총을 꺼내 장전한 뒤, 자기 옆머리에 댄다.
채근, 방아쇠에 손가락을 걸고 당기려 하다가 한숨 쉬며 갈등하는 순간,
그걸 보며 흔들리는 그의 눈빛.
이때, 울리는 핸드폰 벨소리~
채근은 망설이다 얼른 권총을 내리고, 허리를 숙여 핸드폰을 집어 본다.
발신인을 보니, '아들 대현'이다.
놀라는 채근, 뭐지?
하는 표정으로 잠시 망설이다가 얼른 전화를 받는다.

채근　　(긴장하며) 여보세요.

#126 서울, 반지하 채근의 거실(낮)

거실 바닥에 피투성이, 박살난 핸드폰 파편 등으로 엉망이 되어 있고,
민우, 입술이 찢어져 피가 흐르고 옷도 찢어지는 등 엉망인 채, 한손엔 칼,

다른 손엔 깨진 본인 핸드폰 대신
채근 아들 대현의 핸드폰으로 전화를 하고 있다.

민우 아저씨! 저 민우예요. (감정이 격해지려는 걸 애써 누르고) 예, 아저씨 덕분에 공부 잘 하고 있어요. (울음 참으며) 서울엔… 언제쯤 오세요?

#127 소나무 근처 숲속(낮)

놀라는 채근, 핸드폰을 든 채 뭐라고 말하지 못하고 망설인다.

#128 한강식당(저녁)

무등산 중봉 소나무 사진과 영화 〈반성〉의 포스터 아래에서
민우, 할머니와 윤 아줌마가 식사를 하다가 멈칫하며 TV를 본다.

(앵커) 안녕하십니까? KTBC뉴스 속보를 전해 드리겠습니다.
광주광역시 무등산에서, 한 등산객들에 의해, 5·18 당시 행불자 한 명의 유골이 발견되었습니다.

(인서트) 현재 무등산 중봉이 보이고, 이어 39년 전 5·18 다큐 장면 클립들.

(앵커) 오늘 오후 4시경, 무등산 중봉 인근
숲속에서 발견된 그 유골의 신원은, 1980년 행불자로 처리된,

전남고 2학년생 김상진으로 확인되었습니다.

(인서트) 소나무 아래 옆 유골현장에서 폴리스 라인을 쳐놓고, 경찰과 과학수사요원들이 현장 점검을 하고 있고, 방송 카메라들이 촬영하고 있는 분위기.

김 노인이 울부짖으며 해골로 달려들려 하자,

뒤에서 말리는 상범 부부의 모습이 보인다.

#129 남양주 진희의 집(저녁)

진희가 집 안에서 아버지 성호의 유품을 정리하다가

TV에 무등산 유해 발굴 뉴스가 나오는 것을 본다.

(앵커) 첫 목격자인 등산객들에 의하면, 누군가가 이미 그 유골을 발굴해놓은 상태였다고 했습니다.

진희가 진희한 표정으로 앉아서 TV를 본다.

(앵커) 김상진 씨 유가족은 그날 중봉 인근에서 공수부대 장교 베레모를 주웠다고 하면서… 그 첫 발굴자는 당시 그 고교생을 죽이고 암매장한 군인이었을 가능성이 있다고 말했습니다.

#130 달리는 고속버스 안(밤)

달리는 버스의 창가에 앉아 가던 사복 차림의 채근,
핸드폰이 울리자 보니 '박기준'이다.
채근은 얼른 받는다. 핸드폰 모니터에 뜬 '박기준 회장'

채근 아 예, 장군님, 제가 그동안 일이 좀 있어서… 지금 서울로 올라가는 길입니다. 내일 11시까지요? 괜찮습니다. 그럼, 바로 한다리 자택으로 가면 되겠습니까? 아 예, 그럼 내일 뵙겠습니다.

#131 달리는 고속버스의 시점 숏(밤, 인서트)-

어두운 고속도로 아스팔트 길이 달리는 버스의 시점으로 보인다.
다시 터널로 들어서는 이미지,

#132 서울 연립주택 골목(밤, 비)

비를 맞은 채 골목을 걸어오는 채근.

#133 서울, 채근의 반지하방(밤, 비)

비에 온통 젖은 채근이 문을 열고 들어서니,
민우가 주방 앞에 앉아 있다가 일어서서 인사한다.

민우 잠시만요.

채근 들어서다 신발 옆에서 지포 라이터 하나를 발견한다.
채근은 바닥 구석에 떨어진 낡은 라이터를 줍는다.
전두환으로부터 선물 받은 낡은 라이터를 줍는 손,
민우가 얼른 수건을 건낸다. 채근, 수건으로 얼굴과 머리를 닦고,

채근 그래, 고맙다.
민우 저 가 보려구요. 죄송해요. 정리한다고 했는데…
채근 괜찮아. 그래도 네가 이 집 지키고, 그놈들 쫓아낸 거…정말 잘했어.
병원에 안 가 봐도 되겠냐?
민우 그냥 약간 긁힌 건데요 뭐.
채근 통화가 안 되더라.
민우 (당황) 아, 제 핸드폰이 고장나서요. 깨졌거든요.
채근 아, 깜박했다. 그래. (따라가다) 민우야! 잠깐만.

하더니 얼른 작은방으로 들어가더니
작은방에서 채근이 대현의 핸드폰을 손에 들고 나온다.

채근 (아들 대현의 핸드폰 건네며) 이거 너 써라. 내 아들 예전에 썼던 건데… 아직 쓸만할 거야.
민우 (엉겁결에 받아서 핸드폰 보더니 머뭇거리다) 감사합니다.

채근　　참, (우산 건네주며) 밖에 비 많이 온다.

(cut to)

입구(비) 민우, 우산을 펴고 비가 오는 밖으로 나가려다 멈춰 핸드폰을 다시 본다.

(cut to)

채근, 작은방 구석 탁자에 놓인 대현의 사진이 박혀 있는 유골함을 들더니 자기 가슴에 껴안 듯 들고 안은 채, 한참을 그러고 있다.

(의사)　　아직도 아드님의 죽음이 아버님 탓이라고 생각하세요?

#134 신경 정신과 병실(오후)

의사와 상담 중인 채근, 의사는 목소리만 들리고,

채근　　(울먹) 예… 진작 내가 그때 일을 고백했으면, 아들이 한국에 돌아왔을 거고, 그럼 사고도 안 났을 테니까요… 지금쯤 같이… (울컥)

(의사)　　이전에 지은 아버님의 죄… 그게 아버님 탓만은 아니지 않나요?

채근　　(눈물을 닦으며) …모르겠어요. 군인으로서 명령대로 한 것일 뿐이고, 그래서 죄가 아니라고 버텨 왔는데, 이제 생각하니, 진짜 내 죄는…
생각 없이, 아무 생각 없이, 그저 시킨대로 행동했다는 것, 그게 가장 큰 죄였던 것 같습니다.

(의사) 그래도 뒤늦게나마 그 고등학생을 찾아 가족의 품으로 돌려 보낸 거, 정말 잘하셨어요.

채근 (고개 쳐들고 단호한 표정) 그 사람들한테 물어보고 싶어요.
그때 왜 그런 명령을 내렸는지…
그러고도 어떻게 그렇게 편히 잘 살 수 있었는지…

#135 시내를 달리는 차 안(오후)

채근이 박기준 회장의 개인 운전사로 취업해 그의 차를 운전하고 있다.

박기준 근데 왜 처음부터 말 안 했나? 그때 내 부대에서 소대장 했다는 거?

채근 죄송합니다.

박기준 알아, 이해하지. 이런 일 하고 있었으니 좀 창피하고 그랬겠지?
암튼 자네 인생도 많이 꼬였나 보구만 그래. 그 맘 이해해…

박기준이 문득 가방에서 태극기 하나를 꺼내 보이며,
채근, 운전하다 백미러로 뒤를 흘끔 본다.

박기준 이따 광화문 집회할 때 자네도 이걸 들고 같이 소리 질러!
그럼, 기분 좋아질 거야. 자네가 그간 힘들었던 건 다 종북좌파 놈들 때문이야. 우린 뭉쳐야 해. 우리 함께 광주에서 목숨 걸고 대한민국을 지켰는데… 누가 뭐래도 우린 애국자지, 살인마가 아냐!

이때 전화가 오자 핸드폰으로 통화한다.

박기준 (통화하며) 어 내다, 와, 각하께서도 나오시나? 몇 시? 오케이.

#136 채근의 반지하방(낮)

채근, 컴퓨터에서 손님이었던 그 박경진 앵커 기사를 본다.

박경진 기자, '뉴스집중' 메인 앵커로 발탁.
과거 역사학도에서 방송 기자로

채근, 안방 책상 앞에서 채근이 (와이셔츠만 입은 채),
편지를 써서 봉투에 담아 놓는다.
이미 책상 바로 옆에는 다른 2개의 봉투가 놓여 있다.
'세미에게'라고 쓴 흰 봉투, 그리고 다른 흰 봉투다
그리고 그 봉투 안에 USB를 집어넣는다.
그리고 책꽂이 한쪽, 『잃어버린 시간을 찾아서』 케이스에 넣어
숨겨둔 권총을 꺼내더니 들고 본다.

#137 반지하 밖 입구(낮)

오토바이를 타고 온 퀵서비스 남자가 채근의 반지하 주소를 확인하더니
채근의 반지하 쪽으로 들어간다.

#138 채근의 반지하 내(낮)

채근이 양복을 차려입고(139씬 한강식당과 같은 옷)
작은방 문을 열고 불을 켜고 잠시 아들 유골 쪽을 보는데,
이때, 문을 두드리는 소리가 들리자 돌아본다.

채근 누구세요?
(소리) 퀵 서비스입니다.
채근 예, 잠깐만요.

그러자 채근 나오더니 식탁 위에 둔
'KTBC 보도국, 박경진 기자'라고 쓰인 작은 소포상자를 챙겨서 간다.

#139 한강식당/ 실내/ 앞(오전)

채근은 홀에 있는 탁자에 앉아 그것을 힐끔 보다가 TV를 본다.

(진행자) 반갑습니다. (패널 1, 2도 반응 인사) 오늘이 10월 26일인데, 두 분께서는 10·26하면 가장 먼저 생각나는 역사적 사건이 뭔가요?

TV 모니터에선 방송 진행자가 패널로 출연한 2명의 출연진들과 얘기 중이다.

패널 1 예, 저는 1909년 안중근 의사께서 하얼빈역에서 이토 히로부미를 암살한 날이죠. 바로 110년 전 10월 26일, 바로 오늘입니다.

뉴스를 들으면서, 채근은 안주머니에서 편지를 꺼내 잠시 보다가 주방에서 요리 중인 진희를 멍하니 바라본다.

(패널 2)　아, 사실 저는 1979년 김재규가 독재자 박정희를 저격한 10·26사건이 먼저 생각났습니다. 벌써 40주년이 되는 날인데요.

기자　그렇군요.

진희가 일하다 의식했는지, 흘끔 채근을 보며 씩 웃고
뭔가 말하려다 냄비가 끓자 얼른 주방으로 향한다.

(패널 2)　그리고 많은 분들이 잘 모르시는데요. 이순신 장군께서 1597년 명량해전에서 일본군을 격파하고 승리한 날이기도 합니다.

채근은 그 편지를 조심스럽게 만지작거리다가 창밖을 본다.

뉴스진행자　자, 여러 가지로 역사적인 의미가 큰 오늘. 오늘 또 어떤 일이 벌어질지 사뭇 궁금합니다.

창문 너머로 식당 앞 길을 청소하는 윤금자 아줌마.
채근, 주방의 진희를 흘끔 보다가 일어선다.
채근이 나가, 문 밖에서 윤금자 아줌마에게 편지를 대신 건네며
뭐라고 당부하는 모습이 창문 유리 너머로 보인다.
그리고 아줌마에게 깊게 숙여 인사한 뒤 어디론가 간다.

#140 KTBC 방송국 내, 로비(낮)

퀵 서비스 직원이 작은 소포를 들고 방송국 로비로 들어선다.

누군가와 핸드폰으로 통화하면서

이때, 엘리베이터에서 나오는 박경진 앵커.

박경진도 통화하면서 나오다 퀵 서비스를 보고 손을 들어 보이자,

퀵　　　안녕하세요. 퀵 서비스입니다.

박경진　아 예, 안녕하세요.

퀵　　　사인 좀 부탁합니다.

퀵은 얼른 박경진에게 소포를 건넨 뒤, 인사하고 얼른 간다.

박경진은 그 작은 소포를 자세히 돌려 본다.

#141 박기준 저택 앞(오후)

차 거울 앞에 서서 양복 차림에 넥타이를 매는 채근.

#142 KTBC 방송국 내, 책상 앞(낮)

박경진이 봉투에서 꺼낸 편지를 보고 나서, USB를 본다.

그것을 컴에 삽입한다.

파일 이름 '아버지의 과제'가 뜬다.

#143 파리바게뜨 앞(밤)

세미가 나오다 문자 오는 소리에 본다.
'대현 아버님' 이름으로 온 문자다.

(문자내용)
세미야! 그동안 미안하다. 아들 대현은 내 방에 있다.
잠시 후, 주소와 집 번호키를 보낼 테니, 한번 가 보거라.
자세한 내용은 그곳 편지에 써두었다.

#144 채근의 반지하방(밤)

세미가 핸드폰으로 번호를 확인한 뒤, 반지하방 키 번호를 누르고 들어간다.
방 안의 불을 켜고, 두리번거리다 얼른 책상으로 가 보니,
'세미에게'라는 채근의 편지가 놓여 있다.
얼른 편지를 보는 세미… 읽다가 작은방을 본다.

#145 KTBC 방송국 내, 회의실(밤)

박경진과 회사 주요 간부들이 뭔가 긴급회의를 하고 있는 모습이 유리창 창문 너머로 보인다.

#146 달리는 차 안(밤)

넥타이를 찬 단정한 양복 차림으로 운전하는 채근,

(박기준) 자네, 거기 어딘지 알지? 최장군 별장…
채근 (백미러 보며) 아 예, 근데… 저, 소장님! 거기에… 각하도 진짜 오십니까?
박기준 (약간 놀라) 자네가 그걸 어떻게 알아? 각하 오시는 거…
채근 어제 말씀 하지 않으셨습니까?
(박기준) 내가?
채근 10·26을 기념하시는 자리라고 하시면서…
박기준 (헛웃음)10·26기념? 지랄, 내가 농담한 거지. 우연히 겹친 거야.

#147 한강 식당 안(밤)

식당에서 일을 끝내고 가려는 진희,

진희 할머니! 이모! 그만 가 볼께요.
할머니 응, 그려… 고생했어. 얼릉 가.
진희 이모! 갈께요.

윤 아줌마는 가려는 진희를 붙잡고, 숨겨놓은 편지를 불쑥 내민다.

진희 (받으며) 뭐예요? 이게?

진희, 얼른 편지를 열어 내용을 보다가 놀란다.

#148 채근의 반지하방(밤)

작은방을 열고 들어가는 세미.

방 한 켠에 대현의 영정과 유골이 놓여 있는 걸 보고 눈물 글썽이며 다가간다.

유골을 보는 세미.

#149 한강 식당 안(밤)

진희 (아줌마 보며) 아니, 이걸 왜 이제 줘요?

윤 아줌마, 당황하며 뭐라고 변명하려는데, 민우가 들어온다.

민우 다녀왔습니다!

#150 달리는 차 안(밤)

박기준이 탄 차를 운전해 가는 채근.

채근 (백미러 흘끔 보며) 오늘이 마지막 모임일 수도 있겠습니다.

박기준 그럴지도 모르지, 다들 늙어서, 언제 죽을지도 모르니… 제 명에 사는 것만도 복 받은 거지 뭐

채근 저, 죄송하지만, 질문 하나 해도 되겠습니까?

박기준 뭔데?

채근 39년 전, 광주에서 한 일 때문에, 힘들다거나 후회하신 적 없으세요?

#151 광주 고속터미날(밤)

대합실 사람들이 대형 TV모니터 앞으로 몰려들어 본다.

(티브이 모니터에 나온 내용)

[긴급편성] '악행에 대한 고백은 선행의 시작이다'

잠시 후, '뉴스집중'에서 저희 KTBC가 단독입수한 제보 영상을 방영합니다.

#152 양평 별장 앞(밤)

차문 닫는 소리에 비둘기 두 마리가 놀란다.

차에서 나온 박기준 들어가려다,

박기준 (채근 보며) 너무 깊게 생각하지 마. 그때 일은 역사가 평가할 거야. 왜 그런 쓸데없는… (채근 볼을 살짝 꼬집고) 남은 인생 그냥 재밌게 살라고. 정 힘들면 우리 교회 나와… 하나님이 다 용서해주실 거야.

채근의 어깨를 툭툭 친 뒤, 픽 웃으며 가는 박기준.

별장 정원과 거실 창문이 보일 정도로 낮은 대문 앞에 서 있던 덩치 큰 경호원 1, 2가 박기준이 들어서자 인사하며 맞이한다.

경호원　장군님 어서 오십시오.

박기준　각하께서는?

경호원1　좀 전에 오셨습니다.

박기준　(거실에 그림자를 보며) 벌써? (시계 보며) 내가 제일 늦었구나.

채근, 박기준이 별장 현관 안으로 들어가는 것을 본다.

#153 양평 별장 앞, 대문(밤)

별장 거실 창문 너머로 대머리 노인에게 경례를 하는 퇴직 장성들이 보인다.

낮은 대문 앞에서 (옆에 경호원 보이고) 그 모습을 보던 채근,
돌아서서 주차된 차를 향해 간다.

#154 양평 별장 앞, 주차장(밤)

차 안 운전석에 앉아 있던 채근, 핸드폰으로 긴급뉴스를 본다.

박경진　(앵커) 몇 시간전 그 제보자는, 5·18 당시 행불자였던 김상진

씨 유골을 무등산에서 발굴한 사람이 본인이라고 하면서, 저희 방송국에 영상을 보내왔습니다. 잠시 후, 가해자였다는 그의 양심고백이 담긴 영상을 저희 KTBC가 단독 공개하고자 합니다.

채근은 핸드폰을 끄고, 총을 꺼낸다. 장전한 후,
옆 의자에 놓인 술병 케이스를 본다.

#155 한강식당(밤)

진희, 민우, 윤금자, 할머니가 KTBC 방송 뉴스를 보고 있다.
영상에 채근의 모습, 그는 카메라를 정면으로 보면서 얘기한다.

채근 제 이름은 오채근입니다. 저는 1980년 5월 계엄군으로서, 광주시민들을 향해 총을 쏜 살인자입니다.

#156 광주 터미널, 채근의 녹화영상(밤)

터미널에서 광주시민들이 TV모니터에서
KTBC 뉴스를 통해 채근의 양심고백 뉴스를 보고 있다.
시민들 중에 무등산에서 마주친 9세 소년과 아버지의 모습도 보인다.
뉴스 영상 속의 채근은 진심어린 표정으로 고백하고 있다.

채근 분명 전 사람을 죽인 살인자였는데… 지금까지 아무도 절 체포하지 않았고, 신고하지도, 벌하지도 않았습니다. 오히려 잘 했다고 훈장을 주었는데…. 정말 괴로웠습니다.

#157 광주 시내의 한 거실(밤)

앵무새와 엄마, 두 아들이 티브이 속의 채근 고백을 보고 있다.

#158 양평 별장 대문 앞(밤)

대문 앞에 큰 덩치의 경호원이 앉아서 담배를 꺼내 입에 물려고 하자, 채근이 양주병 케이스를 들고, 안으로 들어가려 하자 막는다.

채근　다들 오셨나요?
경호원1　예, 무슨 일이시죠?
채근　(양주 케이스 보이며) 장군님이 이걸 놓고 가셔서요.

#159 채근의 반지하방(밤)

세미, 컴퓨터로 그 긴급 뉴스를 보고 있다.

(채근)　내가 지금 왜… 지금까지 우리한테 살인명령을 내린 사람들, 어느 누구도 사과도, 반성도 안 하는데, 왜 나만 이래야 하나

고민했습니다.

#160 한강식당 모니터(밤)

채근 　작년에 사랑하던 제 아들이 교통사고로 제 곁을 떠났습니다.
(눈물)

#161 채근의 반지하방(밤)

세미, 대현의 영정사진과 유골함을 안은 채,
컴퓨터 TV를 통해 채근의 고백영상을 보다가 눈물을 흘린다.

#162 한강식당 모니터(밤)

채근 　진짜 사랑했던 아들인데…
'이게 다 업보고, 죗값을 받는 거'라는 생각이…

이때, 대리기사들 들어오며 채근의 양심고백이 방영 중인 TV를 보며 놀란다.

대리기사 　(TV 보며) 뭐고?
대리 2 　저기, 채근이 형님 아니여?

채근 (TV 속 영상) 대현아! 아빤 너가 내준 과제, 늦었지만 지금 하고 있다.
그것 끝나고 조만간 우리 다시 만나자.

(TV 모니터)

채근 죄송합니다. (울먹이며) 나 때문에 죽어간 고등학생, 아들을 잃고 평생 고통으로 사신 그 부모님과 가족들, 정말 죄송합니다. 그리고 제가 쏜 총에 희생되시거나 상처 입은 광주시민 여러분, 정말 진심으로 사죄드립니다.

윤 아줌마, 채근의 양심고백에 흘리던 눈물을 닦다가,

문득 형두 등 손님들을 보더니 진정하면서 차분하게 일어난다.

그러면서 윤 아줌마는 TV에 몰입하고 있는 형두, 정만 일행에게 말을 붙인다.

윤아줌마 (밝은 목소리) 오메, 오랜만에 오셨소잉. 뭘 드실라요?
정만 (놀라 보며) 마, 말을…
경두 추어, 추어탕 주세요.
윤아줌마 아 예.
진희 (돌아보며) 이모!

그때, 처음으로 입을 연 윤 아줌마에 놀란 할머니와 민우, 진희가 쳐다본다.

TV모니터의 채근 목소리는 계속되고…

#163 양평 별장 현관 앞(밤)

채근, 현관문을 열고 들어간다.
정원 너머로 보이는 거실 안에 있던 전 대통령과
그의 과거 부하 장성들이 담소하는 중에 들어간 채근,
그들을 향해 권총을 겨누자
모두 놀라 당황하는 모습이 멀리 창문 너머 실루엣으로 보인다.

#164 TV 모니터(인서트)

채근이 양심고백 중인 티브이 모니터.

채근　　(눈물을 닦고 각오하는 표정으로) 늦었지만, 모든 잘못을 고백하고, 제 스스로에게, 그리고 아직도 반성하지 않는 책임자들에게, 제가 대신 벌을 내리고자 합니다.

#165 멀리 보이는 양평 별장(밤)

양평 별장의 불빛이 멀리 보이는 가운데,

'탕탕탕!'

하는 수발의 요란한 총소리가 들린다.
이때, 현관에 서 있는 경호원들도 놀라 돌아보며 일어선다.

베란다의 열린 새장 안에 흰 비둘기가 자유를 찾은 듯 푸드득 날아오른다.

'탕!' 소리가 들리며 화면이 순간 화염을 뿜듯이 붉게 밝아졌다가 어두워진다.

#166 터널 (인서트)

달리는 차의 시점으로 어두운 터널을 빠져나와 점차 밝은 밖이 보여지며 그 위로, 라스트 타이틀이 서서히 떠오르기 시작한다.

■ **이정국** 중앙대 연극영화과 및 동 영상대학원 졸업. 세종대 영화예술학과 교수(2022년 정년퇴임 후 현 대우교수). 1991년 최초의 5·18 극장 개봉 영화인 〈부활의 노래〉로 감독 데뷔한 이후 〈두 여자 이야기〉(1994), 〈편지〉(1997) 등의 상업영화 6편을 연출. 이후 세종대학 영화예술학과에서 22년여간 후학들을 가르치며 독립영화를 주로 만듦. 30년 만에 다시 5·18영화인 〈아들의 이름으로〉로 상업영화 감독으로 복귀.

뮤지컬 빛의 결혼식

전용호 작, **정유하** 작·편곡, **푸른솔합창단** 공연

한국 민주주의를 상징하는 노래 '임을 위한 행진곡'은 1982년 광주 운암동 황석영 작가의 집 2층 거실에서 비밀리에 녹음된 노래극 「넋풀이굿」의 마지막 삽입곡이다. 그 후 '임을 위한 행진곡'은 지금까지 민주·민중운동 현장에서 불려 국민 대다수가 아는 노래가 되었다. 이 노래극은 들불야학 박기순 열사와 5월항쟁 때 산화한 윤상원 열사의 영혼결혼식을 소재로 한국 현대사의 속살을 오롯이 보여주는 음악극이다. 뮤지컬 「빛의 결혼식」은 노래극 「넋풀이굿」의 원곡 6곡, 당대에 불려진 민중가요 4곡에 새로 7곡을 작곡하여 총 17곡의 노래로 재구성하였다. 뮤지컬 「빛의 결혼식」은 5월항쟁을 슬픔과 분노가 아니라 기쁨과 승리의 메시지로 복원하고자 했다. 2017년과 2021년 뮤지컬 「빛의 결혼식」은 작곡가 정유하의 편곡으로 〈푸른솔합창단〉이 공연했다.

등장인물

박기순 여자 주인공. 대학생 신분으로 들불야학을 설립한 강학(교사), 그해 겨울 연탄가스에 중독되어 짧은 생을 마치고 만다. 5월항쟁으로 산화한 윤상원과 영혼결혼식으로 부부가 된다.

윤상원 남자 주인공. 대학을 졸업하고 서울의 은행에 취직해 있다가 민주화운동을 하기 위해 사표를 내고 광주에 내려왔다. 박기순의 권유로 들불야학 강학으로 참여하던 중 5월항쟁이 터지자 투쟁위원회 대변인으로 활동하다 5월 27일 새벽, 도청에서 계엄군의 총에 맞아 사망한다. 박기순과 영혼결혼식으로 부부가 된다.

현주(야학 여학생 1) 활달한 성격으로 야학 여학생 중에서 리더 역할을 한다.

영숙(야학 여학생 2)

은주(야학 여학생 3)

준호(야학 남학생 1) 야학 남학생 중에서 리더 격으로 좌중을 끌어간다.

막동(야학 남학생 2) 지각을 잘하고 뒷북을 치고 장난치는 것을 좋아한다.

광남(야학 남학생 3)

경옥(야학 여자 강학)

상진(야학 남자 강학 1)

영일(야학 남자 강학 2) 기타 치고 노래를 잘 부르는 쾌활한 성품으로 학당가를 작사·작곡했다.

야학 남자 강학 3

고등학생 1, 2, 3

코러스 시민군, 여성

빛의 결혼식

– 임을 위한 행진곡

전용호

첫째마당 들불야학 동창회

– 들불야학 동창들의 그리움이 노래가 되다

장면 1. 야학 교실(현재)

야학 교실로 썼던 성당 교리실에서 들불야학 동창회가 열린다.
칠판에는 '들불야학 동창회'라고 크게 씌어져 있다.

* '동창회 가는 날' 전주 나오며 모두 등장.

노래 1 '동창회 가는 날' (합창)

오늘은 정다운 친구들 만나러 가는 날 동창회 가는 날
이 옷도 입어 보고 저 옷도 입어 보고
신발도 때 빼고 광내고 삐까번쩍 나이키 아디다스
굽 높은 히루는 엘칸토 에스콰이어 금강제화
먼지 털고 주름 잡고 이리 보고 저리 보고 준비됐다.
오늘은 정다운 친구를 만나러 가는 날 동창회 가는 날

(* 랩으로 노래)
야학 친구들은 모두 잘 있었을까, 시커먼 작업복에 더벅머리 머시매들.
아시아자동차 공장 막동이는 잘 있을까? 금형 공장 준호는? 케이엠사 광남이는?
여자아이들도 모두 잘 있었을까? 빼빼 마른 몸에 부끄럼타던 가시내들.
호남전기 현주이, 일신방직 영숙이, 남양어망 화자, 미싱사 영란이, 모두모두 잘 있겠지. 선생님들도 모두 잘 계실까? 얼굴 깜둥이 명호 샘, 뿔테 안경 상진 샘, 맘씨 좋은 희숙 샘, 시커먼 작업복 용안 샘…

오늘은 정다운 친구들 만나러 가는 날 동창회 가는 날
수업이 끝나면 닭똥집 두부김치
파전에 막걸리 마시며 순자, 현주, 쟁탈전 침 튀기고
왕마빡 껌둥이 뱃살공주 지각쟁이
(마이클 쪼다, 멸치 대가리, 꽃돼지)
별명 붙여 놀던 때가 엊그젠데 이십 년이 흘러갔네
오늘은 정다운 친구들 만나러 가는 날 동창회 가는 날

(* 랩으로 노래)

이마가 커서 왕마빡 얼굴이 까맣다고 껌둥이, 또박또박 걷는다고 또바기, 애인이 자주 바뀐다고 연애대장,
배 둘레가 크다고 배둘레햄, 날마다 헐레벌떡 지각쟁이, 콩은 까야 제맛이다 콩장군, 거울만 보는 얼짱왕자, 키가 적어서 꼬마보이, 겉으로는 순한 척 속으로는 엉큼한 내숭쟁이, 노래만 나오면 자동으로 춤추는 마이클 쪼다, 자기 혼자 잘난척 서열 1위, 살이 없다고 말라빠진 멸치 대가리, 입이 툭 튀어나왔다고 해서 입툭튀, 찐따 찌질이 버러지 거러지, 물건 잘 떨어뜨린다고 해서 뿌셔뿌셔, 이성친구 못 사겨 봤다고 해서 모태쏠로, 성이 박씨에 러블리하다고 해서 박블리, 센스 있다고 해서 느낌 알잖아, 이마가 넓다고 해서 마빡고구려, 니 똥 굵다 코끼리, 콧 평수 짜세 오랑우탄, 날쎄다 못해 날라리 된 다람쥐, 니 얼굴 만주벌판 하마, 돼지가 물에 빠진 날, 얘들은 가라, 못생긴 뚱보, 키 작은 통키, 몽키 브라더스, 바나나보트, 수박씨 얍얍, 얍뽕 짬뽕!

(서로서로 손가락질하며 웃는다)

모두들 결혼했을까?
막동이는 배불뚝이 됐겠지
현주는 뚱보 아줌마 됐을까
모두들 엄마 아빠 됐겠지
날도 좋네 날도 좋아 라라라라라라라라
오늘은 정다운 친구들 만나러 가는 날 동창회 가는 날

현주　선생님들, 잘 지내셨어요? (다가서며) 여전히 예쁘시네요.
경옥　그래, 반가워, 현주도 그대로네.

준호　　(씩씩하게) 안녕하세요, 영철 선생님, 상진 선생님.

영철　　준호구나. 잘 지냈지?

상진　　선생님은 무슨! 같이 늙어가는 처지에 그냥 형님이라고 불러.

준호　　(머리를 긁적이며) 그래도 될까요? (잠시) 명호 형님! 상진 형님! 형님들! (팔뚝을 잡는다)

영철, 상진, 준호　　하하하!

준호　　현주야, 내가 너를 얼마나 좋아했는데… 시집가부렀다면서?

현주　　얘는~~~ (눈 흘기며) 언제 적 이야기를~~ 내 아들이 곧 너만 하겠다.

(모두들 웃는다)

영숙　　얘들아 각자 예전 자기 자리에 앉아 보자.

모두들　　그래, 그래, 그래!

영숙　　여기는 현주이…, 여기는 준호… (맨 뒷자리를 가리키며) 여기는… 누구였지?

광남　　거기는 막동이 자리잖아.

은주　　기억 안 나? 막동이가 날마다 지각해서, 거긴 막동이 고정석이었잖아!

(막동, 헐레벌떡 뛰어 들어오며 "애고 애고, 또 늦었다 또 늦어")

현주　　호랑이도 제 말하면 온다더니. 넌 오늘도 지각이니?

막동　　미안! 미안! 길이 막혀서… 간식도 사왔는데 좀 봐주라.

현주　　흥 알았어. 그놈의 간식 때문에 이번에도 봐준다.

(일동 웃음, 준호 선생님들께 인사)

준호　　(손뼉 치며) 얘들아~ 얘들아~ 우리 예전 야학 다니던 시절 참 즐거웠지!

모두들　　그래, 좋았지.

노래 2 '즐거운 야학(학생들의 노래)'

목 빼고 기다리던 들불야학 수업시간.
힘들고 고달픈 공돌이 생활도
힘들고 고달픈 공순이 생활도
야학만 생각하면 미소가 저절로
어깨는 주책없이 들썩들썩 신나네
발걸음도 주책없이 들썩들썩 신나네 신나네

학교에 다니는 친구들 만나면
작업복 부끄러워 골목에 숨었지
작업복 부끄러워 골목에 숨었지 쉿
이제 나도 학교 다닌다
이제 나도 학교 다닌다
큰소리로 자랑해 자랑해
발걸음이 저절로 야학으로 향하네
야학으로 향하네 야학으로 향하네
나도 야학에서 ABCD 영어 배운다

하이 핼로우 나도 야학에서 영어 배운다
A b c d e f g h i j k l m n o p
나도 야학에서 영어로 말한다
헬로우, 땡큐 하이 하우 하유?
땡큐 유아웰컴 아이 러부 유
두 유 러브 미? 예스 아이 두

허가 멋있게 꼬부라지며 오케이
허가 멋있게 꼬부라지며 오케이

막동 옛날 야학 다니던 시절 돌이켜 보니 기순이 누나, 영철이 아저씨, 상원이 형, 관현이 형 모두들 생각난다.

은주 맞아. 엊그제 같은데…, 모두 하늘나라에서 잘들 계시겠지….

영숙 나는 기순 언니가 제일 보고 싶어.

현주 단발머리를 나풀거리며 뛰어오던 모습. 호빵처럼 통통하고 빨갛던 볼.
내가 공장에서 일 끝나고 퇴근할 때 공장 앞에서 언니를 처음 만났어.

영숙 기순 언니가 공장에는 무슨 일로 왔었니?

현주 기순 언니랑 오빠 강학들이 야학 학생 모집 전단을 길가에서 나눠주고 있었어. 그때 들불야학을 알게 되었어. 나는 중학교에 다니고 싶었지만 집이 가난해서 공장에 취직해서 돈을 벌어야 했지. 그것이 항상 아쉬웠어.

영숙 그랬구나, 나도 마찬가지야. 나는 공장 담벼락에 붙은 야학 학생모집 포스터를 보고 공부하고 싶어 야학에 찾아갔어. 거기서 맨 먼저 만난 사람이 기순 언니였어.

현주 너, 너, 너가 공부를 하고 싶어서 야학에 갔다고? 그 말을 누가 믿어줄까?
사실은 남학생 만나고 싶어서 야학 갔겠지! 이 연애대장아!

영숙 뭐라고! 너는 남자 강학 선생님 안 좋아했냐?
(서로 쫓아다니며 꼬집으며 쫓고 쫓기면서 도망 다니다가 퇴장한다)

장면 2. 공업단지 거리(과거)

(무대가 공단에서 야학 학생모집하는 과거 장면 전환)

공장 앞, 야학 학생 모집하는 장면 : 공장에서 노동자들이 일을 마치고 나온다. 박기순과 상진(남자 강학)이 야학 학생을 모집하는 전단을 나누어준다. 야학에 관심을 가진 노동자들과 대화를 나눈다.

박기순　여러분, 이것 좀 보세요. 저기 광천동 성당에서 저녁에 수업을 하는 야학이 문을 엽니다.

현주　뭐, 야학이요? 우리 같이 공장 다니는 사람도 다닐 수 있나요?

박기순　예, 낮에 공장에 다니는 여러분들을 위한 학교예요. 책값도 등록금도 모두 무료예요.

준호　정말이에요? 무료라고요?

 # 노래 '야학에 오세요'

Abcdefghijklmnopqrstuvwxyz
밤하늘 반짝반짝 빛나는 별무리
s•t•a•r 스타를 영어로 쓸 수 있구요.
여러분 이름도 영어로 쓸 수도 있어요.
학교에 가야만 영어 배우는 것 아니에요.
야학에 와서 열심히 배워 봐요.

가나다라마바사아자차카타파하
하늘을 우러러 한 점 부끄럼 없기를

윤동주 시인의 서시를 아시나요.
야학에 오면 멋쟁이 선생님들이
멋있는 시를 날마다 들려줘요.
야학에 와서 열심히 배워 봐요.

녹슨 공장 철문 지독한 땀 냄새
시커먼 작업복 먼지 자욱한 공장
우리의 현실은 힘들고 어렵지만
야학에 모여서 꿈을 키워 봐요.
우리의 행복한 미래를 위하여!
모두의 아름다운 꿈을 위하여!

 # 노래 '야학에 다니고 싶어요'

여자 나도 야학에 다닐 수 있을까
예전 공부 하나도 기억나지 않는데
이 나이에 창피하지 않을까
피곤해서 수업 중에 졸기라도 하면
친구들한테 부끄러워 견딜 수 있을까

남자 나도 야학에 다닐 수 있을까
내 책상이 있다면 짝궁도 있겠네
예쁜 여자애가 짝궁이 된다면
시커먼 기름때 낀 내 손을 보겠지
짝궁에게 부끄러워 어떻게 다닐까

함께 그래도 야학에 다니고 싶어

늦었지만 열심히 할 자신이 있어
(남)예쁜 여자 짝궁이 없다고 해도
(여)멋진 남자 짝궁이 없다고 해도
공부해서 대학교 졸업장만 딴다면
돈을 벌어 행복하게 살 수만 있다면

강학들과 노동자들 (함께 어울리다 퇴장한다) 야, 신난다. 우리 모두 야학 가자!

장면 3. 야학 교실(과거)

야학 강학회의 : 강학들이 모여 야학 이름에 대해 토론한다.

영일 자 지금부터 야학 이름을 짓겠습니다. 좋은 의견 없나요?
상진 예, 저는 이곳이 광천동이니까 광천야학이라고 하면 좋겠습니다.
강학들 에이, 재미없어!
상진 그럼 너희들은 무슨 이름이 좋니? 입도 벙긋 못 하면서….
이름만 짓는다면 차고 넘치겠지.
경옥 너 머릿속에는 야학 이름이 가득 차 있다는 말이야?
상진 당연하지.
경옥 그럼 하나씩 말해 봐!
상진 좋아, 번호를 불러 봐, 바로 이름을 대 볼 테니까.
강학들 하나,
상진 희망야학.
강학들 둘,
상진 성공야학.
강학들 셋,

상진 사랑야학.
강학들 넷,
상진 빛고을야학.
강학들 다섯,
상진 무지개야학.
강학들 여섯,
상진 무등야학.
강학들 일곱,
상진 광주야학 등 등 등 넘치고 넘치지!
강학들 에이, 뻔한 이름들은 너무 시시해!
박기순 내가 한번 지어 볼까?
강학들 그래.
박기순 나는 우리 야학 이름을 들불야학이라고 짓고 싶어! 작은 불씨 하나가 퍼져서 들 전체로 확산되는 불을 들불이라고 하잖아. 나는 우리 야학이 비록 지금은 이 넓은 광주공단에서 작은 불씨같이 미미하게 시작하지만 나중에는 들불처럼 널리 퍼져서 광주공단을 넘어서 우리나라 전체로 확산될 수 있다고 생각해!
강학들 야아, 멋있다! 기순이가 최고다!
영일 들불야학이라 학당 이름을 정하니 노래가 절로 나온다.
강학들 그래, 어디 한번 멋있게 만들어 봐.
영일 (기타를 튕기며) 너희는 새벽이다 ------- (모두들 합창)

 # 노래 3 '들불야학 학당가'

너희는 새벽이다. 밝아 오른다. 너희는 새암이다. 솟아오른다.
심지에 불 댕기고 앞서 나가자. 민족의 새아침이 바라보인다.
땀과 눈물 삼켜가면서 뛰어가자. 친구, 사랑하는 친구, 들불이 되어.

너희는 씨앗이다. 싹터 오른다. 너희는 불꽃이다. 퍼져 나간다. 심지에 불 댕기고 앞서 나가자. 민족의 새아침이 바라보인다. 땀과 눈물 삼켜가면서 뛰어가자. 친구, 사랑하는 친구, 들불이 되어.

기순　그리고 한 가지 더, 오늘 참으로 뜻깊은 날이야.
훌륭한 선배님께서 우리 야학 강학으로 합류하시기로 했어.

강학들　야! 누구신데?

기순　올해 대학을 졸업하고 서울에 있는 은행에 다니다가 사표 내고 광주로 내려오신 윤상원 선배님이야.

강학들　왜 사표를 내신 거야?

기순　노동운동을 하시려고.

강학들　그럼 공장에 취직하시겠다고?

기순　그런 셈이지.

강학들　와아!

박기순　마침, 오늘 오셨어. (뒷쪽 문을 향해) 선배님! 선배님!

(윤상원이 문을 열고 들어온다)

윤상원　안녕하세요. 반갑습니다. 방년 29세 윤상원입니다. 지금 현재 광천동에 있는 한남플라스틱 공장에 다니고 있습니다.

강학들　예, 선배님, 환영합니다.

영일　선배님, 질문이 있습니다.

윤상원　예, 무엇이든지 물어보세요.

신영일　어떻게 우리 들불야학에 들어오시게 됐습니까?

윤상원　에, 그것은…. (손가락으로 기순 쪽을 가리키며) 무엇보다도 여기

계신 박기순 양이 그냥 얼마나 끈덕지게 결사적으로 저에게 설득 공세를 퍼붓던지, 제가 그만 나가떨어졌습니다. (모두들 야단이다. 상원, 더욱 흥을 내어) 박기순 양이 저에게 온몸으로 헤딩을 해부렀습니다. (폭소) 오늘 여러분들을 만나게 되어서 정말 기쁘고 반갑습니다. (모두 박수)

경옥　선배님은 대학을 졸업하고 은행이라는 안정적인 직장에 다니셨는데,
왜 회사를 그만두고 노동자가 되려고 하나요?

윤상원　내가 직장인이 되어 안일한 일상에 빠지면 우리가 이루고자 하는 민주사회는 멀리 가버리고 말 것 같았어요.

상진　선배님, 그러면 우리도 대학을 그만두고 공장에 들어가 노동운동을 해야 할까요?

윤상원　꼭 그럴 필요는 없다고 생각합니다.
여러분이 대학을 마친 후 여러 분야에서 사회와 국민을 위해 활동할 수 있을 것입니다.
그러므로 나 같은 사람도 필요하고 여러분 같은 사람도 필요합니다.

상진　선배님, 존경스럽습니다. 앞으로 고민을 더 많이 해 보겠습니다.

기순　선배님, 저는 선배님 뒤를 따르겠습니다.

상원　여러분, 나도 좋은 직장을 내팽개치고 공장에 다니겠다는 결정을 내릴 때 고민이 많았습니다. 내 결정이 과연 올바른 선택인지 확신할 수 없었습니다. 회사에 사표를 낼 때 제일 먼저 부모님의 얼굴이 떠올랐습니다.

 # 노래 '강학의 길'

상원　아, 나는 시골 농민의 아들이야

누이들은 중학교 마치자 공장 보내고
나는 논밭 팔아 대학졸업 시켰다네

강학들 선배님, 저희도 마찬가지예요
저희들 집도 시골 농민이거나
도시의 가난한 노동자랍니다

강학들 그런데 선배님, 어떻게 공장 다닐 생각을 하시게 되었나요?

상원 대학에서 알게 된 사회의 허상들
피를 먹고 자라는 민주주의 나무

강학들 저희들도 지금 한창 그런 고민을 하고 있답니다
봉인된 판도라의 상자는 누가 여나요

박기순 악법도 법이라며 독배를 마신 철인
진실은 얼마나 힘이 없고 외로운가

상원 은행에 다니면서 많은 고민을 했다네
삶의 갈림길에서 어디로 가야 하나
올바른 삶은 어떻게 사는 것인가

강학들 이것저것 생각하면 골치만 아프답니다

기순 우리들은 어떻게 살아야 할까요?

상원 우리들에게 주어진 삶에 최선을 다해서
먼저 들불야학을 최고의 야학으로

기순 학생들을 많이 모으고

강학들 열심히 가르쳐서

상원 우리 사회를 끌고 갈 훌륭한 노동자로 키워내서

모두들 민주사회 대한민국을 만들어 가자! 와아!

강학들 앞으로 저희를 많이 가르쳐주세요

윤상원 가르쳐주기는… 함께 배우며 서로 가르치고…
그래서 "가르칠 강, 배울 학" 강학 아니겠어요!

강학들 예!

(강학들 노래를 부르며 퇴장, 기순과 상원이 남는다)

기순 선배님은 공장에 취업하셨나요?

윤상원 응, 며칠 전에 광주공단에 있는 한남플라스틱에 취직했어.

기순 저도 공장에 취직하려고 대학에 휴학계를 냈어요.

윤상원 대학을 마치고 공장에 다녀도 될 텐데.

기순 아니예요, 선배님. 노동자의 진정한 고충을 알기 위해서는 내 자신이 진짜 노동자가 되어야 할 것 같아요. 노동자의 현실도 모르면서 야학에서 수업을 하는 것은 위선이라고 생각해요.

윤상원 그럼, 낮에는 공장에 다니고 저녁에는 야학에서 수업을 하겠다고? 너무 힘들지 않을까?

기순 괜찮아요. 힘이 팔팔한 이십 대 초반 튼튼한 아가씨잖아요. (팔뚝을 흔들며 등 코믹한 동작)

윤상원 그렇지만 건강에도 신경 써야 해.

기순 예, 선배님. 명심하겠습니다. (경례 자세를 취한다)

장면 4. 야학 교실(과거)

(박기순이 수업을 하고 있다. 칠판에는 '사회과목 – 가난, 평등, 노동' 등등이 쓰여 있고, 학생들은 의자에 앉아 있다)

기순 자, 사회 시간입니다. 책을 펴세요. 지난 시간에 배웠던 평등이 무슨 뜻인지 알고 계시죠?

준호 예. 사람은 잘났건 못났건, 부자건 가난뱅이건, 모두 같다는 뜻입니다.

기순 그런데 우리의 현실은 어떤가요?

현주 선생님, 저는 이 세상이 너무나 불평등한 것 같습니다. 부잣집에서 태어난 사람들은 좋은 집에서 좋은 옷 입고 대학교까지 편하게 다니는데, 집안 형편이 좋지 않은 우리들은 날마다 공장에 가서 일해야만 하잖아요.

영숙 가난한 부모님을 만난 죄일까요?

현주 대학교는 꿈도 꾸지도 않아요.

영숙 우리는 노력한 만큼의 정당한 대가를 바라는데 이것마저도 너무나 큰 꿈일까요?

현주 맞아요. 우리는 허리 한번 펼 사이도 없이 일하는데, 왜 우리 형편은 나아지지 않을까요?

은주 (뒤에서 뛰어 들어와) 선생님! 미자 언니 형부가 어젯밤 야근을 하다가 손가락을 네 개나 잘렸대요.

일동 (깜짝 놀라 모두 일어서며) 세상에… 어떡하니! 어머 무서워!

(호루라기 소리 나며)

노래 4 '야근'

서방님의 손가락은 여섯 개래요/시퍼런 절단기에 뚝뚝 잘려서
(여성)
한 개에 오만 원씩 이십만 원을/술 퍼먹고 돌아오니 빈털터리래
야– 야– 야– 야– 야– 야– 야– 야–

울고 짜고 해 봐야 소용 있나요?/막노동판에라도 나가 봐야죠.
(남성)
불쌍한 언니는 어떡하나요?/오늘도 철야명단 올렸겠지요.
야– 야– 야– 야– 야– 야– 야– 야–

돈 벌어 대는 것도 좋긴 하지만/무슨 통뼈 깡다구로 맨날 철야요?
"누구는 하고 싶어 하느냐"면서/힘없이 하는 말이 폐병 3기래
남 좋은 일 해 봐야 헛거지 고생하는 사람들만 손해야

그거야 특별한 경우겠죠 병 걸려 있으니까 그런 거죠.
삼 년만 지내보면 알게 될거다. 귀머거리 폐병쟁이 누구누군지
(전체)
야야야야야야야야

사장님네 강아지는 감기 걸려서 포니 타고 병원까지 가신다는데
우리들은 타이밍약 사다 먹고요 시다 신세 면할 날만 기다리누나
월급봉투 누런봉투 빈봉투 구멍가게 지나갈 땐 돌아가지
야야야야야야야야야~~~

내일이면 선거날 노동조합 만드는 날 날만 새 봐라 선거날 노동조합 만드는 날
우줄우쭐 들먹들먹 신바람나네(김한울)
날만 새 봐라 선거날 노동조합 만드는 날 세워세워세워세워 세워(전체)

(공장장) 야! 이 불평밖에 모르는 천치들아! 너희들이 뭘 안다구 그래?
시키면 시킨 대로 할 것이지 노조는 무슨 얼어죽을 노조야!

일하기 싫으면 관두래지 뭣 하러 공순이는 되었담
누구는 좋아서 되었나 가난한 집에서 난 죄지(전체)

(고개 숙이며) ~~우우우우우우우우~~

기순　가난한 집에 태어난 것이 여러분의 잘못이 아니잖아요. 그런데도 여러분은 날마다 공장에 다니며 하루하루를 힘들게 살아가고 있습니다. 그것을 보고 있자니 대학생인 제 자신이 무척 부끄럽습니다.

현주　아니에요 선생님. 그것이 선생님 잘못은 아니잖아요.

준호　우리 모두가 각자의 자리에서 최선을 다하면 언젠가는 잘 살 수 있는 세상이 오지 않을까요?

기순　그럴까요. 정말로 그런 세상이 오면 좋겠네요. 자~~ 우리 모두 힘내요. 오늘 수업은 그만하고 크리스마스 파티를 합시다! (학생들, 환호성을 지른다) 신나는 노래를 가르쳐줄 테니 다 같이 불러봐요.

노래 5 '에루아 에루얼싸'

1절　앞서서 끌어주고 에루아 에루얼싸/뒤에서 밀어주고 에루아 에루얼싸
우리 모두 힘 합하여 에루아 에루얼싸/이 어둠을 밝혀 보세 에루아 에루얼싸

2절　우리들이 가는 길에 에루아 에루얼싸/온갖 고난 닥쳐와도 에루아 에루얼싸
우리 모두 힘 합하여 에루아 에루얼싸/이 어둠을 밝혀보세 에루아 에루얼싸

3절　들불야학 형제들아 에루아 에루얼싸/서로 돕고 사랑하자 에루

아 에루얼싸
우리 모두 힘 합하여 에루아 에루얼싸/이 어둠을 밝혀 보세 에루아 에루얼싸
에루아 에루얼싸 에루아 에루얼싸 에루아 에루얼싸 에루아 에루얼싸

(조명 어두워지며 모두 퇴장. 기순 혼자 남아 고민한다. 상원 등장)

윤상원 기순이, 무슨 고민을 그렇게 하고 있니?

기순 야학에서 노동자들이 어렵게 살아가는 것을 지켜보니 너무 괴로워요.
게다가 야학 학생들이 공장 잔업 때문에 수업에 자주 빠지고,
지난번 구속된 교수님들을 석방하라는 데모에 참가했던 강학들 집에 정보과 형사들이 찾아왔다고 해요.
게다가 데모하다 현장에서 붙잡힌 강학들은 군대에 끌려가고…
의지할 데도 없고 너무 힘들어요…

 # 노래 6 '미칠 것 같은 세상'

1. 미칠 것 같은 이 세상, 미칠 것 같은 이 세상
주여 내 기도 들으소서
세상 어딜 가나 슬픔뿐이오 먹고 자고 애써 일할 뿐
하나님의 뜻은 무엇입니까? 주여 나는 무엇 하리까?

2. 미칠 것 같은 미칠 것 같은 세상
주여 내 기도 들으소서
세상 어딜 가나 고통뿐이오 사람보다 돈이 더 소중할 뿐

이 험하고 슬픈 세상에서 나는 무얼 해야 하나요

(노래가 끝나자 상원이 기순에게 다가가 위로의 말을 한다)

상원 그동안 기순이 너가 무척 힘들었구나.

기순 (상원이 손을 잡으며) 그래요, 정말 힘들어요. 이제는 상원 선배가 앞에서 야학을 끌어가주시면 좋겠어요.

상원 (기순이 손을 맞잡으며) 그래, 이제 같이 해나가자. 기순아, 너 뒤에 내가 있고, 또 우리 뒤에 관현이, 영일이, 영철 형님, 그리고 막동이, 준호, 현주, 은주, 그 외에도 수많은 야학 형제들이 있잖아. 힘내자!

(둘이 손을 잡고 결의를 다지고, 서서히 암전)

장면 5. 야학 교실(과거) – 박기순의 죽음

준호가 무대로 뛰어들면서 박기순 강학의 죽음을 알린다.

준호 큰일났어요! 큰일났어요! 박기순 선생님이 어젯밤 돌아가셨대요!

강학들과 학생들 (무대로 뛰어 들어오며 울부짖는다)

윤상원 기순이가 죽었다고!

막동 누가 잘못 들은 것 아니야?

현주 저녁 늦게 들어왔는데 밥상머리에서도 피곤해서 꾸벅꾸벅 졸았대요.

준호 그렇게 피곤한 상태로 잠이 들었는데, 연탄가스가 새어들어,

깨어나지 못했대요.

상원, 강학과 학생들 (울부짖는다) 으흐, 기순아! 기순아! '누나, 기순이 누나!' '기순이 언니!'

자막

1978년 12월 26일 박기순 사망, 1978년 12월 27일 윤상원의 일기.

"불꽃처럼 살다 간 누이야 왜 말없이 눈을 감고 있는가
두 볼에 흐르는 장밋빛 서럽디 서럽도록 아름답고
난 몰라라 그대의 죽음이 무엇을 말하는가를
아무리 쳐다봐도 넌 살아 있었다 죽을 수 없었다….
그대는 정말 죽었는가!
믿어지지 않는 사실을 두고 모든 사람은 쉽게 운다.
모닥불이 탄다. 기순의 육신이 탄다.
훨훨 타는 그 불꽃 속에 기순의 넋은 한송이 꽃이 되어
우리의 가슴속에서 피어난다."

윤상원이 일어나서 선창을 시작하고 나머지 사람이 따라 일어서서 노래를 부른다.

노래 7 '상록수'

저 들에 푸르른 솔잎을 보라
돌보는 사람도 하나 없는데
비바람 맞고 눈바람 쳐도
온누리 끝까지 맘껏 푸르다

서럽고 쓰리던 지난날들도
다시는 다시는 오지 말라고
땀 흘리리라 깨우치리라
거칠은 들판에 솔잎 되리라

우리들 가진 것 비록 적어도
손에 손 맞잡고 눈물 흘리니

우리 나갈 길 멀고 험해도
깨치고 나아가 끝내 이기리라

(암전)

조시가 울려 퍼졌다.

"서석골의 겨울은 유난히도 포근하였습니다
성탄의 밤은 그렇게도 조용하였습니다.
바람이 멎은 골목길에는 모두의 창이 열리고
창문마다에는 모든 이들의 기도의 목소리가
도란도란
차마 엄숙한 계절이었습니다.
그 계절의 벼랑에서 저는 너무나도 슬픈
슬프고도 슬픈 이야기를 들어야 했습니다.

당신은 한 송이 꽃이었습니다.
이름도 없고 내음도 없는 꽃이었습니다.
쓸쓸한 계곡에 버려진 꽃으로
당신은 살아왔습니다. 깊은 골짜기의 쓸쓸함

홀로 지키며 살아왔습니다.
당신 앞에서 누가 감히 의로움을 이야기할 수 있겠습니까.
당신 앞에서 누가 감히 순수함을 이야기할 수 있겠습니까.
누가 감히 당신 앞에서 외로움을 이야기할 수 있겠습니까.
누가 감히 당신 앞에서 순박함을 이야기할 수 있겠습니까.
의롭고 외롭고 순수하고 순박하게
이름 없는 골짜기의 쓸쓸함을 지키다가
당신은 가셨습니다.

당신은 한 송이 꽃이었습니다.
사랑의 꽃이었습니다.
바보처럼 보이는 수많은 이웃에게
무한한 사랑을 바쳐온 꽃이었습니다.
당신은 한 송이 꽃이었습니다.
겸손의 꽃이었습니다.
빛깔도 내음도 이름도 몸짓도
짓기를 마다해온 한 송이 꽃이었습니다.
그런 꽃으로
당신은 눈을 감으셨습니다.

의롭고 외롭고 순수하고 순박한
꽃의 영광
그 영광의 불멸을 믿으옵니다.
당신은 불멸의 꽃으로
저희들의 마음속에
영원히 살아 있을 것으로
믿으옵니다.

삼가 당신의 명복을 기원합니다.
고이 잠드소서."

들불야학 이근자 학생의 조시도 심금을 울렸다.

"너무도 아까운 나이
너무도 짧은 생애
남긴 것 없어도
우리 모두의 마음속에
길이 새겨둘 슬픈 이름
기순 언니 기순 언니
고이고이 잠드셔요

자유가 오고 새 봄이 오면
다시 피어날 민주의 꽃 속에
다시 돋아날 자유의 잔디 속에
한 마리 새가 되어 울 듯
한 마리 나비가 되어 날 듯
영원한 자유의 천지를 날으셔요
구속 없는 영생의 하늘을 날으셔요

언니 언니 기순 언니
무등산도 버리고 광주도 버리고
버림받은 우리의 가슴
30촉 전불 아래
다 닳아진 몽당연필 쥐고
쪼그리고 앉아 있는 우리도 버리고
어느 하늘 끝으로

훌훌히 떠나시는 언니
불러도 대답 없는 우리 언니"

둘째마당 최후 항쟁

– 투사회보를 만들다가 최후 항쟁을 한다

장면 6. 투사회보(과거)

야학 학생들이 투사회보를 만들고 있다. 용준 – 필경, 준호·은주 – 로울러 인쇄, 막동 – 종이 보급, 경옥–주먹밥 제공

 # 노래 8 '투사회보 만들세'

끄적 끄적 쓰윽 쓰윽 투사회보를 만들자
땅딸막 한 용준이가 철필로 끄적대면
막동이가 구해온 인쇄종이 쌓아놓고
검정잉크 잔뜩 묻힌 로울러로 밀어부쳐
희생자 가족에게 드리는 글
1호 2호 3호 4호 투사회보를 만들자

끄적 끄적 쓰윽 쓰윽 투사회보를 만들자
상원형이 도청에서 보내온 원고를
철필로 긁어 쓰고 로울러로 인쇄하여
광주시민은 통곡하고 있다

우리는 왜 총을 들 수밖에 없었는가
5호 6호 7호 8호 투사회보를 만들자

끄적 끄적 쓰윽 쓰윽 투사회보를 만들자
급보, 광주시민 성명서, 행동수칙

막동 (필경을 하는 박용준을 향해) 형님은 왜 그렇게 철필로 글씨를 잘 써요?

용준 다 먹고 살라고 하다 보니까 그렇지. 내가 부모 없는 고아 출신이라 낮에 인쇄소 다니고 밤에 고등학교 다녔잖아. 그때 인쇄소에서 군밤 맞으면서 배웠어. 너도 군밤 맞아볼래!

준호 (로울러로 인쇄하다, 투사회보를 들고) 벌써 투사회보가 10호나 되었구나.

은주 10호! 우리가 21일부터 투사회보를 만들기 시작했는데, 오늘이 27일이니 벌써 일곱 밤이나 지샜구나. 하루에 2호씩 인쇄한 셈이네.

막동 지금이 27일 새벽 3시니까, 오늘은 빼야지.

경옥 (주먹밥을 가지고 오며) 자, 잠시 쉬고 주먹밥 먹고 하세요. 그리고 자는 사람 깨워 교대해야지.

(막동, 경옥, 자고 있는 광남을 깨운다)

광남 (깜짝 놀라, 잠에서 깨며) 군인들이 쳐들어오냐?

막동 그래, 너 잡으러 온다.

헬리콥터 소리, 긴장감 있는 배경음악.

모두 놀라 하던 일을 멈춘다. 그때 애절한 여성 목소리의 비상을 알리는 방송소리가 들린다.

도청에서 들려오는 여성 목소리 시민 여러분, 시민 여러분, 지금 계엄군이 시내로 쳐들어오고 있습니다. 사랑하는 우리 형제자매들이 계엄군의 총칼에 죽어가고 있습니다. 우리 모두 일어나서 계엄군과 끝까지 싸웁시다. 우리는 최후까지 싸울 것입니다. 우리는 광주를 지키고야 말 것입니다. 광주 시민 여러분 우리를 기억해주세요.

준호 아이고, 비상이다! 모두 모이자. 놈들이 기어이 쳐들어오는 모양이다.

용준 우리도 총을 들고 마지막까지 지켜야 한다.

막동 형님, 총이 없는데요.

용준 그럼 총을 가지러 도청 무기고로 가자. 도청에 상원이 형이 있잖아.

준호 그러기 전에 여학생들은 총을 쏘지 못 하니까 밖으로 나가 피신해라.

은주, 경옥 그럼 우리들만 피하면 오빠들은 여기서 싸우다 죽겠다고?

용준 아니, 군인들이 꼭 쳐들어온다는 것이 아니라, 폼만 잡고 그런지도 모르지, 어제 아침에도 화정동에서 농성동까지 들어왔다가 어르신들이 막으니까 다시 뒤로 물러났잖아.

준호 그래, 너희들은 잠시 피신했다가 아침에 군인들이 들어오지 않으면 다시 오면 되잖아.

은주, 경옥 알았어. 잠시 피하는 거야. 혹시 군인들이 진짜로 쳐들어오면 오빠들도 피해야 해. (밖으로 나간다)

장면 7. 도청 무기고 앞(과거)

조명이 잠시 꺼졌다가 켜지고 장면이 도청 무기고 앞으로 바뀐다.

시민군들이 깃발을 앞세우고 무대로 들어오며 노래한다.

 # 노래 9 '광주출전가'

동지들 모여서 함께 나가자/무등산 정기가 우리에게 있다
무엇이 두려우냐 출전하여라/영원한 민주와 통일을 위해
나가 나가 도청을 향해/출전가를 힘차게 힘차게 부르세

투쟁의 깃발이 높이 솟았다/혁명의 정기가 우리에게 있다
무엇이 두려우랴 출전하여라/억눌린 민중의 해방을 위해
나가 나가 목숨을 걸고/출전가를 힘차게 힘차게 부르세

노래가 끝나면 윤상원이 시민군들에게 총을 나눠준다. 시민군들 총을 받고 경계를 선다.

윤상원　자 이리 와서 총을 받으세요. (청년들이 총을 받고 간다. 총을 받으려고 서 있는 어린 청년들을 발견하고) 잠깐, 너희들 몇 살이냐?
고등학생 1　스무 살이요.
윤상원　뭐?
고등학생 1　정말이에요. 진짜 스무 살이에요.
윤상원　어려 보이는데. (고등학생 1을 보며) 사실대로 말해 봐!
고등학생 2　(머리를 긁적거리며) 사실은, 고등학생입니다.
윤상원　너희 고등학생들은 도청을 나가서 집으로 가거라. (고등학생 2

의 총을 빼앗으며) 총 잡을 줄도 모르잖아? (고등학생 3의 총을 빼앗으며) 이리 내.

고등학생 3 아니에요. 우리도 싸울 수 있어요. 교련시간에 총 쏘는 법, 다 배웠단 말이에요.

윤상원 그래도 안 돼. 너희들은 살아남아 오늘 밤 우리 모습을 기억하고 역사의 증인이 되어야 한다.

고등학생 3 (울먹이며) 그럼 형님들만, 형님들만 죽겠다는 건가요?

윤상원 괜찮아, 여기는 우리에게 맡기고 집으로 돌아가거라!

 # 노래 10 '고등학생들의 노래'

결전의 시간이 다가오는데
우리에게 집으로 가라 하네.
피에 젖은 친구들의
교련복을 가슴속 깊이 품고
친구의 빈자리를
죽을 때까지 지키겠다고 굳게 약속했건만
상원 형은 살아 남아
역사의 증인이 되라 하네.
질풍노도 청춘의 마지막을
형들의 뜨거운 피 위에
우리들의 피를 덮어
식지 않은 민주의 강이 되어
영산강을 붉게 물들이고 말겠다고
저 무등산의 푸른 소나무처럼 다짐했건만
우리에게 이제 가라 하네.
가라 하네. 가라 하네.

어머니 품으로, 형제들 품으로,
친구들 곁으로 돌아가라 하네.

우린 결코 돌아갈 수 없소.
우리도 끝까지 남아
형들과 함께 싸울 테요.
돌아간들 비겁자라 손가락질만 당할뿐.
죽을 때까지 도망자라
낙인찍혀 사느니 여기서 함께 죽을 테요.
총 쏘는 법, 총검술, 육박전,
교련시간 때 이미 배웠소.
절대 돌아갈 수 없소.
싸우게 해주시오.
우리에게도 총을 주시오!
총을! 총을! 총을!
주시오! 주시오! 주시오!

(윤상원과 청년 시민군들이 고등학생들의 등을 떠밀며 내보낸다. 고등학생들은 울면서 뒤를 돌아보면서 떠나간다. 전 출연진 입장 후 윤상원이 무대 앞에 나서서 연설을 한다)

윤상원 여러분! 계엄군들이 이 시각 현재 도청을 점령하기 위해 탱크를 앞세우고 쳐들어오고 있습니다. 우리들은 어떻게 해야 합니까. 그냥 도청을 비워줘야 합니까? 아닙니다. 우리는 저들에 맞서 끝까지 싸워야 합니다. 그냥 도청을 비우고 물러나면 그동안의 투쟁은 헛수고가 되고 원통히 죽어간 영령들과 역사 앞에 죄인이 됩니다. 죽음을 두려워 말고 투쟁에 임합시다.

모두들 옳소! 싸웁시다!

노래 11 '결전의 날'

결전의 날 결전의 날이다 결전의 날이 왔다
어둠의 무리들 총칼로 무장하고
내 이웃 내 친구들의 피를 흘렸다.

이 땅의 삼십 년 길지 않은 내 인생
정든 친구들의 상냥한 미소 간절한 어머니의 눈길
나 이제 모든 것 뒤로하고 이 길로 가려 하네
가야만 하는 길인가
피할 수 없는 길인가
역사의 증인되는 길
아~ 가야만 하는 길인가
지키리라 지켜야 한다 내 부모 내 형제들
(합창)지키리라 지켜야 한다 우리의 심장 도청
목숨을 걸고 목숨을 걸고 목숨을 걸고

결전의 날 결전의 날이다 결전의 날이 왔다
싸우리라 싸워야 한다 최후의 승리 위해
최후의 승리 위해 최후의 승리 위해

윤상원 (무대 우편 단위에 뛰어올라) 여러분! 이 나라의 민주주의를 위해 끝까지 뭉쳐 싸웁시다. 비록 우리가 오늘 죽는다고 해도 그것은 영원히 사는 길입니다. 이 새벽을 넘기면 기필코 아침이 옵니다.

모두들 맞습니다. 옳소! 옳소!

윤상원 (무대 앞으로 뛰어나와) 도청을!

모두 지키자!

(윤상원, 무대 뒤로 뛰어나가면 모두, 돌아선다)

*요란한 총격 소리. 시민군들 서서히 쓰러진다.
비장한 음악 흘러나오며, 처참한 시신들의 모습이 비친다.

셋째마당 영혼결혼식
– 빛이 하나가 되다

장면 8. 들불야학(현재)

준호　그날 상원이 형도 도청을 빠져나왔다면 형이 죽지 않았을 텐데.
막동　(회한에 잠겨) 이미 지나간 일, 이제 와서 후회하면 뭐해.
현주　과거가 다시 돌아오겠니? 오빠는 너희가 아무리 설득했어도 끝까지 나오지 않았을 거야.
영숙　맞아… 근데 상원이 오빠는 노래를 참 불렀는데…
은주　상원이 오빠가 잘 부르던 노래가 있었잖아?
현주　상진 오빠, 그 노래 제목 기억 안 나요?
상진　(머리를 갸웃거리다가 잠시 후 손뼉을 치며) 아, 생각났다. 거 '내일은 해가 뜬다'라고 시작하는 노래였어. 제목이 뭐였지?
영숙　맞아. 우리한테도 가르쳐줬지.
현주　아, 제목이 '사노라면'이었어요. 상진 오빠! 불러주세요.

(상진 자리에서 일어나며, 노래)

노래 '사노라면'

사노라면 언젠가는 밝은 날도 오겠지
흐린 날도 날이 새면 해가 뜨지 않더냐
새파랗게 젊다는 게 한밑천인데
쩨쩨하게 굴지 말고 가슴을 쫙 펴라
내일은 해가 뜬다 내일은 해가 뜬다

비가 새는 작은 방에 새우잠을 잔대도
고운 님 함께라면 즐거웁지 않더냐
오손도손 속삭이는 밤이 있는 한
쩨쩨하게 굴지 말고 가슴을 쫙 펴라
내일은 해가 뜬다 내일은 해가 뜬다

새파랗게 젊다는 게 한밑천인데
한숨일랑 쉬지 말고 가슴을 쫙 펴라
내일은 해가 뜬다 내일은 해가 뜬다
내일은 해가 뜬다 내일은 해가 뜬다

은주　상진 오빠 노랠 듣고 나니까 기순 언니가 자주 부르던 노래도 생각난다.

영숙　맞아. 그 노랜 현주가 니가 잘 불렀잖아.

현주　내가 뭘!

일동　한번 불러 봐라! 빼지 말고

준호　너 노래 듣는 것이 우리들 소원이다.

현주　소원이라고! 정말 소원이라면 한번 불러줄게. 딱 한 번이야.

노래 12 '교정에서'

교문이 보이는 야산에 올라
실없이 웃음만 흘리는 마음
허황한 책장마다 거짓만 가득
어깨를 구부린 친구들 모습
모두들 떠나버린 교정에 서서
도서관 흐릿한 불빛을 보며
차디찬 돌담 벽은 너무도 높아
사방은 캄캄한 어둠뿐이네

영숙　나는 요즘에도 가끔씩 기순 언니가 꿈속에 나타난다.

은주　그래? 나도 언니가 보고 싶은데 내 꿈에는 왜 언니가 안 나타나지?

막동　그야 너는 한번 잠이 들면 남자가 떠메어가도 모르는 잠꾸러기잖아.
꿈꿀 시간이 어디 있어?

일동　(웃으며 맞장구친다) 맞다 맞어. (은주, 막동을 쫓아다니며 때린다)

경옥　얘들아 이것 좀 볼래? 기순 언니 사진이야.

현주　어디 봐! 지금 보니 기순 언니도 어렸네.

영숙　맞다 맞어 (잠시) 그런데 언니는 결혼도 못 하고… 혼자 너무 외롭겠다.

경옥　아! 그러고 보니 상원이 오빠도 총각인데…

막동　(뛰쳐 나오며) 얘들아, 얘들아! 방금 기발한 생각이 났다.

준호　(호들갑을 떨며) 뭐, 뭐, 뭐, 뭔데? 무슨 생각인데?

은주　(짜증내며) 야! 넌 좀 가만 있어.

막동　잘 들어 봐~~~ 누나하고 형… 결혼 시켜주자!

현주　말도 안 되는 소리!

광남　　어떻게 죽은 사람을 결혼시켜?

막동　　왜, 죽은 사람이라고 결혼 못 하란 법 있나? (잠시) 영혼결혼식 있잖아?

모두　　(서로 쳐다보며) 영혼결혼식? (일동 정지)

은주　　아, 그렇구나. 영혼결혼식이 있었지.

현주　　그럼 기순이 언니하고 상원이 오빠 영혼결혼식 시켜줄까?

모두　　좋다 좋아. 빨리 결혼식 준비하러 가자.

장면 9. 영혼결혼식(묘역)

 # 노래 13 '에루아 에루얼싸'

시집 못 간 우리 언니 에루아 에루얼싸
한복 입고 시집가네 에루아 에루얼싸
장가 못 간 우리 오빠 에루아 에루얼싸
양복 입고 장가가네 에루아 에루얼싸

시집가는 우리 누나 에루아 에루얼싸
장가가는 우리 형님 에루아 에루얼싸
형님 누나 결혼시켜 에루아 에루얼싸
이 어둠을 밝혀 보세 에루아 에루얼싸
에루아 에루얼싸 에루아 에루얼싸
에루아 에루얼싸 에루아 에루얼싸

(영혼결혼식이 거행될 묘역으로 사람들이 들어와 앉는다. 두루마기를 차려 입

은 사회자가 결혼식을 진행한다)

사회자　지금부터 신랑 윤상원과 신부 박기순의 결혼식을 거행하겠습니다. 광산 임곡에서 태어난 신랑 윤상원과 보성 노동에서 태어난 신부 박기순은 광주의 들불야학에서 만났으며 오늘 부부의 인연을 맺게 되었습니다. 모두 축하해주시기 바랍니다.
(박수–무용단 등장) 그럼 먼저 망자를 불러내는 의식을 거행하겠습니다.

초혼굿 : 춤과 사설

살풀이 춤이 펼쳐진다.
(사설)

아 – 하 넋이야, 넋이로다.
서러워라 서러워라. 하룻밤 울고 가는 두견새가 바로 너로구나.
보성 노동 박씨 처녀, 광산 임곡 윤씨 총각
모진 세상 만나서 제명 살지 못했다네
아 – 하 넋이야, 넋이로다.
역사에는 훌륭한 인물로 기록된다 하여도
처녀 총각으로 운명을 다했으니 외롭고도 가련하다
이승에 있는 지인들이 당신들을 맺어주고자 하니
아무 말도 하지 말고 못 이긴 척 따라주오.
아 – 하 넋이야, 넋이로다.
삼백육십오일 중에 오늘을 길일로 택했으니
구름도 멈추고 바람도 잠시 쉬어 축하해주옵소서.

무용 절정에 이르며 춤 의식 마무리한다.

시 낭송, 축가

사회자 다음은 성혼시 낭송이 있겠습니다. 오늘 결혼을 위해 문병란 시인께서 '부활의 노래'라는 시를 써주셨습니다. (징소리 1번 울리고 시낭송)

1. 돌아오는구나 돌아오는구나
그대들의 꽃다운 혼, 못다 한 사랑, 못다 한 꿈을 안고
죽음을 넘어 시대의 어둠을 넘어
정녕 그대들 다시 돌아오는구나. (북장단)

2. 야학에서 강의하는 우리 형님
공장에서 일하는 우리 누이
어여쁘디 어여쁜 그대들의 혼이 돌아오는구나. (북장단)

3. 하나는 고향집 양지밭에 피어 있는
수수한 장다리꽃, 순결한 빛깔로 활활 타오르고
하나는 빛깔 고운 호랑나비, 그보다 더 어여쁜 노랑나비 흰나비
두 날개 펴 춤추듯 맨살에 고운 혼으로 만나는구나. (북장단)

4. 밟아도 밟아도 죽지 않는 풀빛으로 한 알의 돌멩이로 살아나는구나.
빛나는 고향땅에 아침으로 돌아오는구나.
돌아와 우리들의 마음이 되는구나. (북장단)

(다같이)

5. 억겁의 죽음을 넘어 억겁의 삶 속으로 고요히 돌아오는 순결한 혼들이여
이승에서 못 닿은 마음 이승에서 못다 한 사랑
오늘은 영원 속에서 만나는구나. (징소리)

(모두들 박수를 친 후 노래를 부른다)

 # 노래 14 '젊은 넋의 노래'

음 – 사람들은 잊지 못하네/음 – 울먹이며 호소하던 그 목소리
음 – 우리들은 잊지 못하네/아 – 어깨 걸고 외치던 그 함성
젊은 넋은 애달프고 안타까워도/남과 북이 하나 되듯
둘이서 하나 되어 합쳐지소서… 합쳐지소서…

음 – 사람들은 잊지 못하네/음 – 목숨 걸고 지키던 그날 밤을
음 – 우리들은 잊지 못하네/아 – 밝아오던 마지막 새벽하늘
젊은 넋은 애달프고 안타까워도/남과 북이 하나 되듯
둘이서 하나 되어 합쳐지소서… 합쳐지소서…

(합창에 맞춰 기순, 상원 걸어 나온다. 무대 앞으로 나서며)

 # 답가 15 '슬퍼하지 말아라' (상원과 기순의 이중창)

슬퍼하지 말아라 오늘부터는
절망하지 말아라 오늘부터는

아이에게 젖 먹이는 어머니
밭고랑에 씨앗 뿌리는 아버지
따뜻한 봄비 자비로운 하느님
하늘아래 사람다운 사람이 살아가고 있다면
사라지는 것들은 하나도 하나도 없단다
슬퍼하지 말아라 슬퍼하지 마라 먼 훗–날에도
절망하지 말아라 먼 훗–날에도 강물이 흐르고 흘러
비둘기 날고 예쁜 꽃피던 아득한 옛날부터
아름다운 장미꽃 자애로운 하느님
하늘아래 사람다운 사람이 살아가고 있다면
사라지는 것들은 하나도 하나도 없단다 슬퍼하지 말아라

 # 축하 사진촬영

사회자　자, 이제 신부 박기순과 신랑 윤상원의 결혼식이 모두 끝났습니다. 결혼식을 축하하고 기념하기 위해 사진을 찍겠습니다. 모두 앞으로 모여주세요. 빨리빨리 나오세요. 신랑신부가 빨리 신방에 들어가야 하니까 서둘러주세요. 지금 신랑이 재촉하잖아요. (모두 웃음, 사진 플래시가 터진다)

 # 노래 16 오늘은 사랑이 넘치는 날

기순이 언니 시집간다니 좋은가 봐, 좋은가 봐.
저것 봐! 얼굴 빨개졌다네 에헤에
상원이 형도 장가간다니 좋은가 봐, 좋은가 봐.
저것 봐! 입이 귀에 걸렸네 에헤에

아무리 좋아도 아무리 좋아도
너무 내색 말아요. 너무 내색 말아요. 속보이잖아.
사랑은 천천히, 천천히, 하는 거야. 하는 거야.
오늘밤도 두 사람 무리하지 말아요. 무리하면 안 돼요.
사랑은 천천히, 천천히, 하는 거야. 하는 거야.
기순이 누나! 형 바가지 너무 긁지 마.
상원이 오빠! 언니 눈물 나게 하지 마.
사랑만 하세요. 정답게 둘이서! 사랑만 하세요. 행복이 넘치게!
라라라라라라라라
오늘은 사랑이 넘치는 날. 오늘은 행복이 넘치는 날.
이제는 혼자가 아닙니다. 두 사람 함께네요. 축하합니다.
기순 언니 상원이 형 기순 언니 상원이 형~ 결혼을 축하합니다.

(박수와 함께 ~ 끝)

■ **전용호** 전남대 재학 시절 '들불야학' 강학으로 활동. 5월항쟁 당시 투쟁위원회에서 〈투사회보〉를 제작·배포하다 투옥. 1998년 〈광주매일〉 신춘문예로 등단. 소설집으로 『오리발 참전기』 등을 펴냄. 저서로 광주5월 민중항쟁의 기록 『죽음을 넘어 시대의 어둠을 넘어』(황석영·이재의·전용호 공저), 『전두환 쿠데타군부가 쏘아올린 바벨탑』 등. 만해문학상 특별상 수상.

영상다큐 외롭고 높고 쓸쓸한

김경자 작·연출, **광주독립영화제**(2017) 상영

1980년 오월항쟁에 수많은 광주전남 민중들의 참여가 있었지만 여성들의 활동도 대단했다. 「외롭고 높고 쓸쓸한」은 1980년 광주의 오월을 겪었던 여성들의 활동을 영상으로 보여준다. 항쟁 당시 여성들은 주먹밥을 만들고, 대자보를 쓰고, 투사회보를 등사하고, 마스크 제작, 가두방송, 도청 취사 활동을 담당했다. 영상다큐 「외롭고 높고 쓸쓸한」은 당시 활동했던 여성들이 오월항쟁 직전의 광주의 분위기부터 항쟁 당시의 상황을 생생하게 증언한다.

등장인물

김경자　다큐멘터리 영상 감독, 연출, 작가.
윤청자　80년 5월 당시 24세/가톨릭청년회 JOC회원
임영희　80년 5월 당시 23세/현대문화연구소 간사
김순이　80년 5월 당시 21세/가톨릭청년회 JOC회원
이윤정　80년 5월 당시 25세/YWCA 사회문제부 간사
최정님　80년 5월 당시 22세/가톨릭청년회 JOC회원
차명숙　80년 5월 당시 20세/가두방송
박영순　80년 5월 당시 21세/도청 마지막 방송
송희성　80년 5월 당시 39세/성화맨션 주민들과 마스크 제작
곽근례　80년 5월 당시 39세/대인시장 주먹밥, 계란 공급
김정단　80년 5월 당시 41세/대인시장 주먹밥 제공
신민정　80년 5월 당시 24세/들불야학에서 투사회보 등사
양희자　80년 5월 당시 38세/시위 참여
정선녀　제주 성프란체스코 평화센터장
백홍남　80년 5월 당시 30세/시위 참여

외롭고 높고 쓸쓸한[1)2)3)]

김경자

연출 의도

1980년 광주 오월민중항쟁이 항쟁이 될 수 있었던 것은 광주시민 모두의 힘이기도 하지만, 이것은 여성들의 활동이 있었기 때문이다.
그래서 1980년 광주 오월민중항쟁을 여성들의 목소리로 담아 보고 싶었다.
오월을 경험한 여성들과 함께하면서 느낀 것은 그녀들은 외롭고 쓸쓸하지만 높았다.

---

1) 2017년 제작/80분/칼라/다큐멘터리 독립영화
2) 광주여성가족재단의 「2017년 오월여성아카이브 구축 및 콘텐츠 개발」 사업에서 본 다큐멘터리 제작비 중 일부를 지원 받았다.
3) 2017년 광주독립영화제 폐막작 상영, 2019년 독립영화관 「반짝반짝기획전」 상영, 2019년 인천여성영화제/제주여성영화제 상영, 2019년 한국독립영화협회 「독립영화 쇼케이스기획전-현대사를 움직이는 얼굴들」 상영, 2020년 영호남민족예술대동제 독립영화교류전 상영, 2020년 40주년 5·18민중항쟁기념행사 공모사업으로 〈찾아가는 오월이야기〉로 전국 상영 등.

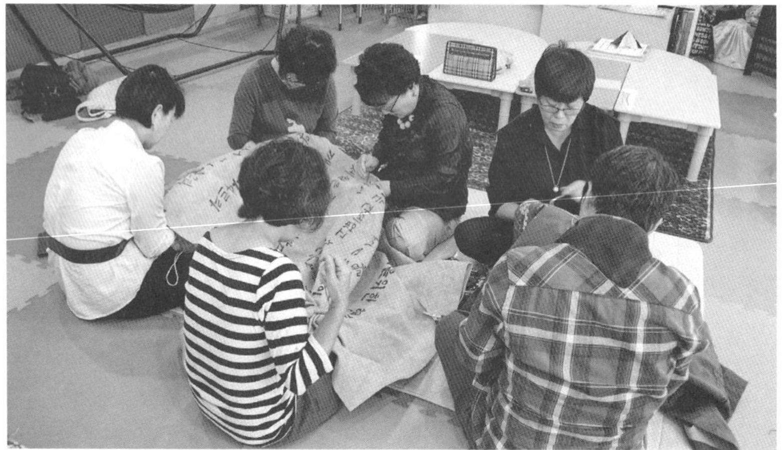

〈임을 위한 행진곡〉 수놓기 작업

차명숙 우리 집의 홍어. 차명숙이 쪼끔 별나게 홍어를 하는데 홍어를 오늘 좀 드셔 볼래요? 안동 홍어!

김경자 안동에서 홍어를 하신 게 뭐 계기가 있었어요?

차명숙 처음에는 낙지볶음을 했어요. 낙지볶음도 했는데 안동에는 돔배기라는 게 있어요, 상어고기. 상어고기가 홍어처럼 이렇게 싸한 맛이 나는데, 닭가슴살처럼 퍽퍽해. 근데 삭으면 홍어처럼 이런 맛이 나는데 그래서 '안동 사람도 홍어를 먹겠구나' 하고 홍어를 시작했어요. 했는데 안 먹힙니다. 왜 안 먹히냐면요, 돔배기. 상어고기하고 홍어하고 맛이 달라요. 그리고 이쪽은 내륙이라서 쪼끔 낯가리[낯가림]를 많이 하드라고요.

윤청자 바늘귀가 안 보여서 죽겄소.

김춘선 긍께 그것을 안경을 안 쓰고 할란께 안 보이제.

윤청자 드디어 했어~ 아하하하.

정순임 요것이 박음질이라고 그래 아 박음질!

김춘선 안 해 본 것이 아니라 나는 내 방식대로 한께.

김순이 거기는 조신해 갖고 잘하게 생겼어. 그러면 여기는 여기다 하것네.

김춘선 촘촘하게 하면 더 이쁘제!

윤청자 이제 로케트전기는 학교도 보내주고 누구나 로케트전기를 광주 지역에 있는 사람들이라면 좀 들어가고 싶어 했던 회사였어요. 여름에는 선풍기 하나에 큰 선풍기 하나 있잖아. 고놈 하나 돌려주는 거야. 땀도 주룩주룩 흘리고, 그러는데 그 유일하게 오줌, 똥 싸는데도 그것도 안 퍼주는 거야. 그러면은 그냥 한마디로 말해서 우리가 앉아 있을 수가 없었어. 그러면 아침부터 생산량이 날마다 올라가. 근디 우리는 날마다 이르트면[이를테면] 모르고 죽기 살기로 한 거지.

윤청자 탁 아침에 조회를 하는데 '새벽종이 울렸네. 새 아침이 밝았네'이라고 탁! 우리는 자랑스러운 태극기 앞에 맹세한다고 함서 탁! 맹세하고, 회사에 자랑스럽게 들어가고, 산업의 역군으로서 탁 새벽종이 울린다 하면 진짜 산업의 역군인 줄 알고 탁 긍지와 자부심을 갖고 탁!

노래　새벽종이 울렸네 새 아침이 밝았네
너도나도 일어나 새마을을 가꾸세
살기 좋은 내 마을 우리 힘으로 만드세.

초가집도 없애고 마을 길도 넓히고
푸른 동산 만들어 알뜰살뜰 다듬세
살기 좋은 내 마을 우리 힘으로 만드세. (새마을노래)

윤청자　그런데 인제 어느 날 부녀부장 언니가 저기 무등산에 놀러를 가자고 하면서 꼬드긴 거여, 그러니까 꽃놀이를 간단께 얼마나 좋았던가. 부풀었제. 정말로 꽃놀이라고 갔던 거제, 갔는데 그 헐몬수양관에서 본께 다 우리 좀 얼굴이 아는 친구들이 온 거야. 그래서 '오메 이게 뭣이다냐?' 그랬는데, 그때 신일영 교수님이, 이화여대 신일영 교수님이 시간 강사로 서울서 오신 거야.

그러면서 세상에 대한 내가 모르는 세상에 대한 이면을, 그러면서 '전태일이 왜 죽었는가?' 이런 이야기를 막, '근로기준법을 지켜라', '여러분들하고 똑같은 노동자인 전태일이가 분신했지만, 자기는 전태일이라는 친구를 통해서 이렇게 내가, 내가 가지고 있는 것을 여러분들한테 알려주는….'

다음날 온께 인자 회사에서는 난리가 나분 거지. 그야말로 빨갱이, ~~인자 빨갱이를 우리가~~ 그 교육을 받는 것이 빨갱이라고 하는 용어를 우리가 최초로 접하게 된 거지.

노래 그 언젠가 나를 위해 꽃다발을 전해주던 그 소녀
오늘따라 왜 이렇게 그 소녀가 보고 싶을까
비에 젖은 풀잎처럼 단발머리 곱게 빗은 그 소녀
반짝이는 눈망울이 내 마음에 되살아나네. (조용필 노래, '단발머리')

임영희 어떤 여자가 화장을, 립스틱 바르고 오면 굉장한 이상한 애로 보고 청바지에 운동화에 우리는 면티가 옷이었지. 구두를 신거나 치마를 입거나 그런 세계는 너무 멀었고 그래서 우리가 만약에 치마를 입었다 하면 변절한 거였어. 그리고 상당히 우리한테 하나의 그 번개탄 같은 문화적인 충격을 줬는데 이 언니도 상당한 아! 이런 세계가 있었구나! 새로운, 말하자면 미지에서 온 여인(홍희윤) 같은 그런 충격을 줬었어요. 저한테는….

임영희 그래서 이때 황석영을 통해서 학내에 탈춤반이 있었지만, 밖에는 YWCA에서 무세중이라는 사람이 탈춤을 가르쳤어. 봉산탈춤이랑 양주별산대곡[양주별산대놀이]을 보면은 그 탈을 쓰고 양반한테 지껄이는 말투 있잖아. 이런 것들이 우리가 억압된 군부독재사회에서 뭔가 할 수 있는 쾌감을 느낀 거여. 봉산

탈춤 하면서 어허~하면서 이 말 속에 빗대어서. 어쩌고 저쩌고 이 멍충아, 하면서 이 풍조가 이미 형성됐던 것을 이 광주에 새로운 문화 운동이라는 용어를 썼고….

자막 광주 돼지풀이
초기 문화 운동의 중요성
(북소리 사운드)

임영희 기획을 했죠. 현대문화연구소에서. 그래서 공연은 여기서 하고 포스터 내지 티켓팅은 우리가 맡았어요. 그래서 포스터 표지를 내가 그렸어. 돼지 얼굴 내가 그리고, 그 모든 걸 붙이는 건 애들도 붙였지만, 티켓팅을 우리가 했는데, 우리도 티켓팅을 하면서 표를 팔 때 무슨 말을 하고 팔았냐면, ‘표를 20장을 누구한테 준다’하면 “절대 반품은 없다”. 왜냐면 그때 우리가 기금을 만들라고 하는 생각을 했었기 때문에. 근데 그 표를 팔았는데 대성공을 해서 YMCA 무진관이 가득 찼어요. 그러니까 꿈도 못 꿨죠. 꿈도 못 꿨는데 「돼지풀이」가 성공을 했는데,

광주「돼지풀이」가 마당극 최초, 처음이에요. 전국에서.

이 세대들은 자기가 좋아하는 것에, 거기다가 저항을 담고, 구호 외치다 감옥 간 게 아니고 즐겁게, 뭔가 연희적으로 표현하면서 '이런 문화운동을 할 수 있구나' 하는 것을. 처음으로 그 씨앗을 던져준 게 황석영이었고, 그 내부를 잘 아우른 사람이 홍희윤 선생이었어요.

윤청자　그러면서 그때에 송백회 언니들을 나는 인제 따라다니면서 안 거여. 이를테면, 승희 언니 그러면서 JOC(가톨릭노동청년회) 사람들이 우리가 이를테면 3월 10일에 노동절의 행사라든가 이럴 때 걸판지게 전대 탈춤반. 이렇게 하면서 그것도 막 우리한테 탈춤을 갈치면서 그러다가 이런 시나리오 같은 것을 해갖고는 '노동자도 인간이다' 그러면서 얼쑤!

그러면서 막 그러는데 또 그런 사람들이 또 한마디로 말해서 내가 토요일 일요일이라고 해서 나한테 자유가 있는 게 아니야. 솔직히 그런 일들로 우리는 시간을 다 이렇게 코가 걸렸다 하면은 'JOC 활동을 한다'라든가 노동조합 할 때는 이미 인자 코가 걸려가지고, 내 시간이 그런 시간에 그러고 나만 이렇게 이런 운동을 하는 것이 아니라 섬유나, 향자 언니는 인자 우리 기라성 같은 선배들이 향자 언니, 사라 언니 이런 언니들이 일신, 전방 이런 언니들이에요.

JOC를 통해서 만난 간호사들, 이런 것까지 JOC에서는 총망라해서 소그룹들이 진행되고 있었제.

김순이　저희가 노동운동을 하면서 조직적으로 하다 보니까 저희가 가톨릭청년회에서 노동절 날, 그때는 3월 10일 행사였어요. 그 전에 어떤 그룹들로 몇 명씩 차출이 돼가지고 탈춤을 연습하게 됐는데, 그것을 전대 탈춤반 학생들이 의식(화)된 학생들이 잖아요. 그래 가지고 우리를 와서 가르쳐, 근데 우리가 탈춤을 언제 배워봤어야지. 그니까 고고를 춘다고 우리한테 그랬어. 그렇게 추는 게 아니라 그건 고고춤이고, 탈춤이라고.

김순이 근데 그때 대사가 좀 쑥스럽다. 길게는 기억을 못 하겠어. 일단은 어떤 몸부림, 노동자의 삶의 몸부림 장면을 입장을 해가지고 이렇게 추는 거야. 묘사를 하는데 엄청 리얼하게 어떻게 보면 뭐랄까, 이상한 몸짓으로 보일 수도 있었는데……. 일단은 우리 해석은 그런 몸짓이 우리의 몸부림, 우리 권리를 찾기 위한 몸부림으로 여기고 그런 춤이 좀 진행이 되다가 대사를 하게 되는데 뭐라 하냐면, "아 그 재미 할 놈의 회사는" 그래. "재미 할 놈의 회사는 달런지, 돈인지에 미쳐 해해, 년년이 다달이 나날이 시시때때로 근로자를 노동자를" 지그들이 말하는 "근로자를 가족처럼 회사 일을 내 일처럼 그런 갖은 감언이설로 우리를 갖고 놀고 그런 것에 대해서 우리는 더 이상 참을 수가 없단께 그려" '우리는 더 이상 참을 수가 없다.' 그런 대사가 제가 해야 할 대사고.
그 언니가 노래도 가르치라 해가지고 노래도 내가 노동자들 이렇게 교육시키면 가서 노래도 가르쳤고 노래 가사가 지금도 생각이 난다.

김순이 '우리가 바라는 내일은 활짝 열린 공동 사회. 위에도 높은 얼굴 없고, 아래도 낮은 얼굴 없고, 감옥에 죄인도 없고, 우리는 인자 아~.' 해갖고 '우리는 그런 세상을 정말 원한다.' 그런 노래 내가 가르친 기억이 나. 지금도 부르라면 내가 부르겠어.

그거하고 '사노라면 언젠가는 좋은 날도 있겠지'. 그런 좀 뭐랄까 쪼끔 처절했다고 그럴까? 가슴 아팠던 그런 노래 가사들이 지금도 머리에 생각나고, 그 시절에 그렇게 했었던 것, 말이 다른 데로 가버렸네….

김순이 (노래) 우리가 바라는 내일은 활짝 열린 공동 사회
위에도 높은 얼굴 없고, 아래도 낮은 얼굴 없어
감옥에 죄인도 없고, 거리엔 여윈 얼굴 없네.
아~ 우리는 이런 세상을 정말 원해

김순이 그 노래를 김성애 씨가 나한테 가르치라고 그래. 성애 씨가 일단 나한테 가르쳐, 그 노래를. 노동자 교육시키면 그 노래를 나한테 가르치라고 해. 제가 그런 것도 했고. 나도 지금 내가 부르니까 나도 눈물이 나네.

윤청자 그러니까 사회적인 광주의 분위기는 내가 모르지만 뭔가 거대하게 여기저기에서 뭔가 힘없는 약자들과 어떤 연대의 고리가 이렇게 이어지게끔 하는 것은….

자막 70년대 말 광주 지역 여성들의 조직적인 움직임은 크게 두 가지 흐름 : 생존권 확보와 민주노조 결성을 위해 소그룹 활동을 하고 있었던 여성노동자들 그룹(JOC, 들불야학)과 '송백회'를 중심으로 한 민주화운동 그룹이었다.
(북소리 사운드)

이윤정 송백회가 처음에 만들어지게 된 것은 여성운동으로서 역할과 기능을 진보, 급진적인 여성운동을 하자가 아니라 민주화운동

을 담당하는 여성 단위가 필요하다. 그래가지고 송백회가 만들어지게 된 거예요. 그게 송백회 모임이 먼저 만들어지고 그 다음에 현대문화연구소가 만들어지게 된 거예요. 처음에는 송백회가 만들어져서 사무실이 없으니까 YWCA에서 주로 많이 모였어. YWCA 2층 가면 휴게실 있었는데, 거기서 주로 만나고 현대문화연구소가 만들어지고 나서는 우리 사무실을 현대문화연구소로.

이윤정　채희완 선생님이 전국을 다니면서 광주 들락거리면서 애들한테 탈춤을 가르쳐서 탈춤반이 만들어지게 되는데 이 탈춤반 아이들이 어디다 등록을 할 수 없잖아요. 그때는 정보과의 사람들의 눈이 너무 삼엄하고 감시가 심하니까. 활동을 할 수 있는 공간이 없는 거여. 그래서 YWCA 안에다가 Y극회라고 해갖고 등록을 해. 이름을 〈Y극회 극단 광대〉 그렇게 해갖고 만들어지게 된 겁니다.

그런 〈극단 광대〉가 광주항쟁 당시에 홍보, 시민궐기대회 주도적인 역할을 많이 하게 되는 그런 중심에서 역할을 많이 하게 되잖아. 근데 이것도 YWCA의 극단 광대로 등록을 하게 되는. 그러니까 극단 광대, 또 들불야학, 백제야학, 송백회, 현대문화연구소 그다음에 그때부터 이제 JOC는 그 전에부터 있었지만 JOC가 광주 지역 노동운동이 70년대 중반, ~~70년대 중반~~부터 좀 더 확대되고 조직화되기 시작하죠. 노동 쪽도, 농민 쪽도 마찬가지. 이렇게 되면서 광주 운동의 자양분들이 인자들이 서서히 성숙하면서 결과적으로 광주항쟁 때 총집중해서 활동하게 된 거죠.

임영희　5월 17일까지 상황은 우리가 5월 5일날 송백회에서 야유회를 갔을 때, 광주에 있던 운동권 선배들하고 같이 갔었는데, 선배들하고 송백회 회원들하고 같이 갔었어요. 분위기가 한참 '민주화의 봄'이라고 해가지고 사람들이 어떤 민주화에 대한 기대와 열망이 가장 커졌을 때 어떤 불안한 감정이 왔었냐면, 일부에서는 '이대로 민주화가 진행될 건가?' 하는 의심이 들었었고, '아무래도 피바람이 몰아칠 것 같다.' 그런 이야기를 하면서 우리가 그 야유회를 마무리하고 내려오는데, 상당히 참담한 느낌으로 돌아왔던 기억이 나요.

자막 80년 4월 중순부터
5월 중순까지
민주화를 요구하는 학원가의 시위가 있었다.
(북소리 사운드)

임영희 가톨릭센타 갔드니 언니가 나를 보자고 하면서 니그들 할 일이 있다. 학생들이 이렇게 투쟁을 하는데 밥을 못 먹고 투쟁을 하고 있다면서 니그들이 도울 방법이 있으면 이것을 도움을 청하드라고요. 우리가 인자 노조에서 지금 학생들이 이런 어려움에 처해 있다, 우리가 어떻게 도와줄 거냐니까 만장일치로 우리가 합의를 한 거예요. 함께한다는 의미에서 빵하고 우유를 한번 걷어보자. 이렇게 의견이 나와서 그러면 좋다, 우리가 그렇게 좀 도움을 주자. 이렇게 한 거죠. 이틀 동안 걷었어요. 빵하고 우유하고…. 그때 세 발 달린 자동차가 있어요. 거기다가 우리가 조대[조선대]하고 전대[전남대]하고. 조대하고 전대를 빵하고 우유하고 그러는데 우리 조합원들이 다 굶고 거기에 동조해준 거야.

최정님 제가 그런 기억들을 묻어 버리려고 해서 정확하게 모르겠지만, 제 기억에는 5월 10일에서 16일경에는 그렇게 최루탄을 많이 뿌리는 시기가 아니고 평화로운 시위였는데, 계엄군이 투입되면서…….

영상자료화면 5월 20일 당시 광주도청

김순이 광주시민이면 다 그랬을 거라고 생각을 합니다. 그런 광경을 보고 내가 어떻게 가만히 집에 있을 수가 있냐? 그래가지고 우리는 도청 앞에 시계탑에 오면 다 만날 수가 있었어요. 만나자고 약속을 안 해도 거기 오면 다 만나는…….

차명숙 방송, 우리 해야 된다. 해야 되지 않냐? 돈도 모금이 시작됐어요. 돈이 있어야 되지 않겠니? 우리한테 돈이 좀 모아졌던 것 같고 십시일반 냈던 것도 같고요, 확성기가 필요하다라고 그래갖고 그때 당시 무조건 계림전파사를 한꺼번에 간 게 아니고 그냥 막 계림전파사를 간 건 아닌 것 같고, 그 주위에 확성기라든가 그러한 것을 가져왔던 것 같아요.
조금씩 조금씩. 어디서 가져왔니? 하면 동사무소 얘기를 했던 것 같고요, 동사무소가 좋다 그러면 여기서 젤 가까운 동사무소가 어디냐? 그 근방의 동사무소를 산발적으로 가지러 갔던 것 같고 그때는 전기가 풍부하지 않으니까 들고 다니면서 밧데리 충전기 충전할 수 있는 것, 굉장히 신속하게 움직여진 거죠.

자료화면 연극 〈모란꽃[4]〉 영상

4) 〈극단 토박이〉 연극

차명숙 노래를 불러주는 사람, 질서 유지 시켜주는 사람, 정보를 계속 방송해주는 사람, 제일로 기억이 20일 오후부터는 21일 도청에 7시까지 모든 차량이 집합한다. 그 방송이 앞에는 방송 차량, 택시가 서고 봉고가 서고 방송 차량이 아마 그 뒤로 섰을 거예요. 그 뒤로 서면서 버스 안에 그러니까 어느 쪽이 방송하고 있는지 모르죠. 확성기가 다 달려 있는 상황이니까. 그렇게 되면서 밤새도록 광주 외곽을 돕니다. 그 차량으로 일부는 도청으로 들어가는 거고요, 일부는 외곽으로 돌면서 알리는 거예요. 그래서 지금도 생각이 나죠. 그때는 써주고 누가 써주고 어떻게 지시하고 그거 필요 없어요. 보이는 그대로 눈동자에서 보이는 그대로 생각대로 방송이 나가는 거죠. 계속. 그래서 지금도 그러죠. 광주시민들은 어떻게 뜨거운….

"당신 아들딸들이 죽고 있는데 지금 들어오지 못하고 있는데 광주를 지키기 위해서 군인 경찰들에게 다 잡혀가고 근데 광주시민들은 어떻게 뜨거운 아들딸들이 다 죽어가고 있는데, 이불 속에서 잠을 주무실 수 있냐? 나오시라!" 그게 20일 새벽에 방송이 나간 거예요. 광주시민들 어떻게 아들딸들이 광주를 지키기 위해서 들어오는데, 군인들에게 다 잡혀서 지금 들어오지 못하고 있습니다. 당신 아들딸들이 죽고 있는데 어떻게 뜨거운 방에서 뜨거운 밥을 먹고 뜨건 이불에서 자고 있을 수 있냐고 나오시라고. 당신 아들딸들이 죽고 매장이 되고 씨를 말리라 하는데 21일 새벽에 그 방송이 나가기 시작하는 거죠.

김순이 발포가 됐을 때는 그때도 우리가 도청 앞에 있었고, 친구 집에 청자 씨 집에서 자고 거기서 도청 앞까지 걸어 나오는데 그 도로 길이 시민들로 꽉 메워가지고 움직이기…. 아조 몰려서 오

하성흡 그림 「발포전」 일부

는 거야. 그 정도로 시민이 거의 도청 앞으로 나왔다고 봐야죠. 그때 그렇게 누가 누구를 때리겠다고 돌멩이를 옷에다 싸갖고 그렇게 왔는지 모르겠어. 우산을 창처럼 갖고 그때는 그랬어. '시민들은 도청 앞으로', '시민들은 도청 앞으로' 구호를 외치면서 그렇게 시내를 오게 되고….

차명숙　버스가 정확하니 가톨릭센타까지 기점을 뒀던 것 같고요, 가톨릭센타 밑으로 군인이 있었고요. 가톨릭센타 젤 앞에 우측에 도청을 중심으로 하면 좌측이고요. 금남로 5가 쪽에서 들어오면 우측이죠, 우측에 나무, 방송하는 사람들은 한 사람 들어가 협상팀으로 들어갔고요, 저는 거기에서 잠시 쉬고 있는 거죠. 잠시 쉬고 있으면서 중간중간에 질서 유지. '왜 도청으로 들어간 사람 아무 연락이 없냐, 도지사 뭐라고 말을 했냐? 정보는 뭐가 들어왔니?' 그러면 중간중간에 '거기에서 아직은 소식이 없다. 아직은 없습니다.' 그런 정도의 그때는 방송을 하고 있는 거고요, 일부에서는 중간중간 들어와서 노래하면서

하성흡 그림 「발포[5]」

질서를 시키고 있고 유지를 하고 있는데, 이미 도청 안에 협상 팀들이 들어갔기 때문에 거기에 모여 있는 모든 광주시민들은 도청으로 눈이 집중돼 있었어요.

그리고 군인들을 막기 위한 택시, 트럭, 광주시민, 버스, 방송 팀이 이쪽을 막고 있었고요. 그 일부는 도청으로 들어갈 때 반은 나눠서 도청으로 눈이 집중되어 있었죠. 그렇게 간절히 바란 거였어요. 도지사가 뭔가는 이들 군인하고 협상해서 뭔가는 답변을 바랐던 거죠. 저는 답변을…. 아무것도 하지 않고 무방비 상태로 헬기가 뜨고 애국가가 울리고, 1절이 끝나고 2절이든 뭔가 하나는 끝난 것 같아.

하성흡 그림과 함께 애국가

동해 물과 백두산이 마르고 닳도록

하느님이 보우하사 우리나라 만세

5) 하성흡 「발포후」 그림에 하얀 안개로 시작되어 빨간 안개를 CG로 씌움(CG작업 백종록)

무궁화 삼천리 화려 강산
대한 사람 대한으로 길이 보전하세

김순이　그렇게 발포가 나니까 우리가 헌혈하러 가자. 그래 가지고 전 대병원 쪽으로 가서 우리가 헌혈을 했던 것 같고. 그때 무서워갖고 그때도 발포가 나니까 다 흩어지잖아요. 그래갖고 집에를 가. 근데 저기 방림동 가면 방림초등학교 옆에 청년동산이라고 하는 동산이 있는데, 지금은 너무 낮은데 옛날에는 이렇게 높았어, 거기가. 그래 가지고 거기 동산으로 올라가. 보려고 보고 싶어서, 어떻게 돼 간가 막, 그 동산이……. 그러니까 겁도 없었는가 봐. 발포가 되니까 그 동산으로 올라가가지고 시내를 바라보면 뭐가 보이겠어요? 근데 그때 마음에 뭔가 보고는 싶고 어디 높은 데를 가야 볼 수 있을 것 같고 그때 자꾸 그런 게 나중에 꿈에 그것이 꿈으로 나타나드만, 내가 막 헤매고 있는 것, 막 군인들한테 쫓기고 있는 것, 잡혀가는 것. 막 그런 꿈들이 계속 인제 그 이후로는 꿔지드라고요.

박영순　그때 제 나이가 21살이었습니다. 21살에 송원대학교 2학년 유아교육과 졸업반이었습니다. 저도 그때는 저는 이 데모가 뭔지, 그 16일 횃불집회부터 시작해서 이 광주에 있었어도 저는 데모가 뭔지를 몰랐어요.

도청 광장

박영순　이 도청 앞에서 발포가 있었던 걸 제가 그때 총으로 사격을 했을 때에 죽어가는 남학생을 보고 제가 참여하게 됐습니다. 그

래서 23일부터 본격적으로 거리에서 가두방송을 하게 되었어요.

송희성 이것이 마스크를 만든 재봉틀이에요. 그래서 그 이후로 마스크 만든 사건이 엄청 커가지고, 그때 시민군들이 거의 눈만 내놓고 이걸 다 쓰고 다녔거든요. 백 개를 만들어 보냈으니까. 시체(신) 수습을 하고 있는데 냄새가 굉장히 나더라고요. 그래서 각 집마다 뭐라 했냐면 이 재봉틀 있는 사람 들고 나와라. 우리 집으로, 성하맨션 803호로 와라.

와서 우리가 이만저만 하니까 마스크 만들자 해갖고 갖고 오라 그랬어요. 그때 3댄가 2댄가 더 와서 3대 가지고 어떤 사람은 자르고 어떤 사람은 박고, 재단하고. 그래 가지고 100개를 만들었어요, 우리집에서…. 100개를 만들어갖고 급하니까 도청 항쟁부에다가 전화를 했어요.

지금 시체(신) 수습하는데 너무 냄새가 나서 여기서 마스크를 만들었고 난 노희관 교수 부인인데 성하맨션 803호로 오시오. 그러면 이걸 전달하리다. 그래 갖고 전달한께 왔대요. 기동타

격대라는 사람들이 총을 들고서니 왔는데 난중에 난중에 한 15년 후에 찾아냈는데 양귀남이하고 양귀남 씨가 운전을 하고 재춘이 또 뭐 또 한 분이 그렇게 와가지고 세 분이 와서 이걸 인수를 해 갔는데 뭣이냐면 마스크 100개하고 장갑은 서동 오거리 뒤에 슈퍼 아저씨한테 가지고 와서 간식하고 주먹밥 한 보따리하고 해서 줬어요. 그래서 자기네들은 그걸 갖다가 도청 항쟁부에 접수를 했대요.

곽근례　다 내놔! 이 주변 사람들이 말할 것도 없이 있는 대로 퍼갖고 나와 양푼에. 여기 밥합시다. 다 죽는디, 누가 애끼것어? 안 애껴! 금방 죽는다니까, 우리도 금방 내일모레 죽을지 알제. 금방금방 몇십 명씩 죽어분디. 빵빵 뚜들고 댕겨. 이 동네는 도롯가잖아. 외치고 다니는 소리가 다 들리고 징했어. 6·25 때는 반란군들이 가만가만 그랬는데, 이것들은 외치잖아. 막 총을 뚱땅뚱땅 빵 사방 군데서. 금방 도청에서 몇 명이 죽었네, 몇십 명이 죽었네, 어디서 죽었네. 아! 아침마다 들것을 들고 조사 댕긴단께. 어디 있으면 얼른 싣고 가서 어디다 감출라고. 무서(워). 살벌해, 살벌해. 옛날에 사람 많았제. 여가.

김정단　돈이 있어야 무슨 일을 하제? 우리 십시일반으로 돈을 걷자. 그래갖고 인자, 저 집이 저 가게 시어머니 그 양반 나이 드시고 요쪽에 가게 아줌마는 나보다 쪼깐 더 먹고 내가 제일 젊었어. 37년 전인께 내가 칠십여섯인께 마흔한(39세)살이었구만. 마흔한 살 때, 젊은 각시였제. 돈을 걷자 하면은 자네가 돈바구리 갖고 다니고 우리는 따라만 댕길 것인께 자네가 가게에 들어가면 돈을 동정을 해주라고 이야기를 하고 십시일반으로 돈을 걷어갖고 학생들을 도우게 돈을 걷세 글드라고, 그럽시다. 내가 그거 댕기기가 뭐 일이요?

그러고는 인자 사과박스를 갖고 가게마다 가서 우리 학생들을 도우게 십시일반으로 도와주십시오. 그랬어 막 만 원도 주고 오천 원도 주고 잘한 일이라고 수고한다고 그러고 돈을 줘. 그중에도 안 주는 사람도 있어. 우리가 돈 바가지를 갖고 가면 여기서 일하다가도 들어가부러, 안 줄라고. 그런 사람도 있드라고, 시장 분들한테 걷었어.

지나가는 사람들한테는 십 원도 걷들 안 하고 상인들한테만 걷은 것이 37년 전에 38만 원이 걷어 졌드라고 38만 원이 걷어져 가지고 여럿이 앉아서 상의를 했어. 이 돈을 가지고 뭣을 해주거나 학생들이 지금 배고프고 춥고 밤에는 한뎃잠을 잔디 얼마나 춥거냐 한디 이불 사고 쌀 세 가마니, 그때 40킬로 한가마니 4만 원인가밖에 안 했어. 세 가마니 폴고 김 사고 아니 양념 사고 참기름 사고 뭐 사고 해서 방앗간 여기 대지방앗간 골목에 여기서 쪘어. 우리가 못 한께. 그래갖고 쪄갖고 저 자리 과일집 있는 자리에가 약국이었어, 대흥약국이라고. 낙지 다라가 요렇게 커. 그런 큰 낙지 다라에다가 밥을 쪄다가 붓고, 붓고 해 갖고 소금도 넣고 깨도 넣고 참기름 넣고 해갖고 밥을 세 가마니를 다 했어. 다 해가지고 비닐에다 쌌어. 양념을 해가지고 이렇게 이렇게 해갖고 한 20명이 이 도랑에 아줌마가 싹 와서 거들었어. 그래갖고 김밥을 박스 박스 싸갖고 봉고차가 실어 날랐어. 지금은 용달차지만 옛날에는 봉고차였어. 위에 딱 뚜껑 덮어진 봉고차가 이불이며 치약이며 돈대로 다 했은께. 밥하고 남은 돈은 애기들 춥다고 치약은 왜 사서 보냈냐면 최루탄을 뿌리면 요런데….

신민정　낙하산 떨어지고 공수부대들 떨어지고 애들 쫓기고 두둘겨 맞고 하는 것을 지산동 나와가지고 그 부분이야. 농장다리 있고 막 이런데~ 그걸 보고 나는 다음 날 새벽에 들어갔지 학교를. 그런데 석가탄신일에 전화가 왔지, 나 자취하는 집으로~. "광주사태가 심각하다. 와라" 그래서 거기서 배 타고 버스 타고 나왔지. 섬이었으니까~. 화순까지밖에 안 가서 화순에서 시민군 차를 타고 들어와가지고 광천동으로 바로 갔어. 거기에서 근로 애들하고 같이 상원이 형이랑 복사 문구 작성하고 복사하고 인쇄해서 유인물 배포하고 하고 이런 것들을….

양희자　그때 계산을 해 봐야 되겠네. 올해 일흔 다섯이니까, 서른여덟 살 먹었으까? 서른여섯 살?

김경자　왜 날마다 시내를 나가신 거예요?

양희자　광주시민으로서는 안 나갈 수가 없죠. 그때는 너나없이 다 한마음 한뜻이었으니까. 우리 아랫집이 할아버지께서 잘 살았었는데 회갑 잔치를 크게 할라고 돼지를 몇 마리를 잡고 그랬는데, 그분들도 그것만 봐도 이해가 가죠. 한나도 잔치를 않고 운동권 막 이렇게 다니는 (사람들) 있잖아요? 트럭에 막대기 들고 그 사람들 싹 나눠 먹여, 밥이고 술이고. 손 없는 스님, 각지에서 (온) 학생들, 시민 대표, 일반인 대표 나와서 다 연설했거든요. 그 우리는 분수대가 물이 없으니까 사람이 그 밖에까지 남녀노소 할 것 없이 그냥 할머니들이야 무식이나 유식이나 다 가서 발 벗고 앉아서 했죠. 그 스님이 가장 눈에 선하고….

양희자　(본인 일기장에 투사회보 적어놓으신 거 보면서 읽음) 등사기가 밤을 세워 일했다네. 벽에 붙은 투사회보를 보기 위해서 투사회보, 대자보를 보기 위해 통 큰 시민들은 도청 광장으로 광장으로 막 몰렸제. 참말로 징그라, 그때 생각하면.

윤청자 우리가 국민장례위원회가 만들어졌으니까 너희들이 가서 천을 가서 해 갖고 와라. 그래서 우리 조합원들이랑 우리 조합원들 몇 명이 인제 도청 바로 옆에 그때는 전대병원이 있으니까 양장점이 쭉 있었어요. 포목 상회도 있고 한쪽은 양장점이 있고 한쪽은 단추 집부터 시작해갖고 포목 상회 쭉 있었는데, 몇 팀이 인제 거기서 준다는 보장이 없으니까 포목 상회를 저랑 우리 조합원 몇 명이 거기를 갔는데, 그 사람들이 뭣이 필요하냐고 천도 막 우리가 시체를 관을 싸는 데 있어서 광목 같은 것 있잖아요. 이런 것들을 준 거예요. 제가 하는 이야기만 한다면 거기를 갔는데, 사람들이 검은 리본하고 검은 리본을 주루룩 만드는 데 시간이 걸려요. 그것이 그냥 걸리는 게 아니라 그럼 거기에서는 포목을 재단을 해주더라고요. 너무 광주시민들이 자기가 할 수 있는 역량을 다 발휘한 거죠. 그래서 고놈을 갖고 너무 인자 뿌듯한 거죠. 다 남의 일이 아니라 자기 일처럼 그러면서 우리가 애도 기간, 애도 기간이라고 그래 갖고 거기에 광주 시민들이 자기 가족을 찾기 위해서 다 보며는 순이 선생님이 하는 일 따로 있었고, 제가 하는 일이 따로 있었고 우리 JOC 회원들은 말할 것도 말 것도 없이.

자막 계엄군이 주둔했던 도청을 시민군들이 사수 후
도청을 중심으로 시민들은
이렇게 자발적인 해방 공간으로 만들어갔다. (북소리 사운드)

임영희 어쨌든 광대팀은 YWCA소속 클럽이었으니까 해서 자연스럽게 Y를 왔다 갔다 했고, 녹두(서점)는 녹두대로 왔다 갔다 한 거죠. YWCA로 옮기고 거기서 그것을 하면서 우리가 1차 궐기대회 때부터 계속 준비를 해나갔는데, 자연스럽게 〈극회 광대〉 태종이가 사회를 보고, 우리들이 거기 나오시는 알고 지내는 정현애 이윤정 홍희윤 시민 대표라고 해서 낭독을 하고 「국군에게 드리는 글」도 쓰고 서로 교정도 보고 나도 쓴 거 윤정이 언니가 「민주화여!」라는 시를 낭독하고 구호도 부스에 올라가서 선창하고 인제 어디 동 대표라고 돌아가면서 하는데 박용준 씨가 들불야학 용준 씨가 필경을 하는데 필경할 그거이 되면 하나의 도청 팀하고 도청에 들어갔던 그전에 운동권에 왔다 갔다 문화운동에 왔다 갔다한 박효선, 신협에서 그만둔 김영철 씨는 들불의 역할 광천동에 자기 터전 있는 영철이 형님, 그다음에 윤상원 씨 잘 알고 지낸 이양현, 정상용, 윤강옥 그 오빠들하고 같이 회의를 하게 됐어요.

그때는 대표를 나누는데 방송궐기대회조, 대자보조, 모금조, 리본조 다 나눴어요. 기획조 그래서 그 조장들을 다 선정을 했어요. 대자보 같은 경우에는 「광대」 김정희가 맡았고 광대 회원이었던, 모금조는 내가 맡았고 그 다음에 리본조는 이윤정 언니 그때는 필명이 이행자였죠. 기획조는 정현애 언니가 맡았어요. 그것을 정리한 종이를 내가 정리를 해가지고 다 맡은 것을 정리해서 조직을 짰어요. 글고 취사조는 박승채 담당. 물론 그가 계속 밥을 50인분, 100인분 했지만 맡아가지고 누군가는 이렇게 해야지 일사불란하게 움직일 수 있고 책임감이 있으니까 했는데 하면서도 시민군들이 시민 갈등이 심하고 계속 들려오는 소리가 좋은 소리가 들리지 않고 분수대에서도 앞에서 간첩이네 독침 사건이네 이런 유언비어도 심하게 나오고 계속 우리가 불안한 가운데 하루하루가 지나죠….

자료영상화면 시민들은 계엄군이 언제 다시 공격해 올지 모른다는 공포감과 극도의 고립감 속에서도 자치 기간 동안 집회를 통해서 결속을 다져 나갔다.
이 운동은 희생을 억제하며 지속되어야 합니다. 지금 치안 유지와 질서 회복을 위하여 대학별…….

애절하게 낭독된 이날 성명서 원본을 찬찬히 들여다보면 그때 광주시민들이 사태 수습과 질서 회복을 위해서 얼마나 고심했는지를 알 수가 있다.

광주는 다시는 회복을 할 수 없는……. 초래하게 될 것이며, 조국의 민주화는 달성될 수가 없습니다.

김순이 이제 우리가 25일 되니까 25일 새벽에 김성애 씨가 전화를 하셔가지고 신부님이 도청 안에 계시는데 밥해줄 사람이 없다. 니그들이 조금 왔으면 좋겠다. 너가 좀 와라. 그래가지고 새벽에 25일 새벽에 거기를 도청에를 들어가게 돼요. 그전에 주소연 씨나 그런 분들 여학생들이 고등학생들이 밥을 했던 모양인갑드만, 거기서. 아무래도 시민군들 남자애들이고 애들이 밤을 세우고 위험성도 있을 것 같고 그런 점도 우려했던 것 같아요. 그래도 쪼끔 나이 먹은 너희들이 이렇게 했으면 좋겠다. 그랬다고 그래 나중에 알고 보니까….

자막 1980년
5월 26일 도청
(북소리 사운드)

김순이 오후 한 다섯 시나 됐으까? 그랬는데 도청 앞 분수대 앞에 옆으로 모였던 것 같아. 사람들이 모여가지고 그때가 뭐 지금 말하면 최후의 브리핑이라고 하드라고요. 그때 당시에 거기 모여 있는 사람 많지 않았어요. 그때는 이미 다 몸을 피할 사람 다 피했던 것 같애.

도망갈 사람 다 도망가고 우리는 몰라. 우리는 도망갈 사람 도망가고 우리는 몰라 모르니까 그냥 그날이 마지막이다, 그날이 아마 도청 고비일 것 같다. 그러니까 남을 사람 남고 인자 돌아가실 사람 돌아가라고 했는데, 그냥 그때 당시에 당연히 나도 당연히 여기서 함께 해야 된다는 생각을 왜 했는가 몰라. 모르는데 아무튼 그 YWCA에서 탈춤반 이규연 씨를 만났어, 남자를. 근데 그 사람, 그 사람 자전거가 있었어. "자전거 좀 빌려주쇼. 내가 집에 좀 갔다 와야 쓴께."

그래갖고 자전거를 빌려가지고 방림동 봉선동까지 자전거를 타고 갔어. 그래가지고 추우니까 오늘 저녁을 여기서 새울라면 춥겠다. 그래가지고 긴팔이랑 뭐 옷을 좀 챙기고 나올려고 하니까 엄마가 못 가게 한 거예요. 그래가지고 소지품을 이만큼 챙겼는데 엄마가 못 가게 하니까 소지품을 여기 옆 담에다 던져갖고 옆집에다 딱 던져놓고 엄마가 안 본 사이에 옆집하고 옆집하고 담을 타면 옥상하고 연결이 돼. 그 집 옥상으로 이층에 옆집 옥상으로 해갖고 이제 나와분거여. 내가 집에를 나와갖고 다시 도청 안에를 들어갔어요. 그러니까 그런 기억들이 막 생생하지는 않아. 그냥 아무튼 도청 안에를 들어가서 첨에는, 그때는 취사는 안 해.

최정님　계엄군들이 계속 전화를 하는데 안 바꿔줬는데 어느 순간에 전화가 왔는데 굉장히 그때 전화를 끊을려고 하니까 '그렇게 하면 너희들 다 개죽음을 한다. 그 자리에서 바로 다 개죽음을 하게 된다'라고, '안 바꿔주면 안 되겠다'라는 그런 감이 있잖아요. 그런 감이 있어서 바꿔줬는데 받으라고 했더니 바꾸지 말라고 해서 '아니다 지금 안 받으면 안 되겠으니까 받아야 될

것 같다'라고 해서 와서 받았는데 바꾸고 나서 그런 상황인지 계엄군하고 다 이야기하고 나서 저희 여성들을 모이라고 하더라고요.

모이고 다 나오라고 해서 우리 인제 밥하는 일층이라든가 민원실에 있었던 여성들 다 올라오라고 하고 거기 이층이었던 것 같애요. 지금 생각해 보면 이층 쪽에서 다 모여가지고 "여성들은 나가라."고 이야기를 하는데 저희가 정확한 인원을 알 수 없지만 15명 내지 13명 정도, 그 정도 된 것 같은데 13명이란 말도 있고 15명이라는 말도 있고 정확한 것은 모르겠어요. 그 정도 인원이 있었는데 우리 지도부에서 여성들 나가라고 하니까 우리 여성들 한쪽에서도 "끝까지 싸우겠다. 여기서 죽더라도 같이 싸우겠다." 그러니까 남자분들께서 "안 된다." 지도부에서 "나가야 된다. 여성들은 나가야 우리가 마음 놓고 싸울 수 있다. 나가야 된다."고 하니까 그래도 거기에서 "우리는 여기서 죽겠다."라고 하는 여성들이 있었어요. 그래서 "끝까지 우리는 싸우겠다. 여기서 끝까지 함께 싸우겠다라고 죽드라도 끝까지 함께 싸우겠다."라고 하니까 "빈손으로 뭘 가지고 싸울 거냐 너희들이, 저기는 총, 탱크 몰고 오고 저기는 총 들고 오고 그러는데 너희들은 뭐 갖고 싸울 거냐?"고 하드라고요.

그래서 어떤 여성들은 총을 가르쳐 달라고 하드라고요. 우리를 가르쳐주면 총을 들고 싸우겠다. 하니까 "총을 가르쳐 줄 시간도 없지만 이미 다 들어와 있다. 근데 총을 가르쳐 줄 시간도 없고 가르쳐 준다고 해도 우리를 쏴 버릴 수 있고 또 너희들이 계엄군이 총을 들고 온다 한들 너희들이 쏘겠냐?"

그러니까 빨리 나가라고 해가지고 해서 결국은 나가는 쪽으로 결론이 나서 나가는데 남학생 둘의 인솔하에 "너희들 어떻게 갈 거냐?" 하니까, "자기들 무장했기 때문에 총이 있기 때문에 괜찮다."라고 간다고 갔는데 우리가 그 교회에서 문 닫히고 들어와 있는데 어디를 인도하는데 그때 당시 선교원이었던 것 같아요. 지금 말하자면 유치원 그런 교회에서 운영하는 곳이 있었나 봐요. 그래가지고 그곳으로 인도했는데 거기 문 열고 들어가기도 전에 이미 우리가 왔던 쪽에서 총소리가 굉장히 심하게 났어요. 우리는 그 학생들만 생각이 나는 거죠.
그 학생일 수 있을 거라는…. 저는 그랬어요. 그런 생각이 굉장히 강하게 오드라고요. 거기 들어가서 있었는데 첨에 들어가니까 촛불이 하나 켜져 있었는데 촛불도 끄라고 하더라고요. 총소리가 많이 나니까 총소리가 이미 났으니까 촛불도 끄고 있으라고 해가지고 촛불 끄고 잠을 자는데 잘 수가 없어요.
마루바닥이었어요. 굉장히 그때 춥드라고요. 지금처럼 추웠는지 아무튼 그때 너무 추웠어요. 5월이었는데, 5월 27일 새벽이었는데 굉장히 추웠는데, 그렇게 거기에 숨어 있다가 계속 총소리가 그러면서 방송이 나오기 시작했어요. "광주시민 여러분! 계엄군들이 도청에 우리 시민군들을 다 포위하고 죽어가고 있기 때문에 다 나와서 도와 달라."는 그런 방송이 나왔는데 그런 방송도 딱 끊기드라고요. 끊기면서 총소리가 계속 나는 거예요.

박영순 그날 26일에 해가 어둑어둑할 무렵에 제가 이 도청 안으로 들어왔습니다. 그 당시 26일 굉장히 분위기가 살벌했어요. 도청 안이. 오늘 저녁에 내일 새벽에 계엄군이 쳐들어온다는 얘기를 들었습니다. 제가 방송을 하고 돌아다녔기 때문에 그날 하루 종일 광주 시내 전역을 돌아다니면서 방송을 했기 때문에 저는 그 소식을 미처 듣지는 못하고 제가 도청 안으로 들어왔을 때는 이미 나이 드신 분이나 또 어린 학생들 그런 학생들이나 여성분들은 될 수 있으면 다 나가라고 도청 안에서 다 나가라고 얘기를 했다고 하더라고요.

그 말을 듣고 제가 굉장히 불안했습니다. 정말 계엄군들이 오늘 저녁에나 내일 새벽에 들어오면 어떻게 해야 될까? 그런 생각을 하고 있을 때에 이미 해가 어둑어둑 져버렸기 때문에 도청 밖으로 나갈 수가 없는 상황이 돼버렸습니다. 마침 방송실 앞에 긴 의자가 도청 본관 안에 상황실 쪽으로 긴 의자들이 몇 개 있었는데 그때 어린 여학생이 한 명 있었어요. 중학생 정도 근데 중학생이 굉장히 떨었어요. 그 당시 "언니 오늘 저녁에 계엄군들이 들어오면 우리는 다 죽겠지?" 그런 말을 하면서 집으로 데려다 달라고 하더라고요.

그래서 제가 그 여학생을 데리고 방송실로 들어갔습니다. 그 여중생하고 또 한 남학생 낮에 같이 방송을 하고 다녔던 한 남학생하고 저하고 셋이서 방송실에서 기다리고 있었어요, 날이 새기를.

그러는데 12시가 넘고 제가 그 시간을 정확히는 보지는 못했죠. 새벽이 가까워질 무렵 2시가 넘었을 때쯤이었습니다. 2시가 넘었는데 그 당시 학생수습대책위원장이라는 분이 다급히 쪽지를 들고 왔어요. 지금 계엄군이 광주 시내를 다 에워싸고 도청을 다 에워쌌다. 빨리 방송을 해 달라. 그 말을 듣는 순간 제가 정말 아! 이제는 죽었구나! 그런 생각을 가지고 제가 그 당시에도 책상 하나에 방송실이 굉장히 조그마했어요. 대형 방송실이 아니라 조그마한 방송 탁자에 책상 하나에 방송실 조작하는 게 굉장히 적게 되어 있었는데 그 당시 제가 너무 떨어버렸기 때문에 그 종이 쪽지를 들고 마이크를 잡는 순간 남학생이 볼륨을 올렸어요.

"광주시민 여러분! 지금 계엄군이 쳐들어오고 있습니다.
도청으로 나오셔서 죽어가는 학생 시민들을 살려주십시오.
그리고 우리는 도청을 끝까지 사수할 것입니다.
우리 형제자매들을 잊지 말아 주십시오."

그런 방송을 제가 한 3번 정도 했을 무렵 불이 갑자기 가버렸어요. 제가 한 달 동안 끌려 다니면서 오늘 죽을 지 내일 죽을 지 그 생각만 가지고 제가 한 달간을 버텼던 것 같습니다. 제가 삼십 년(5·18 이후) 동안 살면서 그 아픔 때문에 정말 마음 편하게 단 하루도 숨을 제대로 쉬지 못하고 이렇게 나올 수 없는 떠돌이 신세 같이 제가 살았거든요. 지금 광주에 온 지는 5년, 이제 6년째 들어가는데….

505보안부대

차명숙 이제 보니까 담이 높고 나무가 많아서 병원인 줄 몰랐는데 여기였구나! 하아~ 그걸 그렇게 기억을 못해내 가지고 굉장히 힘들었네. 하, 37년 만에 와 봅니다. 아이고 눈물 나올라 하네. 근데 내가 지하로 끌려 들어갔는데 거기가 어딘 줄을 몰랐었어요.

차명숙 지하를 내려가 가지고, 지하를……. 찾아봐야 되는데, 여기가 고문실이지 않았나 싶어.

차명숙 지하를 내려가 봐야 되겠습니다. 이 방마다 조사실이 있고 고문실이 있는데 아주 작은 평수였죠. 이쪽이 작은 평수였고 이쪽이 조사를 받은 곳이면 여기는 평수가 굉장히 크네요. 이렇게 크지 않았는데 이 평수가 이렇게 크지 않았고 여기가 책상이 하나 있었고 군인들이 왔다 갔다 하면서 조사를 받았던 곳이고 작은 방. 여기가 제 기억에는 하얀 와이셔츠를 입고 넥타

이를 매고 와이셔츠 팔을 걷었던 기억. 그런 사람들이 굉장히 많았죠.
자기들이 서울서 내려왔다고 그랬어. 대공분실 서울서…. 경찰서나 그 이후로는 광주의 수사관들한테 자그마한 조사나 어떤 형식적인 것은 받았으나 여기에서는 흰 와이셔츠, 넥타이를 맨 사람들이 있었고 넥타이를 벗고 단추를 하나 정도 두 개 정도 끌르고 팔을 걷었던 자기들이 505호 대공분실 남산에서 내려왔다. 간첩 잡는 전문들이라고 얘기를 했었어요.

이것은 물이 들어갈까 봐 이렇게 막아 놓은 건지 아니면 오픈하기 싫어서 이렇게 막아 놓은 건지는 잘 모르겠으나 문이 지금 저쪽은 정면은 이 정도로 큽니다. 근데 그 옆으로는 이거 반만 한 지금 보고 있는 사무실 반만 합니다. 여기서 조사받고 저녁내 잠재우지 않고 앉혀 놓는 것. 사람 한 명 지나가는 사람 이외는 한 분도 낮에는 들어오지 않죠. 공포를 조성하기 위해서……. 제가 몰랐는데 '이게 아마 80년도 5월에 잡혀 와서 23일 이후에 잡혀 와서 6월 4일까지 광산경찰서로 가기 전까

지 여기에 있었다.'라는 거죠. 지하라고 생각을 했는데 이곳이 이곳이었습니다.

이곳에서 간첩으로 몰이를 하지요. 계속 몰이를 하고, 또한 의심을 계속한 상태에서 누구라도 있으면 '그 사람하고 접촉했습니다.'라고 말할 수 있도록 견디기 힘든 고문. 정신적인 모든 고문이 가해지죠. '그래서 그렇게 간첩이 만들어지는구나!' 아마 제 주위에 그 비슷한 사람이 말했을 거예요. 말을 해서 그 사람들이 간첩으로 몰이가 됐을 것입니다, 확실하게. 근데 없어서 말을 못 했던 지금도 한 번씩 생각하면 '아! 그래 젤로 소원이 빨리 말하고 잠 좀 잤으면 좋겠다. 빨리 내가 간첩이라고 인정을 하고 잠을 자는 게 소원이다. 근데 누구를 갖다 대요?' 지하라고 생각을 했고 햇빛을 못 본다고 생각을 했던 곳이 이곳이었네요.

경상북도 성주 소성리

정순임　이번에 언니들과 함께 갈 수 있어서 정말로 자랑스럽게 생각이 되어집니다. 저희가 가는 길이 역사라는 생각이 들어져요. 성주에서 그 고되게 활동을 하고 계시는 분들에게 우리 언니들이 가시는 것 자체가 힘들고 어려움들을 잘 이겨냈고 경험했는데 잘 되드라. 잘 이겨내자는 그런 언질을, 오늘 가시는 걸로 인해서 받으실 것 같아요.

현장 신고를 먼저 내놔서 우리가 집회를 하면 불법 집회가 돼버립니다. 그래서 부득이하게 종교행사로 한 시간 동안 저기에서 서북청년단이 올라오는 것을 막아내고 그 후에….

소성리 활동가 저희가 어머니는 늘 밖에 계셔서 달리 해 드릴 것은 없지만 마음으로 잘 맞아들이는 것밖에 더 있겠냐?

김춘선 (소성리 활동가들에게 홍어 등 음식 대접을 하며) 광주의 고유 음식을 직접 만들어라. 그래서 저희들이 잔칫상에 꼭 내놓아야 되는 그런 홍어가 있어요. 홍어도 상중하가 있는데 제일 좋은, 젤로 귀한 걸로 손수 저희들이 이렇게 준비했고, 또 나물도 좋은 나물을 이렇게 전부 만들어서 영호남 교류를 했으면 좋겠다.

소성리 활동가 광주에서 오신 분들이 너무 반갑고 저는. 일일이 수를 놓으셨대요. 정말 정성이 너무 감동입니다. 이걸 지금 한 분이 하신 게 아니고 여러분이 같이하신 거잖아요. 이걸 일일이 다 수를 놓으신 거래요.

이윤정 5·18 진압했던 금남로에서 직접 앉자갖고 시민들과 함께 (수를 놓아서). 시민들하고 함께하는 것이에요. 광주시민이 증정하는 거랑 다름이 없죠.

모두들 (다시 광주로) 가겠습니다.

제주도 4·3기념관

제주4·3 대강 아시겠지만 제주 4·3사건은 1947년 3월 1일 삼일절 기념대회가 열립니다. 기념대회가 열리는데 제주시 중심가에 있는 제주북초등학교에 3만 군중이 모입니다. 근데 행사가 끝나고 두 팀으로 나누어서 인제 해산을 하는데, 기마 경찰이 가다가 6살 난 애를 칩니다. 말발굽으로 치고 그냥 가버려요. 그냥 가

니까 그걸 본 시민들이 화가 치밀어 올라서 돌멩이로 맞춰요. 그걸 쫓아가니까 경찰서에서 보초 서던 경찰관이 군중들이 몰려오니까 발포를 해요. 그래서 멀쩡한 시민 6명이 죽습니다. 그래서 저항운동을 시작하지요. 지금 정부에서 발표한 공식적인 피해자가 2만 5천 명에서 3만 명입니다. 그 당시에 제주도 인구가 28만이었는데 제주도민 10분의 1이 그때 다 집단학살된 거죠.

이윤정 그 정신을 널리 가르치기 위해서 같이 수를 놓아서 이렇게 했습니다. 기증하겠습니다.

(현장에서 다 함께 노래) 임을 위한 행진곡
동지는 간 데 없고 깃발만 나부껴
새날이 올 때까지 흔들리지 말자
앞서서 나가니 산 자여 따르라~

4·3평화기념관 여기 놓여져 있는 백비白碑는 제주4·3특별법으로 제정될

때 4·3에 대한 정의를 내리지 못했어요. 역사에 맡긴다는 의미로 해가지고 제주4·3법에 특별법으로 명시가 돼 있고요. 백기가 같은 경우에는 정면에 새겨진 의미를 들어 올리겠다는 의미로 여기가 도입부에…

4·3평화기념관 우리는 힘에 의해서 지켜지는 평화가 아닌, 그죠? 정말로 사람이 민주적으로 우리 백성들이 주인이 되고 생태계가

방해받지 않고 온전히 산란하고 다시 키워내고 이런 순환적인 그런 생태계. 그리고 모든 사람이 각자 갖고 있는 권리대로 말할 수 있고, 살 수 있는 그런 세상. 그 평화를 원하는 거예요.

정선녀 어떤 분들이 그런 얘기도 합니다. 50년 동안 4·3이 숨죽여서 살지 않고 50년 70년 전에 일어났던 일이 진상 규명된다고 그러면 5·18도 안 일어났고 광주도 안 일어났고, 오늘같이 평택 대추리가 뺏기지 않고 성주도 안 뺏기고 누군가는 목숨을 걸고 우리 주권을 지켜야 될 때 그냥 편하게 사는 삶을 살았기 때문에 오늘날 우리 후손들에게 이렇게 그야말로 난자당한 미래를 우리나라를 물려주게 되는 상황이 된 것 같습니다.

백홍남 그 순간 묘비를 보는 순간 뭔가 이상하니 말을 형용할 수가 없드라고요. 아! 이게 묘비고 이렇게 많은 사람이 죽었구나! 하기 전에 어떻게 보면 어떻게 말을 형용할 수가 없드라고. 한없이 펼쳐져 있는 묘비를 보고 너무너무 놀란 거예요. 그런 묘비나 이 모든 사건을 국민이 다 알까? 하는 그런 생각이….

광주광역시 민들레꽃집 앞

윤청자 오늘 중요한 날이어가지고, 40년 만에 제 인생에 있어서 가장 중요한 5·18헌법 전문 관련돼서 서울을 올라갈까 합니다.

대한민국 국회

박영순　5·18 등 민중항쟁정신 헌법 전문 수록을 위한 국민운동전국본부 발족 선언문.
부마항쟁과 5·18의 비극, 6월항쟁이 남북 분단에서 비롯됐다는 인식의 확장이다. 분단 상황은 늘 독재정권의 체제 수호를 위한 비옥한 토양이 되었다. 5·18 때도 신군부는 사회 혼란과 이를 틈탄 북한군 침투 위협을 명분으로 국가 폭력을 정당화시켰다. 반공 이데올로기를 최고 가치로 앞세운 분단 상황은 우리 사회의 본질적 문제들을 끊임없이 왜곡한다. 궁극적으로 평화통일 없이는 민중항쟁의 성취마저 한순간의 위기에 빠질 수밖에 없다.

현장　오월민주여성회 부위원장님이 발족 선언문을 낭독하시겠습니다.

박영순　1980년대 이후 형성된 국민 주권으로서 저항권 행사라는 민중항쟁의 역사 체험은 아직 반영되지 않았다. 부마항쟁, 5·18민중항쟁, 6월항쟁이 헌법에 반영되지 않고 있는 것은 우리 헌법이 사회적 역사적 규범으로서 우리 시대를 표상하는 헌법적 가치에 미치지 못하고 있다는 것을 의미한다. 이제 촛불혁명으로 민주정부가 수립되어 헌법개정이 논의되는 이 시점이야말로 5·18 등 민주항쟁정신의 헌법적 가치를 정확히 반영하는 헌법 전문의 개정이 절실하다.

현장 5월 27일 새벽 가두방송의 피를 토하는 절규가 조금 느껴지지 않습니까? 지금 몸도 조금 불편합니다만은 아직도 그때의 그 절절한 목소리가 아직도 살아남아 있음을 느낄 수 있습니다.

주제가(노래) : 외롭고 높고 쓸쓸한[6)]

나는 이 세상에서 가난하고 외롭고 높고
쓸쓸하니 살아가도록 태어났다
하늘이 이 세상을 내일 적에 그가 가장 귀해하고
사랑하는 것들은 모두 가난하고 외롭고
높고 쓸쓸하니 그리고 언제나 넘치는 사랑과
슬픔 속에 살도록 만드신 것이다
슬픔 속에 살도록 만드신 것이다
나는 이 세상에서 가난하고 외롭고 높고
쓸쓸하니 살아가도록 태어났다
쓸쓸하니 살아가도록 태어났다

---

6) 노래: 김현성, 시: 백석, 작곡: 김현성

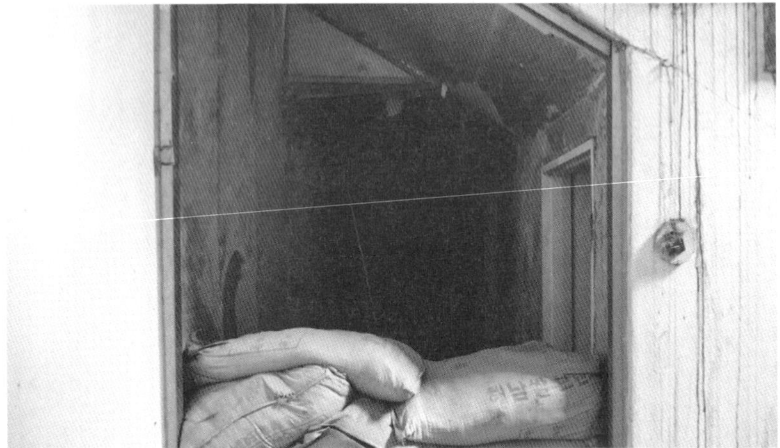

차명숙, 505 보안부대(당시 끌려갔던 장소)

송희성, 평화멘션(당시 마스크를 만들었던 장소)

윤청자, 가톨릭센터 앞(당시 JOC활동장소 앞)

■ **김경자** 다큐멘터리 영상 감독, 연출, 작가. 2009년 〈민수의 대인시장〉, 〈나는 당신을 봅니다–시장과 예술의 일상적 만남〉, 2010년 〈대인시장 선인장할머니〉, 2011년 〈나 지금 여기 있어〉, 2012년 〈꿈꾸는 다문화시대〉, 2013년〈운남의 햇살들〉, 2015년 〈소안의 노래〉, 2017년 〈움직이는 가게〉, 〈외롭고 높고 쓸쓸한〉, 2018년 〈풀이 눕는다〉, 2024년 다큐멘터리 〈진달래꽃을 좋아합니다〉 등 연출. 부산평화영화제(2016)에서 〈소안의 노래〉로 드넓은 푸른공감상 수상.

2013년 『오월문학총서』 1차분에 이어 11년 만에 다시 희곡집을 묶었다. 지난 11년간 많은 작품들이 발표되어왔던 만큼 이 한 권에 그 성과와 양상을 다 담아낸다는 것은 불가능한 일이었다. 그런 점에서 몇 가지 기준으로 이 책을 엮었다.

2013년 『오월문학총서』 희곡이 1980년 5월 이후 총서 발간 당시까지 5·18민주화운동 진상규명 및 책임자 처벌을 위한 정치적 요구가 매 시기 변화하면서 그러한 변화가 희곡에서 어떻게 전개되고 있는가를 정리하는 것이었다면, 이번 총서에서는 좀 더 세세하게 드라마를 근간으로 5·18민주화운동을 이해하고 현재화하고자 하는 여러 시도들을 담고자 했다. 이 책이 '희곡'으로 묶여 있지만 통상적인 희곡 장르에 한정하지 않고 연극, 마당극, 판소리, 영화, 뮤지컬, 영상다큐 등 다양한 장르를 주목한 것도 5·18민주화운동에 대한 다양한 접근을 살피고자 한 것이다.

「호랑이 놀이」는 1981년 5월 9일에 공연된 작품이다. 지난 40여 년의 노력으로 5·18민주화운동에 대한 진상규명의 성과에 비추어 보면 사건에 대한 사실적 재현의 미흡함이 먼저 들어올지 모르겠다. 그러나 이 작품은 무참한 폭력으로 항쟁이 진압된 1년 후 바로 그 자리에서 펼쳐진 대중 공연이라는 점에서 오월 연극의 기념비적인 작품이다. 호랑이와 팥죽할멈, 포수, 칼동이 등의 우화적 설정과 전개는 비단 검열이라는 억압적 현실에 대한 우회인 것만이 아니라 너무나 생생하게 사건을 기억하고 있는 당사자들에게 이 사건의 폭력과 저항에 대한 본질을 역동적으로 펼쳐

보이는 작품이라는 점에서 소중한 작업이다.

「청실홍실」은 「금희의 오월」, 「그들은 잠수함을 탔다」, 「모란꽃」 등을 발표한 박효선의 1997년 작품이다. 박효선의 일련의 작업들은 한편으로 5·18항쟁의 재현만큼이나 그 이후의 이야기를 공들여 담고 있는데 이 작품 역시 광주항쟁이 어떻게 여전히 지속되고 있는가에 대한 이야기이다. 「모란꽃」에서부터 항쟁에 참여한 여성들의 이야기를 시작했다면 이 작품에서는 항쟁에 참여한 이들의 고통을 그 가족의 시선으로 그림으로써 항쟁의 당사자성을 넓히면서 다시 한번 여성의 목소리에 주목한다.

「충분히 애도되지 못한 슬픔」은 「짬뽕」과 더불어 광주 밖의 창작자들의 작품으로 여러 차례 공연된 작품이다. 세수, 타짜, 떨박 등 등장인물의 면면이 주변부 인물들로 이들이 우연히 오월항쟁의 한복판을 가로지르게 된다. 이 주변부 인물들의 '오인'이 희극적 정조를 만드는 한편 어느 순간 이들의 '오인'이 웃음에 그치지 않고 여전히 사건의 실체를 가로막고 있는 현실을 드러낸다.

「오월의 석류」, 「버스킹 버스」, 「식사하세요」, 「안부」는 2010년대 이후 근작들이다. 모두 광주의 창작자들의 작품으로 「청실홍실」 등과 이어지는 항쟁 이후의 삶에 대한 이야기라고 할 수 있다.

「오월의 석류」(양수근 작)는 세 남매의 갈등의 한복판에 광주항쟁이 있다. 광주항쟁에 참여했다가 도청 진압 직전 도청을 빠져나온 순철의 죄의식, 광주항쟁 이후 위태로워진 가족의 삶에 대한 순영의 회한, 순철을 기다리다가 총상을 입었던 엄마에 대한 순심의 애틋함이 엄마의 제삿날 모인 세 남매의 갈등을 폭발시킨다. 이 작품 역시 이러한 갈등의 연원으로서 항쟁이 재현된다. 그러나 갈등의 화해 역시 다시 항쟁의 진실을 마주하는 것에서 이루어진다. 「식사하세요」에서도 오월항쟁의 고통을 안고 사는 이들의 이야기이다. 억척스러우면서도 푸근한 어머니 정심의 식당을 중심으로 정심이 안고 있는 고통스러운 기억을 풀어간다. 점점 사위어가는 정심의 기억이 도리어 과거의 기억을 또렷하게 떠오르게 하면서 다양한 양식으로 현재의 삶과 항쟁의 기억을 그린다. 「안부」는 오랫동안 꺼내놓을 수 없었던 기억을 꺼내놓는다. 회고라는 액자틀 속에서 광주항쟁에 참여했던 여성노동자들의 이야기가 전개된다. 총을 든 '시민군', 김밥을 건네는 '시장 사람들', 계엄군의 진압을 알리는 '목소리' 등 정형화된 광주항쟁의 서사에서 가리워져 있던 주체를 드러낸다. 새롭게 발굴되는 이야기들을 통해 오월항쟁의 재현을 넓혀가고 있다. 「버스킹 버스」는 광주항쟁의 현장을 돌고 있는 시내버스가 무대다. 버스에 오르는 이들은 오늘을 살고 있는 이들이다. 매일매일 지각하는 학생, 오디션을 보러 가는 젊은 배우, 결혼이주여성, 매일매일 아이를 보기 위해 국립 5·18민주묘지를 찾는 어머니 그리고 진압군으로 광주에 있었던 이들이다. 항쟁의 현장에서 그날의 기억들이 되새겨지고 가해자의 참회가 있지만 오늘을 살고 있는 이들의 고민과 갈등도 항쟁의 기억과 나란히 전개

되면서 광주항쟁의 아픈 기억을 오늘의 삶으로 감싼다. 광주 창작자들의 작품의 특징이라면 80년 오월항쟁의 재현이 작품의 한가운데에 놓여 있지만 드라마는 현재의 삶으로 전개된다는 점이다. 여전히 현재진행형의 사건으로 오월항쟁을 그려낸다는 점이 주목된다.

창작판소리 「윤상원가」는 광주항쟁 당시 시민군 대변인으로 활동한 윤상원 열사의 이야기를 바탕으로 만든 판소리다. 윤상원 열사는 광산구 임곡에서 태어나 노동자 야학인 '들불야학'에서 활동하다 광주항쟁이 일어나자 계엄군에 맞서 마지막까지 도청을 사수하다 산화했다. 작품은 윤상원 열사와 함께 항쟁에 참여한 시민들의 이야기를 담았으며, 광산구와 사단법인 윤상원기념사업회의 '윤상원 기념사업'의 하나로 기획됐다. 고故 정권진 선생님을 사사, 중요무형문화재 제5호 판소리 「심청가」 이수자인 임진택이 사설·작창을 맡았다. 임진택 명창은 창작판소리 「윤상원가」 외에 「똥바다」, 「오월 광주」, 「오적 . 소리내력」, 「백범 김구」, 「남한산성」을 작창했다.

한국 민주주의를 상징하는 노래 「임을 위한 행진곡」은 1982년 당시 광주에 살던 황석영 작가의 집에서 비밀리에 녹음된 노래극 「넋풀이굿」의 마지막 삽입곡이다. '임을 위한 행진곡'이 실렸던 노래극 「넋풀이굿」은 한동안 알려지지 않은 채 묻혀 있었다. 「넋풀이굿」은 대학생으로 노동운동을 실천했던 박기순 열사와 오월항쟁을 순수성을 지키다가 산화하신 윤상원 열사의 실제 영혼결혼식을 소재로 한 감동적인 음악극이다. 뮤지컬 「빛의 결혼식」은 노래극 「넋풀이굿」을 해체한 후 원곡 4곡과 새로 작곡된 4곡, 당대에 불러진 민중가요 5곡을 추가하여 총 13곡의 노래를 배치하였다.

무대극 「어느 봄날의 약속」은 5·18민주화운동 부상자이자 연극배우, 극작가인 이지현의 자전적 이야기로 구성한 연극이다. 2010년 처음 선보였을 때는 1인극 「애꾸눈 광대」라는 제목으로 시작하였다. 2011년부터 2인극, 3인극, 6인극, 8인극, 10인극으로 진화하였다. 2019년 6월, 「어느 봄날의 약속」이라는 이름으로 국립아시아문화전당에서 15명의 배우가 출연하여 공연하였다. 그해까지는 자전적 이야기로 구성했지만 2020년부터는 구성이 크게 바뀌었다. 2022년까지 250여 회 공연을 하였다. 2022년 작품에서는 당시 수습대책위원 '이종기' 변호사와 27일 새벽에 도청에서 산화한 '문용동' 전도사, 고등학생 '안종필', '문재학' 이야기에 예술적 요소를 가미시켰다.

독립영화 「아들의 이름으로」(95분)는 1980년 군사독재에 항거한 광주 5·18민주화운동 40주년을 기념해서, 광주시에서 공식 지원받아 제작하게 된 극영화다. 워낙 저예산이었지만(2억 5천만), 한국을 대표하는 배우인 안성기 씨를 비롯한 윤유선, 박근형 씨 등 유명 배우들이 적은 개런티에 개의치 않고 출연했고, 많은 광주시민들이 재능기부 형식으로 출연해주거나 도움을 주었다. 영화의 시대 배경은 2019년 서울로 39년전 5·18 당시 피해자와 가해자들이 현재에 겪는 트라우마와 그들의 복수심을 심리 스릴러 형식으로 다루었다. 이정국 감독은 1991년 최초의 5·18 극장 개봉 영화인 「부활의 노래」로 감독 데뷔한 이후 「편지」(1997) 등 상업영화 6편을 연출했다. 그 후 세종대학 영화예술학과에서 후학들을 가르치며 독립영화를 주로 만들었는데 30년 만에 다시 5·18영화 「아들의 이름으로」로 상업영화 감독으로 복귀했다.

1980년 오월항쟁에 수많은 광주전남 민중들의 참여가 있었지만 여성들의 활동도 대단했다. 다큐 영상 「외롭고 높고 쓸쓸한」은 1980년 광주의 오월을 겪었던 여성들의 활동을 영상으로 보여준다. 다큐멘터리 영상 감독, 연출, 작가인 김경자 감독은 항쟁 당시 여성들은 주먹밥을 만들고, 대자보를 쓰고, 「투사회보」를 등사하고, 마스크 제작, 가두방송, 도청 취사 활동을 담당했다. 당시 활동했던 여성들이 오월 직전의 광주의 분위기부터 항쟁 당시의 상황을 생생하게 증언한다.

2024년 5월

오월문학총서간행위원회 희곡 부문

책임편집위원 전용호, 김소연

오월문학총서 3

희곡

초판 1쇄 찍은 날 2024년 5월 14일
초판 1쇄 펴낸 날 2024년 5월 18일

엮은이 오월문학총서간행위원회

펴낸곳 (사)5·18기념재단
주소 61965 광주광역시 서구 내방로 152(쌍촌동) 5·18기념문화센터 1층
전화 062-360-0518
팩스 062-360-0519

만든곳 문학들
주소 61489 광주광역시 천변우로 487(학동) 2층
전화 062-651-6968
팩스 062-651-9690
전자우편 munhakdle@hanmail.net
등록 2005년 8월 24일 제2005 1-2호